启蒙与建构：
策·达木丁苏伦蒙古文学研究

王　浩　著

图书在版编目(CIP)数据

启蒙与建构:策·达木丁苏伦蒙古文学研究/王浩著.—北京:北京大学出版社,2016.1

ISBN 978-7-301-26708-0

Ⅰ.①启⋯ Ⅱ.①王⋯ Ⅲ.①文学研究-蒙古-现代 Ⅳ.①I311.065

中国版本图书馆 CIP 数据核字(2016)第 000516 号

书　　名	启蒙与建构:策·达木丁苏伦蒙古文学研究 QIMENG YU JIANGOU
著作责任者	王　浩　著
责 任 编 辑	朱丽娜
标 准 书 号	ISBN 978-7-301-26708-0
出 版 发 行	北京大学出版社
地　　址	北京市海淀区成府路 205 号　100871
网　　址	http://www.pup.cn　新浪微博:@北京大学出版社
电 子 信 箱	zpup@pup.cn
电　　话	邮购部 62752015　发行部 62750672　编辑部 62759634
印 刷 者	三河市博文印刷有限公司
经 销 者	新华书店 650 毫米×980 毫米　16 开本　22.75 印张　290 千字 2015 年 12 月第 1 版　2015 年 12 月第 1 次印刷
定　　价	59.00 元

未经许可,不得以任何方式复制或抄袭本书之部分或全部内容。

版权所有,侵权必究

举报电话:010-62752024　电子信箱:fd@pup.pku.edu.cn

图书如有印装质量问题,请与出版部联系,电话:010-62756370

北京市外国语言文学一级学科重点学科资助项目

自　序

　　策·达木丁苏伦是20世纪蒙古国最有影响的学者,他的学术研究成果不仅深刻地影响了蒙古国的蒙古学研究,也对中国、俄罗斯以及世界其他国家的蒙古学研究有着一定的助益。有关达木丁苏伦的研究最早始于20世纪50年代的苏联,自80年代起,蒙古国、中国、日本等国家的专家学者关于达木丁苏伦研究的成果日趋增多,逐步形成了"达木丁苏伦学"(Damdinsurengiin sudlal)。

　　本人自2003年起,师从扎拉嘎先生,开始进行达木丁苏伦研究。2005年以《蒙古文学开放结构的历史性探索——策·达木丁苏伦比较文学思想研究》为题,完成了博士论文,通过论文答辩。本书的第二编、第三编的部分内容即是以本人的博士论文为基础展开的研究。自博士论文答辩至今已整十个年头。十年的光阴,并不短暂,并非为自己的懈怠寻找藉口,委实有一定缘由。记得当年在我的博士论文答辩会上,作为答辩委员会主席的严绍璗先生曾感叹到:"令人难以置信,在我国北部近邻还有这样一位大比较文学家"。严先生的话,连同他那意味深长的表情,直到今天仍定格于我的脑海。以我个人的理解,严先生言外之意是希冀更多地了解与我国拥有同样蒙古比较文学土壤的蒙古国缘何诞生了这样一位伟大的比较文学家。由于时代和政治的原因,我国的蒙古比较文学学科,无论是学科定位、研究范畴及研究方法的界定,都晚于蒙古国,比较文学在蒙古国兴起之时,我国蒙古比较文学还处于"沉潜状态"。那么,比较文学在蒙古国勃兴的历史语境是什么? 这个问题值得深入探讨。事实上,这个困惑,在撰写博士论文阶段,也曾时时侵入我的思绪,纠结于笔端。囿于当时的功底和积累,还无法找到令自己满意的答案。博士论文虽然得到肯定,评价还不错,之后相关内容的论文发表了数篇,引用率也不低,但实际上自己很清楚,倘若进一步深入发掘达木丁苏伦的学术历程,尚需时日,博士论文的完成只是这项研究的开始,需要开垦发掘的东西还有很多,努力的空间很大。

　　本人的博士论文,着力从历经千年、走过大半个世界的蒙古民族特殊的历史文化发展路径,发掘催生蒙古文学比较研究渊源的基础,以此展现达木丁苏伦比较文学研究植根的土壤。然而,达木丁苏伦毕竟是蒙古国现当代学者的代表,他的学术成就脱离不开当时的历史语境。倘若按照比较文学界的界定,比较文学在中国的兴起与社会现实需要紧密联系,与20世纪初期西学冲击下中国文学由传统向现代的转型密切相关,那么比较文学在蒙古国的兴起,是否也有着同样的现实需求和境遇?带着这个问题,我完成了本书第一编的写作。

关于第一编"达木丁苏伦与蒙古国现代文学批评"的前期工作相对繁冗。达木丁苏伦不曾发表过有关文学批评的专著,他的文学批评著述和其中蕴含的观念散见于发表在各类报刊上的社论、评论、随笔、杂文,在各种场合发表的讲话、演讲及所作的报告,为各种书籍所作的序言、跋以及与学生和其他学者、作家之间的通信。这些材料的搜集整理是一个长期和艰难的过程。根据对目前汇集的这百余篇著述的研究分析,最终有幸清晰完整地洞见达木丁苏伦文学研究思想,乃至其学术思想的变化过程,同时,也得以呈现出比较文学在蒙古国兴起的现实背景。如果说中国比较文学的产生标志着中国文学封闭状态的终结,自觉融入世界文学的开始,那么达木丁苏伦倡导的蒙古比较文学,则无疑阐释了历史上蒙古文化与东方文化之间无法割裂的关联,确定了蒙古文学在世界文学中的位置,同时也指明了蒙古新文学的发展方向,也可以看作是自觉融入世界文学的开端。

我的硕士导师史习成先生(已故)在《蒙古国现代文学》一书中将达木丁苏伦与蒙古国现代文学的另外两位奠基人D.纳楚克道尔基、S.博音尼姆赫界定为启蒙文学家,依据是他们二三十年代文学创作的主题均以思想启蒙、文化启蒙居多。众所周知,西方的思想启蒙是产生于政治革命之前,无论是法国还是英国,都是思想变革在先,而后的革命才有了精神动力。而蒙古的具体情况则是,在1921年爆发人民革命前并没有出现一场思想启蒙运动,是先有社会变革而后才有启蒙。启蒙话语对于蒙古二三十年代学者的影响,在很大程度上源自于德国、法国、苏联等欧洲国家。在西方启蒙话语的影响下,达木丁苏伦这一代学人二三十年代的理想与追求是以西方的现代性为样板,来建构蒙古新文化和国家。无论是D.纳楚克道尔基的《旧时代的儿子》《喇嘛师傅的眼泪》《科学》《老妇人的呻吟和佛堂的鼓声》,S.博音尼姆赫的《报纸》《学校》等等创作所表现的主题,还是达木丁苏伦祈望"通过俄罗斯引进欧洲文明",为蒙古打开"世界文化之门",使其"摆脱几百年来的愚昧与落后"等观点,都印证了这一点。D.纳楚克道尔基和S.博音尼姆赫的启蒙追求与理想随着他们的英年早逝最终定格于1937年。

而达木丁苏伦20—50年代在蒙古作协、蒙古科学委员会和蒙古《真理报》等多个平台上,通过发表文学创作、文学评论、社论、讲话稿、短评、杂文、随笔等形式,成为那个时代面向蒙古大众的最积极和有创见的启蒙者。50年代的历史语境和现实状况迫使达木丁苏伦重新审视、反思自己的启蒙理想与追求,开始对自己所处的本土文化传统有所自觉,随着对古代文学研究的逐步深入开展,他不再盲从于别人的文化,而是力图寻求和探索符合蒙古新文化、新文学实际的发展道路,理性地提出"一种文学对另一种文学的影响,具体地说,就是苏维埃文学对蒙古文学的影响,并不是机械地模仿,而机械的模仿只会消灭任何民族的文学特色"的观点。他建构了"三个支柱"批评理论体系,主张以蒙古民间文学、蒙古古典文学和外来文学为支柱建构蒙古新文学,赋予本民族传统以生命。在充分认识本民族的历史和传统的基础上,探索和建构蒙古文学开放结构框架,对文学传统进行了新的现代诠释,倡导和开展翻译文学蒙古本土化研究,使蒙古文学自觉地融入到世界文学之中。研究中,我们能够真切地感受到达木丁苏伦文学概念的多元,既包含了现代西方文学形态标准,又融入了我们现在所说的"后现代观"中的文学理念。无论是启蒙、建构,还是今天所说的"再启蒙",达木丁苏伦的蒙古文学研究中所包含的反对文化殖民,尊重他者,尊重差别,提倡多元文化互补,特别是东西文化互补的理念,无疑都是以其独到的方式促进以多元共生为主题的世界文化的当代转型,呼应了当代人文精神,在当代对话中仍旧不断给予启发和教益,具有广泛的当代意义。

值得一提的是,启蒙与建构这一主题,也是20世纪蒙古其他领域一些专家学者所探寻摸索出的学术道路之写照,只是领域不同,影响程度各异罢了。

自1987年初入燕园,转眼人到中年,本人并非天资聪慧,能有今天的一点点成就,源于北大这块圣土近30年的滋养。感谢母校,感谢北大外国语学院的支持,感谢蒙古语教研室各位同仁的鞭策;感谢博士导师扎拉嘎、硕士导师史习成以及所有帮助过指点过我的师长们;还要感谢达木丁苏伦的学生——蒙古国科学院院士D.策伦索德诺姆、藏学家L.呼尔勒巴特尔(已故)和D.策德布,达木丁苏伦的女儿——俄罗斯蒙古学家A.D.岑吉娜女士。这里我不便一一道出你们的名字,但对于你们曾给予我的帮助,永远铭记于心。最后,还要感谢北京大学出版社,感谢本书的责任编辑朱丽娜女士。

是为序。

2015年岁末

目 录

绪 论

第一章 达木丁苏伦的生平及其成就述要 ………………………… 3
  （一）达木丁苏伦的生平与学术活动 …………………………… 3
  （二）达木丁苏伦的文学创作与翻译 …………………………… 6
  （三）关于达木丁苏伦研究 ……………………………………… 7

第二章 达木丁苏伦与蒙古文学研究 …………………………… 11
  （一）达木丁苏伦文学研究思想探析 …………………………… 12
  （二）达木丁苏伦与蒙古文学研究 ……………………………… 14

第一编 达木丁苏伦与蒙古国现代文学批评

第一章 "三个支柱"文学批评理论体系的构筑及其影响 ……… 39
  （一）"三个支柱"批评理论体系的构筑 ………………………… 40
  （二）学院派文学批评格局的形成 ……………………………… 47
  （三）文学批评阵地：《星火》杂志 ……………………………… 52
  （四）文学批评功用：肩负起神圣使命 ………………………… 54
  （五）文学批评范式：综合性研究 ……………………………… 57

第二章 达木丁苏伦与马克思主义文艺批评 …………………… 62
  （一）马克思主义文艺理论在蒙古的接受与误读 ……………… 63
  （二）极"左"思潮下达木丁苏伦的困惑与抵制 ………………… 69
  （三）马克思主义文艺理论的本土化实践 ……………………… 80
  （四）关于"典型"问题的初步探索 ……………………………… 97
  （五）关于社会主义现实主义 …………………………………… 103

第三章 建构蒙古新文化与传承蒙古文化精神的批评体系 …… 121
  （一）反对民族历史文化虚无主义 ……………………………… 122

（二）民族自省精神 ·· 128
　（三）历史使命感 ·· 130
　（四）对"大喀尔喀主义"的抵制 ································ 133
　（五）关于文字改革 ·· 136
　（六）达木丁苏伦戏剧观的转变 ·································· 154

第二编　达木丁苏伦与蒙古比较文学

第一章　达木丁苏伦与蒙古比较文学 ····························· 169
　（一）达木丁苏伦与蒙古文学关系研究 ·························· 173
　（二）翻译文学本土化命题的理论阐释 ·························· 183
　（三）翻译文学本土化命题的理论实践 ·························· 193
　（四）对"西方中心论"的批判 ···································· 212

第二章　蒙藏《格斯（萨）尔传》比较研究
　　　　——《〈格斯尔传〉的历史根源》 ························· 218
　（一）《〈格斯尔传〉的历史根源》的写作动机 ················· 219
　（二）蒙藏《格斯（萨）尔传》的关系研究 ····················· 226
　（三）《格斯尔传》历史性的探讨 ································ 237

第三章　蒙古文罗摩故事文本的比较研究
　　　　——《〈罗摩衍那〉在蒙古的传播》 ······················ 241
　（一）蒙古文罗摩故事文本的发掘与考证 ······················ 242
　（三）罗摩故事的比较研究 ······································ 250
　（四）罗摩故事的本土化研究 ···································· 254

第三编　达木丁苏伦与蒙古文学开放结构

第一章　蒙古文学开放结构的理论探索 ·························· 263
　（一）关于蒙古古代文学史的写作 ······························· 263
　（二）翻译文学纳入蒙古文学史的原则 ·························· 266
　（三）甄别课题的提出与实践 ···································· 270

第二章　蒙古古代文学开放结构的实践探索 ····················· 282
　（一）《蒙古文学概要》与《蒙古文学经典百篇》的编撰与出版 ········ 282

（二）《蒙古文学概要》与《蒙古文学经典百篇》的结构特点 ………… 285
　　（三）蒙古文人的异族语言文学创作 ………………………………… 290
第三章　蒙古国现代文学开放结构的实践探索 ………………………… 296
　　（一）蒙古国现代文学史的编撰与出版 ……………………………… 296
　　（二）《蒙古现代文学史》的结构特点 ………………………………… 299
结语：达木丁苏伦文学研究中的人文精神 ……………………………… 309

附　录

附录 1：Ts. 达木丁苏伦年谱 ……………………………………………… 317
附录 2：Ts. 达木丁苏伦著述目录 ………………………………………… 319
附录 3：关于 Ts. 达木丁苏伦学术研究的相关成果 …………………… 333
附录 4：主要参考书目 ……………………………………………………… 346

绪 论

第一章 达木丁苏伦的生平及其成就述要

Ts.达木丁苏伦（Tsendiin Damdinsuren）是蒙古国人民作家、翻译家、教育家、学者和社会活动家。他博学多才，凭借着非凡的智慧、丰赡的学识与开放性的视域，为蒙古语言、文学、文化、教育、新闻等领域的发展做出了卓越的贡献，在蒙古国学术研究、语言、文化发展，乃至蒙古现代化进程中发挥了不可替代的作用。无论就其自身的学术成就，还是对后世影响而言，达木丁苏伦的名字都可以镌刻在 20 世纪蒙古民族最为重要的学者前列。

（一）达木丁苏伦的生平与学术活动

1. Ts.达木丁苏伦的生平

达木丁苏伦(1908—1986)，喀尔喀人，1908 年 9 月 14 日出生在蒙古旧车臣汗盟马塔特旗(今称东方省马塔特县)的一个殷实的牧民家庭。他从小放牧，在私塾和旗立学校里接受了初级教育。1921 年蒙古爆发的人民革命，对他产生了强烈的影响。1925 年参加人民军，在团司令部做文书工作。1924 年加入蒙古人民革命党，1926 年任蒙古人民革命党县委书记，出席过蒙古人民革命党第五次全国代表大会。同年被推选为蒙古革命青年团中央委员会委员，并在团中央委员会新闻处担任编辑。1927—1929 年成为蒙古《真理报》负责人之一。1929 年任蒙古工会中央理事会主席、蒙古作家小组领导人之一，因被错划为"富牧"成分而被解除工会中央理事会主席职务，下放到戈壁阿尔泰省集体农庄任教导员。1932 年回到乌兰巴托，进入科学委员会①工作。1933 年前往苏联列宁格勒，先是在少数民族学院，后转入科学院东方学研究所学习。1938 年毕业并获得高

---

① 1921 年 11 月，蒙古成立了人民革命政府的"学术委员会"，后更名为"科学委员会"。科学委员会下设蒙古语言文学、历史、地理等研究机构，成为科学院建立和发展的重要学科依托。1961 年，蒙古人民共和国科学院正式成立。

等教育学历。被召回蒙古后,在科学委员会做研究工作。同年11月被捕入狱接受调查。1940年被释放后回到科学委员会语言学室任主任直到1942年。1942—1945年担任蒙古《真理报》主编一职。1946—1950年再次进入列宁格勒东方学研究所学习,获得文学副博士学位。1950—1953年担任蒙古科学委员会主席。1951年首次当选为蒙古人民共和国人民大呼拉尔代表。1953—1955年任蒙古作家协会主席,世界和平委员会委员。1955年因受处分,被解除作家协会主席职务,调到国立大学任教。1959年被任命为科学院语言文学研究所所长。1963年因被指责为"民族主义者",受到撤职处分。1963—1986年在科学院语言文学研究所担任研究员。1961年荣获蒙古科学院院士称号。

蒙古国政府对于达木丁苏伦的文学创作和学术研究工作给予了高度的评价。他因创作《乔巴山元帅五十寿辰祝词》,将《蒙古秘史》转写译为现代蒙古语,以及创作了《蒙古人民共和国国歌》的歌词等项贡献,1946、1947、1951年先后三次被授予国家奖,1986年荣获"人民作家"的殊荣。1990年,为了纪念和研究达木丁苏伦,在乌兰巴托市专门设立了达木丁苏伦故居博物馆。1998年,蒙古国政府为纪念这位蒙古国的首位人民作家、三次国家奖获得者在蒙古国的学术研究、文学发展、文化启蒙等领域做出的重大贡献,专门设立了"达木丁苏伦"奖,以表彰和奖励那些在蒙古语言、蒙古文学、东方学研究领域做出突出贡献的个人。

2. 达木丁苏伦的学术活动

达木丁苏伦一生勤奋严谨、笔耕不辍,可以说,他是一位20世纪蒙古语言、文学、文化遗产研究等领域罕见的博学而多产的学者和作家。

在蒙古古代文学研究方面,他先后完成以下重要著述:《〈格斯尔史诗〉的三个性质》(1956)、《〈格斯尔传〉的历史根源》(1957)、《萨迦·班第达的〈萨迦格言〉及其注释》(1958)、《古代印度著名学者龙树的〈育民甘露〉及其注释如意宝修饰》(1961)、《杜鹃传》(1961)、《〈育民甘露〉的蒙藏注释》(1961)、《檀丁的〈诗镜〉及其注疏的概述》(1962)、《西藏、蒙古尸语故事》(1—2卷,1962、1963)、《关于〈健日王传〉的三本书》(1965)、《六世达赖喇嘛仓央嘉措》(1965)、《月兔本生》(1970)、《天鹅处女故事》(1971)、《〈罗摩衍那〉在蒙古的传播》(1976)、《阿兰豁阿五箭训子》(1979)、《〈五卷书〉的西藏、蒙古故事汇编》(1983),等等。

他先后撰写了有关文学理论和文学批评方面的诸多著述:《学习撰写

文章与书写的简捷方法》(1927)、《简明提示》(1927)、《发挥聪明才智，努力提高语文水平》(1934)、《致作家同志们》(1935)、《文艺舞台上的进步与青年导演》(1937)、《关于外文诗歌的翻译》(1938)、《答复》(1938，对 Ho. 丹增关于诗歌《远游》批评的回应)、《论 D. 纳姆达克的文学创作》(1941)、《〈叶甫盖尼·奥涅金〉蒙文本前言》(1941)、《给予作家们的帮助》(1941)、《〈蒙古秘史〉前言》(1941)、《关于戏剧创作的几点意见》(与 B. B. 鲍列耶肖格合著)、《莫斯科交通运输剧院上演的剧目》(1942)、《论电影故事片〈边境线上发生的故事〉》(1942)、《致诗人们的建议》(1943)、《我们的高尔基》(1944)、《〈星火〉杂志的目标》(1944)、《新时期文学的开拓者》(1945)、《戏剧〈夏莱河的三可汗〉中的格斯尔英雄们之歌》(1945)、《蒙古作家与卡达耶夫会面》(1947)、《读林钦先生创作的长篇小说〈曙光〉有感》(1950)、《为了进一步繁荣我们的文化》(1951)、《郭沫若》(1952)、《蒙古作家的当前任务》(1953，在乌兰巴托作家会议上的发言)、《高尔基是伟大斗士》(1953)、《让我们把学术工作与国民经济的目标结合起来！》(1953)、《伟大的人民的诗人》(1953，关于屈原)、《为了文学的新成就》(1954)、《致新编〈蒙古人民共和国通史〉的建议》(1955)、《关于蒙古作家协会的工作》(1955)、《〈D. 纳楚克道尔基作品集〉前言》(1955)、《接触了肖洛霍夫的作品》(1955)、《D. 纳楚克道尔基》(1956，纪念 D. 纳楚克道尔基诞辰 50 周年)、《让我们保护文化遗产》(1956)、《让我们研究文化遗产》(1957)、《Ts. 达木丁苏伦在蒙古作家协会第二次代表大会上的发言》(1957)、《在文化跃进的年代》(1959)、《珍爱我们的文化遗产》(1959)、《〈D. 纳楚克道尔基作品集〉序言》(1961)、《D. 纳楚克道尔基的生活与创作》(1961)、《在纪念成吉思汗诞辰 800 周年会议上的讲话》(1962)、《文化遗产与文学》(1962，达木丁苏伦在蒙古作家协会第三次代表大会上的发言)、《Ts. 达木丁苏伦拟在蒙古人民革命党中央委员会 1962 年全会上的发言》(1966)、《辨析 D. 纳楚克道尔基诗作〈我的祖国〉的写作年代》(1966)、《谈长诗〈我白发苍苍的母亲〉的创作》(1967)、《难忘高尔基笔下的形象》(1968)、《重要史料》(1969，与 S. 博音尼姆赫生活相关的材料)、《在蒙古广播电视上的讲话》(1969)、《关于〈俄蒙辞典〉附录》(1970)、《致 Sh. 嘎丹巴的信》(1973)、《忆如何创作〈受歧视的姑娘〉》(1975)、《回忆作家小组的成立》(1981)、《作家的神圣使命》(1981)、《收集、保存、研究文献》(1981)、《回顾苏联作家第七次代表大会》(1983)、《文学在社会意识形成和发展中的作用和意义》(1983，在亚非作家乌兰巴托论坛上的讲话)、《Ts. 达木丁苏伦在蒙古作家协会第七次代表大会上的讲话》(1984)、《非资本主义发展阶段文学翻译的一些经验》(1985),等等。

在文学史和文学读本方面,他主持编写出版了《蒙古文学经典百篇》①(四个整理部分)和《蒙古文学概要》②(三卷本)。1947 年,将《蒙古秘史》由古代蒙古语转译为现代蒙古语,编辑出版了《人民口头文学作品集》。1950 年完成《〈格斯尔传〉的历史根源》的写作,并通过了副博士论文答辩。

达木丁苏伦还是西里尔蒙古文的创始人之一。1941 年蒙古人民共和国成立了以达木丁苏伦为首的文字改革委员会,1946 年 1 月 1 日开始正式使用以斯拉夫字母为基础创制的西里尔蒙古文,并以此作为蒙古官方通用文字,取代沿用了几百年的回鹘体蒙古文。达木丁苏伦不仅制订了新的字母表、正字法和词法的草案,而且还分别为成人和小学生编写了课本,给他们提供了必需的教材和工具书。1941 年他发表了西里尔蒙古文《正字法》,1946、1948 年与 B. 策伯格扎布(B. Tsevegjav)合著出版了西里尔蒙古文《正字法教材》,1946、1949 年二人又合著出版了《蒙古简明正字法》,1951 年与 Ya. 策伯勒(Ya. Tsevel)合著出版了西里尔蒙古文《正字法辞典》,1959 年发表了西里尔蒙古文《正字法总则》,1983 年与 B. 奥索尔(B. Osor)合著出版了《蒙古正字法辞典》。

此外,1942 年他与蒙古科学院院士 Sh. 鲁布桑旺丹(Sh. Luvsanvandan)一起编写了《俄蒙词典》,1967、1969 年与 A. 鲁布桑登德布(A. Luvsandendev)一起编写了《俄蒙词典》(上下两卷)。1979—1981 年,应德国洪堡大学邀请,他前往柏林,与其他学者一同编写了《德蒙词典》。

(二)达木丁苏伦的文学创作与翻译

达木丁苏伦不仅是一位杰出的学者,还是著名的作家和翻译家,是蒙古国现代文学的奠基人之一。

1927 年,达木丁苏伦以《故事四则》的写作为标志开始了他的文学创作活动。1929 年他发表的中篇小说《受歧视的姑娘》成为蒙古新时期

---

① 《蒙古文学经典百篇》第一个整理部分于 1959 年出版,第二个整理部分于 1976 年出版,随后相继出版了第三个、第四个整理部分。

② 《蒙古文学概要》第一卷出版于 1957 年,第三卷出版于 1965 年,第二卷出版于 1976 年。

文学的首部中篇小说,影响深远,为确立达木丁苏伦在蒙古现代文学上的地位奠定了基础,该作品除了多次再版外,1962年还被改编拍摄成了电影。

达木丁苏伦的文学创作主要以散文、小说、诗歌以及游记等体裁为主。他创作的短篇小说主要有:《两个都是我的儿子》《老师和学生》《公牛贡布》《三个说,一个做》《索莉变了》《手提箱》《奇异的婚礼》,等等。其长篇诗作《我白发苍苍的母亲》及诗歌《在列宁博物馆里》《普希金》《北极星》《献给苏联人民的祝词》等,成为脍炙人口的佳作。这些作品都得到了从官方到民间的认可,受到好评,多次被编入中学课本。

从作品出版情况来看,达木丁苏伦的作品以《文集》(1944)、《文集》(1956)、《选集》(俄文)(1958)、《奇异的婚礼》(1966)、《文集》(1969)为书名分别结集印刷出版,与读者见面。1969年出版的《文集》中共收入了63首诗歌,24首诗歌译作,25篇短篇小说、散文,3部中篇小说,19篇笔记、杂文等作品。他的作品还多次被收入《蒙古诗歌精选》《蒙古短篇小说精选》等代表当代蒙古文学最高水平的各种精选集中。

达木丁苏伦的文学才能还充分地体现在其出色的文学翻译活动中。他翻译了不少世界各国的经典文学作品,特别是俄罗斯著名诗人普希金的作品。普希金是达木丁苏伦最为喜爱和崇敬的诗人。他翻译了普希金的《渔夫和金鱼的故事》《贤明的奥列格之歌》《乌云》《每当我在喧哗的市街游荡》《青铜骑士》等作品,还翻译过莱蒙托夫、屠格涅夫、契诃夫、高尔基、马雅可夫斯基等俄罗斯和苏联作家的一些作品。其中《贤明的奥列格之歌》成为蒙古文学翻译史上的典范译作。他还曾翻译过印度古典梵语诗人迦梨陀娑的《云使》(前6段)。在把原著翻译成蒙古文的过程中涉及到的蒙古语修辞、蒙古语诗歌体系、诗歌理论、写诗的技巧等文学艺术方面的关键问题上,达木丁苏伦提出了自己的看法,及时总结、撰写相关的翻译理论文章,运用于翻译创作之中。他撰写并出版了《外文诗歌的翻译》《致文学工作者》《本人从事翻译的一些经验》《从俄语翻译文学作品之经验》等文章。

(三)关于达木丁苏伦研究

据蒙古国2001年出版的《Ts.达木丁苏伦全集》第三卷附录中的统

计,蒙古国国内正式发表有关达木丁苏伦研究论文的作家和学者共有130余人,论文计有330余篇。从内容上看,这些论文主要可以归纳为四种类型:一是研究达木丁苏伦的文学创作,主要针对他的小说和诗歌创作进行探讨。二是他的学生回忆或追忆达木丁苏伦的为人与治学之道的,这类文章数量较多。譬如,他的学生Ch.勒哈姆苏伦(Ch. Lkhamsuren)的《我的老师——指引者》(1958)、D.云登(D. Yondon)的《学生的话》(1986)和《忆恩师》(1988)、Ts.哈斯巴特尔(Ts. Khasbaatar)的《值得信赖的师长》(1986)、L.呼尔勒巴特尔(L. Kurelbaatar)的《师从伟大的学者12载》(1998)、R.楚龙(R. Chuluun)的《忆恩师Ts.达木丁苏伦》(1998),等等。三是研究他的翻译理论、翻译成就的,如Ts.哈斯巴特尔的《翻译史学家、翻译理论家》(1993)、L.呼尔勒巴特尔的《Ts.达木丁苏伦的东方翻译》(1994)等。四是研究他的学术成果的论文。

就蒙古国内达木丁苏伦学术的研究来看,早期总结达木丁苏伦的学术成果的是Sh.鲁布桑旺丹,1969年他发表了《蒙古文学研究者、院士Ts.达木丁苏伦》一文。之后达木丁苏伦的学生们从20世纪80年代开始陆续发表了一些论文:D.云登的《学术著作中的文学关系问题》(1980)、D.策伦索德诺姆(D. Tserensodnom)的《Ts.达木丁苏伦在蒙古文学研究中的作用》(1985)、Kh.桑皮勒登德布(Kh. Sampildendev)的《到达智慧彼岸的学者作家》(1994)、Sh.洛钦(Sh. Lochin)的《Ts.达木丁苏伦院士和〈蒙古秘史〉研究》(1994)及《Ts.达木丁苏伦是杰出的蒙古语言、文学研究者》(1994)、D.查干(D. Tsagaan)的《Ts.达木丁苏伦是蒙古文学研究的奠基人》(1994)等。特别是在1998年纪念达木丁苏伦诞辰90周年之际,出版了一些总结达木丁苏伦学术研究成果的论文。譬如,D.策伦索德诺姆的《Ts.达木丁苏伦与蒙古古代文学研究》(1998)、Ya.巴特尔(Ya. Baatar)的《Ts.达木丁苏伦是〈格斯尔〉的研究者》(1998)、S.洛钦的《完美的天才学者》(1998)、M.乌力吉巴雅尔(M. Olziibayar)的《Ts.达木丁苏伦和〈格斯尔〉研究》,等等。2008年达木丁苏伦诞辰一百周年之际,蒙古国出版了《纪念院士Ts.达木丁苏伦文集》,收入包括蒙古国、中国、俄罗斯、日本等国学者关于达木丁苏伦学术研究的成果30余篇。

从国际上来看,达木丁苏伦的研究主要集中在苏联,以苏联蒙古学研究的两个重镇——列宁格勒和莫斯科最为著名。前者有著名的学者L. K.格拉西莫维奇(L. K. Gerasimovch),她于1953年完成了题为《现代作家Ts.达木丁苏伦的创作》的学位论文的写作与答辩。在此基础上,她先后撰写了《30年代Ts.达木丁苏伦的现代诗歌创作》《Ts.达木丁苏伦的中篇小说〈受歧视的姑娘〉及其在蒙古现代文学发展中的历史意义》《Ts.达木丁苏伦的艺术创作》《院士Ts.达木丁苏伦在20世纪蒙古历史文化生活中发挥的作用》等多篇论文。后者有G. I. 米哈伊洛夫（G. I. Mikhailov）和K. N. 亚茨科夫斯卡娅（K. N. Yatskovskaya）等人。1959年G. I. 米哈伊洛夫撰写了评论性文章《Ts.达木丁苏伦的〈格斯尔传的历史根源〉》，在1955年出版的《蒙古现代文学简史》中对达木丁苏伦有专节阐述。80年代K. N. 亚茨科夫斯卡娅发表了《Ts.达木丁苏伦——作家与学者》《蒙古学学者Ts.达木丁苏伦》等论文。

1998年，N. V. 巴甫洛夫（N. V. Pavlov）发表了题为《蒙古历史上光辉的一页——纪念Ts.达木丁苏伦诞辰90周年》的文章。达木丁苏伦的女儿、俄罗斯籍蒙古学学者A. D. 岑吉娜（A. D. Tsendina）致力于搜集、整理、出版父亲的学术成果，2008年出版了专著《纪念Ts.达木丁苏伦诞辰100周年》。另外，还有一些国家的学者也对达木丁苏伦进行过相关的研究。如，美国著名蒙古学学者P. 鲍培（P. Poppe）于1958年在哈佛学报《亚洲研究》（第21期）上发表了有关达木丁苏伦研究的文章、日本学者冈田和行在东京外国语大学的学刊上发表了《Ts.达木丁苏伦教授生前学术论文集》（1988年）等。

达木丁苏伦在中国蒙古学学界也有着很大影响，中国的许多学者在自己的论文或著作中引用过达木丁苏伦的研究成果。尤其是达木丁苏伦的《〈格斯尔传〉的历史根源》被我国格萨（斯）尔学界的专家和学者多次引用和论证。达木丁苏伦的学生、著名学者仁钦道尔吉专门介绍过达木丁苏伦有关《罗摩衍那》的研究成果。① 中国国内用回鹘式蒙古文转写和出版过一些达木丁苏伦的学术成果：1957年沈阳出版了《蒙古文学概要》（第一卷），1958年呼和浩特出版了《〈格斯尔史诗〉的三个性质》，1979年内蒙古人民出版社出版了《蒙古文学经典百篇》（1—4册），1987年仁钦道尔吉等学者转写并编辑出版了《Ts.达木丁苏伦文学论文集》，并在最后一个章节专门列举了达木丁苏伦的学术成果。2008年北京大学蒙古学研究中心召开了"纪念Ts.达木丁苏伦诞辰100周年研讨会"，发表了相关论文十余篇。此外，还有一些有关达木丁苏伦的文学创作方面的研究，

---

① 该篇论文题为《印度文学对蒙古族文学的影响——以〈罗摩衍那〉为例》，1986年发表于《印度文学研究集刊》第二辑。

如北京大学的史习成教授在《外蒙古现代文学简史》(1996,台湾"蒙藏委员会")和《蒙古国现代文学》(2001)中着重论述了达木丁苏伦对蒙古国现代文学的奠基作用。

尽管"达木丁苏伦学"近些年来在国际蒙古学界方兴未艾,但直到今天,各位研究者受涉及领域广泛、研究内容庞杂等因素制约,尚未有系统地阐述其学术思想的专著问世,相关研究还局限在零散的个案分析层面。洞察达木丁苏伦的文学批评活动、文学理论构筑及文学史写作之间的内在关联,洞见其在各领域研究背后的思维变化,厘清他的学术脉络,展现其人文思想,深化"达木丁苏伦学",是本书为之努力的目标。

第二章 达木丁苏伦与蒙古文学研究

达木丁苏伦是20世纪蒙古民族最为重要的人文学者之一,是蒙古人文学科最早的垦拓者。他在蒙古文学研究领域所取得的成就,已经成为后来者无法绕开的学术标高。"每个学科都会有一些可以被称为奠基者的学者,他们与他们之前或之后学者的区别在于他们用研究著述或教科书的方式,最先展开该学科的基础范围,并在该学科的很多方面做出独到的研究。这是一种历史性机遇。此前的学者没有这样的机遇,此后的学者也没有这样的机会。当然,并不是说这些奠基者的研究在该学科的各个领域都是很深入的。确切地说他们的很多研究都会被后来的研究所突破。他们的主要贡献在于他们能够抓住机遇,具有结构性思维能力,在学科发展的特定历史时期,将自己的学术视角延伸到该学科尽可能广泛的各个方面,达木丁苏伦在蒙古文学研究史上就是这样一位奠基者。"[①]他的有关蒙古文学批评、文学理论及文学史方面的理论建树和研究实践,奠定了蒙古民间文学、古典文学、现代文学批评、比较文学、译介学等学科的基础,初步搭建了相关学科框架,确定了研究范畴,不仅影响了蒙古国的蒙古学研究,也影响了中国的蒙古学研究和世界其他国家的蒙古学研究。

以文学研究领域而言,达木丁苏伦也身兼多重身份。他既是蒙古国现代文学的奠基人之一,又是一位文学史家、文学理论家,同时还是一位颇有建树的文学批评家。自1929年发表蒙古现代文学史上的第一部中篇小说《受歧视的姑娘》以来,在此后的约半个多世纪的时间里,达木丁苏伦以东方学者的曲折学术历程书写出一部文学批评、文学理论与文学史三者之间辩证关系的历史。他的马克思主义文学批评的蒙古化、"三个支柱"理论体系的构筑、翻译文学本土化命题的倡导与实践、蒙古文学史开放结构的历史性探索,为世人诠释出文学批评、文学理论与文学史之间相互依存、相互渗透、相互作用的关系。尽管达木丁苏伦的著述完成于20

---

① 扎拉嘎:《立足多样性视域的蒙古文学研究奠基者——纪念策·达木丁苏伦诞辰100周年》,在北京大学蒙古学研究中心2008年"纪念策·达木丁苏伦诞辰100周年"国际学术研讨会上的主旨发言。

世纪,然而其中的诸多观念与理论主张,直到今天,仍旧具有广泛的当代意义。

(一)达木丁苏伦文学研究思想探析

达木丁苏伦文学研究思想的发展,大致上可分为三个时期:早期,自1927年到40年代中期;中期,自40年代中期至1956年《让我们保护文化遗产》一文的发表;后期,自1956年到80年代中期。达木丁苏伦是一位入世的文人,他首先是一位社会活动家和革命家,15岁即参加革命工作,19岁开始从事文学批评活动与文学创作,出任蒙古《真理报》主编,21岁担任蒙古工会中央理事会主席。年轻时的社会活动和政治热情,促使他形成了早期以启蒙、引导为特色的批评风格,从他最初的两篇评论文章《学习撰写文章与书写的简捷方法》和《简明提示》中可见一斑。文学创作上取得的成就,使他更加笃信文学可以担负思想启蒙的任务。关心文学与社会、时代的联系成为这一时期文学批评的主要内容。戏剧以其"教化作用""革命鼓动作用"成为达木丁苏伦这一时期文学批评重点关注的对象。30年代达木丁苏伦在苏联接受了较为完整的"西学"训练,加上原有的传统蒙古学素养的积累,其知识结构更为笃实而开放,提出借鉴俄苏文化,建设蒙古新文学、新文化的主张,启蒙倾向更为明显。他直言"俄罗斯文化像太阳一般璀璨",希冀"俄罗斯文化的光辉惠及到东方(蒙古)",祈望"通过俄罗斯引进欧洲文明",为蒙古打开"世界文化之门",使其"摆脱几百年来的愚昧与落后"。40年代达木丁苏伦以蒙古融入斯拉夫文化圈,加快现代化进程为主要动机,致力于制定并推广西里尔蒙古文。不容忽视的是,在继承19世纪俄国现实主义文学批评理论和包括俄国神化学派、历史文化学派和历史比较学派在内的学院派文学批评理论的基础上,达木丁苏伦探索出以历史、文化、语言、宗教等角度综合研究为特点的学院派文学批评体系,也为蒙古比较文学研究的确立与发展铺垫了基石。

自40年代中期到1956年,达木丁苏伦的文学批评进入活跃时期。这一时期的批评与前一阶段以启蒙思想为主旨的批评有着精神上的贯通,却更多地吸收了马克思列宁主义文艺理论的滋养。从抵制极"左"思潮到与极"左"势力抗争的过程中,达木丁苏伦既实现了自觉马克思主义者的蜕变,也彰显出作为人文学者勇于追求真理、探求真理的批判精神。

面对在极"左"思潮的影响下出现的"文化革命"——把理论推向极端,对文学的阶级性、党性作片面、狭隘的理解,急于建设新型的文化而错误地抛弃一切传统文化遗产,以政治批评代替文学批评等实际情况,达木丁苏伦追本溯源,厘清马克思文艺理论发展的脉络,把握列宁对马克思主义文艺理论的贡献,并应用于蒙古文化建设的实践之中,发表了著名的思潮评论《让我们保护文化遗产》一文。该篇评论触及问题的现实性与尖锐性,对马克思主义文艺理论的探索性和实践性,特别是对于列宁主义文艺理论的贡献,使之成为蒙古批评史上的一篇重要文献。

从 50 年代以后,达木丁苏伦系统地研究了一批被"与资产阶级民族主义思想斗争"的倡导者们视为"糟粕""毒瘤"的作品,完成一系列作品评析。达木丁苏伦的意图是通过这一工作,总结蒙古文化传统,批判与纠正"与资产阶级民族主义思想斗争"的倡导者否定与割裂蒙古文化、蒙古文学的错误主张,寻求和探索符合蒙古新文化、新文学实际的发展道路。在古代文学作品研究的基础上,达木丁苏伦于 1959 年提出无论就蒙古文学研究,还是就其个人学术发展而言至关重要的命题——翻译文学本土化。该命题的倡导与实践,使达木丁苏伦对文学理论批评的思索产生了一次大跨度的飞跃,为"三个支柱"理论体系的最终形成奠定了基础,也迎来了他学术研究的黄金时期。该命题建构了符合蒙古比较文学需要的方法论体系,在蒙古文学研究中开拓了比较文学研究空间,奠定了以文学关系研究及文学变异研究为主要内容的蒙古比较文学研究的基础。他搜集和整理出版了蒙古民间文学资料,系统地研究了蒙古民间创作和古代文学,推进了蒙古文学理论和批评的发展,完成了蒙古文学(20 世纪以前)开放结构的历史性探索,编撰出版了对蒙古文学研究有着深远影响的《蒙古文学概要》(1—3 卷)和《蒙古文学经典百篇》,比较准确地梳理和总结了蒙古文学史。同时,作为蒙古国现代文学的奠基者之一,达木丁苏伦从蒙古文学实际出发,以比较文学学者的文化自觉意识,将继承蒙古文学传统与尊重外来资源对蒙古文学的作用视为蒙古现代文学发展不可或缺的因素,形成自己的批评尺度,即蒙古新文学是"在蒙古民间文学、蒙古文学以及外来文学(苏联文学)三个支柱的基础上发展起来"的理论。立足于蒙古文学传统,在外来参照的比较之下,更好地认识蒙古文学的创作个性和前行方向,无疑是达木丁苏伦对蒙古国现代文学发展的最大贡献。

达木丁苏伦的文学批评活动、文学理论构筑与文学史书写,归根结底是服务于建构蒙古新文化与传承蒙古文化精神的主张。而贯穿于以上三个方面的主线则是坚持现代意识、启蒙思想、人文精神，以及忠于学术，探求真理的学术品格。他正确对待和解释其他民族文学对本民族文学的影响，倡导翻译文学本土化研究，对蒙古传统文化进行了新的现代诠释。他热爱本民族文化，自觉发掘到自身文化的优势和弱点，懂得扬长避短，了解蒙古文化所处的历史语境，尊重其他民族文化对本民族文化的影响，审时度势地提出"三个支柱"文学批评理论体系，使蒙古传统文化得到更新，有益于蒙古新文化的建构，也使蒙古文化成为世界文化建构中不可或缺的组成部分。他反对"文化霸权主义"，抵制"文化割据主义"，致力于不同文化之间的相互理解和沟通，主张相互怀有尊重和宽容。"这种既保障对个人的尊重和个人的平等权利，同时又要求个人有同情和尊重他人的义务；既保障不同个人－社群－民族－国家之间的各种差异，又要求彼此对话、商谈、和谐并进、共同发展；保存人类文化的多样性，又避免本位化的封闭和孤立，避免灾难性的文化冲突以至武装冲突，是 21 世纪人文精神的主要内容。"①从这个意义上来看，达木丁苏伦堪称 20 世纪人文学者的典范，因而达木丁苏伦研究具有强烈的当代意义。

（二）达木丁苏伦与蒙古文学研究

1. 翻译文学本土化命题的倡导及其理论阐释

乐黛云在《比较文学的国际性》一文中，回顾总结了近 20 年来比较文学发展的历史，指出文学理论成为比较文学的核心不是偶然的，文学理论和方法最具有国际性，而国际性的基础又正是民族性，对于不同民族的文化和文学理论的研究最容易把比较文学学者凝聚在一起并进行有效的对话。她说："当代文学理论进一步发展所面临的问题就是如何总结世界各民族文化长期积累的经验和理论，从不同角度来解决人类在文学方面所碰到的问题。在各民族文学理论交流、接近、论辩和相互渗透的过程中，无疑将熔铸出一批新概念、新范畴和新命题。这些新的概念、范畴和命题，不仅将在东西汇合、古今贯通的基础上使文学理论作为一门理论科学，进入世界性和现代性的新阶段，而且在相互比照中，也会进一步显示

---

① 乐黛云：《比较文学与 21 世纪人文精神》，《中国比较文学》，1998 年，第一期，第 11 页。

各民族诗学的真面目、真价值和真精神。"[①] 曾经改写欧亚大陆历史的蒙古民族,其文学发展进程与众不同,独具特色;其文学研究中所形成的理论阐释、提出的命题及其实践经验也有着自身特点。总结和阐释蒙古文学研究中积累的经验和理论,可以为解决人类在文学方面所碰到的问题提供一个不同的视角;对于推进当代文学理论的进一步发展,使之进入世界性和现代性的阶段,也具有一定的学术价值与研究意义。

按照意大利比较文学家阿尔蒙多·尼兹的观点,比较文学学科,对于原来的西方殖民国家来说是实现非殖民化的方式。而在达木丁苏伦看来,比较文学学科,对于蒙古来说是抵制殖民化的一种手段。1921年蒙古独立以后,在选择国家发展道路方面,是经过一番斗争的。1928年,蒙古人民革命党内部发生了一场权力斗争,最后赞成要迅速步入社会主义发展阶段的一方取得了胜利。蒙古就此结束了以资本主义模式发展蒙古的探索,全面接受并开启了苏联政治经济模式。苏联深知经济和文化的发展与融合才是稳固其在蒙古利益的根本。除了政治、经济上的把控外,苏联逐步加深对蒙古在语言文化、宗教信仰、意识形态等方面的影响力。1937—1938年,通过大规模的肃反运动,苏联彻底清除异己,既消除喇嘛教在蒙古的影响力,又肃清亲华势力,从宗教信仰和意识形态上达到统一。在苏联的干预下,1941年蒙古成立文字改革委员会,以斯拉夫字母拼写蒙古文,取代了旧蒙古文,于1946年1月1日开始使用斯拉夫蒙古文字并沿用至今。语言是文化的载体,文字改革加快了蒙古斯拉夫化的进程。二战之后,苏联继续加强蒙古文化领域的"去东方化",多次掀起"反对资产阶级民族主义运动",导致"左"倾思想泛滥,频繁出现抹杀、压制蒙古的传统文化以及割裂蒙古文化与东方文化之间的内在联系的现象。

蒙古民族的发展路径,决定了蒙古文化始终处于一个多种文化不断交流与融合、碰撞与互动的状态之中。历史上蒙古文化曾经与突厥语族文化、满通古斯语族文化、中国藏文化和汉文化有着频繁的交流,13、14世纪地跨欧亚大陆的蒙古帝国的建立,使得蒙古成为连接东西方往来的一个重要通道,也使得蒙古文化传统有条件接触到印度文化体系、波斯、阿拉伯伊斯兰文化体系,乃至于欧洲文化体系。随着与域外文化往来的

[①] 乐黛云:《比较文学的国际性与民族性》,《比较文学与比较文化十讲》,上海:复旦大学出版社,2004年,第13、14页。

日益频繁,蒙古文学与其他民族文学之间存在着广泛的联系,蒙古文学不仅接受印度文学、中国藏文学、汉文学的影响,也以自己的文学创作和文学理念影响了其他民族文学的发展。在蒙古文学史上,涌现出数量可观的译自汉语、梵语、藏语等其他民族语言的作品,以及与印度文学作品、中国藏族文学、汉族文学作品类似的作品。倘若把这些与东方文明有着密切关联的大量作品,其中包括与佛教文学有关的作品视为封建糟粕、宗教迷信,剔除在蒙古文学史之外的话,将人为地割裂蒙古文化的历史传承,使蒙古文化成为一个孤立于世界文明之外、封闭发展的落后文化。这种做法在文学界最大的危害是导致"蒙古根本没有古代文学","蒙古古代文学全部都是宗教文学"的观点占据主导地位。

"人类社会的历史事实上,不存在其个别部分之间缺乏相互影响而绝对孤立的社会和文化发展的例子。"①达木丁苏伦深知上述做法违背历史真实,为了还原蒙古文学发展全貌,也为反拨全盘否定和彻底抹杀本民族传统文化和文学遗产的现象,自 50 年代开始,达木丁苏伦从编撰文学读本和文学史入手,系统地研究了一批被"与资产阶级民族主义思想斗争"的鼓动者们视为"糟粕""毒瘤"的作品,意图是通过这一项工作,总结蒙古文化传统,批判与纠正"与资产阶级民族主义思想斗争"的鼓动者们否定与割裂蒙古文化、蒙古文学的错误主张,寻求和探索符合蒙古新文化、新文学实际的发展道路。

首先,达木丁苏伦搜求、考订和掌握了大量的蒙古文学中与其他民族文学题材、主题相类似的作品,倡导开展蒙汉文学关系研究和蒙藏文学关系研究,倡导蒙古与印度、蒙古与突厥、蒙古与通古斯文学关系的研究,找到历史上蒙古文化与东方其他民族古代文化有着深厚联系的有力证据。找到这些作品之间的渊源关系,或是考证和阐明蒙古文学与其他民族文学之间相互联系、相互影响的事实和流传途径,还不是达木丁苏伦的最终目的,证明这些与其他民族文学题材、主题类似的作品是真正的蒙古文学作品,属于蒙古民族文化的遗产才是他努力实现的目标。他说:"在蒙古文学史上存在着很多这种情况:单从蒙古文学的作品名称、形式就断定与印度、西藏的某些作品非常相似的一些作品是经西藏流传而来的印度文学作品,不加研究地将它们归类为印度文学作品的译本。在撰写关于这

---

① 日尔蒙斯基:《对文学进行历史比较研究的问题》,倪蕊琴译,干永昌、廖鸿均、倪蕊琴编选:《比较文学研究译文集》,上海:上海译文出版社,1985 年,第 288 页。

些作品的内容时,我们抛弃了未经研究就下结论的错误方法,坚持采取在研究的基础上进行总结的正确原则来进行撰写。由此带来的很好的结果就是找到、了解并证明了许多作品其实并不是翻译作品,而是蒙古文学作品。"①达木丁苏伦这里提及的证明了许多作品并不是翻译作品而是蒙古文学作品的方法,就是他所倡导的翻译文学本土化命题。这一命题是在整理和分析大量材料的基础上得出的。

1959年9月,在乌兰巴托召开的第一届国际蒙古学家代表大会上,达木丁苏伦以《蒙古文学研究的某些问题》为题作了发言,他在发言中首次提出翻译文学本土化命题的内涵及其实践意义。他说:"研究翻译过来的作品融入蒙古文学中的迹象及其变化,以及该作品所具有的蒙古文学特色。……对于翻译文学逐步发展成为蒙古的作品给予重视和研究,是当前蒙古文学研究的重要任务之一。"②达木丁苏伦将这种渗入蒙古民族的审美情趣和民族精神的译作称为蒙古本土化的作品,并且多次强调研究翻译作品蒙古本土化问题是当前蒙古文学研究的重要任务,不容忽视。翻译是文学交流中最重要、最富有特征的媒介。翻译文学本土化把译者放到接受者的层面,关注的是在文学交往中哪些因素被借鉴和吸收,哪些被变革和排斥了,以及译者用吸收的因素做了什么,对完成作品产生了什么样的效果。从蒙古文学发展特点上考虑,达木丁苏伦把翻译文学本土化研究列为蒙古文学优先研究的对象,无疑具有重要的学术意义。翻译文学本土化命题强调译者对文学作品的理解和接受的重要性,使蒙古比较文学学科从一开始就突破了传统影响研究关注的播送者对接受者的影响上,而是从播送者如何被接受上进行考察,成为一种双向过程的研究。如果说70年代德国接受理论的兴起全面刷新了传统影响研究,那么五六十年代翻译文学本土化命题的倡导与实践则已经反映出文学交流的两面,即接受与影响。70年代在总结编写蒙古文学史的经验时,达木丁苏伦以《尸语故事》为例,指出了接受和影响是一个问题的两面,他是这样论述的:

---

① Ц. Дамдинсүрэн,"Монгол хуучин уран зохиолын тоймыг зохиосон туршлагаас","Үнэн" сонин,№220(17123),1988年,Ⅸ сарын 13。这篇文章写于1976年,多年来禁止发表,直到80年代末期才得以解禁。

② Ц. Дамдинсүрэн,Монгол уран зохиолын судлалын зарим асуудал,ШУДБ Хүрээлэнгийн эрдэм шинжилгээний хэвлэлийн газар,УБ,1959 он,тал 20.

蒙古语《尸语故事》前十三个故事都是从藏文《尸语故事》中翻译而来的，但是蒙古语《尸语故事》中的其他故事则都是不同于藏文《尸语故事》中的故事。可见，过去的某些认为蒙古语《尸语故事》完全是从印度、西藏翻译而来的看法是没有根据的，应该给予反击；同时可以证明，蒙古语《尸语故事》是蒙古民族的文学作品。这样说，并不代表我们认为蒙古语《尸语故事》没有受到印度的影响、没有受到西藏的影响，该书中采用的连环串插式结构，及某些故事中还是存在着印度、西藏的影响。对于这一点，我们并不否认。蒙古文学中存在着印度、西藏的影响，并不意味这些作品不是蒙古作品，而是有力地说明印度、西藏、蒙古人民在古代文化上有着深厚联系。

此外，达木丁苏伦以类似《尸语故事》这样的本土化研究，论证出蒙古文《五卷书》《三十二个木头人》《格斯奈汗传》《健日王传》《萨迦格言》等部连环串插式结构小说，虽然与印度作品同名，但不是翻译作品，而是对印度、西藏的某些作品进行模仿、加工而创作出来的蒙古文学作品。

翻译文学本土化命题，阐释出一个"文学影响与接受的过程，同时也是一个文化过滤的过程。"①历史上任何文化对他种文化的吸收和受益都只能通过选择、误读、诠释等变形才能实现，蒙古文化吸收和接受其他民族文化也是同样，无论是印度文学、还是中国藏文学、汉文学进入蒙古后，首先受到蒙古文化框架的过滤和改造，经过变形，已经不再是原封不动的原来的文学作品，已经蒙古化了，译作本身已经形成了独特的文学体系。而被蒙古本土文化过滤、变形后的其他民族文学才能对蒙古文学发生作用，翻译文学本土化命题的倡导与实践，反映出后殖民时代比较文学的基础，即以互补、互识、互用为原则的双向自愿交流，具有当代意识。在对待强势文化与弱势文化的接触与交流上，翻译文学本土化命题的倡导与实践，体现出这样一种事实：一种文化对另一种文化能否为其他文化所接受和利用，决非一厢情愿所能办到的。这首先要看该种文化（文学）是否能为对方所理解，是否能对对方做出有益的贡献，引起对方的兴趣，成为对方发展自身文化的资源而被其自觉地吸收。② 在后殖民时代的全球语境下，曾经被殖民或半殖民地区在恢复和弘扬传统文化进程中滋生出一种

---

① 乐黛云、陈跃红等：《比较文学原理新编》，北京：北京大学出版社，2002年，第92页。

② 乐黛云：《比较文学的国际性与民族性》，《比较文学与比较文化十讲》，上海：复旦大学出版社，2004年，第5页。

极端的民族主义情绪。这种情绪导致背离了反拨"西方中心论"的初衷,出现了"东方中心论"的倾向。无论是"西方中心论"还是"东方中心论",都囿于一种文化对另一种文化进行压制的固有思维之中。蒙古翻译文学本土化命题的倡导与实践,强调不同民族文学相互之间应该相互尊重的意识,对于后殖民的全球语境下,如何对待传统文化问题给予启发和思考。

从达木丁苏伦的副博士论文《〈格斯尔传〉的历史根源》问世到他晚年写作出版的《〈五卷书〉的西藏、蒙古故事汇编》等一系列著述,通过翻译文学本土化研究,证实了蒙古文学在历史上与印度和中国藏族文学之间所存在着的千丝万缕的联系,以有理有据的论证反映出蒙古民族与其他民族之间,尤其是与东方各民族之间在文学、文化、宗教信仰等方面的连绵不断的交流,驳斥了"蒙古没有文学传统可借鉴","蒙古古代文学都是僧俗封建主的糟粕"等谬论,在保护蒙古文化传统、文学遗产方面起到不可替代的作用。

2. 蒙古文学作品接受史的初步探索与实践

接受美学认为,文本是历史的文本,所以研究文学理论,也就是研究文学史,文学理论与文学史是不可分割的。50 年代,翻译文学本土化命题,也正是为了解决编写蒙古古代文学史遇到的问题而提出和倡导的。

激发达木丁苏伦编写蒙古古代文学史和编撰蒙古文学读本这一想法的,是 50 年代蒙古极"左"思潮泛滥导致文化、教育、出版行业出现全盘否定和抹杀蒙古文学传统的这股潮流。1949 年蒙古人民革命党中央作出《关于人民教科书的决定》和《关于在学校中教授蒙古人民共和国历史和文学现状的决定》,要求修改历史和文学教学大纲,革命时代的内容不得少于全部课时的一半。按照这两项决议,大学、中学修改了语文教学计划,从教学中剔除了《孤儿传》《格斯尔传》和《江格尔》等经典作品,编入1921 年以后的大量文学作品。在新闻出版行业,审查制度严格,蒙古文化遗产方面的书籍,自 1937 年起,出版处于停滞状态。在这股潮流的影响下,原来对蒙古古代文学传统的一些固有观念和错误认识被进一步强化。由于早期的研究者未对蒙古文学史上与其他民族文学在题材、主题、体裁等方面相类似的作品进行细致的比较分析和考察,片面地得出"蒙古没有本民族独立的文学","蒙古文学完全是佛教文学"或是"蒙古文学完全是翻译、复述、转述的文学"等与事实不符的结论。俄罗斯学者 A. M.

波兹德涅耶夫(A. M. Pozdneev)在他的《蒙古文学讲义》中把蒙古文学划分为：西藏蒙古文学、中国蒙古文学、满洲蒙古文学和真正的蒙古文学等几个部分。这些错误的认知产生了一定的负面影响，在人们头脑中形成了固有的观念。在这种情形下，辨析蒙古文学的民族特性，确认蒙古文学在亚洲文学，乃至世界文学中的地位，就蒙古文学研究而言，比任何时候都显得更为迫切。

在搜集、整理、考订蒙古文学作品的同时，达木丁苏伦完成了一系列有关蒙古古代文学史的理论著述，从中能够看到翻译文学本土化命题如何一步步地走向理论的成熟，也折射出达木丁苏伦的文学史观的形成过程。1955年发表的《旧蒙古文学中的民主方向》一文阐明蒙古文学具有封建的和人民的两种方向，强调无论是民间口头文学作品，还是书面文学作品同样具有这两种方向的观点，提出："研究蒙古古代文学作品，编撰文学读本和书写文学史是我们面临的迫切任务"[①]，呼吁重视优秀的古代文学作品的出版工作，强调文学读本及文学史的编撰与出版是直接关系到大中小学教育的重要问题。1956年发表了著名的思潮评论《让我们保护文化遗产》，达木丁苏伦在文中运用列宁的"两种民族文化"学说，论证了1921年以前蒙古文化的性质，力图以马克思主义文化观来改变批评界对文学遗产的错误认知，清除"左"倾机械论思潮对蒙古文化发展带来的阻碍。1958年达木丁苏伦发表了《蒙古古代文学简述》，文中以分析不同时期的代表性作品为主线，简要阐述了13世纪到19世纪的蒙古文学发展状况，首次谈到翻译文学的蒙古化问题，指明研究蒙古文学中与印度文学、西藏文学作品主题类似的作品的重要意义。[②] 此时，达木丁苏伦尚未明确提出翻译文学本土化命题，但已经发现到通过西藏传入蒙古地区的许多印度作品中有两种不同的情况。在同年发表的《蒙古旧文学概述》中，他指出诸如《故事海》《佛本生故事》等佛教文学作品，从梵文翻译成蒙古文抑或从藏文翻译成蒙古文，没有发生了很大变化；但是世俗性质的故事翻译成藏文、蒙古文后则发生很多变异，西藏、蒙古的作家们在印度作品中自己编写并添加了部分章节或片段。尽管藏文、蒙古文的一些作品

---

① Ц. Дамдинсүрэн, Хуучин уран зохиолын доторхи ардчилсан чиглэл, *Монгол хэл бичгийн тухай*, Улсын хэвлэлийн газар, УБ, 1957 он, тал 75.

② Ц. Дамдинсүрэн, *Монголын эртний уран зохиолын тухай товч үгүүлэл*, Шинжлэх Ухаан, Дээд Боловсролын Хүрээлэнгийн хэвлэл, УБ, 1958 он, тал 10.

在名称和形式上与印度原作品相似,但在内容上则已经完全是另一部作品。① 通过1959年发表的《蒙古文学研究中的一些问题》一文,达木丁苏伦首次提出翻译文学作品纳入蒙古文学史的三条标准:一是译作对蒙古文化、教育产生重要影响的作品必定纳入文学史;二是翻译作品影响并促进了类似作品的创作,并在文学领域占有一定位置的应该纳入文学史;三是反映出蒙古社会状况,具有蒙古民族特色的、逐渐变异的作品,也应纳入文学史,并且要给予重点考察和研究。② 由此观之,达木丁苏伦并非主张把所有的翻译作品都要编入文学史,而是从译者、读者、作家以及社会接受的角度,提出以译作是否能够促进蒙古文学、文化、教育的发展为衡量标准。

70年代,达木丁苏伦先后撰写了两篇有关文学史的文章,但因未能通过相关单位审查,没有及时公开发表,在达木丁苏伦去世以后的80年代末期,意识形态领域相对宽松时才予以正式刊登发表。其中一篇是1974年达木丁苏伦为《蒙古文学概要》第二卷所写的编者说明,达木丁苏伦在文中介绍了第二卷的编写情况,阐明了三卷本不叫做"文学史",而叫做"文学概要"的缘由,并对七个章节逐个进行了介绍和说明。此时,对17—18世纪的文学作品经过五年(1969—1974)的搜集、整理、考订和研究工作之后,翻译文学本土化的实践更为练达、笃实,为本卷最为有争议的两个章节,即第五章"与印度文学有关的文学创作"、第六章"与西藏文学有关的文学创作"的撰写奠定了基础。另一篇是达木丁苏伦于1976年撰写的《〈蒙古文学概要〉之编写的一些经验》一文,文中除了谈及编写《蒙古文学概要》所积累的经验和心得之外,还以《尸语故事》为例论述了印度文化对蒙古文学艺术、文化教育以及生产生活带来的有利影响和不利因素。

乐黛云在总结接受理论开辟了文学研究许多新的层面时,指出首先由于"接受屏幕"的不同,一部作品在本国和在外国被接受的状况各异。通过某种成分被拒绝或接受或改造的复杂过程,可以更多面地发掘出作品的潜能,而且可以进一步了解不同文化体系的特点;其次,对外国作品的接受,往往可以作为一面镜子,反射出接受者的不同的个性;再者,通过

---

① Ц. Дамдинсүрэн, Монголын хуучин уран зохиолын товчоо, 1958 он, *Монголын уран зохиолын өв уламжлалын асуудалд* Ⅰ, УБ, 1984 он, тал 196.

② Ц. Дамдинсүрэн, *Монгол уран зохиолын судлалын зарим асуудал*, ШУДБ Хүрээлэнгийн эрдэм шинжилгээний хэвлэлийн газар, УБ, 1959 он, тал 16—17.

关于接受的研究,还可以考察时代的变化,一部作品在被接受的过程中常常因时代的不同而被强调不同的方面;另外,接受的"反射现象"对文学发展起了重大作用;最后,接受理论为比较文学研究者提供了编写完全不同于过去的体例的新型文学史的可能。乐黛云提出从比较文学角度重写文学史的构想:着重考察各种思潮、主题、文类、风格、取材,以至修辞方式、诗歌、格律等等文学的构成因素在不同民族文学中的继承、发展、相互影响和相互接受。新的文学史将由"创造""传统继承"和"引进"三个部分组成,而对于那些特殊的历史予以关注。[①] 上述看法是乐黛云 80 年代关注接受与影响关系的心得体会,是站在整个比较文学学科发展的立场上,指出 70 年代兴起的接受理论不仅全面刷新了传统影响研究,而且开辟了比较文学研究的空间,同时为比较文学学科指明了从接受理论进行深入研究的可行性路径。而达木丁苏伦是在 50 年代末期,在逐个研究蒙古文学史上的翻译文学作品,尤其是仔细研究考订由印度、西藏流传到蒙古地区的文学作品,从中发掘和提炼出具有蒙古特征的文学理论命题,并经过多个典型案例的本土化分析,从蒙古接受角度确立了翻译文学作品纳入文学史的标准,为书写一部具有接受史性质的蒙古文学史提供了可能。在探究从接受角度书写文学史方面,乐黛云的观点与达木丁苏伦的主张是相互契合的,都反映出文学自身发展的规律。在乐黛云看来,一种新的文学思潮兴起后,如果它是真有价值的,就会逐渐获得世界性。不同文化体系在接受这些思潮时,由于"接受屏幕"和"期待视野"的不同,必然有所选择,有所侧重,并在融入本体系文学时完成新的变形,这种变形既包含着该文化系统原来的纵向发展,又包含着对他种文化系统横向的吸取和改造而形成的新的素质。在达木丁苏伦看来,蒙古文学在接受其他民族文学上也是有所选择、有所侧重的,一些译作在融入蒙古文学时已经发生了变异,这种变异既包含着蒙古传统文化对其进行的蒙古化改造,又包含着吸纳和汲取其他民族文学、文化当中有益于发展蒙古文学、蒙古文化的有益成份。从译作收入文学史的前两条原则中可以充分反映出达木丁苏伦在这方面的认识。达木丁苏伦主张从藏文翻译而来的《故事海》要收入文学史,因为这类作品在蒙古广泛传播,对蒙古人的文化教育产生了不小的影响。不仅仅限于古代文学,他还提出从俄文翻译而来的苏联文学作品

---

① 乐黛云:《我的比较文学之路》,《比较文学与比较文化十讲》,上海:复旦大学出版社,2004 年,第 180—181 页。

在蒙古拥有广大的读者群,对整体文化带来影响,这类作品也要收入现代文学史;再者类似萨班贡噶坚赞的《萨迦格言》这一类在蒙古文学史上占有一定地位,促进了蒙古文学发展的作品也应收入文学史。达木丁苏伦提出的第三条标准与乐黛云指出的"镜子"作用是一致的,达木丁苏伦正因为有"对于外国文学的接受,往往可以作为一面镜子,折射着出接受者的不同个性"这样的认知,才提出关注探讨《乌善达拉汗传》《尸语故事》这类译作逐渐变异的学术价值,即这类作品能够"反映出蒙古状况和蒙古特色"。从结构上来看,达木丁苏伦主持编撰的三卷本《蒙古文学概要》,从历时上展现出蒙古文学纵向的发展格局,从共时上以蒙古文学与印度文学、中国汉文学、西藏文学,以及社会文化等多重联系中发掘出蒙古文学横向借鉴和选择的动因、规律以及促进蒙古文学其他范式的形成,同时,对 17—18 世纪、19 世纪给予重点关注。反映 13—16 世纪文学状况的第一卷,以一个章节的篇幅专题撰写了"13、14 世纪的翻译作品",首次把翻译文学纳入蒙古文学史,无疑具有特殊的意义;在第二卷(17—18 世纪)中达木丁苏伦本人亲自撰写了"与印度文学有关的文学作品"和"与藏文学有关的文学作品"这两个章节;在第三卷(19 世纪)中编入了与汉文学有关的《西游记》蒙文译本节选""《水浒传》""汉文作品在蒙古地区的口头传播"等章节,由达木丁苏伦的学生 E. 图门扎拉格尔(E. Tumenjargal)和 D. 策伦索德诺姆分别编撰。这些被特殊关注时期的翻译作品符合达木丁苏伦纳入文学史的标准,也初具乐黛云所构想的新的文学史规模。

3. "三个支柱"文学批评理论体系的构筑

在推进蒙古文学批评学科的发展过程中,达木丁苏伦非常注重本土理论体系的建构。作为一个富有理论自觉和现实关怀的批评者,达木丁苏伦的理论建构和批评实践对于蒙古新文学的现实境遇和未来走向,能够做出有效的、有益的阐释。"三个支柱"文学批评理论体系的阐释与建构,是达木丁苏伦在蒙古文学批评学科建设方面取得的具有标志性的成果,也是他对蒙古现代文学批评发展的最大贡献。所谓"三个支柱",即蒙古古典文学、蒙古民间文学和苏联文学,被达木丁苏伦统称为蒙古文学发展的三个根基。这种批评的基本思路是:寻找和梳理出作品及作家与古典文学、民间文学、苏联文学之间的联系。这是基本的批评思路,具体的操作程序和侧重点因研究对象不同可能不尽相同。

"三个支柱"批评理论体系的阐释与构筑,是达木丁苏伦集语言文学研究者、教师、作家、批评家、翻译家、编辑等多重身份为一身的结果。在韦勒克看来,文学批评像哲学以及其他的科学一样,是一个独立的、有机统一的领域,同时又是一个纷繁多样的、充满差异的领域,批评家首先要看到全局,看到总体,同时又要看到部分,看到差异和多样性,看到总体,才能对之做出理论的、系统的思考,看到差异和多样性,才能进一步加以筛选取舍,并对之做理论的批评。① 无疑,达木丁苏伦具备上述素养,首先,他是一位学者,特别是一位在蒙古古典文学、蒙古民间文学研究、蒙古文学关系研究方面颇有造诣的学者。在编写三卷本《蒙古文学概要》的20多年间,他逐步形成了对蒙古文学整体发展的客观分析和把握,提出对蒙古文学研究具有重要学术价值的理论命题——翻译文学本土化。对于翻译本土化命题与文学作品接受史方面的探索与实践,使达木丁苏伦能够从蒙古文学发展规律的全局着眼去思考蒙古现当代文学的发展路径,促成倚重蒙古文学发展规律的文学批评理论体系——"三个支柱"的构筑。

　　文学批评离不开文学创作。达木丁苏伦本人既是作家,又是批评家。达木丁苏伦自1927年起从事文学创作以来,发表了不少脍炙人口的作品。其中,他从21岁时发表的成名之作中篇小说《受歧视的姑娘》,确立了其在蒙古现代文学史上的奠基人地位。达木丁苏伦的文学批评实践和理论阐发,无疑与他自身的文学创作经验密不可分。文学创作实践成为他探索和积累文学批评经验的重要途径之一,也使得其文学批评具有更多的、对更为普遍的文学经验的阐释。托多洛夫认为:"批评是对话,是关系平等的作家与批评家两种声音的大交汇。"②达木丁苏伦的文学批评理论的阐发,不仅来源于自身的作家身份与自身批评家身份之间的对话与交汇,还来自于作为批评家的他与蒙古现代文学巨匠D.纳楚克道尔基③(D. Natsagdorj)之间的"隔空"对话,是大师之间对话的结果。

　　1937年,D.纳楚克道尔基辞世后,达木丁苏伦主持整理出版D.纳楚克道尔基的文学作品。随着D.纳楚克道尔基手稿的搜集、考订和整理工

---

① 勒内·韦勒克、奥斯汀·沃伦:《文学理论》,刘象愚等译,南京:江苏教育出版社,2005年,第13—14页。
② 托多洛夫:《批评的批评——教育小说》,王东亮、王晨阳译,北京:三联书店,2002年,第185页。
③ D.纳楚克道尔基(1906—1937):蒙古作家小组组建者之一、作家、记者、历史学家、语言学家、翻译家。

作的开展,D. 纳楚克道尔基的文学创作道路自然而然地进入达木丁苏伦的批评视野。从 1945 年为《D. 纳楚克道尔基文集》作序——《新时期文学的开拓者》伊始,到 1966 年《辨析 D. 纳楚克道尔基诗作〈我的祖国〉的创作年代》为止,达木丁苏伦一共发表了八篇评析 D. 纳楚克道尔基文学创作及其创作思路的文学评述。我们从中发现,"三个支柱"批评体系始终贯穿其中,并随着有关研究的深入和达木丁苏伦学术思想的演变而逐步调整,且日臻成熟。40 年代中期,"三个支柱"批评体系已具雏形,达木丁苏伦对 D. 纳楚克道尔基这样评价道:"任何一位作家只要将民间口头文学、古典书面文学相结合,并充分汲取其养分,再受惠于欧洲文学,尤其是苏联文学的滋养,那么就一定可以在文学创作上有着卓越的建树,D. 纳楚克道尔基就是这样的作家。"50 年代中期,达木丁苏伦进一步细化"三个支柱"批评标准。特别是在汲取民间文学和古典文学营养方面,达木丁苏伦的批评视野随着蒙古文学关系研究的深入而越发宽阔,他强调 D. 纳楚克道尔基不仅接触蒙古文学经典,还从蒙古文学遗产角度强调东方文学对他的滋养,除了阐发 D. 纳楚克道尔基深受中国汉文学、藏文学以及印度文学的影响外,还涉及到当时文学界所避讳的佛教文学。面对极"左"思潮的泛滥,达木丁苏伦逆潮流而动,坚持己见,凸显他"自由之思想,独立之精神"的为人与治学态度以及追求真理的战斗精神。对"左"倾机械论文学思潮的怀疑与抵制,使达木丁苏伦在蒙古如何借鉴俄苏文学、文化的问题上融入更为理性的思考,提出符合蒙古文学发展规律的见解,他说:"一种文学对另一种文学的影响,具体地说,就是苏维埃文学对蒙古文学的影响,并不是机械地模仿,而机械的模仿只会消灭任何民族的文学特色","三个支柱"批评体系在实践过程中也越加练达而笃实。

  D. 纳楚克道尔基的文学创作有两次高峰期,均发生在他与外来文化接触之后,研究表明,这与 D. 纳楚克道尔基接受外来文化刺激,再反观蒙古文学传统有关。20 年代他先留学于苏联,后留学德国,初次走出蒙古高原,步入"现代文明"世界,令他"目不暇接",在"他者"的关照之下,D. 纳楚克道尔基对蒙古文化传统进行了再认识,重新认识蒙古民间文学和古典文学的价值,从中借鉴创作资源,创作出不朽之作。D. 纳楚克道尔基这个创作过程与中国现代作家格非结合自身创作,总结中国现代文学发展过程中提出的"隐秘的回溯"命题类似,格非认为整个中国近现代的文学固然可以看成是向外部学习的过程,同时提出这个过程是一个更为隐秘的回溯性过程,也就是说,对整个传统的再认识过程。达木丁苏伦在研究 D. 纳楚克道尔基时,认识到"隐秘的回溯"这一过程,在自己独立思考的基础上,将自己以前所提出的论点与命题更加理论化、体系化。可见,"三个支柱"批评体系是大师思想的"碰撞与汇合"。

格非在《经验、真实和想象力——全球化背景中的文学写作》一文中提出"整体写作"观念,即强调写作可以利用"一切资源",也就是本民族文学传统与外来文学的刺激。这与"三个支柱"批评标准有异曲同工之处。只是格非与达木丁苏伦对这个问题的认知过程略有不同,前者是在创作过程中思考摸索并付诸自己的创作实践,后者这种清醒的审时度势源于其文学理论家、文学史家、文学批评家、作家的多重身份。倘若说格非的"整体写作观"有益于中国当代文学创作与理论构成,那么达木丁苏伦的"三个支柱"不仅有益于蒙古的新文学创作,更为重要的是推进了蒙古文学批评学科的本土理论建构与发展,奠定了具有现代意义的文学批评学科的基础。如此看来,达木丁苏伦已经符合李健吾提出的"理想的批评家"的标准,即"学者和艺术家的化合"。

4. 相得益彰的蒙古文学史书写与蒙古文学批评、文学理论的建构

当前学界有关文学理论、文学批评与文学史之间的关系最权威的看法,莫过于韦勒克在《文学理论、文学批评和文学史》一文中的辩证表述:"文学理论不包括文学批评或文学史,文学批评中没有文学理论和文学史,或者文学史里欠缺文学理论与文学批评,这些都是难以想象的。显然,文学理论如果不植根于具体文学作品,这样的文学研究是不可能的。文学的准则、范畴和技巧都不能'凭空'产生。可是,反过来说,没有一套问题、一系列概念、一些可资参考的论点和一些抽象的概括,文学批评和文学史的编写也是无法进行的。"①在理论层面,韦勒克倡导文学理论、文学批评与文学史之间的汇通共融的研究策略,在实践层面,韦勒克在文学理论、文学批评和比较文学等领域成就斐然,著有《文学理论》和八卷本的《现代文学批评史》。享有盛誉的《现代文学批评史》以搜罗广博、论述精彩为学术界普遍认同,就文学批评而言,称得上是一部前无古人后难有来者的扛鼎之作,但因其过分强调审美批评观,相对忽略历史观,造成《现代文学批评史》没能够给人一种历史演化的观念,按照作者本人的评价是:

---

① 勒内·韦勒克、奥斯汀·沃伦:《文学理论》,刘象愚等译,南京:江苏教育出版社,2005年,第33页。

"力图在《批评史》中勾勒一个令人信服的文学发展的轮廓,但这种努力失败了。"①如果说韦勒克从理论层面倡导开展相互依存、相互倚重的文学理论、文学批评与文学史研究的话,那么就蒙古文学研究而言,达木丁苏伦游刃有余地穿梭于文学理论、文学批评和文学史之间,以翻译文学本土化命题的倡导与实践、蒙古文学作品接受史的探索、"三个支柱"批评理论体系的构筑与实践活动,从实践层面诠释出文学批评、文学理论与文学史之间相互依存、相互渗透、相互作用的关系。

在韦勒克看来,文学史家必须懂得文学理论和文学批评,每个文学史家都是文学批评家,因为在文学史的编写过程中任何材料的取舍都离不开价值判断,再者文学史的编撰也离不开一定的理论的指导。他援引福斯特的观点"文学史家必须是个批评家,纵使他只想研究历史。"②20世纪中叶,对于编撰蒙古文学史而言,面临的最大问题是搜求、考订和筛选文学作品的工作。蒙古民族自古逐水草而居的游牧生产生活方式不利于文献的保存,大量文献手稿散佚在民间,而且当时无论是官方还是民间,对古代文学遗产加以保护的认识不足、重视程度也不够,这都给编写文学史带来了很大的困难。如何从异彩纷呈的蒙古文学宝库中缀英摘彩,得窥全豹,成为编撰文学史工作的关键所在。为此,达木丁苏伦采取了双赢的策略,在编写文学史的同时,着手搜求和选择最具有代表性的文献和作品,编撰出版蒙古古代文学读本《蒙古文学经典百篇》。经过大量作品的鉴别和判断,达木丁苏伦从蒙古古代文学宝库中撷取精选出100篇经典作品,汇编而成集,相继出版。在收录的作品原作之后,还注明了该作品的扼要介绍、作品的出处、现存各种版本的情况、选取因由,以及对于作品渊源和影响等问题的初步分析与探讨等。由此达木丁苏伦完成了编写文学史的前期工作,对作品进行了描述、解释与评价,使文学批评与文学史写作能够协调一致,相互协同。文学作品的取舍与选取,需要评判和界定的标准,这个标准恰恰与达木丁苏伦倡导的翻译文学本土化命题有关,正说明了文学史与文学理论、文学批评之间的关系,即不借助批评理论,便不可能分析文学作品,探索作品的特色。

---

① 勒内·韦勒克、奥斯汀·沃伦:《文学理论》,刘象愚等译,南京:江苏教育出版社,2005年,第27页。
② 同上书,第39页。

同时,韦克勒还强调文学史对于文学批评极其重要,因为文学批评必须超越单凭个人好恶的最主观的判断,不能无视文学史上的关系;换言之,文学批评家必须具有历史的观念。在撰写蒙古文学史的过程中,达木丁苏伦发现若要提升蒙古文学地位,必须突破单一的、封闭的本民族文学研究的桎梏。蒙古文学的价值应该在蒙古文学与印度文学、中国汉文学和西藏文学以及其他民族文学的比较和对话中显现出来。经过对蒙古文学与其他民族文学之间的接受与影响关系的充分思考,达木丁苏伦前瞻性地发起了有别于传统翻译研究的翻译文学本土化这一前沿命题。通过一系列系统的翻译文学本土化实践,论证出翻译文学是蒙古文学发展的主要建构力量这一重要结论。作为现代文学批评的开拓者之一,达木丁苏伦有意识地通过外国文学的输入与影响,刺激乃至推动蒙古新文学的发展,将翻译视为发展蒙古国现代文学的一种重要的策略,把外来资源视为蒙古文学发展的重要支柱之一。从蒙古文学实际出发,达木丁苏伦将继承蒙古文学传统与尊重外来资源对蒙古文学的作用视为蒙古现代文学发展不可或缺的因素,形成自己的批评尺度,构筑出"三个支柱"文学批评理论体系,并以其批评实践活动促进和推动了蒙古新文学的发展。

综上,达木丁苏伦在蒙古文学研究实践中,以翻译文学本土化命题、《蒙古文学概要》(包括《蒙古文学经典百篇》)、"三个支柱"批评理论体系诠释出文学批评、文学理论与文学史之间相互包容、相互交融、相互共生的关系,使其蒙古文学理论、文学批评、文学史研究呈现出交融共生的局面。

5. 达木丁苏伦文学研究思想的理论基石

研究中,我们发现达木丁苏伦既是一位优秀的马克思主义文学批评家,还是一位真诚而坚定的马克思主义者,无论他的文学批评实践,还是文学史写作、文学理论建构都离不开马克思主义思想的理论支撑。他力图以马克思主义的视点去解释文学现象和文学创作,构筑其文学理论体系,搭建蒙古文学研究框架,探析蒙古文学发展规律,书写蒙古文学史。可以说,对马克思主义的坚定信仰和执着追求使他不会轻易放弃自己独立思考的主张,不违心附和违背历史事实的意见,马克思主义是他实现学术理想的理论基石。达木丁苏伦善于联系蒙古实际去理解和运用马克思主义及其文艺思想,有利于马克思主义在蒙古的传播与接受,客观上也推进了马克思主义文艺批评在蒙古的发展。

追寻马克思主义的真精神,是达木丁苏伦编撰《蒙古文学概要》过程中遵循的原则和方法。在 1957 年出版的《蒙古文学概要》第一卷中,他开宗明义地阐明"应该用马克思主义的观点研究蒙古文学史"。在他看来,用马克思主义研究,并不是从马克思、恩格斯、列宁等人的著作或马克思主义作家的作品中去寻章摘句,而是"应从马克思主义出发,掌握研究方法,用马克思主义去认识原作和解释原作"。他反对把马克思主义"空筐化"现象,他说:"引经据典是可以的,只是引证那些话是不能代替自己的研究和创作的。"对于如何用马克思主义的观点研究和用马克思主义去认识原作的问题,达木丁苏伦用一句话加以回答:"就是追求真理"。按照达木丁苏伦的理解,追求真理是马克思主义的真精神所在。他是这样论述的:

> 马克思主义者的目的是研究和获得世界上一切现象的真理,以此为人民利益和建设新社会而积极斗争。经验尚浅的研究者看到各种各样的现象形式,感到这是怎么回事?用什么去解释?常要反复多次想找个适当的解释,按照我们的看法这种犹豫是不必要的,必须求得真理,用具体真理或存在的事物去解释。如果能毫不动摇,真实加以说明的就是马克思主义者的说明。[①]

我们不妨看看,达木丁苏伦在蒙古古典文学的研究中,特别是在蒙古文学史的编撰上,是如何理解和运用马克思主义的真理观的。他认为:

> 在古典文学上有真实真理和相对真理之分。现在我们叫做绝对真理和相对真理。……在科学、文学的研究上,一位学者常这样坚持一种绝对真理,另外一位学者更深入地掌握科学理论知识,又认为那不是绝对真理,而是相对真理。因而,科学工作者,虽然应当相信自己的研究成果是正确的,但是以为自己的研究是唯一正确的成果或以为别人的研究成果都是错误的想法,这要谨慎。我在这书上所总结的、评价的东西虽自信正确,但是无论如何不能认为是唯一正确的总结。因为还有许多地方要期待将来进行修正和总结。这本《概要》如果能在蒙古古典文学研究上开辟一条小径就已经很好了。真正要使之成为更广阔的道路,使沿途者(指研究者)的道路越加明晰,需要修正的地方就更多了。实际上你的思想和别人的思想无论谁在相对

---

① Ц. Дамдинсүрэн, *Монголын уран зохиолын тойм* Ⅰ, УБ, 1957 он, тал 13.

真理和绝对真理上,是从两个不同方面逐渐接近才能产生出比较正确的结论。①

在明确古典文学研究和科学研究一样,同样存在真理的两个基本属性——绝对真理和相对真理之后,达木丁苏伦从绝对真理和相对真理的辩证统一关系的角度,论证出书写蒙古文学史即是探寻蒙古文学的发展规律,是探索真理的一个过程,不能一蹴而就,也是一个由相对真理向绝对真理转化的和发展的过程,《蒙古文学概要》的写作和出版,与人类对于客观事物的任何真理性的认识一样,都是由相对真理转化为绝对真理的过程中的一个环节,需要由后人再进行补充和修正,才能逐步把握蒙古文学发展规律。针对当时蒙古文学界对《蒙古文学概要》的认同不一,达木丁苏伦从任何客观真理都是绝对和相对的统一,都是需要由相对真理向绝对真理进行转化的角度进行阐释,他说:"我们没有理由下结论说:我们还没有达到绝对真理的境地就不能理解和接受客观真理。就像人有两足,马有四蹄;真正的文学作品能够扣人心弦,这都是客观真理,人们都容易理解。我们所了解和掌握的东西,尽管还有所欠缺,还处于相对真理阶段,但由于绝对真理是一定存在的,所以才会有这样的客观真理。研究自然规律,通过获取客观真理,我们所得到的相对真理就会一步一步接近绝对真理。"②

在文学批评实践活动中,达木丁苏伦把马克思主义理论与当时蒙古的现实情况相结合,旨在有针对性地、实事求是地从马克思主义的立场出发解决蒙古文学界的实际问题,体现出马克思主义文艺理论的生命力和魅力。50年代,针对抹杀蒙古文化传统的现象,达木丁苏伦追本溯源,厘清马克思文艺理论发展的脉络,把握列宁对马克思主义文艺理论的贡献,并应用于蒙古文化建设的实践之中,发表了思潮评论《让我们保护文化遗产》一文,把列宁提出的"两种民族文化""批判地继承"等学说灵活运用于蒙古的文学批评活动中,抵制了"左"倾机械主义的危害,修正了批评界对于马克思主义的片面认识,保护了蒙古文化遗产。该篇评论因触及问题的现实性与尖锐性,并以其对马克思主义文艺理论的探索性和实践性,特别是对列宁主义文艺理论的贡献,成为了蒙古文学批评史上一篇非常重

---

① Ц. Дамдинсүрэн, *Монголын уран зохиолын тойм* I, УБ, 1957 он, тал 13—14.
② Өмнөх ном, тал 14.

要的文献。

学界通常认为,马克思主义文艺理论由两个方面组成:一是对文艺的历史、本质和功能进行系统的解说和剖析,二是对如何动员、使用和创造文艺以服务于无产阶级的解放事业进行思考和规划。① 相比较起来,达木丁苏伦更关注后者,即如何动员、使用和创造文艺以服务于文化教育事业以及社会发展和进步,从他对于社会主义现实主义、两种民族文化等经典命题的阐释与实践上,能够看出他有关这方面的思考和探索。在社会主义现实主义的认识方面,达木丁苏伦与苏联比较文学家日尔蒙斯基有着相似的主张。日尔蒙斯基主张对文学开展历史研究的必要,在他看来比较属于研究方法,而不属于方法论的范畴,是一种可以运用于各种目的和各种方法范围内的历史研究的方法,提倡不能将马克思主义方法与"比较方法"对立起来,认为马克思主义关于人类社会历史发展的统一性和规律性是对各民族文学进行比较研究的前提。由于各民族在同一历史时期发展个别文学时具有相同的社会关系,因而产生类型学的类似,在欧洲资产阶级社会的文学中则是文学流派的顺序兴替;而随着社会发展新的历史时代的开始,出现了社会主义现实主义,一种本质上全新的艺术发展的更高阶段。达木丁苏伦认同上述观点,在他看来,开展蒙古文学关系研究与马克思主义并不相悖,而是符合马克思主义追求真理的精神,而社会主义现实主义被他看作是借鉴俄苏文学,发展蒙古新文学,构建蒙古新文化的最为便捷的方式和手段,其主要缘由是因为他坚信社会主义现实主义是一种全新的艺术发展的更高阶段,他认为苏联文学对蒙古文学最为可贵的影响是它的思想性和社会主义现实主义创作方法。借鉴俄苏文学,以文学为手段实现育人的目的,提高民众的文化水平,改观蒙古落后的状况,为蒙古人开拓新的文化生活方式和文学思维方式,以促进蒙古社会向现代社会转型是达木丁苏伦始终提倡和坚持的主张。

在《蒙古文学概要》第一卷的"文学研究的某些原则和方法"章节中,达木丁苏伦以列宁的著名文化学说为依据,结合蒙古文化的发展状况,论证出蒙古民族同样存在封建反动文化和人民进步文化之分。达木丁苏伦在文中开宗明义地写到:"任何民族在阶级社会时代都有两种文化,列宁说过:'任何民族有压迫剥削者的反动文化,同时也有被压迫剥削者的进

---

① 祝东力:《谈马克思主义文艺理论的两个组成部分》,《文艺理论与批评》,2014年第5期,总169期,第23—24页。

步文化。'这是文学研究者的中心原则",同时他指出由于蒙古文学界对列宁的文化学说理解不够,未能很好领会,以至于产生错误认识。继而,达木丁苏伦以马克思主义运动观,阐明研究蒙古文学"如果用停滞不前的看法去研究,那是不会发现真相,而成为形而上学的研究。"① 他还提出研究蒙古古典文学,必须以历史发展的眼光进行,要结合时间、地点、条件来考察古代作品。

达木丁苏伦有关马克思主义文艺理论的阐释与实践活动,体现出马克思主义文艺理论的实践品格,即理论应切入现实,结合现实情况,解决具体问题。

6. 达木丁苏伦关于蒙古文学研究的局限与缺憾

客观而言,受时代背景、文化环境、知识结构、学术经历等因素限制,在蒙古文学研究上,达木丁苏伦的学术视野与治学路径不免存在一些盲区和缺憾之处。

尽管在蒙古文学研究中达木丁苏伦倡导开展蒙藏文学关系研究、蒙汉文学关系研究,倡导蒙古与印度、蒙古与突厥、蒙古与通古斯文学关系研究,但是囿于个人学术素养、社会文化环境等客观因素,达木丁苏伦的治学路径有所偏重,相对于硕果累累的蒙藏、蒙印文学关系研究,达木丁苏伦对于蒙汉文学关系涉足甚少。他精通俄文、藏文,通晓德文、英文、梵文和满文,唯独不懂汉文,这无疑掣肘和制约他的蒙古文学关系研究的深入开展。

事实上,自17世纪以来,大量汉文小说被翻译成蒙古文,在蒙古地区广为流传。不仅《三国演义》《水浒传》《西游记》《金瓶梅》《红楼梦》等长篇名著被翻译成蒙古文,而且如《今古奇观》等短篇小说集,《封神演义》《东周列国志》《隋唐演义》《粉妆楼》《英烈春秋》《前七国》《西汉演义》《东汉演义》《薛仁贵征东》《薛丁山征西》《罗通扫北》《狄青平南》《施公案》《济公传》《侠义传》等大量的历史演义小说、英雄传奇小说和公案小说,以及《二度梅》《蝴蝶媒》《全缘楼》《薄命图》等言情小说,也都被翻译成蒙古文。其中一些作品在翻译的过程中,按照译者的意愿进行了较大程度的增删和改写,存在着翻译作品蒙古本土化的现象,例如《水浒传》《粉妆楼》《薛仁

---

① Ц. Дамдинсүрэн, *Монголын уран зохиолын тойм* I, УБ, 1957 он, тал 5—7.

贵征东》《薛丁山征西》《今古奇观》等。①

而在收入蒙汉文学关系研究的《蒙古文学概要》第三卷中，仅收入和编写了"《西游记》蒙文译本节选""《水浒传》""汉文作品在蒙古地区的口头传播"等三个章节，难以反映出蒙古文学与中国汉文学之间在这一时期频繁交流的全貌。在具体文本分析上，往往从作品产生年代及其作者、作品的中文版本、作品简要内容、作品的文学思想和主要人物形象、蒙古译本、译者及翻译时间、在蒙古流传状况等角度展开，受语言限制无法辨析译作中的蒙古本土化现象的具体情况。中国蒙汉文学关系研究专家扎拉嘎在给予当代比较文学思想哲学概括的基础上，提出文学平行本质的比较研究这一概念，并在其专著《文学平行本质的比较研究——清代蒙汉文学关系论稿》中，运用文学平行本质的概念对清代汉文小说的蒙古文译本进行了比较研究，从蒙古接受的角度总结了汉文小说蒙译过程中译者所遵循的原则，得出蒙古文译本中的主体选择和创作萌动是促进蒙古文学的觉醒和转型；促进近代民主思想在蒙古地区的传播；促使从哈斯宝到尹湛纳希开启重构蒙古文学的探索的重要因素的结论。我们发现，在蒙古文学关系研究方面，无论是达木丁苏伦倡导的翻译文学本土化命题，还是扎拉嘎提出的文学平行本质的概念，都反映出异质文化交流之间文学的互补、互动、互证。

由于材料和语言的局限，达木丁苏伦在对蒙古文学中与其他民族文学相似的作品甄别工作中，对于一些与汉文学题材类似的作品，无法进一步比较鉴别，只能根据某些文献记载进行推断。尽管如此，这种推测在很大程度上还是具有指导性意义的。譬如，对于《五传》的甄别研究引起达木丁苏伦的关注。《五传》（又称《唐五传》或《说唐五传》）包括《苦喜传》《全家福》《尚尧传》《契僻传》《羌胡传》等五部作品。这些作品的主要内容叙述的是中国唐代的兴衰过程，作品中的人物也都是唐代的历史人物。《五传》的各部，均未记载作者的姓名及其创作的年代。过去就《五传》究竟是汉文小说的译著，还是蒙古民族自己的创作，曾经有过不同的见解。达木丁苏伦在题为《蒙古文学研究的一些问题》一文中指出："内蒙古东部广泛流传着叫做《五传》的五部故事，尽管许多人认为他们可能是从汉文作品翻译而来，但事实上这似乎是蒙古人用蒙文自己创作的作品。因为

---

① 扎拉嘎：《比较文学：文学平行本质的比较研究——清代蒙汉文学关系论稿》，呼和浩特：内蒙古教育出版社，2002年，第1页。

这些作品至今还未正式出版,所以我在这里无法做出确切的结论。"①

达木丁苏伦有关《五传》的推断被后来学者的研究所证实。中国学者扎拉嘎在《比较文学:文学平行本质的比较研究——清代蒙汉文学关系论稿》中,对《五传》进行了缜密的考证,得出令人信服的结论。他从没有找到与之相对的汉文底本,从故事结构方式、情节描写、人物塑造等方面的蒙古文学特质进行分析,尤其是通过对《五传》中有关唐代皇帝、年号的大量虚构写法等方面进行辨析,确认这部作品确属蒙古文人创作的作品,得出该书是作者从蒙古民族的审美理想出发,仿照汉文《说唐》故事,经过艺术虚构创作出来的,是以蒙古文化为底蕴,又大量吸收汉民族文化创作出来的文学作品的结论。② 他还提出了《五传》是蒙古民族历史悠久的英雄史诗传统与汉族的演义小说的有机结合的看法。譬如《五传》中塑造的人物多具有粗犷、豪迈、阳刚气十足的特征,从他们的身上体现出蒙古民族的审美理想和价值取向,他们是经过了蒙古本土化的"唐代人物"。

值得一提的是,虽说达木丁苏伦不懂汉语,难以对汉文译作进行详细研究,但他以其比较文学家敏锐的学术眼光,判断出蒙古文学史上被称作汉文译作或是一些汉文作品的蒙古属性,主张展开汉文作品的蒙古本土化研究。他说:"要把汉文译作的研究纳入翻译作品研究之中。应该仔细研究每一部具有汉文翻译式样的作品或是被称作汉文译作的作品,把它们都视为翻译作品。"③

运用汉文资料方面的褊狭,也影响到达木丁苏伦成就突出的蒙印、蒙藏文学关系研究的深入开展。以他的蒙古文《目连救母经》研究为例,由于语言的局限,他未能充分利用汉文目连故事的变文、宝卷和戏剧的丰富资料,无法进一步发掘蒙、汉《目连救母经》之间存在的内在联系,无法进

---

① Ц. Дамдинсүрэн, *Монгол уран зохиолын судлалын зарим асуудал*, ШУДБ Хүрээлэнгийн эрдэм шинжилгээний хэвлэлийн газар, УБ, 1959 он, тал 23.

② 扎拉嘎先生经过考证,发现《五传》中先后出现的"章德""杰绍""宪平""泰永""秉肃""永大"等年号都是唐朝历史上不曾有过的,是由作者虚构出来的。而《五传》中出现的唐朝皇帝李紫辉、李天、李宁及明宗,分别被说成是唐高祖李渊的八世孙、九世孙、十世孙和十一世孙。可是,历史上李渊的后代中没有这些人,唐朝也不曾有过这样几位皇帝,他们也都是由作者虚构出来的。鉴于《五传》中的这两种处理方法,都不符合汉族讲史演义类小说的传统,他认为能够确认《五传》确属蒙古文人的创作。扎拉嘎:《比较文学:文学平行本质的比较研究——清代蒙汉文学关系论稿》,呼和浩特:内蒙古教育出版社,2002年,第158—159页。

③ Ц. Дамдинсүрэн, *Монгол уран зохиолын судлалын зарим асуудал*, ШУДБ Хүрээлэнгийн эрдэм шинжилгээний хэвлэлийн газар, УБ, 1959 он, тал 23.

一步深化译本的蒙古本土化研究。中国学者陈岗龙在其专著《蒙古民间文学比较研究》中,在达木丁苏伦等前人的研究基础之上,进一步挖掘出了汉文《佛说目连救母经》的新资料,通过与蒙古文绘图本《目连救母经》、丹巴道尔基·固实翻译的韵文体《目连救母经》的比较,发现它们之间有着翻译关系的同时,进一步探讨了目连救母故事的本土化现象,分析了其民俗化及民间化的进程,并提出了三者是交叉进行的看法。[①]

就研究视野所存在的缺憾的生成原因而言,自身学术训练、成长背景及蒙古所处的社会文化环境是主要因素。尽管五六十年代,达木丁苏伦坚持抵制和反对"左"倾思潮,但特定的时代环境与条件决定了他始终未能摆脱以俄苏为重的思维模式,在文学批评实践活动中,达木丁苏伦始终表现出对苏联文学、文化的推崇,俄苏文学成为其批评尺度之一也是不言而喻的,直到80年代,他仍旧坚持苏联文学是蒙古文学可以借鉴的唯一外来资源,这在一定程度上限制了他批评视域的拓宽。当然,他从构建蒙古新文化,加快蒙古现代化进程角度考虑,强调苏维埃文学对蒙古文学的影响之可贵,坚定不移地追随苏联对外所推行的"苏联文学是先进的社会主义国家的文学,苏联是社会主义现实主义的思想、艺术影响的主要策源地,影响着人民民主国家的文学和资本主义国家的进步文学及革命文学,不仅在欧洲,而且在全世界的范围。"[②]这是时代环境使然,客观现实环境决定了他的视野必然局限在以苏联为首的社会主义阵营之内。

诚然,80年代蒙古文学出现僵化现象,文坛被沉闷与停滞所笼罩,暗流涌动。对此,达木丁苏伦不是没有察觉的,创作于1978年的诗作《砧板》,反映出他对现实的质疑和对未来的思考。诗中写到:

　　砧板砧板莫伤悲
　　你是不屈的好钢
　　砸向你的锤子呀
　　锤柄仅是木头制

依据Kh.桑皮勒登德布在《表象的描写,潜在的内涵》一文中的分析,这首诗歌表面上是在描写砧板,实际上却隐含着深刻的内涵,其隐含的意

[①] 陈岗龙:《蒙古民间文学比较研究》,北京:北京大学出版社,2001年,第128—166页。
[②] 日尔蒙斯基:《对文学进行历史比较研究的问题》,倪蕊琴译,干永昌等编译:《比较文学研究译文集》,上海:上海译文出版社,1985年,第289页。

义是以砧板比喻人民，以锤子比喻当权者，暗含着"水能载舟，亦能覆舟"的道理，起到警醒的作用。① 与其说这首诗对于当权者而言是警醒，还不如说是向人民传递了希望。

就比较文学研究而言，达木丁苏伦深受苏联学派的影响，譬如康拉德的批判欧洲中心主义，维谢洛夫斯基、日尔蒙斯基的历史比较的方法，也包括50年代苏联掀起的批判世界主义。在对待世界主义问题上，达木丁苏伦有关世界主义抹杀民族性的观点无疑是可取的，与其文化多样性的主张相符。他说："有些学者过度地使用比较研究的方法研究神话故事，将在某一个民族中成形、发展而来的作品看作是从另一个地区传入的，然后又认为这个作品也不是后一个地区的人民自己原创的，而又是从另外的一个地区传入的，就这样一个一个地传承而来。他们的这种观点被称为'世界主义'。"② 但是，受限于冷战思维，达木丁苏伦把对世界主义的批判与社会主义阵营的政治任务联系起来。他认为："世界主义者不但在文学作品上表现反动性，在政治上的反动更是严重。他们企图消灭各民族独立的国家，建立世界政府，加强奴役弱小民族。他们企图抹煞民族独立，把全世界置于帝国主义统一统治之下。这是现今世界上反动资产阶级的手中武器的主义。"③

达木丁苏伦的上述学术研究盲点在其个人学术历程和蒙古文学研究格局上留下缺憾，但从另一个角度来看，也为后人的研究指明了方向④，提供了进一步深化的空间。当代蒙汉文学关系研究成果表明，达木丁苏伦的很多研究领域被后来的研究所突破，但是他在学科发展的特定历史时期，将自己的学术视野延伸到该学科尽可能广泛的各个方面，从这个意义上来看，达木丁苏伦的贡献确实是巨大的。

---

① X. Сампилдэндэв,"Ил дүрслэл далд утга","Цог" сэтгүүл, УБ, 2003, No1, тал 108.
② Ц. Дамдинсүрэн, Д. Цэнд, Монголын уран зохиолын тойм II, УБ, 1977 он, тал 328.
③ Ц. Дамдинсүрэн, Монголын уран зохиолын тойм I, УБ, 1957 он, тал 12.
④ 达木丁苏伦曾经对有些学者提出的蒙古《尸语故事》完全来自印度的《僵尸鬼故事》的观点给予了有力的驳斥，论证出《尸语故事》，特别是其中补充的章节完全是蒙古人民自己的创作。但他对《僵尸鬼故事》的详细情况及其与《尸语故事》的关系并没有做过系统的、充分的研究。民俗学者陈岗龙在《蒙古民间文学比较研究》一书中，总结和借鉴了达木丁苏伦的研究成果，承袭他的研究思路，借助比较文学的研究方法，不仅对《尸语故事》的蒙文、藏文、满文等几种文字的版本及其与印度梵文故事集《僵尸鬼故事》的渊源关系进行了深入而广泛的探讨，补充了有关《僵尸鬼故事》的详细情况，系统地梳理出了蒙古、西藏、印度《尸语故事》的关系，而且就《尸语故事》在东亚地区口头传播形态的比较研究方面展开了探讨。

第一编

达木丁苏伦与蒙古国现代文学批评

文学批评是达木丁苏伦毕生的事业,贯穿于他文学研究的始终。自 1927 年在《革命青年团》杂志上发表了《学习撰写文章与书写的简捷方法》和《简明提示》伊始,达木丁苏伦开始步入文学批评领域,直至 80 年代还未搁笔,前后共近 60 年,历经了 20 世纪蒙古现代文学批评发展的重要时期。尽管在现代文学批评方面,达木丁苏伦没有发表具有代表性的学术专著,但"三个支柱"文学批评理论构筑及其批评实践活动,对具有现代意义蒙古文学批评学科的建立与发展所起到的助力作用是不容忽视的。同时,作为一名坚定的马克思主义者,达木丁苏伦在文学批评实践活动中把马克思主义理论与蒙古的现实情况相结合,有针对性地、实事求是地从马克思主义的立场出发解决蒙古文学界的实际问题,有效地抵制了"左"倾机械主义危害,修正了批评界对马克思主义的片面认识,有益于马克思主义的传播与接受,推进了马克思主义文艺批评的蒙古本土化进程。无论是"三个支柱"文学批评理论体系的构筑,还是马克思主义文学批评蒙古本土化实践活动,归根结底服务于达木丁苏伦的构建蒙古新文化,实现蒙古文化精神复兴的主张,也表现出达木丁苏伦作为一名现实主义批评家自觉的历史使命感、文化责任感和担当意识。

第一章 "三个支柱"文学批评理论体系的构筑及其影响

如果说 S. 博音尼姆赫(S. Buyannemekh)是蒙古现代文学批评的垦荒者,那么达木丁苏伦则是蒙古现代文学批评的奠定者。作为那一时期最为优秀的知识分子代表,他们涉足批评,并未将批评视为文学创作的附庸或论争的工具,而是把批评视为一项严肃的事业,并各自有着相对独立的理论建树。作为蒙古现代文学批评的先驱,S. 博音尼姆赫早在 1924 年就开始从事具有现代意义的文学批评,评析了蒙古现代文学的第一批作品——革命诗歌。1925 年他以蒙古《革命青年团》为阵地,倡导开展具有现代意义的文学批评活动。1929 年他在革命作家小组第一份刊物——《文集》上发表了《关于文学创作的主题》一文,文中阐明了文学的主题、作家的职责、文学的类型以及诗歌创作的原则,明确指出以文学批评为手段,探讨《文集》中收录作品的优劣,以期推动文学创作的发展。[①] 30 年代初期,他在《革命文学》中提倡反抗官僚阶级、发展文学的国际主义特征的文学批评,把"文学会议"作为文学批评的平台,从蒙古人民革命党的政策角度评析文学创作。他的文学理论著述《文学入门》(1935)、《新时期的文学》(1936)还探讨了文学批评的本质及如何发展现代文学批评等问题。S. 博音尼姆赫殒命于 1937 年的肃反扩大化,建设蒙古现代文学批评学科的重任落在了达木丁苏伦等人的肩上。

达木丁苏伦从事文学批评的时间略晚于 S. 博音尼姆赫,发表于 1927 年的《简明提示》成为其现代文学批评的发轫之作。他的理论构筑与批评实践对文学创作所产生的影响,尤其是对具有现代意义文学批评学科的建立与发展所发挥的作用是需要给予重视的。就蒙古现代文学批评而言,达木丁苏伦一生致力于解决蒙古文学批评学科建设的四个根本问题:本土文学批评标准的建构、文学批评功用的倡导、文学批评阵地的建设、文学批评人才的培养,并以此奠定了学院派文学批评格局。

---

① П. Хорлоо, С. Лувсанвандан, Ц. Мөнх, Д. Цэнд, *Монголын орчин үеийн уран зохиолын товч түүх* (1921—1965), УБ, 1968 он, тал 475—476.

（一）"三个支柱"批评理论体系的构筑

在建设和推进蒙古文学批评学科发展的过程中，达木丁苏伦非常注重本土理论体系的建构。作为一个有理论自觉和现实关怀的批评者，达木丁苏伦的理论建构和批评实践对于蒙古新文学的现实境遇和未来走向，能够做出有效的、有益的阐释。20世纪80年代达木丁苏伦在题为《从俄语翻译文学作品之经验》一文中强调："蒙古新文学是在蒙古民间口头文学、蒙古文学以及苏联文学三个支柱的基础上发展起来的。"[①]这里所说的"三个支柱"即是达木丁苏伦为之探索40余年的文学批评标准，是其努力寻找确立本民族自身文化特殊性的路径和方法。所谓"三个支柱"，即蒙古古典文学、蒙古民间文学和苏联文学（外来资源）。它们被达木丁苏伦统称为蒙古文学发展的三个根基。"三个支柱"批评理论体系的阐释与构筑是达木丁苏伦在蒙古文学批评学科建设方面取得的具有标志性的成果，也是他对蒙古现代文学批评发展的最大贡献。

"批评是对话，是关系平等的作家与批评家两种声音的大交汇。"[②]达木丁苏伦的文学批评理论的阐发与构筑，既来源于其本人作家身份与批评家身份之间的对话与交汇，又来自于作为批评家的他与蒙古现代文学的巨匠D.纳楚克道尔基之间的对话。1937年D.纳楚克道尔基辞世后，达木丁苏伦主持整理出版D.纳楚克道尔基的文学作品集。随着D.纳楚克道尔基手稿的搜集、考订和整理工作的开展，D.纳楚克道尔基的文学创作自然而然地进入达木丁苏伦的批评视野。我们从达木丁苏伦有关D.纳楚克道尔基作品的评析中可以管窥这一本土化理论话语构筑的过程。

据手头掌握资料来看，达木丁苏伦有关D.纳楚克道尔基的文学创作评论主要集中在以下几篇文章中：《新时期文学的开拓者》(1945)、《D.纳楚克道尔基作品集序》(1955)、《D.纳楚克道尔基》（俄文）(1956)、《D.纳楚克道尔基》(1956)、《D.纳楚克道尔基作品集序》(1960)、《D.纳楚克道

---

① Ц. Дамдинсүрэн, Орос хэлнээс уран зохиол орчуулсан туршлага, *Бүрэн зохиол* 3, УБ, 2001 он, тал 327.

② 托多洛夫：《批评的批评——教育小说》，王东亮、王晨阳译，北京：三联书店，2002年，第185页。

尔基的生活与创作》(1961)、《D. 纳楚克道尔基作品集序》(1961)和《辨析 D. 纳楚克道尔基诗作〈我的祖国〉的创作年代》(1966)。

从这八篇文学评论中我们基本能够梳理出"三个支柱"理论体系付诸实践到逐步完善的建构过程,可以看出达木丁苏伦文学批评理论的雏形大致形成于40年代中期,即1945年前后。1945年,达木丁苏伦为《D. 纳楚克道尔基文集》作序,题目为《新时期文学的开拓者》。文章开头并未直接进入主题,而是用三个段落的篇幅,简要陈述了"三个支柱"的内涵,值得注意的是,这一时期,他还没有冠以"三个支柱"这个名称,但基本内涵及研究思路已经清晰。在达木丁苏伦看来,"几个世纪以来,满清统治下的蒙古知识分子几乎丧失对本民族文化的记忆","蒙古知识分子用汉语创作"的现象普遍,也有些"喇嘛用藏文编撰佛教书籍",而"用蒙古语写作的能力几乎丧失殆尽"。在这一"文化灾难"时期,值得庆幸的是,"蒙古语言艺术的精华留存于来自牧民的说唱艺人之吟唱当中"。因而,达木丁苏伦指出:"当我们新作家在摆脱'文化灾难',迎来自由的春天之际,应该运用民间口头文学来播种滋养这朵语言艺术之花。"①明确利用民间口头文学的重要意义之后,达木丁苏伦强调蒙古古代文学遗产同样丰富,蒙古文学史上保存有大量的从古印度文(梵文)、藏文、汉文翻译的文学作品。随后,达木丁苏伦做出这样的结论:"任何一位作家只要将民间口头文学、古典书面文学相结合,充分汲取其养分,再受惠于欧洲文学,尤其是苏联文学的滋养,那么就一定可以在文学创作上有着卓越的建树。"进而,达木丁苏伦指出 D. 纳楚克道尔基正是这样的作家,正因为他汲取了民间文学、古典文学的营养,涉猎于欧洲文学、苏联文学,才能在短暂的人生中创作出流芳百世的名篇佳作。达木丁苏伦以 D. 纳楚克道尔基的旷世名篇《我的祖国》为例,分析其作品成为蒙古文学经典的缘由,即散发出浓郁的蒙古民族特色,"深受牧民的喜爱"。正如达木丁苏伦所描述:"聆听悠扬的胡琴声中已故老说唱艺人达木丁巴扎尔(Damdinbazar)所吟唱 D. 纳楚克道尔基的《我的祖国》,那是一番别样的享受。"在达木丁苏伦看来,从发展舞台艺术的角度来看,D. 纳楚克道尔基的诗文配上达木丁巴扎尔的胡琴,是蒙古新文化的一个进步,是那个年代文化界一道靓丽的风景。②

1954年达木丁苏伦作为蒙古作家协会主席,代表蒙古参加了苏联作

---

① Ц. Дамдинсүрэн, Шинэ цагийн ууган зохиолч, 1945, Бүрэн зохиол 4, УБ, 2008 он, тал 223.
② Өмнөх ном, тал 224.

家第二次全国代表大会,并在会议上发言。从他的发言中可以看出"三个支柱"理论在抵制和反对极"左"思潮的过程中发生了些许变化,主要表现在对俄苏文化态度的转变上。1940年达木丁苏伦在为 Ч. 其米德①(Ch. Chimid)翻译的普希金诗体小说《叶甫盖尼·奥涅金》所写的序言中提出"蒙古人民应摆脱几百年来落后、愚昧状况,建设蒙古新文化"的目标,并指出实现这个目标的前提是"了解掌握俄罗斯人民的博大精深的文化传统及苏联人民的繁荣灿烂的文化"。② 1944年在《我们的高尔基》一文中,达木丁苏伦曾这样推崇俄罗斯文明:"多个世纪以来伟大的俄罗斯在东欧兴起昌盛。俄罗斯人民中产生了许多才学渊博的学者,他们使得俄罗斯文化像太阳一般璀璨夺目。俄罗斯文化的光辉不仅普照着俄罗斯民族,在欧洲文明中占据着重要地位,还惠及到东方。"③达木丁苏伦对苏联文学的认知不能不受到自身学术经历、蒙古新文学发展条件,以及蒙古所处的政治文化环境等因素的制约。在他看来,А. А. 日丹诺夫在苏联作协一大提出的"苏联文学是最有思想、最先进和最革命的文学","没有而且也不能有一种文学能够像苏联文学一样"④等有关苏联文学的观点是不容置疑的。然而,经过抵制和反对"左"倾机械论之后,达木丁苏伦在蒙古如何借鉴俄苏文学、文化的问题上融入更为理性的思考,提出符合蒙古文学发展规律的见解,他说:"一种文学对另一种文学的影响,具体地说,就是苏维埃文学对蒙古文学的影响,并不是机械地模仿,而机械的模仿只会消灭任何民族的文学特色","文学的相互影响最主要的还是表现在思想和创作方法方面。苏维埃文学对蒙古文学的影响之所以可贵,就在于它以思想性和社会主义现实主义创作方法来影响我们的文学,而社会主义现实主义创作方法现在已成了蒙古现代文学的创作方法。"⑤

比起上一篇序言,达木丁苏伦为纪念纳楚道尔基诞辰50周年于

---

① Ч. 其米德(1927—1980),作家、翻译家,先后获得蒙古国家奖、蒙古作家协会奖、高尔基奖、亚非作家"莲花"奖。曾翻译普希金诗体小说《叶甫盖尼·奥涅金》、托尔斯泰的《战争与和平》等作品。

② Ц. Дамдинсүрэн, Оршил, "Евгений Онегин" орчуулсан Ч. Чимид, Бүрэн зохиол 4, УБ, 2008 он, тал 254.

③ Ц. Дамдинсүрэн, Манай Горький, 1944 он, Бүрэн зохиол 3, УБ, 2001 он, тал 64—65.

④ 日丹诺夫:《在第一次苏联作家代表大会上的讲演》,《苏联文学艺术问题》,北京:人民文学出版社,1953年,第23—24页。

⑤ "Утга зохиол" сонин, 1954 он, XII сарын 27.

1956年撰写的《D. 纳楚克道尔基》一文，进一步细化了"三个支柱"批评标准。特别是在汲取民间文学和古典文学营养方面，达木丁苏伦的视野越发宽阔，他强调D. 纳楚克道尔基不仅接触蒙古文学经典，还从蒙古文学遗产角度强调东方文学对他的滋养。他说："D. 纳楚克道尔基从小虽然没有接受过系统的正规教育，但是凭借着过人的禀赋，阅读了不少译著：中国的《三国演义》和《西游记》、印度的民间故事、西藏的诗歌、蒙古《格斯尔》史诗，等等。"值得一提的是，达木丁苏伦在这里大胆指出了宗教文学对D. 纳楚克道尔基的影响，"他阅读了高僧传记"，"还有喇嘛们创作的训喻诗"，因而"掌握了驾驭丰富的蒙古语的技巧"。在苏联反宗教的意识形态影响下，蒙古文学史上的宗教文学，其中包括高僧传记、训喻诗等都是禁忌话题；中国文学和印度文学在蒙古的传播与接受也为评论界所避讳。在撰写这篇评论时，达木丁苏伦再次被带上"民族主义者"的帽子，被贬到蒙古国立大学教书。在借鉴外来文学方面，达木丁苏伦此时又补充了D. 纳楚克道尔基翻译过法国批判现实主义作家莫泊桑、美国浪漫主义诗人埃德加·爱伦·坡以及俄罗斯浪漫主义诗人普希金的作品，留学经历完善了其知识结构，使其能够流利使用德文和俄文。至于苏联文学，达木丁苏伦此时主要关注的是社会主义现实主义的创作方法。他说："D. 纳楚克道尔基向苏联作家学到了社会主义现实主义创作方法，高尔基告诫蒙古作家的'宣传积极的原则，抵制萎靡现象'，正是D. 纳楚克道尔基一生的写照。他的所有作品都与国家面临的重大问题紧密相连。"达木丁苏伦再次以《我的祖国》为例，阐述该诗篇担负了"30年代日本侵略者威胁蒙古领土，保家卫国"的历史使命，体现出社会主义现实主义创作的时代性。在评价D. 纳楚克道尔基诗歌创作时，达木丁苏伦在肯定D. 纳楚克道尔基在诗歌修辞上保留着蒙古民族的特色，而诗歌内容又是与"世界局势"密不可分的，反映出达木丁苏伦的推动蒙古文学走向世界的主张，也体现出作为一名现实主义批评家，达木丁苏伦保持着强烈的使命感，对文学的社会意义与时代内涵的重视。

如果说1945年的序言初步了奠定"三个支柱"理论的雏形，那么十年之后，达木丁苏伦运用"三个支柱"理论更为练达笃实，特别是对于蒙古文学遗产、东方文学遗产有了进一步深层的认识，这种认知建立于对蒙古古代文学研究的基础之上。在评价D. 纳楚克道尔基的文学创作时，达木丁苏伦基本沿袭了以"蒙古民间口头文学""蒙古古典文学""外来文学"为三个支点进行阐释的路数。这种批评的基本思路是寻找和梳理出作品及作家与古典文学、民间文学、外来文学之间的联系,具体的操作程序和侧重点则因研究对象不同可能不尽相同。

达木丁苏伦的"三个支柱"理论体系令我们联想到中国现代作家格非在总结中国现代文学发展过程中提出的"隐秘的回溯"即对整个传统的再认识过程。乐黛云先生在此基础上加以阐发,她说:"(中国近现代文学)一方面是空间性坐标,即费孝通先生所说的,在'机械文明'和'信息文明'两个文明重叠的挤压下,与世界的情愿和不情愿的交往;另一方面是时间性的坐标,也就是格非所说的那个更隐秘的,向传统回归的过程。"按照乐黛云先生的观点,中国近现代文学发展有两个坐标——空间性坐标和时间性坐标,空间性坐标是外来文明,对于中国来说即是西方文明,时间性坐标代表着中国文明传统。坐标也好,支柱、支点也好,其内涵是一致的,都说明20世纪初期亚洲一些国家和地区所诞生的新文学的发展离不开这两条主线:外来刺激与本土文化传统。"五四"新文学作家高举反传统的大旗,反对本民族的封建主义制度与封建思想传统,且要以西方现代文明为楷模,重建民主科学的民族新文化,这也就乐先生所说的是在"机械文明"和"信息文明"挤压之下主动或被动接受西方文明。西方文明成为中国现代文学发展的"支柱"之一。

与中国"五四"文学不尽相同的是,蒙古新文学一开始并非向世界文学"认同",而是有选择性的"认同",这跟蒙古文学传统、当时世界文坛发展状况及新文学产生的背景有着密切关联。借用外力刺激以推进和改造本土文化的自觉与蒙古文化发展脉络相吻合。在传承游牧文化基础上,蒙古文化有着擅于借助外来文化刺激本民族文化的传统。历史上,蒙古文学有着借鉴外来文学的传统,印度文学、中国汉文学和西藏文学对蒙古文学的发展都曾经起到助力作用。"在一个国家的文学发展中需要一种外来的刺激,一种动力,为它指出一条新路的时候——一旦文学发现本身出现危机,它就会有意识地或者下意识地寻求一条出路——外国作家才能真正有所作为。"[①]上个世纪二三十年代正值世界文学史上所谓"红色的三十年",蒙古新文学则处于初创阶段,急需理论借鉴。与此同时,西方资本主义经济危机、苏联社会主义革命和建设取得的伟大成就促使苏联文学和文艺思想成为蒙古发展新文学外来资源的首要选择。达木丁苏伦

---

① 卢卡契:《托尔斯泰与西欧文学》,《卢卡契文学论文集》(二),北京:中国社会科学出版社,1981年,第452—453页。

意识到这将是蒙古文化再度接受外力影响的时期,蒙古文化包括文学批评理论方法都将发生巨大的变动。他主张翻译苏联文学作品及文艺理论,加以横向移植,刺激和促进蒙古新文学的快速发展。这一时期,如其所愿,欧洲文学,尤其是苏联文学成为蒙古新文学发展借鉴的主要外来资源。

遵循"失去自己的文化土壤,外来借鉴也就无从附丽"的原则,达木丁苏伦始终强调"三个支柱"是蒙古新文学发展的根基,缺一不可。逐水草而居的蒙古民族有着悠久的文学传统,除了如《蒙古秘史》这样不朽的书面杰作外,神话、传说、歌谣、祝词、赞词、英雄史诗等民间口头文学的形式异常丰富。基于对蒙古文学本质的认知,达木丁苏伦在提出"三个支柱"理论体系时,有意强调蕴藏蒙古文学精华的民间文学传统对发展蒙古新文学的重要意义。在1943年撰写的《民间说唱艺人们①》文章中,达木丁苏伦主张新诗创作可以"借用民间文学的修辞与文学样式",再"赋予其新的内容"②。从这个意义上来看,"三个支柱"理论具有强烈的本土特性,中国现代文学的发展依靠两个维度,蒙古新文学的发展依靠三个支柱。

格非从自身的创作实践出发,在肯定整个中国近现代的文学固然可以看成是向外学习的过程的同时,提出这个过程是一个更为隐秘的回溯性过程,也就是说,对整个传统的再认识过程。他在《经验、真实和想象力——全球化背景中的文学写作》一文中写到:"当今的写作者在考虑写作与现实、个人经验与全球化时代的市场机制、真实与幻觉等一系列问题时,尤其需要这样一个整体性的历史的眼光:从空间上来说,我们完全有必要重新认识世界范围内的文学版图,必须把西方文学与中国、拉美、非洲、印度等地域的文学纳入到一个完整的系统中,考察它的过去、现在和未来;对于一个中国作家而言,我们需要重新审视自己的文化传统以及它与其他地域文化空间上的内在联系。……我们没有理由不去使用文学发展过程中所建立起来的一切资源,并把它纳入到自己的写作视野中去,真正建立起个人与现实的有效关系,从而确立一种整体的写作观念。"③格

---

① 原文为:"Ardiin ulgerch, huurch, ero'o'lch nar",蒙古说唱艺术丰富,"ulgerch"意为"说书人";"huurch"意为"说书人、胡琴手";"ero'o'lch"意为"颂词家",这里统一翻译为"说唱艺人"。

② Ц. Дамдинсүрэн, Ардын үлгэрч, хуурч, ерөөлч нар, 1943, Бүрэн зохиол 3, УБ, 2001 он, тал 52.

③ 格非:《经验、真实和想象力——全球化背景中的文学写作》,《卡夫卡的钟摆》,上海:华东大学出版社,2004年,第264—265页。

非提出的"整体写作观念"与达木丁苏伦所倡导的"三个支柱"有异曲同工之处。格非,1986年开始文学创作,以"先锋派"代表作家享誉80年代末文坛,经过一个创作高峰之后,1994年开始停笔反思,2004年以十余年探索出的"整体写作"观念投入新一轮写作,取得了丰硕的成果。"整体写作观念"强调的写作可以利用的"一切资源"也就是本民族文学传统与外来文学的刺激,与"三个支柱"理论不谋而合。只是格非与达木丁苏伦对这个问题的认知过程略有不同,前者是在创作过程中思考摸索并付诸自己的创作实践,后者这种清醒的审时度势源于其文学理论家、文学史家、文学批评家、作家的多重身份。倘若说格非的"整体写作观"有益于当代文学创作与理论构成,那么达木丁苏伦的"三个支柱"不仅有益于新文学创作,更为重要的是推进了蒙古文学批评学科的本土理论建构与发展,奠定了具有现代意义的文学批评学科的基础。

事实上,D.纳楚克道尔基的文学创作中,也存在着这种"隐秘的回溯"。D.纳楚克道尔基英年早逝,在短暂的人生中创作出170余部作品,其早期创作与同一时期活跃在文坛的作家一样,以宣传诗、活报剧居多。据统计①,1929年D.纳楚克道尔基迎来了第一次创作高峰,1935年登上了他一生创作的巅峰。D.纳楚道尔基的文学创作之所以有两次飞跃,与外来文化刺激及回溯传统有关。1925年,D.纳楚克道尔基被派往苏联列宁格勒学习,1926—1929年,留学于德国。19世纪俄罗斯文艺理论所蕴涵的社会批评意识和鲜明的现实主义特色和20世纪初期兴起的西方现代主义,或多或少地跃然于他的笔端。外来文化刺激之后是对传统文化的反思,在"他者"的关照之下,D.纳楚克道尔基重新认识到蒙古民间文学和古典文学的价值,从中借鉴创作资源,创作出不朽之作。正如文学评论家Ts.孟和(Ts. Monkh)总结的二三十年代文学创作的特色:"呈现继承蒙古口头文学与书面文学传统,借鉴欧洲现实主义经验"。② 这一时期的主要作家D.纳楚克道尔基、达木丁苏伦、B.仁钦(B. Rinchen)、D.纳姆达克(D. Namdag)、E.奥云(E. Oyuun)、Ch.其米德、S.博音尼姆赫、M.雅德姆苏伦(M. Yadamsuren)等人既有良好的蒙古语言文化的修养,深厚

---

① 统计数据采纳袁琳:《达·纳楚克道尔基笔下的德国形象——以1926年至1929年的作品为例》,北京大学硕士论文库,2008年,第10页。

② Ц. Энхбат, Монголын орчин үеийн уран зохиолын шинэчлэлийн түүхэн товчоо, "Цог" сэтгүүл, 2008, №4, тал 10.

的蒙古学根底,又有留学欧洲的经历。达木丁苏伦远见卓识地将他们之中最为杰出的代表 D. 纳楚克道尔基的文学创作纳入批评视野,评论 D. 纳楚克道尔基及其创作无疑是实践本土化理论可行性的最佳途径。

值得一提的是,翻译文学本土化命题的理论阐释与实践、蒙古文学史的书写,使达木丁苏伦对蒙古文学发生和发展的内在杠杆以及发展规律有着明确的认知,对蒙古新文学的何去何从有着更为理性的思考。"三个支柱"理论体系,是达木丁苏伦将几十年来探索蒙古文学发展模式的多层次思考置于发展蒙古国现代文学实践之中所建构出来的,体现出了他作为一名文学理论家、文学史家以及文学批评家的自觉意识。

(二)学院派文学批评格局的形成

学院派文学批评,通常是指来自学院的、职业的、专家的批评,是专门从事文学研究者所从事的批评。我们认为蒙古文学批评经历了近一个世纪的探索,逐步形成学院派文学批评格局,这是基于以下三个因素提出的。

首先,从文学批评概念的界定上来看。"文学批评"在英文和法文中分别是"literary criticism""critique littéraire",如韦勒克在《现代文学批评史》中所强调的那样,文学批评亦包括文学理论和诗学,三者是相互包含的。"文学批评"这个概念,在现代中国是引进的概念,是舶来品。在现代蒙古语里,这个概念并不是一成不变的,随着现代文学批评家们的垦拓与奠基,蒙古"文学批评"的概念才逐步形成。20 年代 S. 博音尼姆赫倡导开展文学批评时,使用的术语是"шүүмжлэл"(shuumjlel),意为"批评"。达木丁苏伦在 30 年代的《发挥聪明才智,努力提高语文水平》和《答复》、40 年代的《〈星火〉杂志的目标》、50 年代《在蒙古作家第二次代表大会上的发言》及其致党中央有关文学批评的谏言信等文学批评著述中使用的也都是"шүүмжлэл"。这从一个侧面反映出 20—50 年代,达木丁苏伦、Sh. 阿尤喜(Sh. Ayuush)、M. 雅达姆苏伦、B. 索德诺姆(B. Sodnom)、Ch. 齐米德、L. 达西尼亚木(L. Dashnyam)、P. 浩日劳(P. Khorloo)、Sh. 嘎丹巴(Sh. Gaadamba)等批评家们以评判和指导文学创作作为文学批评的主要职能。我们发现 60 年代中期以前,无论是批评家个人还是官方正式使用的词汇还均是"批评"一词。从蒙古人民革命党有关文艺政策及蒙古作家协会的相关文件来看,大约在60年代中后期开始使用"судлал шүүмжлэл"(sudlal shuumjlel),意为"研究批评",从此蒙古现代文学批评开始具有了"研究"与"批评"的双重内涵。譬如,1965年10月蒙古作家协会召开会议,讨论"蒙古研究批评现状及下一步工作";1965年11月D.岑德(D. Tsend)撰写出版了《蒙古现代文学研究与批评简史》;1968年由P.浩尔劳等人编撰出版的第一部蒙古现代文学史——《蒙古现代文学简史》中也均采用了"研究批评"一词,并且延用到今天。2014年12月蒙古国科学院出版的《蒙古现代文学史》第四卷中仍旧使用着"研究批评"一词。

　　文学批评概念界定的变化,一方面说明建设现代文学批评学科是一个不断探索和实践的过程,另一方面表明达木丁苏伦个人的文学研究、文学理论探索与实践,事实上对蒙古文学批评学科的确立与发展产生过深刻的影响。从达木丁苏伦的学术脉络发展来看,从1959年到60年代中期,正是达木丁苏伦提出翻译文学本土化命题,潜心进行本土化研究,编撰《蒙古文学经典百篇》,撰写蒙古文学史,形成比较文学思想的至关重要的阶段。达木丁苏伦的比较文学研究直接影响到蒙古文学批评的走向。

　　其次,从文学批评内容来看,蒙古文学批评包含着两层含义:文学的研究与批评,我们以2014年出版的《蒙古现代文学史》第四卷为例来说明这个问题。该卷本文学史主要梳理总结1980—2000年蒙古现代文学发展状况,共由六个章节组成,最后一个章节是"文学批评"(sudlal shuumjlel)。文学批评章节分为四个部分,除了最后一个部分是文学批评大事记外,其他三个部分分别论述了D.策伦索德诺姆、L.呼尔勒巴特尔、Kh.桑皮勒登德布的文学研究与批评实践。这三位都是达木丁苏伦的弟子,有关达木丁苏伦对他们的培养和影响方面此处不赘述,我们先介绍一下他们各自的研究方向和学术成果。D.策伦索德诺姆,蒙古国科学院院士,1962年进入达木丁苏伦领导的科学院语言研究所工作至今,1972年在苏联科学院东方研究所获语言学副博士,1983年在德国获得博士学位,主要学术方向为蒙古民间文学研究、古典文学研究、蒙古文学关系研究,他的佛教文学研究尤为著名,1998年因撰写《13—20世纪蒙古文学史》《蒙古佛教文学》获得蒙古国国家奖章。L.呼尔勒巴特尔(1924—2010年),达木丁苏伦奖获得者、藏学家,1974年进入蒙古国科学院语言研究所工作,精通藏文、梵文,致力于蒙古文学与印度文学关系研究、蒙古文学与西藏文学关系研究、藏学研究、蒙古古典文学研究,著有《蒙古训谕诗的传统和起源》等专著。Kh.桑皮勒登德布(1945—2006年),蒙古国科学院院士,1971—2006年在科学院语言研究所工作,他的研究领域比较广泛,涉及蒙古民间文学、民俗学、蒙古现代文学、蒙古文化研究等诸多方面,发表60余部专著,170多篇论文,其中有关20世纪蒙古书面文学研究的成就显著,他著有的《蒙古现代文学的历史教训》《社会变革时期的文学》《世纪之交的蒙古文学》等专著成为当代蒙古文学批评的力作。显而易见,这三位批评家中,有两位是研究古代文学的专家,只有一位既是古代文学研究者,又是具有现代意义的批评家。由此不难看出,蒙古对文学批评的认知与中国文学批评概念界定的差异,蒙古文学批评的范畴更为广泛,它从蒙古古代文学研究、民间文学研究角度考察蒙古文学发展中的某些规律与特性,以此探寻现代文学发展之路。譬如,1981年在达木丁苏伦的亲自参与指导下,蒙古学者与苏联学者、匈牙利学者一道,完成了有关蒙古文学关系的著作《蒙古文学关系》一书。"该书将从古至今蒙古民族的文学发展过程,置于与其他民族文学、文化所共同形成的丰富联系中加以审视。作者利用详尽的史料,细致分析当时具体历史条件,阐述了蒙古佛教经籍中的具有印度、西藏文化特征的作品在蒙古地区的流传过程中,是如何丰富了人们的思想,并为其美学思想注入了新的形式和内容。"①

最后,我们以当代蒙古最有影响力的批评家Kh.桑皮勒登德布的文学批评活动为例,初步了解达木丁苏伦构筑的文学批评理论体系对于蒙古现代批评的影响之深远。90年代,随着蒙古社会的转型,对社会主义制度的全盘否定导致对社会主义时期文学成就的诋毁,加上西方文学思潮的大量涌入,文学批评界出现混乱的局面,蒙古作家协会也一分为二,1990年9月27日,在原来的蒙古作家协会之外,成立了"蒙古自由作家联合会"。可以说,无论是由蒙古作家协会分裂出来的"蒙古自由作家联合会"倡导的以藏传佛教思想与民间文学构建蒙古文学批评框架,还是原作家协会以非现实流派来弥补现实主义之弊及其对现实主义的再度审视,当代蒙古文学批评界上演了20余年的种种理论纷争及大破大立,始终都没有脱离开达木丁苏伦所建构的文学批评理论体系。

从自由作家联合会与作家协会之间的论战来看,双方论争的焦点在于现实主义给蒙古现代文学带来的利与弊;苏联极"左"文学理论与批评对于蒙古文学发展的禁锢。现实主义因曾处于一家独尊的地位而成为众矢之的。为了弥补现实主义在蒙古之"弊",当代批评界主要有几种倾向,

---

① "Шинжлэх ухаан амьдрал" сэтгүүл,1985,No4,тал 56—57.

一是以自由作家联合会为代表的,他们提出以"精神思想领域的去政治化,尊重具有人文关怀的作品的自由思想,发展民族文学"①为目标,以曾经被压制的东方美学思想尤其是佛教思想来重构文学批评体系。二是希冀引入多元的西方现代文学理论,特别是现代主义理论,以平衡现实主义对文学的影响,急于"破旧立新"。三是认为当代批评界的"无边的现实主义"不能说明和解决任何文学问题,只能成为阻滞文学发展的羁绊,呼吁真正理解现实主义,无论蒙古文学传统还是现代文学中始终存在着现实主义和非现实主义两种趋势。第四种倾向相对客观,以 Kh. 桑皮勒登德布为代表,在他看来现实主义并非来自俄苏的舶来品,而是存在于蒙古民间文学的土壤中,选择现实主义是蒙古文学发展的必然。他提出了"隐含意义"这个概念,其内涵是指经由西藏传入的印度佛教文学美学思想、中国古典文学传统以及蒙古民族独特的民间口头文学传统的基础上形成的"隐含意义",无论在过去还是在社会主义时期,以至于在现在也依然发挥着影响。②包涵蒙古古典文学传统、民间文学传统以及外来资源的"三个支柱"批评理论体系依稀可见。

从蒙古文学批评发展状况来看,相对于自发批评和作家批评而言,学院派文学批评始终在批评界占据主导地位,这与蒙古现代文学批评的现实境遇和达木丁苏伦的理论个性、批评路径及其对建设蒙古文学批评学科中所做的贡献等因素有着直接关联。

与西方近代学院派文学批评相比,蒙古学院派文学批评与西方学院派形成的背景有着类似之处,都与国家民族意识的觉醒与建立有着广泛的联系。按照韦勒克的观点,西方近代学院派文学批评之所以肇始于19世纪,许多国家的文学之所以被学院重视,与这些国家民族意识的觉醒与建立密不可分。在近代欧美民族国家的建构初期,各国都开始重视挖掘整理本民族的语言文化传统资源,对传奇、民间传说和民谣民歌的收集和研究促进了文学史的撰写与讲授,将对旧日文学作品的重新评判工作逐渐交给了学院中的学者,文学批评遂在学院中积淀成知识和学问。蒙古是游牧民族,长期以往,民间文学发达,书面文学发展相对迟缓,文献史料

---

① Б. Мөнхбаяр, "XX зууны төгсгөл, XXI зууны эхэн үеийн монголын уран зохиолын судлал шүүмжлэлийн товчоо (1990—2007)", *MONGOLICA, An international journal of Mongol studies*, Vol.46, 2013, p.125.

② X. Сампилдэндэв, "Ил дүрслэл, далд утга", "*Цог*" *сэтгүүл*, 2003—1, тал 106—113.

搜求困难。这种发展特色决定了蒙古文学研究起步较晚,且始自于西方。19世纪中叶,俄罗斯学者们在喀山大学、彼得堡大学的授课讲义——"蒙古文学史讲义"就是蒙古文学史最早的雏形,受这一时期俄国历史文化学派的研究方法和思路的影响,"蒙古文学史讲义"中文化史的性质大于文学史。直到20世纪40年代以后才打破蒙古文学史大都不是由蒙古人完成的局面,1946年B.索德诺姆撰写出版了《蒙古文学发展简史》。尽管有着许多的不足和缺陷,这本小册子成为当时蒙古人自己撰写的第一部较大篇幅的文学史著作。历史把重新撰写蒙古文学史的机遇和重任赋予了达木丁苏伦。二战之后,继肃反扩大化,苏联进一步加强对蒙古文化领域的"去东方化",有意割裂蒙古文学、蒙古文化与东方文化之间的内在关联。为了展现蒙古文学发展全貌,达木丁苏伦努力搜求、发掘蒙古文学史料。针对蒙古文学史上留存的大量翻译文学作品的归属问题,他提出翻译文学本土化命题,通过蒙古本土化实践,辨析了这些与东方其他民族文学在题材、主题、体裁等方面存在着借鉴关系的作品的属性,以鲜明的实例明晰了蒙古文学与印度文学、中国汉文学和西藏文学以及其他民族文学之间的关联,确定了蒙古文学在世界文学中的地位和意义,并集中反映在《蒙古文学经典百篇》的编撰和《蒙古文学概要》的书写之中。古代文学作品的重新评价和界定,使蒙古文学批评与文学史写作能够协调一致,相互协同的同时,在一定程度上促进了学院派文学批评格局的形成。

就理论个性和文学批评特色而言,达木丁苏伦所构筑的"三个支柱"理论体系促成学院派文学批评的生成。这里我们不得不探寻达木丁苏伦文学思想的本源,特别是其比较文学思想的根基。达木丁苏伦的批评理论与他的比较文学研究是相互交融的。他的"三个支柱"批评理论体系深化了他比较文学研究的广度与维度,反之亦然,翻译文学本土化命题增强了批评的力度。他的批评理论,从1945年的萌动、到1955年的探索,其后在1959年开始的翻译文学本土化研究的助力下直到80年代的成熟,与他的比较文学研究有着不可分割的联系。我们发现,一方面他继承了19世纪以来蒙古比较文学萌芽时期所具有的深厚内涵,另一方面他吸纳了19世纪俄罗斯历史比较学派的观点,注重梳理蒙古文学与其他民族文学之间的关系研究,力图通过蒙汉文学关系研究、蒙藏文学关系研究、蒙古与印度文学关系研究以及蒙古与俄苏文学关系研究,探索蒙古文学交流过程中的某些规律,揭示蒙古文学在世界文学中的地位和意义。而俄国的历史比较学派的源头正是与俄国现实主义文学批评同时兴起的学院派批评。俄国学院派批评的神话学派搜集和整理出版了大量的俄国民间文学资料,从语言和神话、语言和民间传说不可分割的观点出发,系统地研究了俄国民间创作和古代文学,并由此考察俄罗斯民族性格的基本因素,从而推进了俄国文学理论和批评的发展,有力地影响了后来出现的历史比较学派。可以说,俄国学院派批评通过达木丁苏伦等学者的文学批评实践活动间接影响了蒙古学院派文学批评格局的形成。

就文学批评的人才培养方面,在达木丁苏伦看来,批评人才需要具备既综合又特殊的素质,很难依赖自然成长,需要国家的投入。1933年,达木丁苏伦在《发挥聪明才智,努力提高语文水平》的文章中提出:"蒙古应向苏联学习,注重文艺评论家的培养",吸纳有志于文学批评的年轻人和爱好者,举办文学批评培训,"作为一门专门的职业进行培养"。[①] 一方面,他提倡政府重视文艺批评人才建设方面的问题,另一方面他的工作性质决定他有机会发现、帮助、提携和培养批评人才。达木丁苏伦长期活跃于文坛,在作家协会、科学院和重要媒体中身居要职,在达木丁苏伦的一生中,间接受其影响和教育的姑且不论,直接在他指导下成为文学研究、语言学研究、文学批评、翻译研究等领域的人才不胜枚举,其中不乏蒙古学研究领域的顶尖学者。单从文学批评领域来看,他从发展文学批评事业的角度,身体力行地去发现和培养文学批评人才,其中最值得一书的是Kh. 桑皮勒登德布、Ts. 哈斯巴特尔这两位对蒙古文学批评领域做出重要贡献的著名文学批评家。

(三)文学批评阵地:《星火》杂志

文艺批评期刊是文艺批评论争的主要阵地。批评阵地的建设是达木丁苏伦构筑文学批评理论体系及确立、完善和发展文学批评学科事业中的重要一环,是他为之努力实现的目标之一。自40年代起至今,仍旧在蒙古国文学界发挥着重要作用的文学期刊——《星火》杂志,就是达木丁苏伦亲自参与创办的。非但参与创刊,他还以该学术期刊为平台,通过发表融入自身的文学理念的评论文章,努力引导文学批评的发展方向。

---

① Ц. Дамдинсүрэн, Хичээл билгээ гаргаж хэл бичгээ хөгжүүлье, 1934 он, *Монгол хэл бичгийн тухай*, УБ, 1957 он, тал 110—111.

文学类期刊《星火》杂志的前身是 1942—1943 年创办的《诗集》，因为这份小册子"难以吸引广大群众的兴趣"，"为了满足群众们的需求"，也"为了顺应各类文学样式的发展"，1944 年，作家协会决定把《诗集》更名为《星火》期刊（季刊）。1944 年《星火》创刊，达木丁苏伦在创刊号上发表了题为《〈星火〉杂志的目标》一文，文中介绍了杂志的六个版面：1. 蒙古新文学；2. 蒙古古代文学，其中包括人民祝词、赞词以及民间故事；3. 文学理论；4. 文学批评；5. 外国文学，尤其是苏联文学；6. 其他，包括词汇解释、语言荟萃、笑话以及提高总体知识水平的互动问答，等等。①

从六个版面的设计来看，达木丁苏伦等设计者们力图把它办成一份综合性的文学刊物。其中，文学批评这个版面，除了 20 世纪末因资金困难停刊几年外，《星火》始终是蒙古文学批评的主要阵地，见证了蒙古文学走过的半个多世纪，成为蒙古国最受大众欢迎的文学刊物之一，被誉为"蒙古文学的百科全书"②。《星火》是蒙古最早的现代文学期刊，创刊十年后才有《文学报》（1955）、《文学集》（1956）、《曙光》（1957）等文学期刊的陆续问世。

在《星火》的文学批评版面上，文学热点问题和基本问题都得到不同程度的讨论，其中 50 年代发表过不少有关达木丁苏伦文学创作的评论性文章，有关《公牛贡博》的大辩论也是以这个版面为平台进行的。达木丁苏伦尽可能通过这个平台发出自己的声音，纠正一些作家评论家思想认识中的偏差，规范文艺创作与批评的未来发展走向。从质量来看，所刊登批评文章的学术价值逐渐提升，除了原来的作家评论外，专业评论队伍不断壮大，譬如 Kh. 桑皮勒登德布、Ts. 哈斯巴特尔、D. 嘎勒巴特尔、S. 白格勒赛汗（S. Baigalsaikhan）等都发表过有见地的文学评论。可以说，在《星火》《文学报》等包含文学批评内容期刊的推动下，蒙古文学批评基本保持了纯粹的学术性。

考虑到新文学发展状况、读者接受能力，达木丁苏伦等人最初将期刊定位为小版面，易于被读者所接受。他说："我们读者还不习惯于阅读大部头的作品，先从短小令人感兴趣的作品开始"，"而我们的作家也得从短

---

① П. Хорлоо, С. Лувсанвандан, Ц. Мөнх, Д. Цэнд, *Монголын орчин үеийн уран зохиолын товч түүх*(1921—1965), УБ, 1968 он, тал 542.

② "*Цог*"*сэтгүүл*, 2002 он, №1, тал 1.

小作品开始创作,逐步积累经验,再创作大部头作品。"①事实上,《星火》杂志除了在作家协会成立纪念日出版特刊,版面较大外,几十年来基本保持着最初的规模,这可能是达木丁苏伦所没有预料到的。但是从质量上来看,《星火》期刊始终保持着较高的学术水准。

(四) 文学批评功用:肩负起神圣使命

一般而言,文学批评是关于文学的公开交往形式。德意志文学批评的奠基者莱辛所倡导的批评态度,常被看作批评家最高的行为准则:"对于新手,和气并且恭维;对于大师,带着钦佩怀疑,带着怀疑钦佩;对于俗士,吓唬却带着善意;对于吹嘘者,可以嘲讽;对于心术不正者,尽可能辛辣尖刻。"新兴的蒙古文学批评,热情有余,规范不足,抱有不同批评态度的批评者均有之,对批评尚存顾虑,"一部作品问世,大家尽管持有各种看法,还停留在私下议论阶段,或是认为这是出版机构审查的事情,与自己无关。"对于批评的功用和效用还没有清晰认识,或抱有成见,如:"文艺批评是为了扬名","说得容易,做着难,自己不做就不要挑别人做的毛病"等这样或那样片面的认识等。对此种种看法,达木丁苏伦从作家个人感受出发,强调批评对作家的创作至关重要,他说:"任何一部作品没有评论家的关注都难以成为一部好作品"。② 达木丁苏伦擅于用信手拈来的蒙古谚语来比拟,通俗易懂,如他比喻文学批评的重要性时说:"脚正不怕鞋歪,人正不怕影子斜"。③

对于文学批评的职责和功用,达木丁苏伦从文学活动的两个重要环节——创作和阅读角度,提出文学批评要具有"双重引导"作用,一是引导创作,文学批评立足对文学的阐释、评价是文学活动中一种引导性和激励性因素,对于作家创作道路的总结、发展方向的调整以及创作潜力的激发起到规范和指导作用。二是从读者接受的角度,提出文学批评还能够引

---

① Ц. Дамдинсүрэн,"Цог" гэдэг сэтгүүлийн зорилго,"Цог" утга зохиолын сэтгүүл, УБ, 1944 он, №1, тал 6—7.

② Ц. Дамдинсүрэн, Хичээл билгээ гаргаж хэл бичгээ хөгжүүлье, 1934 он, Бүрэн зохиол 4, УБ, 2008 он, тал 30.

③ Монголын хуучин үгэнд Хүн сайн ч бол хэлэхээс нааш санахгүй, Цаас нимгэн ч бол чичихээс нааш цоорохгүй гэдэг.

导读者,读者通过文学批评者的阐释,更好地理解作品,接受作品,欣赏作品,同时,还能起到"提高大众的欣赏水平与文化水平"的作用。① 除了从作家和读者角度分别指明文学批评活动的功用,达木丁苏伦还从作家与读者互动的角度出发,提出"积极调动读者的积极性,让普通读者参与到文学批评活动中,以此促进作家的创作"的倡议。② 他提议召开读者与作家的见面会,对某些作品进行专门的讨论。达木丁苏伦注重批评的引导作用,原因是多方面的。作为蒙古新文学的奠基者、批评家、社会活动家的身份使然,尤其是他于 1942—1946 年当选蒙古人民革命党中央委员会委员,曾担任蒙古人民共和国政府机关报——《真理报》主编、蒙古作家协会主席、科学委员会主席,负责领导蒙古文化发展工作,职业感与使命感使他清醒地意识到批评的作用与功效。如何发挥批评的积极作用,肩负引领社会风尚的社会责任心与历史使命感是他所关注的。

为了建立正常的批评秩序,达木丁苏伦在不同场合谈到对作家与评论家之间关系的看法。在达木丁苏伦看来,"批评家与作家之间应该是和谐的朋友关系",创作和批评应彼此提携,不断进步,共同为文学发展做贡献,而不是依附某一政治团体。1957 年,被撤销作家协会主席团主席职务的达木丁苏伦,在作协第二次代表大会上,就评论家与作家之间相互攻击的现象提出自己的看法,他说:"评论家不是用来诋毁作家的。创作一部质量欠佳的作品,不是作家恶意地有意为之,而是能力有所欠缺。"正因如此,"才需要开展有一定批评标准的、有理有据的、有着友好氛围的文学批评。"他以当时饱受批评排挤的 Sh. 嘎丹巴和自己为例说:"评价 Sh. 嘎丹巴创作的缺陷,重要的不是运用多么犀利的语言抨击他,而是要给他解释使其领会、认识自身的错误才是问题的关键。"同样,达木丁苏伦因主张保护蒙古传统文化遗产,开展蒙古文学关系研究,也成为这一时期被打压的对象。1953 年 9 月 3 日他被任命为作家协会主席团主席,1955 年 3 月被解职,到蒙古国立大学执教。达木丁苏伦在逆境中坚持己见,阐明对文学批评功效的看法,以期扭转当时文学批评界的错误认识。他强调指出:"没有理论思想斗争,没有自由批评,任何一门科学都不可能取得成绩"这

---

① Ц. Дамдинсүрэн, Хичээл билгээ гаргаж хэл бичгээ хөгжүүлье, 1934 он, *Бүрэн зохиол 4*, УБ, 2008 он, тал 30.

② Ц. Дамдинсүрэн, Уран зохиолын шинэ амжилтын төлөө, 1954 он, *Монгол хэл бичгийн тухай*, 1957 он, УБ, тал 69.

一普遍规律,从学科角度出发,阐明:"文学批评是一门社会科学,文学批评家们应在党的政策指导下,以社会主义现实主义创作为原则,广泛地、自由地、友好地进行相互批评",批评家遇到"有争议或有异议的问题时,不必拔剑张弩,而要畅所欲言,百家争鸣。"①

  本着求真、求实的态度,达木丁苏伦提倡文学批评要有为学术、为真理而献身的精神。1957年,达木丁苏伦以"党员达木丁苏伦"的名义,洋洋数千字,直言上书人民革命党中央委员会政治局,以图扭转当时文学批评界不健康的局面。信中,他开门见山地写到最近自己正受到不少来自不同领域的批评,有关工作的、有关语言文字的、有关文学创作的,不逐一而论。仅就文学创作而言,主要集中在对新近创作出版的小说《公牛贡博》的批评上,有评论认为主人公贡博的形象被作者歪曲,不符合事实;也有评论者提出要求希望创作出完全没有过失的主人公形象。这篇小说之所以会引起如此强烈的反响,达木丁苏伦认为是由于时下作家群体中存在的六种不正常现象所导致的:其一、阶级斗争极端化导致的教条主义在蒙古国内仍旧盛行;其二、在社会主义建设过程中存在轻视牧民的现象;其三、全盘抹杀和否定文化遗产;其四、把文学作品典型人物与社会现象同质化;其五、民族主义倾向严重;其六、以造谣、诽谤、污蔑替代文学批评现象严重。② 在谏言信的结尾,达木丁苏伦强调说:"写这封信的目的是为了能够妥善解决上述问题,使我们的文学批评发展到更高的阶段,这一点至关重要。"③

  从谏言党中央委员会政治局这件事情上来看,达木丁苏伦对文学批评家这个群体有着自己的独特看法。他认为批评家所肩负的学术责任和社会责任极其重大,是其他学科不可比拟的,所以要求评论家在社会中一定要发挥积极的作用,关切当时普通民众的生活,要有社会责任心与历史使命感,肩负起引领整个社会风尚的责任,该倡扬的要敢于倡扬,该批评的则勇于批评,不能随波逐流,要有着为学术、为真理而献身的精神。我们从中可以感受到他所希冀的文学批评景观(理想的批评境界)是立足传

---

① Ц. Дамдинсүрэн, Монголын зохиолчдын II их хуралд хэлсэн үг, "*Үнэн*" *сонин*, 1957. IV. 30.

② Ц. Дамдинсүрэнгээс Монгол Ардын Хувьсгалт Төв хорооны Улс төрийн товчооны гишүүнд илгээсэн захидал, 1957 оны 5-р сарын 19, *Бүрэн зохиол* 3, УБ, 2001 он, тал 527—528.

③ Өмнөх ном.

统,适应时代需求,为文学发展推波助澜,起指导作用,而不是被动地随波逐流。对于"由文学批评引发的论争","无需一刀切,而是要鼓动传播,鼓励讨论,鼓励争鸣"。①

(五)文学批评范式:综合性研究

30年代末,苏联肃反扩大化重创了刚刚萌芽成长的文学批评队伍,批评力量愈发微弱。1937年文学批评的先行者S.博音尼姆赫、中央剧院院长M.雅德姆苏伦因受到"甘登和德米德反革命集团"事件牵连,分别被处以死刑。剧作家、文学批评家Sh.阿尤喜也未能幸免,因"日本特务"等罪名1938年冤死于狱中。在大清洗的阴霾之下,文学批评界受到来自政治领域的不恰当干扰,歪风肆虐,有政治批判取代文学批评的趋势,达木丁苏伦和B.林钦是遭到批评和抨击最多的两位批评家。尽管如此,30、40年代,与文学批评新人之间的对话仍旧是达木丁苏伦的重要批评活动之一。他的文学批评论战文章,力图驱除旧的偏见和新的教条,强调批评规范的建立与界限的限定,发挥批评的社会引导功能,成为蒙古现代文学批评史上应该铭记的重要一页。这里,我们以他的文学批评个案为例,初步探讨达木丁苏伦的批评方法的特点与得失。

1938年,达木丁苏伦因对其诗作《远游》的批评被卷入一场不大不小的论争漩涡。出于改变一些批评者不恰当的批评态度,逐步构建良好的和谐的批评氛围,建立文学批评的尊严的目的,他亲身参与论争,激活了文坛的学术气氛,以自身的文学批评理念启发文坛,引发争鸣,实现了批评价值。

1936年达木丁苏伦创作了诗歌《远游》,1938年发表在科学院杂志《新镜》上。《远游》这首诗是达木丁苏伦创作的众多歌颂自然风光的诗歌中的一首。这类描写自然风光的诗歌最大的特点是,善于发挥蒙古语特点,运用贴切的比拟,形象刻画出蒙古的大自然旖旎风光,诸如《蒙古大地》《克鲁伦河》等作品。《远游》这首诗由"远游""云""山""水""植物""时令"六节组成。文学批评新人 No. 丹增(No. Danzan)在《人民权利报》文

---

① Ц. Дамдинсүрэн, Монголын зохиолчдын Ⅱ их хуралд хэлсэн үг, "Үнэн" сонин, 1957. Ⅳ. 30.

学批评栏目发表了一篇评论文章,在文章末尾要求达木丁苏伦对他的文学批评作出解释。为此,达木丁苏伦写了一篇题为《答复》的文章,也发表于1938年《人民权利报》的批评专栏,从八个方面对 No. 丹增进行了回应。

该文开宗明义总结了蒙古文学批评的发展现状:"蒙古文学发展17年来,文学创作,尤其是诗歌得到极大地发展,但文学批评的发展滞后",文学批评与创作恰如"鸟之双翼,车之双轮",二者需要相依相携。达木丁苏伦坚持文学若要取得突破和发展,文学批评必须跟进,"质量上乘的文学创作离不开文学批评的发展繁荣",他把文学批评对文学发展所起的作用比喻成"犹如打开毡包天窗的顶毡,一缕阳光射进漆黑的毡房","文学批评就是打开文学世界的那扇门"。① 这个比拟形象贴切地指出了批评最为朴素的职责——社会导向功能。如同勃兰兑斯所形容的:用火把来引导游人,使人们在黑暗不明的矿坑里看得出地下的财宝来。

进而,达木丁苏伦以其渊博的学术积淀及融汇东西的知识储备,从语言、历史、文学的角度对于 No. 丹增提出的问题给予阐释。No. 丹增认为诗歌的第二节用了宗教词汇描写云彩,如"хувилгаан цагаан үүл хурмастын цагаан үүл"(khuvilgaan tsagaan uul khurmastiin tsagaan uul),有抬高宗教礼仪之嫌。达木丁苏伦从语言发展的角度阐释了"хувилгаан"一词的发展脉络,指明这个词汇在蒙古语里虽是佛教用语,但是在佛教传入蒙古之前就已经普遍使用,无论是古代书面作品中还是各部族的口语中都很常见。蒙古语中"хувилгаан"一词有三种含义,本诗中取其"变化"之意,而非佛教用语的"活佛"之意。蒙古草原天高云淡,云彩千姿百态、变幻无穷,"时而洁白如雪","时而漆黑如墨"。达木丁苏伦从蒙古民族审美角度将云彩比作"驮着货物的白骆驼","身背牛粪筐的妇女"等,不仅激发读者的想象,也唤起人们对蒙古草原的依恋与热爱。

按照达木丁苏伦的解释,"хурмастын цагаан үүл"与"тэнгэрийн цагаан үүл"的意思相近,都有"天上白云"之意。达木丁苏伦从语言发展、历史文献两个维度来论证上述两个词意具有相似性。从语言演变上看来,他认为"хурмаст"有可能源于波斯语的"урмуцта(urmutsta)",在波斯语中这个词有"蓝天"之意,古代传入蒙古同样有"万能的天"(эрхт тэнгэр)之意。佛教在蒙古传播时,梵文中的"индра(indra)"翻译成蒙古

---

① Ц. Дамдинсүрэн, Хариу бичиг, 1938 он, *Бүрэн зохиол* 4, УБ, 2008 он, тал 214.

语时找不到合适的对应词汇,于是用"хурмаст(khurmast)"一词代替。此后,"хурмаст"这个词,与原来的词意"天"有些出入,有"天王(тэнгэрийн хаан)"之意。需要指出的是,有"天王"意思的同时,"天"的意思还始终保留并使用着。达木丁苏伦认为在老百姓的口语中"хурмаст"很少使用,所以 No. 丹增才会产生这样的误解,这是情理之中的事情。进而,达木丁苏伦强调作为一个蒙古人应该掌握从丰富的蒙古民间故事中产生演变的词汇。他诙谐地说:倘若按照 No. 丹增的逻辑,蒙古语里的"тэнгэр""Богд уул""Хангай хан"等词汇都应该剔除出去,那么蒙古语词汇势必减少,倒是给编写蒙古语字典的工作省去了不少"麻烦"。继而,达木丁苏伦引用 19 世纪俄罗斯布里亚特学者道尔基巴扎洛夫(Dorjbazarov)的观点,从历史角度阐释了"хурмаст"与"тэнгэр"的词意一致性。

对于 No. 丹增指出的使用封建词汇进行文学创作,达木丁苏伦以高尔基的作品《海燕》为例进行反驳。高尔基在《海燕》中,形容海燕在乌云与大海之间,像黑色的闪电高傲地飞翔,用以比拟的词汇是"гордый демон",其中"демон"一词在俄文中就是指基督教神话中的"恶魔""魔鬼"。达木丁苏伦有力地反驳道:"伟大的无产阶级作家高尔基尚且可以用宗教词汇创作,何况我等"。在达木丁苏伦看来,运用哪个词汇不是问题的关键,关键在于表现的作品内涵。可以使用有宗教含义的词汇,不仅如此,还可以运用群众耳熟能详的宗教故事,创作出抵制宗教,宣传革命内容的作品。①

自 16 世纪中叶开始,佛教传入蒙古地区以来,对蒙古文学艺术、文化教育、传统医学的发展起到了不可低估的作用,佛教文化逐步渗入到蒙古普通民众的血液和灵魂之中。俄国十月革命后建立的苏维埃政权尝试通过无神论制度推进全新的意识形态,蒙古人民共和国无条件服从这种反宗教规则,在"左"倾机械主义影响下割裂了蒙古文化传统的延续性。在缺省了佛教影响下的蒙古文化传统问题的思考上,达木丁苏伦强调文化的延续性,极尽最大可能避免蒙古现代文学犹如突兀之物畸形发展,即便蒙古新文学和新制度经由蒙古知识分子认可的俄苏文明而来的,也摆脱不了蒙古传统文化根基。

1936 年,正值达木丁苏伦完成列宁格勒大学的蒙古语专业学业,前

---

① Ц. Дамдинсүрэн, Хариу бичиг, 1938 он, Бурэн зохиол 4, УБ, 2008 он, тал 216—217.

往高加索度假,有感于当地的自然风光,创作了《远游》这首诗。① 高加索山脉中的厄尔布鲁士山为最高峰,常年积雪覆盖,在碧蓝天空映衬下格外巍峨,故被达木丁苏伦描绘为"银白色的柱子"。诗歌中是这么描写的:

> Мөнх хөх тэнгэрийн
> Мөнгөн цагаан багана

No. 丹增批驳"天由柱子来支撑"是喇嘛们常用的表达方式,应该摒弃。蒙古在引进并接受俄苏文化的过程中,把作为文化传承或一种文化形态的宗教与进步的"革命文学"对立起来,批判前者而宣扬后者。在当时政治化的气氛中,达木丁苏伦能够有勇气提出表述方式是基督教惯用的手法,而不是佛教,表明他拥有更多的学术思维的自由空间,已具备了可与世界文化进行对话的能力,同时也表明他对文学批评者有着较高的要求,即作为一名文学批评者自身要有较高的文化素养、完善的知识结构,他主张文学批评是一种综合性研究,即集历史、文化、语言、宗教为一体的综合性研究。

最后,达木丁苏伦以守为攻,从修辞的角度,反驳 No. 丹增文学批评中残留着封建思想。No. 丹增在文章中自称为"болхи би",蒙古语中的"болхи би"与"тэнэг би""мунхаг боол"等都表示为"愚笨的我",是一种自谦的说法,在现代蒙古语中逐渐被"миний бие"所取代。No. 丹增教条地以苏联无神论作为评判标准,达木丁苏伦则以苏联社会主义所追求的社会阶级平等、批判封建残余来反驳 No. 丹增,这篇杂文中充分显示出达木丁苏伦的睿智与博学,以及对于文化传统的清醒认知,客观上反拨了"左"倾教条主义的泛滥。

现代西方文学批评讲究理论性、系统性和科学性,而东方的批评传统多为即兴随笔性质,缺少系统性的思考,受中国汉文学点评派的影响,蒙古本土批评有直观感悟、琐碎的传统。从达木丁苏伦的批评著述来看,没有特别大部头的专著,文体上多为类似古人题记、序跋、通信、杂记、谈言微中的短文等,受传统注疏的影响,随笔性的批评文体居多。阅读他的批评亦如他的文学创作,没有晦涩的语言,高深的理论,读起来轻松自如,如同给亲朋挚友的书信或与友人闲聊,亲切随意。结构上似乎也不是那么

---

① 1934 年 3 月至 1938 年 2 月,达木丁苏伦在列宁格勒的东方学研究所学习,见《达木丁苏伦自传》。

严谨,他的目光并不总是盯着作品,常常借题发挥,常常游离到推广和弘扬蒙古传统文化,开拓读者视野与知识水平的层面。但仔细推敲他的文学批评则形散而意不散,具有浓厚的理论思辨色彩。从上述批评的个案分析能够看到,达木丁苏伦以传承蒙古文化精神为目的,他的文学批评,如其所说将蒙古文学、文化、历史、语言等问题有机地结合起来,融汇到批评实践当中,也就是说在继承本土批评传统上呈现出现代文学批评的分析性、逻辑性和科学性,这成为他文学批评的最大特色,他的文学批评可谓"综合研究"。

第二章 达木丁苏伦与
马克思主义文艺批评

1927年达木丁苏伦在《革命青年团》杂志上发表了《学习撰写文章与书写的简捷方法》和《简明提示》，标志着他开始步入文学批评领域，直至80年代还未搁笔，前后共近60年，历经了20世纪蒙古现代文学批评发展的重要时期。依时序通读达木丁苏伦的批评著述，我们会发现自1934年开始，他的文学批评始终以抵制"左"倾机械论对建设蒙古新文化、新文学产生的负面影响为主线，无论是30年代中后期的语言阶级性论争，还是五六十年代的保护文化遗产论战，以及"三个支柱"理论体系的构筑，都贯穿着这条主线。从最初留学苏联接受和理解马克思列宁主义文艺理论，到主动学习领会马克思列宁主义内涵，逐步娴熟地以马克思列宁主义文艺理论为依据，解决建设蒙古新文学、新文化过程中遇到的实际问题，在尽可能减少"左"倾机械论思潮给传统文化带来的危害同时，客观上也纠正了批评界对马克思主义理解的偏差。达木丁苏伦的批评实践和理论探索，既折射出马克思列宁主义文艺批评蒙古本土化进程的艰难曲折，也反映出他作为自觉的马克思列宁主义文艺理论的践行者的清醒头脑与理性思考。

从马克思主义文艺理论在蒙古的接受和理解状况来看，整个蒙古文艺界更多的是被动地接受与执行来自苏联的文艺理论指示，达木丁苏伦是极少数能够结合自己的创作和蒙古文艺发展的实际，认真思考马克思主义文艺批评理论在蒙古实践的可行性，并付诸于行动的批评家的代表人物。尤其是50年代他的《让我们保护文化遗产》一文的撰写与出版，标志着达木丁苏伦的文艺思想，已经自觉地走在马克思主义文艺理论蒙古化的道路上。从当时蒙古的国内国际形势来看，是历史赋予了达木丁苏伦践行马克思主义文艺理论的机会，使之成为自觉的马克思列宁主义者。在展开论述达木丁苏伦文学批评思想之前，有必要简要地总结回顾一下马克思列宁主义文艺理论的形成，及其20世纪20—60年代在蒙古进行传播和接受的情况，有助于理解达木丁苏伦文学批评的风格及特点形成的缘由。

（一）马克思主义文艺理论在蒙古的接受与误读

1. 马克思主义文艺理论在蒙古的接受与传播

19世纪40年代，整个哲学社会科学和文艺学美学领域发生的最伟大的变革就是马克思主义学说的诞生和发展。马克思和恩格斯在吸收了两千年来人类思想和文化发展中一切有价值的东西，并加以改造的基础上，在关于劳动实践与美的创造，物质生产和艺术生产、美学观点和历史观点以及关于艺术把握世界的方式等一系列根本问题上科学地回答了人类文艺学美学思想发展提出的问题，从而达到了人类文艺学美学思想的最高成就。① 20世纪，马克思主义文艺理论对很多国家的文学发展、文化格局、社会生活都产生过重大的影响，马克思主义关于文学艺术和文化发展的一系列经典阐述，曾给予蒙古的文学理论家和批评家以理论滋养。

1925年以前，在蒙古新文学产生之初，蒙古还没有能力去整理译介关于马克思主义文艺批评的论著，对马克思主义文艺批评的认识和理解还局限在对于联共共产国际运动层面的交往和认知上。1920年，列宁接见蒙古革命者时说："你们国家劳动者的唯一道路是与苏联工人、农民紧密相连的，为实现政治、经济独立而选择的。"1921年，蒙古人民革命胜利后，列宁在克里姆林宫接见蒙古政府代表团时说："我们俄罗斯对你们的帮助远不止这些，以后还将提供各种教育文化方面的援助。"②在苏联的协助下，自1925年起十余部马克思列宁主义经典文献陆续翻译成蒙古语并出版发行。1925年首次用蒙古文翻译出版了马克思、恩格斯的《共产党宣言》和《共产主义原理》、列宁的《青年团的任务》，1928年翻译出版发行了恩格斯的《家庭、私有制和国家的起源》，1931、1932年分别翻译出版了列宁的《社会主义和宗教》《社会主义和无政府主义》及《国家与革命》等著作。与此同时，蒙古人民革命党为了宣传马克思列宁主义，还出版发行了《伟大的十月革命》《列宁是世界革命的旗帜》等小册子。可见，当时的

---

① 复旦大学中文系文艺理论教研室：《马克思主义文艺理论发展史》，北京：中国文联出版公司，1995年，第4页。

② Ш. Лувсанвандан, *Монголын уран зохиолын дэвшил, социалист реализм*, УБ, 1987 он, тал 101—102.

具体历史语境和社会环境等因素决定了蒙古接受的马克思主义是以恩格斯、考茨基、普列汉诺夫、伯恩斯坦等为代表的第二国际的马克思主义及以列宁主义为代表的第三国际的马克思主义，就是西方所说的"正统马克思主义"。

特殊的历史条件决定了蒙古文学同样也是经由俄苏文学理论来接受和理解马克思主义文艺理论的这一特殊路径。蒙古现代文学批评的开拓者 S.博音尼姆赫就是通过这个途径成为较早接触到马克思列宁主义的批评家。作为革命者和政治活动家，他有机会参与共产国际及苏联的政治活动。1921年，S.博音尼姆赫参加了世界国际共产主义第五次代表大会，会后创作了歌曲《青年的使命》。1922年1月21日—2月2日，在苏联圣彼得堡召开的"远东国家和地区劳动者第一次代表大会"上，S.博音尼姆赫亲耳聆听了列宁有关蒙古人民革命党和蒙古革命的社会理论根基、宣传方向、社会性质以及蒙苏友谊的国际主义性质的讲话，其后创作了歌曲《蒙古国际主义》。1924—1926年，S.博音尼姆赫作为内蒙古人民革命党领导人、作家小组负责人在内蒙古工作，曾任《内蒙古人民杂志》编辑部主任。1926—1927年，受苏联布里亚特科学院的邀请，到乌兰乌德工作，期间编写了文学作品集《文集》。国际共产运动及蒙古革命的经历，使得他由俄罗斯革命思想的崇尚者成长为马克思列宁主义的信仰者和传播者。1929年，他撰写了宣传马克思主义的系列文章（1—23讲），同年还出版了马克思列宁主义文艺理论著述《关于文学创作的主题》。1935年，他撰写的《文学入门》涉及到社会主义现实主义方法问题。1936年，在其撰写的《新时期的文学》一文中首次系统地提出了"蒙古革命语言艺术的社会意识方向"的命题。

值得注意的是，并非二三十年代的蒙古所有作家和批评家都是通过苏联这个特殊的路径来接触到马克思列宁主义的，D.纳楚克道尔基就是个特例。1924年成立不久的蒙古人民共和国政府发布政府令，先后数次从中学选拔人才直接派往德国、法国等西方国家学习，以实现蒙古快速步入现代进程的愿望。蒙古新文学的奠基人D.纳楚克道尔基，1925年就曾在苏联列宁格勒市军事政治科学院学习，1926年又被选派到德国莱比锡市学习新闻专业。在德国学习期间，D.纳楚克道尔基除了创作出经典作品《从乌兰巴托到柏林》《远行求学者》《在资本主义国家竟然度过了"五一"节》和《德国见闻》外，还广泛接触了德国古典哲学、马克思主义理论，曾经翻译了马克思《资本论》的部分章节，成为20世纪蒙古文学界较早接受马克思主义文艺理论的作家。

与同时代大多数知识分子一样,达木丁苏伦也主要是从苏联接受了马克思主义文艺理论的。1931—1932年,达木丁苏伦在布里亚特科学研究院工作,翻译马克思列宁主义著作,曾以拉丁文拼写的蒙古文出版了斯大林的《列宁主义问题》一书。1933—1938年,在列宁格勒学习期间,他加深了对苏联国情和文学的认识和了解。旅苏期间,还创作出了著名长诗《我白发苍苍的母亲》和《远游》等作品。与同时代的其他文学批评家一样,他把对俄罗斯文学、文化的推崇和对马克思主义文艺思想的提倡与个人的批评实践结合在一起。

相比较起来,二三十年代,蒙古新文学的三位奠基人有一个共同的特点,就是注重向蒙古民众翻译介绍俄罗斯文学作品与马克思列宁主义理论。他们的不同之处在于S.博音尼姆赫更擅于传播马克思列宁主义,D.纳楚克道尔基长于自觉地把马克思主义文艺理论应用于文学创作和历史研究工作中,而达木丁苏伦则擅长以马克思列宁主义文艺理论来解决在建设蒙古新文学、新文化过程中所出现的问题,这成为他文学批评一个突出的特色。

马克思主义文艺理论是一个动态的、发展的文艺理论体系。列宁曾对马克思主义文艺理论的发展做出多方面的贡献,使之达到了一个新的阶段。无论是S.博音尼姆赫,还是达木丁苏伦,他们接受的主要是经过列宁发展过的马克思主义文艺理论。二三十年代蒙古少有D.纳楚克道尔基这样能够直接用德文阅读和翻译马克思主义经典著作的,即便是D.纳楚克道尔基,也因为苏联对蒙古的干预和国内"左"倾势力的影响,不得不中断在德国的学业,于1929年被迫返回蒙古,这也意味着结束了他对于马克思主义的初步探索。归国后,他对马克思主义的翻译介绍也随之搁浅,留给后人的只有《资本论》中的《商品与货币》这个章节。需要说明的是,在本文中论述的达木丁苏伦的马克思主义文艺批评活动,专指的是达木丁苏伦如何实践被列宁发展过的马克思主义文艺理论这一概念。

2. 马克思主义文艺理论在蒙古的误读与偏离

马克思主义文艺理论的发展,不是平静的,而是充满矛盾、充满斗争的,尤其是在各个领域深受苏联影响的蒙古。特殊的国情注定蒙古接受马克思主义文艺理论的过程是艰难曲折的,苏联文艺界在马克思主义文艺思想上的分歧、矛盾、斗争和偏离都能在蒙古的文学批评界掀起或大或小的波澜,这种现象在 20 世纪 30 年代末期至 50 年代尤为突出。

20 年代是苏联文艺的繁荣期。虽然 1922 年成立了"文学事务总局",推行必要的书刊审查制度,1925 年俄共(布)中央通过《关于党在文学方面的政策》的决议,其基本精神还是争取作家的大多数,发挥他们的创作积极性,繁荣文艺事业,所以这些制度与规定总体上来说,对于文艺事业的发展与繁荣是起着促进作用的。列宁逝世以后,斯大林击溃了党内的"反对派",强制推行斯大林式的社会主义模式,与此相配合,要求在意识形态领域达到舆论统一,要求文艺事业实现"布尔什维克化"。1932 年开始筹建全苏作家协会,讨论制定统一的社会主义现实主义的创作方法。1934 年 8 月,斯大林意旨的"创造性"执行者 A.A. 日丹诺夫代表联共(布)在第一次全苏作家代表大会上发表演讲,要求作家响应"十七大"要求,"为彻底消灭资本主义成分,为克服经济中及人的意识中的资本主义残余,为完成国民经济的技术改造而斗争"。[①] A.A. 日丹诺夫是 30—40 年代苏联重大文艺政策的决策者与实施者之一,"长期以来事实履行俄共(布)中央第二书记的职责",对于 1937—1938 年的"大清洗负有直接的责任",他把文艺看作阶级斗争的工具,对于持有异议的作家艺术家都予以无情的打击和镇压。战后他重新掌管苏联思想文化战线,"整顿"文学、戏剧、音乐等意识领域,主持起草了以党中央名义发表的关于文艺问题的几个决议,再次掀起文艺领域的阶级斗争高潮。1946—1948 年他开展了针对苏联文学、电影、戏剧艺术和音乐艺术的意识形态大清洗。[②] A.A. 日丹诺夫的极"左"言论与极端的行为,不仅对于苏联文艺界是一场灾难,而且还殃及其他社会主义国家的文化文艺事业,对苏联和其他社会主义国家文化艺术领域的影响之剧烈、广泛、持久,则是难以估量的。[③] 蒙古自然也不例外。

从二三十年代的文学发展状况来看,蒙古新文学的发展与世界文学的发展潮流还是较为同步的,现实主义、浪漫主义和现代主义并存,文学批评处于多元探索的阶段,接受马克思主义文学理论的渠道也是多样的。

---

① 复旦大学中文系文艺理论教研室:《马克思主义文艺理论发展史》,北京:中国文联出版公司,1995 年,第 367—368 页。

② 亚历山大·雅科夫列夫:《俄罗斯百年忧思录》,述弢译,北京:社会科学文献出版社,2013 年,第 193 页。

③ 复旦大学中文系文艺理论教研室:《马克思主义文艺理论发展史》,北京:中国文联出版公司,1995 年,第 365 页。

从蒙古人民革命党制定和实施的文艺政策来看，二三十年代由于党内"左"右倾斗争激烈，无暇顾及文艺发展问题，同时人民革命党也没有充分意识到文艺批评的重要作用，关注蒙古的文艺发展问题的决议并不多见。少量的有关文艺政策的决议则主要集中在鼓动性较强的戏剧、歌词及宣传诗的创作，剧院、俱乐部和文化宫建设以及青年人的培养上。① 这与蒙古文学产生的现实环境及斯大林推行的文艺政策有着一定的关联。蒙古文学界通常把《恰克图歌》《绣字旗》《红旗歌》等一组革命歌曲界定为新文学的开端，新文学是伴随着人民革命的炮火而诞生的。蒙古新文学产生的现实环境直接决定了蒙古人民革命党更加关注于文学的社会功用。斯大林对于文艺教育功能的强调也影响了蒙古这一时期的文艺政策走向。

1937—1938 年的肃反扩大化，重创了诞生不足十年的蒙古新文学，有的学者认为这次运动使蒙古文学又回到了 20 世纪初期。肃反扩大化带来的创伤不仅仅体现在作家个人所遭受的人身迫害、精神摧残上，更为严重的是，它扼杀了蒙古作家、知识分子对个性的探索，挫伤了为振兴蒙古民族所迸发的热情，弱化了对于时代与社会的关切。自 30 年代末期起，个人崇拜、教条主义、庸俗社会主义思想泛滥，文学创作概念化、公式化现象逐渐严重，严格的文艺审查制度的形成，使得文学创作逐步成为一党政治意识的宣传工具，把政治革命作为中心任务，政治化倾向严重。蒙古人民革命党效仿苏联文艺界，从 30 年代末开始加紧实现意识形态领域的统一。1939 年 5 月，蒙古人民革命党中央委员会政治局主席团通过的决议首次涉及文艺创作的方法、文学创作发展的目标等问题。1939 年 6 月 27 日，蒙古《真理报》发表题为"革命 18 周年与革命文艺发展"的社论，总结 18 年来文学发展的状况，明确今后文学发展的方向。二战爆发后，蒙古投入了反法西斯战争，爱国主义和人道主义成为战时文学的主题和潮流，出现了一些战争题材的作品。1943 年 4 月，蒙古人民革命党中央委员会政治局颁布决议，号召要"在文学中推广党性原则批评体系"。战后，蒙古人民革命党重新加强意识形态领域建设的力度，中央委员会政治局于 1946 年 6 月作出关于成立文学协会的决议，开始筹备组建作家协会。1947 年 4 月，中央委员会政治局发布了"负责艺术工作部门的相关工作决议"，强调意识形态的革命性与思想性。1947 年 5 月，中央委员会

---

① *МАХН-аас урлаг-утга зохиолын талаар гаргасан тогтоол шийдвэрүүд* (1921—1966)，УБ，1967 он.

政治局召开会议分析蒙古文学当前的发展状况,明确新时期(五年计划期间)文学领域的任务,发布《关于蒙古文学的现状和任务的决议》。1948年1月,中央委员会政治局通过了关于召开蒙古作家协会第一次代表大会的决议,同年4月即召开了蒙古作家协会第一次代表大会,L.杜格尔苏伦(L. Dugersuren)在会上作了题为"为实现党的十一大决议的作家的任务"的报告。本次会上选举出由达木丁苏伦、S.达希登德布(S. Dashdendev)、Sh.纳楚克道尔基、Ch.其米德、G.扎姆斯朗扎布(G. Jamsranjav)、Ch.洛岱伊丹巴(Ch. Lodoidamba)、Ch.奥伊德布(Ch. Oidov)等人组成的蒙古作家协会主席团。作协一大被苏联文艺界视为蒙古文学批评的转折点,因为"在作家代表大会的几次会议中,对许多根本问题,诸如作品的党性原则、思想性、作家的任务以及作家创作中的资产阶级民族主义倾向等都取得了明确的认识"。①

重视发展文艺批评是蒙古文学领域的一大进步,然而,把文艺看作阶级斗争的工具,势必使文学成为政治的附庸。如果说 A. A. 日丹诺夫创造性地发挥了斯大林文艺理论,以形而上学取代辩证法,以极"左"替代革命的话,那么被蒙古人民革命党冠以"以伟大的马克思列宁主义学说为指导,并为纯洁这一学说而不断进行斗争"的名义,在与党内的右倾、"左"倾分子和小资产阶级思潮、民族主义分子等进行的斗争中,持有的理论武器,有机械唯物论的倾向。批判者对于意识与存在、上层建筑与经济基础之间的辩证关系,特别是对于文艺作为一种具有审美意识形态的特殊属性,则缺乏准确、深刻的认识。1952年乔巴山去世后,苏联所扶持的接班人泽登巴尔上台,泽登巴尔效仿赫鲁晓夫,举起反对乔巴山个人崇拜的旗帜,紧跟苏联重新制定的党的路线和各项方针,引起蒙古社会生活各个领域的重大变化,文学领域的"左"倾思想进一步泛滥,给蒙古文艺领域造成了灾难性的后果。

由于蒙古接受马克思主义文艺理论的途径逐渐被控制在只能通过苏联这个渠道,所以蒙古的文艺批评家们难以接触到真正的马克思文艺理论,难以摆脱苏联早期研究者对马克思文艺理论的片面解释,从而导致了蒙古对马克思主义文艺理论的误读,把苏联"无产阶级文化派"、庸俗社会学和拉普的理论和观点错误地当成马克思列宁主义文艺理论全盘接受

---

① Г. И. Михайлов, *Очерк истории современной монгольской литературы*, издательство академии наук СССР, Москва, 1955, с. 176.

过来,而"左"倾思潮的产物"组织生活论"、"唯物辩证法创作"等僵化的教条,以及 A.A.日丹诺夫推行的文艺政策理所当然地被奉为正宗的马克思文艺理论。马克思主义批评被当作界定审美、体裁、风格的条条框框,或以阶级属性来图解复杂的文学现象。在这种背景下,反拨极"左"思潮、教条主义对蒙古文艺发展的束缚与危害,修正马克思主义文艺理论在蒙古的传播与接受,还原马克思主义文艺理论的本来面目就成为达木丁苏伦在这一时期的学术目标与追求,这也成为达木丁苏伦批评思想发展过程中的重要节点。

50 年代,蒙古引进的苏联文艺理论也是良莠不齐,既有"拉普"后期的代表人物法捷耶夫、叶尔米洛夫的文学理论,又有俄国早期马克思主义文艺批评的代表人物卢那察尔斯基的文学理论主张,还有白银时代文学理论家维·伊凡诺夫的象征主义理论批评,季莫菲耶夫的《文学理论》和阿布拉莫维奇的《文艺学引论》也被译介过来。① 对这些庞杂的无产阶级文学派系需要一个选择和理解的过程,起源于庸俗社会学和"无产阶级文化派"思潮的各种极"左"的文学理论观点和文学批评实践,一度被某些批评家、理论家当作马克思主义文艺理论及其具体运用,而被接受下来,这样势必强化了蒙古文学的政治化倾向,为后来的文学发展急剧走向极"左"的境地埋下了伏笔。譬如,1934 年,D. 僧格(D. Sengee)与 No. 丹增等人受"拉普"的文学艺术阶级论影响,在蒙古文学界掀起了"蒙古语阶级属性"的论争,主张"捍卫马克思主义""反对用封建语言(剥削阶级词汇、宗教词汇)"进行创作,走向了对蒙古古典文学及民间口头文学遗产的双重否定的歧路。

(二) 极"左"思潮下达木丁苏伦的困惑与抵制

1. 对极"左"思潮的困惑

1947 年 12 月,蒙古人民革命党召开第十一次代表大会,讨论通过了"蒙古人民共和国国民经济与文化的五年计划(1948—1952)"。为了配合

---

① П. Хорлоо, С. Лувсанвандан, Ц. Мөнх, Д. Цэнд, *Монголын орчин үеийн уран зохиолын товч түүх*(1921—1965),УБ, 1968 он, тал 487.

贯彻和宣传蒙古人民革命党十一大决议精神，文学批评领域异常活跃，Sh. 纳楚克道尔基在 1948 年 3 月 31 日的《真理报》上发表了题为《为了党的文学》一文，提出要捍卫文学的党性，引起了评论界的大讨论。1950 年 1—2 月，N. 扎姆巴勒苏伦（N. Jambalsuren）、N. 策耶扎布（N. Tseyejav）等人分别在《真理报》上发表文章，提出要在文学批评中开展党性的尖锐批评，掀起有关"资产阶级民族主义倾向"的论争。对于这次论争的有关情况，无论是蒙古 1968 年出版的《蒙古现代文学简史》(1921—1965)，还是 1989 年出版的《蒙古现代文学史》第二卷(1941—1960)中都没有涉及。在苏联学者 G. I. 米哈伊洛夫撰写的《蒙古现代文学简史》中对此有着详细的记载和论述，该书第五章"文学批评"章节详细叙述了这次论争的缘由、过程及结果。成书于 1955 年的这部专著在评析蒙古文学批评的状况时，难免会受到"左"倾思想束缚和当时主流话语的影响，有关这场论争的解析与论述带有着那个时代的苏联文艺理论的痕迹。

　　论争双方分别代表了两种截然不同的观点。一派以 N. 扎姆巴勒苏伦、Ts. 策耶扎布、D. 达尔扎（D. Darjaa）、D. 塔尔瓦（D. Tarva）、Ch. 其米德等为代表。在 A. A. 日丹诺夫制定的极"左"文艺政策的影响下，他们把文学充当完成党和政府下达各种任务的工具，为实现蒙古人民革命党现阶段提出的"与历史和文学教学与研究中出现的民族主义做斗争、创作现代题材作品"的目标，重新评价现代文学作品，试图揭示这些作品中的资产阶级民族主义的表现。经过分析评估，他们认为：现代文学创作有崇拜封建文化，掩饰作品的阶级属性，忽视社会主义建设成果的倾向，是资产阶级民族主义的表现，对此应该广泛开展文学批评给予批判。他们以"革命"的面目活跃在文学批评界，冠以"与资产阶级民族主义思想的任何表现作坚决斗争"的名义开展所谓的文学批评，实际上是以政治批评代替了文学批评，这是 30 年代苏联曾经批评过的庸俗社会学的再生与变形。另一派是以达木丁苏伦、B. 林钦、Sh. 嘎丹巴、B. 巴斯特、Ts. 策登扎布、Sh. 纳楚克道尔基、L. 杜格尔苏伦、P. 浩尔劳等为代表。他们接受文学是社会生活能动反映的观点，坚持文学反映现实，但对现实的作用毕竟是有限的，而且文学对于现实的反映又必须遵循文学本身的规律的看法，主张继承并发扬蒙古民间文学、古典文学传统，遵循蒙古文学的自身规律。

　　这次论争涉及到文学的本质、任务与功能；文学的党性原则；文学遗产的继承与革新和文学形象的塑造等问题。1950 年 1 月，N. 扎姆巴勒苏伦在《真理报》上发表题为"与捏造和民族主义地解释历史事实做坚决的斗争"的文章,拉开此次论争的序幕。同年1—2月份,《真理报》上先后发表了 D. 塔尔瓦和 N. 扎姆巴勒苏伦的《论索德诺姆的蒙古文学发展史》、Ch. 其米德的《论我国文学中的资产阶级民族主义思想》、D. 达尔扎的《谨防我们新时期的文学作品受到资产阶级民族主义批评的毒害》、Ts. 策耶扎布的《在我们的文学中开展有党性的尖锐批评》等评论文章。

这场论战对于蒙古现代文学批评来说,首先要解决的是是否要继承蒙古古典文学传统和民间文学传统的问题。1946 年 B. 索德诺姆撰写出版了《蒙古文学发展简史》(以下称为《简史》),以"蒙古文学的起源""清朝统治时期的蒙古文学""革命时期的蒙古文学"三个部分扼要阐释了 13 世纪以来的蒙古文学发展历史。因《简史》没有明确说明古典文学与现代新文学之间的原则区别,把关于《蒙古秘史》《成吉思汗的两匹骏马》《格斯尔》《江格尔》的论述与 D. 纳楚克道尔基、达木丁苏伦等现代作家的作品介绍等同对待,被 D. 塔尔瓦、N. 扎姆巴苏伦指责为忽视蒙古新文学、新文化以及蒙古现代作家已经取得的成就,崇拜封建文化、掩饰其阶级性,并指出其错误的原因在于 B. 索德诺姆研究文学时没有运用马克思主义的方法,才对蒙古文学的发展没有作出正确而合乎党性的判断。①

其次,要解决创作什么样的文学形象的问题。二战期间,蒙古作家为了鼓舞士气,以历史人物或是以民间故事的情节为素材,创作了一系列歌颂爱国主义和英雄气概的作品。D. 纳姆达克取材于英雄史诗《格斯尔》创作了剧本《夏莱河的三可汗》(1941);B. 巴斯特(B. Baast)与 Ts. 策登扎布(Ts. Tsedenjav)以历史人物满都海王妃为题材创作了剧本《贤明的王妃满都海》(1946);还有同样是取材于历史人物进行创作的 Ch. 奥依德布(Ch. Oidov)的《阿玛尔萨纳》(Amarsanaa)、B. 林钦、Ю. 塔里其(Yu. Tarich)的电影剧本《朝格图台吉》(Tsogt taij,1945),等等。这些借用古代英雄形象来鼓舞现代士兵的人物形象也成为当时文艺批评的对象。

批评家丹增赞扬电影《朝格图台吉》,肯定了塑造的朝格图台吉的形象,认为他唤起了成吉思汗时代的英雄精神。对此,Ch. 其米德在《论我国文学中的资产阶级民族主义思想》一文中提出批评,认为蒙古作家在反映蒙古历史和封建社会生产生活时,有美化封建制度的倾向,混淆了剥削者与被剥削者之间的阶级利益,《朝格图台吉》与《贤明的王妃满都海》剧

---

① Д. Тарваа, Н. Жамбалсүрэн нар, "Б. Содномын бичсэн 《Монголын утга зохиолын түүхчилсэн төлөв》 гэдэг өгүүллийн тухай", "Үнэн" сонин, 1950.Ⅰ.30.

本违反了无产阶级国际主义原则和蒙古人民革命党党纲,是资产阶级民族主义思想的反映。① N. 扎姆巴勒苏伦等人提出不能把满都海与卓娅等同,更不能把成吉思汗及其封建王公与苏赫巴托、乔巴山相提并论,为争夺汗位而斗争的阿玛尔萨纳也不能被称为勇士。Ts. 策耶扎布在其题为《在我们的文学中开展有党性的尖锐批评》中,主张要根据马克思列宁主义理论开展有原则的文学批评,提高文学的思想水平和艺术水平。Ts. 策耶扎布当时所指出的按照马克思列宁主义的原则开展批评的方向并无不当之处,但从当时蒙古文学界对苏联文艺理论的接受以及运用的情况来分析,Ts. 策耶扎布等批评家在急于建立无产阶级文学批评的过程中,将庸俗社会学、极"左"文学思潮、苏联文艺理论与马克思主义文艺理论混为一谈。

有关文学创作形象的讨论,折射出当时蒙古人民革命党对文学任务理解的片面性。1947 年 5 月,蒙古人民革命党中央提出蒙古文学的现状和任务,即蒙古作家的主要任务是创作现代题材的文艺作品,要从各个方面反映蒙古人民在革命年代里进行的斗争和取得的劳动成果,要反映蒙古经济文化建设的发展和反映蒙苏友谊,塑造现代人的形象。上述认知与 A. A. 日丹诺夫反复强调的"苏联文学是以社会主义建设的成功为先决条件的",是"我们社会主义制度成功与成就的反映"的观点相一致。提倡与鼓励作家、艺术家反映社会主义建设的成就与成功,以鼓励建设中的人民群众,并无不当之处,但以此衡量整个文学创作,把文学创作的对象、内容和形式完全狭隘化②,就势必束缚文学的发展,也背离了马克思关于艺术既是目的又是手段的辩证观点。

文学的党性原则成为论争的焦点。1949 年蒙古人民革命党中央作出《关于人民教科书的决定》及《关于在学校中教授蒙古人民共和国历史和文学的现状》的决议,号召批评界,要从党性原则和阶级立场出发,深入研究和探讨蒙古的历史和文学,同民族主义的各种表现作不懈的斗争。在党中央的号召下,D. 达尔扎、D. 塔尔瓦、N. 扎姆巴勒苏伦、Ch. 其米德、Ts. 策耶扎布等评论家以党性原则作为衡量的杠杆,评析了一些蒙古作

---

① Ч. Чимид, "Манай утга зохил дахь хөрөнгөтний националист үзлийн тухай", "Үнэн" сонин, 1950. Ⅰ. 30.

② 复旦大学中文系文艺理论教研室:《马克思主义文艺理论发展史》,北京:中国文联出版公司,1995 年,第 371 页。

家作品中的资产阶级民族主义表现,在蒙古文艺界掀起揭露资产阶级民族主义思想的斗争,包括达木丁苏伦在内的许多作家的作品都成为被揭露的对象。察颜扎布把这种文学批评命名为"有党性的尖锐批评",G. I. 米哈伊洛夫则赞誉他解决了文学批评的根本问题,把揭露资产阶级民族主义的斗争看作蒙古文学批评的开端,认为"蒙古人民共和国产生了以马克思列宁主义理论为依据的、具有党性的文学批评"[①]。"文学的党性原则"是列宁在无产阶级尚未取得政权的特定背景下提出来的,列宁所指的"文学"一词,包括一切的出版物,并非单纯指文学艺术,可以是政治哲学历史伦理等等。列宁还特别指出文学党性原则内容还包含保障作家创作的两个"广阔天地"和两个"绝对自由",因而用列宁的文学党性原则要求所有的文学作品都要具有政治倾向是缺乏充分根据的。50年代的蒙古文学批评把文学的党性原则泛指成为一种以党性的尺度和原则来考察作品的理解有悖于马克思列宁主义思想,是对列宁主义思想的狭隘化表现。

至于达木丁苏伦,在这次论争中首当其冲地受到文学批评新人的猛烈抨击,开始接受相关单位的审查,就连工作岗位也不断地被调整,先后被免除科学委员会主席、作家协会主席、科学院语言文学研究所所长的职务,自1962年起,在科学院语言文学研究所担任一名普通研究员。1938年No. 丹增发表了有关达木丁苏伦创作的诗歌《远游》和《我白发苍苍的母亲》的评论性文章,批评达木丁苏伦的创作有宣扬封建蒙昧主义、僧侣主义和恶魔主义的倾向。1954年,Ch. 洛岱伊丹巴、G. 扎姆斯朗扎布(G. Jamsranjav)在乌兰巴托市党委会议上批判达木丁苏伦的小说《公牛贡博》《索莉变了》《老师和学生》等具有小资产阶级情调。这种"彻底粉碎各种蒙昧主义、各种神秘主义以及各种僧侣主义和恶魔主义",正是1934年A. A. 日丹诺夫在苏联第一次代表大会上代表联共中央委员会和苏联人民委员会所作报告中提出的口号。A. A. 日丹诺夫对于苏联文学和资产阶级文学的界定以及界定的标准,直接影响了蒙古这一时期文学批评的方向。创作与批评之间存在着的与生俱来的紧张关系在"左"倾思想泛滥的年代被严重扭曲和被曲解了。

基于当时对马克思主义文学批评的认知,G. I. 米哈伊洛夫在总结蒙古现代文学批评时写道:"长时期以来文学战线上最落后的部分——文学

---

① Г. И. Михайлов, *Очерк истории современной монгольской литературы*, издательство академии наук СССР, Москва, 1955, с. 180, 183.

批评,已经找到了正确的发展道路。现在可以有充分的权利说,马克思主义文艺批评在蒙古人民共和国已经有了发展。蒙古的文学批评队伍还很年轻,人才少,批评著作更少,可是它充满信心地前进着,反对资产阶级民族主义思想,拥护有思想性、有党性的文学,拥护社会主义现实主义的原则"。① 然而,在达木丁苏伦看来,这种用政治批评代替文学批评;把文学批评作为排斥、打击异己的工具;以党性原则为藉口的书籍审查体制等做法不利于发展和繁荣文学创作。他对这些现象是否属于马克思主义的文学批评范畴心存疑虑。1954年,达木丁苏伦在担任蒙古作家协会主席时曾呼吁:"文学批评应在党中央的领导下,探寻正确的批评路径与方向,开展真正的马克思主义列宁主义的文艺批评。"②在极"左"思潮严重干扰的时期,能够清醒而理智地提出探索与理解真正的马克思主义批评的思路和方法,这是出于达木丁苏伦作为那个时代最为杰出的作家代表,作为富于独立思考精神、有理论批评个性的批评家,作为一位马克思主义者的理论自觉。

在特定的历史条件制约下,达木丁苏伦不可能质疑联共和苏共所提出的文艺政策,只能从苏联文学发展现状中去探索和思考走出困境的新路,或是从马克思文学理论中去寻找理论支撑,否则只能像 S. 博音尼姆赫一样成为政治的牺牲品,或是像 D. 纳楚克道尔基那样夭折于追求理想的征途中。

在"与资产阶级文学民族主义斗争"开展得"如火如荼"之际,达木丁苏伦抛开庞杂的国际无产阶级文学运动理论,潜心研究苏联文学的发展现状及其问题,于 1955 年在《真理报》上发表了题为《接触了肖洛霍夫的作品》③的文章,翌年,该文章编入《达木丁苏伦全集》④,得以再次出版。从达木丁苏伦译介俄苏文学作品的时间来看,发表有关肖洛霍夫的杂文,不是一时的有感而发,而是其经过独立思考的、颇具胆识的行为。在反对"左"倾批评机械论上,达木丁苏伦与同时期的文学批评家及理论家相比,更加稳健睿智,有着更加开阔的视野。从 1934 年黑海休假时首次接触到

---

① Г. И. Михайлов, *Очерк истории современной монгольской литературы*, издательство академии наук СССР, Москва, 1955, с. 190.

② Ц. Дамдинсүрэн, Уран зохиолын шинэ амжилтын төлөө, 1956 он, *Монгол хэл бичгийн тухай*, 1957 он, УБ, тал 69.

③ Ц. Дамдинсүрэн, Шолоховын зохиолтой танилцсан минь, "*Үнэн*" *сонин*, 1955. Ⅴ сарын 24.

④ Ц. Дамдинсүрэн, *Бүрэн зохиол*, УБ, 1956 он, тал 279—281.

肖洛霍夫的作品《被开垦的处女地》,到1954年参加苏联第二次作家代表大会时聆听肖洛霍夫的发言,达木丁苏伦以回忆的形式记录了他与肖洛霍夫及其作品的接触过程与感悟,发出作家要像肖洛霍夫那样"用心灵书写、用心灵创作"的感慨。众所周知,50年代初期的苏联文学进入一个被称为"解冻"文学的时期,以爱伦堡、奥维奇金、肖洛霍夫、尼古拉耶娃等为代表的作家率先用自己的创作打破苏联文坛长期的沉闷与停滞,主张揭露社会时弊,关心普通人的命运,力求恢复俄罗斯文学的现实主义和人道主义传统,努力摆脱 A. A. 日丹诺夫主义的羁绊。达木丁苏伦此时在蒙古最为权威的报刊《真理报》上发表有关肖洛霍夫的文章,试图通过传递苏联文学的新气象来唤醒蒙古创作和理论批评的"解冻"。在以达木丁苏伦为代表的这些敢为天下先的作家和评论家的不懈努力下,"解冻文学"思潮在蒙古的奏响直到60年代才终于出现。诚然,由于时代的局限和个人经历的限制,达木丁苏伦始终绝对强调文学的党性与人民性,他补充说:"心灵是属于党,属于人民的。"①这种从苏联文学或学术中寻求资源,来抵制蒙古文学或其他领域的不正常现象的做法,是达木丁苏伦及那个时代其他学者实现自身学术理想的生存法则。

2. 对极"左"思潮的局部抵制

杜娜叶夫斯卡娅曾说过:"每一个时代的马克思主义者,都要为自己重新阐释马克思主义。他们是不是真正的马克思主义者,不在于他们的'忠实性',而在于他们的'现实性',在于他们如何面对新时代的挑战。"②达木丁苏伦正是这样的马克思主义者。40年代末50年代初,他所面临的最大挑战与他的副博士学位答辩论文《〈格斯尔〉的历史根源》有关。答辩风波的初次磨砺和洗礼促使达木丁苏伦潜心学习马克思主义文艺理论,而马克思主义的理论观点又使他获得更锐利的目光,为后来以马克思主义文艺理论解决蒙古实际问题作了铺垫。

本书在有关《格斯尔》研究的章节里,将专门阐述达木丁苏伦撰写《〈格斯尔〉的历史根源》一书的写作动机和时代背景,此处不另赘述,仅补充一些新近发掘的档案资料。2013年达木丁苏伦的女儿、俄罗斯蒙古学

---

① Ц. Дамдинсүрэн, *Бүрэн зохиол*, УБ, 1956 он, тал 281.
② 杜娜叶夫斯卡娅:《哲学与革命》,傅小平译,沈阳:辽宁教育出版社,2000年,第125—126页。

家 A. D. 岑吉娜与蒙古国学者 D. 策德布(D. Tsedev)一同编撰出版了《达木丁苏伦:格斯尔学的历史》一书,刊登了关于达木丁苏伦副博士论文答辩方面鲜为人知的档案材料,其中包括俄罗斯档案材料 21 份,蒙古国家档案馆和达木丁苏伦博物馆保存的档案材料 14 份。这些档案的公开,有助于我们还原当时的历史语境,重现 40 年代末到 50 年代初期,在"左"倾思潮持续发酵的那个年代,莫斯科、列宁格勒、乌兰乌德、乌兰巴托四地学者之间那场有关格斯尔研究的不见硝烟的战争。

1946 年 8 月,蒙古科学院院长 J. 杜格尔苏伦(J. Dugersuren)致信苏联东方研究所所长 B. B. 斯特卢韦德(V. V. Struved),希望派遣达木丁苏伦到该学院研究生班进修。同年 9 月份,在得到苏联方面许可后,达木丁苏伦前往列宁格勒,师从苏联的科学院院士、格斯尔研究专家 S. A. 科津(S. A. Kozin)。在导师的引导下,达木丁苏伦的论文选题从蒙古文学的语言研究转到格斯尔研究上。经过三年研究生班的学习,达木丁苏伦完成了论文《〈格斯尔〉的历史根源》的写作,但提交答辩申请时,在苏联和蒙古学界引起了达木丁苏伦所始料未及的震荡:论文答辩被无限期推迟,他的研究掀起莫斯科、列宁格勒、乌兰乌德、乌兰巴托学者之间的有关民间故事、史诗的人民性问题的大辩论,甚至还波及到塔什干、阿拉木图和伏龙芝等地。

现在看来,导致论文答辩推迟和辩论持续不断的因素是多方面的。从莫斯科、列宁格勒方面来看,1948 年前后正是 A. A. 日丹诺夫文艺政策大行其道的时期。在日丹诺夫主义者看来,文学艺术为政治斗争服务,作家和批评家的政治倾向、作品的阶级属性是第一位的。政治斗争和阶级属性成为文学批评的绝对标准。在这种风潮的影响下,达木丁苏伦的导师 S. A. 科津在 1948 年因为格斯尔研究成果《蒙古人民的英雄史诗》的出版受到来自学者及媒体的批判。如 Dj. 摩尔达维斯基(Dj. Moldavskii)在苏联杂志《星》上发表题为《成吉思汗的民主形象》[①]的署名文章,Yu. 安德烈耶夫(Yu. Andreev)则在报纸《文化与生活》上发表题为《论苏联科学院科学普及版》[②]的文章,指责 S. A. 科津在其蒙古英雄史诗研究中有赞扬、美化封建王公贵族的作品的倾向,认为书中把《蒙古秘史》《江格尔》《格斯

---

① Дж. Молдавскйн. Чингис-хан в роли демократа. // Звезда. 1948, No 12, с. 189—193.

② Ю. Андреев. О научно-популярных изданиях Академий Наук СССР. // Культура и жизнь. 1948. 7. 31.

尔》三部作品错误地看待为蒙古人民的作品。同年，S. A. 科津在《文化与生活》上作了自我批评，承认自己美化了成吉思汗及封建汗王的史诗是违反历史的，是错误的。

对于导师 S. A. 科津的批判还不至于连带影响到达木丁苏伦的研究。反对达木丁苏伦有关《格斯尔》研究的最大声音不是来自莫斯科，而是来自苏联布里亚特共和国的乌兰乌德。1949 年 2 月，布里亚特蒙古作家会议对《格斯尔》史诗的性质进行了讨论，一致认为《格斯尔》史诗具有资产阶级民族主义思想，是歌颂封建汗王、反对人民的史诗。1949 年 3 月，布里亚特学者 Ts. 嘎勒桑诺夫（Ts. Galsannov）、Kh. 纳姆萨拉耶夫（Kh. Namsaraev）、D. 策莱姆皮楞（D. Tsiirempilon）、D. 鲁布桑诺夫（D. Lubsanov）、V. 图什布（V. Tyushev）、Ya. 奥尔善斯基（Ya. Orshanskii）、G. 齐登扎波夫（G. Tsiidenjapov）、N. 巴勒达诺（N. Baldano）、Ts. 奥其洛夫（Ts. Ochirov）等人联名集体撰写了《反对美化封建史诗》一文，刊登在苏联《文学报》①上，反对"把《蒙古秘史》《江格尔》《格斯尔》称为蒙古人民的史诗，把它们列为蒙古文学的三大高峰"的论断。在文章中，他们认为"S. A. 科津院士以人民史诗的名义，宣扬封建可汗史诗"，"以人民英雄的名义赞扬封建可汗"，认为书中贯穿着宣扬成吉思汗，复兴其汗国的思想。② 布里亚特的主要出版物发表文章，要求取消达木丁苏伦的论文答辩，一些学者也先后致信苏联科学院指导委员会反对达木丁苏伦进行论文答辩。达木丁苏伦的副博士论文答辩会被推迟。随后蒙古人民共和国的文学刊物《星火》杂志转载了布里亚特学者的联名文章的蒙文译文。乌兰巴托的一些学者、作家，如：B. 仁钦、Ch. 洛岱依丹巴、N. 扎姆巴勒苏伦、S. 达希登德布（S. Dashdendev）等人呼应了布里亚特学者对 S. A. 科津及达木丁苏伦的批判。在苏联相关几个加盟共和国的首都塔什干、阿拉木图、伏龙芝等地都相继开展了有关民间故事、史诗的人民性问题的讨论，就此达木丁苏伦被带上"民族主义者"的帽子。据统计，在达木丁苏伦答辩前夕的乌兰乌德、莫斯科、乌兰巴托等地，发表了对《〈格斯尔〉的历史根源》持有不同看法的论文共计 108 篇。③ 非但如此，他们还搜集支持达木

---

① *Литературная газета*, 1949. 3. 26, с. 115.
② Ц. Галсаннов, Х. Намсараев, Д. Цыремпилон, Д. Лубсанов зэрэг, Харгис туулийг магтан сайшаасан тухай, *Цог*, 1949. 3, No1—2, тал 124.
③ А. Д. Цендина, Д. Цэдэв, *Цэндийн Дамдинсүрэн "Гэсэр судлал"-ын түүхээс*, УБ, 2013 он, тал 235—243.

丁苏伦答辩的苏联学者 G. D. 桑杰耶夫、迪雷科夫等人的材料，公开批评与达木丁苏伦接触过的布里亚特学者，试图掀起新的一轮大批判。很明显，这种以阶级性来评判文学作品的思路和借此掀起批判运动的具体做法有着日丹诺夫主义的影子。作品的阶级属性、作家的政治倾向、文学艺术服务于阶级斗争是日丹诺夫主义的核心内容。而僧侣主义、恶魔主义以及各种蒙昧主义和神秘主义则是 A. A. 日丹诺夫强调彻底粉碎的对象。A. A. 日丹诺夫极"左"的言论与极端的行为，不仅对于苏联文化界是一场灾难，而且也祸及其他社会主义国家的文化事业。[①]

1950 年 7 月 31 日，达木丁苏伦致信苏联东方研究所所长 S. P. 托尔斯托夫(S. P. Tolstov)、苏联科学院总院士 S. I. 瓦维洛夫(S. I. Vavilov)和《文学报》总编 K. 西蒙诺夫(K. Simonov)，希望得到支持，争取获得论文答辩的机会。1950 年 8 月 30 日，S. I. 瓦维洛夫责成东方研究所就格斯尔问题进行研讨并得出结论。乌兰乌德、莫斯科、列宁格勒等地学者就达木丁苏伦的论文进行了多次讨论，最终于答辩前三天下达了批准答辩的决定。1950 年 10 月 24 日，达木丁苏伦在苏联东方研究所顺利地通过了副博士论文答辩。

论文答辩的风波，无论是对于达木丁苏伦的学术研究，还是对于其文学批评而言，都是一个重要的节点。单从文学批评来看，1950 年前后，经过这次历练的达木丁苏伦，对文学理论批评的思索产生了一次大跨度的飞跃。如果说 40 年代末掀起的"与资产阶级民族主义倾向的斗争"引发了达木丁苏伦对苏联文艺理论的困惑，那么 1950 年前后有关《格斯尔》之辩则促使达木丁苏伦重新潜心研读马克思列宁主义文艺理论，以此获得更锐利的目光来探索解决实际问题的路径，完成从困惑、质疑到突破的转变。

从蒙古国家档案馆和达木丁苏伦博物馆所保存的档案材料中能够发现达木丁苏伦理论思维转变的这一过程。档案材料中有一封达木丁苏伦的亲笔信，在《达木丁苏伦：格斯尔学的历史》书中编号为第 11 号。信的抬头称呼为"尊敬的同志"，落款为"达木丁苏伦"，没有注明成信时间，但特意写明本人在莫斯科短暂出差，计划不久回国，回信地址为蒙古驻苏联大使馆。从其内容来看，大致成信于 1952 年左右。信中达木丁苏伦开门

---

① 复旦大学中文系文艺理论教研室：《马克思主义文艺理论发展史》，北京：中国文联出版公司，1995 年，第 369 页。

见山地说明持续了四年有余的有关格斯尔之争,虽然答辩顺利通过,但他有关格斯尔研究的著作在布里亚特共和国仍旧不能出版,以 Ts. 嘎勒桑诺夫、M. 哈马嘎诺夫(M. Khamaganov)等为代表的布里亚特学者仍然坚持格斯尔史诗是反动史诗的观点,这一点不能不令人遗憾。选题之前,对于导师 S. A. 科津与布里亚特学者之间有关格斯尔史诗研究存有相当大的争议一事,达木丁苏伦早有耳闻,当时仅理解为学术观点相左,没有进一步探究,而对于布里亚特学者反对的动机和目的的质疑则是在苏联相关部门肯定格斯尔研究而布里亚特学者持续反对之后。在信中,达木丁苏伦质疑了 Ts. 嘎勒桑诺夫等人无凭无据地把《格斯尔》史诗诽谤为"中国封建阶级或是西藏喇嘛的创作"及认为"从事格斯尔研究是用蒙古和布里亚特的文化遗产为中国封建统治阶级和西藏喇嘛进行非法宣传"的观点。

难能可贵的是,在这种复杂的现实条件下,达木丁苏伦能够以马克思主义文艺理论为支撑,对布里亚特、蒙古批评界的令人费解的各种现象进行审慎思考,探究"与资产阶级民族主义斗争"运动的实质,犀利地指出 Ts. 嘎勒桑诺夫等人是把马克思主义教条化,"借用马克思主义的名义",实际上"宣扬的是民族主义思想",是曲解马克思主义的表现。这番话足以说明达木丁苏伦在 50 年代就已经认识到以 A. A. 日丹诺夫为代表的苏联文艺理论的本质,及其对于其他社会主义国家和民族文化的危害。中国学界认识到 A. A. 日丹诺夫制定文艺政策的本质和危害,是在 80 年代初期。半个多世纪以前,在众多倾向马克思主义的批评家中,达木丁苏伦能够凭借一己之力,力排众议,保持清醒与理性,从根本上掌握马克思主义文艺批评的原理和方法,坚持反对长期存在于批评界的教条主义、"左"倾机械论,对于纠正批评界极"左"思潮的危害,促进马克思主义文学批评在蒙古的本土化具有重要意义。达木丁苏伦这种注重从蒙古文学批评运动的实际出发,接受与理解马克思主义文艺理论的学术历程同样值得我们关注。

此外,从《达木丁苏伦:格斯尔学的历史》提供的档案材料来看,布里亚特批评界联名反对格斯尔研究有着复杂的历史语境。作为《格斯尔》史诗流传地之一的布里亚特共和国曾在 40 年代初期策划筹办庆祝《格斯尔》史诗问世 600 周年。根据 1941 年苏联人民委员会通过的决议,决定于 1942 年 11 月在布里亚特共和国举办庆祝活动,用布里亚特语和俄语出版《格斯尔》史诗。这项决议因二战的爆发而搁置,1945 年重新被提及。但此时已非彼时,多种因素将该庆祝活动进一步复杂化。主要有以下几个因素:一是根据俄共(布)中央委员会1946年8月14日颁布的决议,推行与世界主义斗争的文艺政策。一个月后,在乌兰乌德召开的联共(布)省级会议上,参与布里亚特《格斯尔》史诗出版工作的A.A.巴里布洛夫(A. A. Baliburov)、A. I. 乌兰诺夫(A. I. Ulanov)等学者受到严厉的批判。二是1941年提议在国庆期间举办《格斯尔》史诗庆祝活动的原列宁格勒大学教授、苏联科学院通讯院士N.N.鲍培[①]二战期间曾在德国工作,战争结束后定居西方。对于是否采纳他的建议继续进行这项庆祝活动,布里亚特方面很是小心谨慎。三是《格斯尔》史诗中的最大的反面人物"蟒古斯"(mangas)的布里亚特语发音与布里亚特口语中的"俄罗斯人"(orosuud)的发音很是接近,被视为有反俄倾向。

由此看来,布里亚特部分学者强烈反对达木丁苏伦的《〈格斯尔〉的历史根源》论文进行答辩,是担心达木丁苏伦的《格斯尔》研究激起苏联当权者对蒙古民族主义情绪的关注,再次掀起文化上的肃反运动,殃及布里亚特,毕竟30年代末的肃反扩大化对他们来说记忆犹新。尤其是在1946—1948年间,曾经直接策划参与1937—1938年大清洗的A. A.日丹诺夫对苏联文学、电影、戏剧和音乐艺术的意识形态进行的大清洗,让布里亚特人心有余悸。不容忽视的,"文化割据主义"也是布里亚特反对达木丁苏伦格斯尔研究成果的一个至关重要的因素。以至于1950年10月24日达木丁苏伦通过论文答辩以后,布里亚特学者反对达木丁苏伦《格斯尔》研究的呼声仍旧很高。1951年苏联科学院东方研究所不得不再次重议《格斯尔》史诗的性质,在莫斯科举办了关于《格斯尔》史诗特点的讨论会,就《格斯尔传》的独特性和人民性进行了广泛的讨论,认为《格斯尔》研究之所以引起争论是因为学者们详细地研究这部作品不同版本的结果,同时对达木丁苏伦有关人民性的结论给予了肯定。1953年苏联科学院和布里亚特文化研究院在乌兰乌德联合召开会议,就《格斯尔》史诗具有人民性,可以从事相关研究等问题达成一致。

(三)马克思主义文艺理论的本土化实践

达木丁苏伦的文学批评生涯是一部蒙古现代文艺思想发展史的缩

[①] N. N. 鲍培定居欧美后,署名为N. 鲍培。

影,从中可以考察出现代文学批评几十年来在外界因素影响下许多文艺论争的线索脉络。不过本命题更感兴趣的不是考察蒙古文艺政策思想的演变,而是尽可能从中剥离出达木丁苏伦在文艺论争中的困惑、发现与理论探索,并由此反观马克思主义文艺理论在"蒙古化"过程中的曲折情形。

1. "文化革命"引发对文化遗产的思考

列宁在20年代曾经多次指出,在进行政治和社会变革之后,要进行文化革命。他说:"只要实现了这个文化革命,我们的国家就能成为完全社会主义国家了。"① 发生在20世纪上半叶的俄国十月革命是一场自下而上的政治革命,更是一场颠覆传统的文化革命。从1917年十月革命到1929年"一国社会主义"理论占据统治地位,苏联进入了斯大林时代,提出建设不同于贵族文化和资产阶级文化的"无产阶级文化"的历史性任务,开启了建设"苏维埃文化"的进程。与其不同,1921年进行的蒙古人民革命并非是颠覆传统的文化革命,而是乾坤挪移的政治变革,政权更迭并未带来思想文化的变革。

特殊的地缘价值决定蒙古选择自主道路的艰辛,包括建设何种形式的新文化。如拉铁摩尔所言:"在革命的历史上,革命胜利之后,真正的革命才刚刚开始。"政权建立后的二三十年代,关于蒙古走何种道路的问题,蒙古人民革命党内不同的政治力量进行了博弈,并以选择走"非资本主义道路"的"左"派取得了胜利而告终。至于如何建设蒙古新文化,因左右派斗争、肃反、二战等因素,蒙古人民革命党一直无暇顾及。直到1940年召开的蒙古人民革命党第十次代表大会和第八次人民大呼拉尔才制定了开展蒙古文化建设的计划。1946年,蒙古人民革命党书记泽登巴尔在党中央全会上作的报告《关于改进国家机关和经济机构的现状及其工作的措施》中正式出现了"文化革命"的提法。他说:"在我国,国家政权及其机关改造生活和经济的工具,也是文化革命的工具。或者说是完成大量经济工作、组织工作和文化教育工作的机构。"此次全会还强调,人民权利的经济作用和文化教育作用比以往任何时候都发挥得更好。② 经历了二三十年代的政治动荡和社会制度过渡之后,蒙古人民革命党将文化革命加入

---

① 《列宁全集》第43卷,北京:人民文学出版社,1987年版,第368页。
② B.勒哈木苏伦:《蒙古人民革命党简史》,翟文亮、朱安琪译,北京:人民出版社,1990年,第183页。

到行动纲领中,通过行政手段明确蒙古文化发展方向,发起了一场自上而下的文化革命。

从1947—1949年蒙古人民革命党中央有关文化方面的决议来看,主要在以下两个方面采取措施进行文化变革。(一)同历史和文学教学与研究中出现的民族主义做斗争。在《关于人民教科书的决定》《关于在学校中教授蒙古人民共和国历史和文学现状的决定》中指出,在学校教授的蒙古历史和出版的相关刊物中,掩盖了13世纪蒙古封建社会的阶级斗争,为成吉思汗远征的反动本质辩解,对他的全面肯定和过高评价,出现了用这种民族主义来代替研究和继承蒙古古代文化中的进步因素。党中央对此提出批评,要求从党性原则和阶级立场出发,深入研究和探讨蒙古的历史和文学,同民族主义的各种表现做不妥协的斗争。决定要求,修改历史和文学教学大纲,革命时代的内容不得少于全部课时的一半。①(二)号召作家创作现代题材的作品,尤其在戏剧方面。1947年,蒙古人民革命党中央作出《关于蒙古文学的现状和任务的决定》。决定指出,蒙古作家的主要任务是创作现代题材的文艺作品,从各个方面反映蒙古人民在革命年代里进行的斗争和取得的劳动成果,反映我国经济文化建设的发展及苏蒙友谊,塑造现代人的形象。1947和1949年,蒙古人民革命党讨论了国家音乐话剧院的艺术创作和演出情况,批评剧院公演的大都是依据历史题材和口头文学编写的作品,很少上演现代的戏剧。党中央指示,剧院应主要上演以人民革命取得的成就,人民自由幸福的生活和新时代的人物等为内容的现代题材的戏剧作品,同时,要不断提高演员的政治水平,增加文艺作品的知识性。②

事实上,蒙古人民革命党中央的上述决议在基层的执行过程中,演变成为一场"文化革命"。对作品阶级性的狭隘而片面的理解及极"左"思潮的泛滥导致蒙古学术界、教育界、出版界出现全盘否定和彻底抹杀本民族传统文化和文学遗产的现象,有的地方甚至出现违背人类文明规律的极端事件。

在文学研究领域,1950年1月,D.塔尔瓦、N.扎姆巴勒苏伦等人在报纸上发表文章,认为:"《蒙古秘史》《格斯尔》《江格尔》产生的年代及形

---

① B.勒哈木苏伦:《蒙古人民革命党简史》,翟文亮、朱安琪译,北京:人民出版社,1990年,第194页。

② 同上。

式各有不同,但都不是人民的艺术作品,是保存于封建王宫、保护封建统治者利益、渗透着封建思想内容的反动作品。"同年,S.达希登德布在《科学》杂志第三期上撰写文章将《蒙古秘史》《格斯尔传》《江格尔》等文学经典列为封建阶级反动作品。同时,否定说唱艺人对蒙古文化的贡献,在1955年出版的蒙苏专家合著的《蒙古人民共和国通史》中,删掉了有关蒙古著名祝词家格勒格巴勒桑(Gelegbalsan)和说唱艺人鲁布桑的内容。

在教育界,B.希仁德布(B. Shirendev)在担任蒙古国立大学校长期间修改了国立大学蒙古文学的教学计划,将革命前的文学统称为"封建文学",《孤儿传》《格斯尔传》《江格尔》等被从教学计划中剔除。1937年以后出版的中学阅读材料没有收入革命前的文学作品,有关旧时期的文化遗产,或是只字未提,或只是侧重描述革命前的文化的落后状况。1956年对中学蒙古语教学计划进行了修改,蒙古文学占32课时,而其中的大部分内容为1921年以后的文学作品。

在新闻出版界,按照《蒙古人民革命三十年》的记载,从1937年到1956年,"党和政府非常重视发展新闻出版事业","出版物的数量大大地增加"①。1921年在蒙古乌兰巴托建立国立印刷厂,从1940到1950年,国立印刷厂中央一级报纸发行量增加300.3%,杂志印刷额增加了167%。大量出版艺术、政治和专门性的书籍,特别是出版了蒙古文的马克思列宁主义经典著作。② 但与之不相符的是有关蒙古文化遗产的书籍的出版,自1937年起,已处于停滞状态。1921—1937年间,蒙古出版了《白马传》(Zagaliin muuj)、《智慧的钥匙》(Oyunii tulhuur)、《三十二个木头人的故事》(Khuchin hoyor modon hunii ulger)、《哈巴狗和猫的故事》(Khav muuriin ulger)等十余部古代文学作品。从1937年到50年代末期,仅出版了达木丁苏伦由传统蒙古文转写成西里尔蒙古文的《蒙古秘史》(1956年第一版,1957年第二版),其他有关古代文学传统的书籍即使列入出版计划,在新闻出版审查的环节也往往被删除或延迟出版。在史学界,历史虚无主义再度盛行。③

各个地方政府在执行中央委员会的决议时,出现了匪夷所思的乱象。

---

① B.锡林迪布等:《蒙古人民革命三十年》,向华译,北京:人民出版社,1953年,第96页。
② 同上书,第96—97页。
③ 详见本书第一编第三章第一节。

例如,后杭爱省大塔米尔县①负责相关工作的人员哈彦希尔瓦(Khayanhirvaa)和达希登德布(Dashdendev)滥用职权,发起了焚烧书籍和灭狗运动。他们的依据竟然是,所有的古旧书籍都是封建书籍,所有的狗都会把疾病传染给牲畜,所以应该彻底消灭掉。

为了支持党中央的决议,诗人 D. 僧格和 Ts. 盖塔布提出:"我们除了仇恨别无遗产"的观点,他们在《在党的领导下》一诗中这样写道:

> 一代又一代
> 从祖祖辈辈那里
> 我们继承到的
> 唯一遗产
> 就只有
> 胸中熊熊燃烧的仇恨

这场"文化革命"给蒙古带来的危害是多方面的,影响是深远的。它不仅仅是否定、抹杀、压制了蒙古传统文化,更为关键的是从根本上扼杀了一个民族赖以生存的自我表述方式,鼓动蒙古在一片荒芜的、贫瘠的文化土壤上,在苏维埃文化的影响下创建新的文化。"文化革命"引发了达木丁苏伦的思考,促使他把关于蒙古文化遗产的思考置于辩证唯物论与历史唯物论的"基石"上去分析,这使他豁然开朗。

2. "两种文化"学说

作为蒙古新政权刻意培养的社会主义新型知识分子,达木丁苏伦在这场自上而下的文化革命中,可以有多种选择:或是违心地说合时宜的话,做合时宜的事,随波逐流成为时代所需的"政治精英";或是回归书斋,逃避和漠视社会变革和政治运动;或是奋起抗争,保护蒙古文化遗产。达木丁苏伦坚定地选择了后者。这种选择,不仅出自蒙古知识分子的良知,更源于他对蒙古民族文化的热爱。他深知这是关系到蒙古文化建设与发展的大问题,如果不及时清除"左"倾机械论的影响,抵制民族文化虚无主义思潮的肆意泛滥,蒙古民族文化将会名存实亡。为了解决这个关乎民族文化存亡的重大问题,达木丁苏伦把目光投向马克思主义文艺理论,希冀从中寻找到答案。列宁有关文化问题的思考对这一时期达木丁苏伦的

---

① 1929—1959 年期间,后杭爱省大塔米尔县是蒙古经济集体化的试点地区。

文艺理论观点和批评实践具有指导意义。我们从达木丁苏伦的《让我们保护文化遗产》(1956)、《旧文学的民主方向》(1955)两篇论文以及1957年出版的《蒙古文学概要》(第一卷)"有关文学研究的某些原则和方法"的论述中,能够清晰地看到达木丁苏伦这一时期批评活动与实践的思维走势。

1955年达木丁苏伦在《旧蒙古文学中的民主方向》一文中阐明了蒙古文学具有的封建和人民两种方向的观点,强调无论是民间口头文学作品,还是书面文学作品同样具有这两种方向。通过对《格斯尔》《青史演义》《黄金宝训》等多部作品的分析研究,他指出革命前的古代文学作品中有不少具有民主方向的作品,有待做进一步整理与分析的工作。他明确提出:"研究蒙古古代文学作品,编撰文学读本和书写文学史是我们面临的迫切任务",指出文学读本及文学史的编撰与出版是直接关系到大中小学教育的重要问题,呼吁要重视优秀的古代文学作品的出版工作。文中强调批评界不加鉴别和区分地谈所谓统一的传统文化,排斥历史上的民主主义文化和人民阶级文化,虚无蒙古民族历史上的文化成就,对于建设蒙古新文化的危害是巨大的,呼吁知识分子应给予抵制。

在1956年撰写的《让我们保护文化遗产》[①]一文中,结合现实状况,达木丁苏伦娴熟地运用列宁的"两种民族文化"学说,论证了1921年以前蒙古文化的性质,试图以马克思主义文化观来改变批评界有关文化遗产的错误认知,清除"左"倾机械论思潮给蒙古文化发展带来的阻碍。列宁在《关于民族问题的批评意见》中提出的"每一个现代民族中,都有两个民族。每一种民族文化中,都有两种民族文化"[②]的观点成为了达木丁苏伦的重要理论依据。这是达木丁苏伦结合蒙古文学批评实践对马克思主义批评的可贵探索。《让我们保护文化遗产》作为一篇思潮评论,触及的问题的现实性与尖锐性,及其对马克思主义文艺理论的探索性和实践性,特别是对列宁主义文艺理论的贡献,使之成为蒙古文学批评史上的一篇重要文献。

列宁指出:"每个民族文化,都有一些民主主义的和社会主义的即使

---

① 1956年,达木丁苏伦在《真理报》(No 195)发表文章,题为:"Соёлын өвийг анхаарч үзье",译成中文为《让我们关注文化遗产》。这篇文章发表以后,反响强烈,引起了蒙古政府的重视,起到了呼吁关注和保护文化遗产的作用。1959年,由蒙古人民共和国文化部专门印制发行了达木丁苏伦的著述专集,其中包括了1956年的《让我们关注文化遗产》一文,但是名称改为:"Соёлын өвийг хамгаалъя",译成中文为《让我们保护文化遗产》,故本书均采用1959年的提法。

② 《列宁选集》第2卷,北京:人民出版社,1995年版,第345页。

是不发达的文化成分,因为每个民族都有被剥削劳动群众,他们的生活条件必然会产生民主主义和社会主义的意识形态。但是每个民族也都有资产阶级的文化(大多数还是黑帮的和教权派的),而且这不仅表现为一些'成分',而表现为占统治地位的文化。因此,笼统说的'民族文化'就是地主、神父、资产阶级的文化。""崩得分子"避而不谈"两种民族文化",不谈"这个对马克思主义者来说是最起码的基本的道理,而'大谈'其空话,这实际就是反对揭露和阐明阶级鸿沟,把阶级鸿沟掩盖起来,使读者看不清楚"。"谁拥护民族文化的口号,谁就只能与民族主义市侩为伍,而不能与马克思主义者为伍"。譬如,在俄罗斯,"一种是普利什凯维奇、契诃夫和司徒卢威之流的大俄罗斯文化,但是还有一种以车尔尼雪夫斯基和普列汉诺夫的名字为代表的大俄罗斯文化。乌克兰同德国、法国、英国和犹太人等等一样,也有这样两种文化"。①

达木丁苏伦指出:"革命前只存在封建剥削文化,革命后则都是人民的进步文化"的观点既有正确的一面,又有错误的一面。正确的一面在于"1921年之前封建剥削文化在蒙古地区占统治地位,1921年之后人民的先进文化占了主导地位,逐渐清除封建剥削文化。"错误的一面在于"革命前并非都是封建剥削文化,而是人民进步文化被完全压制。""封建主义时期,蒙古社会被分为官吏与民众两个对立的阶级。这两个阶级都有反映本阶级利益的文艺作品。"具体地说:"蒙古文学从诞生之时就有着封建和人民两个发展方向"②。封建作品包括《蒙古秘史》、17世纪的历史文学作品、喇嘛官吏的训谕文书、从藏文翻译过来的《乔吉德仙女传》《目连传》等许多作品。而《金帐桦皮书》《孤儿传》《格斯尔传》《三十二个木头人的故事》等许多作品,则属于反封建的人民作品。

作为蒙古古代文学研究的奠基者,达木丁苏伦从辩证唯物主义的角度,提醒大家在区分作品的封建性和人民性时需要注意的几个问题。其一,"占据统治地位的封建阶级的影响,多次渗入人民阶级文艺作品之中"。如《格斯尔传》的某些章节有捍卫喇嘛官吏利益和美化喇嘛官吏的一些成分。反之,也有人民的美好愿望影响封建阶级文艺作品渗透其中,并使作品性质发生了变化的情况。如《孤儿传》是说唱艺人在《成吉思汗

---

① 《列宁选集》第2卷,北京:人民出版社,1995年版,第336—338页。
② Ц. Дамдинсүрэн, *Соёлын өвийг хамгаалъя*, БНМАУ, Соёлын Яам, УБ, 1959 он, тал 22—23.

的九员大将》的基础上塑造了与成吉思汗九员大将进行辩论的孤儿形象创作而成的。其二,"来自人民的文艺作品,反映出人民的美好愿望。但也有偏离之处"。因为"人民中间也存在着落后的思想和深受封建统治权力影响的内容",所以"人民创作赞美大汗和官僚作品的现象很是普遍"。反之,"封建阶级创作的作品具有封建剥削阶级的性质,但也有例外。在某些历史时期,封建阶级中也存在着进步的内容。封建阶级的代表所创作的作品有时也带有进步的性质。"如13世纪初,为将分散的蒙古各部统一起来,建立国家而进行的斗争,就具有进步意义。这一斗争的结果是清除了蒙古各部的内部危机,将蒙古统一起来。《蒙古秘史》中主要反映了为统一蒙古各部而进行的斗争。而成吉思汗侵略别国的战争在《蒙古秘史》中几乎没有记载,只是只言片语,一带而过。达木丁苏伦就此得出的结论是,"赞同《蒙古秘史》是站在封建阶级立场上创作的作品,但绝不是封建剥削性质的作品","应该把《蒙古秘史》看作是一部为建立统一蒙古而进行斗争的进步作品"。达木丁苏伦反对"把《蒙古秘史》《格斯尔传》《江格尔》列为封建阶级反动作品",并通过分析提出这些作品"恰恰是体现蒙古人民真实愿望的、具有反封建性质的作品"。他一针见血地指出:"如果将人民文化的重要遗产视为封建统治阶级的糟粕,那么就是否定民族文化遗产"。①

达木丁苏伦要向蒙古文化界阐明的是,列宁的"两种文化"论是文学研究者应该遵循的"核心原则"。他说:"任何民族在阶级社会时代都有两种文化,列宁说过:'任何民族有压迫剥削者的反动文化,同时也有被压迫剥削者的进步文化。'"同时指出出现的反传统文化现象的根源是蒙古文学界对于马克思列宁主义的误读导致的,他说:"由于我们对于列宁这个重要指示的理解不够,未能很好掌握,造成错误。"②"两种民族文化学说"是列宁对马克思主义文化观和文艺理论宝库的重大贡献。达木丁苏伦联系蒙古实际,运用该学说分析阐释了革命前蒙古民族文化中的两种民族文化以及他们之间的相互影响和渗透,提出在文化问题上要加以鉴别和区分,不能大谈统一的传统文化,排斥历史上的人民文化,虚无历史上蒙古民族创造的璀璨文化。

---

① Ц. Дамдинсүрэн, *Соёлын өвийг хамгаалъя*, БНМАУ, Соёлын Яам, УБ, 1959 он, тал 23—24.

② Ц. Дамдинсүрэн, *Монголын уран зохиолын тойм* Ⅰ, УБ, 1957 он, тал 5.

在如何对待文化遗产的问题上,达木丁苏伦再次运用列宁的在社会主义条件下批判继承旧文化、发展新文化的方法论来解决蒙古发展新文化的问题。对于 N.扎姆巴勒苏伦在《科学》杂志上提出的观点——"封建社会和资本主义社会没有出现什么好的作品。而在消灭这些社会的基础上才产生了好的作品"。达木丁苏伦反击道:"如果这个观点成立的话,又如何看待创作出传世之作的莱奥纳多·达·芬奇、普希金、托尔斯泰呢?难道 N.扎姆巴勒苏伦认为他们没有创作出好的作品?"我们不能否认"在封建主义和资本主义的压迫下有才华的人们确实创作了不少艺术成就很高的作品。"①达木丁苏伦还进一步指出,如何对待古代文化遗产对于发展蒙古新文化具有十分重要的意义。他的这个观点正是对于列宁有关批判继承文化遗产问题的思想灵活运用的实例。列宁在《苏维埃政权的成就和困难》一文中说:"仅靠摧毁资本主义,还不能填饱肚子。必须取得资本主义遗留下来的全部文化,并且用它来建设社会主义。必须取得全部科学、技术、知识和艺术。否则,我们就不可能建设共产主义社会的生活。"②达木丁苏伦从发展新文化的角度,提出"珍视民间口头文学作品、民族艺术、民歌和民乐,应加以搜集整理,利用其优秀的成分来构建新文化。"列宁强调"要用资本家拣来打我们的砖头建设共产主义!我们没有别的砖头!我们就是要用这些砖头,要迫使资产阶级专家在无产阶级的领导下来建设我们的大厦。"③达木丁苏伦把列宁的"砖头论"用于蒙古古代艺术珍品免遭厄运的论证上。他说:"从前寺庙、皇宫、王宫搜罗了大量艺术珍品。雄伟的建筑、精美的雕刻、画像、佛像、乐器等并非是喇嘛、官吏创造的,而是出自民间艺人灵巧的双手",他进而指出"喇嘛官吏从人民手中剥削去的艺术瑰宝",是"民间艺人创作的","不应该被摒弃"。④

20 世纪 20 年代,以波格丹诺夫、普列特涅夫等人为代表的"无产阶级文化派",提出建立纯粹的"无产阶级的特殊文化"和"无产阶级艺术"的主张,列宁与这种"左"倾思想理论倾向进行了原则性的斗争。1920 年 10 月,在给无产阶级文化协会代表大会起草的一项决议草案中,列宁指出,

---

① Ц. Дамдинсүрэн, *Соёлын өвийг хамгаалъя*, БНМАУ, Соёлын Яам, УБ, 1959 он, тал 26.
② 《列宁全集》第 36 卷,北京:人民出版社,1985 年,第 48 页。
③ 同上书,第 49 页。
④ Ц. Дамдинсүрэн, *Соёлын өвийг хамгаалъя*, БНМАУ, Соёлын Яам, УБ, 1959 он, тал 29.

如果抛弃资产阶级时代最宝贵的成就,不去吸收和改造两千多年来人类思想和文化发展中一切有价值的东西,而且臆造自己的特殊的文化,把自己关在与世隔绝的组织中,并要求脱离教育人民委员会实行"自治",这在理论上是错误的,在实践上是有害的。① 作为一个自觉的马克思主义者,在蒙古文化遗产的问题上,达木丁苏伦能够辩证地看待,既不要全盘否定,也不必全盘接受,要审视鉴别文化遗产,弘扬其有益成分来建设新文化。倘若列宁反对"无产阶级文化派"是因为"无产阶级文化派割裂了所有的文化,而要建设一个全新的、完全与过去资产阶级文化无关的文化",达木丁苏伦反对"文化革命派"则是因为他们鞭挞蒙古传统文化,试图建立一个完全脱离蒙古民族传统的所谓的社会主义新文化。在蒙古新文化的建设中,既不能割裂与传统文化的联系,也不可能建设出完全脱离传统文化的新文化。

  作为一名马克思主义者,达木丁苏伦始终强调,"有悖历史发展的事物才是反动的"。在对待当时敏感的喇嘛教问题上,达木丁苏伦呼吁要符合历史真实,不能以偏概全,喇嘛也分等级,并非都是剥削者,不能把下层、穷苦喇嘛都作为剥削者一并批判。他以蒙古著名祝词家格勒格巴勒桑为例,说明这种有悖历史的现象带来的危害。格勒格巴勒桑是蒙古著名的祝词家,一生创作了诸如求雨祝词、法术祝词、那达慕祝词、马奶酒祝词等大量深受人民欢迎的祝词,这些祝词在人民中间广为流传。因为其作品涉及宗教的内容,且本人具有喇嘛的身份,文化界很少有人进行涉及有关格勒格巴勒桑的系统研究及作品的整理出版工作。达木丁苏伦提出这违背历史真实,首先,"格勒格巴勒桑是穷苦的下层喇嘛",不是剥削阶级。其次,"虽说他的作品涉及喇嘛教内容,但是与喇嘛教宣扬的后世幸福、转世涅槃是截然不同的,而是以关注时下,寻求今生幸福自由为主要内容"。达木丁苏伦呼吁"为格勒格巴勒桑、鲁布桑这样的民间艺人正名",整理出版他们的生平传记,"珍惜和爱护他们的创作和他们所留下的文化遗产"②,加以搜集整理并研究出版。

  从上面的分析中我们可以发现,达木丁苏伦追本溯源,厘清马克思文艺理论发展的脉络,把握列宁对马克思主义文艺理论的贡献,将之应用于

---

① 《列宁选集》第 4 卷,北京:人民出版社 1995 年,第 299—300 页。
② Ц. Дамдинсүрэн, *Соёлын өвийг хамгаалъя*, БНМАУ, Соёлын Яам, УБ, 1959 он, тал 28—29.

蒙古文化建设的实践之中。不仅列宁的"两种民族文化"学说,为达木丁苏伦分析古代文化的民族性和阶级性提供了指南,列宁与反对"无产阶级文化派"的斗争,论述文化遗产如何批判地继承,提出如何建构社会主义文化等观点均给予达木丁苏伦启发和思考,也明晰了达木丁苏伦对于马克思文艺理论的正确认识,有助于修正把苏联"无产阶级文化派"、庸俗社会学和拉普的理论和观点视为正宗的马克思列宁主义文艺理论的现象。达木丁苏伦与极"左"思潮的斗争、有关保护民族文化和建构蒙古文化的思考与实践,一方面促成了达木丁苏伦完成自觉马克思主义者的蜕变,从另一个角度也证明了列宁的文艺思想具有理论启迪和实践指导的双重价值,是马克思主义文艺理论的重要组成部分。

3. 马克思主义批评立场

马克思主义历史哲学,决定了马克思主义批评与文学的外部研究关系有着直接的关联,诸如文学与政治、文学与社会及其以历史的发展的眼光看待文学现象等等问题。在研究中我们发现,达木丁苏伦善于将马克思主义批评作为一种立场,创造性地、灵活地解释文学现象,解决蒙古面临的实际问题,总结蒙古历史,思考蒙古未来的发展道路。从给《蒙古人民共和国通史》一卷本所提出的修改意见和编撰的《俄蒙辞典》附录"历史文化纪年表"中,可以发现达木丁苏伦的这一立场。

1955年蒙古科学委员会和苏联科学院合作编写出版了《蒙古人民共和国通史》一卷本。这部《通史》被学界称为蒙古国历史编写的开山之作。《通史》正式出版之前,时任科学委员会主席的达木丁苏伦,作为《通史》总编委会成员,详细阅读了《通史》初稿,提出了修改意见。这份修改意见,因其内容及特定的历史背景,常年被封存在蒙古档案馆中,直到1992年,才被解密,部分公开发表于报刊《历史的车轮》上。从我们目前掌握的材料来看,达木丁苏伦在肯定《通史》所取得成绩的基础上,也指出《通史》存在的问题:"读完《蒙古人民共和国通史》新版本,发现《通史》力图阐明的是千年来该地区生产力的落后,经济和文化的持续衰退乃至崩溃,而没有涉及到复苏、进步和发展。"他从通史的第3部分至第6部分,选取一些实例进行了阐释,同时指出,应以马克思主义的发展的眼光看待问题,主张只有运用辩证唯物论的观点才能对历史作出符合实际的评判,"无论是负面的,还是正面的,都应该是蒙古社会发展进程的组成部分,不能厚此薄彼。"50年代,"左"风盛行,对历史和文化发展中的继承性持否定态度者抑或对历史文化遗产持有虚无主义态度者占据主导地位。达木丁苏伦与之一直进行着不懈的斗争，从未有过妥协，始终坚持批判地继承蒙古历史文化传统，并以此来建设和发展蒙古新文化的主张。达木丁苏伦的马克思主义批评立场，还表现在突出人民群众在历史发展中所起的作用，在他看来，"应对蒙古人民群众在历史长河中的光明的、进步的时刻给予充分关注。"①他还着重指出历史读本是为教育和培养具有正义、勇敢、爱国的年轻一代而编写的，意义重大，希望对他提出的建议给予考虑和采纳。

《俄蒙辞典》附录的出版风波，再一次说明了达木丁苏伦在接受和运用马克思主义批评过程中能够从蒙古的实际出发，领会与运用马克思列宁主义的有关经典论述，在"左"风肆虐之时，能够提出有针对性的、有利于蒙古文化发展的见解。从50年代末期开始，达木丁苏伦与A.鲁布桑登德布（A. Luvsandendev）共同编写了《俄蒙辞典》。该辞典分为两卷，分别于1967、1969年出版。其中第二卷的附录部分"历史文化纪年表"引起了轩然大波，再度把达木丁苏伦推至风口浪尖，使他受到来自蒙古人民革命党中央委员会政治局的严厉批评，受到党内纪律处分，并且缴纳了一定额度的罚款。1970年9月24日，蒙古人民革命党中央委员会政治局颁布了有关"俄蒙辞典附录"的决议。决议称《俄蒙辞典》第2卷的附录由于编撰者别有用心，在思想意识和学术研究上存在着重大失误，主持编写工作的达木丁苏伦，在没有经过马克思主义的调查研究的情况下，擅自在历史文化纪年表中收入了大量与人民历史文化进步没有关联的史实与历史事件，蛊惑了不明历史真相的群众。"历史文化纪年表"以封建王公贵族、僧俗封建主的生活及历史事件为主，过分夸大了封建阶级、喇嘛寺庙在蒙古民族文化发展过程中的作用，而关于真正的人民文化遗产及革命时期在社会、经济和文化生活方面取得的成就收入得甚少，敷衍了事。在总共45页的附录中，仅有四分之一是涉及民主革命和社会主义发展的。"决议"还指出了达木丁苏伦的错误根源在于以片面的、非马克思主义的立场来对待文化遗产问题，违背了无产阶级国际主义立场，在学术研究上严重偏离了马克思列宁主义原则，陷入了资产阶级民族主义的泥潭，这其中反映出的反动思想，无论是对于有志于学习俄文的读者而言，还是对于广大

---

① Ц. Дамдинсүрэн, "БНМАУ-ын түүх" нэгэн боть зохиолын шинэ хувилбарт өгсөн сануулга, *Бүрэн зохиол* 4, УБ, 2008 он, тал 447—451.

青少年而言,毒害巨大,并就此作出七条书面处理意见。①

为了贯彻落实党中央政治局的决议,蒙古科学院语言文学研究所召开了学术委员会扩大会议,科学院院长 B. 锡仁德布(B. Shirendev)、蒙古人民革命党中央政治局候补委员、蒙古人民革命党中央委员会书记 B. 勒哈姆苏伦(B. Lkhamsuren)、语言文学研究所所长 P. 浩尔劳、学者 B. 仁钦、Sh. 鲁布桑旺丹、E. 旺堆(E. Vandui)、A. 鲁布桑登德布、D. 岑德、B. 索德诺姆、D. 策伦索德诺姆、L. 玛娜勒扎布(L. Manaljav)等人参加会议并作了发言。会议上,达木丁苏伦进行了自我批评,承认由于自己的"疏忽和懈怠"在"历史文化纪年表"上犯了一些错误,表示真诚地接受党和政府的处理决议。他本人承认"历史文化纪年表"的失误如下:一是遗漏了《共产党宣言》在蒙古出版时间和翻译成蒙古文的年份;二是遗落了1921年伟大导师列宁接见以苏赫巴托为首的蒙古代表团这一重要的历史事件;三是把一些不该纳入的历史事件收入其中,譬如1239年蒙古军队占领克里米亚;1241年到达波兰、匈牙利;1273年进攻日本;1288年进攻安南,等等。达木丁苏伦承认这些史实不应该是蒙古人引以自豪的,不利于教育正在成长的青年人;四是因蒙藏印文化、文学关系是本人主要研究方向之一,出于职业习惯,在纪年表中收入了大量自己学术领域的内容,譬如班禅、达赖喇嘛的生卒年月等。对于上述错误,达木丁苏伦说:"在党和政府以及在座的各位专家学者面前,我真诚地接受批评。"但是,他同时强调:"有人借这次批评纪年表之机,扩大批判",他认为有必要坦诚地阐明自己的看法,否则不利于今后科研工作的开展,会"给学术研究带来危害"。② 就此,达木丁苏伦针对当时党内及学术界的极"左"现象,以退为进、立场鲜明地提出了八条质疑。

马克思列宁主义始终是达木丁苏伦斗争的武器,这次质疑也不例外,八条质疑中最能够反映出达木丁苏伦的马克思主义批评立场的有三条,此处逐一列出,进行详细分析。达木丁苏伦的第一条困惑是有关中国历代纪年表的。在《蒙古历史文化纪年表》中,达木丁苏伦把蒙古历史事件与中国历代纪元法(年号、干支纪年法)和世界通行的公元纪年法并列列

---

① Монгол Ардын Хувьсгалт Намын Төв Хорооны Улс Төрийн Товчооны тогтоол, Орос-Монгол толины хавсралтын тухай, УБ, 1970.9.24. Бүрэн зохиол 4, УБ, 2008 он, тал 512—514.

② Ц. Дамдинсүрэн, Орос Монгол тольд хавсаргасан хүснэгийн тухай, Бүрэн зохиол 3, Интерпресс хэвлэлийн газар, 2001 он, тал 168—169.

出,以资读者对照。在达木丁苏伦看来,列入中国历代纪年法的主要原因是,"中国的历史纪年法是全人类的文化结晶之一,与基督纪年、阿拉伯的伊斯兰纪年和西藏、蒙古通用的藏历纪年方法相比,是更值得信赖的历史纪年方法。"他认为,"纪年方法是史学的一个重要支柱,与世界其他各国人民相比,中国人民总结的纪年方法最为准确地记载了自己的历史,而且还清晰地记载了蒙古、西藏,乃至中亚人民的许多重要历史信息。"中国的纪年方法,也是所有亚洲国家,包括日本、朝鲜、越南、缅甸、印度尼西亚、蒙古等国家很早就使用的纪年方法。达木丁苏伦强调,把中国历史纪年表列入其中,不是居心叵测、别有用心,而是为了给广大民众提供方便。譬如,蒙古民间的生肖纪年,是与中国的干支密切相关的纪年方法。仅用世界通用的公元纪年,老百姓就无法准确地核对出自己的出生年月,给参军注册、退休等具体事务带来混乱。三者并列后,老百姓能够准确地查找自己的公元纪年的生辰。对于学术研究而言,纪年表易于查找蒙古文献,也能减少或避免一些历史学家在时间记载上所犯的错误。最后,达木丁苏伦强调:"正是注意到人民日常生活中、学术研究中出现的这些混乱现象,才决定制作这个蒙古—中国—公元纪年比较图表。这个图表不仅是需要的,而且是非常迫切需要的。他表示这次所制作的图表如果因一些失误被销毁的话,他应制作和出版更好的纪年比较图表。"①六七十年代,因中苏关系的破裂,中蒙关系也跌入低谷,进入所谓的"冰冻期"。在这样一个特殊的历史时期,对大多数人而言,涉及中国的问题唯恐避之不及,而达木丁苏伦却能够尊重历史史实,从实际出发作出公允的评判,这不仅需要一种勇气,更是需要一种精神,值得钦佩。

关于第二条质疑,达木丁苏伦曾在 50 年代进行过阐释,主要是如何看待佛教文化遗产的问题。随着蒙藏文学关系研究的深入,达木丁苏伦再度质疑当局对待佛教文化的态度。在第二条质疑的开头,他开宗明义直接表达了自己的疑惑:"对于蒙古人民历史而言,佛教只是起到了愚昧作用,对此我无法苟同。"②这里,达木丁苏伦运用两分法,剖析了藏传佛教在蒙古的传播过程中所起到的进步和愚昧的双重作用,重点分析了佛教寺院和佛学院在蒙古的医学、占卜、哲学、历史文献研究、文学、

---

① Ц. Дамдинсүрэн, Орос Монгол тольд хавсаргасан хүснэгийн тухай, *Бүрэн зохиол* 3, Интерпресс хэвлэлийн газар, 2001 он, тал 168—169.

② Өмнөх ном, тал 171.

艺术等领域所做出的贡献。他特别指出，蒙古地区曾经有近百所佛学院，每所佛学院下设4—5个讲经堂，这些讲经堂相当于现在大学的系，它们在蒙古文化教育中所发挥的作用，并不低于中世纪其他国家的大学，尽管它们存在"脱离生活""落后于科学""为封建剥削阶级服务"等这样或那样的缺陷，但是我们应该辩证地看问题，既要看到其消极的一面，又要对积极的一面给予肯定，在对待佛教问题上我们应该抵制教条主义。①

达木丁苏伦对于历史史实的尊重还表现在第五条质疑上。因第二条西伯利亚大铁路（贝阿铁路）的开通，达木丁苏伦决定把建设二连浩特、乌兰乌德和恰克图等蒙古周边城市的建成时间收入到历史文化纪年表中。蒙古人民革命党中央委员会政治局作出的书面决议中并没有批评这个做法，但对达木丁苏伦进行了口头批评。达木丁苏伦感到"实在难以理解把蒙古历史与周边现实条件相分离的这种做法。"②在他看来，世界各国人民之间的历史是相互联系的，是具有传承性的，特别是蒙俄人民之间的亲密无间的关系，早在17—18世纪就已经开始产生，并非仅仅开始于俄国十月革命之后。达木丁苏伦坚持以历史发展的眼光看待蒙古的历史与未来的发展。难能可贵的是，在关于蒙古未来的发展问题上，充分显示出达木丁苏伦的前瞻性。他强调列入建设二连浩特、乌兰乌德、恰克图历史事件的必要，阐释列入的原因是这些城市的建设在促进蒙古进步与发展过程中曾经起到了积极而有益的作用。这种阐释不能不令我们联想到当前正在规划中的中蒙俄经济走廊③建设，二连浩特、乌兰乌德、恰克图正是中蒙俄经济走廊的重要连接点。正是因为达木丁苏伦以历史的发展的眼光看待蒙古的历史问题，他才能够以史为鉴，在古代"茶叶之路"的基础上，对蒙古未来的发展有着符合蒙古实际的规划和设想，这种朦胧的战略

---

① Ц. Дамдинсүрэн, Орос Монгол тольд хавсаргасан хүснэгийн тухай, Бүрэн зохиол 3, Интерпресс хэвлэлийн газар, 2001 он, тал 173—174.

② Өмнөх ном, тал 180.

③ 2014年9月11日，上海合作组织杜尚别峰会期间，中国国家主席习近平同俄罗斯总统普京、蒙古国总统额勒贝格道尔吉举行中俄蒙三国元首会晤，提出把丝绸之路经济带同俄罗斯的跨欧亚大铁路、蒙古国的草原之路倡议进行对接，打造中蒙俄经济走廊的愿景。2015年7月9日，中俄蒙元首在乌法举行第二次会晤，批准了《中华人民共和国、俄罗斯联邦、蒙古国发展三方合作中期路线图》，正式启动中蒙俄经济走廊建设。

意识相比蒙古国提出的"草原之路"①战略有着44年的时间间距,早了近半个世纪。达木丁苏伦以战略的、发展的眼光来看待蒙古与南北两个邻国之间的关系,已经超越了那个时代的局限,由此我们不得不感慨他超前的视域和开放精神。

可见,达木丁苏伦的质疑是马克思主义批评在"蒙古化"过程中的艰难与困扰。作为信仰马克思主义的批评家,达木丁苏伦坚信,他所执着追求的目标,是纠正蒙古文学界、学术界、教育界的教条主义与"左"的错误,以真正的马克思主义思想指导和建设蒙古新文化,正如他本人在这次学术委员会扩大会议上的发言开头所说:"自1924年加入蒙古人民革命党的50来年,我受到马克思列宁主义的教育,为蒙古建设社会主义的事业倾注了毕生的精力。"②

附:《蒙古历史文化纪年表》节选

公元纪元	蒙古旧纪年③	国号④	与蒙古历史文化相关的某些事件
1261	辛酉(铁鸡)	2⑤	
1262	壬戌(水狗)	3	俄罗斯的雅罗斯拉夫尔、罗斯托夫、苏兹达利、弗拉基米尔等城市爆发反对蒙古的起义。
1263	癸亥(水猪)	4	创作出《赞登召的传说》。 旭烈兀(1217—1265)成为伊朗汗⑥。
1264	甲子(木鼠)	1	元朝忽必烈汗至元元年。 遵照忽必烈的圣旨,在北京设置国史院。

---

① 2014年蒙古国开始实施"草原之路"倡议,该倡议由连接中俄的997公里高速公路,1100公里电气线路,扩展跨蒙古铁路,天然气管道和石油管道5部分组成。
② Ц. Дамдинсүрэн, Орос Монгол тольд хавсаргасан хүснэгийн тухай, Бүрэн зохиол 3, Интерпресс хэвлэлийн газар, 2001 он, тал 167.
③ 此处原文如此,来源于"中国的十支纪年"或"藏历纪年"。
④ 此处原文如此,应为"年号"。
⑤ 接本辞典前页应为"拖雷之子忽必烈汗二年",实为忽必烈"中统二年"。
⑥ 此处原文如此,有误。应为:旭烈兀1264年接受元朝的册封,成为伊儿汗,其统治的核心地区在波斯(即今伊朗)。

续表

公元纪元	蒙古旧纪年①	国号②	与蒙古历史文化相关的某些事件
1265	乙丑(木牛)	2	成宗(铁穆耳)汗出生(—1307)。 拖雷之子旭烈兀去世(1217—)。阿八哈(1234—1282)成为伊朗汗③。
1266	丙寅(火虎)	3	拖雷之子阿里不哥去世。
1267	丁卯(火兔)	4	第五"绕迥"开始。④
1268	戊辰(土龙)	5	
1269	己巳(土蛇)	6	宣布八思巴喇嘛创制的"八思巴蒙古新字(四方字)"为全国官方正式文字。
1270	庚午(铁马)	7	
1271	辛未(铁羊)	8	忽必烈汗将国都迁移至北京,改国号为"元"。 意大利商人马可·波罗(1254—1323)来到蒙古帝国,居住了17年后返回自己的故乡,将在元朝的所见所闻写作出来。
1272	壬申(水猴)	9	
1273	癸酉(水鸡)	10	忽必烈第一次进攻日本。⑤
1274	甲戌(木狗)	11	进攻日本的蒙古军队在海上遇到台风,受到损失。 伯颜丞相(1236—1295)开始攻宋。
1275	已亥(木猪)	12	八思巴喇嘛著述史书《菩提道藏》。
1276	丙子(火鼠)	13	也孙铁木儿汗出生(—1328)。
1277	丁丑(火牛)	14	

---

① 此处原文如此,来源于"中国的干支纪年"或"藏历纪年"。
② 此处原文如此,应为"年号"。
③ 此处原文如此,应为"伊儿汗"。
④ 藏历纪年开始于公元1027年,为第一"绕迥(甲子)"的起始之年。
⑤ 此处原文如此,有误。应为1274年。

续表

公元纪元	蒙古旧纪年①	国号②	与蒙古历史文化相关的某些事件
1278	戊寅(土虎)	15	八思巴喇嘛著述著名的历史理论典籍《彰所知论》。③
1279	己卯(土兔)	16	忽必烈灭亡南宋,占领全中国。
1280	庚辰(铁龙)	17	八思巴喇嘛洛哲坚赞去世(1235—)。重新颁布《驿站法》。
1281	辛巳(铁蛇)	18	忽必烈第二次进攻日本。海山曲律汗出生(—1311)。
1282	壬午(水马)	19	用畏兀儿蒙古文写作的《百科全书》在北京印制颁发(《元史》,第12册)。伊朗的蒙古汗阿八哈去世(1234—)。
1283	癸未(水羊)	20	

(四)关于"典型"问题的初步探索

"典型"问题,是叙事文学(小说、戏剧等)的主要艺术手段之一,包括典型人物的塑造和典型环境的描写。1953年达木丁苏伦创作的短篇小说《公牛贡博》在《星火》杂志上发表以后,《真理报》与《星火》杂志等有关主要媒体随即发表了评论文章,从而引发蒙古批评界有关"典型"问题的一场大讨论。

这篇小说的情节并不复杂,描述的是一位老牧民临终前叮嘱两个儿子要为人民的利益而工作。长子道尔基接受过良好的教育,是一位职员,对自身利益考虑得更多一些,一心想过上富裕的生活。小儿子贡博从事改良当地牲畜品种的工作,辛苦劳动的结果,是牲畜由两头公牛发展成一个小型牧场。在他的带动下,当地的牧种改良了,产量增加了。对于贡博的工作,当地政府机关和党组织从反对到给予肯定和支持。哥哥道尔基

---

① 此处原文如此,来源于"中国的干支纪年"或"藏历纪年"。
② 此处原文如此,应为"年号"。
③ 此处原文如此,有误。应为1276年。

从此也认识到自身的问题，开始重新考虑他对待生活和工作的态度，开始改变自己。这次的争论首先集中在作品主人公贡博形象的塑造上。对于这个形象，质疑的声音是多于赞誉的。评论者们普遍接受不了主人公贡博的形象，认为这个人物与蒙古的现实环境不符，按照当时批评家的思维逻辑来看，贡博不可能比受过良好教育的哥哥道尔基的觉悟还高，一致认为达木丁苏伦脱离了真实生活，没有塑造出典型的人物形象。除了针对典型人物的塑造外，典型环境的选择与描写也受到非议。

达木丁苏伦关于文学作品典型人物、典型环境与社会现象的同质化问题切中蒙古文学发展的要害，由此引发的这场讨论无论对于达木丁苏伦个人的创作实践、理论建构，还是对于蒙古文学批评理论体系的形成，都具有一定的价值。达木丁苏伦之所以创作出有悖于当时评论界主流思想的公牛贡博形象，究其原因，主要有以下四个方面：

一是作为一名作家的创作自觉。达木丁苏伦是一名在革命中成长起来的作家，他于1924年加入蒙古革命青年团，1925年参加人民革命军，1926年当选为革命青年团中央委员，1927—1929年担任《真理报》编辑。他1927年首次步入文坛，创作了《故事四则》，1929年创作发表了蒙古现代文学史上的第一部中篇小说《受歧视的姑娘》。小说自发表以来，赢得了文学评论界的广泛赞誉，被誉为"第一部深刻反映真实生活的现实主义作品"，"将蒙古文学引向革命现实主义方向的第一部作品"[①]。在《受歧视的姑娘》中，达木丁苏伦塑造了一个昔日被人嫌弃、受人欺辱，革命后开始全新生活的妇女形象——策伦。策伦及40年代创作的索莉（《索莉变了》，1944），是达木丁苏伦笔下比较成功的两个典型妇女形象，她们反映出了革命前后及社会变革中妇女的变化，为蒙古广大读者所熟知。可以说，革命宣传工作使达木丁苏伦抱有强烈的揭露社会弊端的使命感，他的文学创作一开始就与革命结缘，他笔端下的人物呈现出革命前后蒙古社会的变化，侧重于社会内容与时代特征的概括，这说明达木丁苏伦开始文学创作时即对典型问题的认识有一定的自觉性。在 G. I. 米哈伊洛夫和 L. K. 格拉西莫维奇看来，达木丁苏伦对典型形象的认识还不够深入。G. I. 米哈伊洛夫认为《受歧视的姑娘》中塑造的道林格尔不够典型，小说结局部份也没有参加苏赫巴托和乔巴山的游击队，而是去了戈壁，变成一

---

① Л. К. Герасимович, Ц. Дамдинсурэнгийн "Гологдсон хүүхэн" тууж ба орчин үеийн Монголын уран зохиолд түүний ач холбогдол, 1959 он, тал 57.

位性格古怪的、可怜的老人，L. K. 格拉西莫维奇也指出达木丁苏伦在这部作品中塑造的正面人物形象还不够丰满。G. I. 米哈伊洛夫的这种看法在《公牛贡博》问世以后完全改观，他认为有关贡博形象的论争给"蒙古人民共和国的文学批评界带来新的繁荣气象"。① 从达木丁苏伦自己回忆的《受歧视的姑娘》创作经历，我们也能看到他的早期文学创作与时代的要求密切相关。《受歧视的姑娘》是作者为完成上级下达的政治任务，在一个月之内创作出来的。蒙古第一个作家小组于 1929 年 1 月成立，成立之初，小组负责人 Ch. 其米德、S. 博音尼姆赫宣布一个月后召开作家小组会议，参会者需要在一个月内创作一部作品带来参会，届时供大家评论研讨。为满足时代需求，这一时期的人物形象偏重于社会内容的概括，在艺术上的缺失也是在所难免的。达木丁苏伦自认为，之所以能够在一个月内创作出被大家普遍认可的作品是源于"正确的目标"和"坚定的信念"，"正确的目标和坚定的信念补充了自己在接受教育和写作能力方面的缺失。"② 达木丁苏伦自视《受歧视的姑娘》并不是一部好作品，成功的是作品所表现出的鼓动性、战斗性。达木丁苏伦以策伦的典型形象完成了时代赋予他的历史使命。

二是作为批评家的理论自觉。30 年代是达木丁苏伦批评观念及文学批评理论形成的重要阶段，1931 年他在苏联布里亚特共和国进行文艺理论的翻译工作，1932—1938 年在苏联科学院东方研究所进行系统学习，广泛接触了西方文化和以印度文明、中国文明为代表的东方文化，开阔了眼界，活跃了思维。这期间他开始有意识地将俄罗斯文学作品译介到蒙古，不仅翻译了普希金、莱蒙托夫等人的作品，还从俄文翻译了英国、中国以及捷克的民歌。在文学创作中他已经开始初步实践"三个支柱"理论，从他在这一时期创作的自传体长诗《我白发苍苍的母亲》《远游》中可以发现端倪。长诗《我白发苍苍的母亲》可以看作是达木丁苏伦将俄罗斯诗歌与蒙古民间诗歌相结合的一次有益尝试，在诗歌结构和韵律的处理上，既沿用了蒙古民间口头文学韵文的修辞和结构上的特点，又吸收借鉴了普希金诗歌的抒情性与诗歌结构。诗歌的第一节，在长诗的外在形式

---

① Г. И. Михайлов, *Очерк истории современной монгольской литературы*, издательство академии наук СССР, Москва, 1955, с. 180.

② Ц. Дамдинсүрэн, "Гологдсон хүүхэн"-ийг яааж бичсэн тухай тэмдэглэл, 1975 он, Бүрэн зохиол 3, УБ, 2001 он, тал 189.

上,既保留了蒙古民间诗歌 2—4 个词为一个诗行的形式,整体结构又有普希金抒情诗的痕迹。这首诗既押头韵,又押脚韵,读起来韵律格外优美,琅琅上口,为几代蒙古人所传颂。蒙古诗歌有押头韵的传统,30 年代初期,刚踏入文坛的诗人们将押头韵作为诗歌创作的唯一标准,达木丁苏伦 1932 年在《蒙古青年近卫军》杂志上发表文章,呼吁诗人要提高诗歌的写作技巧,特意创作了一首不押头韵,只押尾韵的诗歌《中国劳动者的话》,以飨读者。

受到在苏联文坛长期占统治地位的庸俗社会学和极"左"思潮的影响,蒙古评论界习惯于把典型化和党性、政治性紧密联系起来,用公式化图解人物形象,将文学作品典型人物与社会现象同质化,典型问题越来越超出了文学艺术的原有范畴。这种忽视艺术技巧的政治化倾向使蒙古也出现了"组织生活论",譬如,Sh. 扎丹巴提出批评说达木丁苏伦在小说《公牛贡博》中没有表明党的领导作用,明显地把文学的社会功能狭隘地局限在政治方面。类似这种批判势必导致批评家们被引导到公式化及概念化的歧途上,这也是达木丁苏伦所担忧的。特别是 1953 年,蒙古人民革命党中央委员会政治局第 71/187 次会议决议指明,蒙古作家的任务是"以社会主义现实主义为基础",创作出反映以下内容的作品:"其一表现牧民、知识分子为社会主义建设而忘我的劳动;其二体现人民革命党在这一伟大事业中所起到的作用;其三呈现我国人民与苏联人民以及其他民主国家人民之间的友谊;其四反映以苏联为代表的进步力量推动人类和平所做的斗争"[①]。过度强调文学的政治化势必削弱审美的体现,如何从现实生活出发,经过审美的体现,创作出文学作品,是身为作家的达木丁苏伦在努力探索的。事实上,在塑造公牛贡博形象之前,达木丁苏伦作为那个时期蒙古新文学的重要代表,也曾一度把文学的社会功能发挥在政治需求上,如二战期间,他致力于创作歌颂蒙苏友谊、蒙中友谊等时代内容强的作品。如:《致斯大林》(1941)、《两个都是我的儿子》(1943)、《乔巴山元帅五十寿辰祝词》(1945)、《献给伟大的中国人民》(1950)和 1950 年创作的蒙古人民共和国国歌,等等。可以说,公牛贡博的形象,是达木丁苏伦在意识到这一时期的蒙古文学作品,包括自身创作存在的问题,即强调集中反映社会生活特别是阶级关系的"本质",正面人物形象都是优点,

---

① MAXH-аас урлаг-утга зохиолын талаар гаргасан тогтоол шийдвэрүүд (1921—1966), УБ, 1967 он, тал 122.

没有缺点,反面人物一无是处,忽略人物真实性格的刻画,理想性有余,真实性不足。在塑造公牛贡博形象时,有意尝试刻画出既符合人物性格的自身发展逻辑,又符合时代精神的典型人物形象。作品从公牛贡博形象的具体性和丰富性上去反映社会内容,体现出作家对社会历史的思考,融进了作家本身的审美理想,这不能不说是达木丁苏伦文学创作和批评方面的一个明显的进步。

三是敏锐地把握苏联文学的发展动向。达木丁苏伦曾于1933—1938年在苏联科学院东方研究所学习,1946—1950年又返回东方研究所攻读副博士学位,1954年作为蒙古作家代表参加了第二次苏联作家代表大会,聆听了作家K.西蒙诺夫、肖洛霍夫等人的发言,因而能够敏锐地把握到50年代典型问题在苏联文艺领域的变化。典型化是50年代的苏联文学理论界所关注的一个重要问题,也是长期以来在苏联文艺理论体系中一直受困扰的问题,被视为"文学艺术的根本问题""现实主义的核心问题"。受苏联文学理论中长期占统治地位的庸俗社会学和极"左"思潮的影响,文学典型被看作"是党性在现实主义艺术中的表现的基本范围","典型问题任何时候都是一个政治性的问题。"1953年斯大林去世后,赫鲁晓夫上台,高举反对斯大林个人崇拜的大旗,重新制定了党的路线和各项方针政策,其中包括文学典型问题的新观点的出台和社会主义现实主义的重新界定。1955年,苏联《共产党人》杂志发表了题为《关于文学艺术中的典型问题》的专论,认为把典型定义为一定社会力量或一定社会历史现象的本质的体现,"忽略了艺术之不同于其他观念形态的地方","曲解了现实主义艺术中艺术概括的性质"。苏联文艺界有关典型问题的艺术性转向被达木丁苏伦敏锐地捕捉到,并直接应用于自己的文学创作之中。无怪乎G.I.米哈伊洛夫在其1955年编撰的文学史中,高度评价这次论争,认为:"对蒙古人民共和国的文学批评的进一步发展具有重要意义",是"蒙古文学批评的转折点",此后蒙古文学批评"消灭了不正常的情况——经常避而不谈艺术作品的形式和语言问题","产生了以马克思列宁主义理论为依据的、具有党性的文学批评。"[①]

四是对蒙古发展道路的理性思考。蒙古特定的历史条件决定了蒙古的新文学批评富于使命感,以直接反映社会生活情形和革命带来的变化

---

① Г. И. Михайлов, *Очерк истории современной монгольской литературы*, издательство академии наук СССР, Москва, 1955, с. 182—183.

为衡量文学创作的标准。《公牛贡博》所描写的是蒙古畜牧业的发展状况,因题材受到部分批评者的批判,他们认为发展工业、城市建设才是反映蒙古社会发展的趋势,以畜牧业为环境写作不够典型。批评界存在着两种看法,一种轻视牧民在发展社会主义建设中的作用,另一种则支持发展畜牧业,其中具有代表性的评论人是 Sh. 嘎丹巴。而达木丁苏伦创作的以发展畜牧业为背景的典型环境是符合蒙古经济结构特点的,是有着长远发展眼光的。1928年就蒙古今后发展的道路问题,蒙古人民革命党内部发生了一场权力斗争,最后赞成以牧业经济来迅速实施社会主义发展的那一方取得了胜利。① 50年代中期,正值蒙古制定第一个五年计划时期,二战结束后蒙古全力投入了社会主义建设,工业有所发展,城市人口逐渐增多,但畜牧业仍旧是国民经济的基础,牧民仍是社会主体。达木丁苏伦在40年代就考虑了这个问题,1944年《星火》杂志创刊时,他谈到蒙古作家应关注的四个题材,其中之一就是"发展和繁荣蒙古人民生活的根本保障——畜牧产业",②只有占国民经济的主体部分——畜牧业得到发展,蒙古才能真正发展。从典型环境角度分析,这是能够反映当时社会发展状况与时代动向的。从当下的蒙古国经济发展状况来看,达木丁苏伦的看法具有前瞻意义。③

1954年达木丁苏伦在《为了文学的新成就》一文中阐述了蒙古文坛在塑造典型人物方面的问题和不足。他指出新文学塑造的典型人物形象与现实中人物还有着不小的差距,缺乏真实性,严重脱离现实生活。他说:"近些年来,我们文学作品的主题发生了根本转变,作家以反映当前生产生活为主要创作内容,但是还不能够创作出典型的先进劳动者或牧民、工人形象。"④譬如在一些作品中创作的普通牧民能给十几头牛挤奶,一年可以挤出上千升奶;司机策德布连轴转地驾驶汽车,能跑20万公里;联

---

① 丹尼尔·罗森伯格:《游牧社会的转型与现代性》(蒙古卷),张倩主编,北京:中国社会科学出版社,2013年,第16页。

② Ц. Дамдинсүрэн, "Цог" гэдэг сэтгүүлийн зорилго, "Цог" утга зохиолын сэтгүүл, УБ, 1944, No1, тал 6—7.

③ 目前,蒙古国经济低迷,通货膨胀与政府过于注重开发矿产资源有着密切关联。在畜牧业仍旧是蒙古国经济主体的当今,过度依赖矿业产品的出口,将蒙古国经济码在世界经济的齿轮上,对一个牧业国家而言,无疑是有着不小风险的,发展民族产业才是根本。

④ Ц. Дамдинсүрэн, Уран зохиолын шинэ амжилтын төлөө, 1956 он, Монгол хэл бичгийн тухай, 1957 он, УБ, тал 68.

合工厂的下料工人,节省原材料,能为国家带来几千图格里克的收入;建筑工人上一个班可以搬运 4000 多块砖头,等等。达木丁苏伦批评了人物形象塑造上的公式化,指出当时的作家过于注重表面描写,不能发掘人物的内心,好人、坏人形象已成定式,公式化现象严重,不能够从实际出发进行创作。事实上,50 年代中期,"左"倾机械论和庸俗社会学的文学观点抬头,把文学单纯作为宣传工具的现象非常普遍,创作中常见图解观念,直奔主题,忽略文学作品的艺术性等问题。达木丁苏伦反对公式化,要求作家真正与生活融合并超越生活,而不是落后于生活,这样才能从根本上克服公式化创作的文学倾向。

(五)关于社会主义现实主义

在蒙古现代文学批评中,提到社会主义现实主义必然要联系到达木丁苏伦,似乎达木丁苏伦与社会主义现实主义有着必然的关联,尤其是达木丁苏伦创作的蒙古第一部中篇小说《受歧视的姑娘》被批评界视为社会主义现实主义的发轫之作。1948 年蒙古作家协会第一次代表大会强调指出:D. 纳楚克道尔基、Ts. 达木丁苏伦等作家是"革命现实主义的急先锋","《我的祖国》和《受歧视的姑娘》是革命现实主义的精品"。[①] 1957 年召开的蒙古作家协会第二次代表大会报告称:"在我们文学的奠基人 D. 纳楚克道尔基、Ts. 达木丁苏伦等早期作品表明了社会主义现实主义创作方法是一流的、先进的创作原则,《我的祖国》和《受歧视的姑娘》就是明证。"[②] 1957 年 G. I. 米哈伊洛夫在《蒙古现代文学简史》的结束语部分写到:"三十年代蒙古现代文学史的一个特点,是蒙古人民共和国的进步作家与复古主义者的斗争,斗争的结果是新文学,社会主义现实主义文学取得了胜利,Ts. 达木丁苏伦和 D. 纳楚克道尔基就是新文学的旗手。"[③] 对达木丁苏伦作品的社会主义现实主义创作方法的阐释,反映出社会主

[①] С. Лувсанвандан, *Монголын уран зохиолын дэвшил*, *социалист реализм*, УБ, 1987 он, тал 35.

[②] Д. Сэнгээ, Монголын утга зохиолын одоогийн байдал, цаашдын зорилтын тухай, "*Үнэн*" *сонин*, 1957. Ⅵ. 27.

[③] Г. И. Михайлов, *Очерк истории современной монгольской литературы*, издательство академии наук СССР, Москва, 1955, с. 189.

现实主义在蒙古被接受的复杂过程。那么,作为蒙古现代文学批评开拓者的达木丁苏伦是如何看待社会主义现实主义的创作原则和批评原则,他是如何阐释社会主义现实主义的基本特征,如何界定《受歧视的姑娘》对于蒙古现代文学、现代文学批评的意义呢?这是本节试图回答的问题。

1. 社会主义现实主义在蒙古的命运

与中国不同,社会主义现实主义传入蒙古远非我们所想象的那么迅速。1932年10月,针对"拉普"的"辩证唯物主义方法",斯大林提出了社会主义现实主义这个概念。中国文学界反应迅速,周扬1933年11月即发表《关于"社会主义现实主义与革命的浪漫主义"》一文,标志着苏联社会主义现实主义汇入并开始左右中国现代文学的主潮。苏联30年代提出并对中国新文学产生深远影响的社会主义现实主义手法,在1920—40年代的蒙古并未产生广泛影响,而是直到50年代末60年代初才开始逐步占据蒙古新文学的主流地位,并逐渐呈现出一家独尊的趋势,这种情形一直持续到苏联解体、蒙古社会转型的前夕。

有关社会主义现实主义在蒙古的传入与接受,在蒙古文学理论界有着不同的解读,蒙古作家协会2008年在《星火》杂志创刊80周年之际的提法,可以看作较为权威的说法。他们认为:1939年蒙古文艺界才开始关注并逐步明确文艺的创作方法。1939年5月30日,蒙古人民革命党中央委员会政治局主席团会议作出决议,号召文学创作应遵循反映社会制度的真实性,即现实性的革命方法和理论,提倡与苏联作家协会建立密切的联系。① 1948年召开的蒙古作家协会第一次代表大会明确了"走革命现实主义道路已经成为文学发展的根本原则",提出"革命现实主义"的概念。② 1957年4月召开的蒙古作家协会第二次代表大会正式提出"社会主义现实主义"这一概念,"要求艺术家从现实的革命发展中真实地、历史地和具体地描写现实"③,这一表述与1934年苏联作家第一次代表大会通过的《苏联作家协会章程》的表述完全一致。从上述说法中我们可以明确两点:一是蒙古在30年代并未亦步亦趋地以苏联文艺政策为楷模;

---

① MAXH-аас урлаг-утга зохиолын талаар гаргасан тогтоол шийдвэрүүд (1921—1966), УБ, 1967 он, тал 68.
② Монголын зохиолчдын анхдугаар их хурал, УБ, 1948 он.
③ "Манай зохиолчдын эрхэм зорлит"(тэргүүн өгүүлэл),"Үнэн"сонин, 1957, № 100.

二是 1956 年前后正是苏联社会政治生活和文学生活发生变化,反对"粉饰现实"、提倡"干预生活",社会主义现实主义在苏联陷入反思与论争之际,尤其是 1956 年 2 月苏联共产党第二十次代表大会召开之后,各种思想活跃,理论探讨加强,思想"解冻"开始在文艺理论界反映出来,从这一年开始发起了长达近十年的关于审美本质问题的讨论,影响深远。作为苏联的"第十六个加盟共和国"的蒙古却反行其道,选择并固守着已经被苏联摒弃的创作原则。本文认为以下两个缘由值得探讨。

1) 苏共二十大的"后遗症"

1956 年 2 月苏联共产党召开第二十次全国代表大会,赫鲁晓夫在会上作了批判斯大林的《关于个人崇拜及其后果》的秘密报告,在苏联国内外引起强烈的反响,特别是在社会主义国家阵营和国际共产主义运动中引起极大的震动。社会主义国家除南斯拉夫一片喝彩声外,其他国家多半是疑虑、震惊和茫然,在波兰和匈牙利还发生了骚乱。社会主义阵营中的蒙古对此的反应也相当迅速,1956 年 4 月组织召开了蒙古人民革命党中央委员会第四次会议,传达了苏共二十大精神,提出了蒙古人民革命党新时期的任务。从蒙古人民革命党中央党史研究所 1967 年编印的《蒙古人民革命党简史》的表述来看,蒙古人民革命党的这次四中全会完全拥护苏联二十大的精神。书中称蒙古人民革命党的这次四中全会"高度评价苏共二十大的历史意义","完全赞同这次会议的观点",强调"要在本国条件下创造性地加以发展"[①]。同样,蒙古人民革命党追随赫鲁晓夫对斯大林个人崇拜的批判,并在自己党内开展了对乔巴山个人迷信的揭发与批判。正如毛泽东评价赫鲁晓夫反斯大林的秘密报告时所说的"揭了盖子""捅了娄子"。因为"揭了盖子",蒙古出现了短暂的民主氛围,1956 年 11 月蒙古党政领导曾与知识界座谈,就国家发展状况、存在的问题及未来发展走向等问题交换了意见。然而,不出一个月风向逆转,同年 12 月蒙古人民革命党中央委员会作出《有关反对党的政策的言论》的决议,决议批判知识分子所提出的意见是脱离实际,思想意识薄弱、理论水平有限造成的。[②] 从目前来看,蒙古人民革命党的出尔反尔是受苏联政策的影响,可以看作是苏共二十大的后遗症。秘密报告虽然揭开了斯大林个人崇拜和

---

① B. 勒哈木苏伦:《蒙古人民革命党简史》,翟文亮、朱安琪译,北京:人民出版社,1990 年,第 208 页。

② Монгол Улсын түүх, V боть, УБ, 2003 он, тал 289,292.

苏联模式弊端的盖子,在一定程度上有助于推动社会主义各国探索适合本国国情的社会主义发展道路,而实际结果却产生了严重的负面影响,因事先未与各国共产党进行沟通,苏联共产党也无思想准备,草率地抛出反对斯大林个人崇拜之后,随之而来的就是对社会主义经济政策、对社会主义制度的质疑,这在社会主义阵营和国际共产主义运动中引起了极大的混乱。迫于这样的形势和压力,苏共中央于10月30日又通过了《关于克服个人崇拜及其后果的决议》。决议强调指出,尽管斯大林的个人崇拜给党和国家造成了极大的危害,但他不可能改变,也没有改变我们社会制度的性质,没有使苏联社会离开通向共产主义发展的正确道路。事后解释工作的不到位,使得蒙古成为受害者之一,其危害不仅仅是给建议建言者扣上了"反苏分子""反党分子""民族主义者"的帽子加以批判,而是进一步加剧了肃反扩大化以来的"左"倾思潮,强化了蒙古文学的政治化倾向,导致文学发展急剧地走向极"左"的境地。

2)蒙古人民革命党重视和加强意识形态、思想宣传工作的结果。

从1921—1966年蒙古人民革命党出台的文艺政策来看,1935年以前,蒙古人民革命党未正式出台过有关文艺政策方面的决议。究其因由,有两个因素值得考虑:其一,1921年的人民革命并非是一场思想变革的革命,取得政权的人民革命党还未有重视意识形态的认识。其二,1924—1932年,蒙古"左"、右倾斗争正酣,无暇顾及文艺的发展方向问题。1935年和1937年出台的文艺政策侧重于鼓动性较强的戏剧建设、歌词与宣传诗创作。直到1939年蒙古人民革命党中央委员会政治局的决议才开始涉及文艺创作方法、文学创作发展目标等问题。1939年6月27日,蒙古《真理报》发表题为"革命十八周年与革命文艺发展"的社论,总结18年来文学的发展状况,明确今后文学的发展方向。值得注意的是,执政党关注文艺发展是在肃反扩大化之后,这场运动所带来的伤害不仅是作家所遭受的人身和精神的迫害,也助长了个人崇拜、教条主义、庸俗社会主义的泛滥,为文学创作沦为一党政治意识的宣传工具,文学批评政治化倾向严重埋下了伏笔。

40年代初期出台的文艺政策大多与建设文化宫和俱乐部、组建青年交响乐团、发展戏剧有关。这说明二战期间,以反法西斯为时代主题,执政党重视发展老百姓易于接受的文艺方式。二战后,蒙古人民革命党主张大力发展国民经济和文化,进入"为建设社会主义而斗争"的时期,1947

年制定并通过了"发展国民经济与文化的五年计划",同年5月蒙古人民革命党中央委员会通过了"蒙古文学现状及未来任务"的决议,提出要创作"有时代感、艺术水准高、有思想性"的作品。1948年在蒙古作家协会第一次代表大会上,蒙古人民革命党中央思想意识宣传局所作的报告指出:"革命现实主义是从理论高度总结新时期文艺发展的得失、实践文艺路线所得出的创作原则,是以社会现实、思想意识、美学原则为基础的创作方法"①。蒙古文艺理论界普遍认为,革命现实主义不是"革命"与"现实"的简单结合,而是指明蒙古现实主义的特性是"革命性"的。② 文学批评家Ts. 哈斯巴特认为,"1921—1940年现实主义的艺术手法应命名为革命现实主义,是社会主义现实主义的前期阶段",提出革命现实主义是蒙古文学对世界文学的贡献的观点。文学评论家Sh. 鲁布桑旺丹、文学家L. 图德布(L. Tudev)等都赞成这种看法。与上述主张不同,文学批评家Kh. 桑皮勒登德布倾向"启蒙现实主义"一说,他支持文学批评家Ch. 毕力格赛汗(Ch. Biligsaikhan)的提法,即蒙古现代文学奠基者们在二三十年代撰写的不少作品具有启蒙批评现实主义色彩,诸如D. 纳楚克道尔基写的讽喻诗、以健康与和平为题材的批评诗,等等。故"1940年以前,称为启蒙现实主义更为贴切。"③尽管有观点认为这一时期蒙古的文艺思潮处于一种多元并存的状态,但是以Kh. 桑皮勒登德布为代表的评论家认为:"30年代蒙古文学创作以现实主义创作方法为主,存在其他流派的因子,但还没得到发展。"④浪漫主义、现代主义仅是现实主义流派主导下的一种探索而已。无论是现实主义,还是浪漫主义、现代主义,当代批评家论证的主要目的是为了证明"蒙古作家掌握的现实主义原则不是抄袭、模仿别人的,而是具有自身特点的",强调的是"蒙古现实主义传统是承继东方现实主义中浪漫主义色彩,尤其是由口头文学传承而来的东方现实

---

① Ш. Лувсанвандан, Монголын уран зохиолын дэвшил, социалист реализм, УБ, 1987 он, тал 29—30.

② Өмнөх ном.

③ Х. Сампилдэндэв, "Монголын орчин үеийн уран зохиолын түүхэн сургамж", *Монголын зохиолчдын байгууллагын 70 жилийн ойд: Монголын орчин үеийн уран зохиолын түүхэн сургамж*, УБ, 1999 он, тал 10.

④ Өмнөх ном, тал 13.

传统"①。

进入 50 年代,蒙古人民革命党进一步加大党在宣传和意识形态领域的工作力度。1953 年蒙古人民革命党中央委员会政治局第 71/187 次会议决议明确指出,社会主义现实主义是蒙古作家创作的基础。蒙古人民革命党作为执政党将文学作为工具提出和解决政治问题是社会主义现实主义在蒙古繁荣的重要因素之一。苏共二十大带来的影响间接地强化了社会主义现实主义在蒙古的一元地位。1956 年 11 月 28 日,蒙古人民革命党中央通过"关于蒙古作家协会召开第二次代表大会"的决议,建议听取作家协会有关蒙古文学现状及任务的报告、有关作家协会审查委员会的报告,建议在文艺批评界就有争执的问题展开广泛的批评等。1957 年 3 月,蒙古人民革命党中央委员会召开全会,除了坚持走合作化道路以外,重点强调加强思想教育、意识宣传方面的工作。1957 年 4 月,作协二大召开,蒙古人民革命党在致作协的贺信中写到:"从现实的革命发展中真实地、历史地和具体地描写现实——社会主义现实主义创作原则,是我们作家在创作中遵循的唯一标准"②。1963 年 5 月,在蒙古人民革命党致作协第三次代表大会召开的贺信中写道:"个人崇拜时期,党和国家的政治生活、思想意识偏离了列宁主义轨道,严重束缚了劳动者的积极性,制约了文学艺术某些领域的发展,为了从根本上肃清这些错误思想的毒害,遵循社会主义现实主义的创作方法,塑造出深刻地刻画现实生活中普通人心理世界的文学形象,是当前作家的任务。"③显而易见,蒙古人民革命党把"社会主义现实主义"作为蒙古作家创作的唯一标准,将其视为肃清个人迷信、个人崇拜危害的一剂良药。

对于社会主义现实主义,并非所有的作家、评论家都是认可的,如蒙古著名的文学批评家 Sh. 嘎丹巴曾表达过社会主义现实主义未必适合蒙古文学发展的看法,他认为蒙古属于东方,有自己的文化传统,不一定具备社会主义现实主义的土壤。为此,Sh. 嘎丹巴自 50 年代中期至 70 年代初期,在很长的时期里受到排挤和压制,1970 年被撤去国立大学蒙古语

---

① X. Сампилдэндэв, "Монголын орчин үеийн уран зохиолын түүхэн сургамж", *Монголын зохиолчдын байгууллагын 70 жилийн ойд: Монголын орчин үеийн уран зохиолын түүхэн сургамж*, УБ, 1999 он, тал 13.

② *МАХН-аас урлаг-утга зохиолын талаар гаргасан тогтоол шийдвэрүүд* (1921—1966), УБ, 1967 он, тал 191, 194.

③ Өмнөх ном.

言文学教研室主任一职,调到教育部研究蒙古语教学法。作为老师的达木丁苏伦,也受到他的连累,遭到批判。

90年代初苏联解体,作为20世纪人类文化的一种重要形态的苏联社会主义文化也随之瓦解。在尝试着向西方民主转型的蒙古国,社会主义文学尤其是社会主义现实主义创作方法饱受诟病,遭到了前所未有的质疑乃至否定。在反思质疑的潮流中,最具代表性的事件莫过于蒙古作家协会的分裂。90年代初成立的蒙古自由作家联合会提出"不服务于任何政党、任何阶级,不隶属于任何政治及社会团体"的宗旨。在文学创作方法上,蒙古自由作家联合会成员遵循着"接纳任何流派,任何创作方法"的原则。① 蒙古自由作家联合会的成立,打破了社会主义现实主义创作方法的绝对权威的"霸主地位",意识形态批评独一无二的地位被消解,在反思、质疑社会主义时期文学的同时,现代主义再一次回到蒙古作家的视野,一度出现以西方文艺理论来弥补过分苏联化之弊的现象。然而,诞生于西方文明基础上的现代主义并未给蒙古文学带来所期待的"繁荣",选择西方的民主道路并不意味着蒙古适合接受"反传统""反功利""反人文""反理性"的现代主义思潮,这也许是民主改革以来新创作的文学作品始终没能超越社会主义建设时期的一个重要原因。与达木丁苏伦那一代知识分子有着同样理想抱负跨世纪的文学批评者们,或反思历史,或反叛传统,也离不开对蒙古文学融入世界文学的祈盼。西方现代派作家的厌世情绪在他们身上难以持久,而蒙古文坛在被包含"欧洲中心主义"的现代主义席卷之后,21世纪发生文化反弹,回归本土文化传统的呼声鹊起,怎样避免重蹈亦步亦趋的覆辙,成为现代文学批评亟待解决的问题。

2.《受歧视的姑娘》与社会主义现实主义

蒙古现代文学史上这样一部具有里程碑意义的作品,其创作的过程远远超乎我们的想象。70年代,达木丁苏伦撰文《创作〈受歧视的姑娘〉的回忆》(1975)和《作家小组成立实录》(1977),回忆总结了创作这部作品的过程和细节。根据达木丁苏伦本人回忆:"1929年1月9日,在党中央宣传局的一间房子里,我们17人开会成立了蒙古作家小组。按照作家小组布置的任务,我负责创作名为《受歧视的姑娘》的作品。我们要在一个

---

① Монголын үндэсний чөлөөт зохиолчдын холбооны дүрэм, *Түмнээс нуух гэсэн баримт бичиг*, 1990 он, тал 25—26.

月之内把写好的作品汇编成册出版,取名为《文集》。这是我们革命文学的第一支花朵。"①这里说明了《受歧视的姑娘》创作的缘由,也回忆了达木丁苏伦亲身经历的蒙古作家协会前身——作家小组成立的全过程。上面提及的 17 人分别是指 S. 博音尼姆赫、G. 纳旺纳木吉勒(G. Navaannamjil)、大小达木丁苏伦、M. 雅德姆苏伦、B. 林钦、B. 杜嘎尔扎布(B. Dugarjav)、道格苏伦(Dogsuren)、Ya. 策伯勒(Ya. Tsevel)、L. 岑德苏伦(L. Tsendsuren)、沙格德尔苏伦(Shagdarsuren)、达喜德木伯尔勒(Dashdemberel)、D. 其米德(D. Chimid)、甘登(Genden)、O. 巴德拉赫(O. Badrakh)、奥其尔(Ochir)。② 他们都并非专业的作家,而是报刊杂志、文化教育领域的工作者和文学爱好者,成为蒙古现代文学史上最早的一批作家。1929 年 1 月 9 日成为革命作家小组成立的纪念日。

回忆中提及的"小达木丁苏伦"即是达木丁苏伦本人,此时他年仅 21 岁,自称"虽识文断字,但却没有受过系统教育";工作经历——"在军队任文书一年"、"在革命青年团中央委员会工作两年"、"在《真理报》任编辑一年多";生活经验——"在牧区放过牧"、成长于牧区、了解牧区生活;文字工作方面的经验——"在《真理报》做两名编辑中的一名,干了一年多";阅读积累——"在牧区时读了不少蒙古古代文学作品"、"来到乌兰巴托后一字不漏地通读党中央出版物"。达木丁苏伦感慨自己当时的勇气,以单薄的社会阅历和人生经验、单一的知识结构、毫无经验可言的创作经历竟敢承担如此重任。的确,创作《受歧视的姑娘》之前,达木丁苏伦仅写过《故事四则》(1927 年)这一篇作品。对于白天工作、晚上创作的小组成员来说,这个任务确实艰巨,一个月后大多数人都没来得及完成创作任务,即便完成了,所写的也都是诗歌,只有达木丁苏伦例外。

构思这部小说时,考虑到自身生活阅历不过 20 来年,达木丁苏伦把小说的时代背景限定在 20 世纪 20 年代前后,又结合自己的生活环境,把小说事件发生地放在自己的故乡——蒙古东部地区。在主题方面,作者的想法很明确,要反映出革命前后人民生活的巨大变化。在文体选择上,作者觉得得益于在古代文学方面的阅读与积累。他的创作思路大致如此:蒙古古代

---

① Ц. Дамдинсүрэн, Монголын зохиолчдын Ⅶ их хуралд хэлсэн үг, 1984 он, *Бүрэн зохиол 3*, УБ, 2001 он, тал 205.

② Монголын Зохиолчдын Эвлэл, *Найман зууныг дагуулсан наян жил*, УБ, 2009 он, тал 17.

文学作品,诸如《故事海》《目连救母经》等都有不少维护封建统治阶级利益的内容,借鉴这种故事形式,创作出主人公迥异,内容不同,文体相近,捍卫人民利益的作品。在达木丁苏伦看来,这种创作构思不是来源于知识结构,而是来自于人民革命事业中的那份真挚的情感。"明确的目标"加上"大无畏的气概",弥补了知识和能力的不足。为了使作品生动有趣,作者力图在每个章节加入一些有趣的细节描写。小说中设计了主人公道林格尔到大库伦当兵几年,如何真实地反映他当时的军人生活,对于毫无相关阅历的达木丁苏伦来说是个挑战。当时共青团中央有一位伙夫,自治时期曾在军队服役,于是达木丁苏伦就白天向他请教,晚上回来写作。①

从创作思路上来看,如实地反映生活是达木丁苏伦创作《受歧视的姑娘》所遵循的创作原则,因而《受歧视的姑娘》所体现的现实主义特点十分鲜明。达木丁苏伦的现实主义创作方法主要来源于两个方面的影响,一是蒙古古典文学与民间文学中现实主义与浪漫主义并存,但现实主义始终是"主潮"。在创作过程中,有深厚蒙古古代文学修养的达木丁苏伦继承了蒙古的现实主义传统,将之应用于创作之中。二是受到19世纪欧洲现实主义,尤其是俄国现实主义的影响。"蒙古为谋求独立,借助北方邻国苏联的力量发动人民革命,进而通过苏联接触到西方文化"。② 虽然这一时期的达木丁苏伦并未有机会亲身接触欧洲文化,但周围同事及作家小组的不少成员毕业于苏联。譬如作家小组的负责人 D. 其米德原是阿拉坦布拉格的教师,曾在苏联东方劳动者共产主义大学学习,接触了苏联作家联合会的工作,回到蒙古后,大力推广苏联作家联合会的经验,指导组建蒙古作家小组。另一负责人 S. 博音尼姆赫作为革命者和政治活动家,有机会参与共产国际及苏联的政治活动和接触到俄国的现实主义思潮。M. 雅德姆苏伦也毕业于苏联东方劳动者共产主义大学。

1929年,社会主义现实主义创作方法这个概念还未正式提出,直接把《受歧视的姑娘》推崇为社会主义现实主义的力作未免不够客观。按照1934年全苏第一次作家代表大会通过的《苏联作家协会章程》的表述:"社会主义现实主义,作为苏联文学与苏联文学批评的基本方法,要求艺

---

① Ц. Дамдинсүрэн, "Гологдсон хүүхэн"-ийг яаж бичсэн тухай тэмдэглэл, 1975 он, *Бүрэн зохиол 3*, УБ, 2001 он, тал 188—189.

② Х. Сампилдэндэв, "Монголын орчин үеийн уран зохиолын түүхэн сургамж", *Монголын зохиолчдын байгууллагын 70 жилийн ойд: Монголын орчин үеийн уран зохиолын түүхэн сургамж*, УБ, 1999 он, тал 5—6.

术家从现实的革命发展中真实地、历史具体地描写现实。同时艺术描写的真实性和历史具体性必须用社会主义精神从思想上改造和教育劳动人民的任务结合起来。"①社会主义现实主义首先是现实主义,具有与以往现实主义相通的"写真实"这一基本特点,进而要求如何历史地、发展地反映现实,教育人民,使现实主义具有新的时代特征。依据达木丁苏伦的回忆,他创作的本意是力图真实地、客观地反映革命前后蒙古的现实状况,而宣传革命和教育人民是后来接受其他人员的修改建议添加进去的。因与作家小组其他成员的作品相比篇幅较长,《受歧视的姑娘》创作完成之后并未即刻得到作家小组成员的认可,而是准备暂不出版,作为资料留存起来。后经沙格吉(Shagj)老师的修辞润色并在他的鼓励下,达木丁苏伦请工会的秘书把书稿打印出来,分发给小组各位成员。半个月后,好评纷至,作家小组计划正式出版。出版之前,出版局副局长索德诺姆给达木丁苏伦提出三条建议,达木丁苏伦按照这些建议做了一些改动,主要修改了如下三处:一是原稿是用接近口语的、通俗易懂的、毫无华丽修饰的短句子创作而成,不符合某些同志的欣赏口味,被要求加强修辞。于是达木丁苏伦把原文中很多短句子修改成长句子,变成押头韵的半诗文的风格。二是加入了宣传党和政府政策的内容。按照要求达木丁苏伦把许多发表在报纸和杂志上的宣传语添加到作品中,以提高作品的宣传性。对于这次修改达木丁苏伦过后反思道:"补充有关宗教批评的内容是一处败笔,添加的内容与小说情节关联甚少,给人留下生硬宣传的印象"。② 再版时,达木丁苏伦曾对此稍加修改,以力图恢复原稿模样,但因原稿于1930年在戈壁阿尔泰省的扎布赫朗特旗被抄走销毁,难以完全恢复原作面貌。三是有关牧主包尔德的形象。原稿中,达木丁苏伦力图塑造出一个外表看似老实巴交的好老头,但在贪婪、狡诈的老婆挟持下也变得贪婪无比。索德诺姆认为,包尔德作为阶级敌人的形象不够鲜明,给读者留下的印象是非好人也非坏人,要求进行修改以突出包尔德的残酷、贪婪本性。按其要求达木丁苏伦增加了包尔德一些难听凶狠的对话。50年后达木丁苏伦觉得这是画蛇添足,保持原稿中面善腹黑的形象效果会更佳。70年代,时过境迁之后,达木丁苏伦反思自己的修改是"做的无用功"。

---

① 《苏联作家协会章程》,《苏联文学艺术问题》,北京:人民文学出版社,1953年,第13页。

② Ц. Дамдинсүрэн, "Гологдсон хүүхэн"-ийг яааж бичсэн тухай тэмдэглэл, "*Намтрын хуудсаас*", УБ, 1990 он, *Бүрэн зохиол 3*, УБ, 2001 он, тал 190.

20年代初到30年代初,为了在文化领域战胜资产阶级,建设无产阶级文化,苏联思想文化领域内各种文学团体与派别竞相登台,从1923年的"莫普"到1925年的"瓦普",再到1928年的"伏阿普"。无论是"莫普""瓦普",还是"伏阿普",其领导核心都是"俄罗斯无产阶级作家联合会"(简称"拉普"),"拉普"成为当时苏联文化界影响最大的文艺团体,到1932年解散之时会员已超过万人,并在全苏各地都有相应的基层组织。蒙古作家小组初创时,负责领导工作的D.其米德所接触的苏联作家联合会应该是"拉普"。作家小组领导人D.其米德、S.博音尼姆赫借鉴"拉普",试图在蒙古建立相应的文艺团体以推动蒙古新文学的发展,来建设蒙古的无产阶级文化。因而,蒙古作家小组成立之时,在领导层面就受到"拉普派"的影响,这种影响从一开始就限制了蒙古作家在现实主义创作中的探索。从作家小组对达木丁苏伦创作的修改意见中可以看出,作家小组的领导者急于建造新型的无产阶级文学,特别注重从阶级性和宣传性方面强调革命文学的特质,这样就容易脱离现实主义而沦于空泛,这正是后来达木丁苏伦所忧虑的。

由此看来,把《受歧视的姑娘》看作社会主义现实主义的发轫之作或革命现实主义的代表作的说法,并不客观。对此,达木丁苏伦的研究者、苏联蒙古学者L.K.格拉西莫维奇的评价更为贴切,她在1959年发表的《达木丁苏伦〈受歧视的姑娘〉对于现代蒙古文学的意义》一文中指出:"该篇小说首次深入地反映出现实生活,是蒙古现代文学第一部现实主义中篇小说","鉴于这篇小说塑造出蒙古文学新型形象、反映出普通人追求幸福生活的权利,这部小说可以看作是向革命现实主义过渡的作品"。[①]

达木丁苏伦本人表示,他并不满意这次创作,但对于自己的创作推动了蒙古革命文学的发展,被写入蒙古新文学史,成为学校的教材,还是很满足的:"我从来没有觉得这篇小说是一部好作品,可是觉得它起到了很好的倡导作用"[②]。可以看出,达木丁苏伦把自己的文学创作视为探索蒙古新文学的一种尝试,他的《受歧视的姑娘》的确为蒙古现实主义文学的发展起到助力作用。

[①] Л. К. Герасимович, Ц. Дамдинсүрэнгийн "Гологдсон хүүхэн" тууж ба орчин үеийн Монголын уран зохиолд түүний ач холбогдол, "*Цог*" *сэтгүүл*, 1960 он, №2, тал 83—95.

[②] Ц. Дамдинсүрэн, "Гологдсон хүүхэн"-ийг яаж бичсэн тухай тэмдэглэл, 1975 он, *Бурэн зохиол* 3, УБ, 2001 он, тал 189.

3. 选择性借鉴

与蒙古现代文学的另外两位奠基人相比,达木丁苏伦的寿命最长①,作为蒙古新文学的开拓者和 70 余年发展历程的见证者,难免被评论界视为社会主义现实主义的"旗手"。据笔者掌握的资料,关于社会主义现实主义原则,达木丁苏伦没有发表过专门的著述。最早能够反映出他对社会主义现实主义的态度和看法的是他分别于 1953、1954 年在乌兰巴托作家会议和在苏联作家第二次代表大会上的发言。1954 年,在作家协会成立 6 周年之际,达木丁苏伦代表作家协会以《为了文学的新成就》为题作了发言,总结回顾作家协会自 1948 年成立以来所取得的成绩,同时指出了存在的问题。他说:"蒙古作家目前还存在着这样的不足:不努力参与提高作品的艺术性;不能创作出社会主义现实主义作品;在人物形象塑造上,注重外观描写,不能从内心发掘;好人、坏人形象已成定式,模式化现象严重;创作中'无冲突论'问题突出。"他还提出克服上述不足,解决问题的关键是,"深入而广泛地研究苏联优秀作家的创作经验,掌握社会主义现实主义创作方法是我们面临的重要任务"。②

1954 年作为蒙古作家协会代表团成员,他与 D. 僧格(D. Sengee)一起参加了苏联作家第二次代表大会,作了发言。他在发言中说:"一种文学对另一种文学的影响,具体地说,就是苏维埃文学对蒙古文学的影响,并不是机械地模仿,而机械的模仿只会消灭任何民族的文学特色。文学的相互影响最主要的还是表现在思想和创作方法方面。苏维埃文学对蒙古文学的影响之所以可贵,就在于它以思想性和社会主义现实主义创作方法来影响我们的文学,而社会主义现实主义创作方法现在已成为蒙古现代文学的创作方法。"文代会上他肯定了苏联文学和苏联作家对蒙古文学在文体多样化、典型人物塑造方面的有益影响,他说:"蒙古作家经常向苏联作家学习。在苏维埃文学的影响下,蒙古文学中不仅出现了新的体裁——长篇小说、戏剧、杂文,而且还出现了新的形象——为祖国的繁荣而忘我劳动的现代人物。"③

---

① 另两位奠基人——D. 纳楚克道尔基(1906—1937)、S. 博音尼姆赫(1902—1937)。
② Ц. Дамдинсүрэн, Уран зохиолын шинэ амжилтын төлөө, 1956 он, Монгол хэл бичгийн тухай, 1957 он, УБ, тал 68.
③ "Утга зохиол" сонин, УБ, 1954, XII сарын 27.

仔细体味达木丁苏伦的这番论述,我们能够发现三点,一是"社会主义现实主义"所表述的不仅是一种创作方法,还体现了苏共的文艺方针和对文艺的要求,即"以社会主义精神教育人民"。① 这是达木丁苏伦主张借鉴社会主义现实主义的一个重要原因。社会主义现实主义创作原则被他看作是借鉴俄苏文学,发展蒙古新文学,构建蒙古新文化的最为便捷的方式和手段。把社会主义现实主义创作方法与苏联文学的思想性提到同等重要的位置,以文学为手段实现育人的目的,提高民众的文化水平,改观蒙古落后的状况,为蒙古人开拓新的文化生活方式和文学思维方式,以促进蒙古社会向现代社会转型是达木丁苏伦始终提倡和坚持的主张。二是达木丁苏伦把社会主义现实主义视为艺术发展的更高阶段,把苏联文学视为世界上最为先进的、进步的文学。20世纪苏联的社会主义实践及其实践中产生的一套政治、经济、哲学、思想、文化、价值体系,形成了一种先进的文化形态,产生了一种新型的文学。社会主义现实主义是在苏联特定的社会政治形态下产生的,按照高尔基的说法,是"那些改变和改造世界的人的现实主义,是以社会主义经验为基础的现实的形象思维。"② 达木丁苏伦有选择性地摄取了他认为苏联文学最为先进和最为益于蒙古文学乃至文化发展的两个方面——思想性和创作原则,希冀通过借鉴这种新型的文学及其创作方法来繁荣蒙古文学,复兴蒙古文化,加快蒙古发展的步伐,这无疑是从发展蒙古新文学,构建蒙古新文化角度提出的。三是达木丁苏伦从比较文学的重要内容,接受与影响的角度去探讨社会主义现实主义的创作原则对蒙古文学的价值,这反映出他的比较文学思想与50、60年代苏联比较文学家日尔蒙斯基有关文学的历史比较研究有着共通之处。40年代,在"日丹诺夫主义"的影响下,苏联曾对形式主义和世界主义进行批判。在批判的高潮中,比较文学研究受到重大的冲击,并被列入禁区。50年代中期,也就是苏联作家第二次代表大会召开前后,比较文学研究出现复苏的征兆。1960年,日尔蒙斯基在全苏"各民族文学的相互联系和相互影响"讨论会上发表了题为《对文学进行历史比较研究的问题》报告。报告强调了对文学开展历史研究的必要性,指出:"比较属于研究方法,而不属于方法论的范畴;是一种可以运用于各种目的和各

---

① 汪介之:《回望与沉思——俄苏文艺理论在20世纪中国文坛》,北京:北京大学出版社,2005年,第191页。

② 高尔基:《论短视和远见》,《论文学》,北京:人民文学出版社,1978年,第78页。

种方法范围内的历史研究的方法。"进而提出不能将马克思主义方法与"比较方法"对立起来的主张,认为马克思主义关于人类社会历史发展的统一性和规律性是对各民族文学进行比较研究的前提。由于各民族在同一历史时期发展个别文学时具有相同的社会关系,因而产生类型学的类似,在中世纪东西方各民族中表现为民间的英雄叙事诗,在封建制度兴盛期是骑士抒情诗,在欧洲资产阶级社会的文学中则是文学流派的顺序兴替:文艺复兴、巴洛克、古典主义、浪漫主义、批评现实主义和自然主义、象征主义、现代主义(以及各种新型的现实主义)。而在我们今天,随着社会发展新的历史时代的开始,出现了社会主义现实主义,一种本质上全新的艺术发展的更高阶段。社会发展的矛盾和不平衡导致这些现象在不同的文学中出现的时间不一。由于具体的社会历史条件,由于民族文学的传统不一,这些思潮和流派在不同的国家具有不同的民族特点。[①] 达木丁苏伦与日尔蒙斯基的主张相契合,都认为社会主义现实主义是一种全新的艺术发展的更高阶段。

　　二三十年代蒙古新文学的发展与世界文学发展潮流还算同步,蒙古文学中现实主义、浪漫主义和现代主义并存。1924 年蒙古人民共和国成立以后,曾多次选派留学生赴欧洲学习,不仅留学于苏联,还留学于德国、法国等国家。D. 纳楚克道尔基、达木丁苏伦、B. 林钦、D. 那姆达克、E. 奥云、D. 其米德、S. 博音尼姆赫、M. 雅达姆苏伦等作家都有过欧洲留学的经历,他们或是在俄罗斯,或是在德国、法国接受过系统完整的高等教育,接触到西方现代文艺理论。他们在创作中或多或少地尝试借鉴和运用现代主义的某些艺术方法。如 S. 博音尼姆赫、M. 雅达姆苏伦、Sh. 阿尤喜等剧作家的戏剧作品中有感伤主义和自然主义因子[②];S. 博音尼姆赫创作的戏剧《称之为真理》尝试运用象征主义的表现手法;D. 纳楚克道尔基的短篇小说《幽暗的峭壁》也明显运用了象征主义的表现手法,在表面叙事之下隐晦地表现了 30 年代之后蒙古社会生活中的矛盾冲突。西方现代派是对西方文明厌倦、失望的产物,是一种反传统、反功利、反人文、反理性的文学潮流。它所表现的内容不符合二三十年代蒙古作家群体所憧

---

　　① 日尔蒙斯基:《对文学进行历史比较研究的问题》,倪蕊琴译,干永昌、廖鸿均、倪蕊琴:《比较文学研究译文集》,上海:上海译文出版社,1985 年,第 284—286 页。

　　② Ц. Хасбаатар, "XX зуун шүүмжлэл судлал", *Монголын зохиолчдын байгууллагын 70 жилийн ойд: Монголын орчин үеийн уран зохиолын түүхэн сургамж*, УБ, 1999 он, тал 84.

憬、向往的文学世界,也不符合这个时代作家对光明的向往、对启蒙的渴望。蒙古新文学诞生的土壤及古典文学的现实主义传统决定了现实主义是其必然的历史选择。象征主义、伤感主义、批判现实主义、现代主义则只能说是蒙古作家借鉴、尝试的一些手法,是现实主义流派主导下的一种探索而已,现实主义才是这一时期真正的主流。对此,达木丁苏伦本人亲身尝试过、探索过,他的讽刺诗《拖里甘登》在现实主义的基础上融汇使用了浪漫主义、感伤主义的某些手法,而形成于实践中的主张格外清晰。在达木丁苏伦看来,蒙古文学此时应有效地利用苏联先进的文学经验,不必重复世界文学所经历的所有阶段,可以直接以社会主义现实主义原则发展蒙古新文学。这与日尔蒙斯基的观点相互契合,日尔蒙斯基认为东方民族文学在中世纪不仅和欧洲的文学平行发展,而且还走在它们的前面,因为东方国家本身长期保持着封建性质,逐步成为资本主义国家殖民主义剥削的对象,结果被排除在资产阶级发展的过程之外。在帝国主义和民族革命的时代,他们的民族觉醒是与在社会和文学发展中的跃进相联系的,在这种情况下,利用先进的文学经验,不必简单重复欧洲文学所经历的所有阶段,如启蒙运动、浪漫主义、批评现实主义、自然主义、现代主义,而我们的时代——首先在苏联各民族中——还有社会主义现实主义正在这些国家取代封建时代的文学传统。同时,以各种不同方式来利用民族的文学遗产。① 当然,在对待文学传统方面,达木丁苏伦与日尔蒙斯基的观点还不尽相同。

时任蒙古作家协会主席的达木丁苏伦,在苏联作家第二次代表大会上指出,社会主义现实主义创作方法已成为蒙古现代文学的创作方法,比起 1957 年蒙古作家协会第二次代表大会正式确立"社会主义现实主义"这一原则早了三年。我们知道,苏联从 50 年代初期起,文学批评领域内"解冻"思潮涌动,批判"无冲突论"和"粉饰现实",反思"社会主义现实主义"与二者之间的因果关系。1954 年 12 月,在苏联作家第二次代表大会上 K. 西蒙诺夫针对"社会主义现实主义"定义提出质疑,大会对章程中的定义作出修改的决定,删去《苏联作家协会章程》中关于"社会主义现实主义"定义中的"艺术描写的真实性和历史具体性必须与用社会主义精神从思想上改造和教育劳动人民的任务相结合"一段话。达木丁苏伦作为蒙

---

① 日尔蒙斯基:《对文学进行历史比较研究的问题》,倪蕊琴译,干永昌、廖鸿均、倪蕊琴:《比较文学研究译文集》,上海:上海译文出版社,1985 年,第 286 页。

古代表团成员亲历这一过程,他对社会主义现实主义的认识应该与苏联文学批评界同步。1957年在蒙古作家协会第二次代表大会上,当社会主义现实主义被确立一家独尊的地位时,达木丁苏伦说:

> 在建设社会主义新社会的事业中,我们的党和政府把创作出服务于人民的、社会主义现实主义文艺作品的任务,正式摆在我们面前。无疑,我们作家为之要努力地工作。这就需要真正地、广泛地理解社会主义现实主义的内涵。社会主义现实主义并非像守夜人窝棚那么狭窄。不能把有利于实现党和政府给予人民专门教育、推动人民建设事业的作品和文学批评排除在社会主义现实主义之外。就作家而言,社会主义现实主义可以充分展示和发挥作家的创作才能;为作家创作风格迥异的、形式多样的作品提供可能,是一种犹如广袤草原一般、内涵丰富的创作原则。尽管我们谈论、争论社会主义现实主义,但有些同志并不了解它。因此,我们需要撰写并出版介绍社会主义现实主义的短文、书籍。①

此时蒙古"左"倾教条主义和庸俗社会学的倾向泛滥,达木丁苏伦已经被撤销了作家协会主席一职,无法直接指导蒙古文学的发展,但作为作协会员和一位有责任心的批评家、理论家,他认为有责任阐明自己对社会主义现实主义原则的看法,也希望自己的建议能够引起文学界的广泛关注,希望蒙古文学界能够真正把握社会主义现实主义的精髓,推进蒙古文学发展。我们从中也能感受到达木丁苏伦那份深切的忧虑。这种忧虑不无道理,随着蒙古人民革命党思想教育、意识宣传工作的不断加强,社会主义现实主义被蒙古人民革命党确立为蒙古作家所遵循的唯一准则,"创作现代题材的文艺作品,反映蒙古人民在革命年代里进行的斗争和取得的劳动成果,反映经济文化建设的发展和蒙苏友谊、塑造现代人的形象"被指定为作家的创作任务,这使得现实主义文学失去了对现实应有的批判性,社会主义现实主义原则成为"时代的颂歌",导致后来的文学创作成为公式化、概念化的政治图解,给蒙古文学发展带来消极的影响。

1984年,七十六岁高龄的达木丁苏伦在蒙古作家协会第七次代表大会上再次提及社会主义现实主义原则,他说:"社会主义现实主义方法已

---

① Ц. Дамдинсүрэн, Монголын зохиолчдын Ⅱ их хуралд хэлсэн үг, "Үнэн" сонин, 1957. Ⅳ. 30.

经成为我们文学不可动摇的根本创作方法,是蒙古文学发展的根本杠杆。"①需要说明的是,达木丁苏伦在提及社会主义现实主义之前,先向作家们强调了两点:一是蒙古的文学作品不仅仅有蒙古文版本,还被翻译成俄文等多种语言,呈现给世界读者。蒙古文学有能力并正在成为世界文学的一部分。二是外国文学,尤其是俄罗斯文学经典翻译成蒙古文,不仅满足了我国读者对阅读的渴望,也为我们作家提供了可以借鉴和模仿的范例。②从这两条前提可以看出达木丁苏伦对社会主义现实主义原则的肯定和推崇,还是建立在推动蒙古文学、蒙古文化走向世界,融入世界文学、世界文明的良好愿望基础上的。社会主义现实主义创作方法被视为蒙古文学走向世界文学的捷径。

社会主义现实主义是在苏联特定的社会政治形态下产生的文学创作方法,50年代被蒙古全盘接受以后,蒙古的新文学创作及文学批评达到一定的高度。不可否认,社会主义现实主义创作方法使得六七十年代的蒙古文学取得了后蒙古空间所尚未企及的成就,Ch. 洛岱丹巴的《清澈的塔米尔河》、D. 纳姆达克的《动荡的岁月》、L. 图德布的《山洪》、B. 林钦的《大迁徙》等作品都诞生于这一时期。同时,由于政治等非文学因素的过多介入,在国家政策的支持下,这一时期的蒙古开始大量译介苏联文学批评专著,重视文学批评人才的培养以及队伍建设,发行专业性报纸和文学理论刊物,开辟文学批评阵地,为繁荣蒙古文学批评创造条件。活跃在21世纪蒙古文坛的许多文学批评家,如Kh. 桑皮勒登德布、Ts. 哈斯巴特尔等人均成长在这一时期。

如前所述,达木丁苏伦在坚持抵制、反对"左"倾机械论与教条主义过程中由实践到理论做出了不可磨灭的贡献,但受时代的局限和个人职业、行政职务等因素的影响,在某些特定时期也未能完全摆脱"左"的牵制和羁绊,甚至在某种程度上对于"左"倾思想的泛滥还起到了"助纣为虐"的作用。譬如在"典型"问题的认识上,达木丁苏伦是走过弯路的。首先这与历史和现实诸多复杂的因素造成的极"左"思潮有着巨大的影响力有关。"典型"问题是50年代初期苏联文学理论界所关注的问题之一。然而,到了斯大林—日丹诺夫时代,"典型"问题越来越超出文学艺术的原有

---

① Ц. Дамдинсүрэн, Монголын зохиолчдын Ⅶ их хуралд хэлсэн үг, 1984 он, *Бүрэн зохиол* 3, УБ, 2001 он, тал 205.

② Өмнөх ном, тал 205—206.

范畴,和政治问题联系紧密。1952年,苏共领导人马林科夫在第19次党的代表大会上作了《关于联共(布)中央工作的总结报告》,专门阐述了对"典型"问题的看法。他在报告中有关"典型是一定社会力量的本质","典型问题是党性在现实主义艺术中的表现,任何时候都是一个政治性的问题"①等观点,曾被达木丁苏伦照搬挪用到蒙古文学理论建设之中。我们知道,马林科夫的有关"典型"问题的观点背离了恩格斯关于现实主义、关于"典型"问题的经典表述,成为文学创作中的公式化、概念化倾向的重要理论根源。1953年,时任蒙古作协主席的达木丁苏伦在乌兰巴托作家会议上以《关于蒙古作家当前的任务》为题作了报告。报告中引用了马林科夫的观点,强调把"典型"问题与党性及政治性联系起来对蒙古新文学发展的重要意义,号召蒙古作家仔细领会和认真学习。②事实上,达木丁苏伦即使能较清醒地与"左"倾抗衡,也难以完全跳出整个时代所盛行的"左风"影响。暂且不论文学批评家、作家的身份,蒙古作家协会主席一职就难免让达木丁苏伦随时意识到他的文学理论探讨和批评实践要从大局出发,充分考虑到蒙古所处的国际环境和蒙古作家协会发展的现实需要。这次报告对于"典型"问题的阐释与他塑造的公牛贡博的典型形象之间,有着自相矛盾之处。这正说明达木丁苏伦现阶段的文学批评仍旧处于实践与摸索的阶段,特定的时代环境与条件决定了达木丁苏伦还来不及充分思索这一时期关于涉及文学内部规律的理论命题,即使有着强烈的反"左"意愿,却不知不觉地陷入"左"倾的泥潭。诚然,马林科夫的这种庸俗的、无视艺术规律的主张,客观上助长了蒙古文学中出现公式化、概念化及粉饰生活的倾向。如前所述,达木丁苏伦很快察觉到文学创作中出现的这一问题,在《为了文学的新成就》一文中修正了对"典型"问题的看法,力图从理论上走出"左"倾机械论和教条主义的困境。

---

① 马林科夫:《在苏联第19次党代表大会上关于联共(布)中央工作的总结报告》,《苏联文学艺术问题》,第138—139页。
② Ц. Дамдинсүрэн, "Монголын зохиолчдын одоогийн зорилгын тухай Улаанбаатар хотын зохиолчдын зөвлөлгөөн дээр тавьсан илтгэл", *Цог* сэтгүүл, 1953, №4(32), тал 15—16.

第三章　建构蒙古新文化与传承蒙古文化精神的批评体系

透过达木丁苏伦的文学批评历程,可以发现他是真正把批评当作一项严肃的事业和一种相对独立的本土理论建构的,他的文学批评主张、批评理论及其实践,归根结底是服务于建构蒙古新文化与传承蒙古文化精神的主张。其涉及的范围包括达木丁苏伦关于蒙古历史文化传统的反思;达木丁苏伦在民族、部族宗教问题上的认识,其中包括对成吉思汗的思考;达木丁苏伦对启蒙的认知等等,这些方面都表现出作为一名现实主义批评家自觉的历史使命感、文化责任感和担当意识。

如前所述,达木丁苏伦的文艺思想的发展,大致上可以分为三个阶段:1927年至40年代中期,他早期的文学批评是引导式的,不重视理论根底,注重启蒙,强化教育意识。从革命和民族独立振兴的现实需要出发,去进行历史文化的反思,从历史文化沉淀中去解剖整个传统文化的优劣得失,寻求发展与复兴之路,着力点是借助外力,发掘和弘扬历史上优秀的可以促进民族复兴的活力,直到1945年"三个支柱"理论初具规模。

从40年代中期到1956年间,中期发展阶段,达木丁苏伦潜心学习,从马克思列宁主义中寻找理论支持,从根本上领会列宁的《关于民族问题的批评意见》《苏维埃政权的成就和困难》《青年团的任务》《宁可少些,但要好些》等关于马克思文艺的经典理论,将列宁提出的"两种民族文化""批判地继承"等学说灵活地运用于蒙古的文学批评活动中,抵制"左"倾机械主义危害,修正批评界对马克思主义的片面认识,有利于马克思主义的传播与接受。达木丁苏伦追本溯源,厘清马克思文艺理论发展的脉络,把握列宁对马克思主义文艺理论的贡献,应用于蒙古文化建设的实践之中,发表了著名的思潮评论《让我们保护文化遗产》一文。该篇评论触及问题的现实性与尖锐性,对马克思主义文艺理论的探索性和实践性,特别是对列宁主义文艺理论的贡献,使之成为蒙古文学批评史上一篇非常重要的文献。这一阶段是他的一部抵制"左"倾机械论思潮,抵制反民族主义运动,保护传统文化遗产的斗争史。从中既可以考察达木丁苏伦建构本土文学批评理论过程中的探索、发现与困惑、坚持与执着,又可以看到权力话语是如何左右文坛趋向,给批评界及文化领域带来负面的影响。

1956年至1986年,在古代文学作品研究的基础上,经历过诬陷磨练与精神炼狱洗礼的达木丁苏伦于1959年提出了无论就蒙古文学研究而言,还是就其个人学术发展而言至关重要的命题——翻译文学本土化。该命题的倡导与实践,使达木丁苏伦对文学理论批评的思索产生了一次大跨度的飞跃,为其"三个支柱"理论体系的最终形成奠定了基础,也迎来了他学术研究的黄金时期。在相关研究的成果上,进一步明晰了"三个支柱"批评理论体系,坚毅而执着地构筑符合蒙古文化发展的文艺理论体系,以期实现现代蒙古学术之独立。

70年代,达木丁苏伦出于文学批评家的敏感及对自身民族秉性的了解和把握,敏锐地意识到蒙古传统上的"大喀尔喀主义"有着抬头、泛滥的趋势,奋起呼吁抵制,希冀最大程度地减少这种民族主义倾向可能会对蒙古学术研究、文化发展,乃至国家发展带来的危害。这不仅反映出达木丁苏伦对于本民族的热爱之情,对发展蒙古文化的使命感和迫切感,而且反映出他已经逐渐形成的人文意识和人文精神,即相互尊重、开放包容的治学态度。

可见,在蒙古向现代社会的转型过程中,对传统文化的批判与对文化传统的发扬两大思潮,构成了表面对立其实互补的两极。达木丁苏伦本人经历了从文化传统的反省者到文化传统的诠释者、发扬光大者的转变,他始终追求的是蒙古新文化的构筑与文化精神的复兴。

(一) 反对民族历史文化虚无主义

反对民族历史文化虚无主义,是达木丁苏伦文学批评活动的重要组成部分。他关于民族历史文化遗产的思考的核心内容,主要可以归纳为以下三个主要方面:其一、反对文化上的民族虚无主义,树立本民族文学与文化的自信;其二、反对历史上的民族虚无主义,确立马克思主义史学观;其三、继承蒙古民间口头文学、古典文学传统,积极学习和借鉴其他民族文学与文化,建构蒙古本土批评理论体系。① 相关的内容主要反映在以下著述中:《人民说唱艺人》(1943)、《鲁布桑说唱艺人》(1943)、《民间口头文学和书面文学》(1950)、《为了发展繁荣我们的文化》(1951)、《致新编〈蒙古人民共和国通史〉第一卷的建议》(1955)、《旧蒙古文学中的民主方向》(1955)、《从蒙古文学研究的历史谈起》(1956)、《让我们保护文化遗产》(1956)、《Ts.达木丁苏伦在蒙古作家协会第二次代表大会上的发言》(1957)、《蒙古古代文学简述》(1958)、《蒙古文学研究中的一些问题》(1959)、《珍爱我们的文化遗产》(1959)、《有关研究蒙古布里亚特文学遗产的问题》(1960)、《在纪念成吉思汗诞辰 800 周年会议上的讲话》(1962)、《文化遗产与文学》(Ts.达木丁苏伦在蒙古作家协会第三次代表大会上的发言,1962)、《Ts.达木丁苏伦拟在蒙古人民革命党中央委员会 1962 年全会上的发言稿》(1966)、《关于〈俄蒙辞典〉附录》(1970)、《〈蒙古文学概要〉之编写的一些经验》(1974)、《新时期的蒙古说唱艺人》(1980)、《蒙古民间传统教育学之我见》(1982),等等。

达木丁苏伦在探索蒙古新文学的发展道路过程中,敏锐地意识到历史上遗存的民族文化虚无主义思想给蒙古新文学、新文化发展所带来的危害。1945 年,在为《D.纳楚克道尔基全集》作序时就指出过:"满清统治之下,近几个世纪以来,我们蒙古人遗忘了自己的文化传统。1921 年,蒙古人民革命兴起之时,蒙古没有产生能够继承蒙古文化遗产并有影响的作家。"② 达木丁苏伦分析造成这种局面的历史缘由,是由于"所谓蒙古旧知识分子热衷于学习汉语和满文,乐于议论某份衙门的告状文书写得漂亮,却没有兴趣去探讨谁创作得好,哪部作品质量高等问题",而"蒙古知识分子的另一组成部分——喇嘛阶层,却只对学习藏文,用藏文编撰佛教典籍或是创作感兴趣"。③ 在达木丁苏伦看来,民族文化虚无主义是导致蒙古知识分子放弃用蒙文创作,致使蒙古文化陷入"灾难时期"的重要原因。

达木丁苏伦对民族文化虚无主义的认识是有依据的,不是空穴来风。民族文化虚无主义思潮,自 19 世纪开始就蔓延于蒙古上层贵族中。"自

---

① 第三条的内容在本编第一章中已经论述,此次不再赘述。
② Ц. Дамдинсүрэн, Шинэ цагийн ууган зохиолч, 1945 он, Бүрэн зохиол 4, УБ, 2008 он, тал 223.
③ Өмнөх ном.

17世纪80年代以来,蒙古地区基于两个结构(满—汉主导的封建等级制和蒙古喇嘛教等级制)形成了两个社会阶级。"[1]革命前蒙古权贵阶层和能够享受教育的阶层主要是封建主和喇嘛。汉文化在蒙古地区具有较深的影响,面对历史悠久、底蕴深厚、涵盖力极强的汉文化,在一些通晓汉文的蒙古文人中间曾产生了民族虚无主义情绪,他们开口闭口"之乎者也",以能够讲述汉民族历史知识为荣。他们为蒙古文化感到自卑,认为蒙古没有诗歌创作,对蒙古文学的发展失去信心。[2]

民族文化虚无主义思潮并未因为人民革命的到来而减退。1921年人民革命胜利后,对俄罗斯文明、欧洲文明的渴望与向往反而加剧了一些知识分子的民族虚无主义情绪,出现了以民族虚无主义态度对待蒙古民族的历史和文化遗产的现象。尤其到了50年代,在"左"倾思潮影响下,民族文化虚无主义倾向更为严重。1951年,蒙古人民革命胜利30周年,为了突出蒙古人民革命的成就,显示出革命前后的变化,一些正式出版物中开始出现贬低革命前蒙古文化教育的现象,这不但加剧了知识分子的民族虚无主义情绪,还影响到年轻一代对蒙古传统文化的认知。譬如,关于革命前后的识字率。为了突出人民革命所取得的成就,50年代初期,B.锡林迪布(B. Shirendev)等人编撰的《蒙古人民革命三十周年》一书显示:"革命前人口的识字率为0.7%",在1955年出版的《蒙古人民革命》一书中,B.锡林迪布又将识字率降低到0.5%。这个数据低于革命前的统计数字。据学者麦斯基(Maiskii)1918年的统计,当时蒙古人的识字率是1%,而根据米希格道诺伊(Mishigdonoi)、桑嘉扎姆茨(Sanjaajamts)等人1921年的统计,当时蒙古的识字人数为5964人,与麦斯基所做的1%的识字率统计基本吻合。达木丁苏伦认为B.锡林迪布等人所采用的数据不符合实际情况,大大低于客观实际。以达木丁苏伦的推算,当时的识字率应该达到百分之十几,其中包括3%的识字者、5%的能读不会书写者、10%的识藏文者。反对把懂藏文者视为文盲的主张,充分说明了达木丁苏伦具有那个时代学者难得具备的开放心态和超越性的思考,同时也体现出他一贯的反映真实的作风。由于喇嘛教在蒙古地区的特殊地位,

---

[1] 丹尼尔·罗森伯格等:《游牧社会的转型与现代性》(蒙古卷),张倩主编,北京:中国社会科学出版社,2013年,第14—15页。

[2] 扎拉嘎:《比较文学:文学平行本质的比较研究——清代蒙汉文学关系论稿》,呼和浩特:内蒙古教育出版社,2002年,第261页。

喇嘛教对蒙古的教育、文化、医疗的影响非常之大,寺庙的功能从举办宗教仪式扩大到该地区的文化教育中心,在寺庙当喇嘛基本等同于上学学习文化。革命前,蒙古地区男人中的40%都是喇嘛。

又如,关于革命前学校的数量和识字者的阶层。S. 阿瓦尔兹德(S. Avarzed)在1956年7月14日的《人民权利报》上写道:"自治时期蒙古没有一所学校"。1951年出版的《蒙古人民革命三十年》(1921—1951)是这样记载革命前文化教育状况的:

> 革命前的蒙古给人民政权留下了沉重的遗产——长期的文化落后。国内外压迫者的统治和反动喇嘛教的压倒势力,窒息了蒙古的民族文化。
>
> 封建的蒙古根本没有国民教育、卫生保健、科学和非宗教的艺术。全国布满了喇嘛庙和为数很大的一批喇嘛。几乎有半数的男子(百分之四十)作了喇嘛,他们都是不参加生产劳动的。这些寺庙是散布蒙昧无知思想的温床。喇嘛教就像是一个巨大的怪物,吸吮着蒙古的生命力,并成为封建主和帝国主义掠夺者在精神上奴役人民的工具。全国只有一所拥有五千人的非宗教的学校,但是它的大门对牧民的子女却是紧闭着的。①

以上的阐述向读者传递出三个信息,一是革命前只有一所贵族学校,没有普通百姓能够接受教育的地方;二是革命前识字的人都是封建阶级的代表;三是革命前在僧俗封建主压制下蒙古的文化教育极其落后,没有人民的文化。对于这种全盘否认传统文化的观点,达木丁苏伦不能苟同,他强调不能忽略传统的私塾在传承文化中所起的作用,他本人就是在东方省玛塔特县父亲岑德的私塾里念书的,当时全国这样的私塾还不少,革命的许多新知识分子都曾在私塾里就读,而这些人中的大多数也都来自牧民阶层,他们学过不少蒙古经典文学作品。同时,达木丁苏伦强调喇嘛并非都是剥削阶级,大多数下层的穷苦喇嘛同样是被剥削者,不能以管窥天。蒙古早期革命家苏赫巴托、乔巴山、丹增、鲍道等人都曾或多或少地在寺庙中接受过启蒙教育。

达木丁苏伦在《让我们保护文化遗产》一文中也抨击了民族文化教育的虚无主义现象,强调应以历史为依据,不能为了迎合权贵,歪曲历史真

---

① B. 锡林迪布等:《蒙古人民革命三十年》,向华译,人民出版社,1953年,第88页。

实,甚至抹黑本民族的历史,把"先辈污蔑为野蛮的民族"。达木丁苏伦反对民族虚无主义,并非夜郎自大,排斥其他民族优秀的文化,拒绝向其他民族学习。达木丁苏伦客观地指出:"并非要说自治时期识字的人有多么多,并非要说当时蒙古文化有多么繁荣。毫无疑问,那个时代与现在无法相比拟。我想说的是,在俄罗斯的影响下,新鲜的气息渗入蒙古大地,蒙古确确实实地开办了几所学校,虽然质量差强人意。但是,确实有一些识字、有文化的人,这也是无需争辩的事实。"①

在 50 年代的民族文化虚无主义的风潮作用下,史学界历史虚无主义再度登场。1950 年,《科学研究》杂志第三期发表铁木尔巴特尔的文章,提出了"满族统治时期,在蒙古历史发展过程中一事无成"的看法。对此,达木丁苏伦在《让我们保护文化遗产》一文及蒙古作家协会第三次代表大会上进行了批驳。五六十年代,蒙古的中学历史课上,以讲授世界历史为主,很少涉及蒙古历史,使学生们没有条件了解本民族的历史发展状况,按照达木丁苏伦在作协三大会议上的发言所说:"中学讲法国拿破仑和马其顿帝国的亚历山大讲得令学生生厌,而蒙古帝国的缔造者成吉思汗、女英雄满都海等历史人物却不讲只言片语。"②达木丁苏伦形象地比喻到:"欧洲自负的历史学者们在赞美亚历山大、拿破仑时像神灵附体一般口水四溅,喋喋不休,而谈及成吉思汗、印度汗王们时却紧闭双唇,牙关紧咬。(我们)不应该像鹦鹉学舌那样重复欧洲历史学家的话。"③他还强调成吉思汗诞辰 800 周年在即,无论是蒙古历史学家,还是中国历史学家、俄罗斯历史学家们期待着对成吉思汗给予正确的评价,作出马克思主义的评判。

能够集中反映出达木丁苏伦反对历史虚无主义的看法,是他在纪念成吉思汗研讨会上的发言。1962 年为了纪念成吉思汗诞辰 800 周年,蒙古举办了学术研讨会,达木丁苏伦在会议上作了发言。发言中达木丁苏伦探讨了如何看待历史人物,如何定位成吉思汗,如何研究成吉思汗等问题。达木丁苏伦指出:"应把探讨成吉思汗或者其他历史人物的历史价值的工作视为目前的一项重要任务来完成。"进而强调说:"对于历史人物成

---

① Ц. Дамдинсүрэн, *Соёлын өвийг хамгаалъя*, БНМАУ, Соёлын Яам, УБ, 1959 он, тал 30,31.

② Ц. Дамдинсүрэн, Өв соёл, уран зохиол, Монголын зохиолчдын Ⅲ их хурал дээр хэлсэн үг, "*Үнэн*" *сонин*, 1962, №138.

③ Өмнөх ном.

吉思汗,不应过分赞美,也不要过分丑化,求实更为重要。追求真理的研究就是马克思主义研究",并阐明"真理和马克思主义没有差别"。① 达木丁苏伦肯定了会议上史学家Sh.纳楚克道尔基、Ch.达赖、Sh.比拉等人的发言,同时指出有不少作家和历史学家进行关于成吉思汗的历史研究和文学作品的创作,但他个人认为其中所反映出的成吉思汗并不是真实的。他以一部蒙古的文学作品、一部苏联文学作品、三部苏联的研究成果为例进行了阐释。

达木丁苏伦选择了尹湛纳希的长篇小说《青史演义》,探讨尹湛纳希塑造的成吉思汗形象。《青史演义》全称《大元盛世青史演义》(也译作《大元勃兴青史演义》),是一部以成吉思汗为主要人物的历史小说。在小说故事之前,有《初序》一篇,《纲要》八篇。达木丁苏伦从作者所处时代背景,推断《青史演义》中的成吉思汗是尹湛纳希主观臆造出来的形象。他认为作者希冀诞生一位犹如成吉思汗一样的,惊天动地的英雄来推翻当时腐败的僧俗统治,是以自己理想中的英雄为原型而塑造的成吉思汗形象,提出了尹湛纳希笔下的成吉思汗与历史上的成吉思汗有着很大差距的看法。达木丁苏伦的观点反映出他不懂汉文,对《青史演义》,特别是对其序言和纲要部分无法进行更深入的研究,得出知其然而不知其所以然的结论。汉蒙文学关系研究专家扎拉嘎在深入研究尹湛纳希杂文的基础上,提出作者的创作意图是让所有的蒙古人了解祖先的光辉历史的看法。为达到这种创作目的,尹湛纳希借助儒释比较,为把成吉思汗升华为开创蒙古文化精神的圣人寻找到理论根据②,在《青史演义》中,按照儒家学说中的圣人,塑造出成吉思汗的形象,以此形象实现重构蒙古文化精神的主张。

在发言中达木丁苏伦还评价了苏联作家扬(Yan)创作的长篇历史小说《成吉思汗》。达木丁苏伦肯定了该作品在二战期间号召全体苏联人民团结一致,反对外来侵略所起的积极作用。但是,对于这部作品将成吉思汗刻画成为一名残暴的敌人形象,达木丁苏伦认为有悖真实,不能认同,尤其认为书中对成吉思汗的战马及皇后的描写有辱成吉思汗的辉煌形

---

① Чингисийн төрсний 800 жилийн ойн хурал дээр хэлсэн үг, 1962 он, *Бүрэн зохиол* 3, УБ, 2001 он, тал 155.

② 16世纪中叶,蒙古信仰藏传佛教以来,开始把蒙古民族的起源追溯到佛教的圣人,于是在许多蒙古民族的历史著作中,成吉思汗在历史上的开创意义常常不能够清楚的表述。

象。书中写道:"(成吉思汗)胯下是一匹猥琐难看的蒙古马,后面尾随其睐眼、性格古怪的皇后",在达木丁苏伦看来,这样描写有丑化成吉思汗之意。达木丁苏伦逐一批驳了"成吉思汗为白种人""成吉思汗是位未开化的、半野蛮人""建哈拉和林时,蒙古人没有添一砖一瓦"等臆断,认为是没有依据的无稽之谈,倡导向俄国学者巴托尔德(Bartolid)、弗拉基米尔佐夫等几位学者学习,从马克思主义角度研究蒙古学,做真正的马克思主义史学家。

在"左"倾泛滥的年代,达木丁苏伦能够保持清醒与理智,敏锐地意识到历史文化虚无主义思潮的危害,努力以马克思主义的历史观来抵制这种思潮,树立发展本民族文化的自信心,表现出一位正直的文化人,面对民族之间的文化交流,对本民族文化应有的严肃态度。从这个意义上来看,达木丁苏伦在运用马克思主义的历史观研究历史方面,无疑是走在了同时代人的前面,堪称是蒙古马克思主义史学的先驱和倡导者。

(二)民族自省精神

达木丁苏伦文学批评活动的民族自省精神,集中体现在对民族落后文化的批判上。与我国的"五四"新文化革命运动有所不同,蒙古新文学产生的催化剂不是思想变革,而是社会政治事件。1919年中国的"五四"运动一开始致力的是思想革命,实际上是一种自觉的对民族历史文化落后性的自我批判①,而"蒙古在爆发革命时并没有形成一个思想启蒙运动。人民革命很大程度上是在外来思想的影响和外部势力的支持下取得的胜利"②。催生蒙古新文学产生的是社会政治事件,而不是文化思潮,因而革命胜利后文学批评家和作家的民族自省意识来自于官方的宣传和作家自身对社会和民族文化发展的认知。达木丁苏伦亦是如此。

1950年代初期,官方是这样界定蒙古人民革命的:"人民革命使蒙古的劳动人民永远摆脱了封建的和殖民地的压迫,并使这一国度有可能越过向资本主义发展这一痛苦而艰辛的道路。当时还是亚洲最落后的殖民地之一的蒙古,其人民革命的胜利再一次证实了斯大林如下的天才原理:

---

① 温儒敏:《新文学现实主义的流变》,北京:北京大学出版社,2007年,第219页。
② 史习成:《蒙古国现代文学》,北京:昆仑出版社,2001年,第37页。

'十月革命是世界上空前未有的革命,它使东方被压迫民族的劳动人民大众从长期的酣睡中惊醒,并使他们加入反对世界帝国主义的斗争。'伟大的十月社会主义革命的胜利及苏维埃国家的建立是决定 1921 年蒙古人民革命胜利的主要的和基本的外在因素。"① 革命必然引起当时蒙古的知识界对民族历史文化的深刻反思。社会的变革和蒙古文化与欧洲文化的撞击,加剧了蒙古知识分子对民族的命运和传统文化的困境的焦虑感。

对于作家和批评家而言,这种焦虑感首先在其创作和文学评论中表现为民族自省意识。譬如,D. 纳楚克道尔基在《旧时代之子》中生动地、成功地塑造了一位高度概括了蒙古国民性弱点的典型形象——呼沁夫。呼沁夫这位"荒疏世间万事,落后于时代文明"②的牧民孤儿,整日"犹如生活在倒扣的锅底"里,"没有看见也无从知晓世界为何物","只知日出拜佛,日落祈天,终其一生。"D. 纳楚克道尔基以呼沁夫寓意被世界文明所抛弃的蒙古民族,通过批判其落后的"国民性",来唤醒蒙古民族的自我反省,以期实现振兴民族的理想。达木丁苏伦虽没有创作出呼沁夫这样有力度的"国民的灵魂"形象,但在评论文章中同样对本民族历史文化的落后性进行深刻剖析与自我批判。在达木丁苏伦看来,革命前的蒙古文化状况可以称作"文化灾难","19 世纪的蒙古,是整个亚洲黑暗的一隅",因为这一时期的蒙古知识分子"几乎丧失了用蒙古语写作的能力"。达木丁苏伦这样分析造成这种局面的历史缘由:"所谓蒙古旧知识分子热衷于学习汉语和满文,乐于议论某份衙门的告状文书写得漂亮,却没有兴趣去探讨谁创作得好,哪部作品质量高等问题"。而"蒙古知识分子的另一部分——喇嘛阶层,却只对学习藏文,用藏文编撰佛教典籍或是创作感兴趣。"③

难能可贵的是,在探究民族虚无主义源头的问题上体现出达木丁苏伦的民族自省精神。尽管对蒙古的"文化灾难"感到焦虑,但是他不是民族虚无主义者,他对于蒙古民族的振兴怀有理想与信念,对于本民族的传统文化,运用马克思主义唯物辩证法进行阐释,不是全盘否定,而是采取

---

① 锡林迪布:《蒙古人民革命三十年》,向华译,人民出版社,1953 年,第 10 页。
② D. 纳楚克道尔基:《呼沁夫》(即《旧时代之子》),宝花译,《经典解读达·纳楚克道尔基》,北京:民族出版社,2009 年,第 414 页。
③ Ц. Дамдинсүрэн, Шинэ цагийн ууган зохиолч, 1945 он, Бүрэн зохиол 4, УБ, 2008 он, тал 223.

客观评判、重新评估和辩证继承的态度。他认为"值得庆幸的是,'文化灾难'时期蒙古文学语言的精华尚且保存在来自于牧民的说唱艺人的口中"。于是提出这样的文学主张:"为脱离'文化灾难',迎接自由春天,作家们应从民间口头文学中汲取营养,播种出艺术之花。"①这番论述折射出他的民族自省意识不仅仅停留在对民族历史文化优劣得失的探究上,也不仅仅是将民族历史文化自省作为反封建思想革命的一个策略,而是要实现一种民族精神的觉醒,是以建构蒙古新文化与传承文化精神为目的的。这也充分反映出他对蒙古民族文化的热爱之情,对振兴蒙古民族精神,发展蒙古民族文化的历史使命感。

他重视对民族文化传统的科学整理与系统研究,其中包括被当权者认为是封建糟粕的民间文学作品和古代文学作品。他于1943年发表了《人民说唱艺人》和《鲁布桑说唱艺人》两篇研究成果,从民间故事、史诗所反映的内容,追求的主题角度,论证出民间文学是人民的文学、民间说唱艺人是人民的作家,他们都是蒙古文学的宝贵遗产的结论。1944年他发表了《颂词家格勒格巴勒桑》,1947年将《蒙古秘史》由传统蒙古文转写成西里尔蒙古文,编辑出版了《人民口头文学作品集》,1950年完成并通过副博士论文《〈格斯尔传〉的历史根源》的答辩。

(三) 历史使命感

如前所述,催生蒙古新文学的不是思想变革、文化思潮,而是社会制度的改变,新政权的建立,是社会政治事件使然。50年代蒙古官方对新文学的定位是:"蒙古的现代文学是在反帝反封建的斗争火焰中诞生的,苏赫巴托和乔巴山的英勇的游击队员们所创作的歌曲《恰克图颂》是蒙古现代文学的第一篇作品,这首歌曲是歌颂自由的新生活、蒙古人民更加美好的将来和胜利的鼓舞者和组织者——蒙古人民革命党。"②蒙古特定的历史状况与任务决定了蒙古的文学批评家、作家普遍具有强烈的使命感。这种使命感也是蒙古人民革命党对作家和评论家的要求:"蒙古现代文学的当前任务,就是反映蒙古新的革命的实际情况,表现摆脱了压迫的劳动

---

① Ц. Дамдинсүрэн, Шинэ цагийн ууган зохиолч, 1945 он, Бурэн зохиол 4, УБ, 2008 он, тал 223.

② 锡林迪布等著,向华译:《蒙古人民革命三十年》,人民出版社,1953年,第107页。

人民的无穷无尽的创造力,以及描述正在满怀信心地建设自己的社会主义前途的蒙古人民的生活和斗争。"[1]因而,二三十年代的文学作品的使命感突出地表现在推进反封建、反宗教的思想革命以及对伟大的苏联文明的无限向往与追求上。D. 纳楚克道尔基的短篇小说《正月泪》、达木丁苏伦的中篇小说《受歧视的姑娘》、S. 博音尼姆赫的剧作《黑暗的政治》、Sh. 阿尤喜(Sh. Ayuush)的剧作《平民达木丁与王妃道拉格尔》等都是具有鲜明的反封建色彩的作品,Sh. 阿尤喜的剧作《正好十八》、D. 策伯格米德(D. Tsevegmid)的小说《牧童乃当》等则是具有宗教批判色彩的代表作品。二战期间,从强烈的使命感出发,自觉地将创作纳入爱国主义和革命斗争的轨道,保家卫国、声讨法西斯、讴歌蒙苏友谊是这一时期文学创作的主旋律。达木丁苏伦在这一时期创作了保卫和平、发展各国友谊的作品,如描写列宁格勒保卫战的《北极星》(1941)、《坦克手》(1943)、《日本军国主义者》(1945);歌颂蒙苏友谊的《献给苏联人民的祝词》(1942)、《两个都是我的儿子》(1943)、《蒙古人民共和国》(1943);歌颂和平的《我们愿天下和平》(1949);赞美蒙中友谊的《献给伟大的中国人民的祝词》(1950)、《我来到北京》(1950);歌颂蒙古人民革命党的《蒙古人民伟大的领导者》(1944);歌颂领袖的《乔巴山元帅五十寿辰祝词》(1945)、《党》(1946)、《在列宁博物馆》(1955);以及《蒙古人民共和国国歌》(1950),等等。关注国家和民族的命运,紧跟时代节奏,是时代赋予他们这一代作家的历史使命。

　　这时期的大多数作家、评论家出于感时忧国的责任感,自觉充当革命家和社会活动家的角色,达木丁苏伦更不例外。如前所述,达木丁苏伦是在革命工作岗位上开始文学创作的,年仅 18 岁就出任《真理报》主编之一,20 岁当选为工会中央委员会的主席,21 岁即成为新成立的蒙古作家小组负责人之一,25 岁时被派往苏联列宁格勒少数民族学院进修……。从达木丁苏伦的履历可以想象,作为蒙古人民革命党重点培养的一名年轻有为的文艺干部,"振兴蒙古民族,重构蒙古民族文化精神"的抱负在心中油然而生。特别是当达木丁苏伦、D. 纳楚克道尔基等人踏上欧洲大地,西方世界与蒙古现实的巨大反差不可避免地撞击着 D. 纳楚克道尔基的每根神经,使他对自己的祖国、民族有了更深层的认识,对于蒙古传统

---

[1] B. 勒哈木苏伦:《蒙古人民革命党简史》,翟文亮、朱安琪译,北京:人民出版社,1990 年,第 194 页。

文化有了更深一层的理解，欧洲现代化与蒙古落后现实的反差激发了他对于蒙古更加深厚的热爱，加强了其文学创作的使命感；同样，欧洲之旅也强烈地震撼着达木丁苏伦的内心，他除了创作出《我白发苍苍的母亲》这类思乡的作品外，更为关注如何借助俄苏文化、欧洲文化等外来文化刺激蒙古新文化的建构与发展，这成为时代赋予他的最大的历史使命。

不能不提及的是，1950 年达木丁苏伦为《蒙古人民共和国国歌》创作的歌词。他创作的这首国歌在蒙古大地吟唱了半个世纪有余，铭记于几代蒙古人的心中，直到 2005 年才对它进行了修改①。达木丁苏伦本人因创作这首歌词，第三度荣获国家奖。歌词创作于蒙古击退日本法西斯，开启第一个五年计划，为全面步入社会主义建设而做准备的时期。歌词原文和翻译的大意如下：

Дархан манай хувьсгалт улс	我们神圣的革命的国家，
Даяар Монголын ариун голомт	全体蒙古人纯洁的家园，
Дайсны хөлд хэзээ ч орохгүй	何时也不容敌人来侵犯，
Дандаа энхжиж үүрд мөнхжинө	流传千古永世安宁美满。
Хамаг дэлхийн шударга улстай	携手全世界的正义国家，
Хамтран нэгдсэн эгнээг бэхжүүлж	团结一致共筑铜墙铁壁，
Хатан зориг бүхий чадлаар	意志坚强如钢全力以赴，
Хайрт Монгол орноо мандуулья	繁荣我亲爱的蒙古国家。
Ачит Ленин Сталины заасан	遵恩师列宁斯大林指引，
Ардын чөлөө, жаргалын замаар	人民踏上自由幸福之路，
Агуу Монгол орноо удирдсан	恩人苏赫巴托和乔巴山，
Ачит Сүхбаатар, Чойбалсан	领导着伟大的蒙古国家。
Зоригт Монголын золтой ардууд	勇敢的蒙古光荣的人民，
Зовлонг тонилгож, жаргалыг эдлэв	脱离了苦海赢得了幸福，
Жаргалын түлхүүр, хөгжлийн тулгуур	开启幸福踏上发展前途，

---

① 2010 年 6 月 16 日，Ts. 达木丁苏伦的俄籍女儿 A. D. 岑吉娜接受蒙古国媒体时采访时，表达了对蒙古国修改国歌歌词的遗憾，提及 90 年代初期，蒙古国曾经有修改歌词的想法，还征求过她的意见，在她明确表示反对之后而放弃。2005 年再度提出，并以歌词是国家财产为由，进行了修改。对此她表示遗憾。(参见蒙古国新闻网：http://www.news.mn/，2010.6.16.)

Жавхлант манай орон мандтугай① 愿我们雄伟的祖国繁荣。②

在歌词中,达木丁苏伦先从二战胜利切入,以此激发出蒙古人民战胜法西斯的自豪感与自信心,也表达出蒙古人民热爱和平的愿望:"何时也不容敌人来侵犯,流传千古永世安宁美满。"继而,表明蒙古融入世界,努力繁荣发展的意愿:"携手全世界的正义国家,……繁荣我亲爱的蒙古国家。"并指出实现的途径是:"遵恩师列宁斯大林指引,人民踏上自由幸福之路",最后憧憬了蒙古的未来:"勇敢的蒙古光荣的人民,……开启幸福踏上发展前途",对祖国表示了无限的祝福。在歌词结构和形式上,达木丁苏伦采用节奏感强弱变换,韵律严整和谐的四行诗的形式;韵律上,运用蒙古诗歌的主要特征押头韵的表现手法。达木丁苏伦创作的铿锵有力的歌词,激起了蒙古人民内心对和平、兴旺、发展的渴望,唤起了蒙古人民心中的历史使命感,产生了对发展与繁荣祖国的强烈共鸣,在促进蒙古国家认同、民族发展上起到了助力作用。

(四)对"大喀尔喀主义"的抵制

如果说 40、50 年代,达木丁苏伦是出于文学批评家的使命感,反对民族历史文化虚无主义倾向,力图扫除建设蒙古新文化道路上的阻碍、树立本民族自信心的话,那么到 60 年代末至 70 年代初期,达木丁苏伦出于文学批评家的敏感,意识到蒙古传统上的"大喀尔喀主义"有着抬头、泛滥的倾向,挺身而出奋起抵制,希冀最大程度地减少这种民族主义倾向可能会对蒙古学术研究、文化发展,乃至国家发展带来的危害。

达木丁苏伦有关反对"大喀尔喀主义"的阐释与他编写的《俄蒙辞典》有着一定关联。1969 年,达木丁苏伦与 A.鲁布桑登德布共同编写出版了《俄蒙辞典》第 2 卷。达木丁苏伦在该辞典的附录"历史文化纪年表"中纳入了几位布里亚特知识分子,这也成为他饱受蒙古人民革命党中央委员会政治局批评的一个原因。虽然这项批评的内容没有列入对他给予处分的正式决议中,但是还是通过宣传文化媒体公布出去,导致蒙古境内出

---

① Ц. Дамдинсүрэн, БНМАУ-ын, улсын сүлд дуулал, *Бүрэн зохиол* 1, УБ, 1998 он, тал 205.
② 系本书作者根据 1998 年出版的《Ts. 达木丁苏伦全集》第 1 卷收入的《蒙古人民共和国国歌》歌词翻译。

现了排挤和压制布里亚特人的现象,不仅如此,这种反布里亚特倾向还进一步激化了蒙古一直存在的非喀尔喀部族边缘化的现象。对此,达木丁苏伦忧心忡忡,认为有必要借助科学院语言文学研究所召开学术扩大会议的机会,阐明"大喀尔喀主义"的危害,呼吁党中央及学术界给予抵制。

蒙古国属于民族相对单一的国家,其人口主体部分为蒙古族人,其中喀尔喀蒙古人占全国总人口的80%。除了喀尔喀蒙古人外,其他蒙古人分属于不同的历史部族,现约有十几个部族。布里亚特蒙古人自古生活在贝加尔湖周围和外贝加尔地区,现大部分生活在俄罗斯的布里亚特共和国境内和赤塔州、阿穆尔州、伊尔库茨克、阿卡乌丝汀沃尔德布里亚特自治区等地。蒙古国的布里亚特人主要生活在蒙古国的东方省和北部一些省份。达木丁苏伦将几位布里亚特知识分子列入《俄蒙辞典》的"历史文化纪年表"中,主要出于以下考虑:"一是布里亚特与蒙古血脉相亲,语言文化相近,有着兄弟亲戚情谊;二是在历史长河中蒙古文化对布里亚特文化产生过深刻的影响,布里亚特文化也对蒙古文化产生不小的影响;三是直到近些年为止,蒙古与布里亚特一直使用同一种语言文字,有着共同的文学作品。"[①]同时,达木丁苏伦强调布里亚特文化先于蒙古,在17—18世纪已经开始受到俄罗斯先进文化的滋养,因而在20世纪初期在人才和知识分子培养等方面已经领先于蒙古。1921年以后,随着蒙苏友谊的日益加强,苏联的大批学生、医生、教师和文化工作者来到蒙古,支援蒙古建设,其中也包括不少布里亚特人。譬如第一批苏联专家中包括布里亚特的历史学家 Ts. 扎姆察兰诺(Ts. Jamtsarano)、政治活动家 E. 仁钦诺(E. Rinchino)、医生策伯格嘎尔布(Tseveggarav)、教师达希耶夫(Dasheev)和巴特汗(Batkhaan)等。这些布里亚特专家与苏联专家一起为困难时期的蒙古做出了不少贡献。

如前所述,达木丁苏伦多次被批判为具有"民族主义"倾向,被扣上了"民族主义者"的帽子。这次也不例外,"附录"问题导致他再一次被批判为具有"泛蒙古主义"倾向。对此,达木丁苏伦予以反驳,认为把布里亚特知识分子列入"历史文化纪年表"中并不是泛蒙古主义。他说:"不应该忘记苏联人民这个概念中也包括着布里亚特人民。现在似乎有相当的人有

---

① Ц. Дамдинсүрэн, Орос Монгол тольд хавсаргасан хүснэгийн тухай, *Бүрэн зохиол* 3, Интерпресс хэвлэлийн газар, 2001 он, тал 177.

这样一种错误认识,即要发展和加深没有布里亚特人民(指苏联境内的)参与的苏联人民和没有布里亚特人民(指蒙古境内的)参与的蒙古人民之间的友谊。"①进而,达木丁苏伦揭示出这种错误认识的根源是蒙古的民族主义思想在作祟。他说:"在蒙古,大喀尔喀主义的不良思想暗流涌动,不时发作。譬如1959年秋的《真理报》,批判学者 B. 林钦是布里亚特侨民,玷污了我们党的出版行业的圣洁。"②同样,这次掀起反对把布里亚特知识分子列入,也是这种大喀尔喀主义民族思想露头的表现。

达木丁苏伦指出了社会上存在的种种"大喀尔喀主义"现象,他说,现在在蒙古居住的俄罗斯人、哈萨克人、布里亚特人和华人等非喀尔喀人,受到种族歧视,遭到排挤和摈斥,他们找不到工作,即使找到也会因各种理由被解雇,这是"大喀尔喀主义"思想泛滥的严重表现。特别是有汉族血统的人,被视为明里暗里的敌人,遭到厌恶和嫌弃,汉蒙混血儿还要进行专门登记,受到猜疑、排斥和倾轧。不少从前迁至蒙古定居的俄罗斯人,也受到打压和伤害,使得他们当中的大部分人返回了故土。对于排挤非喀尔喀人的现象,蒙古一些当权者视而不见,认为蒙古根本不存在"大喀尔喀主义"。达木丁苏伦断言:"蒙古不仅存在大喀尔喀主义这种错误思想,而且有着进一步泛滥的趋势。"③他从科学院语言文学研究所选才和用人的角度,阐明了这种现象的普遍性。1963年 P. 浩尔劳被任命为所长时,语言文学所总共有9位非喀尔喀人:1名俄罗斯人、4名布里亚特人、1名哈萨克人、2名内蒙古人、1名扎哈沁人。自 P. 浩尔劳担任所长以来,以上9位非喀尔喀研究人员,被排挤走了6位,余下的3位也面临着被另行安排工作的可能。更有甚者,在召开本次学术扩大会议之前,P. 浩尔劳明确宣布内蒙古人不得参加。在 P. 浩尔劳的领导下,科学院语言文学研究所变成了"纯喀尔喀"所。达木丁苏伦嘲讽到,如果把驱除少数族裔,净化成纯喀尔喀视为"政绩"的话,那么 P. 浩尔劳所长一定会享有这个荣誉。达木丁苏伦进而分析,造成现在这种局面不是语言文学所所长的个人所为,而是社会上逐渐泛滥的蒙古民族主义思想在作祟。最后,达木丁苏伦倡导以列宁主义国际主义思想作为武器抵制这种歪风

---

① Ц. Дамдинсүрэн, Орос Монгол тольд хавсаргасан хүснэгийн тухай, *Бүрэн зохиол* 3, Интерпресс хэвлэлийн газар, 2001 он, тал 177—178.

② Өмнөх ном.

③ Өмнөх ном, тал 178.

邪气。

关于"大喀尔喀主义"对发展蒙古新文化的危害,达木丁苏伦有着比较清醒的认识和超前的预见。这种认识和预见来自于他对本民族的热爱,以及对于自身民族秉性的了解和把握。达木丁苏伦批评的是只看重喀尔喀部族的所谓"优越",轻视其他少数族裔的现象;他担忧的是这种固步自封、画地为牢,不屑与其他族裔交往、相互学习和借鉴,会严重阻碍蒙古新文化的发展和繁荣。这不仅反映出达木丁苏伦对于本民族的热爱之情,对发展蒙古文化的使命感和迫切感,而且反映出他已经逐渐形成的人文意识和人文精神,即相互尊重、开放包容的科学态度。

事实上,50年代,在倡导保护和利用蒙古文化遗产时,达木丁苏伦曾经阐明过对民族主义的看法,提醒蒙古在利用文化遗产上会遇到民族主义错误认识的阻碍。他认为民族主义的一个特点是:"对于本民族的东西不分好坏地一律赞颂,对于其他民族的东西不分好坏地一律厌恶。"达木丁苏伦主张用两分法认识自己的民族,在对待古典文学上也应该看到它们在历史发展上的进步或落后。同时,他还指出必须"把民族主义和爱国主义加以区分,热爱祖国,热爱人民,批判地利用文化遗产是爱国主义,而不是民族主义。"① 这种以辩证的眼光来分析和看待本民族的文化和文学的科学态度是难能可贵的,这说明他已经能够从多民族的相互比较中,重新审视自己的民族,发现自己民族的自豪与不足,这也成为他建构蒙古新文化与传承蒙古文化精神的动力所在。

(五) 关于文字改革

探究达木丁苏伦的启蒙思想,不能忽略的是40年代他承担的最为艰巨且饱受争议的一项工作——文字改革。1941年蒙古成立了以达木丁苏伦为首的文字改革委员会,1946年1月1日开始正式使用以斯拉夫字母为基础创制的西里尔蒙古文,并以此作为蒙古官方通用文字,取代了沿用几百年的回鹘体蒙古文。西里尔蒙古文的创制和使用,给蒙古社会的各个领域带来了深刻而久远的影响。姑且不论达木丁苏伦对近现代蒙古语言学的发展所做出的贡献,单从他学术思想的发展脉络来看,尽管文字

---

① Ц. Дамдинсүрэн, *Монголын уран зохиолын тойм* Ⅰ, УБ, 1957 он, тал 11.

改革是国家分派指定给他的任务,但作为一名热爱本民族文化的学者,达木丁苏伦不仅把文字改革看作改造社会、推动现代文明在蒙古传播、加快蒙古现代化进程的助推器,还把它视为发展蒙古民族语言文化,构建蒙古新文化的一项历史使命。

任何一种字母表的命运及其在语言中的功能都和正字法有着直接的关联,因而,对达木丁苏伦而言,在提出以西里尔字母为基础的新文字方案的同时,还需要制定出相应的正字法规则方案。在这方面,自1941年创制新文字之后的40余年中,达木丁苏伦仍旧笔耕不辍,先后出版发表了《正字法》(1941)、《正字法教材》(与B.策伯格扎布合著)(1946、1948)、《新蒙文简明正字法》(1946、1949)、《正字法辞典》(与Ya.策伯勒合著)(1951)、《字母不变,修改正字法》(1957)、《正字法总则》(1959)、《关于正字法的一些问题》(1964)、《组织推广正字法》(1964)、《关于标点符号的使用》(1965)、《语义学指南》(1966)、《字母表及其教学法》(1981)和《新蒙文正字法辞典》(与B.奥索尔合著)(1983),等等。为了推广新文字,规范新文字的书写,减少转写过程中带来的问题,他还发表了相关的论文和编写了课本。如《关于蒙古书面语》(1941)、《索云布字》(1944)、《蒙古识字课本》(字母表)(1945)、《关于文字改革》(1946)、《从斯大林〈马克思主义和语言学问题〉一文看蒙古语言问题》(1952)和《关于蒙古文字改革的问题》(呼和浩特出版)(1956)。此外,还有他在《1957年在新文字委员会第二次会议上的发言》,但是因为其被打成"民族主义者"而被长期禁止出版发行。

比较起来,能够较为全面诠释出达木丁苏伦关于文字改革的思想和创制西里尔蒙古文所遵循的原则是《关于蒙古文字改革的问题》一文。1956年达木丁苏伦访问中国内蒙古自治区,参加了文字工作会议并作了有关文字改革的报告,后连续发表于《内蒙古日报》(蒙文版)(1956年10月7—9日)。该报告由"蒙古语文的研究""蒙古语言研究的遗产""旧蒙文的缺点""改革蒙古文字的尝试""对某些新蒙文字母和正字法的说明""模糊元音规则""制定新文字的详细正字法问题""关于正字法辞典""名词术语""关于翻译问题""书面语的问题"等11个部分组成。从语言学角度来看,达木丁苏伦在这篇论文中成功地运用现代语言学理论,把语音学和语系学理论应用于现代蒙古语言研究之中,具有开创性的意义。从启蒙角度上来看,这篇文章融入了达木丁苏伦在文字改革上有关建构蒙古新文化方面的思考,所以也是研究达木丁苏伦学术思想的重要文本之一。

　　这里不妨简单回顾一下蒙古文字改革的相关背景,有助于了解达木丁苏伦早期学术思想的形成。从目前看来,蒙古文字改革与苏联制定和推行的少数民族新文字体系有着直接的关联。"十月革命"前后,针对沙皇政府推行的"义务国语(俄语)"教育,列宁提出"各族语言一律平等"的主张。1922年阿塞拜疆率先把复杂难学的阿拉伯文字进行了拉丁化改革,被列宁赞誉为"东方的伟大革命"。自此开启了苏联各少数民族文字的拉丁化进程,直至1936年结束。据统计,1922—1930年间,原来使用阿拉伯字母的、蒙古字母的、犹太字母的、叙利亚字母的近20种文字都实行了拉丁化。在1920—1932年间,苏联先后创制出近50种以拉丁字母为基础的文字。① 受其影响,1928年瞿秋白、吴玉章、萧三、林伯渠等人也进行过创制中国拉丁化文字的工作,瞿秋白撰写了《中国拉丁化字母方案》,该方案于1929年在莫斯科出版。1931年9月在海参崴召开了中国文字拉丁化第一次代表大会,提出《中国文字拉丁化的原则和规则》,汉字拉丁化改革在一定程度上加快了汉字改革的进程。1937—1940年,苏联肃反运动开始后,各民族放弃了已经使用的拉丁字母文字体系,转而采用西里尔字母。据统计,自1937年开始,绝大多数已经拉丁化的文字又转换成西里尔字母,1937年和1940年,这两年是最为重要的时期,先后有约40种文字转换成西里尔字母。② 譬如中亚的哈萨克斯坦长期使用以阿拉伯字母为基础的文字,1929年随着苏联各民族文字拉丁化进程的开始,改用拉丁字母,1940年又改为以西里尔字母为基础的文字;乌兹别克斯坦1930年以前长期使用阿拉伯字母,1929年改为拉丁字母,从1939年开始使用西里尔字母;土库曼、塔吉克、布里亚特等人口较少的民族在文字使用的问题上也有着与上述民族共同的经历。蒙古也不例外,只是在时间上稍为迟后了一些。

　　蒙古文的拉丁化晚于苏联的各少数民族。1930年4月7日蒙古国家第七次大呼尔根据时任总理 A. 阿睦尔(A. Амар)的建议,作出"关于使用拉丁文字书写公文"的决定。蒙古现代文学奠基人 D. 纳楚克道尔基1930年

---

　　① 乌·阿·伊斯特林:《文字的产生和发展》,左少兴译,北京:北京大学出版社,1987年,第240—241页。
　　② 埃·捷尼舍夫:《突厥语言研究导论》,陈鹏译,北京:中国社会科学出版社,1981年,第41页。

在《青年真理报》报社工作时,曾参与创制拉丁蒙古文字母的工作,1931—1936年在科学院工作期间还撰写了《蒙古语拉丁化规则(语法)》一文。1940年3月蒙古人民革命党第十次代表大会中央委员会政治局根据拉丁文字的使用情况,作出"全民使用拉丁文字"的决定,并要求在1944年前实现这一目标。1941年2月,召开"关于创制新文字的协商会议",商讨了创制拉丁蒙古文的一些细节问题,例如如何处理蒙古语中大量出现的模糊元音等问题,制定了拉丁文暂行方案,该暂行方案只实施了一个月,之后即被禁止执行。1941年3月颁布的"制定蒙古新文字"的决议称,拉丁文字在标音蒙古语方面存在技术缺陷,为了使蒙苏的兄弟友谊更为牢固,决定以西里尔字母为基础创制新文字。作为当时蒙古著名的语言学家之一,达木丁苏伦于1941年以主要创制人员的身份首先参加了蒙古文字拉丁化的创制工作,在执政阶层决定放弃拉丁化而使用西里尔文字后,达木丁苏伦又受命制定西里尔蒙古文字母表方案,负责主持由多名专家组成的文字改革委员会的工作。1941年3月25日召开的蒙古部长会议和人民革命党中央联席会议正式采用了达木丁苏伦等专家创制的新文字方案,并作出于1946年1月1日起正式使用西里尔蒙古文的决定。这样,1930—1941年间出版的书籍出现了回鹘蒙古文、拉丁蒙古文、西里尔蒙古文并存的现象。

1. 打通而非割裂

冷战结束后,蒙古进入了社会转型期,在社会转型过程中,西里尔蒙古文被视为蒙古斯拉夫化的标志而遭到质疑。在去"苏联化"、去"斯拉夫化"、重返亚洲身份的同时,恢复传统的回鹘蒙古文、取消西里尔蒙古文的呼声从未间断过。特别是进入21世纪以来,随着蒙古国家文化安全战略的制定与实施,回鹘蒙古文被视为增强民族凝聚力的符号加以利用,达木丁苏伦创制的西里尔蒙古文再次成为众矢之的,引起学术界内外的广泛争论①。同时,随着互联网的发展,全球化进程的加快,拉丁蒙古文再度登场,成为蒙古人生活中不可或缺的组成部分。虽然国家官方文字仍旧是西里尔蒙古文,但某些特定场合正在使用回鹘蒙古文、拉丁蒙古文。目前这种局面,是当年达木丁苏伦创制文字时未曾想到的,也有悖于他创制西里尔蒙古文的初衷——打通而非割裂。

尽管创制西里尔蒙古文是蒙古党和政府交给达木丁苏伦的一项历史

---

① 西里尔蒙古文最大的弊端是正字法繁杂。

任务,但作为一名有着独立思考、理论主张和历史责任感的学者,达木丁苏伦出于对本民族文化的热爱、对本民族发展负责的态度赋予了自己一项历史使命,即以文字改革为契机,统一蒙古文字,减少语音和方言的差异,以此为基础发展成一种统一的书面语,使蒙古民族"成为一个有统一语言文字的文化发达的民族"①。我们从以下创制原则中可以了解达木丁苏伦创制西里尔蒙古文的动机和意图。

其一,消除书面语与口语之间差异的障碍,尤其是扫除人民读书识字的障碍。这也是文字改革需要解决的关键问题。20 世纪初期,无论是俄罗斯布里亚特,还是蒙古都有着进行文字改革的愿望,除了加快民族现代化的考虑外,解决蒙古语的书面语与口语严重脱节的问题是最为根本的原因。根据弗拉基米尔佐夫的研究,蒙古语是由若干方言和许多土语组成的,根本不存在一个共同的语言。但是,蒙古书面语,尽管与所有的现代蒙古方言和土语有很大的差别,却因其在大部分蒙古部落中的通行,而在一定程度上成为大家都能接受的共同的蒙古语。蒙古书面语起源于古代,是一种古老的语言,在它产生以后的几个世纪过程中,却又和一些鲜活的蒙古方言多少有所接近,称为"前古典书面语"。没有多少异议的是,蒙古语在成吉思汗时代开始使用回鹘文字母。成吉思汗为其本国的需要,还确定了一个已经成熟的标准语,这是一种用回鹘文字母书写的相当稳定的语言,且已经和蒙古人活的口语产生差别。由于蒙古书面语推广使用到蒙古的一般社会环境中,并且成为共同的书面标准语,所以很快就受到了活的蒙古土语的影响。而蒙古书面语为了维护自己不被活的民间语言完全同化,所以就同这些活的土语保持着相当大的差别。到 14 世纪中叶,随着佛教经典的翻译,蒙古书面语逐步接近于最后形成,从为叙事史诗和历史服务的文牍语言转为以佛教文献语言为主。这使得它与活的民间语言的差距越来越大。随着佛教的传入和佛教经典的翻译,16 世纪末 17 世纪初,前古典书面语发生了很大变化,进入到古典时期。这一时期的书面语剔除了人们难懂的一些陈词,吸纳了民间方言的一些成分和藏语借词。随之而来的是,蒙古文字新的书写体也被确定下来,即旧蒙文产生。这此后的数百年间,书面语一方面力求与各个活的方言相接近,另一方面又由于它本身所具有的古语性质和传统性质,也由于它作为统一

---

① Ц. Дамдинсүрэн, Монгол хэл бичгийг сайжруулах тухай, Өвөр Монголын хэл бичгийн ажилтанд хийсэн илтгэл, 1956 он, *Монгол хэл бичгийн тухай*, 1957 он, УБ, тал 165—166.

一致的语言,并且还居于"正统"的规范化语言的地位,因此它始终是一个非常独特的语言,和任何一个活的方言全不相同,同时它和所有活的方言的关系又几乎都是一视同仁,不分亲疏。① 虽然它曾经与活的方言试图统一,但是它依旧是一个只用于书写、不用于说话的语言,因而其发展速度就远远地落后于活的方言,出现了记录蒙古书面语的旧蒙古文不能准确地记录方言的状况。

在达木丁苏伦看来,蒙古究竟何时开始有了文字和在什么时候制定了书面语这个问题,目前还难有定论,而学界达成的一致看法只是:13世纪蒙古人使用了畏兀儿文字母,并且书面语与口语之间存在着相当大的差异。达木丁苏伦根据前人研究的成果及《蒙古秘史》等典籍推断,10—11世纪蒙古西部的某一部落为了适应于自己的语言而使用了畏兀儿文字母,从那时至今,文字没有更多变化,可各部落的语言有了较大的发展。譬如,短元音变成弱化元音,两个元音之间的辅音消失从而产生长元音。这样,由于书面语和口语之间的差别愈来愈大,那么就出现了写法是这样,而读法却是另一样的现象。尽管书面语发展落后于口语,但达木丁苏伦反对轻易放弃旧蒙文,而是强调要进一步发展它。他认为蒙古的书面语有着数百年的历史,从《蒙古秘史》作者开始,产生了诸如尹湛纳希、丹金旺吉拉(Danzanvaanjil)、说唱艺人桑达克、颂词家格勒格巴勒桑等语言大师,他们通过自身创作丰富并发展了蒙古书面语。其中,民间说唱艺人和颂词家的语言是发展书面语的一个基础,因为他们的语言既不同于书面语又不同于口语,汲取了口语和书面语的精华,是非常优美的语言。这里,达木丁苏伦强调改革旧蒙文并非意味着改革书面语,而是把书面语的旧外衣换成新外衣。他号召现代作家和诗人借文字改革之机,充分利用现有基础,譬如留存于民间说唱艺人和颂词家口中的优美语言,通过文学作品、电影、广播、戏剧、报刊杂志、讲演报告等方式精炼蒙古书面语,使其发展成为所有蒙古人民都易于理解的优美语言,把蒙古语的书面语推向更高的阶段。② 1942—1945年,担任《真理报》主编期间,达木丁苏伦以

---

① B. Ya. 弗拉基米尔佐夫:《蒙古书面语与喀尔喀方言比较语法》,陈伟、陈鹏译,西宁:青海人民出版社,1988年,第21、22、23、28页。

② Ц. Дамдинсүрэн, Монгол хэл бичгийг сайжруулах тухай, Өвөр Монголын хэл бичгийн ажилтанд хийсэн илтгэл, 1956 он, *Монгол хэл бичгийн тухай*, 1957 он, УБ, тал 162—163.

《真理报》这个平台,修改了传统蒙古书面语的修辞,使之接近现代蒙古语。①

其二,消除部族之间的壁垒。蒙古民族是一个跨境民族,长期以来蒙古国,中国的内蒙古、新疆、青海以及俄罗斯的布里亚特、卡尔梅克的蒙古民族之间在历史、语言、文化等方面存在着差异。作为深谙本民族传统的学者,达木丁苏伦非常了解蒙古各部族在发展文化、教育、语言文字等方面存在的问题,并致力于思考和探索发展蒙古民族文化的新途径。他说:"蒙古人虽分布在从贝加尔湖到万里长城,从嫩江到青海的辽阔的土地上,但人口稀少,只不过几百万人",对于地广人稀的蒙古各个地区而言,"如果不互相帮助而试图单独发展文化教育是不可能获得成效的"。他把发展语言文字和文化教育事业比作培育一棵大树,比作一条奔流入海的河流,他不希望看到各个部族独自发展,使这棵树长出许多"枝干",不想看到河流因分成许多支流而中途干涸,而是祈望各个地区的蒙古民族能够协调一致,汇成"一条洪流",这样才能"战胜它所遇到的礁石和艰险而顺利地流入大海"。他把社会主义和共产主义比作大海,在他理想中的蒙古民族应该"同心协力,用共同的力量发展自己的文化教育,使自身发展成为一个有统一语言文字的、文化发达的民族,和全世界所有民族一道,进入社会主义和共产主义"。②

基于这种想法,达木丁苏伦在创制西里尔蒙古文时首先吸取了布里亚特和卡尔梅克蒙古新文字正字法的经验。在"对某些新蒙文字母和正字法的说明"一节中他是这样阐述的:"我们所采用的新蒙文字母,是现在在俄罗斯、乌克兰、保加利亚以及苏联境内的各个民族广泛使用的字母。……我们从布里亚特新字母中只去掉了"h"这个字母,因为"h"这个语音只存在于布里亚特、巴尔虎方言,其他蒙古各地的语言中都是没有的,譬如布里亚特人说"hайн hyyhan",其他蒙古人说"cайн суусан"。除了 h 这个字母外,其他布里亚特所使用的字母,我们都原封不动地用到新蒙文里。"在他看来倘若蒙古和布里亚特使用了同一种文字,就可以方便蒙古与布里亚特之间的交流,"蒙古的广大读者愈来愈多的读着在乌兰乌

---

① Ц. Дамдинсүрэн, Миний гурван үеийн намтар(1974 он), *Бүрэн зохиол* 1, УБ, 1998 он, тал 23.

② Ц. Дамдинсүрэн, Монгол хэл бичгийг сайжруулах тухай, Өвөр Монголын хэл бичгийн ажилтанд хийсэн илтгэл, 1956 он, *Монгол хэл бичгийн тухай*, 1957 он, УБ, тал 165—166.

德用布里亚特文字出版的书籍,同样,乌兰巴托出版的书籍在乌兰乌德也可以有着广泛的读者"。①

其次,1956年达木丁苏伦参加了内蒙古的文字工作会议,介绍和推广了西里尔蒙古文。报告中他提出在总结蒙古人民共和国推行新文字15年所积累经验的基础上,结合内蒙古试行新文字过程中的心得与体会,制定出一种"更为全面的新正字法"。他强调在制定正字法方面,只有蒙古人民共和国和中国内蒙古自治区的语言学家们相互合作,相互配合,才能取得更大的成效。值得一提的是,50年代达木丁苏伦创制的西里尔蒙古文在中国内蒙古自治区试行期间,他的相关研究成果在呼和浩特正式出版,如《正字法教材》(与B.策伯扎布合著)(1954、1956)、《蒙古简明正字法》(1954)、《正字法词典》(与Ya.策伯勒合著)(1955)、《蒙古识字课本》(1956)、《蒙古简明正字法》(D.宾巴校对)(1956)等。按照达木丁苏伦的设想,首先,蒙古借鉴布里亚特的文字改革经验,创制新文字,再与内蒙古语言学家进行合作,进一步完善推广,这样乌兰巴托、呼和浩特和乌兰乌德出版的书籍和学术成果能够共享,也利于加强蒙古、中国和俄罗斯的蒙古民族在文化和教育方面的交流与合作。

除了消除各个部族在阅读方面的障碍外,在促成方言统一方面达木丁苏伦也有着自己的考虑。他对13、14世纪留存下来的史料和语料进行分析,得出"过去蒙古各部族之间的口语比现在各口语之间更为接近"的结论。他认为近几百年间,各个地区的语言和方言不仅没有得到统一的机会,而且相互之间逐渐拉大了差距,出现了分裂和统一的两种趋势。为此,达木丁苏伦试图通过文字改革实现语言的"统一",提出"制止语言分裂的趋势,积极地实现统一"的倡议。如此看来,他强调的"统一"包含了三个层面的含义:书面语与口语之间的统一、各个部族书面语之间的统一、各个部族口语之间的统一。他说:"蒙古人不仅要统一文字,而且要把语言和方言接近起来,发展成为一种统一的书面语。"②

为了实现这个目标,首先需要确定将蒙古语中的哪一种方言作为基础方言。达木丁苏伦这里借用了苏联的蒙古语言学家G.D.桑杰耶夫的观点来表达自己的意图,他说:"G.D.桑杰耶夫在他的《蒙古语比较语法》

---

① Ц. Дамдинсүрэн, Монгол хэл бичгийг сайжруулах тухай, Өвөр Монголын хэл бичгийн ажилтанд хийсэн илтгэл, 1956 он, Монгол хэл бичгийн тухай, 1957 он, УБ, тал 150.

② Өмнөх ном, тал 164.

第 69 页写道:'以俄罗斯字母为基础创制的蒙古新文字所取得的成效已经表现在工作当中,而且它能够确保蒙古民族语言的进一步发展',还写道:'依靠新文字和喀尔喀语而形成的蒙古书面语能够成为蒙古各个部族人民能够所理解和接受的语言'"。① 单从语言学的角度来说,喀尔喀方言只是蒙古语诸多方言中的一种,没有任何决定性的特征使得它有别于其他方言。但是,一些外部因素却使得它获得了某种特殊的意义。按照苏联学者 B. Ya. 弗拉基米尔佐夫的观点,喀尔喀方言通行的地域十分广阔,同时在国家事务和宗教方面,它被看作是重要的方言,喀尔喀方言甚至"越过自己以往风行的地域,并逐渐叠加在邻近的属于其他蒙古方言的一些土语上"②。达木丁苏伦以喀尔喀方言作为蒙古书面语的主要基础,无疑顺应了这一语言的历史发展趋势。

在以喀尔喀方言为基础方言来发展书面语的问题上,达木丁苏伦强调的是,对于其他各地的语言和方言不是一点不顾及,而是应该从蒙古各地的每种方言中选择一种具有典型性的,为蒙古人都普遍懂得的语言来丰富书面语。譬如我们不根据喀喇沁话把"цагаан"(tsagaan)写成"шагаан"(shagaan),但要从喀喇沁话中汲取一些易懂的词汇如"тохоорох"(tokhoorokh)、"хоорох"(khoorokh)等来丰富书面语。又如喀尔喀方言中习惯把"хатуу"(khatuu)读作"гатуу"(gatuu),把"хатгах"(khatgakh)读作"гатгах"(gamgakh),把"хот"(khot)读作"гот"(got),而 1941 年最初制定新正字法时按照其他蒙古方言的发音写成为"хатуу"、"хатгах"、"хот"。这都体现了以喀尔喀方言为基础,同时借鉴其他各方言的原则。

达木丁苏伦后半生始终没有绕开"民族主义者"、"泛蒙古主义者"的困扰,50 年代因致力于搜集、整理、研究、出版蒙古古典文学、民间文学,被指责为"民族主义者",戴着这顶帽子直到谢世都未能摘掉。同样因创制西里尔蒙古文,达木丁苏伦一方面被指责为"践踏蒙古民族语言"、"割裂了蒙古文化血脉与传承",另一方面因致力于创制"统一"的西里尔蒙古文,在 50 年代中期被指责为"泛蒙古主义者",受到批判。批判的矛头指

---

① Ц. Дамдинсүрэн, Монгол хэл бичгийг сайжруулах тухай, Өвөр Монголын хэл бичгийн ажилтанд хийсэн илтгэл, 1956 он, *Монгол хэл бичгийн тухай*, 1957 он, УБ, тал 164.

② B. Ya. 弗拉基米尔佐夫:《蒙古书面语与喀尔喀方言比较语法》,陈伟、陈鹏译,西宁:青海人民出版社,1988 年,第 45—46 页。

向达木丁苏伦采用了布里亚特使用的"Я"类字母。"Я"类字母指的是"Я、Е、Ё、Ю"四个字母,我们现在称之为辅助元音。在达木丁苏伦看来,采用Я类字母除了可以方便正字法的制定,还可以统一蒙古和布里亚特的文字,扩大蒙古与布里亚特在文化、语言和文学方面的交流与联系。1957年1月29日在新文字委员会第二次代表大会上,达木丁苏伦在发言中驳斥道:"这种思路(指使用"Я"类字母)不是泛蒙古主义,因为我们处在一个与民族主义完全不同的时代,现在是民主社会主义、和平思想深入人心。"就加强俄罗斯布里亚特、中国内蒙古与蒙古之间教育文化方面的联系,他说:"(西里尔蒙古文)成为能够完全符合布里亚特、喀尔喀和内蒙古多种方言的中间文字还有一些困难。战胜困难,成为适于布里亚特、内蒙古和蒙古的中间性质的文字(dundiin chanartai usegtei bolokh),我们还需要做出更大的努力。内蒙古正在试行我们已经使用十余年的新文字,其意义是非常巨大的。……内蒙古召开的语言学术会议鲜明地反映出喀尔喀正在使用的新文字恰好符合内蒙古的许多方言。"①

当时为了方便拼写从俄语等语言中借入的单词和术语,在创制新文字时文字改革小组被要求"必须全部使用33个俄文字母",达木丁苏伦除了接受俄语字母表中33个字母外,还增加了2个字母,分别是"Ө"与"Y",这样新字母表共有35个字母。这35个字母中,有一些字母只有使用借词时才有机会使用。对于全部采用俄文字母,达木丁苏伦认为利大于弊,他说:这样既统一了蒙古和布里亚特的文字,又有利于蒙古人学习蒙古文后再学习俄文,还有益于俄罗斯人学习蒙文。尤其是还能够利用当时的先进技术,譬如能够直接使用苏联的打字机、排字机。达木丁苏伦强调对于人口少的国家,必须注意利用这种先进技术。多年来,有关全部使用俄语字母的论争从来就没有停止过,特别是进入21世纪后,这样的论争更为激烈。2010年,蒙古国大呼拉尔议员曾提出"删去西里尔蒙古语35个字母中的 Ь、Ъ、Щ 三个字母"的议案,但未能实施。2013年蒙古国颁布了《关于完善蒙古语文字教育措施》的第37号政府令,成立了由语言学专家组成的工作组,研究正字法和蒙古语写作中亟需解决的其他问题,其中讨论删去"Ь、Ъ、Й、Щ"四个字母成为焦点。经过长达9个月的

---

① Ц. Дамдинсүрэн, Шинэ үсгийн комиссын 1957 оны 1 дүгээр сарын 29-ний өдөр хуралдсан Ⅱ хурал дээр Ц. Дамдинсүрэнгийн хэлсэн үг, *Их эрдэмтэн академич Цэндийн Дамдинсүрэн*, УБ, 2008 он, тал 147. 这篇文章长期被禁止出版,于80年代末解禁。

讨论,工作组最终以更改字母导致的重新印刷耗资过多为由,宣布不对现有字母表进行更改,但表示将对这四个字母的使用加以限制。

上述原则是达木丁苏伦站在发展整个蒙古民族教育和文化水平的角度上提出来的,从中除了能够体会到达木丁苏伦那份建构蒙古新文化的迫切之情外,我们同样能感受到达木丁苏伦建构蒙古新文化观点和主张中的民族主义思想。至于达木丁苏伦究竟是不是民族主义者,这个问题并不重要,关键是要看他所主张的民族主义会给其他民族带来什么影响。民族主义分为扩张性的民族主义和防御性的民族主义两种。前者旨在把自己的民族身份强加给其他民族,这种民族主义是殖民主义带来的破坏性力量,而防御性民族主义的基础则是获得自己的民族身份认同。本文认为,达木丁苏伦的民族主义思想属于后者,他强化民族身份认同,淡化部族之间的差异,其目的是构建蒙古民族文化与民族精神。在文字改革方面,他希冀以创制和推广蒙古新文字为契机,消除蒙古各个部族的语言和方言之间的差别,发展成统一的书面语,开启民智,改变落后现状,共同提高蒙古民族的教育文化水平;同时利用当时科学技术较为发达民族的文字,引进先进文明,加快蒙古的现代化进程,使之融入世界文明。当然,达木丁苏伦的这种构想随着中苏论战的发生而"灰飞烟灭"。

2. 开放心态,世界眼光

1933—1938年达木丁苏伦在苏联列宁格勒学习,留学期间他相当广泛地接触到了欧洲文化,这使他眼界更加开阔、思路更为活跃。他较早地具备了可与世界文化对话的能力,对于文字改革的重要意义有着深刻的理解,同时又富有经验,是一位开明的有学识的学者,这都成为蒙古政府选派他参与主持文字改革、创制新文字的理由。

从达木丁苏伦有关文字改革的著述可以看出他以开放的心态、世界的眼光对待国家赋予他的这项历史使命。这种心态首先体现在他对文字的认识和态度上。他说:"文字这个东西,原来就不是某一民族私有的财产,而是全人类的财产。同时,它也是带有国际主义性质的。旧蒙文字母原来也不是蒙古民族自己创造的,而是由古维吾尔文字母演变而来。古维吾尔文字也不是由维吾尔民族自己创造的,而是从中亚细亚的粟特文字演变而来的。同样粟特文字母也不是粟特人自己创造的,而是由西亚细亚的腓尼基文字母演变而来。不论是俄罗斯文字母还是拉丁文字母,都是仿照希腊文字母创造而来的。由此看来,不论是旧蒙文字母、拉丁文字母以及俄罗斯文字母,归根结底,它们都是仿照腓尼基文字母而创造的……。不过俄罗斯文字母和拉丁文字母,在发展过程中更加完善起来,而古畏兀儿文字母和旧蒙文字母与其相比渐渐地落后了。"①

开放性是蒙古历史和文化的基本特色之一,语言作为文化的载体,同样具有开放性特质。蒙古文字本身是他源文字,即借用其他文字而创制的文字。蒙古人历史上曾经使用过回鹘式蒙古文、八思巴字、索云布字母、横写方体字、瓦金德拉文、阿里嘎里字母、托忒蒙古文等多种文字。在达木丁苏伦看来,借用斯拉夫字母,或是借用拉丁字母,与历史上借用回鹘文字母、托忒字母等一样,都是借助人类文明的共有财产来发展本民族的语言文化。这一方面体现出他作为草原民族的开放包容和豁达的心态,同时还反映出他追求民族平等的理念,无论旧蒙文字母还是拉丁字母、俄罗斯字母都是仿照腓尼基文字母而创造的,它们本身没有先进落后、高低贵贱之分,只是有的发展得更加完善而已。民族文化对每个民族而言,无论是文化发达的民族,还是文化相对不甚发达的民族,都同样具有唯一和无可替代的位置。

其次,在对待选择拉丁文字还是斯拉夫文字上,达木丁苏伦主张使用斯拉夫字母,他把使用斯拉夫字母来代替旧蒙文字母,比作"用一个树枝换取另一个树枝一样"容易;主张使用斯拉夫文的另一个原因是:"不在文字属于谁的问题,而是在目前发展文化教育事业上,哪种文字对我们更加有利和更加适合的问题"②。达木丁苏伦强调的"有利"与"适合"问题主要有两个层面的意思,一是指创制文字技术操作层面的便利。创制文字需要结合本民族语言的特点,考虑到语音结构、音节体系、语言和谐等多方面因素来完成设计。达木丁苏伦以俄文的33个西里尔字母为基础,补充了另行设计的两个元音字母"Ө"和"Y",完成了西里尔蒙文的一整套字母体系。虽然达木丁苏伦自称之为好像"用一个树枝换取另一个树枝一样"简单,但实际上这并非是简单地将蒙古语音套用在西里尔字母上,而是智慧地运用现代语言学理论和成果的结果。他之所以称为"简单",是指与使用拉丁文字母拼写蒙古文相比要简单一些,用26个拉丁字母作为

---

① Ts.达木丁苏伦:《关于蒙古文字改革问题》,丁师灏、奥尔黑勒译,北京:北京民族出版社,1957年版,第16—17页。

② Ц. Дамдинсүрэн, Монгол хэл бичгийг сайжруулах тухай, Өвөр Монголын хэл бичгийн ажилтанд хийсэн илтгэл, 1956 он, *Монгол хэл бичгийн тухай*, 1957 он, УБ, тал 150.

书写和发音的基本单元来拼写蒙古文的话，蒙古语中会有近 10 个音位用拉丁文字不易记录，难免造成文字上的混乱。相比较起来，达木丁苏伦提出的两个有利因素，后者更为客观，达木丁苏伦选择西里尔文而非拉丁文最主要的因素还是蒙古所处的现实环境和发展路径使然，如果退一步说，假设民主改革之后，全球化的语境下让达木丁苏伦再次进行选择的话，他一定会选择拉丁文而非西里尔文。

另一个层面是指发展文化教育事业上的便利。作为一名语言学家，达木丁苏伦深知蒙古文字发展的历史。蒙古历史上的文字改革由来已久，每当蒙古社会发生重大变革时，蒙古人就会试图对自己使用的文字进行改革。文字的创制与推广往往不是单纯的语言学问题，而是与该时期的社会变革与政治需要密切相关，30 年代末，苏联在蒙古通过肃反扩大化，彻底清除异己，既消除喇嘛教在蒙古的影响力，又肃清亲华势力，从而在意识形态上达到高度的集中和统一，进而在 40 年代加强在语言文化上的影响力，进一步去东方化。二战以后，蒙古进入和平建设时期，制定了第一个五年计划，经济技术方面迫切需要苏联支持，使用西里尔字母无疑有利加快经济发展。达木丁苏伦以民族发展为使命面对这次文字改革。

从目前来看，这是由达木丁苏伦当时的视域所决定的，如前所述，他直言"俄罗斯文化像太阳一般璀璨"，希冀"俄罗斯文化的光辉惠及到东方（蒙古）"，祈望"通过俄罗斯引进欧洲文明"，为蒙古打开"世界文化之门"，使其"摆脱几百年来的愚昧与落后"。使用西里尔蒙古文无疑有助于蒙古融入斯拉夫文化圈，有助于蒙古加快现代化进程。不可否认的是，达木丁苏伦当时的世界眼光还仅局限在社会主义阵营，他在放弃传统回鹘体蒙古文、改用西里尔蒙古文的问题上抱有政治上的极大热情，恐怕也是出于他对苏联现代社会文明发展的向往，对学习欧洲先进文化和科学知识的渴望，以及试图改变当时蒙古社会文化教育相对落后局面的一种努力。我们从下面达木丁苏伦有关旧蒙文存在的缺陷方面的论述中可以看到他的这种意图与动机。在《关于蒙古文字改革问题》中的"旧蒙文的缺点"一节中，他从五个角度论述回鹘蒙古文的弊端，其中有两条是针对传统回鹘蒙古语书面语与口语脱节而带来的问题，另外三条很明显是从发展文化教育角度提出的，他说："（一）旧蒙古文自上而下的写法，难以书写理化、数学等公式，不利于出版科技类书籍；（二）旧蒙古文的每个字母按照其在单词中词首、词中、词尾的不同位置都有 3 种（甚至更多）不同的写法，无形中把每个字母都变为 3 个字母,把蒙文的 20 多个字母变成了总共近 100 个字母,严重地阻碍了广大人民的识字读书和文化水平的提高;(三)旧蒙古文字母的符号贫乏,仅有 14 个,而用这 14 个符号来表达丰富的蒙古语音,无疑是极其欠缺的。"[1]

3. 立足于发展本民族语言的文字改革

衡量一种文字改革是否成功,关键要考察的是,是否能通过使用这种文字进一步发展本民族的语言特点,如语音结构、音节体系、语音和谐等问题。立足于发展和完善蒙古民族语言,是达木丁苏伦创制西里尔蒙古文所着重考虑的问题。从正字法的修订与名词术语的制定上,可以看出他在这方面所付出的努力。

达木丁苏伦深知正字法对于一种新文字的重要意义,自 1941 年创制新文字起,同时开始了长达 40 余年的正字法制定和修订的工作。除了撰写相关论文外,他出版了两部正字法辞典,1951 年与 Ya.策伯勒合著出版的《正字法辞典》、1983 年与 B. 奥其尔合著出版了《蒙古正字法辞典》。对于前者,达木丁苏伦本人曾表示并不满意,词汇贫乏且残缺是一个因素,存在的最大问题莫过于前期准备工作不到位,在没有详细研究蒙古语各地区方言的情况下仓促编写出版。据他 80 年代的回忆,40 年代末蒙古人民革命党第十一次代表大会商讨确定了发展国民经济与文化的第一个五年计划(1948—1952)的控制数字,修订正字法被提上日程。在他看来编写一部蒙古语正字法辞典应该完成下列步骤:首先要编写出一本蒙古语各地区方言的比较辞典,这是编纂正字法辞典之前最为重要的工作。有了方言比较辞典就有了依据,可以知道某个单词在不同的方言中是怎样的一种说法,以此为基础来确定该词的统一写法和正字法的统一的辞典。达木丁苏伦在内蒙古作文字改革报告时建议内蒙古着手编写方言比较辞典。蒙古各地方言丰富,譬如"健康"一词,喀尔喀人说成"чийрэг"(chiireg)、"чийраг"(chiirag)、"чиараг"(chiarag),而喀喇沁人说成"шихраг"(shikhrag)。"究竟"一词在喀尔喀有四种说法"цохом"(tsokhom)、"чохом"(chokhom)、"чухам"(chukham)、"цухам"(tsukham)。要把这样有很多不同说法的单词统一起来,就必须采取一

---

[1] Ц. Дамдинсүрэн, Монгол хэл бичгийг сайжруулах тухай, Өвөр Монголын хэл бичгийн ажилтанд хийсэн илтгэл, 1956 он, *Монгол хэл бичгийн тухай*, 1957 он, УБ, тал 145—146.

种蒙古民族各地区绝大多数人习惯的说法,并以这种惯用说法为依据。因而要深入地展开蒙古语各方言的比较研究工作,找出蒙古大多数的地区可以理解的统一说法,这也是弗拉基米尔佐夫提倡的蒙古语比较研究一个重要内容。按照达木丁苏伦的宏伟设想,这项比较研究要把包括蒙古、中国和俄罗斯的蒙古民族在内的各地方言进行采集、比较和分析,无疑是繁琐而艰巨的,需要三国语言学专家相互配合、沟通,合作完成。这一设想随着中苏关系的破裂无疾而终,但我们还是能够深切体会到达木丁苏伦希望通过文字改革来进一步发展蒙古语言的意图。

为了更好地完善新文字,也为了回应学术界修改字母抑或拉丁化的意见,在新文字使用15周年之际,1957年2月28日达木丁苏伦在《真理报》第49期上发表了题为《字母不变,修改正字法》的文章。在达木丁苏伦的倡导下,1957年3月,先后有五位学者在《真理报》上发表文章就新文字和修订正字法提出看法:蒙古国立大学教授 L. 米希格(L. Mishig)的《关于新文字的问题》,A. 鲁布桑登德布(A. Luvsandendev)院士的《改动部分字母,完善正字法》,Sh. 鲁布桑旺丹院士的《关于蒙古正字法的问题》,学者 T. 帕格巴(T. Pagva)的《多角度审慎修订正字法》,B. 林钦院士的《应该使文字更为完善成熟》。无疑,语言学专家们之间的探讨和交流有助于正字法的进一步完善。在《字母不变,修改正字法》的文章中,达木丁苏伦强调推广使用新文字的同时,要加强研究和完善正字法的理论与实践工作。他说明因承担的任务是制定简明正字法,所以1946年制定的正字法非常简单,有关元音转移规则、缩略语规则、标点符号规则、外来词书写规则等方面没来得及制定详细规则,尤其是没有明确书写中文词汇规则,导致混乱。为此,1964年达木丁苏伦撰写了《关于缩略语》一文,1965—1966年完成了《使用标点符号的理由》等一系列文章。

出于发展蒙古民族语言的考量,在达木丁苏伦的努力和推动下,1957年7月蒙古、中国、俄罗斯三国的语言学家召开了学术会议,以新文字及其正字法为议题进行了专门研讨。达木丁苏伦在会议上首先表明了对颇有争议的新文字字母及其规则的态度:不可以轻率贸然行事,而要在仔细斟酌和研究蒙古语言和方言的基础上再作决定为宜,否则仓促修改正字法,定会阻碍文化的发展。① 这种态度再次表明达木丁苏伦希冀通过文字改革发展本民族文化的意图。当时有两种倾向,一种是要改革字母,提

---

① Э. Пүрэвжав, *Их эрдэмтэн академич Цэндийн Дамдинсүрэн*, УБ, 2008 он, тал 24.

出替换十来个字母的意见；另一种是提出拉丁化的方案。达木丁苏伦认为新文字已经推广 15 年，取得了不少经验，应该本着有利于民族语言发展的原则进一步修订完善，而不要作大的改动，上述两种方案都会使蒙古人的精神文化、教育蒙受损失。

蒙古著名语言学家 B. 林钦是文字改革的坚决抵制者，在新文字试行的 15 年期间，多次批评和指责达木丁苏伦创制的新蒙文，还在 50 年代至 60 年代就文字改革、正字法等问题与达木丁苏伦进行过论战。达木丁苏伦在主流媒体上发表《有关缩略语》《文字不变，修改正字法》《有关正字法问题》等文章后，B. 林钦随即发表《简略字母的缘由》《应该使文字更为完善成熟》《应该有正确书写规则和科学的依据》等文章进行批驳。B. 林钦曾经不客气地把当时使用的正字法比作"手工工厂制作的破靴子"。对此，达木丁苏伦能够坦诚接受，在这次三国语言学家会议发言中直言 B. 林钦的评价是"真话"，但又补充道："没好靴子，穿旧靴子一样走路；没有好正字法，使用不完善的也不是不可以。"

如前所述，达木丁苏伦承认回鹘蒙古文在发展蒙古新文化、发展蒙古教育等方面的弊端，但并不主张完全摒弃，尤其是经过内蒙古考察及与内蒙古语言专家进行沟通和交流之后，此时他颇为赞赏内蒙古的文字改革方案：不完全抛弃旧蒙古文，在一定范围内使用，在中学教授旧蒙文，用旧蒙文出版历史文献和面向公众的一些书籍。这说明文字改革 15 年后，达木丁苏伦对文字改革的态度有所变化，不单纯从开启民智，加快现代化进程方面考虑，而是从文化传承性角度重新思考文字改革，这当然也与当时蒙古"左"倾思潮泛滥有着密切关联。他结合蒙古社会当时的文化教育发展状况及文字本身的特点，提出文字作为语言的载体应该有一定的稳定性和长期性，不宜不停地进行改革，而应顺应历史修订正字法，使之完善并体现出蒙古语言发展的特点，同时，他也意识到完全放弃回鹘蒙古文会隔断文化的历史联系，因而主张借鉴内蒙古经验，部分使用回鹘蒙古文，以保持文化的传承性。

1959 年达木丁苏伦在《正字法总则》一文中再次明确了制定和修订正字法的总则，他写道："为了缩小书面语与口语之间的差距，以口语为基础编写正字法规则时，尽管以蒙古中央方言（指喀尔喀方言）为主，其他地区的方言也应给予重视和考虑。而利用旧蒙文正字法规则是编写正字法的另一重要根据和原则。譬如模糊元音规则，并非一时兴起而创制，是借鉴旧蒙文镶嵌式元音"жийрэг эгшиг"（jiireg egshig）规则，进一步完善而得来的。"纵向加强旧蒙文与新蒙文之间的联系,横向加强蒙古、中国内蒙古、俄罗斯布里亚特和卡尔梅克等各个方言之间的联系,以此为基础发展和完善蒙古民族语言,是他创制和发展新文字的根本意图。

1983年达木丁苏伦与 B. 奥索尔合著出版包含了 64 条正确书写规则的《蒙古正字法辞典》。晚年的达木丁苏伦反复表达:"编写正字法辞典是一项非常复杂的工作,不是能一蹴而就的。"他觉得自己年事已高,自己的构想远未实现,要把发展语言文字的任务交付给青年学者,将希望寄托给下一代。

政治、经济和科技、文化的日益发展,对新的名词术语的需求不断增加,因此出现了迫切需要解决如何使用名词术语的问题。一些学者主张原封不动地使用外来语的某些名词术语,达木丁苏伦不同意这种方案,他反对在西里尔蒙古文中大量地使用外来语,提出"蒙古人要利用自己丰富的语言而创造新的名词术语"①的主张。为此,他提出五条建议:(一)在本民族语言没有比这更恰当的名词术语的条件下,采用其他语言的名词术语是正确的。但过多地使用外来语就不容易为群众所理解,应避免过多地使用外来语,加强出版物的名词术语的审定工作。(二)应把蒙古人民共和国和中国内蒙古的出版物中的名词术语尽可能地接近和统一起来,蒙古人民共和国和中国内蒙古的科研机构应该在这方面加强合作,这样才会卓有成效。他提议双方应把使用的名词术语中的很多词汇统一起来。譬如,蒙古人民共和国说的"工会"为"үйлдвэрчний эвлэл"(uildverchnii evlel),而内蒙古说成"ажилчны эвлэл"(ajilchnii evlel),用"үйлдвэрчин"还是"ажилчин",不是不可以协商的。蒙古人民共和国说的"汽车"一词"машин"(mashiin),内蒙古说成"чийчээ"(chiichee)。蒙古人民共和国通常把"машин"一词用于"үс хяргах машин"(剪毛机)、"сахал хусах машин"(刮胡刀)、"үйлдвэрийн тоног хэрэглэлийн машин"(生产设备机器)等词中。这样看来内蒙古把"汽车"叫做"чийчээ"(中文音译)也是有道理的。可以用"汽车"两个字的翻译"уурын тэрэг"的构词法派生出"火车头"这个词("蒸汽牵引车")。(三)可以吸取蒙古各个方言中的各种词汇来制定名词术语,否则会损害本民族语言的进一步丰富和发展。譬如猿猴类,可以叫做"сармагчин"(sarmagchin)、"шарбич"

---

① Ц. Дамдинсүрэн, Монгол хэл бичгийг сайжруулах тухай, Өвөр Монголын хэл бичгийн ажилтанд хийсэн илтгэл, 1956 он, *Монгол хэл бичгийн тухай*, 1957 он, УБ, тал 159.

(sharbich)、"бич"(bich)、"мич"(mich)、"монио"(monio)等等,这些词汇都不能放弃,因在猿猴类里还有许多类别,为了把类别区分开,可以把这些词区分着用,这样不仅有利于蒙古语汇的写法,而且会有更加清楚的名词术语。(四)制定名词术语时要正确地利用过去编纂的许多辞典,譬如汉藏、藏蒙、蒙俄辞典等。但是要注意把握度,不能使用过火,尤其是在使用旧书籍中的地理名词时。如旧书籍中把"Египет"(Egipet)(埃及)叫做"Мисэр"(Miser);把"Цейлон арал"(Tseilon aral)(锡兰岛)叫做"Сингала"(Singala)或"Арслан тив"(Arslan tiv);把"Дундад улс"(Dundad uls)(中国)叫做"Махазина"(Makhazina)(印地语"大清帝国"之意);把"Турк"(Turk)(土耳其)叫做"Хүнхэрийн улс"(khunkheriin uls)等等,这些词不适于继续使用。(五)蒙古语中由两三个词构成的名词术语非常多,如"эдийн засаг"(ediin zasag)(经济)、"улс төрийн бодлого"(uls toriin bodlogo)(政策)、"нарийн бичгийн дарга"(nariin bichgiin darga)(书记)等。以后应尽可能地减少由两三个词构成的名词术语,而尽量使用单词构成。因为汉藏语言是单一音节的语言,所以用两三个词构成一个名词术语就很合适,不算太长;但蒙古语是多音节的语言且语句很长,如果再使用由两三个词构成的名称术语就很繁冗。过去由于逐字直译地翻译了汉藏语的名称术语,造成由两三个词构成的名词术语逐渐地多了起来。实际语言运用中,由多词构成的名词术语却不能被普遍推广使用,反而不断地被简化。譬如"нягтлан бодох түшмэл"(nyagtlan bodokh tushmel)(会计)被简化为"нягтлан"(nyagtlan)或"ня-бо"(nya-bo),"жижиглэн худалдаалах дэлгүүр"(jijiglen khudaldaalakh delguur)(零售商店)被简化为"жижиглэн"(jijiglen)。蒙古语有着数百个附加成分,在这个意义上讲它是很丰富的语言,应当把这种丰富的附加成分利用到名词术语中去。如从"бүрэх"(burekh)、"бүрхэх"(burkhekh)可以派生出"бүрхэвч"(burkhevch)、"бүрхүүл"(burkhuul)、"бүрээс"(burees)、"бүрхдэс"(burkhdes)、"бүрхвэр"(burkhver)、"бүрхээс"(burkhees)等很多词汇。关于蒙古语中将哪些附加成分使用在什么样的词中,内涵上会发生什么相应的变化,至今还没有语言学家好好地研究过。做好这方面的相关研究的话,对于制定名词术语和丰富语言是大有裨益的。

60年代,达木丁苏伦关于立足于发展本民族语言而进行文字改革的做法,受到了来自党中央的严厉批评。1963年6月21日,蒙古人民革命党中央委员会政治局作出《有关科学院语言文学研究所工作》的决议。该决议指出，作为全国文学和语言工作的组织单位和领导单位的科学院语言文学研究所，近些年来未能完成党交给的任务，未能做好文学语言的理论与实践工作，其承担的制定名词术语工作偏离了现代任务。作为所长的达木丁苏伦，在制定诸如物理、化学、医学等方面的科技术语方面没有执行党中央的相关决定，不是直接引用现成的先进词汇，而是试图使用陈词、回鹘蒙文来拼写一些让人费解的词汇，决定撤销达木丁苏伦的所长职务，并成立国家名词术语委员会，提出"让人民较为便捷地掌握世界上先进的科学文化技术、让学生们掌握更深的知识、丰富发展各种语言"的原则。

尽管身为西里尔蒙古文的创制者，但达木丁苏伦的文字改革意图与国家意志并不相符，他致力的文字改革是以丰富、完善和发展蒙古语言，发展蒙古文化为前提的，在正字法的修订和名词术语的使用等方面也以新文字进一步发展本民族的语言特点为目标，打通而非割裂是其文字改革的动机和意图。纵向上吸纳旧蒙文传统，横向上加强与中国内蒙古、苏联布里亚特和卡尔梅克之间的合作与联系；同时，借鉴当时科学技术上较为领先民族的文字，发展蒙古语言文化。他的文字改革理念与其文学思想是一脉相承的，在分析他的文字改革思想、文学批评思想时，我们能够感受到贯穿于其中的这条主线，即立足于本民族传统，借鉴外来资源构建蒙古新文化。当然，达木丁苏伦这种立足于发展本民族语言进行的文字改革的宏伟设想，因政治因素并未能如其所愿地顺利实施，但是他以其文字改革实践诠释出传统与现代的关系，传统如何参与现代性的建构等问题，在全球化的今天仍然具有现实意义，值得思考。

（六）达木丁苏伦戏剧观的转变

达木丁苏伦前期的文学批评活动，不讲究理论根底，注重文化启蒙、教育意识，具有引导式的特点。这一时期的文学批评活动以文字改革、语文教育、戏剧评论为主要内容，以借助外力，发掘和张扬历史上优良的可以促进民族复兴的活力、构建新文化为着力点。达木丁苏伦中期的批评活动，与前一阶段以启蒙思想为主旨的批评有着精神上的贯通，却更多地吸收了马克思列宁主义文艺理论的滋养，在从抵制极"左"思潮到与极

"左"势力抗争的过程中进一步探寻符合蒙古新文化、新文学实际的发展路径,为其自主建构符合蒙古文学发展的文学批评理论体系奠定了基础。达木丁苏伦的戏剧观在其文学批评的前期、中后期有着明显变化,是研究其文学思想变迁的重要素材。

1940年达木丁苏伦撰写了《D.纳姆达克的文学创作》一文,文中分析总结了蒙古新戏剧发展的状况,以D.纳姆达克的戏剧创作为例,初步探索蒙古戏剧发展在借鉴外来资源与民族传统方面的优劣,强调了蒙古新戏剧的启蒙性和现实批判精神,折射出他这一时期注重文化启蒙、教育意识,具有引导式特点的文学批评思想。1941年达木丁苏伦与苏联学者V.V.鲍列耶肖格(V.V.Boreishog)合著了《关于创作戏剧作品的几点意见》,1942年在《真理报》上发表了《莫斯科交通运输剧院上演的剧目》一文。1943年达木丁苏伦改编了D.纳楚克道尔基的歌剧《三座山》,1945年达木丁苏伦为《D.纳楚克道尔基文集》作序《新时期文学的开拓者》,初步奠定了"三个支柱"理论的基础。把三者联系起来看,我们发现歌剧《三座山》的改编是达木丁苏伦文学思想形成过程中的一次重要的实践活动,是达木丁苏伦文学思想启蒙与建构之间的连接点,在促成达木丁苏伦文学批评思想由启蒙转向建构的过程中起到重要的作用。

《三座山》是蒙古第一部原创的民族歌剧,也是蒙古戏剧艺术的里程碑。原作创作于1934年,是蒙古现代文学奠基人D.纳楚克道尔基的力作之一。1943年,达木丁苏伦对歌剧《三座山》进行了修改,并由著名作曲家B.达木丁苏伦重新创作了整部歌剧的曲谱。自1943年起,蒙古舞台上演出的歌剧《三座山》都是经过达木丁苏伦修改后的版本。该剧自1943年上演以来取得巨大的成功,被乔巴山赞誉为"蒙古广大观众最喜爱的剧目之一",作曲家B.达木丁苏伦因创作本剧曲目而荣获"乔巴山奖"。半个多世纪以来,歌剧《三座山》上演过数千场,其艺术感染力和生命力历久弥新,深受蒙古观众的喜爱。《三座山》也走进了中国,在中国京剧表演艺术家张云溪的提议下,1956年中国著名剧作家范钧宏把1943年版歌剧《三座山》改编为京剧剧本《三座山》,同年6月中旬由中国京剧院二团编排并在北京首演,引起艺术界和戏曲爱好者的关心和兴趣,激起中国关于民族戏剧发展方向的有益论争,成为中蒙文化交流史上的一段佳话。

歌剧《三座山》为什么能在舞台上长演不衰,为什么能激起中国剧作家改编、移植的兴趣,为什么能引发中国文艺界有关戏剧发展的探讨?我们可以从吴祖光 1956 年 7 月撰写的《对京剧〈三座山〉的一些想法》一文中得到启发,他说:"通过《三座山》和其他两个剧目的演出,我们是否可以认为,是替'中央实验歌剧院''中央歌舞团'……为创造我们民族的新歌剧和舞剧打开了道路。"①1956 至 1957 年下半年"反右"运动开始,由于"解冻"思潮和"双百"方针的有力推动,中国文艺界强烈呼吁不仅应译介苏联及其他社会主义国家的,而且要广泛地译介西方的文艺作品,外国戏剧的译介和演出呈现出短暂的较为开放的态势。探索和发展具有民族特色的中国戏剧,成为这一时期中国戏剧研究的主流。而达木丁苏伦以世界眼光探寻、摸索蒙古新戏剧民族化道路的一次有益尝试——《三座山》的改编,在这种背景下自然能够引发出中国戏剧界关于发展具有民族特色的中国新歌剧、新舞剧的讨论。

1. "革命的鼓动"

D. 纳姆达克是蒙古重要的剧作家之一,早期曾与 D. 纳楚克道尔基一道留学于德国(1926—1929 年),回国之后投身文艺活动,1931 年参与筹建国家剧院,1934—1941 年任国家剧院导演、编剧和演员。他曾导演了 S. 博音尼姆赫的《黑暗的政治》、D. 纳楚克道尔基的《三座山》等剧目,还把果戈理的《钦差大臣》等外国名剧搬上蒙古舞台。他是 30 年代最重要的剧作家之一,这一时期的创作主要有:《斗争》(1936)、《新路》(1937)、《生命和生活的价值》(1938)和《狼群》(1939)等。达木丁苏伦在《D. 纳姆达克的文学创作》②一文中以《新路》《生活》《群狼》《喀尔喀河》为例,肯定了 D. 纳姆达克的戏剧创作在不同时期所起到的宣传鼓动和育民作用,援引马雅可夫斯基的话赞誉 D. 纳姆达克的创作,他说:"如果说苏联伟大的诗人马雅可夫斯基将自己的诗作视为'革命的鼓动'的话,那么 D. 纳姆达克的剧作都是'革命的鼓动',这是 D. 纳姆达克剧作最为值得称道的地方。"③这也反映出达木丁苏伦在这一时期的文学批评思想非常注重戏剧的社会功效。

文中他结合蒙古文化教育的现状强调了发展戏剧的重要意义:"戏剧

---

① 《吴祖光选集》第 5 卷,石家庄:河北人民出版社,1995 年,第 383 页。
② Ц. Дамдинсүрэн, Д. Намдагийн уран бүтээлийн тухай, 1944 он, Бүрэн зохиол 3, УБ, 2001 он, тал 38—49.
③ Өмнөх ном, тал 42.

的表现方式比起其他任何宣传工具都更有力,尤其在当前的蒙古,戏剧的作用比其他地区或国家都更为重要",这是因为"多数蒙古人还不识字,更没有阅读的习惯,比起出版物,戏剧更容易为民众所接受"。达木丁苏伦的社会身份决定了他的戏剧观是从蒙古社会现实出发的,他有关戏剧的主张与党和国家的政策保持一致,他说:"在宣传党和政府的政策方面,戏剧起着无可比拟的作用"。① 事实上,戏剧因其宣传功能和实用价值,从蒙古新文学诞生之日起就备受蒙古人民革命党的重视,蒙古人民革命党最早的文艺政策多以发展戏剧为主。1922年初召开的临时中央委员会政治局会议讨论了戏剧发展,指出开拓戏剧艺术工作的重要意义。同年3月,蒙古第一个新戏剧小组创作的《三多办事大臣》在首都上演。《三多办事大臣》是蒙古新文学的第一部剧本,由蒙古现代文学的奠基人之一S.博音尼姆赫创作,又名《近代历史》,是一部五幕32场的历史剧。据统计,1940年代以前蒙古人民革命党有关文学的决议多与发展戏剧、电影有关。达木丁苏伦直言:"现在看来,蒙古第一家剧院是我们革命文化的先锋。比起有着继承传统的散文、诗歌,没有传承的戏剧反而发展迅速。正如蒙古谚语所说:'后长的犄角比先长的耳朵长',长江后浪推前浪,D.纳姆达克就是这样的新人。还有奥云、巴特尔、藏德拉(Zandraa)、达兰泰(Dalantai)、鲁布桑达格瓦(Luvsandagva)、彭茨克(Puntsog)、纳姆斯莱(Namsrai)、贡嘎(Gungaa)等剧作家"。②

尽管达木丁苏伦重视戏剧的宣传鼓动性,但他也强调戏剧创作要具有艺术性和审美性。他将作品比作"既有鲜花又有叶子的树木",称缺乏艺术性的作品犹如"光秃秃的枯树"③,难以称之为作品。在20年代蒙古现代文学的诞生阶段,戏剧占有很重要的地位。党和政府给予戏剧事业以极大的关注,成立了不少俱乐部,组织一些年轻人投入戏剧创作。该时期的创作主要集中在两个方面:一是借用古代历史题材或历史故事进行改编,以反映时局动荡和革命事变为主要内容的,如《近代简史》(1922)、《外国贼》(1924)、《罪行》(1925)、《回信》(1929)等;二是讽刺喇嘛和官僚老爷的贪财好色等卑劣行径的,如歌剧《苏米雅老爷》《淫荡女人与好色喇

---

① Ц. Дамдинсүрэн, Д. Намдагийн уран бүтээлийн тухай, 1944 он, *Бүрэн зохиол* 3, УБ, 2001 он, тал 41.
② Өмнөх ном, тал 40.
③ Өмнөх ном, тал 42.

嘛》《牧羊女》等。可以想象这些急于宣传革命思想的剧目,在艺术上还是相当地粗糙的。在达木丁苏伦看来,有些剧目中设计的冲突过于简单,冲突结局大多如此:大喇嘛与封建主扬言他是剥削阶层,叫嚣着要剥削人民,而劳动人民扛着红旗上来,高喊"乌拉",革命胜利。达木丁苏伦认为这与现代戏剧还有相当大的差距,这种剧目虽然起到了革命宣传和鼓动的作用,但还算不上真正的文艺创作,既无艺术性可言,也无经验可借鉴。

政治意识强烈是 20 世纪世界戏剧的普遍现象,特别是在一些处于动荡变革的第三世界国家。作为第三世界文学的蒙古现代文学,其戏剧不可避免地充满政治性。对于戏剧的政治性与审美性的认识,达木丁苏伦有着与德国戏剧大师布莱希特类似的见解。布莱希特把社会政治带入审美王国,但提出要具备两点先决条件:一是戏剧的政治功用必须通过审美过程实现,只有政治、革命、意识形态而没有艺术,就不成其为戏剧;二是通过审美过程实现的戏剧政治意识必须是现代性的,否则,"就对真理和艺术犯下了双重罪过"。① 达木丁苏伦也有类似的阐释,他说:"即使赋予作品正确的政策内涵,不加以艺术加工,那也仅是干巴巴的政策而已,有负于作品之盛名",他把没有通过审美过程的政策性作品比喻为"光秃秃的树干","不应走进文学殿堂"②。蒙古现代文学诞生于社会变革时代,戏剧的政治意识自然强烈,达木丁苏伦有关戏剧政治意识与审美关系的论述,有助于蒙古戏剧的现代化,对于蒙古戏剧的发展具有重要的学术价值。

对于借用历史题材或故事改编剧目的做法,达木丁苏伦存有异议,认为用历史传统或故事表现现代生活,不是不可以,但是有一定难度,提出了要借鉴西方戏剧,发展蒙古现代戏剧的主张,这也是他改编《三座山》的一个重要缘由。以苏赫巴托的名字命名的俱乐部是当时名气最大的俱乐部,D. 纳楚克道尔基是这个俱乐部的成员。俱乐部成立之初,商定借用《乌善达拉汗传》排一部剧,这个任务由 D. 纳楚克道尔基来完成。《乌善达拉汗传》是佛经故事的蒙古变体,从《圣者义成太子经》变异而来,经过蒙古本土化后,成为颇具有蒙古民族特色的故事。这个故事以宣扬佛教

---

① G. W. F. 黑格尔:《美学》第 3 卷下册,朱光潜译,北京:商务印书馆,1981 年,第 268 页。
② Ц. Дамдинсүрэн, Д. Намдагийн уран бүтээлийн тухай, 1944 он, *Бүрэн зохиол* 3, УБ, 2001 он, тал 42.

的"施度"为主要内容,写的是古印度尸毗国王子乌善达拉一贯以施舍为己任,凡来求施舍者皆满足其所需。后来由于将国宝白象施舍于敌国的婆罗门,激怒父王,连同其妻子儿女被放逐到荒山野岭。被放逐后,乌善达拉潜心修行,又将妻儿施舍于婆罗门。求施婆罗门为帝释天所幻化,不但还其妻儿,最终还使乌善达拉被国王重新接入王宫,继承王位,阖家团圆。

令达木丁苏伦佩服的是,D. 纳楚克道尔基能够把这样一个佛教故事改编成一部现代戏剧,还能够与人民政府初期的任务和目标相关联。D. 纳楚克道尔基在剧中把乌善达拉汗塑造成贫穷、落后的贫民形象,把婆罗门刻画成压榨百姓、掠夺儿童的官僚老爷。这部剧原稿散佚,但是剧作的某些章节因口口相传得以保存下来,有些诗句被转成民歌广为流传,如民歌《青青的山》即是这部剧中的诗句。①

戏剧能够促进语言的发展,这是达木丁苏伦重视戏剧的另一个重要因素。1940 年前后达木丁苏伦正在创制西里尔蒙古文,对于传统蒙古文的优劣,特别是书面语与口语之间存在的差距有着比较深入的了解。他认为国家剧院在缩短蒙古书面语与口语的差距方面起到了积极作用,而 D. 纳姆达克的戏剧创作在这方面也进行了有益的尝试,剧中人物的语言完全不同于书面语,是作者在当前口语的基础上编撰的,剧中人物之间的对话也愈发符合人物的身份。

在达木丁苏伦看来,被高尔基称之为最难的文学形式——戏剧,在蒙古发展的难度更大,因为相对于其他文学样式,戏剧可借鉴、效仿的传统甚少。其他文学体裁如诗歌、散文都可以在民间文学、古典文学中找到可资借鉴效仿的资源。戏剧则不同,佛教的跳神法会②虽说可以算作一种戏剧形式,但是其不注重内容,仅重外在形式,是一种宗教仪式。20 世纪初期,蒙古虽然上演过中国戏,但是语言上是使用中文,内容也比较陈旧,这些"仅求娱悦耳目"的中国传统旧戏,不适合 20 世纪蓬勃发展的革命文化需要,可资借鉴的东西很少③。达木丁苏伦这番论述比较客观,他强调

---

① Ц. Дамдинсүрэн, "Д. Нацагдорж", "*Утга зохиол*" *сонин*, 1956, XI сарын 10. № 21.
② 跳神法会是藏传佛教寺院最隆重的祭典活动之一,是寺庙举行法会庆典时,由喇嘛僧侣表演的一种宗教仪式舞蹈。这种舞有单人舞、双人舞和集体舞三种形式。跳舞时带假面具,穿长袍,佩彩带和刀盾。
③ Ц. Дамдинсүрэн, Д. Намдагийн уран бүтээлийн тухай, 1944 он, *Бүрэн зохиол* 3, УБ, 2001 он, тал 39.

的"可资借鉴的东西太少"中还有一些当时难以明言的因素。二三十年代蒙古新戏剧在蒙古人民革命党的相关政策推动下迅速发展,但发展过程并非是一帆风顺的。

事实上,在 S. 博音尼姆赫、Sh. 阿尤喜、M. 雅达姆苏伦、D. 纳楚克道尔基等一批剧作家的努力下,二三十年代的蒙古戏剧呈现繁荣景象,呈现出历史剧居多、有明显中国戏剧影响痕迹的特点。我们从蒙古语的"戏剧"这个词上就可以看到其受中国戏剧的影响之深,这一时期戏剧在官方文件中被称作"ший жүжиг"(shii jujig),是汉语"戏剧"的译音,后来慢慢的"ший"被淡化掉,仅留下"жүжиг"一词。30 年代末的肃反扩大化中强制"去东方化""去中国化",使得曾借鉴过中国戏剧的 S. 博音尼姆赫、Sh. 阿尤喜、M. 雅达姆苏伦都在这一时期遭到了迫害,他们创作的剧本,诸如:《午夜恶魔》《英雄少年铁木真》《戈壁姑娘贡德格玛》《蒙古之子》《谁之错》《左右倾》《三重蹂躏》《平民达木丁与王妃道拉格尔》《大门的背后》《喀尔喀英雄》等也随之成为禁书。G. I. 米哈伊洛夫的《蒙古现代文学简史》中对此有所表述:"开始从 M. 雅达姆苏伦、S. 博音尼姆赫、Sh. 阿尤喜和其他资产阶级民族分子手里夺回戏剧舞台的,是 D. 纳楚克道尔基。30 年代末 E. 奥云也与他联合在一起。"①这里指的是 D. 纳楚克道尔基和 E. 奥云于 30 年代开始的借鉴西方戏剧的创作和包括对俄苏戏剧的译介;E. 奥云是蒙古现代著名的女戏剧家,自 1939 年开始从事剧本翻译与创作,曾翻译了莎士比亚和果戈理等戏剧大师的剧作 40 多部。

肃反扩大化以后,苏联的文艺政策和戏剧理论成为蒙古戏剧发展的指导思想,苏联的斯坦尼斯拉夫斯基体系也自然成为蒙古戏剧的模式和典范。从这一时期的著作中我们能感受到达木丁苏伦对苏联戏剧的期待及渴望融入到世界戏剧舞台的迫切之情:"1930 年蒙古成立第一所戏剧学校,苏联派专家耶夫列莫维奇来校指导培训戏剧新人。1932 年国家中央戏剧院成立,培养专业戏剧人才。特别是国家中央戏剧院参加了 1933 年莫斯科举办的国际戏剧奥林匹克赛,展示了参赛作品,取得了傲人的成绩,苏联和东欧媒体对此相继进行了报道,这是向苏联戏剧工作者汲取经验的结果。我们期待着蒙古公众接受戏剧这种新形式,并取得更大的进

---

① Г. И. Михайлов, *Очерк истории современной монгольской литературы*, издательство академии наук СССР, Москва, 1955, с. 70.

步和发展。"①不同的戏剧文化只有在与外来文化的交流中才能充分地认识自我,发展自我,每个民族的戏剧必须在与其他民族戏剧的交流与借鉴中才能得到发展和丰富。从这一点上来看,达木丁苏伦的戏剧观念不是封闭、保守的,而是开放、积极的,具有一定的世界眼光,当然,这种视域受现实环境所限,只能局限于社会主义阵营之内。

在肯定 D. 纳姆达克在戏剧发展上所做出贡献的同时,达木丁苏伦也指出他的缺陷与不足之处。D. 纳姆达克的剧作,除了有些剧目幕与幕之间联系不甚紧密,比较松散外,在塑造人物形象方面,也过于单一,人物形象不够丰满,显得不够真实。譬如好人就是完人,没有一丝缺点,坏人则十恶不赦,没有一点人性。达木丁苏伦指出人是矛盾的综合体,既有好的一面,也有不好的一面。在塑造人物形象时应本着真实的原则。②

由上可以看出,达木丁苏伦 40 年代初期的戏剧观主要表现在:一是把戏剧作为传播和宣传革命思想,启蒙和育人的工具,强调戏剧的社会使命和教育作用;二是提倡现实主义的戏剧,要塑造现实生活中真实的人,不应美化或丑化人物形象,真实反映生活,适应当时的社会人生,这是符合蒙古的现实需求和民族文化发展需要的。在达木丁苏伦看来,发展现代戏剧的途径是借鉴外来资源,以俄苏戏剧为媒介使蒙古戏剧走向世界,以戏剧促进民族国家的现代化,至于如何把外来资源与民族性有机结合,这一时期他暂时还没有更深层的考虑。从达木丁苏伦戏剧观中我们可以看到斯坦尼斯拉夫斯基体系对他的深刻影响。

2. 从"他者"镜像到"潜力的解放"——两部歌剧《三座山》

40 年代初期,达木丁苏伦对现代戏剧的发展充满期待,正如他在《D. 纳姆达克的文学创作》一文的结尾所言:"优秀诗人、说唱艺人乞讨流浪的日子已经远去,发现我们自己的'千里马',爱护他们,发挥他们才智的时候到了"。③ 如何发挥"千里马"的才智,发掘民族传统文化潜力,推进蒙古戏剧的发展,是 40 年代初期达木丁苏伦深入思考的命题。D. 纳楚克

---

① Ц. Дамдинсүрэн, Д. Намдагийн уран бүтээлийн тухай, 1944 он, *Бүрэн зохиол* 3, УБ, 2001 он, тал 40.

② Өмнөх ном, тал 48.

③ Өмнөх ном, тал 49.

道尔基创作的具有浓郁蒙古民族艺术风格的新型戏剧——歌剧《三座山》吸引了他的目光,1943 年,达木丁苏伦着手改编了这个剧本。在改编的过程中,D.纳楚克道尔基的创作思想与达木丁苏伦的文学思想发生碰撞,激发出火花,对达木丁苏伦"三个支柱"理论的形成起到重要的促进作用。

歌剧《三座山》是 D.纳楚克道尔基从德国回到蒙古以后创作的作品。如前所述,这部作品是 D.纳楚克道尔基在德国学习期间受到外来文化的刺激后,再反观蒙古文学传统的结果,也可以说是在"他者"的关照之下,D.纳楚克道尔基重新认识到蒙古民间文学和古代文学的价值,从中汲取和借鉴创作资源,撰写出的一部现代歌剧。D.纳楚克道尔基《三座山》的创作实践反映出戏剧交流中的普遍规律,即在借鉴"他者"中返观并认识"自我",再以民族戏剧的现代性建构为前提进行有意识的融合,重新认识传统、继承传统。

歌剧是音乐与戏剧相结合的综合艺术表现形式,产生于 16、17 世纪之交的意大利。对于蒙古观众来说,这是一种新型的艺术表现形式,是舶来品。D.纳楚克道尔基在德国接受西方歌剧这种形式,再从蒙古民间广为流传的反映爱情主题的民歌《云登哥哥》和民间传说《苦难的三座山》中得到灵感,结合蒙古民族热爱民歌的特性,从蒙古观众的审美需求和审美情趣出发,创作出这部深受观众喜爱的歌剧,奠定了蒙古现代戏剧的基础,推动了戏剧发展,正如苏联学者乌伐洛娃在《蒙古现代戏剧》中所说:"这个剧本从国家剧院的舞台上很快地传到了各个戏剧爱好小组,成了几部同一类型作品的始祖,这些作品在俱乐部的舞台上演,受到观众极大的欢迎。"[①]D.纳楚克道尔基从蒙古民族传统中挖掘出可以利用的创作资源,发展现代戏剧这个思路给予了达木丁苏伦很大的启发。本着形式上加强西洋歌剧特色、内容上满足蒙古社会现实需求、曲调上符合蒙古人民的审美需求和审美情趣的原则,达木丁苏伦对 D.纳楚克道尔基的剧本进行了修改。内容上,删去了原著中 1000 余行唱词中的 800 余行,仅留下 230 行,调整了冲突结局,把原著的悲剧结尾改为圆满的喜剧结尾。形式上,考虑到歌剧是综合音乐、戏剧、诗歌、舞蹈等艺术而以歌唱为主的音乐剧形式,改编本中增加了众人合唱的部分,使之更接近西洋歌剧的形式。曲谱由 B.达木丁苏伦全部重新创作,由马头琴、胡琴、横笛和三弦组成的

---

① Г. Уварова, *Современный монгольский театр*, Москва, 1947, с. 77.

"蒙古交响乐团"演奏。表现手法上,采用了象征和拟人化手法。采用现实的布景,要求表演上尽量地写实,贴近生活。

对于达木丁苏伦的改编版本,学术界有着不同的看法,褒贬不一。多数的观点认为,D.纳楚克道尔基创作的歌剧《三座山》与达木丁苏伦的改编本,在主题、风格上迥异,是两部完全不同的作品。达木丁苏伦本人也承认改编本与原作之间存在着很大的差别,1955年他在主持编撰出版的《D.纳楚克道尔基全集》上,特意补充删去的诗行,希望读者能够欣赏到舞台上没有看到的部分。他在《全集》的序言中写到:"《三座山》自创作以来,经过不少的修改,原剧与现在舞台上上演的有着很大的差别。目前即使出版剧本,也是舞台上正在演出的,不会出版原剧本,因此拟在《全集》中放入原剧本"①。这一方面说明虽然达木丁苏伦本人对剧本进行了较大修改,但还是很欣赏和尊重D.纳楚克道尔基的原剧本,对于删去的800余行格外珍视,希望蒙古民众能够欣赏到它;另一方面也说明达木丁苏伦对全剧的修改是遵循着一定的原则,不是毫无根据的。

至于由悲剧改为喜剧的结尾,达木丁苏伦也是充分考虑到当时观众的审美能力。关于悲剧和喜剧,鲁迅有一个经典的说法:"悲剧就是把人生有价值的东西毁灭了给人看,喜剧是将无价值的东西撕破了给人看",这是从冲突的结局这个角度来说的。西方的戏剧往往是以批评现实社会为主题,不满于现实人生,把矛盾保留着,通常不以大团圆为结尾。而中国人,乃至大多数东方人崇拜现实生活,戏剧多以大团圆为结局。20世纪40年代的蒙古,虽说建立了自己独立的国家,但从观众的审美情趣上来看,仍然受到中国戏剧的影响,一时还难以接受西方的审美观。悲剧结局固然凄美,有强烈的感染力,但此时的蒙古观众还未能够感受到这种震撼。从蒙古观众审美接受的角度考虑,把结局改为大团圆,以满足当时观众的审美需求,这是达木丁苏伦改编剧本的一个重要原则。这也反映出达木丁苏伦的戏剧观,即创作要符合社会现实和时代需求,以达到启蒙和引导的作用。顺应观众审美心理成为改编本一经上演就引起热烈反响的一个重要原因。正如吴祖光在观看完京剧《三座山》谈及感受时所说:"它(京剧《三座山》)合情合理,有声有色,而使观众受到感动,进而受到了教

---

① Ц. Дамдинсүрэн, Оршил, *Д. Нацагдоржийн зохиолын түүвэр*, Бүрэн зохиол 4, УБ, 2008 он, тал 245.

育,这就应该说达到了它的演出目的。至少可以说,在基本上是得到成功的"。① 也正是这个缘故,1952年京剧表演艺术家张云溪跟随以周立波为团长的中国文艺代表团访问蒙古,观看歌剧《三座山》时,才会受到震撼,才能激起将之移植到京剧的愿望,按照他本人所言"引起了极大兴趣,产生了京剧移植《三座山》的大胆设想"②,才会留下中蒙戏剧交流史的一段佳话,这也从一个侧面说明达木丁苏伦对于《三座山》的改编是成功的。

　　D.纳楚克道尔基和达木丁苏伦创作和改编歌剧《三座山》的思路正是验证了匈牙利美学家卢卡契关于"真正的影响永远是一种潜力的解放"的理论。任何民族戏剧都是在世界戏剧文化交流中成长、发展的。在与外来戏剧接触的过程中,一方面外来影响通常是基于内在的需求而发挥渗透作用的,另一方面真正能发挥影响的是对民族传统潜力的释放。D.纳楚克道尔基留学德国期间,通过西方歌剧与蒙古民歌的比较而发现蒙古民歌的艺术价值,从而创作出歌剧《三座山》这样的经典作品。在吸纳D.纳楚克道尔基创作思想的基础上,达木丁苏伦融入自己的戏剧理念,以强调戏剧的社会使命和教育作用为前提,在改编本《三座山》中大胆强化西洋歌剧特质,使内容富于时代性,使曲调和结局更适合蒙古人民的审美需求和审美情趣,使蒙古民间文学和古代文学传统在现代性转化过程中得到彰显和传承,从而实现民族传统的现代性转化。这种使戏剧发展观念符合世界戏剧的现代化方向,又使外来影响获得民族精神与民族特色的发展目标,正是1956—1957年中国文艺界致力于探索并力求突破的命题。50年代初期中国戏剧因生搬硬套斯坦尼斯拉夫斯基戏剧体系而使民族性与固有传统出现弱化的现象,1956年前后当代中国文艺界第一次展开了关于"话剧民族化"的论争。正是在这种背景下,歌剧《三座山》被移植成京剧,成为我国戏剧界关注的焦点,还引起一场关于新型歌舞剧、现代京剧的不大不小的有益论争。虽然文艺界对改编上演的京剧《三座山》毁誉参半,但它毕竟给中国戏剧的发展提供了一个可供思考的范例。吴祖光观后提出:"必须创造出具有民族特色的新型的歌舞剧","既能吸收经过长久的时间千锤百炼而流传下来的中国古典戏曲的丰富多彩的表演方式,同时在布景和照明方面由能充分利用现代的科学条件,使之

---

① 《吴祖光选集》第5卷,河北人民出版社,1995年,第383页。
② 张云溪:《"非驴非马,是个骡子也很好嘛……"——忆毛泽东审〈三座山〉》,《中国戏剧》,1992年,第7期,第13页。

同演员的表演共同达到浑然一片的完整和真实"。① 移植的京剧《三座山》像不像京剧并不重要,关键是包括达木丁苏伦和 D.纳楚克道尔基在内的艺术家这种勇于革新,重构民族传统的探索精神和创新精神,值得我们的赞誉,犹如张云溪回忆毛泽东评价京剧《三座山》时所说:"非驴非马,是个骡子也很好嘛……"。②

借用俄国美学家巴赫金的"对话"理论:"思想只有同他人别的思想发生重要的对话关系之后,才能开始自己的生活,亦即才能形成、发展、寻找和更新自己的语言表现形式,衍生新的思想"③。改编原剧首先得吃透原剧的创作意图与动机。改编歌剧《三座山》为达木丁苏伦提供了研究思考 D.纳楚克道尔基文学创作思想的契机。在揣摩 D.纳楚克道尔基创作思路的过程中,达木丁苏伦发现,经过 D.纳楚克道尔基蒙古文学传统视野选择、改造的歌剧,与他透过西方戏剧眼光重新发掘、阐释蒙古民族传统及其所形成的艺术张力,是 D.纳楚克道尔基文学创作之源泉。从此,D.纳楚克道尔基进入达木丁苏伦的批评视野,从 1945 年开始到 1966 年,达木丁苏伦在搜集整理出版 D.纳楚克道尔基作品的同时,先后完成了 8 篇有关 D.纳楚克道尔基的评论文章,逐步建构出"三个支柱"理论体系。

---

① 《吴祖光选集》,第 5 卷,河北人民出版社,1995 年,第 383 页。
② 张云溪:"非驴非马,是个骡子也很好嘛……"——忆毛泽东审〈三座山〉",《中国戏剧》,1992 年,第 7 期,第 13 页。
③ M·巴赫金著,白春仁、顾亚铃译:《陀思妥耶夫斯基诗学问题》,三联书店,1988 年版,第 132 页。

第二编

达木丁苏伦与蒙古比较文学

有着悠久历史传统、深厚文化积淀的蒙古民族,在历史发展的长河里,始终处于一个多种文化不断交流和融合、碰撞与互动的急流中,蒙古文化曾经与中国藏文化和汉文化、突厥语族文化、满通古斯语族文化,与印度文化、阿拉伯文化、西亚文化等不同国家和地域的文化进行过广泛地接触和交流。随着与域外文化往来的日益频繁,蒙古文学与其他民族文学之间的交流亦绵延不绝。这种交流成为催生蒙古文学比较研究渊源的基础,也为达木丁苏伦进行比较文学研究提供了丰厚的土壤。

20世纪50年代,在保护蒙古文化传统,抵制文化压制的过程中,达木丁苏伦从文学研究入手,系统地研究了一批被视为封建"糟粕"和宗教"毒瘤"的文学作品,提出并倡导对于蒙古文学研究乃至蒙古文化发展都弥足珍贵的翻译文学本土化命题。他通过一系列的翻译本土化研究实践,阐释了历史上蒙古文化与东方文化之间的无法割裂的关联,确定了蒙古文学在世界文学中的位置。从蒙古比较文学学科发展来说,翻译文学本土化命题拓宽了蒙古文学研究空间,奠定了蒙古比较文学的基础,确定了蒙古比较文学的研究格局,并且使得达木丁苏伦成为蒙古比较文学发展史上一位具有划时代意义的学者。

达木丁苏伦的比较文学之路,说明了蒙古比较文学并非被动地接纳外来的学科理念,而是有着自己发生、发展的独特路径,它不同于任何一家一派,是立足于蒙古文学发展内在需要,在当时的时代语境下产生的具有蒙古特色的人文现象。

第一章 达木丁苏伦与蒙古比较文学

　　比较文学一般指超越国别文学局限的文学研究。探究达木丁苏伦的文学研究在蒙古比较文学发展史上所起的作用及其学科意义,有必要简要说明一下20世纪后半叶国际比较文学的发展状况。比较文学概念产生于法国。1827年,法国的维勒曼在巴黎大学讲学,第一次使用了"比较文学"这个术语。作为一门独立的学科,比较文学从19世纪七八十年代在欧洲正式诞生,以后又在欧美各国形成为大学的建制和一门学科。比较文学学科由法国学者巴尔登斯伯格(1871—1958)和梵·第根(1871—1948)在19世纪末20世纪初奠定了基础,逐步发展形成了法国学派。法国学派以其丰富的学术研究成果证明了比较文学的科学价值,使之成为一门独立的学科,成为国际比较文学的开拓者。囿于欧洲中心论,法国学派将比较文学界定为限定于欧洲文化圈的文学关系史,且由于过分拘泥于实证方法,过于注重各国作家与作品之间的事实联系,忽视了文学自身发展规律和审美特征。20世纪50年代后期,在批判法国学派实证主义学风的基础上,深受新批评派和俄国形式主义学派的熏陶,美国学派开始形成。他们反对把比较文学局限于渊源与影响的实证分析,主张"超出一国范围之外的文学研究,并且研究文学与其他知识和信仰领域之间的关系"[①],强调进行跨文化系统和跨学科的无接触实证的研究,他们把这种研究称作"综合"研究,或类同研究,后来又发展为纯粹比较的"平行研究"。1958年9月,耶鲁大学学者韦勒克在国际比较文学学会第二届年会上作了《比较文学的危机》的发言,拉开了美国学派与法国学派之间长达十年的论争。这一论争有助于对比较文学的学科定位、研究对象以及研究方法的思考,促进了比较文学学科的发展。20世纪六七十年代以后,美、法两国学派逐渐消除对立与分歧,相互认可,并逐步达成共识。探讨达木丁苏伦与蒙古比较文学这个问题,我们绕不开苏联比较文学的影响。苏联比较文学有着较为悠久且曲折的历史。在40年代对形式主义

---

　　① 亨利·雷马克:《比较文学的定义和功用》,张隆溪译,《比较文学译文集》,北京:北京大学出版社,1982年,第1页。

和世界主义的批评高潮中,苏联比较文学研究受到极大的冲击,一度被列入禁区。50 年代中期,出现复兴的征兆,60 年代,苏联学派重新崛起,但内部对比较文学的定义与功能存有争议,70 年代,逐步达成一致,明确了比较文学研究的宗旨、原则、方法及其任务等问题。苏联学派强调人类社会历史发展的统一性和规律性,把这一点看作是各国文学进行比较研究的基本前提,在这个前提下,他们把影响研究和平行研究统一起来,认为在通常情况下,两者相辅相成,相互为用,但又不应将它们混为一谈。[1]

无论是美国还是苏联使用"比较文学"这个概念都是在法国之后,至于中国和东方其他国家的"比较文学"概念,则来自西方。当然,这并不意味着在法国学者提出比较文学概念之前,不存在比较文学,乃至不存在比较文学意识。在西方比较文学概念传入之前,蒙古民族已经存在自己的比较文学活动。当 19 世纪法国学者明确提出比较文学这个概念,建立起比较文学学科时,19 世纪的蒙古也有哈斯宝和尹湛纳希等人,在实际地进行着比较文学活动。19 世纪的法国比较文学是在世界文学的觉醒中,在阐发世界文学的概念中确立起来的。其目的是寻找世界文学和总体文学的民族组合,推动世界文学和总体文学的发展——尽管法国学者当时的世界文学和总体文学概念中,都明显包含欧洲中心论的意识。19 世纪蒙古的比较文学活动,却是民族文学觉醒的标志,是在重构蒙古文化精神的活动中,在探讨如何发展蒙古文学的活动中开展起来的。[2] 20 世纪 50 年代,美国学派创立自成一体的理论之时,蒙古学者达木丁苏伦也表现了自己独到的思考。他从蒙古文学自身的历史出发,以翻译文学为切入点,倡导开展本土化研究,以此开拓了蒙古比较文学研究,在国际比较文学发展史上发出蒙古独特的声音,彰显出蒙古比较文学的特色。达木丁苏伦以其理论建树和丰硕的学术研究成果,奠定了蒙古比较文学的基础,确立了蒙古比较文学的研究格局,成为蒙古比较文学发展史上具有划时代意义的学者。他对于蒙古比较文学的贡献主要表现在以下几个方面:

---

[1] 干永昌、廖鸿钧、倪蕊琴选编:《比较文学研究译文集》,上海:上海译文出版社,1985 年,第 7 页。

[2] 扎拉嘎:《蒙古比较文学传统及其现代方法论意义》,《北京大学蒙古学论丛》第二卷——《奶茶与咖啡:东西文化对话语境下的蒙古文学与比较文学》,北京:民族出版社,2005 年,第 532—533 页。

1. 学科功用的界定。

在国际比较文学界,关于比较文学的学科功用,观点不一,约经过十年的论争才逐步达成一致。1962年雷马克在《比较文学的定义与功能》一文中指出法国学派着眼于依靠实据解决问题,把文学批评排斥在外,批评这种影响研究过于侧重资料的发掘,忽略真正值得关注的文学问题。1970年韦勒克发表了美、法学派共识性的专论——《比较文学的名称与性质》,指出比较文学不能只用来研究文学史,而且要用来进行文学评论,评价当代文学。因为文学史、文学理论和文学批评是文学研究的三个领域,它们是相互关联的,国别文学的研究不能离开由这三部分组成的文学的总体研究,比较文学也是一样。苏联学派把比较文学看作文学史的分支和研究文学联系与相互影响的辅助学科,在世界文学史和多民族文学史的编写工作中,充分运用比较文学研究的成果。纵观达木丁苏伦的蒙古比较文学研究,尽管编写蒙古文学经典读本和撰写文学史是其初衷,但在实际研究过程中,他所倡导的翻译文学本土化命题,既解决编写文学读本和编撰文学史过程中遇到的实际问题,确定了一些文学作品的蒙古文学属性,拓宽了蒙古文学经典的范畴,为探索和建构蒙古文学开放的结构框架打下根基,同时,翻译文学本土化命题对于"三个支柱"文学批评体系的构筑起到奠定作用,从而,促进了现代文学批评的发展。可见,达木丁苏伦的比较文学研究虽然受到时代语境的限制,但并非是被动地接受苏联学派的学科定位,而是从学术研究实际出发,在研究中做出自己的判断,使得他倡导的比较文学研究呈现出蒙古自身特色。

2. 对于比较文学定义的界定。

在国际比较文学发展百年来的历史上,持续很长一段时间的是比较文学定义之争。这也成为法国学派与美国学派之间的分歧所在。五六十年代,法国学派把比较文学局限在两个国家之间,美国学派则主张可以在两个和多个国家之间进行比较;法国学派侧重不同国家间存在的事实联系的研究,美国学派强调文学的艺术特征和美学价值的研究。达木丁苏伦对此也有着自己的主张。不可否认,受40年代苏联批判世界主义思潮的影响,50年代达木丁苏伦抵制和反对没有事实联系的文学研究,在他看来,"文化可以从另一国汲取,这一点我们是承认的,然而这应当有具体证据,没有真实证据认为文学作品是外来的无主的东西,我们是反对的"。① 达木丁苏伦的这一观点,到了 70 年代,有所改观。他指出:"传承有两种情况:一种是真正地传承关系,另一种是完全无意识地类同",并告诫研究者们"只有找到这个区别,才能得出正确的结论"。② 达木丁苏伦关于"无意识类同关系"和"真正传承关系"的提法,实际上与西方的"平行研究""关系研究"和"影响研究"相接近,与 70 年代苏联比较文学的"文学过程的类型学的类似"和"文学联系与相互影响"的提法相类似,与国际比较文学的发展方向是基本一致的。

3. 翻译作为一门独立学科的出现。蒙古文学发展的特殊路径决定了蒙古比较文学从确立之时起就把翻译文学提升到极其重要的位置。而这一重要地位的发现和重要价值的体现,是通过达木丁苏伦的翻译文学本土化理论阐释及其实践完成的。立足于本民族文学传统,达木丁苏伦建构出符合蒙古比较文学需要,有蒙古特色的理论体系——翻译文学本土化命题。翻译文学本土化研究实践有效地解决了翻译与民族文学发展之间的关系、翻译为文学的主要建构力量、大规模的翻译活动与文学文本经典化之间的关系、翻译在民族文学史中的地位、翻译是一种重要的文学策略、在民族文学内部考察译作能否揭示特定文学系统及其文学接受的演变模式等一系列 20 世纪 70 年代末以来西方当代译介学领域集中探讨的问题,肩负并完成了那个时代赋予蒙古文学研究特定的历史使命。蕴藏着蒙古比较文学特质的翻译文学本土化研究实践,证明了蒙古比较文学与西方的比较文学一样,有其自己的发生、发展轨迹,是立足于本土产生的。

4. 学科方法论的探索。50 年代末,达木丁苏伦在仔细研究考订由印度、西藏流传到蒙古地区的文学作品的基础之上,发掘和提炼出具有蒙古特征的翻译本土化文学理论命题,并经过多个典型案例的本土化分析,从蒙古接受角度确立了翻译文学作品纳入文学史的标准,为编撰一部具有接受史性质的蒙古文学史提供了可能。文学接受理论是 60 年代末西方兴起的文学理论,由联邦德国的接受美学演变而来,它把研究的重点从文本转向接受者,强调读者、译者对文学作品的理解和接受的重要意义。达木丁苏伦倡导和实践的翻译文学本土化命题始于 1959 年,无论从时间上来看,还是从冷战期间资本主义和社会主义两大阵营的对立状况来看,达

---

① Ц. Дамдинсүрэн, Д. Цэнд, *Монголын уран зохиолын тойм* I, УБ, 1957 он, тал 12.
② Өмнөх ном, тал 328.

木丁苏伦都没有条件受到接受美学或接受理论的直接影响和启发,目前也没有资料可以证明,达木丁苏伦受到了接受理论的间接影响。达木丁苏伦的接受理论实践探索只能表明:"现代化在人类历史上只是一个总方向,各个民族都可能从自己的传统出发,为现代化提供特殊的内容和样式。现代化作为一种理念指向,在某一时期,可能会有某一个国家或者某一民族,处于领先地位。但是,各个民族之间在现代化的道路上,总是平行地向前发展的。"[①]正如接受美学并没有提出一个完整的理论体系一样,达木丁苏伦的翻译文学本土化命题也并未系统化、理论化;文学作品的接受史方面也未建立起完善的学科体系,但是他的理论命题本身具有开放的生命力,为后人搭建了广泛的阐释和研究的空间;其相关理论实践最先展现了蒙古比较文学学科和文学史学科的基本范畴,并在该学科的许多方面做出了独到的研究,为后人的研究开辟了路径。

不可否认,苏联学派的比较文学传统及苏联学派在比较文学认识上的变化都直接影响着达木丁苏伦的比较文学研究方向。达木丁苏伦吸纳了19世纪俄罗斯历史比较学派的主张,在文学史的撰写过程中,充分运用比较文学研究的成果。这使得蒙古比较文学的学科意识并不是那么鲜明,在他们学科构架中,没有把比较文学作为一门独立的学科单列出来,而是把比较文学研究包含在蒙古文学研究之中。通过上述论证,我们可以得出这样的结论:达木丁苏伦的比较文学之路是蒙古比较文学发展的一个生动缩影。它说明蒙古比较文学虽然受到国际比较文学的影响,尤其是苏联学派的影响,但并非只是被动地接纳外来的学科理念,而是有着自己发生、发展的独特路径,不同于任何一家一派,是立足于蒙古文学发展内在需要,顺应当时的时代语境而产生的具有蒙古特色的人文现象。

(一) 达木丁苏伦与蒙古文学关系研究

在达木丁苏伦的文学研究活动中,关于蒙古文学关系研究的构想和实践,具有特别重要的意义,包涵着现实层面和学术层面的双重意义。就现实层面而言,确立了蒙古文学在世界文学中的地位,明确了蒙古文学与

[①] 扎拉嘎:《蒙古比较文学传统及其现代方法论意义》,《北京大学蒙古学论丛》第二卷——《奶茶与咖啡:东西文化对话语境下的蒙古文学与比较文学》,北京:民族出版社,2005年,第534页。

东方文学之间的千丝万缕、无法割裂的联系;就学术层面而言,达木丁苏伦倡导蒙汉文学关系研究和蒙藏文学关系研究,倡导蒙古与印度、蒙古与突厥、蒙古与通古斯文学关系研究,并且在蒙古与藏族文学、蒙古与印度文学关系研究方面取得突出成就,这使得达木丁苏伦成为蒙古比较文学史上具有划时代意义的学者。

1. 对于蒙古文学关系的体察

达木丁苏伦是一位开放的学者,他的眼光开放而敏锐,能够从一些平常的文学现象洞察到现象背后普遍存在的问题。自50年代起,随着《蒙古文学经典百篇》编撰工作的开展,蒙古文学关系研究成为他学术工作的重心。这一时期,他撰写的《民间口头文学和书面文学》《旧蒙古文学中的民主方向》《从蒙古文学研究的历史谈起》《让我们保护文化遗产》《蒙古古代文学简述》《蒙古文学研究中的一些问题》等一系列著述都反映出他对于蒙古文学关系的体察。在这些著述中,他试图通过蒙古文学史上文学交流研究的实例阐明蒙古文学在历史上与印度和中国藏文学之间所存在着的千丝万缕的联系,反映出蒙古民族自古以来就与其他民族之间在文学、文化、宗教信仰等方面存在着连绵不断的交流这样一种事实。这种研究的结果是以无可辩驳的事实论证出蒙古文学、蒙古文化不是在封闭状态下孤立发展的,而是在与其他民族的文化交流、融合中发展而来的主张,有效地抵制了有意割裂蒙古文化与东方文化之间相互影响、相互联系的行径。

关于蒙古文学关系的理论阐释,达木丁苏伦较有代表性的主张莫过于70年代末期,在对蒙古文学史的写作进行总结时说:"蒙古文学中存在着印度、西藏的影响,对于这一点,我们并不否认。但这并不是可以成为蒙古作品不是蒙古作品的证据,只能有力地证明印度、西藏、蒙古人民在古代文化上有着深厚联系。"[①]在人类几千年的文明史上,世界上各个民族的人民各自创造出源远流长、璀璨夺目的文化。然而,每一个民族的文化都不是在封闭的状态下孤立发展的,任何一个民族的文化都不可能排除在与其他民族文化之间的相互影响、相互交流的情况下孤立地发展。蒙古文化亦是如此,它不是封闭和孤立的,而是在与其他民族的文化交

---

① Ц. Дамдинсүрэн, "Монгол хуучин уран зохиолын тоймыг зохиосон туршлагаас", "Үнэн" сонин, №220(17123), 1988, IX сарын 13.

流、融合中发展而来的。

被称为"马背上的民族"的蒙古人民,自古以来繁衍生息在大漠南北,有着深厚的、风格独具的文化积淀。蒙古民族是在统一乞颜、翁吉剌、克烈、塔塔儿、蔑儿乞、乃蛮等许多大大小小不同的部落、部族的基础上形成的,它的起源是多元、开放的。蒙古文化也是在北方多民族文化的这种撞击、打破、交流和融合之中孕育形成的,具有多元开放,兼容并蓄的特点,历史上,蒙古文化与中国文化体系,印度文化体系,波斯、阿拉伯伊斯兰文化体系都曾有过非常密切的接触。[①]

13、14世纪,军事上的强大及地跨欧亚蒙古帝国的建立,使得蒙古成为东西方往来交通的一个重要枢纽,也使得本来具有开放性、兼容性的蒙古文化传统先后接触到中国文化体系、印度文化体系以及波斯、阿拉伯伊斯兰文化体系,甚至还有欧洲文化体系。忽必烈继承汗位之后,为了进一步巩固其统治,将佛教抬升到国教的地位,制定了"政教并行"的治国方针,大力弘扬佛教,由朝廷出资翻译了大量的印度、西藏佛教经籍。这些举措在客观上为蒙古民族接受和吸收印度及中国西藏的文化传统提供了政治和社会条件。到了16世纪下半叶,随着藏传佛教在蒙古地区的再度传播和兴盛,印度文化体系和中国藏文化对蒙古文化产生了更加深刻而广泛的影响。

蒙古统治者入主中原以后,出于政治、经济和文化上的需求,开始鼓励蒙古民族学习汉文,吸收借鉴汉文化,在蒙古贵族阶层曾经掀起了学习汉文化的高潮。而在19世纪至20世纪初期,除了官方往来外,蒙古民族与汉族之间的民间往来日趋频繁,使蒙古文化与中国汉文化、满通古斯语族文化有着密切的接触。

蒙古文化不仅与印度、中国藏文化有着深厚的联系,也与中国汉文化、满通古斯文化、突厥语族文化,以及阿拉伯文化有着频繁的交流。因而,蒙古文学关系研究包含着很广阔的范畴。历史上,蒙古文学与中国藏文学、蒙古文学与印度文学、蒙古文学与中国汉文学,以及蒙古文学与阿尔泰语系许多民族文学之间,都存在着广泛的联系。尽管达木丁苏伦有关文学关系的论述还局限在蒙古文学与藏文学关系、蒙古文学与印度文

---

① 按照季羡林先生的观点,世界上历史悠久、地域广阔、自成体系、影响深远的文化体系只有四个,即中国文化体系,印度文化体系,波斯、阿拉伯伊斯兰文化体系以及欧洲文化体系。季羡林:《比较文学与民间文学》,北京:北京大学出版社,1991年,第298页。

学关系的有限的范围之内,但是即便如此,他有关每个民族的文学都是在与其他民族文学的交往中发展的论证,已足够给予我们理论上的启发。

2. 对蒙古文学关系研究意义的洞察

达木丁苏伦倡导的文学关系研究不是单方面强调其他民族文学对蒙古文学的影响,而是主张从蒙古如何借鉴和接受外来民族文学的角度来考察的。对于文学关系研究和文学借鉴研究的重要意义,美国学者约瑟夫·肖这样总结道:"直接的文学关系研究和文学借鉴的研究却仍然是文学学术研究的主要内容,任何新的文学研究的书目都可以表明,这类研究在比较文学中依然占有重要地位。被人认为可以取而代之的各种研究领域,无论是平行类同的研究,各种'流派'的研究,具体作品的艺术分析,或是各种主题及其在各个时代、各种文学中不同处理的研究等等,都不能取消直接文学关系这一项研究存在的理由。"[1]尽管文学关系研究是比较文学的一个传统命题,但是迄今为止,文学关系研究仍然是比较文学的主要内容之一。

诚然,达木丁苏伦关于文学关系研究的意义的认知还局限在蒙古文学研究层面,确切地说他清醒地认识到文学关系研究在蒙古文学史研究中所具有的重要的现实意义。民族文学的发展,不可能永远处在一个封闭的文化传统和文化系统中进行,蒙古民族的文学与其他民族文学的交流是不可回避的事实。季羡林先生将一个国家、一个民族的文学发展归纳为三个步骤:"第一,根据本国、本民族的情况独立发展。在这里,民间文学起很大的作用,有很多新的东西往往先在民间流行,然后纳入正统文学的发展轨道。第二,受到本文化体系内其他国家、民族文学的影响。本文化体系以外的影响也时时侵入。第三,形成以本国、本民族文学发展特点为基础的、或多或少涂上外来文学色彩的新的文学。"[2]譬如南亚与东南亚文学,该地区的各国文学在保持自己古老的文学传统的同时,先后不同程度地受到中国文化体系,印度文化体系,波斯、阿拉伯伊斯兰文化体系的影响。中国文化体系影响到越南、老挝、柬埔寨、泰国、缅甸、马来西亚、印度尼西亚、菲律宾等国。中国的一些古典文学作品被翻译、改写成

---

[1] 约瑟夫:《文学借鉴与比较文学研究》,盛宁译,张隆溪编:《比较文学译文集》,北京:北京大学出版社,1982年,第33页。

[2] 季羡林:《比较文学与民间文学》,北京:北京大学出版社,1991年,第299页。

当地语言,流传在这些国家的人民之中。随着印度教、小乘佛教以及大乘佛教的先后传入,印度文化体系传入南亚、东南亚地区。印度古代的两大史诗和梵文古典文学作品广泛流传于该地区。印度尼西亚、马来西亚、越南、泰国、柬埔寨、缅甸、老挝以及菲律宾都有罗摩故事文本流传。这些文本不仅推动了这些国家文学的发展,而且还在他们的哲学、艺术乃至社会生活等诸多方面产生了影响。此外,伊斯兰教和伊斯兰文化也传入该地区,对该地区的文学产生影响。直到近代,西方殖民主义的侵入,使该地区更受到欧洲文化和文学的影响。①

蒙古文学一方面继承了蒙古民族古老而丰富多彩的民间传统,另一方面还受到来自本文化体系内外其他民族、国家的文化、文学的不同程度的影响。蒙古文学有着悠久的文学传统,神话、传说、歌谣、祝词、赞词、英雄史诗等民间口头文学的形式异常丰富。其中蒙古民间口头文学的一些体裁样式就是在多元的文化背景下发展演变而来的。如蒙古的神话故事、民间传说与北方阿尔泰—突厥民族的神话和传说体系保留着诸多联系,而蒙古民歌与匈奴、鲜卑、突厥等北方民族的民歌也存在着密切的关系。蒙古的第一部书面文学作品《蒙古秘史》,是在与各民族文化的交融中经过漫长的历史积淀产生的,是人民群众智慧的结晶。它在吸取了大量民间文学的滋养的同时,又受到多民族文化的影响。据考证,《蒙古秘史》吸收了13世纪以前中北亚自远古时代以来的文化精华,其中也包括多民族的优秀文学作品的精髓。②

印度文学及中国藏文学最初以宗教的形式传入蒙古地区。随着大量印度、西藏佛教经籍的蒙译,尤其是18世纪佛教的重要典籍《甘珠尔》(108卷)、《丹珠尔》(225卷)的翻译与出版,使得印度、中国藏文学流传到蒙古地区。佛经中的本生故事、因缘类故事等印度、西藏佛经故事及佛经

---

① 季羡林:《比较文学与民间文学》,北京:北京大学出版社,1991年,第312—313页。
② 齐木道吉、梁一儒、赵永铣等:《蒙古族文学简史》,呼和浩特:内蒙古人民出版社,1981年,第16页。《蒙古秘史》的开篇之说—"苍狼与白鹿"的传说,就不是由蒙古民族孤立地创造出来的,它是在综合了阿尔泰语系许多民族的古代神话传说的基础之上被创造出来的。人子被狼喂养或人与狼之间婚配并繁衍人类,是阿尔泰语系各民族关于人类起源神话传说的共同特点。又如,阿阑豁阿"感神而孕""五箭训子"的故事与吐谷浑阿豺"以箭训子"的故事,以及维吾尔女王"感光而孕"的故事在母题上都存在着明显的共源性。

以外阐释佛教教义的其他佛教故事纷纷传至蒙古地区。① 这些佛经故事自然而然地成为蒙古文人进行创作的一个重要的来源和学习借鉴的依据。他们在自己的作品中，常把佛经里的寓言故事、人物作为素材吸收到自己的作品中来，进行重新创作，给蒙古文学带来积极而有意义的影响。蒙古传记文学、短篇小说等文学式样的产生以及蒙古诗学理论的出现与印度文学及中国藏文学的影响有着不可分割的联系。②"印度文学对蒙古文学的发展产生了极大的影响，它丰富和发展了蒙古文学的内容和形式、体裁和风格，使它进入一个新的发展阶段。"③如，印度史诗《罗摩衍那》对蒙古蟒古斯故事主题和题材的形成产生了积极的影响。④

19世纪初至20世纪初，是蒙古文学与中国的汉文学之间频繁交流的一个重要阶段。这一时期，《诗经》《论语》《三国演义》《水浒传》《红楼

---

① 收入蒙译藏文《大藏经》的《甘珠尔》诸品经第三十卷的《百缘经》、第三十一卷的《后百缘经》《贤愚因缘经》，以及收入蒙译《丹珠尔》第一百八十一卷的《如意宝藤》等都是印度、西藏佛经故事的汇集。

② 荣苏赫、赵永铣、梁一儒、扎拉嘎：《蒙古族文学史》(1—4卷)，呼和浩特：内蒙古人民出版社，2000年，第598页，第668页。

1. 在13、14世纪以前，蒙古文学之中一直是史传不分，也就是说，历史文学和传记文学一般是合二为一的。到了13、14世纪，蒙古作家搠思吉斡节儿模仿印度、西藏佛教文学的高僧传记，用藏文撰写了记述释迦牟尼生平的《佛祖释迦牟尼十二行》。这是该时期唯一的高僧传记类作品。随着印度和中国藏族文学对蒙古文学影响的加深，大约在17世纪初期，单一的传记和传记文学开始出现。《阿拉坦汗传》和《名为黄金史之成吉思汗传记》等作品的问世，成为蒙古文学独立的传记文学体裁形成的标志。这样，在印度和中国藏族文学的影响和推动下，蒙古文学结束了史传不分的历史，蒙古的传记文学从历史著作中分化出来，形成了一种新的独立的文学体裁。传记文学的出现，体现了其他民族文学在蒙古民族历史和传记、历史文学和传记文学的发展和分化过程中所起到的重要的促进和推动作用。

2. 蒙古短篇小说的出现也同样受到印度、西藏佛教叙事文学的有力影响和推动。佛教故事在蒙古地区的流传过程中，推动了作为蒙古短篇小说类型之一的佛教劝世小说体裁的出现。蒙古的佛教劝世小说主要以印度、西藏或中原汉地的佛教故事为素材，以佛教的因果报应、转世轮回为主题，类似于中国古代文学中的说经话本、讲经小说。但在形式上还是采用了蒙古民族传统的韵文的表述方式。譬如《娜仁格勒仙女传奇》，以散文体描述主人公娜仁格勒历经人间、地狱的艰险，最终修成正果，获得涅槃的故事。这种类似的劝世小说都是蒙古人借用印度、中国藏族和汉族文学中的某些人物和情节素材重新创作的故事。《娜仁格勒仙女传奇》的人物和情节完全虚构，是具有小说基本特征的传奇故事。这种非真人真事的传奇故事的创作为写作主体提供了一个更为广阔的创作空间，是蒙古小说发展形成过程中的一个质的飞跃。当然，这种飞跃离不开印度、中国汉族和藏族佛教故事的影响。

③ 仁钦道尔吉：《印度文学对蒙古族文学的影响——以〈罗摩衍那〉为例》；季羡林：《印度文学研究集刊》，第2辑，上海：上海译文出版社，1986年，第220—229页。

④ 陈岗龙：《蟒古思故事论》，北京：北京师范大学出版社，2003年，第334页。

梦》《说唐》《隋唐演义》《封神演义》《今古奇观》和《东周列国志》等大量的汉文古典名著被翻译成蒙古文,并在蒙古地区广为流传。在汉文学的影响和启发下,一些作家,如哈斯宝、古拉兰萨、贡纳楚克、尹湛纳希、恩和特古斯等人开始了自己的文学创作活动。其中最具代表性的是尹湛纳希,他积极吸收借鉴汉文小说的创作经验,创作出《月鹃》《红云泪》《一层楼》《泣红亭》和《青史演义》等植根于蒙古民族现实生活,或者取材于蒙古民族历史的一批小说,开创了蒙古长篇小说创作的先河,推动了蒙古文学的发展。

20世纪上半叶,同亚洲一些国家和地区一样,蒙古诞生了新文学。在蒙古新文学的发生与发展历程中,俄罗斯文学以及十月革命后的苏联文学发挥了重要作用。俄国文学、苏联文学成为促进蒙古国现代文学产生发展的重要外来资源。蒙古国现代文学的奠基者们几乎都或多或少地接触过俄苏文学并为它们所深深吸引。D. 纳楚克道尔基、达木丁苏伦、S. 博音尼姆赫等蒙古现代文学奠基者们无不埋首于翻译工作。"蒙古的知识分子在日益更新的蒙古文学中,加入了俄苏文学的影响,对其进行了整理、介绍、翻译、出版工作。"①据统计,从1921到1955年间,蒙古翻译出版苏联文学作品共823部,涉及作家392人;翻译俄国文学作品221部,涉及作家15人;翻译中国新文学作品92部,涉及作家57人;翻译德国文学作品54部,涉及作家27人,等等②。无论就思想内容而言,或者就艺术形式而言,蒙古新文学都受到了俄苏文学的深刻影响。

蒙古民族开放的民族性格和独特的历史文化,决定了蒙古文学在发展过程中并非封闭孤立和绝无往来的,而是在与其他民族文学的相互交流和彼此影响之中发展成长的。蒙古文学发展的历史状况决定了研究蒙古文学史不能脱离蒙古文学的关系研究。"要说清楚本国文学的发展,不可能不涉及外国文学。同时,为了说明本国文学的特点,也需要同外国文学对比。"③譬如,在对蒙古19世纪著名的作家尹湛纳希进行分析和研究时,必须考察他的作品及其各个组成部分,它们的含义与相互关系,以及尹湛纳希是如何取材和使用它们的,它们对于他和他的作品有什么意义。毋庸质疑,对于尹湛纳希是如何取材于曹雪芹的《红楼梦》,又如何加以改

---

① Ц. Дамдинсүрэн, Орос хэлнээс уран зохиол орчуулсан туршлага, *Бүрэн зохиол* 3, Интерпресс хэвлэлийн газар, 2001 он, тал 327.

② 1921—1955 *онд Монгол хэлэнд орчуулсан гадаад уран зохиолын бүртгэл*, УБ, 1957 он, тал 6—7.

③ 杨周翰:《镜子与七巧板》,北京:中国社会科学出版社,1990年,第3页。

造,从而创作出《一层楼》《泣红亭》等问题的探讨,对于撰写文学史与考察尹湛纳希的创作是一项意义非常重大的工作。这是一个民族文学研究中普遍遵循的规律,如在研究普希金"个人创作和解决他作为一位伟大的俄罗斯诗人在世界文学发展中的地位问题时,就不能忽视普希金与国际间的文学联系和交往这一事实。"[1]可见,达木丁苏伦对蒙古文学关系研究的重视是基于他对蒙古文学发展状况准确和客观的把握之上的。

在某些蒙古文学研究者看来,探讨蒙古文学中某个作家或某部作品的文学借鉴关系会抹煞蒙古文学的独创性。就独创性的内涵而言,通常我们会将其理解为是一种内容和形式上的创新,其实不然,"'独创性'不但可以用来指那些在形式和内容上的创新,也可以指那些对从不同的模式中借鉴来的东西加以融会贯通并给以新的解释。"[2]只要是使读者受到真切的美的感染,产生独立的艺术效果的作品,无论借鉴了什么,都具有艺术的独创性。俄罗斯民族伟大的诗人普希金在自己的文学生涯的每一个阶段中,都创造性地吸收和发展了拜伦的浪漫诗体小说、莎士比亚的历史悲剧以及司各特的历史小说,把他们的影响融化在自己的创作中,因而创作出了俄罗斯文学中的不朽篇章。"普希金在和那些先师们的接触中形成他独立的创作方法,他们帮助他解决了俄国社会和俄国文学向他提出的任务。"[3]同样,"尹湛纳希将《红楼梦》的民主精神和个性思想,与蒙古地区的特殊历史环境、独特的民族传统结合在一起,开展对蒙古封建制度的批判,宣扬新生活理想,尝试在借鉴汉族文化传统的过程中,用包含理性追求的近代民族启蒙思想,重构蒙古族的民族精神。"[4]在《一层楼》《泣红亭》中,尹湛纳希能够将从《红楼梦》中借鉴的东西揉进新的意境、新的思想,创造出完全属于自己的,也是属于整个蒙古民族的文学作品。显然,我们不能否认尹湛纳希模仿《红楼梦》创作的独创性。模仿往往是作家前进过程中的一种学习手段,"然而它却有其独立的美学价值。普希金曾指出,模仿并不一定是'思想贫乏'的表现,它可能标志着一种'对自己

---

[1] 日尔蒙斯基:《对文学进行历史比较研究的问题》,倪蕊琴译,干永昌、廖鸿均、倪蕊琴选编:《比较文学研究译文集》,上海:上海译文出版社,1985年,第298页。
[2] 韦斯坦因:《比较文学与文学理论》,刘象愚译,沈阳:辽宁人民出版社,1987年,第30页。
[3] 日尔蒙斯基:《对文学进行历史比较研究的问题》,倪蕊琴译,干永昌、廖鸿均、倪蕊琴编选:《比较文学研究译文集》,上海:上海译文出版社,1985年,第297页。
[4] 扎拉嘎:《比较文学:文学平行本质的比较研究——清代蒙汉文学关系论稿》,呼和浩特:内蒙古教育出版社,2002年,第34页。

的力量的崇高的信念,希望能沿着一位天才的足迹去发现新的世界,或者是一种在谦虚中反而更加高昂的情绪,希望能掌握自己所尊崇的范本,并赋予它新的生命。'"①蒙古作家善于向其他民族文学借鉴和学习正说明了蒙古民族并不是局限于狭隘的地方主义的范围之内,而是广泛接受其他民族先进影响的开放民族。

达木丁苏伦倡导的文学关系研究,是从蒙古文学研究的实际出发,满足撰写文学史的需要。正如韦勒克、沃伦所说:"作家之间的文学关系的确定很显然是编写文学史的最重要的准备工作。"②达木丁苏伦的文学关系研究,集中反映在《〈格斯尔传〉的历史根源》《萨迦·班第达的〈萨迦格言〉及其注释》《古代印度著名学者龙树的〈育民甘露〉及其注释如意宝修饰》《杜鹃传》《檀丁的〈诗镜〉及其注疏的概述》《西藏、蒙古尸语故事》《育民甘露的蒙藏注释》《关于〈健日王传〉的三本书》《六世达赖喇嘛仓央嘉措》《月兔本生》《天鹅处女故事》《〈罗摩衍那〉在蒙古的传播》《西藏古典文学及其蒙古译本》《〈五卷书〉的西藏、蒙古故事汇编》等著述中。这些著述大部分是达木丁苏伦在筹备编写蒙古古代文学史的过程中撰写的,并且都收入了《蒙古文学概要》。它们普遍反映出一种思想,即蒙古文学是在一定的历史条件下,在保留和继承本民族的传统和特色的基础上,融合其他民族优秀的文学传统,创造性地丰富发展起来的。这是达木丁苏伦在蒙古文学关系研究方面所进行的多次实践、反复探索后得到的一种认知。由此可见,达木丁苏伦的蒙古文学关系研究并非是基于探讨文学作品之间的相互影响和渊源之上,而是以探究蒙古民族文学传统在与其他民族文学相互作用的过程中是如何丰富和发展起来的为目标的。"只有把文学作品放在文学发展系统中的适当地位上加以考察,两个或更多的文学作品之间的关系的讨论才会有所收益。"③从这个意义出发,我们可以真正找到达木丁苏伦文学关系研究的价值所在。

达木丁苏伦对于其他民族的民间故事在蒙古地区的流传进行了深入的考察。譬如,他曾对天鹅处女故事、健日王传、尸语故事、五卷书等民间故事寓言在蒙古地区的传播及其演变进行了细致入微的探讨,并提出了自己独到的见解。他说:"随着佛教在蒙古的传播,印度、西藏的书籍也大

---

① 约瑟夫:《文学借鉴与比较文学研究》,盛宁译,张隆溪编:《比较文学译文集》,北京:北京大学出版社,1982年,第36页。
② 韦勒克、沃伦:《文学理论》,刘象愚等译,北京:三联书店,1984年,第297页。
③ 同上书,第298页。

量传入蒙古,其中世俗文学的文学作品占很大比重。这些书籍、作品不仅给蒙古的书面文学发展带来了有利影响,部分作品还演变成为蒙古民间口头文学。"①"部分作品"主要指的是佛经故事。达木丁苏伦在这里揭示出印度童话寓言故事流传的规律。印度是童话、寓言的故乡。印度的童话故事流传到世界各地,并且融入当地的文学传统之中。例如,印度故事在中国的传播通常都历经这样一个过程:"印度人民首先创造,然后宗教家,其中包括佛教和尚,就来借用,借到佛经里面去,随着佛经的传入而传入中国,中国的文人学士感到有趣,就加以剽窃,写到自己的书中,有的用来宣扬佛教的因果报应,劝人信佛;个别的故事流行于中国民间。"②印度童话寓言在蒙古的流传也是如此。随着佛教典籍的蒙译,佛经故事传到蒙古地区,不仅影响了蒙古书面文学的发展,而且其中的一些故事还逐渐转化成为蒙古民间口头文学作品。许多民间寓言故事即脱胎于佛经故事和印度的《五卷书》中的一些故事。譬如,《猫和老鼠》《老虎和红花牤牛》《黑心眼害自己》《兔子处死兽狮王》《青蛙搬家》《和睦的四个动物》《大象和老鼠》《蓝皮狐》和《披虎皮的毛驴》等寓言故事均可以在佛经和《五卷书》中找到可与之对照的同类型故事原本。③"实际上,'比较文学'……首先是关于口头文学的研究,特别是民间故事的主题及其流变的研究;以及关于民间故事如何和何时进入'高级文学'或'艺术性文学'的研究。"④达木丁苏伦正是从民间故事入手,走上比较文学之路。

"比较文学研究者可以从产生影响的作家的观察点出发研究,也可以从受影响作家的观察点出发研究。"⑤立足于蒙古文学史研究的达木丁苏伦的文学关系研究,主要是从蒙古文学借鉴其他民族文学的翻译、模仿、借用、影响等各种方式的角度展开的。在题为《〈蒙古文学概要〉之编写的一些经验》一文中,达木丁苏伦肯定了印度文学和中国藏族文学对蒙古文学所产生的积极影响的同时,阐述了蒙古文学是如何接受印度文学和中国藏文学的。他说:"我们在接受印度文学的过程中,并不是刻意地保持

---

① Ц. Дамдинсүрэн, "Монгол хуучин уран зохиолын тоймыг зохиосон туршлагаас", "Үнэн" сонин, №220(17123),1988, IX сарын 13.
② 季羡林:《比较文学与民间文学》,北京:北京大学出版社,1991年,第106页。
③ 荣苏赫、赵永铣、梁一儒、扎拉嘎:《蒙古族文学史》,第2卷,呼和浩特:内蒙古人民出版社,2000年,第263—264页。
④ 韦勒克、沃伦:《文学理论》,刘象愚等译,北京:三联书店,1984年,第41页。
⑤ 弗朗西斯·约斯特:《比较文学导论》,廖鸿均等译,湖南文艺出版社,1988年,第40页。

其原有的状态来接受,而是根据自己本民族的生活环境进行修改、加工以后才加以接受。举例来说,认为世界上所有的东西都象海市蜃楼、梦幻魔术一样虚无飘渺的《魔马故事》是19世纪作家阿底夏的作品。这个传说在蒙古广为流传,已经演变成为民间口头文学作品,还增加了反对野蛮残暴的汗王的内容。"[①]达木丁苏伦的这段话阐明了一个"文学影响与接受的过程,同时也是一个文化过滤的过程。"[②]蒙古人民根据自身文化积淀和文化传统对其他民族文学进行有意识的选择、分析、借鉴与重组,而被本土文化所过滤后的其他民族文学才能对蒙古文学发生作用。

在文学关系研究中,尽管达木丁苏伦积累和掌握了大量的蒙古文学中与其他民族文学题材、主题相类似的作品,但是他并没有局限于只是找到这些作品之间的渊源关系,或是仅仅考证和阐明各民族文学之间相互联系、相互影响的事实和流传途径,他更为关注的是这些作品中有哪些因素被蒙古作家吸收了,哪些被变革了,哪些被排斥了。蒙古作家吸收这些东西之后做了些什么,所完成的文学作品又产生了什么效果等等问题。他着重于分析文学传播中的过滤、变形、转化、融合和创造,分别提出了翻译文学蒙古本土化及鉴别与其他民族文学题材类似作品的命题。他的《萨迦·班第达的〈萨迦格言〉及其注释》《古代印度著名学者龙树的〈育民甘露〉及其注释如意宝修饰》《西藏、蒙古〈尸语故事〉》《育民甘露的蒙藏注释》《关于〈健日王传〉的三本书》《〈罗摩衍那〉在蒙古的传播》《〈五卷书〉的西藏、蒙古故事汇编》等大多数著述都是在考察蒙古作家、翻译家和读者等接受群体如何接受印度和中国藏文学等方面的研究上取得的成果。无疑,达木丁苏伦提出的相关命题及其实践有效地论证出历史上蒙古文学、蒙古文化与东方文学、东方文化之间不可割裂的联系,确定了蒙古民族文学在东方文学,乃至世界文学中的地位,进而确认了蒙古民族的东方身份。

(二) 翻译文学本土化命题的理论阐释

达木丁苏伦对蒙古文学关系研究的重视突出地表现在他对翻译文学

---

① 此处原文有误,应为10世纪,作家阿底夏创作的《魔马的故事》。Ц. Дамдинсүрэн, "Монгол хуучин уран зохиолын тоймыг зохиосон туршлагаас", "Үнэн" сонин, 1988, №220 (17123), Ⅸ сарын 13.

② 乐黛云、陈跃红等:《比较文学原理新编》,北京:北京大学出版社,2002年,第92页。

的认识上。翻译作为不同民族之间文学交流的载体,历来受到比较文学学者的青睐。达木丁苏伦也不例外,充分认识到文学翻译在蒙古文学的发展历程中所起的巨大的作用。在深入研究蒙古翻译文学的基础上,达木丁苏伦总结和归纳了有关翻译文学的认识,提出了翻译文学本土化命题。

1. "翻译文学"——文学类型概念的提出

在1956年发表的题为《从蒙古文学研究历史谈起》的论文中,达木丁苏伦首次提出"翻译文学"这个概念。蒙古文为"орчуулгын уран зохиол"(orchuulgiin uran zokhiol)。在此后陆续发表的《蒙古文学研究中的一些问题》《蒙古旧文学概述》《蒙古古代文学简述》《〈蒙古文学概要〉之编写的一些经验》等论文中,他反复提及翻译文学,将其视为蒙古文学的一种文学类型进行了详细论述。把"翻译文学"作为一种文学类型来看待这种举措,姑且不论在当时的蒙古学术界难以被认可和接受,即使在当今我国学术界仍没有被普遍认同。在我国,尽管翻译已有一千多年的历史,人们对翻译中的翻译文学的本质认识还有待进一步深化。翻译文学作为一种文学研究的一个独立领域也有待进一步开发。与中国汉文学发展状况不同,蒙古文字产生较晚,13世纪以前,蒙古民族虽然有过借用其他民族文字的历史,但蒙古文学仍旧处于民间口头文学一统的时代。史前期的神话、传说、英雄史诗、祝词、赞词、歌谣等体裁异常丰富。13世纪,蒙古创造了自己的文字,蒙古文学开始了以民间口头文学为主体,兼有书面文学的时代。13—19世纪的蒙古文创作以僧侣创作的诗歌、记载宗教人物的传记文学,以及有文学价值的蒙古历史著作为主。从体裁、内容上来看,这一时期的蒙古书面文学显得相对单一。与此同时,民间叙事诗《成吉思汗的两匹骏马》《孤儿问难成吉思汗九勋臣传》,抒情长歌《金宫桦皮书》《阿莱钦柏之歌》等各类民间文学十分繁荣。民间文学发展的一个突出特征,是发展节奏较为缓慢。与其他国家、民族相比,蒙古文学还不够先进和发达,学习、引进外来文学成为发展蒙古文学的一个主要方式。翻译无疑成为满足各种不同的写作需求的借助方式。蒙古文人通过改编、改写、翻译来实现自己的创作冲动,以此填补了蒙古文学史上相应形式或文本的空缺。对此,达木丁苏伦有过这样的论述:"蒙古古代文学有着训谕诗、史传文学的传统,却几乎没有小说、长篇小说等叙事文学。一些有才能的作家热衷于翻译,以对译作进行或多或少的修改和加工来展现自己的才华。"①

俄罗斯蒙古学家 A. M. 波兹德涅耶夫在他的《蒙古文学讲义》中将蒙古文学划分为：西藏蒙古文学、中国蒙古文学、满洲蒙古文学和真正的蒙古文学等几个部分。② 其中"真正的蒙古文学"代表的则是蒙古本土文学，而西藏、中国、满洲蒙古文学主要是指从藏文、汉文、满文翻译而来的译作，由此不难看出蒙古文学史上翻译文学占有很大的比重。蒙古文学中大量译作的归属问题，成为早期蒙古文学研究者们颇有争议的议题。只有将翻译文学视为蒙古文学发展过程中的一种文学类型，才能提升翻译文学在蒙古文学中的地位，将其理所应当地纳入蒙古文学的研究轨道，才能全面认识和把握蒙古文学的发展状况，这是达木丁苏伦在大量实证研究的基础上得出的结论。

2. 对蒙古翻译文学中再创作的认识

达木丁苏伦从蒙古文学类型发展的角度对于蒙古文学中再创作进行了阐述。在题为《蒙古旧文学概述》一文中，他说："蒙古古代文学有着训谕诗、史传文学的传统，却几乎没有小说、长篇小说等叙事文学。因而，一些有才能的作家热衷于翻译，以对译作进行或多或少的修改和加工来展现自己的才华。因此，从外文翻译而来的作品和类似的翻译作品激起我们极大的兴趣。"③在这段话中达木丁苏伦把蒙古文学传统中文学类型的缺失看作蒙古作家热衷于翻译、再创作的动力之源。

一般说来，翻译是指把一种语言的作品转换成另一种语言的劳动。这种劳动不是简单机械的复制，而是一种具有创造性、变异性的劳动。在实际的文学翻译中，译者使用的是与原著不同的语言，面对的是不同文化背景中的读者群，他所传递的是不同的文学信息，因此，他根本不可能翻译出与原文完全一模一样的译文，必然要对作品进行一些人为的删节、增补和释义。别林斯基曾指出每一国语言都有其特有的表达法、特点和性质，因此，为了正确地表达某一形象或句子，有时就需要在译文中完全把它们加以改动。

---

① Ц. Дамдинсүрэн, Монголын хүүчин уран зохиолын товчоо, 1957 он, *Монголын уран зохиолын өв уламжлалын асуудалд* Ⅰ, УБ, 1987 он, тал 200.

② Г. И. Михайлов, *Очерк истории современной монгольской литературы*, издательство академии наук СССР, Москва, 1955, с. 20.

③ Ц. Дамдинсүрэн, Монголын хуучин уран зохиолын товчоо, 1957 он, *Монголын уран зохиолын өв уламжлалын асуудалд* Ⅰ, УБ, 1984 он, тал 200.

变动是不可避免的。这种变动体现出译者的创造才能,并且赋予了译作在新的语境下独立的艺术价值。如普希金在翻译17、18世纪法国、意大利诗人的作品时,对原作所作的改写、更动、删减、压缩非常之多,以至于使原本平庸的作品,在他的译笔下,变得熠熠生辉。法国诗人帕尔尼的诗经过普希金的再创造,变成了富有感染力、赞美青春的颂歌。

在蒙古文学翻译作品中,译者进行删删补补的情形很常见。17、18世纪以前,历史文学、传记文学在蒙古文学中占有很大比重,文学样式相对单一。因此,一些蒙古文人更为注重翻译,往往"用毕生精力从事翻译活动"。他们试图通过对作品的改写、改编等方式,来实现自己的创作冲动。

"当民族文学还很年轻,正处在发展之中;当民族文学处于边缘、抑或很弱,或者二者兼备;当民族文学正经历着危机或正处于转型期时文学翻译占有重要位置。"①蒙古文学有着近千年的历史。1240年《蒙古秘史》的问世,开创了蒙古书面文学的新纪元。在《蒙古秘史》的影响下,《黄金史纲》《罗·黄金史》《蒙古源流》《水晶鉴》等很多历史传记文学作品相继问世,在此后的几百年间形成了一种"文史不分"的创作传统。从体裁、内容上来看,显得相对单一,这就需要借鉴其他民族的文学创作。于是,翻译就成为满足各种不同的写作需求的借助方式。蒙古文人通过改编、改写、翻译来实现自己的创作冲动,以此填补了蒙古文学史中相应形式或文本的空缺。如乌兰巴托译本《今古奇观》,"就不是按当代人的翻译原则,完全遵守原著内容或原著精神的翻译,而是以翻译原文为主,同时又带有按译者需要的增删和改写。译者们不仅通过自己的翻译活动介绍这部汉族小说集,同时也经过翻译活动中的增删和改写,改造这部汉族小说集,乃至借助翻译这部汉族小说集,实现自己的创作冲动,表达自己的审美理想,使这部汉族小说集蒙古化……"②因此,在13—14世纪,17—18世纪,以及19—20世纪,蒙古文学史上分别涌现出数量可观的译自汉语、梵语、

---

① 杨乃乔:《比较文学概论》,北京:北京大学出版社,2002年,第299页。
② 扎拉嘎:《比较文学:文学平行本质的比较研究——清代蒙汉文学关系论稿》,呼和浩特:内蒙古教育出版社,2002年,第92页。

藏语等语言的作品。① 翻译在蒙古文学史上的重要地位是与蒙古文学发展的现实需要息息相关的。诚然，统治者巩固统治地位的需要及宗教传播等因素也不能忽略。达木丁苏伦所指出的是，有创作天分的蒙古文人致力于翻译这项活动的原因是通过对译作的加工和改写来体现他们的创作才能。这个看法中暗含着蒙古民族重视文学翻译的内在原因。

达木丁苏伦在上段话中所提到的"从外文翻译而来的作品和类似的翻译作品"实际上是指那些经过蒙古文人加工和改编的作品。他在这里涉及到一个文学影响与接受的普遍规律。按照韦斯坦因的归纳，文学影响和接受可以分为以下三个步骤："从逐字逐句的翻译开始，继而进入改编和模仿的高一级阶段，最后到接受影响后形成的独创性艺术品。"②

蒙古文学在接受外来文学时也是遵循着这样的原则。蒙古的翻译家们在译介《萨迦格言》《育民甘露》《米拉日巴传》《杜鹃传》《尸语故事》《大菩提经重要传说》《白莲花簇》《三十二个木头人》《目连救母经》《罗摩衍那》《西游记》《水浒传》等中国藏族、汉族和印度古典文学作品时，已经脱离了依据原文逐字逐句地机械翻译的阶段，而是进入了改编、改写的相对

---

① 据扎拉嘎统计，汉文作品的蒙译活动，大致可以分为三个阶段和三个中心。第一阶段，从17世纪初至18世纪中叶，汉文作品的蒙译活动，主要是在清廷的支持下进行的。翻译活动的中心在北京。被翻译的汉文著作以儒家经典和正史类为主。主要篇目有：《大辽史》《金史》《大元史》《诗经》《西游记》等。其中由阿日那翻译的《西游记》，是这个阶段汉文文学作品蒙译活动的代表作。第二阶段，从18世纪后半期到19世纪初，为汉文作品蒙译活动的寂寞时期。第三阶段，从19世纪开始，随着汉文化在蒙古地区影响的不断深入，汉文文学作品的蒙译活动开始进入一个新的活跃时期，到19世纪中叶，翻译活动逐渐进入了高潮。在这个阶段，翻译活动的中心由北京转移到内蒙古的卓索图盟，以及地处喀尔喀统治中心的库伦。被翻译的汉文著作目标转向内地的文学作品，特别是小说类作品。上述的两个翻译中心，又以环绕卓索图盟的东南蒙古地区的汉文作品的蒙译活动为主。大多数汉文小说的蒙古文译本都出自东南蒙古地区的文人之手。以喀尔喀库伦为中心的翻译活动，得到过一些蒙古王公，乃至喀尔喀蒙古政教首领八世哲布尊丹巴的支持。这一阶段主要翻译了《水浒传》《今古奇观》《金瓶梅》《红楼梦》等数量可观的汉文小说。又据苏联汉学家李福清、蒙古学家谢马科夫参阅各国有关资料统计，18世纪至20世纪初，中原汉地的演义章回小说及话本等文学作品，被翻译成蒙古文的共达八十余种。而我国学者扎拉嘎根据《全国蒙文古旧图书资料联合目录》和《中国蒙古文古籍总目》，整理出其中收录的汉文小说的蒙古文译本总计四十四种，这个数字也是比较可观的。除了汉文小说的大规模蒙译外，诸如《诗经》《易经》《论语》《四书集注》《资治通鉴》等汉文典籍也相继被翻译成蒙古文，在蒙古地区流传。

② 韦斯坦因著，刘象愚译：《比较文学与文学理论》，沈阳：辽宁人民出版社，1987年，第30页。

高一级阶段。实际上已经具有一种再创作的性质。这样翻译的好处是,使得这些作品更加适应本民族人民的接受能力、文化水平、欣赏习惯和审美情趣,更易于为本民族人民所理解和接受。通过这种再创作性质的翻译,使得这些译作深深地植根于蒙古草原之中,散发着浓烈的"马奶酒"香气。这不是蒙古文学中的特有现象,而是翻译过程中的一种普遍规律。例如中国藏族学者介绍印度古典文学《罗摩衍那》《僵尸鬼故事二十五则》《诺桑王子传》时,也都采用了这种方法。

3. 翻译文学本土化命题的提出

谈及翻译文学蒙古本土化,我们不能不提到俄罗斯蒙古学家 B. Ya. 弗拉基米尔佐夫对蒙古学研究所做的贡献。B. Ya. 弗拉基米尔佐夫[①]在蒙古语言、历史、民族学等方面成就显著,而他在蒙古文学研究方面做出的贡献,则往往为学者们所忽略。俄罗斯学者 G. I. 米哈伊洛夫在梳理弗拉基米尔佐夫文学研究思想时曾评价:"尽管在蒙古文学和民俗学方面广泛涉猎的 B. Ya. 弗拉基米尔佐夫没有在该领域留下任何专著,然而,他的30多部相关著述却开垦了蒙古学研究的处女地,可以认为,他的研究涉及蒙古文学和民俗学诸多方面。"[②]1921 年,B. Ya. 弗拉基米尔佐夫发表了论文《〈五卷书〉的蒙古故事集》,文中对流传于蒙古地区的《五卷书》中的一些故事的本土化问题进行了初步探讨。在此后直到他谢世的10年中,他没有再触及这项工作。倘若 B. Ya. 弗拉基米尔佐夫没有英年早逝,也许他将会继续深入和推进翻译文学本土化研究。时代将此重任赋予给达木丁苏伦,他的翻译文学本土化研究与 B. Ya. 弗拉基米尔佐夫有着直接的关联,而达木丁苏伦不仅系统地进行理论阐释及实践,更是将它提升到一定的理论层面和加以弘扬倡导。他说:"B. Ya. 弗拉基米尔佐夫老师在著名的《〈五卷书〉的蒙古故事集》中对这些作品的蒙古本土化方面进行了探讨。此后,B. Ya. 弗拉基米尔佐夫没有继续这项自己发起

---

① B. Ya. 符拉基米尔佐夫(1884—1931),俄罗斯著名蒙古学家,1904 至 1909 年就读于圣彼得堡大学东方学系,是著名东方学家科特维奇、鲁德涅夫和巴托尔德的学生。1915 年起在圣彼得堡大学任教。他在蒙古语言、历史、民族学等方面成就卓著,著有《成吉思汗传》及《蒙古社会制度史》两部专著。

② Г. И. Михайлов, Литературоведческие концепции Б. Я. Владимирцова, *Филология и история монгольских народов*, (Памяти Академика Бориса Якоювлевича Владимирцова), издательство Восточной литературы, Москва, 1958, с. 41.

的重要而又有意义的研究,忘却、放弃了,这是蒙古文学研究的严重不足。"①

1958年在《蒙古古代文学简述》一文中,达木丁苏伦首次谈到翻译文学的蒙古化问题。他说:"(蒙古文学中)有着相当多的与印度、西藏作品主题类似的作品,仔细研究这些作品是译作还是蒙古作品极为重要。从印度、西藏翻译过来的一些作品逐渐使其适应蒙古的生活状况,蒙古化了,成为蒙古作品,这种现象是不少的。"②1959年在题为《蒙古文学研究的一些问题》一文中,达木丁苏伦进一步详细阐释了翻译文学本土化命题的内涵,并提出该项研究是当时蒙古文学研究的重要任务。他说:"特别是需要细致地研究从藏文翻译过来的作品融入蒙古文学中的迹象及其变化,以及该作品所具有的蒙古文学特色。……对于翻译文学逐步发展成为蒙古的作品给予重视和研究,是当前蒙古文学研究的重要任务之一。"③这里他明确了翻译文学蒙古本土化研究的内涵及其研究意义,把渗入蒙古民族的审美情趣和民族精神的译作称为蒙古本土化的作品,并将它们在融入蒙古文学过程中所发生的变化称为本土化。因而,我们将1959年看作是达木丁苏伦正式提出翻译本土化命题的时间节点。

达木丁苏伦把翻译文学本土化的方式分为两种基本情形,一种是从蒙古翻译家对翻译作品接受的角度提出的有意识的本土化。一般说来,"把一首诗从一种语言转换成另一种语言,只有当它能投合新的读者的趣味时才能站得住脚。"④为了迎合本民族读者的口味,也为了达到本民族读者易于理解和接受的目的,翻译者们往往将原作的文体和语言加以变革,在本民族传统中为它找到适当的文体、形式和语汇。经过变化的作品,一方面通过译者的再创造,被赋予了独立的艺术价值,获得了"第二次生命";另一方面,经过译者之手,已经打上了译者所属民族的文化背景、审美情趣、生活习俗等烙印,折射出译者所属民族的精神,逐步发展成为

---

① Ц. Дамдинсүрэн, Монгол уран зохиолын судлалын зарим асуудал, 1959, *Монгол уран зохиолын өв уламжлалын асуудал* Ⅰ, УБ, 1984 он, тал 65.

② Ц. Дамдинсүрэн, *Монголын эртний уран зохиолын тухай товч үгүүлэл*, Шинжлэх Ухаан, Дээд Боловсролын Хүрээлэнгийн хэвлэл, УБ, 1958 он, тал 10.

③ Ц. Дамдинсүрэн, *Монгол уран зохиолын судлалын зарим асуудал*, ШУДБ Хүрээлэнгийн эрдэм шинжилгээний хэвлэлийн газар, УБ, 1959 он, тал 23.

④ 韦斯坦因:《比较文学与文学理论》,刘象愚译,沈阳:辽宁人民出版社,1987年,第36页。

这个民族文学传统的一个部分。苏联学者日尔蒙斯基提出过类似的观点，认为创造性的翻译文学是译者所属国文学的有机组成部分，并且已经融入所属国文学的发展进程之中。例如，俄国大诗人莱蒙托夫在翻译歌德的短诗《群峰一片沉寂》时，对原作的主题及局部的处理比较自由，或增或补，使原作在保留了歌德原诗中深邃、静谧风格的同时，还体现出了俄罗斯文学的传统特色，所以有评价认为尽管莱蒙托夫的译作偏离原作，但它们在俄国翻译史上的意义是无可争辩的，因为它们促成确立了这样一条翻译原则，即译作应该对译者所属的语言文学来说具有充分的艺术价值。这样译者就已经赋予作品独立的、真正的艺术价值，已经逐渐转化为俄罗斯文学传统的一部分。

  蒙古的翻译家们在把其他民族的作品转化成蒙古文字的过程中，采用转译、改编、节译、编译等再创作方式，使这些作品更容易为蒙古的读者群体所接受。同时，受到蒙古民间文学口耳相传过程中乐于再创作观念的影响，译者在翻译其他民族文学作品时，进行增删和改写，将自己的审美理想注入其中。毋庸置疑，这些其他民族的作品经过翻译家的再创作，融入了本民族的文化背景、审美标准、生活习俗，折射出蒙古的民族精神。如《水浒传》中关于武松打虎情节的描写。我国的古典文学名著《水浒传》，曾经数次被翻译为蒙古文，在蒙古地区广为流传。在汉文原著中，老虎的本领是一扑、一掀、一剪。武松之所以取胜，首先要躲闪开老虎的三种本领，按住老虎，然后再施展拳脚，将虎打死。在蒙文译本[①]中，译者将武松与老虎搏斗的具体方式，改写为先扭缠在一起厮斗，武松逐渐占上风后，再用棍棒而不是用拳头将虎打死。从中可以明显地感觉到译者是将蒙古民族男子摔跤格斗的形式用在了打虎上。蒙古民族是"马背上的民族"，很少徒步徒手与野兽搏斗，对原著中武松用拳头打死老虎的描写感到陌生，所以改写为先在摔跤式的厮搏中制服老虎，然后再用棒子打死老虎。经过译者的这种修改后，使得译作更符合蒙古民族的审美习惯，更容易为蒙古的读者群体接受。[②] 这种有意识的本土化翻译容易被蒙古民族接受，也就成为了蒙古本土文学的一个组成部分。达木丁苏伦倡导对于翻译文学逐步发展成为蒙古的作品给予重视和研究，强调这是蒙古文学

[①] 这里指收藏于蒙古国国立图书馆的《水浒传》的喀尔喀译本。
[②] 扎拉嘎：《比较文学：文学平行本质的比较研究——清代蒙汉文学关系论稿》，呼和浩特：内蒙古教育出版社，2002年，第81—82页。

研究的首要任务之一。显然,达木丁苏伦从接受的角度,谈到了翻译作品的归属问题。他以由藏文翻译而来的作品为例,指出这些作品在文字转换过程中已经发生变化,逐步发展成为蒙古文学作品,已经融入蒙古文学传统之中。

第二种情形是自然的、非自觉的、无意识的本土化。这是达木丁苏伦从蒙古读者、社会对翻译作品接受的角度提出的。譬如,《健日王传》《三十二个木头人》《格斯奈汗传》这三本书,最初是从印度翻译而来,在蒙古人民中经过几百年的流传,逐渐适应蒙古的本地状况,发生了变异,成为本土化的译作。

关于蒙古本土化研究,达木丁苏伦是从不同的发出主体的角度进行考察的。通常认为,翻译行为的主体是译者,把他们对原作的重新解读和再创作看作是译作本土化的一种存在形式,把译者看作是译作本土化的主体。达木丁苏伦在本土化研究中,除了把译者视为研究主体外,同样把读者和接受环境(包括社会、时代、文化、语言等种种因素)看成本土化的发出者,从它们对译作的本土化所起的推动作用进行探究。他的翻译文学本土化研究是从以下三个层面展开的。首先以译本为研究中心,试图通过译本与原作、译本与译本之间的对比研究,考察读者、接受环境及译者对译本的接受情况的同时,找出翻译活动中所进行的种种改动和变化,进而发掘出译作中所包含的蒙古本民族特色的成分,以此呈现出译作的本土化成分。

通晓藏文、梵文的达木丁苏伦,选择了17—18世纪的翻译文学为主要研究对象。从蒙古民族的审美情趣、价值取向、民族心理、文化背景、生活习俗、思维方式等方面,尽可能"从多角度、多方位",对蒙古文《萨迦格言》《育民甘露》《米拉日巴传》《杜鹃传》《尸语故事》《大菩提经重要传说》《白莲花簇》《三十二个木头人》《目连救母经》和《罗摩衍那》等作品在思想内容、体裁样式、情节、细节等方面所发生的变异进行了细致入微的考察,得出这些译作经过几百年的沉淀,已经成为蒙古文学史上一种相对独立的存在,已经被蒙古文学所吸收,成为蒙古文学宝库中的一份独特遗产的结论。

"翻译不仅属于某一外国作家在某种文学中被接受情形的研究范畴,

而且也属于文学本身的研究范畴。"①达木丁苏伦也正是基于对这两个因素的考虑,提出了关于翻译作品蒙古本土化的命题。"直接的文学关系和文学借鉴的研究应该考虑哪些因素被吸收了,哪些被变革了,哪些被排斥了。注意力的重心应该放在借用或受影响的作家对所吸收的东西干了些什么,对完成的作品又产生了什么效果。"②在以往的文学关系和文学影响的研究中,往往侧重于影响的结果上,如只谈某作家受到某作家或某部作品的影响,而相对忽视对翻译作品本身的研究。达木丁苏伦能够看到翻译作品作为蒙古文学与其他民族文学交流中主要的存在形式和传播形式,认识到其他民族文学是通过译作的途径对蒙古文学产生了影响,因此格外重视翻译作品的质量、风格、变形等问题,提出了翻译作品的蒙古本土化的研究命题,强调是当前(指撰写《蒙古文学概要》一书的时期)蒙古文学研究的首要任务之一。这是达木丁苏伦将译作看成是其他民族文学在蒙古文学中的主要存在形式和传播方式,在此基础上展开对蒙古文学与其他民族文学之间进行的交流、影响、接受和传播等问题的考察和分析。这个命题的提出是深入剖析翻译文学在文学交流、文学影响上所起作用的结果,为深化蒙古文学的关系研究提供了重要的切入点。

同时,也为深化蒙古文学研究提供了一个新的研究视角。在文学翻译蒙古本土化的研究中,达木丁苏伦将译作作为一个既成事实加以接受,将翻译中涉及的语言现象作为文学的研究对象加以考察。他通过对原著在从本民族语言翻译到蒙古语的转换过程中信息的失落、变形、增添等问题的探讨,深入发掘了译作所反映出的蒙古民族特色和精神。"翻译作品的蒙古本土化研究将会给我们带来一些意想不到的收获,尤其是在深入发掘译作中所反映出的蒙古民族精神和审美情趣方面。如对译作《水浒传》的本土化研究,即通过对'内蒙古译本'和'喀尔喀译本'对汉文原著的改写,以及两部译著相互之间的类同和差别比较研究,在研究不同文化系统在翻译活动中的相互作用规律,特别是研究蒙汉两个民族各自的文学欣赏习惯,文化精神和民族性格,都是一个难得的文献

---

① 约瑟夫:《文学借鉴与比较文学研究》,盛宁译,张隆溪编:《比较文学译文集》,北京:北京大学出版社,1982年,第36页。

② 同上书,第42页。

性资料。"①

总之,达木丁苏伦将翻译文学视为蒙古文学关系研究的重要对象,对翻译文学给予足够的重视;从接受的角度,提出蒙古文学的重要任务——翻译文学蒙古本土化研究,并亲身付诸于实践。

(三) 翻译文学本土化命题的理论实践

在翻译文学蒙古本土化研究上,达木丁苏伦身体力行进行了大量的实践活动。我们选择其中具有代表性的《五卷书》《关于〈健日王传〉的三本书》和《目连救母经》为例进行初步探讨。

1. 蒙古文《五卷书》研究

印度古代寓言童话集《五卷书》,曾被翻译成数十种文字,有数百个版本,广泛流传于世界许多国家和地区,对世界各国文化产生了深远影响,被称为是"一部征服了世界的寓言童话集"。② 蒙古民间故事中有不少作品与印度《五卷书》中的故事相同。《五卷书》是否被翻译成蒙古文,又是如何流传到蒙古地区的等一系列问题引起了达木丁苏伦的研究兴致。

最早研究这个问题的是著名的蒙古学家 B. Ya. 弗拉基米尔佐夫。"1920 年居住在科布多省的俄国人 A. V. 布鲁达科夫(A. V. Burdukov)曾经在西蒙古发现了《五卷书》的十七篇故事的手抄本,把它送给学者 B. Ya. 弗拉基米尔佐夫。"③B. Ya. 弗拉基米尔佐夫在详细研究这些资料后,认定该书脱胎于《五卷书》,经详细研究,1921 年在圣彼得堡撰写并出版了《蒙古的〈五卷书〉故事》,书中这样写道:"13 世纪《五卷书》的一个版本《卡里来和笛木乃》从波斯语被译为蒙文,曾让蒙哥汗过目。"④按照季羡林老先生的研究成果,《五卷书》在世界上的流传主要有两条路线:一条是由波斯文的巴列维译本通过阿拉伯文的翻译传到欧洲和亚洲;另一条是

---

① 扎拉嘎:《比较文学:文学平行本质的比较研究——清代蒙汉文学关系论稿》,呼和浩特:内蒙古教育出版社,2002 年,第 81—82 页。
② 李羡林:《比较文学与民间文学》,北京:北京大学出版社,1991 年,第 24 页。
③ 荣苏赫、赵永铣、梁一儒、扎拉嘎:《蒙古族文学史》第二卷,呼和浩特:内蒙古人民出版社,2000 年,第 266 页。
④ Ц. Дамдинсүрэн, *Монголын уран зохиолын дээж Зуун билэг оршив*, УБ, 1959 он, тал 121.

通过12世纪翻译成的波斯文译本传至欧亚。① B. Ya. 弗拉基米尔佐夫得出的结论是《五卷书》经波斯文翻译成蒙古文。达木丁苏伦认为"B. Ya. 弗拉基米尔佐夫所得到的这个译本是个孤本残卷,他并没有发现和找到《五卷书》在蒙古传播的真正途径。"②

尽管与B. Ya. 弗拉基米尔佐夫的观点相左,达木丁苏伦对B. Ya. 弗拉基米尔佐夫的研究方法还是赞赏有加,他说:"B. Ya. 弗拉基米尔佐夫老师提出的有关起源于印度的故事是如何适应蒙古状况,产生变异的问题非常有意思,对此我们应该进行更加深入的研究。"③

B. Ya. 弗拉基米尔佐夫在《蒙古的〈五卷书〉故事》中写道:"尽管 A. V. 布鲁达科夫在西蒙古发现的故事集很有可能是从藏文翻译而来的,但是集子中的一些状况使我对此产生怀疑,使我觉得这个集子不完全是藏文翻译而来。它的语言简洁,接近蒙古语口语。主语重复,'你'和'您'混淆,口语、方言使用频繁。例如:《猫师傅》故事中将蒙文的'migui'称为汉语的'muur'。还有猫守在老鼠洞旁,老鼠在地洞里修理猫坐的石头桌子。这些老鼠好像是草原上的老鼠。然而在人们中间广泛流传的故事中,老鼠是在房子里。《如意念珠》和《宝贝修饰》中就是写老鼠在房子里。因此,A. V. 布鲁达科夫的集子里将老鼠改为蒙古草原的老鼠。在《如意念珠》和《宝贝修饰》的一些故事中也有类似的调整。例如,精疲力竭的狐狸从蓝色毡包中出来,使作品适合于蒙古的游牧状况。印度流传的故事和西藏《甘珠尔》中,狐狸是从蓝色的房子里出来的。尽管 A. V. 布鲁达科夫集子的狐狸故事中有脱胎于印度故事的痕迹,狐狸还是来自游牧民族的毡房。在 A. V. 布鲁达科夫集子的第十六个故事("国王的儿子与婆罗门的儿子")中,将印度的'班第达'④换成'喇嘛',因为蒙古的先知先觉者都被称为喇嘛(lam khuvrag)。在第九个故事中,青蛙用茶款待猴子是

---

① 季羡林:《比较文学与民间文学》,北京:北京大学出版社,1991年,第28—30页。
② Ц. Дамдинсүрэн, Д. Цэнд, *Монголын уран зохиолын тойм* Ⅱ, УБ, 1977 он, тал 266.
③ Өмнөх ном, тал 275.
④ 在印度,学术有五明之分,精通五明的人被授予班第达的学衔。所谓五明是指因明、声明、医方明、工巧明、内明。

蒙古(或者西藏)的风俗。"①

最后,B. Ya. 弗拉基米尔佐夫根据上述有关《五卷书》蒙古本土化方面的分析,总结了其他民族文学作品在蒙古流传的规律,他说:"A. V. 布鲁达科夫的集子从目前的形式来看,似乎不是从藏文逐字逐句地翻译而来,而是从藏文转述的。将它称为从藏文自由翻译或者转述。总之,在传抄的过程中它被'扭曲'了,掺入蒙古口语,变成蒙古人民易于理解的样式。由印度文学、中国藏文学、汉文学传承而来的作品在传播过程中发生变异是蒙古文学中的一个现象。这些变异本在蒙古地区普遍流传。如《健日王传》就是蒙古人简写有关自己的可汗传记。"②

在 B. Ya. 弗拉基米尔佐夫研究的基础上,达木丁苏伦继续对《五卷书》在蒙古流传的方式、路线,尤其是就《五卷书》蒙古本土化方面进行了进一步的考察。

据传为3世纪印度佛教哲学家龙树所著的训谕诗《育民甘露》,约于10世纪左右被翻译为藏文,后收入藏文大藏经《丹珠尔》。18世纪中叶,随着藏文大藏经《丹珠尔》的蒙译刻印,《育民甘露》被翻译成蒙文,收入蒙古《丹珠尔》第211卷,译者为乌珠穆沁的罗桑丹增。而后大固实阿旺丹培加注释的译本《育民甘露政理阐释》、察哈尔格西·鲁布桑楚勒特木加注释的译本《育民甘露如意念珠》、斯钦沙布隆加注释的译本《启人心智的育民甘露宝贝修饰》等先后刻印或以手抄本流传。在这些《育民甘露》的注释中,引录了一些《五卷书》中的故事。

为了证实这些故事是否是印度的《五卷书》,达木丁苏伦将《育民甘露》的蒙藏注释本与《五卷书》进行了对照分析,其中着重考察了《宝贝修饰》《如意念珠》《宝瓶》《政理阐释》等注释本。对比结果详见下表。

---

① 达木丁苏伦认为 B. Ya. 符拉基米尔佐夫出版的 A. V. 布鲁达科夫在西蒙古找到的故事集子是《宝贝修饰》的一种变异本,因此达木丁苏伦把 B. Ya. 符拉基米尔佐夫在《〈五卷书〉的蒙古集子》中所写的有关 A. V. 布鲁达科夫集子的部分从俄文翻译成蒙文,写在有关《宝贝修饰》的部分。Ц. Дамдинсүрэн, Д. Цэнд, *Монголын уран зохиолын тойм* Ⅱ, УБ, 1977 он, тал 274—275.

② Ц. Дамдинсүрэн, Д. Цэнд, *Монголын уран зохиолын тойм* Ⅱ, УБ, 1977 он, тал 275.

《育民甘露》蒙藏注释中收入的所有故事的对比表格[①]

乘号(x)表示"有",零(0)表示"没有"之意。

编号	故事的名称	《蒙古文学经典百篇》中出版的《宝贝修饰》	阿旺丹培的《政理阐释》	察哈尔格西的《如意念珠》	诺姆图·仁钦的《宝贝宝瓶》	nor-bu'i rgyan dpe cha gsum Норвуи жан	Vgsal-ba'i sgron me dpe cha gnyi Салби донмэ	dper na mdo' grel gta-ms-pa nor-bu'i rgyan dpe cha gsum Бэр на до
1	被狐狸说的妻子	x	x	x	x	x	x	x
2	妄自尊大的嘎朗达嘎的两个故事	x	x	x	x	x	x	x
3	治疗医生的母亲的行脚僧	x	0	0	0	0	0	0
4	被跳蚤的恶果拖累的虱子们	x	x	x	x	x	x	x
5	固执的猴子嘎朗达嘎的巢穴损坏了	x	x	x	x	x	x	x
6	疯狂的斥责	0	x	x	x	x	0	x
7	鹦鹉的谎言	x	x	x	x	x	x	x
8	衰弱的猫的故事	x	x	x	x	x	x	x

---

① Ц. Дамдинсүрэн, Д. Цэнд, *Монголын уран зохиолын тойм* Ⅱ, УБ, 1977 он, тал 294—296.

续表

编号	故事的名称	《蒙古文学经典百篇》中出版的《宝贝修饰》	阿旺丹培的《政理阐释》	察哈尔格西的《如意念珠》	诺姆图·仁钦的《宝贝宝瓶》	nor-bu'i rgyan dpe cha gsum Норвүи жан	Vgsal-ba'i sgron me dpe cha gnyi Салби донмэ	dper na mdo' grel gta-ms-pa nor-bu'i rgyan dpe cha gsum Бэр на до
9	善于旅行的青蛙	x	0	0	0	0	0	0
10	那雅婆罗门的夫人	x	x	x	x	x	x	x
11	乌龟诓骗文书	x	x	x	x	x	x	x
12	上帝欺骗阿修罗	x	x	x	x	x	x	x
13	斑翅山鹑糟蹋狐狸的传说	x	x	x	x	x	x	x
14	海洋半岛的母蓝胸佛法僧鸟们	x	x	x	x	x	x	x
15	王子与婆罗门之子	x	x	x	x	x	x	x
16	聪明的兔子杀死了狮子	x	x	x	x	x	x	x
17	小老鼠使掉入峡谷的大象站了起来	x	x	x	x	x	x	x

续表

编号	故事的名称	《蒙古文学经典百篇》中出版的《宝贝修饰》	阿旺丹培的《政理阐释》	察哈尔格西的《如意念珠》	诺姆图仁钦的《宝贝宝瓶》	nor-bu'i rgyan dpe cha gsum Норвуи жан	Vgsal-ba'i sgron me dpe cha gnyi Салби донмэ	dper na mdo' grel gta-ms-pa nor-bu'i rgyan dpe cha gsum Бэр на до
18	掉进吉拉哈的井里的人	x	x	x	x	x	x	x
19	乌鸦的传说	0	0	x	x	x	x	x
20	使自己疲倦的狐狸	x	x	x	x	x	x	x
21	龇牙咧嘴欺骗鸟儿们的乌龟	x	x	x	x	x	x	x
22	井中的瞎乌龟	x	x	x	x	x	x	x
23	傻瓜们前去取宝贝	x	0	x	x	x	x	x
24	魔法师变出来的马	x	0	x	x	x	x	x
25	优钵罗花颜色的老太婆	0	0	x	x	x	x	x
26	桑嘎拉格希达的传说	0	0	x	x	0	0	0
27	仓库保管员	0	0	x	x	0	0	0
28	穷人的故事	0	0	x	0	0	0	0

续表

编号	故事的名称	《蒙古文学经典百篇》中出版的《宝贝修饰》	阿旺丹培的《政理阐释》	察哈尔格西的《如意念珠》	诺姆图仁钦的《宝贝宝瓶》	nor-bu'i rgyan dpe cha gsum Норвуи жан	Vgsal-ba'i sgron me dpe cha gnyi Салби донмэ	dper na mdo' grel gta-ms-pa nor-bu'i rgyan dpe cha gsum Бэр на до
29	小驼背	0	0	x	x	0	0	0
30	秃头小子的故事	0	0	x	x	0	0	0
31	仙女们的神力变化	x	x	x	x	x	x	x
32	在湿拉巴那出生的高丁·嘎尔纳的传说	x	x	x	x	x	x	x
33	博黑拉里地区的名为坚韧不拔的念咒者	x	x	x	x	x	x	x
34	舒马拉的三个道理故事	0	x	x	x	x	x	x
35	国王的名为"青年"的儿子和婆罗门的名为"狐狸"的儿子	x	x	x	x	x	x	x

续表

编号	故事的名称	《蒙古文学经典百篇》中出版的《宝贝修饰》	阿旺丹培的《政理阐释》	察哈尔格西的《如意念珠》	诺姆图仁钦的《宝贝宝瓶》	nor-bu'i rgyan dpe cha gsum Норвуи жан	Vgsal-ba'i sgron me dpe cha gnyi Салби донмэ	dper na mdo' grel gta-ms-pa nor-bu'i rgyan dpe cha gsum Бэр на до
36	蓝松鸡为首的四种动物的善行	x	0	X	x	x	x	x
37	妻子和宝贝老鼠	0	0	0	0	0	x	0
	所有故事的数量	27	24	34	33	29	29	29

通过对《育民甘露》四种蒙古注释本和三种藏文注释本，一共七种注释本的细致考证，达木丁苏伦认为，大固实阿旺丹培的《政理阐释》、察哈尔格西·罗桑楚臣的《如意念珠》以及诺姆图·仁钦的《宝瓶》是从藏文翻译而来或是依据藏文作品创作的。相对来说，《宝贝修饰》比起其他藏文本艺术性更强，故事的起因、发展等叙述得更为巧妙，这个版本似乎是经过蒙古作者的艺术加工和再创作，蒙古民族色彩更加浓厚，更加蒙古本土化了。

经仔细考证，达木丁苏伦认为《宝贝修饰》有如下特点：一是用接近蒙古口语的书面语写成；二是这些故事非常符合蒙古的生活状况；三是几乎没有佛教影响。尤其是通过对《宝贝修饰》中"青蛙与猴子"的故事蒙古本土化的研究，达木丁苏伦找到了这些故事不是字对字、句对句翻译的证据。经比较对照，他发现《宝贝修饰》中的"乌龟与猴子"故事中有五处是其他蒙藏变异本中所没有的：1. 由于一公、一母两只乌龟非常相爱，于是约定相依为命、永不分离。2. 乌龟到乡村找东西吃，渴得快要死去时，遇见了猴子朋友。猴子将它送到水里，救了乌龟的命。3. 猴子让乌龟在自己家里住了三天，尽一切可能地款待它。4. 乌龟夫妻吵架，邻居的乌龟们赶来，设法使他们和好。5.公乌龟轻轻打了母乌龟，母乌龟小痛大嚎地装出痛苦的样子，快要死了似的躺着。这五个情节不但蒙文其他版本手稿中没有，而且在藏文各个变异本中也没有。由此在 B. Ya. 弗拉基米尔佐夫研究的基础上，达木丁苏伦进一步证明出《宝贝修饰》这部作品不是从藏文逐字逐句地翻译过来的，而是用蒙古语加工、再创作的。用同样的方法，达木丁苏伦又分别考察了大固什阿旺丹培的《政理阐释》、察哈尔格西·罗桑楚臣的《如意念珠》、诺姆图·仁钦的《宝瓶》以及西藏的《育民甘露》注释本。

达木丁苏伦也指出 B. Ya. 弗拉基米尔佐夫观点的片面性，他说："因为《五卷书》中的许多故事在《育民甘露》的蒙藏注释中出现，弗拉基米尔佐夫老师就将《育民甘露》的注释本看作是《五卷书》的蒙古集子。"①在达木丁苏伦看来，《五卷书》的蒙译本迄今尚未在蒙古地区发现，还未有明确的证据能够证明它被翻译成了蒙古文。不能将在蒙古、西藏地区流传普遍的《育民甘露》的蒙藏注释本看作是《五卷书》的变异本或译本，然而可以把它们看作是用《五卷书》中的一些故事编辑成了另一部集子。

同时，达木丁苏伦总结了《五卷书》中一些故事在蒙古地区乃至西藏地区传播的方式及途径："《五卷书》中的故事和印度的一些故事在西藏、蒙古地区或口头或书面流传，西藏、蒙古的文人利用这些故事和自己的故事，先后编入他们从梵文翻译而来的《育民甘露》注释之中。蒙古文人不是从藏文直接翻译的《育民甘露》的各种注释本，而是根据西藏和蒙古的典籍，按照自己的式样编辑整理的。同样，《育民甘露》的藏文注释本也不是从梵文翻译过来的，而是西藏的学者利用梵、藏的书籍，按照自己的式样编辑而成的。"②

达木丁苏伦在《蒙古文学概要》第二卷的第五章中用一个小节的篇幅，以"取材于《五卷书》的蒙古故事集锦"为题，详细论述有关《五卷书》蒙古本土化的研究成果，将《宝贝修饰》中的二十五（二十四）篇故事刊入了《蒙古文学经典百篇》第三卷。在他的晚年，还出版了《〈五卷书〉的西藏、蒙古故事汇编》(1983)一书。

我国学者巴图根据季羡林先生 1959 年的汉译本《五卷书》中的八十六个故事（包括主干故事）与蒙古地区广为流传的民间故事和佛经故事加

---

① Ц. Дамдинсүрэн, Д. Цэнд, *Монголын уран зохиолын тойм* Ⅱ , УБ, 1977 он, тал 292.
② Өмнөх ном.

以对照后,发现民间故事和佛经故事中有三十三则故事与《五卷书》的故事类似。《五卷书》中其余的五十三则故事,在民间既没有流传,在佛经中也无形迹可寻,说明佛经在引用古印度民间故事时,只吸收了三十三则与《五卷书》相类似的故事,民间流传的也只是这三十三则故事。因为民间的这些故事不是来自《五卷书》而是直接从佛经故事借用、生发而来的,所以《五卷书》中其余的五十三则故事在蒙古地区也不见其踪迹了。① 可见,达木丁苏伦的结论是正确的,《五卷书》并没有被直接翻译成蒙古文。

2. 蒙古文《健日王传》《格斯奈汗传》和《三十二个木头人的故事》的研究

印度的《三十二个木头人的故事》(又称《宝座故事三十二则》)讲述的是:健日王(或译"超日王")业绩惊人,获天神因陀罗宝座,死后无人继位,宝座被埋了起来。后来另一位国王发掘出这个宝座,欲登上去就坐,可是宝座上的三十二个雕像一个接着一个地说出健日王的惊人业绩,最后说谁有那样的业绩,谁才能登上此宝座。② 蒙古地区广泛流传着同样的故事,主要有三本书,分别是《健日王传》《格斯奈汗传》和《三十二个木头人的故事》。它们都是讲述有关健日王的事迹。这三个故事是用一个共同的大故事穿插起来,即新即位的皇帝从地下挖出一张天神赐给先皇的有三十二个木头人桌腿的宝桌,每一条桌腿的木头人讲述先皇经历的一个故事,共三十二个故事(实际搜集到的故事有九、十四、三十二、六十四个不等)。故事内容为教导新皇帝要像先皇那样行善积德,方能坐上宝座继位执政。通常认为,蒙古的关于健日王的三本书来自于印度的《三十二个木头人的故事》。在这部作品中,会遇到诸如 Raja Booja、Vikramaditi、Krishna、Makhasamadi khaan、Urvashi、Vaisili balgasan 等印度名字,连接事件和故事情节的方式(连环串插式结构)也让人联想到印度作品。达木丁苏伦认为,"尽管说关于健日王的三本书源于印度的《三十二个木头人的故事》,但是我们应该详加研究,进一步加以证实。"③他的理由是,在印度古代文学史上确实有叫做《三十二个木头人的故事》的作品,但是似乎没有《健日王娶王妃策策格传》和《格斯奈汗传》。在达木丁苏伦看来,

---

① 色道尔基、梁一儒、赵永铣:《蒙古族历代文学作品选》,第二卷,呼和浩特:内蒙古人民出版社,1980年,第266页。
② 季羡林:《东方文学辞典》,长春:吉林教育出版社,1992年,第117—118页。
③ Ц. Дамдинсүрэн, Д. Цэнд, *Монголын уран зохиолын тойм* Ⅱ, УБ, 1977 он, тал 297.

已经具备研究关于健日王的这三本书的条件,于是将其中一些故事与印度的《三十二个木头人的故事》以及其他书面记载的一些故事进行比较研究,以此追溯关于健日王三本书的起源。

达木丁苏伦以15个小节分别阐述《健日王传》《三十二个木头人》《格斯奈汗传》的内容、相关研究与出版状况以及比较研究的结果。这里我们着重介绍跟本节有关的内容——关于这三本书的蒙古本土化研究。

经过详细的核实,达木丁苏伦就《健日王传》的起源提出了自己的看法。他肯定了这部作品源于印度的说法。他说:"距今两千年前,印度有位著名的健日王,是否流传有关他的传记尚且不清楚,却有关于他的故事或传说性质的文章。蒙古的《健日王传》大概与印度的健日王有关联。"同时,达木丁苏伦否定了《健日王传》是印度作品的译作,他说:"印度地区有类似于《健日王传》的作品,有可能它们传到蒙古地区。然而,在印度文学中,我们没有找到与蒙古《健日王传》完全一样的作品。"而且,"在《毕格尔米吉德罕》的十九章中多次提到15世纪问世的在西藏叫做《玛尼堪布》的经文,在第三十二章中提到了14世纪时期的宗喀巴。如果说是从印度翻译到蒙古文的作品的话,大概不应该提及他们。"进而,他阐述了《健日王传》的流传途径:"有可能是这样的,印度的有关健日王的口头故事或传说流传到蒙古地区,蒙古文人将它们再加工后,编撰成《健日王传》一书。"① 最后,他陈述出将《健日王传》写入《蒙古文学概要》中的理由:"的确,《健日王传》源于印度,经蒙古人或多或少的加工,已经变成反映蒙古生产生活状况的作品。因此,应该将它编入蒙古文学史。"②

达木丁苏伦否定了《健日王传》译自藏文的说法:"如果说这本书是从藏文翻译过来的话,至今没有发现藏文底本。而在蒙古国国立图书馆却保存着注明是'从蒙文翻译成藏文的'简要译本。"③至于《健日王传》的蒙古本土化方面,他是这样论述的:"在第三十二章中,释迦牟尼骑着白马,弥勒佛骑着黑马。这些神仙们的形象犹如蒙古牧民,作品的蒙古地方色彩浓厚。在第二十八章中山上住的神仙用皮囊盛着马奶酒款待大汗的使者。这些都是使用蒙古语地区的人民真实的生活写照。"④达木丁苏伦认

---

① Ц. Дамдинсүрэн, Д. Цэнд, *Монголын уран зохиолын тойм* Ⅱ, УБ, 1977 он, тал 299—300.

② Өмнөх ном, тал 299.

③ Өмнөх ном, тал 300.

④ Өмнөх ном.

为,有关健日王这三本书中,仅有《三十二个木头人》有与之相类似的梵文本,那就是《三十二个木头人的故事》。在分别介绍《三十二个木头人的故事》与《三十二个木头人》的内容之后,达木丁苏伦对二者进行了比较对照,发现《三十二个木头人》一书中蒙古本土化或折射出蒙古日常生产、生活状况的内容不少。他是这样论述的:

> 在阅读《三十二个木头人》的诸多故事的过程中,可以让人始终联想起蒙古的日常生活,这一幕幕的场景让人感觉这些故事就是发生在蒙古地区一样。首先,在印度是很少有人骑马的,但在书中却可以看到许多描写骑着马往来急驰的场面描写。在序言一章中有这样的情节,投军的人在退役回家的时候是骑着马走的。因为马非常疲累,所以他就耽搁在了回家的路上。还有在关于少女和名叫恰达格奇(意为"有能力的人")的王子的第九章中,这位王子为了得到少女,带来了一百名骑着马的人。王子得到少女后,两个人一起骑着马返回了故乡。少女将自己的马拴在山上,用浸着汗水的鞍褥做成口袋,背着口袋往前走。在关于王子和大臣之子的第十二章中,两个男孩子都骑着马,一起奔向远方。扎布赫朗特(意为"威武的")大汗的几名骑着马的使者遇见了他们两个。王子来到井边,枕着马鞍子睡觉。最后是将孟根其木格特(意为"带着银饰的")女士从妖怪手中解救出来,让她骑着马走了。
>
> 在关于少女那楞和大臣萨楞的一章中,讲述了关于他们两个人被困在黑房子里的故事。这里描写的不像是定居地区的监牢,而更像是游牧部族关押犯人的黑色的毡包。在关于王子和大臣之子的第十三章中,描写了两个男孩子踢毽子,一下子将毽子从毡包的天窗中踢进毡包,掉到了王妃的头上的内容。踢毽子是一种真正的蒙古游戏,而且将毽子从天窗中踢入毡包,就更像是发生在蒙古地区的事情了。在同一章中,从有关从印度来的七个大法师为了修缮毁坏的寺庙佛塔,到处化缘募捐的情节来看,这个故事中所讲述的事件也不像是在印度地区所发生的。
>
> 在毕格尔米吉德获得那楞仙女的一章中,写道:"献上奇珍异宝作为贡品,堆得有蒙古包那么大。"在这一章的结尾写道:"毕格尔米吉德聚集了大清(意为"英勇的")人民,……使他们过上了幸福的生活。"在所有的手稿中都有"大清国"的字样,很有可能指的就是满族

的大清国。所谓的"生活在两千年以前的印度的毕格尔米吉德大汗，使满族的大清国人民过上了幸福的生活"，如此怪异的内容是不可能在印度地区创作出来的，所以我们认为它应该是取材于中亚、蒙古地区的口头文学作品而创作出来的。

根据 1928 年出版的第八章中，言道："我本是玉皇大帝的女儿。来到下界，去到唐太宗皇帝的都城，犯下很多罪过，因此我的父亲审查我的过错……"这里好像是提到了古代的唐朝的太宗皇帝，这样的话，就是说与中国的神话故事有关系。蒙古的《三十二个木头人》尽管是来源于印度，但是其在蒙古传播的过程中和传入蒙古以后，经过许许多多的修改，不仅已经产生了面目全非的变化，而且很有可能还被增补了一些反映蒙古日常生活的各种神话传说。①

《格斯奈汗传》是关于健日王的三本书中的最后一本。这本书是从梵文或者其他什么语言，在 17、18 世纪两次翻译成蒙文的。达木丁苏伦介绍了其中一个译本的六十四个故事以及有关《格斯奈汗传》的翻译状况。

经过对《健日王传》《三十二个木头人》《格斯奈汗传》的考证和分析，达木丁苏伦得出这样的结论："《健日王传》《三十二个木头人》《格斯奈汗传》这三本书是蒙古人民智慧的结晶，是民间故事的花蕊。尽管有宗教影响的痕迹，但是完全不是宗教典籍，而是民间故事。就形式而言，这三本书与印度的《三十二个木头人的故事》相似，书中作品主人公的名字也都是印度名字，一些故事确实来源于印度。然而，我们不能将它们看作是从印度翻译过来的作品，而应看作是蒙古人民的创作。一些来自于印度的故事在蒙古人民中流传几百年的过程中，逐渐适应蒙古的本地状况，发生了变异。这三本书是蒙古人民与印度人民之间自古就有文化往来传统的明证，是蒙古的故事荟萃。"②

这样，通过对有关健日王的这三本书的蒙古本土化方面的考察，达木丁苏伦有足够的理由将《健日王传》《三十二个木头人》《格斯奈汗传》编写到《蒙古文学概要》之中。

---

① Ц. Дамдинсүрэн, Д. Цэнд, *Монголын уран зохиолын тойм* Ⅱ, УБ, 1977 он, тал 319—320.
② Өмнөх ном, тал 349—350.

3. 蒙古文《目连救母经》的研究

《目连救母经》原本是用梵文创作的印度文学作品，书中讲述了目连如何报答母亲养育之恩，如何把在地狱中受苦的母亲解救到天国的感人故事。这个故事在蒙古地区曾以不同的形式广为流传。达木丁苏伦在《蒙古文学经典百篇》的《前言·蒙古文学源流》中曾经提到："从印度、西藏翻译过来的一些作品，适应蒙古本地的状况，蒙古化了，进而发展成为蒙古的文学作品。这种情况也很多见。其中一个例子就是《目连救母经》。"①通过考察，他认为《目连救母经》是翻译作品蒙古本土化了的典范，研究它对于研究蒙古文学、蒙古人民思想史和亚洲各民族的文化交流史都具有重要的学术价值。因此，他格外重视对《目连救母经》的研究。达木丁苏伦对《目连救母经》的研究所做出的贡献主要体现在以下几个方面：公布了蒙古文《目连救母经》的几种版本；提供了蒙古文绘图本《目连救母经》可能与汉文目连救母故事之间有一定的关系的信息；探讨《目连救母经》的蒙古本土化的过程，即从译作《目连救母经》到绘图本《目连救母经》出现的过程。特别应该指出的是，他以蒙古国甘丹寺收藏的绘图本《目连救母经》和他本人收藏的三卷绘图本《目连救母经》为文本，从绘图和语言等方面分析了其蒙古本土化进程。例如，他从画面上的住宅、服饰、桌椅垫子等方面确定了该绘图本反映的是 18 至 19 世纪蒙古人的生活状况。从译文的文字上看，认为它不同于其他各种翻译版本，是用真正的蒙古文撰写，可以见到使用口头作品中的白话诗撰写的地方。经研究他得出这样的结论：绘图本《目连救母经》最早是从藏文或者汉文翻译而来，但是在蒙古被广泛使用，经过一传十、十传百的传抄过程，也就是经过蒙古人民集体的加工和创作，最终转变成为保留了真正的蒙古民族特色的大众的书籍。②达木丁苏伦还对目连救母故事的民间口头作品的变异进行了阐述，提出了"蒙古民间口头流传的目连救母故事中有许多蒙、藏《目连救母经》中所没有的有趣内容。这些传说完全是蒙古人民独立构思、创作的。在我看来，如果能够搜集整理蒙古民间广泛流传的各种有关目连僧和目连夫人的口头传说，将会汇集成为一部比《目连救母

---

① Ц. Дамдинсүрэн, Монголын уран зохиолын учир, *Монголын уран зохиолын дээж Зуун билэг оршив*, УБ, 1959 он, тал 32.

② Ц. Дамдинсүрэн, Д. Цэнд, *Монголын уран зохиолын тойм* II, УБ, 1977 он, тал 490.

经》更为诙谐有趣的故事书"①的看法。这样,达木丁苏伦就手抄本和绘图本的《目连救母经》及其口头传说的蒙古本土化问题进行了以上的初步探讨。

达木丁苏伦的上述研究成果为深入考察《目连救母经》奠定了基础,也为后人的研究指明了方向。但是,由于语言的局限,他未能充分利用汉文目连故事的变文、宝卷和戏剧的丰富资料,无法进一步发掘蒙、汉《目连救母经》之间的内在关系。中国学者陈岗龙在达木丁苏伦等前人的研究基础上,进一步挖掘出了汉文《佛说目连救母经》的新资料,通过与蒙古文绘图本《目连救母经》、丹巴道尔基·固实翻译的韵文体《目连救母经》的比较,发现它们之间有着对应关系,从而证明出它们之间的翻译关系。这样,他补充和推进了达木丁苏伦和德国著名学者海西希关于蒙古文绘图本《目连救母经》与汉族目连救母故事之间关系的论述,明确了与蒙古文绘图本《目连救母经》有着直接渊源关系的汉文目连救母故事并不是海西希先生所说的目连变文,而是汉文《佛说目连救母经》,且考察了其流传的路径,即蒙古人根据汉文《佛说目连救母经》翻译、改编、创作了蒙古文绘图本《目连救母经》。从这个事实的背后,他发掘到了另一种文化现象,就是汉文佛经也曾经影响了蒙古民族的佛经翻译和佛教文学,从而改变了人们认为蒙古人只通过藏文翻译佛经的观念,这个结论的得出在蒙古民族的佛经翻译史上具有重要的意义。不仅如此,他还根据搜集到的民间文学资料,考察了蒙古民族民间故事形态的目连救母故事,描绘了目连救母故事在蒙古地区的传播过程:从佛经《目连救母经》到绘图本《目连救母经》,再到"目连羌姆",最后形成目连救母的民间故事。这样,不仅探讨了目连救母故事的本土化,而且还分析了其民俗化及民间化的进程,提出了三者是交叉进行的看法。② 上述相关研究是建立在达木丁苏伦对《目连救母经》研究的基础之上的。可见,达木丁苏伦作为蒙古文学研究的先行者,在开拓蒙古文学研究领域及深化蒙古文学研究方面所做出的开创性贡献。

需要补充的是,除了翻译家们之外,达木丁苏伦还将蒙古说唱艺人们也看作是翻译作品的本土化的发出主体。把他们对译作的再加工和再创

---

① Ц. Дамдинсүрэн, Д. Цэнд, *Монголын уран зохиолын тойм* Ⅱ, УБ, 1977 он, тал 496.
② 陈岗龙:《蒙古民间文学比较研究》,北京:北京大学出版社,2001年,第128—166页。

作视为翻译作品本土化的研究内容之一。自 18 世纪起,大量汉文作品被译成蒙古文后,《三国演义》《水浒传》《红楼梦》《说唐》《隋唐演义》等中国古典文学作品以书面和口头形式在蒙古地区广为流传。特别是在口头流传的过程中,说唱艺人把这些译本改编成散文和韵文相结合的说唱形式,在蒙古地区四处说唱。由于说唱艺人在说唱汉文作品时,不是照本宣科,而是即兴演唱,他们在说书的过程中,往往在保留其主要人物、主要情节的基础上运用大胆的想象和夸张,以本民族活生生的语言来铺陈渲染,甚至增添大量的本民族生活内容,使其从形式到内容都发生了很大变化,演变成为易于蒙古人民大众接受的充分蒙古本土化的作品。达木丁苏伦充分肯定了这些说唱艺人的再创作,认为:"说唱艺人们为汉文的长篇小说在蒙古人民中的广泛流传做了大量有益的工作。"①他还指出:"他们在演唱中国的长篇小说时,或多或少地加以增补或删减,进行加工修饰。以散、韵相结合的形式进行演唱,使之成为蒙古听众易于接受的新作品。"②他提出判定"新作品"的依据是"这些译作在蒙古地区发生了很大变异,完全不同于原来的汉文原著。"③在《蒙古文学经典百篇》的"前言·蒙古文学源流"中,他高度赞扬琶杰说唱的武松打虎故事,说其"散体与韵体结合的特征,与《蒙古秘史》很是相似并且有悠久的传统"。④

此外,在蒙古文学翻译过程中起着媒介作用的中介语,即转译本所依据的语言所起的作用,及因转译本而产生的二度本土化等问题也成为他研究的重点之一。如前所述,藏语、满语、畏兀儿语分别在蒙古文学翻译过程中起过中介语的作用。由于翻译文学中存在着的不可避免的创造性叛逆,使蒙古读者接触到的经过藏译者、满译者、畏兀儿译者以及蒙译者的二度创造性叛逆之后的作品,必然会经历二度变形。这些作品与原作、中介作品相比较究竟会有哪些实质性变化的问题,成为达木丁苏伦的本土化问题研究的又一个需要探讨和考察的对象。探讨这个问题难度较大,首先需要找到藏译本和所据翻译的梵文或印地文原作,再与蒙古文译

---

① Ц. Дамдинсүрэн, *Монгол уран зохиолын судлалын зарим асуудал*,ШУДБ Хүрээлэнгийн эрдэм шинжилгээний хэвлэлийн газар,УБ,1959 он,тал 21.

② Ц. Дамдинсүрэн, *Монголын уран зохиолын дээж Зуун билэг орших*,УБ,1959 он,тал 75.

③ Ц. Дамдинсүрэн,Монголын уран зохиолын учир,*Монголын уран зохиолын дээж Зуун билэг орших*,УБ,1959 он,тал 36.

④ Өмнөх ном.

本进行对照研究,或是先找到满文译本和所依据翻译的汉文原作,再与蒙译本进行比较对照研究。虽然复杂,但这种做法往往能够得出比较符合实际的结论。譬如:达木丁苏伦在《蒙古文学概要》的第一卷中指出:"尽管《金光明经》的畏兀儿文译本和蒙古文译本与文学无关,但是成为我们研究古代文化史的珍贵资料。"①通过《金光明经》的梵文原著、蒙古文译本和畏兀儿文译本之间的比较可以窥见古代的语言、文字、文化的发展历程,特别是对蒙古语言学研究具有重要意义。

在达木丁苏伦看来,对翻译作品的各种注疏、释义的研究也是考察翻译作品本土化的一个重要方面。写注疏是蒙古作家阐释译作的一种方式,注疏中包含了译者本人对作品的理解。从13至14世纪早期的翻译伊始,一些蒙古作家就有了为一些译本撰写注疏的传统,并且乐于在注疏中引录一些故事来解释译作。蒙古文学史上的大翻译家,诸如搠思吉斡节儿、希日布僧格、席热图固实、札雅班第达、察哈尔格西·罗桑楚臣、大固实阿旺丹培等人均为译作写过各种注疏。例如,13世纪时萨迦班·贡噶坚赞创作的《萨迦格言》,成书不久即被蒙古咒僧索诺木嘎剌译为蒙古文,用八思巴文出版。之后从17世纪到19世纪前半叶,先后有卫拉特的札雅班第达、苏尼特的单增曲达、乌拉特的丹巴扎木苏、察哈尔格西·鲁布桑楚勒特木等高僧为之撰写的译注本问世。这些译本的注释中引录了许多来自印度、西藏的传说故事,其中就包括古印度著名的史诗《罗摩衍那》中的故事。因此,《萨迦格言》被称为谚语的花蕊,《萨迦格言》注释则被称为亚洲民间故事的花蕊。同时,译者还在译本的序、跋中发表对作品的介绍、评论和研究成果。达木丁苏伦把这些注疏、序和跋中的介绍、评论和研究成果视为"读者反应""读者接受"的基本材料加以利用,从译著者对原著的理解和接受的角度,考察译作的蒙古本土化及该译作在蒙古被接受的情况。

由此可见,达木丁苏伦对于翻译作品的蒙古本土化研究是从不同的发出主体的角度进行考察的。通常认为,翻译行为的主体是译者,把他们对原作的重新解读和再创作看作是译作本土化的一种存在形式,把译者看作是译作本土化的主体。达木丁苏伦在本土化研究中,除了把译者视为研究主体外,同样把读者和接受环境(包括社会、时代、文化、语言等种种因素)看成本土化的发出者,从它们对译作的本土化所起的推动作用进

---

① Ц. Дамдинсүрэн, *Монголын уран зохиолын тойм* I, УБ, 1977 он, тал 85.

行探究。因而,他的翻译本土化研究是从以上三个层面展开的。他在以译本为研究中心,试图通过译本与原作、译本与译本之间的对比研究,考察读者、接受环境及译者对译本的接受情况的同时,找出翻译活动中所进行的种种改动和变化,进而发掘出译作中所包含的蒙古本民族特色的成分,以此呈现出译作的本土化成分。

注重从接受者角度考察蒙古文学关系,是提出蒙古本土化的命题所带来的一个意想不到的结果①,正如达木丁苏伦本人所说:"找到、了解并证明了许多作品其实并不是翻译作品,而是蒙古文学作品。例如,经过研究表明,蒙古的六部连环串插式结构小说完全不是翻译作品,而是对印度、西藏的某些作品进行模仿、加工而创作出来的蒙古文学作品。同样的还有《五卷书》《尸语故事》《三十二个木头人》《格斯奈汗传》《健日王传记》《萨迦格言》等作品。"②

这样,达木丁苏伦通过对《萨迦格言》《育民甘露》《米拉日巴传》《杜鹃传》《尸语故事》《大菩提经重要传说》《白莲花簇》《三十二个木头人》《目连救母经》和《罗摩衍那》等译作的蒙古本土化方面的考察,得出这些与印度、中国藏族文学、汉族文学有关的译作在蒙古地区的流传过程中,已经逐步发展成为适应于蒙古土壤的,具有蒙古民族文学形式和作品特征的,折射出蒙古民族精神和审美理想的蒙古文学作品的结论。这些作品给蒙古人的思想、文化、文学的发展都带来很大的影响,已经成为蒙古文学传

---

① 另外一个好处,就是可以深入发掘文学作品中所蕴含的蒙古民族精神和审美心理。美国比较文学家韦斯坦因说:"'影响'最好应用于指已经完成了的文学作品之间所存在的关系,而'接受'则可以用于指有关主体的广泛范围,即这些作品与其周围的关系,包括作者、读者、评论者、出版者及其四周环境。因而文学接受的研究,应指向文学的心理和社会学。"也就是说,在文学交往的影响联系中,接受的问题涉及到更为广泛与深入的接受者的心理特性及其与社会时代的关系。近年来,中国一些比较文学学者的研究成果显示出侧重从接受者角度研究蒙古文学关系,更易于挖掘蒙古民族的审美理想和文化心理。如,《汉文小说之满文和蒙古文古旧译本述略——分类与比较研究》就是一个典型的例子,作者以"文学翻译活动,在许多情况下,不是主体消极的接受,而是一种具有积极主体选择性的活动。在这种主体选择性活动中,常常既折射出该民族文学的过去,也预示着该民族文学的未来。因此,研究一个民族怎样翻译另一个民族的文学作品,事实上是在研究这个民族的民族性格和审美理想,以及研究这两个民族之间文化上的异同。而比较两个民族对第三个民族文学作品的翻译,事实上也是在比较这两个民族的不同境遇和不同的文化。"扎拉嘎教授正是以此为理论出发点撰写了该篇论文,在发掘蒙古民族和满族的审美理想和文化心理方面进行了有益的尝试。

② Ц. Дамдинсүрэн, "Монгол хуучин уран зохиолын тоймыг зохиосон туршлагаас", "Үнэн" сонин, №220(17123), 1988 он, IX сарын 13.

统的一个组成部分。

我们发现,达木丁苏伦的文学翻译的本土化研究主要集中在印度、西藏文学的翻译作品上,这是因为达木丁苏伦本人通晓梵文、藏文,但是不懂汉文,无法展开对于汉文译作的蒙古本土化研究。但是,这并不等于说他不重视对于汉文译作的探究。他曾经在各种不同的场合多次强调有关汉文译作的本土化研究的重要性,并且就此问题提出过许多的指导性建议。譬如,中国古典小说名著《水浒传》,曾多次被翻译成蒙古文。达木丁苏伦在编辑《蒙古文学经典百篇》时,把《水浒传》第四卷第二十二回之"武松打虎"一段刊入其中。在《蒙古文学概要》第三卷中,还专门以一个章节的篇幅介绍了《水浒传》的作者、内容以及翻译成蒙古文的状况。他把中国古典文学名著的蒙古文译本刊登在蒙古本民族的文学汇编之中,而且还写入蒙古民族文学史的做法,充分表明了达木丁苏伦对诸如《水浒传》这类译作的态度,即把这些已经蒙古本土化的译作视为蒙古文学传统的一个组成部分。这种态度是在他所做的关于大量译作的蒙古本土化研究的基础之上形成的。尽管达木丁苏伦本人由于语言的局限,无法亲自进行汉文译作的比较辨析,但是后来学者们的研究成果充分证实了达木丁苏伦的研究思路的前瞻性。①

扎拉嘎先生经过深入探究,提出"评介乌兰巴托译本《今古奇观》的一个重要任务正在于分析其中创造性活动的意义和价值。"他这里提出的"创造性活动",实际上与蒙古本土化的问题是同一个含义。在他看来,只有把汉文原著《今古奇观》与乌兰巴托译本《今古奇观》进行详细的对照比较,才有可能发现译文在情节结构、思想内容、人物形象等诸多方面发生了哪些变化。但是鉴于《今古奇观》汉文原著和译作都是洋洋数十万言,篇幅巨大,无法进行全面和系统的比较。他先从宏观角度,分析全书在保

---

① 扎拉嘎先生将内蒙古大学图书馆收藏的《水浒传》的内蒙古译本、收藏于蒙古国国立图书馆的《水浒传》的喀尔喀译本与汉文原著之间进行了比较,着重把喀尔喀译本第二十二回和内蒙古译本的相关部分做了对照比较,经过细致的分析与考证,发现二者均未完全按照汉文原著进行翻译,其中删节、改写的地方都很多。这种情况尤以喀尔喀译本为甚,改动较多,人物形象和故事情节更加蒙古本土化,注入了更多的蒙古游牧文化信息。作者从喀尔喀译本在武松打虎过程中的一些细节上所做的改动上,发掘出改写过的武松较原著性格更加粗犷和坦直,缺少含蓄,与蒙古英雄史诗中的人物形象类似,更趋于蒙古化,更符合蒙古民族崇尚勇力的审美理想。有关内容详见扎拉嘎著:《比较文学:文学平行本质的比较研究——清代蒙汉文学关系论稿》,内蒙古教育出版社,2002年,第67—82页。

留、增删与改写过程中,表现出的一些总体性倾向,然后选择了几篇有代表性的作品,进行较为具体的探讨。为了更全面地反映乌兰巴托译本《今古奇观》的再创造价值,他以《卖油郎独占花魁》和《蒋兴哥重会珍珠衫》等卷为例,作了单篇故事的对照分析。通过它们之间的比较分析,发现乌兰巴托译本《今古奇观》的译文中,有许多从蒙古文化观念出发的改写和补写情节。这些改写和补写的情节,不仅显示出蒙古族的文化个性,而且与原著情节融为一体,具有一定的艺术价值,甚至锦上添花。同时,大量的删节和补写,又显示出译者的创作精神,说明乌兰巴托译本《今古奇观》中已经汇入一定程度的蒙古文化因素,不再仅仅是单纯的译作。① 扎拉嘎先生将乌兰巴托译本《今古奇观》与汉文原著进行细致、审慎的对照比较研究,确定了乌兰巴托译本《今古奇观》的属性。这样的研究又一次验证了达木丁苏伦提出的翻译文学本土化研究对于蒙古文学研究所具有的意义和价值。

正是基于对翻译文学的真正性质的把握,达木丁苏伦才提出翻译文学蒙古本土化的命题。在提出这个对蒙古文学的研究具有指导意义的重要命题之后,他并没有仅仅停留在理论上,而是把对蒙古翻译文学的这一认识贯彻到他的文学批评和文学史书写的实践中去。

(四) 对"西方中心论"的批判

在比较文学的发展史上,西方中心主义曾经产生过错误的导向,阻碍了世界文化多元化的发展。一些东西方学者为此呼吁呐喊。季羡林曾说:"尽管在世界上许多国家中比较文学的研究显得很热闹,很多大学都开设了比较文学系,但我们感觉到其中不是没有问题。在世界文学史上,东方文学一向占据着很重要的地位,中国、印度、伊朗、阿拉伯、日本以及其他许多东方的文学对世界文学产生过巨大的影响,促进了世界文学的发展。但是到了今天,仅仅在比较文学这个小范围内,东方文学却远远没有得到应有的重视。极少数人出于偏见,绝大多数人则囿于旧习,习惯于欧洲中心那一套做法,或多或少,有意无意,抹煞东方文学在世界文学中

---

① 扎拉嘎著:《比较文学:文学平行本质的比较研究——清代蒙汉文学关系论稿》,呼和浩特:内蒙古教育出版社,2002年,第91—108页。

的作用。"①乐黛云也曾指出:"自1886年英国学者波斯奈特第一次用'比较文学'命名的专著到1986年中国比较文学学会成立,这一百多年来比较文学发展的历史,几乎就是泯灭亚、非、拉各民族文化特色为己任的历史。"②同样,作为一名东方比较文学学者的达木丁苏伦,也以提升东方文学之地位为己任。从他的第一部比较文学专著《〈格斯尔传〉的历史根源》中,我们可以听到他抨击西方中心论的呼声。

《格萨尔》研究从开始至今已经有二百多年的历史,时至今日,"格萨尔不是关羽,格萨尔不是扎姆萨兰,格萨尔不是恺撒大帝,格萨尔不是成吉思汗"等论断已经成为公论,不再是学者们论争的焦点。但是探讨达木丁苏伦在有关论著中关于这几种观点的分析与评论还是有所助益的。尽管格萨(斯)尔学界对他所提出的"唎厮啰说"给予否定,但是他在探讨格斯尔这个人物的历史起源问题上,充分展示了一位东方比较文学学者的研究视域。特别是对于比较文学中的"西方中心论"观念,达木丁苏伦是蒙古文学研究者中最早提出批评的学者之一。

早期的欧洲学者在探讨格萨尔形象的原型时,得出过一种西方化的结论。英国旅行家罗·沙乌写道:"格萨尔是罗马君士坦丁堡,古代罗马恺撒皇帝的东方名字。"德国东方学家格留维杰里也同意罗·沙乌的假定。B. Ya. 弗拉基米尔佐夫赞同他们的看法,写道:"某些人认为格萨尔的名字是恺撒,不是别人,正是罗马的盖乌斯——恺撒。"③与达木丁苏伦同一时代的法国学者石泰安在他著名的《西藏史诗与说唱艺人的研究》中,提出格萨尔与罗马的恺撒和俄国沙皇之间有关。④ 对于这些观点,达木丁苏伦在《〈格斯尔传〉的历史根源》中给予了有力的驳斥。他认为,上述学者"没有能够对自己的结论提供出更可靠的论据",不能光凭名字的发音相近,就臆断格萨尔是罗马的恺撒的东方名字的译音。"在西藏对《格萨尔传》的各种说法,主人公的名字总是叫格萨尔,而不是恺撒尔。在蒙古的《格斯尔传》里也被称为格萨尔。"同时,达木丁苏伦进一步指出:

---

① 季羡林:《比较文学与民间文学》,北京:北京大学出版社,1991年,第150页。
② 乐黛云:《比较文学与21世纪人文精神》,《中国比较文学》,上海:上海外文教育出版社,1998年,第一期,第3页。
③ Ц. Дамдинсүрэн, Гэсэрийн туужийн түүхэн үндэс, орос хэлнээс орчуулсан А. Д. Цендина, УБ, 1998 он, тал 23—24.
④ 石泰安先生在晚年承认这种观点无多大学术价值,但始终没有彻底自我否定。石泰安:《西藏史诗与说唱艺人的研究》,耿昇译,拉萨:西藏人民出版社,1993年,第11页。

"这种观点反映出欧洲学者的傲慢,他们认为蒙古人、西藏人不能创造文学作品,不会歌颂自己的英雄们。在这些学者们看来,东方各民族人民不能创造自己的文化,只能抄袭别人的。他们甚至还断言,无论是西藏的,还是蒙古的文学,完全都是抄袭的。"①对于这种完全忽视、抹煞东方文明存在的观点,他提出"应该彻底地加以驳斥"。

达木丁苏伦在格斯尔原型考证的问题上,提出了比较文学界普遍存在的问题——西方中心论。西方中心主义是指"一种以西方文化为中心理解他种文化的思维方式。具体地说,西方中心主义呈现为两种形式:一是西方人对于自身文化的扩张,二是其他民族对于西方文化的盲目崇拜。前一种表现形式为,西方比较文学研究者曾经总是以自己为核心来解释其他民族的文学和文化,他们凭借自己在经济上的优越地位,想当然地认为自己的经验能够被普遍化,从而成为整个世界的共同经验。他们曾经顽固地认为西方文化是最优越的,包含最合理的行为模式和思维方式,最应该普及于全世界。后一种形式则表现为,许多受到西方文化影响的人,丢弃了自身的民族属性,自愿地把西方文化视为'中心',从西方人认识世界的视角来审度西方文化和自己的本土文化,一味地谄媚西方文化并唾弃自己的本土文化。"②

每一个比较文学研究者都有自己独特的视域和研究视角。早期的欧洲学者从自己的角度来分析格斯尔的原型问题,这一点本身并无可非议。格斯(萨)尔是蒙藏人民共同创造的英雄,早期的欧洲学者仅因为发音的相近,就臆断其原型为西方的恺撒大帝。这种做法反映出西方学者在比较文学研究中强烈的西方优越意识。他们试图以西方的文化来阐释蒙古、西藏的文化,因而得出与事实不符的结论。同时,这种结论也抹杀了蒙古文学、西藏文学的客观存在。这就不能不引起了达木丁苏伦的高度重视。在《〈格斯尔传〉的历史根源》中,他首先对于这个结论给予有力的驳斥,明确指出,这种对东方各民族的文化不加考虑,自认为他们的视角就是惟一正确视角的做法,有碍于"科学地查明格萨尔史诗的起源和最本质的问题"。只有提高东方文学的价值和地位,从东方寻找原型,才能打破以欧洲为中心的藩篱,才能得到更为科学的结论。

---

① Ц. Дамдинсүрэн, *Гэсэрийн туужийн түүхэн үндэс*, орос хэлнээс орчуулсан А. Д. Цендина, УБ, 1998 он, тал 23.
② 杨乃乔:《比较文学概论》,北京:北京大学出版社,2002年,第389页。

达木丁苏伦也是受到西方文化影响的学者,但他能够保持自己的民族属性,不盲从西方文化的做法,在全球化的今天仍然是有其积极意义的。我们从达木丁苏伦对比较文学中"西方中心论"的批评中,可以发现他在比较文学研究中表现出来的俄国比较文学学派的某些特征。俄国比较文学学派的特征之一是:打破了研究空间上的"欧洲中心论"、研究价值观上的"西方中心主义"之藩篱,把东方文学纳入其中。康拉德在《现代比较文艺学问题》一文中,提出西方比较文学著作不仅不考虑东方文学的贡献,而且也不包括苏联和东欧文学,实际上只是西欧各国的文学史,因而在比较文学领域应该做的头一件事,是要断然扩大空间界限,把整个文明人类的文学关系纳入研究轨道,第二件事则是扩展研究的时间幅度,把中世纪也包罗在研究范围内。① 持有这种观点是有其原因的,一方面因为俄国文明的构成横跨欧亚大陆,文化身份兼具东西方所致;另一方面是为了突出对抗西方文化而有意识地加强对东方文化的研究。不论是地理位置所在,还是功利心理,总之,俄国学派早就已显示出其关心东方的趋势。另外,俄国是一个具有重视东方学研究传统的国家,早在19世纪上半期,汉学作为一门学科就已经正式在俄国形成。1818年,俄罗斯科学院成立了集收藏与研究为一体的亚洲博物馆(现为俄罗斯最大的东方学和汉学研究中心"俄罗斯科学院东方研究所"),先后出版了多种相关学术刊物。1837年,喀山大学东方系开始进行汉语教学,后又增设蒙古语、满语、藏语课程。1855年彼得堡大学东方系成立,喀山大学东方系并入该系。彼得堡大学东方系拥有较强的师资队伍和丰富的图书资料,开设了较为合理的课程,展开了对东方文化多侧面、多层次的研究。达木丁苏伦的《〈格斯尔传〉的历史根源》正是在这种倡导东方研究的氛围下完成的。同时,作为一位蒙古学者本身,他也拥有强烈的重视东方研究的学术意识。无疑,这种意识自觉不自觉地反映到他的跨民族、跨语言、跨文化及跨学科的研究之中。

达木丁苏伦对比较研究方法的探讨,实际上针对的是一些西方学者企图向东方推行西方文化,妄图将西方的价值观强加给其他文化体系的做法。被达木丁苏伦称之为"世界主义"的东西,实际上与欧洲中心主义、西方中心主义的论调一致。在《格萨尔》研究初期,某些欧洲学者在探讨

---

① 康拉德:《现代比较文艺学问题》,周南译,《比较文学研究译文集》,上海:上海译文出版社,1985年,第275、281页。

格斯尔的原型问题时,从这层含义的世界主义文学的视角出发,来研究史诗的起源,得出了与事实不符的结论。对此,达木丁苏伦在他的论文中,给予了有力地反驳。G. N. 波塔宁(G. N. Potanin)是著名的研究蒙古史诗的俄罗斯学者之一,他在《神圣的格斯尔和关于巴比伦的斯拉夫中篇小说》一文中把格斯尔和巴比伦的斯拉夫中篇小说进行对比,并找到一些相似之处。他是这样比较的:

斯拉夫中篇小说:

1. 诺乌哈道诺萨尔皇帝;

2. 诺乌哈道诺萨尔皇帝藏有自斩剑;

3. 列乌雅皇帝的使者们从死城得到了髓是蟹,这三位使者是沿着梯子攀上城墙的;

4. 诺乌哈道诺萨尔皇帝是在城外被一个小孩找到的。他躺在一棵松树下,身旁卧着一只山羊,松树上落着一支猫头鹰。

神圣的格斯尔:

1. 格斯尔修庙;

2. 格斯尔藏有七支自飞剑;

3. 格斯尔从天上王母那儿偷走了使人复活的圣药。他是顺着梯子上天的。①

根据上述的前三点的相似,G. N. 波塔宁认为这两部作品同出一源,提出格斯尔与诺乌哈道诺萨尔为同一个人的观点。G. N. 波塔宁还提出:"希腊同突厥蒙古、西藏史诗是同出一源的;从俄国史诗中亦可看出后半部在亚细亚汗国西移时期的模仿痕迹"②的观点。

达木丁苏伦认为 G. N. 波塔宁所作的上述对比是非常牵强的,把格斯尔与巴比伦的中篇小说进行对比是非常武断的。他阐明导致错误结论出现的原因是 G. N. 波塔宁"把任何民族的史诗都看成为世界性的题材,把俄罗斯的史诗归结为东方的史诗,又把东方的史诗归结为西方的史诗","并从世界主义观点出发来收集资料,企图通过无穷尽的对比来把各种作品中的主人公们统一起来,因此免不了使他得出荒谬的结论,也因此

---

① Ц. Дамдинсүрэн, *Гэсэрийн туужийн түүхэн үндэс*, орос хэлнээс орчуулсан А. Д. Цендина, УБ, 1998 он, тал 27.

② Өмнөх ном, тал 28.

减低了他的研究的科学价值。"①进而,他指出,G. N. 波塔宁从"世界主义"出发,认为各民族的史诗都是世界性的,这就在无形中忽略了各民族史诗的特性。同时必然会带有一种强烈的欧洲中心色彩或西方中心色彩。

任何一个民族的文学价值,都要在与他人的对话中才能体现出来。追求蒙古文学的价值是达木丁苏伦文学翻译本土化研究的出发点。立足于本民族文学传统,达木丁苏伦构建出符合蒙古比较文学的需要,具有蒙古特色的理论命题——翻译文学本土化。蕴藏着蒙古比较文学特质的文学翻译本土化研究实践,证明了蒙古比较文学与西方的比较文学一样,有其自己的发生、发展轨迹,是立足于本土产生的。这是达木丁苏伦的比较文学研究轨迹带给我们的重要启发。

---

① Ц. Дамдинсүрэн, *Гэсэрийн туужийн түүхэн үндэс*, орос хэлнээс орчуулсан А. Д. Цендина, УБ, 1998 он, тал 28.

第二章　蒙藏《格斯(萨)尔传》比较研究
——《〈格斯尔传〉的历史根源》

如前所述,《〈格斯尔传〉的历史根源》是达木丁苏伦撰写的副博士论文,1950年10月在莫斯科通过论文答辩,1957年在莫斯科用俄文正式出版。这是第一部较为详尽的《格斯尔》研究的专门著作,自出版以来,受到格萨(斯)尔学界的普遍关注。苏联学者G.I.米哈伊洛夫评论说:"提及《格斯尔传》的研究,不能不提到达木丁苏伦1950年获得硕士学位的论文——《〈格斯尔传〉的历史根源》。"[①]50年代末,N.鲍培在《哈佛学报》上发表的关于《〈格斯尔传〉的历史根源》的书评中称:"这本书是蒙古近几十年来,社会科学研究领域取得的最大的成就。"[②]《〈格斯尔传〉的历史根源》的出版在我国的格萨(斯)尔学界也产生了一定的影响。在一段时期内,就达木丁苏伦提出的"咰厮啰说""同源异流说""蒙古文格斯尔来源于西藏说"等观点曾经进行过广泛的讨论。

在《〈格斯尔传〉的历史根源》中,达木丁苏伦通过三条主要线索分别论证了蒙古文《格斯尔传》的人民性、独特性和历史性。可以说,达木丁苏伦通过对《格斯尔传》人民性的论证努力争取到研究《格斯尔传》的权利;通过对《格斯尔传》独特性的探讨,试图解决蒙藏《格斯(萨)尔传》史诗的关系问题;通过对《格斯尔传》历史性的论述,力图追溯格斯尔的历史原型。本章节试图从以下三个方面描述达木丁苏伦在《〈格斯尔传〉的历史根源》中的思维路线。

---

① 米哈伊洛夫:《蒙古民间文学研究》,孟和译,《格萨尔学集成》,第二卷,兰州:甘肃民族出版社,1990年,第369页。

② Poppe. N, "Ts. Damdinsuren. The histirical roots of Geser", *Harvard Journal of Asiatic Studies* 5, (December, 1958), P. 193.

(一)《〈格斯尔传〉的历史根源》的写作动机

达木丁苏伦在《〈格斯尔传〉的历史根源》中有关《格斯尔》史诗的独特性、人民性及历史性的论证,以及对格斯尔是否是历史人物的原型的考证,曾为我国格萨(斯)尔学界所熟悉。但是,达木丁苏伦为什么要用大量的篇幅论证该史诗的人民性?为什么要进行人物原型的考察?为什么他在专著中首先用了三十多页的篇幅(蒙文版)专门驳斥"关帝说""成吉思汗说"之后,全力以赴考证格斯尔与唃厮啰是同一历史人物?为什么还要探讨《格斯尔》史诗的素材来源?这些仅仅是出于他持有《格斯尔》史诗产生于历史事件的基础之上的观点,还是另有其他原因?为了回答上述问题,我们有必要探讨一下达木丁苏伦撰写该篇论文的真正目的和动机。这样做既可以澄清《〈格斯尔传〉的历史根源》一文背后的一些鲜为人知的事实,又可以使我们在特定的历史背景和条件下,重新审视和认识这篇论文在蒙古文学研究领域的价值。

达木丁苏伦在论证"格斯尔不是成吉思汗"的一章中有一段话值得我们仔细体味:"长期以来争论不断,今天我们应该十分仔细地研究这部文献。而以批评和质疑的态度来研究《格斯尔传》对于现代蒙古文学、布里亚特—蒙古文学以及西藏文学的研究和发展有着重要意义。这个命题的迫切性和重要性从写完这篇论文以来就引起大家的关注及热烈的讨论,即为明证。"[①]他在这里提出了有关格萨(斯)尔研究命题的开展不仅有利于蒙古文学、布里亚特—蒙古文学,而且有益于西藏文学的发展的观点。在强调有关格萨(斯)尔研究的迫切性和重要性的同时,也暗示出撰写《〈格斯尔传〉的历史根源》的动机。要探究作者的真正目的,我们有必要回顾一下他当时所处的时代背景。

达木丁苏伦在书中提及的关于"长期以来的争论""旷日持久的论争"详情,苏联学者霍莫诺夫在他的《布里亚特英雄史诗〈格斯尔〉》的序言、G. I. 米哈伊洛夫在题为《蒙古民间文学研究》和《必须珍惜文化遗产——关于格斯尔史诗的内容本色》的两篇论文中曾有提及,在其他学术著作中

---

① Ц. Дамдинсүрэн, Гэсэрийн туужийн түүхэн үндэс, орос хэлнээс орчуулсан А. Д. Цендина, УБ, 1998 он, тал 42.

则少有涉及,直到2013年,达木丁苏伦的女儿A.D.岑吉娜和学者D.策德布整理发表了关于达木丁苏伦格斯尔研究的档案材料,重现了达木丁苏伦的格斯尔研究真实的历史语境。本书在文学批评部分中,从达木丁苏伦抵制"左"倾思潮的角度曾论述了这次论争,这里作一个更为详尽的补充。

论争的引发与达木丁苏伦的导师S.A.科津有关。我们知道,1946年达木丁苏伦赴苏联列宁格勒东方研究所攻读硕士研究生,师从著名的东方学者S.A.科津院士。S.A.科津院士在蒙古民间英雄史诗研究方面颇有建树。1936年,他发表了《格斯尔传》蒙古文北京版本的前七章的俄文译文,并附有阐明自己理论观点的《格斯尔传中的社会情节》一文。1948年苏联科学院出版了他的《蒙古人民的英雄史诗》一书,书中他阐述了关于格斯尔传性质的观点。在《蒙古人民的英雄史诗》中,他把《蒙古秘史》《江格尔》和《格斯尔》等三部作品看作是蒙古人民的作品,并为三部作品分别写了前言,把它们介绍给苏联的读者。《蒙古人民的英雄史诗》一书的出版,在苏联一些学者中间引起了很大的争议。

1948年7月31日,苏联《文化与生活》报刊登了安德烈耶夫的题为《论苏联科学院科学普及版》的一篇文章,他在文章里指责了S.A.科津是在美化封建可汗的史诗及成吉思汗本人的形象。摩尔达维斯基、莫罗佐夫等人也发表文章,反驳S.A.科津的观点。S.A.科津后来在《文化与生活》报上做了自我批评,承认自己美化了成吉思汗及封建汗王的史诗是违反历史的,是错误的。S.A.科津的《蒙古人民的英雄史诗》一书,也在布里亚特蒙古自治共和国的一些学者中间引起了强烈的反响。布里亚特学者Kh.纳姆萨拉耶夫、G.齐登扎波夫、Ts.奥奇洛夫等人联名集体撰写了《反对美化封建史诗》一文。在文章中,他们认为S.A.科津院士在这里犯了一个错误,他以人民史诗为托词,宣扬人民的对立面封建可汗的史诗,以人民英雄的名义赞扬封建可汗,全书中贯穿着复兴成吉思汗及其汗国的思想。对于S.A.科津把《蒙古秘史》《江格尔》《格斯尔》称为蒙古人民的史诗,把它们列为蒙古文学的三大高峰的论断表示反对。该篇文章于1949年3月26日登载在苏联的《文学报》上,蒙古的文学刊物《星火》杂志转载了该篇文章的蒙文译文。在《反对美化封建史诗》一文刊载以后,苏联展开了一场有关《格斯尔》史诗性质的大讨论。从1948年到1952年间,布里亚特的一些学者、作家发表了许多类似《反对美化封建史诗》的评论。他们对《格斯尔》这部史诗的评价是:"这部史诗是通过格斯尔这个形象散布了歌颂蒙古统治者成吉思汗,赞扬封建制度,敌视俄罗斯人民的思想毒素的一部作品,同时力图证实《格斯尔》史诗系由异地传入而与布里亚特的民间故事没有任何关系。"①从而得出"《格斯尔》史诗是属于封建帝王的一部反动作品"的结论。② 不仅在布里亚特共和国的首都乌兰乌德,而且在其他几个加盟共和国的首都塔什干、阿拉木图、伏龙芝等地都相继展开了有关民间故事、史诗的人民性问题的讨论。

  显而易见,假若《格斯尔》史诗的反人民性观点成立的话,无论对于蒙古文学,还是对于苏联的各个加盟共和国的文学都将带来巨大的消极影响。在蒙古人民共和国首都乌兰巴托的一些学者、作家,如:B. 仁钦、Ch. 洛岱依丹巴、N. 扎姆巴勒苏伦、S. 达希登德布等人呼应了布里亚特学者对 S. A. 科津的批判。如 B. 仁钦对 S. A. 科津的文章批评道:"他明知道,他的论敌很少知道这里的实际内容,所以巧妙地运用了民间对格斯尔流行的词句以证实自己的荒谬论点;把格斯尔说成是英雄,并用在西藏和蒙古设有的寺院这一事实来证实这一论点。"③当然,我们知道 B. 林钦批评 S. A. 科津的矛头还是指向达木丁苏伦的。我们且不论其中的政治因素,单从文学批评的角度来说,这不符合《格斯尔》史诗发展的实际状况。又如 N. 扎姆巴勒苏伦 1950 年在《真理报》上登载了评论 B. 索德诺姆的《蒙古文学发展史》的文章,其中写道:"尽管《蒙古秘史》《江格尔》《格斯尔》等作品产生的年代,文体样式(外在表现形式)各不相同,但是它们都一样不是人民的作品,而是产生于封建可汗的王宫,渗透了封建可汗的思想,是保护他们的利益和地位的,是以封建剥削为内容的史诗。"

  在苏联作家协会中央委员会第十二次会议上,B. 戈尔巴托夫(B. Gorbatov)在关于哈萨克文学的发言中说:"绝不能称那些可汗、豪杰为民族英雄,那些人为了保卫旧的封建秩序而起来反对一切对哈萨克斯坦来说是进步的东西(也即反对归并于俄罗斯)。"而布里亚特的学者 Kh. 纳姆萨拉耶夫、G. 齐登扎波夫、策登嘉波夫、Ts. 嘎勒桑诺夫在以《论 1951 年初在"文化与生活报"》为题的文章中再次重申了以下三个观点:其一、格斯尔是成吉思汗;其二、《格斯尔传》是一部反动的封建可汗的史诗;其三、

---

 ① 米哈伊洛夫:《必须珍惜文化遗产——关于〈格斯尔史诗〉的内容本色》,《格萨尔学集成》,第二卷,兰州:甘肃民族出版社,1990 年,第 1303 页。
 ② 同上。
 ③ 霍莫诺夫:《布里亚特英雄史诗〈格斯尔〉序言》,国淑苹译,《格萨尔学集成》,第一卷,兰州:甘肃民族出版社,1990 年,第 256 页。

在《格斯尔》史诗中有反俄情绪。

这样一来,有关《格斯尔》史诗的研究就更加复杂化了。从当时的历史背景来看,如果这个结论被认为是成立的话,问题就十分严重了。它已经不仅涉及到文学研究,而且牵涉到苏联的各个民族之间的关系,牵涉到蒙古人民共和国与苏联的友谊等十分敏感的政治问题。这已经足以引起苏联科学研究机构的充分重视。

达木丁苏伦本人则更多的是从蒙古文学研究的角度来思虑这个问题,他深知,如果作为蒙古文学的三大高峰之一的《格斯尔》史诗被定性为有反俄情绪内容的话,将会给蒙古文学的研究带来多么严重的后果,甚至是一场前所未有的灾难。同时,他看到布里亚特学者的《反对美化封建史诗》一文中有一系列歪曲事实真相的观点,这将大大阻碍蒙古文学今后正常的发展。从这两个方面出发,作为一名蒙古学者,有职责为澄清事实真相、保护本民族的文学遗产而振臂一呼。论证出《格斯尔》史诗所具有的学术价值和研究价值,保护蒙古文学遗产,正是达木丁苏伦撰写《〈格斯尔传〉的历史根源》的动机所在。

达木丁苏伦在论文的正文之前,以"格斯尔不是成吉思汗"为题目,专门阐述了上述问题。对自己导师 S. A. 科津把格斯尔与成吉思汗的名字相混淆的做法,提出了客观的批评。对 Kh. 纳姆萨拉耶夫、G. 齐登扎波夫等人的《反对美化封建史诗》一文进行了细致的分析,驳斥了他们的一些"阻碍蒙古文学正常发展"的错误观点。他还专门论证了《格斯尔》史诗中没有反俄情绪的问题。有关这个方面,在我国格斯尔学界少有介绍,下面简要叙述一下。

达木丁苏伦首先指出这个问题的重要性,他说:"Kh. 纳姆萨拉耶夫、G. 齐登扎波夫、Ts. 嘎勒桑诺夫等人极力贬低《格斯尔》史诗。他们写道:'《格斯尔》史诗培养着对俄罗斯人民的敌视态度。'而另一个乌兰乌德的作家 M. P. 哈马加诺夫(M. P. Khamaganov)写道:'《格斯尔》的反动的世界主义的内容,在于破坏对伟大的俄罗斯人民的信赖情感。'这样一来,在《格斯尔》史诗中就有了反对俄罗斯的情绪。因为这个问题很重要,所以我认为有必要较为详细地讲讲。"[①]接着,他指出 M. P. 哈马加诺夫所谓的"反俄情绪"是指格斯尔与蟒古斯("mangad""mangadkhai")的斗争,他认

---

① Ц. Дамдинсүрэн, *Гэсэрийн туужийн түүхэн үндэс*, орос хэлнээс орчуулсан А. Д. Цендина, УБ, 1998 он, тал 38—39.

为《格斯尔》史诗中的蟒古斯("mangad")是影射俄罗斯。达木丁苏伦认为他的错误在于他把布里亚特史诗中的"mangadkhai"与西布里亚特的"mangad"这两个同音词混淆了。"mangadkhai"的意思是神话中的怪物、妖魔；而西布里亚特人则将"mangad"这个词作为对俄罗斯人的称呼。这种称呼仅仅在西布里亚特人中存在，在蒙古、西藏地区从来没有过。蒙古人在过去和现在始终称俄罗斯人为"oros"，西藏对俄罗斯人除了称呼"oros"外，还有"djaser"。达木丁苏伦还详细地阐述了西布里亚特人把俄罗斯人称为"mangad"的由来，并且以一篇布里亚特故事来进一步论证。这个故事讲道：一个大力士剖开了"mangadkhai"的肚子，从里面出来了运干草的布里亚特人和运木柴的俄罗斯人。由此可以看出，"mangadkhai"既摧残过布里亚特人，也危害过俄罗斯人，它与俄罗斯不能等同起来。最后，达木丁苏伦指出 M.P.哈马加诺夫观点的片面性："M.P.哈马加诺夫等人仅以布里亚特人的说法为根据，偶尔顾及蒙古五个书面传说中最不完整的一个，即北京传说。这个问题的提法对于《格斯尔》史诗当然是完全不对称的。不能把出自布里亚特人传说的结论用来分析整个格斯尔史诗。"①

我们可以从《〈格斯尔传〉的历史根源》一文通过答辩之后，苏联学术界所作出的有关《格斯尔》史诗研究的一系列决议之中，发掘出《〈格斯尔传〉的历史根源》这篇学位论文对于民间史诗研究、对于蒙古文学研究的价值学术。1950年10月，达木丁苏伦在莫斯科对《〈格斯尔传〉的历史根源》进行答辩。答辩会上，他就《格斯尔》史诗的独特性、人民性、历史性作了有理有据的阐述，尤其是他对《格斯尔》人民性的论述在苏联学者中产生了强烈的反响。答辩会后，一些苏联学者、蒙古学者对有关《格斯尔》史诗的人民性问题展开了大讨论。

1951年4月5日至6日，苏联科学院东方研究所在莫斯科举办了关于《格斯尔》史诗特点的讨论会。与会者包括苏联科学院东方研究所、物质文明历史研究所、人类研究所，莫斯科东方大学蒙古教研室，苏联军事外国语学院，苏联作家协会，列宁格勒国立日丹诺夫大学等单位的代表共六十余人。会上，就《格斯尔传》的独特性和人民性进行了广泛的讨论，认为《格斯尔》问题之所以引起争论是因为学者们详细地研究这部作品不同

---

① Ц. Дамдинсүрэн, *Гэсэрийн туужийн түүхэн үндэс*, орос хэлнээс орчуулсан А. Д. Цендина, УБ, 1998 он, тал 42—43.

版本的结果,对达木丁苏伦有关人民性的结论给予肯定。辩论会上,除了乌兰乌德作家小组中有一部分人反对《格斯尔》的独特性和人民性外,其他与会者均对于以下问题达成了共识:

"布里亚特人、蒙古人和西藏人的口头史诗在中亚各国甚至在中国部分地区广泛流传,《格斯尔》史诗名闻于世。无论就其历史根源来说,或就实质而言,与成吉思汗个人的赞颂都毫无共同之处。在这部英雄史诗中完全没有反俄罗斯的倾向。"

"《格斯尔》英雄史诗基本上是人民性的,因为它的基本内容在于对一个农民向往的幸福国以及对一个反对黑暗势力并为正义而战的好皇帝的幻想。同时必须指出,在各种各样关于《格斯尔传》中的或多或少地掺混着一些杂质,反映出封建可汗和寺院喇嘛的思想意识,显露出封建统治阶级利用史诗中尽人皆知的英雄形象在思想性上对史诗加以歪曲的目的。"①

鉴于乌兰乌德的部分学者对《格斯尔》史诗的人民性等问题持有不同见解,1953年2月在乌兰乌德由苏联科学院东方研究所与布里亚特蒙古文学研究所共同主办召开了一次学术讨论会。与会者包括以 G. D. 桑杰耶夫(G. D. Sanjeev)为首的一批莫斯科和列宁格勒学者。会议的主题是讨论和确定布里亚特《格斯尔》史诗的性质。会上,学者们就布里亚特《格斯尔》史诗的独特性、布里亚特《格斯尔传》与蒙古其他版本《格斯尔传》的关系、以及《格斯尔传》同《蒙古秘史》的关系等问题展开了讨论。G. I. 米哈伊洛夫、A. I. 乌兰诺夫、E. V. 巴兰尼科娃、N. O. 莎拉克什诺娃等学者作了报告。"讨论涉及到了整个蒙古民间英雄史诗的问题。"②达木丁苏伦在会上作了题为《关于布里亚特〈格斯尔史诗〉的特点》的报告。会议最终得出了与达木丁苏伦相同的结论,决议如下:

1. 在讨论所提出的报告的过程中大会得出一致的意见,认为布里亚特的史诗《格斯尔》具有人民性。

2. 苏联科学院东方研究所和布里亚特蒙古文化科学研究所认为继续收集和研究《格斯尔》史诗是必要的。

---

① Ц. Дамдинсүрэн,"Гэсэр судлал"-ын түүхээс,УБ,2013 он,тал 300—301.
② 米哈伊洛夫:《蒙古民间文学研究》,孟和译,《格萨尔学集成》,第2卷,兰州:甘肃民族出版社,1990年,第369页。

3. 请求苏联科学院主席团继续刊印布里亚特蒙古人民的民间作品。①

从此,有关《格斯尔》史诗特点的争论就随着乌兰乌德会议的结束而终止了。而后,在苏联和蒙古人民共和国的学者们大多数接受了以下观点:

1. 格斯尔和成吉思汗没有什么共同之处;

2. 虽然在个别文本中混有封建喇嘛的糟粕,但《格斯尔》史诗具有人民性;

3. 布里亚特、蒙古和西藏关于《格斯尔》的传说有着很大的差异。②

乌兰乌德学术会议的"全体与会者拒绝了把格斯尔这个人物同成吉思汗混为一谈的企图,确认了《格斯尔》是民间作品。"③会议之后,"研究人民文化遗产的工作,引起了科学研究机关和学者们的异常重视"。④ 就珍惜和保护文化遗产而言,乌兰乌德学术会议的意义十分重大;而就蒙古文学研究而言,乌兰乌德会议之后,这部民间优秀作品《格斯尔》史诗的研究工作得以继续开展。

《〈格斯尔传〉的历史根源》在这场辩论中所起的作用,就如 G. I. 米哈伊洛夫所言:"达木丁苏伦的学位论文帮助我们弄清了有关《格斯尔传》的来源,传说,性质等很多问题。"⑤在一定程度上,我们可以说,达木丁苏伦通过《〈格斯尔传〉的历史根源》一书为格斯(萨)尔传学界争取到了继续研究《格斯尔传》的权利,为《格斯尔》史诗研究作出了不可磨灭的巨大贡献。

---

① Ц. Дамдинсүрэн,"Гэсэр судлал"-ын түүхээс,УБ,2013 он,тал 302.
② Ц. Дамдинсүрэн,Гэсэрийн туужийн түүхэн үндэс,орос хэлнээс орчуулсан А. Д. Цендина,УБ,1998 он,тал 45.
③ 米哈伊洛夫:《蒙古民间文学研究》,孟和译,《格萨尔学集成》第 2 卷,兰州:甘肃民族出版社,1990 年,第 369 页。
④ 米哈伊洛夫:《必须珍惜文化遗产—关于格斯尔史诗的内容本色》,《格萨尔学集成》第 2 卷,兰州:甘肃民族出版社,1990 年,1306 页。
⑤ 米哈伊洛夫:《蒙古民间文学研究》,孟和译,《格萨尔学集成》第 2 卷,兰州:甘肃民族出版社,1990 年,第 369 页。

（二）蒙藏《格斯（萨）尔传》的关系研究

蒙、藏《格斯（萨）尔传》之间究竟是怎样的一种关系？两者之间有什么异同？这是研究《格萨（斯）尔传》史诗的学者们共同感兴趣的问题。这个问题同样也引起了达木丁苏伦的关注，本着对蒙古民族文学发展负责的态度，他细致地考察了二者之间的关系。

关于蒙、藏《格斯（萨）尔传》的关系问题，在 20 世纪初期，B. Ya. 弗拉基米尔佐夫通过个人的早期研究，提出了《格斯尔传》是由蒙古人创作的这样一种看法。他写道："关于格斯尔汗的传说在蒙古传播得很广，蒙古民族和其他有关部族都熟悉这部作品，甚至把它当作本民族的创作，实际上，可能确实如此。"[①]后来他又提出："格斯尔传的蒙古版本是译自西藏版本的，当然很难确定是谁在什么时候翻译出这本格斯尔可汗传说本；同样，也不可能确定蒙古的译文来自哪一本关于格萨尔王传说的藏文版本。总之，断定蒙古的格斯尔汗同西藏的格萨尔的关系是将来的事。现在只能这样说，这部作品与其他蒙文作品的区别在于语言不同，没有用蒙古的古典文字。它有特殊的韵律，如果同用诗歌形式写成的藏文原本相比较，可以明显的看出它有自己的独特性。"[②]学者 S. A. 科津曾经赞同 B. Ya. 弗拉基米尔佐夫起初的推断。他说："可以完全同意 B. Ya. 弗拉基米尔佐夫的意见，即格斯尔的故事在蒙古各个部族当中把它视为本民族的传说。换句话说，作为真正民族文学的这部蒙古民间史诗仅仅在书面加工过程中才受到了西藏的影响，……"。后来，在研究过程中他也改变了看法，在其《蒙古人民的英雄史诗》一书中说："看来这部文献好像是蒙古人加工的。可是从地理角度和文化内容分析，又好像靠近西藏，因为从文献中可以看到在西藏流行的讽刺派的特点。"[③]日本学者田中胜人认为："……《格斯尔传》是由藏文译成蒙文的，而且是以复制形式存在。"[④]霍莫诺夫不赞成蒙古文《格斯尔传》来自西藏的说法。他说："西藏有些版本，很可

---

① 霍莫诺夫：《布里亚特英雄史诗〈格斯尔〉序言》，国淑苹译，《格萨尔学集成》第 1 卷，兰州：甘肃民族出版社，1990 年，第 256 页。
② 同上。
③ 同上。
④ 中国社会科学院少数民族研究所编制：《民族文学译丛》，第 1 集，1983 年，第 130 页。

能是从蒙古的原稿转抄的……。"①

　　这些学者的观点代表了在达木丁苏伦之前的有关蒙、藏《格斯(萨)尔传》关系的几种推测,即:一是认为这部作品是由藏文翻译过来的;二是持有蒙古人民借用西藏的题材创作而成的观点;三是主张由蒙古人民独立创作的;四是提出藏文《格萨尔传》的有些版本转抄自蒙古原稿。霍莫诺夫曾说:"19世纪下半叶,研究《格萨尔传》的方向有所改变——研究的目的是想把它作为民族文献确定下来。至于蒙古《格斯尔传》的从属问题,由于资料的限制,研究人员没有取得一致意见。有人认为是蒙古的,有人认为是西藏的。"②

　　正如霍莫诺夫所说:"由于没有人分析和比较过这两个民族的不同异文,当然也就没有人,也就没有充分的资料来证实这些推断。"要弄清蒙、藏《格斯(萨)尔传》之间的关系,开展比较研究是非常必要的。《格斯(萨)尔传》史诗本身具有跨民族、跨语言、跨文化和跨学科的特性。因而,研究《格斯(萨)尔传》史诗离不开比较文学的研究视野和研究方法。

　　《〈格斯尔传〉的历史根源》是达木丁苏伦具有代表性的有关蒙古文学与其他民族文学的关系研究论著。他在论著中说:"正如大家所知,蒙古、突厥、西藏等中央亚细亚各民族在长期历史发展过程中,像在经济方面的联系一样,在他们共有的文化创作过程中,彼此之间也有着极为密切的交往。当然,这种情况就不能不影响到上述各民族的史诗的风格上。"③鉴于各民族史诗之间的相互影响,达木丁苏伦强调研究蒙古史诗要有开放的研究视野,他说:"研究布里亚特—蒙古的史诗,就不能不研究布里亚特—蒙古;研究蒙古的史诗,就不能不研究蒙古。研究西藏的史诗,也就不能不研究西藏。同时也不能忽略它们之间的相互联系。"④

　　达木丁苏伦在《〈格斯尔传〉的历史根源》的序言中,首先指出了《格斯(萨)尔传》史诗的跨民族、跨语言、跨地域性。他说:"从热带的恒河到寒带的黑龙江,从阳光充足的黄河流域到阴雨连绵的勒拿河畔,都可以听到这部宏伟的叙事长诗。在这样广阔的疆域里,……说唱艺人的声音过去

---

① 中国社会科学院少数民族研究所编制:《民族文学译丛》,第1集,1983年,第124页。
② 同上。
③ Ц. Дамдинсүрэн, Гэсэрийн туужийн түүхэн үндэс, орос хэлнээс орчуулсан А. Д. Цендина, УБ, 1998 он, тал 149.
④ Өмнөх ном.

和现在都鸣响在西藏的山谷中、蒙古的草原上和西伯利亚的原始森林。"①

继而,他指出:"为了把这个对研究蒙古文学有着重要影响的问题搞清楚,我们认为必须尽可能详细地比较一下所有便于研究格斯尔的西藏和蒙古的传说。这对于解决这部作品的起源问题是很必要的。"②他在这里阐明了两个问题,第一个问题是强调了澄清蒙、藏《格斯(萨)尔传》关系问题对于蒙古文学研究有着深远的意义。我们知道,作为蒙古文学三大高峰之一的《格斯尔传》在蒙古文学史上占有重要地位。如果它的属性不能明确的话,其后果难以想象,达木丁苏伦充分意识到了解决蒙、藏《格斯(萨)尔传》的关系问题对于整个蒙古文学研究的特殊含义,这个问题解决得好坏将关系到今后蒙古文学研究的开展。

第二,他提出了解决这个问题的有效途径,即通过尽可能的详细比较,找到作品的来源。"比较研究是民间文学研究中一种很重要的方法。通过对各地异文的比较,可以发现作品流传演变的规律,可以推算时代的先后与流传的路线。"③

比较方法不但可以发现作品流传的规律,推算史诗流传的路线,还可以呈现出作品本身的特色。正如日尔蒙斯基所说:"比较,也就是判明现象之间的异同,过去和现在都是科学研究的基本方法。比较并不取消所研究的现象(个人的、民族的、历史的)的特殊性质;相反,只有借助于比较,才能判明其特性。"④只有通过对蒙、藏《格斯(萨)尔传》的比较,才能呈现出蒙古文《格斯尔传》的蒙古民族特色。笔者认为,这是达木丁苏伦进行蒙、藏《格斯(萨)尔传》比较研究的真实想法。出于这种目的,达木丁苏伦在掌握一定蒙藏文本的情况下,将蒙、藏《格斯(萨)尔传》的各种译文进行了细致的比较研究。

在比较文学研究中,掌握尽可能多的文本具有重要意义。蒙、藏《格斯(萨)尔传》史诗以书面、口头的形式流传于蒙藏人民之中,搜求整理文

---

① Ц. Дамдинсүрэн, *Исторические корни Гесериады*, Москва,1957,с. 2.
② Ц. Дамдинсүрэн, *Гэсэрийн туужийн түүхэн үндэс*, орос хэлнээс орчуулсан А. Д. Цендина, УБ, 1998 он, тал 11.
③ 段宝林:《史诗研究方法刍议》,《格萨尔学集成》第 1 卷,兰州:甘肃民族出版社,1990年,第 658 页。
④ 日尔蒙斯基:《文学流派是国际性现象》,倪蕊琴译,干永昌、廖鸿钧、倪蕊琴编选:《比较文学研究译文集》,上海:上海译文出版社,1985 年,第 301 页。

本显得越发重要。达木丁苏伦充分认识到这一点,他说:"东方学家们面临着一个巨大的任务:尽量收集所有的传说,研究它,并给予应有的评价。"①尽可能广泛地收集、整理有关格萨尔史诗的各种文本,包括书面的和口头流传的,是达木丁苏伦在进行比较鉴别之前要进行的一项首要工作。

1. 达木丁苏伦所掌握的藏文《格萨尔》文本状况

《格萨尔传》卷帙浩繁,据王沂暖先生上个世纪 80 年代统计,已多达 90 余部。我们知道,藏文《格萨尔传》划分为分章本和分部本两种。分章本早于分部本,是《格萨尔传》最初的创作。据王沂暖先生列举,藏文分章本主要有以下七种:《格萨尔王传》贵德分章本、《手稿 Пб》本、《岭格斯尔》本、拉达克分章本、十三章本、七部本、昌格萨尔本等。其中,《岭格斯尔》本是藏文蒙译的翻译本,王沂暖先生将其列入藏文分章本中。分部本的数量比分章本多得多。据王沂暖先生当时的统计就不少于 60 部。②

达木丁苏伦将当时搜集到的西藏《格萨尔传》的各种文本进行了一番梳理,归纳为以下六种版本:

1)《卡姆岭·格萨尔》。法国亚历山大·达维·尼尔女士与云登活佛合作,根据她在中国西康地区从说唱艺人那里记录下来的记录本,参照她所得到的藏文抄本,转述的东藏的格萨尔传——《岭格萨尔超人的一生》,于 1931 年用法文在巴黎出版。这也就是王沂暖先生所说的十三章本。

2)《拉达克本》。摩拉维亚传教士弗兰克在拉达克记录的、由西藏艺人演唱的一部格萨尔。他以《格萨尔王传的春季神话》为题将记录的文本,于 1900 年发表在《芬兰乌戈尔社会札记》上,刊登了口述版本的原文和德文译文。同时,他又从拉达克一个 16 岁的女孩那里记录了一部《格萨尔》,并于 1905—1919 年用英文在加尔各答出版,题目是《格萨尔王传的一个拉达克版本》。

3)萨尔德科夫—谢德林公共图书馆的抄本。俄国的 G. N. 波塔宁于 1883 年,在题为《中国的唐古特—西藏地区蒙古西北散记》中,将他从安

---

① Ц. Дамдинсүрэн, *Исторические корни Гесериады*, Москва, 1957, c. 2.
② 王沂暖:《卷帙浩繁的长篇英雄事实〈格萨尔王传〉》,《格萨尔学集成》,第 2 卷,兰州:甘肃民族出版社,1990 年,第 1119—1142 页。

多地区弄到的一部藏文抄本做了片段的转述。该文本藏于原列宁格勒萨尔德科夫—谢德林公共图书馆,就是《手稿 Пб》。

4) 藏文手抄 A 本。藏于苏联科学院东方研究所手稿部,标题为《世界的领主格萨尔王的传记》。这个手抄本篇幅很长,仅是关于锡莱格勒三汗战争这个章节的第二部分。

5) 藏文手抄 Б 本。存于蒙古国国立图书馆,影印本保存在苏联科学院东方研究所,标题为《写的是小说中最敬爱的人物岭国的格萨尔王平定真撒塔木王的第一章》,副标题为《只写了詹—岭国世界之可汗格萨尔当时在这些战争中的情况》。这个抄本是 20 世纪 20 年代在博格多格根图书馆发现的。它完全是关于格萨尔和萨塔姆王九年战争的内容。

6) 藏文手抄 B 本。保存在苏联科学院东方研究所手稿部,这一章题名为《关于世界上最有权威的格萨尔王,仇敌的征服者、智慧与勇敢的人们心灵的主宰、战胜了詹国异教人的故事》。这是单章本,描写的是手抄 Б 本中谈过的同那位萨塔姆王的战争。

除了后三个单章本外,达木丁苏伦掌握了王沂暖先生所列举的七种分章本中的四种。按达木丁苏伦本人所说:"因为有了西藏《格萨尔传》的三种草录(G. N. 波塔宁、弗兰克、亚历山大·达维·尼尔女士)和已熟悉的一批藏文《格萨尔传》手稿,现在我们可以提出这样一个问题:蒙古文《格斯尔传》是藏文本还是独立的著作?"①达木丁苏伦深知,即使把上述介绍的所有的文本全部汇编在一起,也不可能完整地恢复出西藏《格萨尔传》的原貌。由藏文手抄 A 本却是十三部史诗中的一部,他推测,西藏的《格萨尔》可能是一部十三章(卷),或十六章(卷)的巨著,现在得到的每一章都组成它的独立的巨大的一卷。他当时还难以想象得出藏文《格萨尔》的卷帙如此浩繁,流传如此广泛,影响如此深远。尽管达木丁苏伦所掌握的藏文文本数量与现今已经发掘的文本数量相比,还有着明显的差距,但是,相对于《〈格斯尔传〉的历史根源》出版之前所公布的藏文本的状况来说,这个数量也还是不少的。

---

① Ц. Дамдинсүрэн, *Гэсэрийн туужийн түүхэн үндэс*, орос хэлнээс орчуулсан А. Д. Цендина, УБ, 1998 он, тал 48.

2. 达木丁苏伦掌握的蒙古文《格斯尔传》诸版本及其鉴别

在列举达木丁苏伦所搜集的蒙古《格斯尔传》文本的情况之前,我们先来看一下齐木道吉所介绍的蒙古文《格斯尔传》的各种版本:1.《北京木刻版》,2.《内蒙古下册版》(1956),3.《乌素图召本》(手抄本,1958),4.《鄂尔多斯本》(手抄本,1956),5.《咱雅本》(手抄本),6.《扎木萨拉诺本》(手抄本,1960),7.《诺木其哈敦本》(手抄本,1960),8.《卫拉特托忒文本》(手抄本),9.《布里亚特格斯尔》,10.蒙古文《岭格斯尔》[①],等等。达木丁苏伦当时掌握的蒙古文《格斯尔传》文本有:1.《北京木刻版》,2.《咱雅本》,3.《岭格斯尔》,4.苏联科学院东方研究所手稿部收藏有十三本蒙古文和八本卫拉特文的《格斯尔传》手稿,5.《布里亚特格斯尔》,6.蒙古国国立图书馆收藏的一些蒙古文手稿,等等。其中前五本被作为主要的比较对象。由此看来,达木丁苏伦掌握了半数的蒙古文本。在此基础上,他展开了蒙藏《格斯(萨)尔传》史诗比较研究。

达木丁苏伦的比较分析主要分为两个部分。一是将《北京木刻版》《咱雅本》《岭格斯尔》分别与藏文本对勘甄别;二是将卫拉特托忒文本、《布里亚特格斯尔》分别与《北京木刻版》对照鉴别。

经过细致的比较对照和鉴别之后,他归纳总结出以下的几点意见:

1) 经过将北京木刻版与藏文本进行对照,达木丁苏伦发现两者之间的某些情节有着相似之处。如在两部史诗中都有格萨尔与晁同为仇,格萨尔启程到达北方,并在那里住了若干年,就在这个时候沙赖河掳去了格萨尔的妻子等情节。从章节上来看,第一章和第五章有相似之处。同时还发现,北京版本中所描写的一系列事件在藏文本中没有出现。譬如,格萨尔入地狱冒险的故事,与遮住阳光的蟒古斯人的格斗,杀死黑花虎,消灭了三百匪徒,智斗七个魔鬼等事件。这两种文本不仅限于情节线索方面的差异,在文体和表现手法上也截然不同。蒙古文本是散文体,有时有几处是诗歌体压头韵,而藏文本中表现的是诗歌形式,其中的故事是散文体,但所有人物对话都是诗歌。从情节的相似上,达木丁苏伦推断蒙古文本的第一章和第五章可能采用了藏文本的情节,其余五章从情节和形式上来看,是蒙古人独立的创作。因而,他提出不能把北京版本看作是藏文

---

① 齐木道吉:《蒙文〈格斯尔传可汗传〉》,《格萨尔学集成》,第2卷,兰州:甘肃民族出版社,1990年,第1106—1111页。

本译文的观点。经过上述的对比分析,他认为,暂时难以确定蒙古文本的完全独创性。他最后推测说:"想必这两部史诗——蒙古的和西藏的有一个共同起源。"

2)达木丁苏伦先将《咱雅本》与《北京木刻版》进行比较对照,发现这两种版本的内容完全相符,只是在写作风格和叙述手法上有些不同。由此推断,二者是同出一源。而后,再将《咱雅本》与藏文本比较。经分析发现,《咱雅本》中的一些人名显然是由藏文译为蒙文的,而且运用了藏族文学作品中惯用的修辞(拉达克的版本中正好也有这样的修辞)。由此推断,《咱雅本》与藏文本有关联。但是,所有已经掌握的藏文资料都和《咱雅本》有很大出入,迄今为止,还未发现《咱雅本》的藏文底本,这说明很难说《咱雅本》是藏文的译本。接下来,达木丁苏伦从人名、语言和形式等方面进行了论证。从人名上看,咱雅本中很多人名完全出自蒙古文。从语言上来看,咱雅本的语言是用优美的蒙古文字写成的,其中有很多的蒙古谚语和俗语,特别是在最后的几章。从形式上来看,《咱雅本》的最后几章都是按照同一个固定的格式写成的。根据这些分析,达木丁苏伦得出了这样的结论,即咱雅本不是译自藏文本,而是蒙古人独有的,只是随着时间的流逝,掺杂进来一些藏文本的成分。就这个版本的性质来说,它只不过是断断续续的有关格斯尔史诗的汇集。

3)B. Ya. 弗拉基米尔佐夫曾经阐明《岭格斯尔》在格斯尔史诗研究上的重要意义:"对这一版本的详细研究,将大大有助于探明流传于中亚和东西许多国家中的格斯尔传的历史。"①正因为《岭格斯尔》激起人们探索《格斯尔传》的历史起源的兴趣,所以达木丁苏伦在论文中对它详加论述。把它的第一章与藏文《手稿 Пб》本的第一章,全部做了对照。二者内容情节、前后顺序完全相同,有出入的只是个别词句。达木丁苏伦进一步从语言角度进行分析,得出了《岭格斯尔》是从西藏翻译过来的结论。他的理由是:(1)蒙文《岭格斯尔》是用接近于现代喀尔喀口语的文字写成的,而且不是说唱艺人常用的语言。(2)在文本中常见到从藏文借来的词和词组。(3)许多藏文的词是未经翻译,就用蒙文拼写成的。(4)手稿中有从汉文借用的比较新的词汇。(5)有的新词还是从满文中借用的。(6)还可以看到许多现代蒙古口语的词汇。(7)各种附注、夹注更进一步证明了蒙

---

① Ц. Дамдинсүрэн, Гэсэрийн туужийн түүхэн үндэс, орос хэлнээс орчуулсан А. Д. Цендина, УБ, 1998 он, тал 63—64.

文的《岭格斯尔》是从藏文翻译而来。达木丁苏伦根据上述证据认为《岭格斯尔》是在19世纪出自某位诗人的译笔。有研究表明，达木丁苏伦有关《岭格斯尔》是藏文译本的论证"如果属实，那么《岭格斯尔》对于研究蒙古文《格斯尔可汗传》的形成、发展，对于蒙古文《格斯尔可汗传》与藏文《格萨尔王传》的比较研究，提供了宝贵的资料。"①

4) 在苏联科学院东方研究所手稿部收藏有十三本蒙古文和八本卫拉特文的《格斯尔传》手稿。达木丁苏伦对这些手稿进行了分析和鉴定，认为其中有三个手稿特别重要。第一个是编号为 Mong Mns I 7 的手稿。达木丁苏伦指出这份手稿的价值并不在于它的内容，而在于它的手写价值。手稿是由布里亚特人所特有的笔迹写成的，而且其中还带有卫拉特人字体的痕迹。第二个手稿是编号为 C266 的手稿。之所以认为这份手稿重要，是因为该手稿的第六章和第七章可以证明在《北京木刻版》出版之前，已经有了《格斯尔传》的手抄本。达木丁苏伦把这两个章节与《北京木刻版》相应的两个章节进行了对照，清楚地发现二者是属于同一种原稿的不同记载，有些部分与北京版本完全相同，有些章节则略加补充。此外，C266 手稿写的字体是古体字，说明这个手稿是很早的《格斯尔传》的手稿之一。通过上述分析，达木丁苏伦得出的结论是：《北京木刻版》不是唯一的，也不是最古老的手稿，而是在蒙古当时许多流传的《格斯尔传》的手抄本中的一种。第三个重要的手稿是编号为 Mong Mns. C441 的手稿。该手稿仅包括一章关于洛布沙加的内容。达木丁苏伦指出该手稿的特别之处在于它是用带有分辨发音符号的蒙古文写成的。就内容而言，达木丁苏伦断定这一章既不是手抄本，也不是《北京木刻版》的第六章的改编，而无疑地起源得比北京版本更早。至于卫拉特托忒手稿 D52、12 及 C9 则和《北京木刻版》完全一样，因此达木丁苏伦推测这些手稿是依据《北京木刻版》抄写的，或者它们是出自一个同样的原始底本。

最后，达木丁苏伦将这些蒙古文和卫拉特的格斯尔手稿划分为三类：第一类是和《北京木刻版》十分相同的那些版本，其中包括编号为 186、152、T120、F142、D52、I2、C9、F7、C206 的手稿。第二类是和《咱雅本》相近的一类，就是 Mong Mns F306。第三类则是完全独立的：包括 Mong Mns. C441、C266、D119、C296、D49、H114、H283、D110、C174、P3 和第一

---

① 齐木道吉：《蒙文〈格斯尔可汗传〉》，《格萨尔学集成》，第 2 卷，兰州：甘肃民族出版社，1990 年，第 1111 页。

类手稿里编号186里的最后两章(Ⅸ、Ⅹ)。达木丁苏伦指出:"如果说《北京木刻版》和《咱雅本》在一定程度上有对某种暂且尚不知道的藏文本的依赖性,那么在读到上述的最后一个手稿时,丝毫不会产生类似假设的念头。"在他看来,第三类手稿即被称为"小格斯尔传"的,完全是蒙古人民自己独立创作的。

5) 达木丁苏伦将《布里亚特格斯尔传》(《翁根本》和《埃黑里特本》)与《北京木刻版》进行对比,发现《翁根本》与蒙古文《格斯尔传》有相似之处。基本相似之点表现在各章的名称和情节上的类似。仅有前三章,尤其是描写格斯尔在天上战斗的一章和各种蒙古版本毫无相似之处。这只是在结构上相似。至于社会性方面,则完全不同于蒙古文本。尤其是《埃黑里特本》则完全是独立的。达木丁苏伦从人物、地名、人名、俄语借词以及所反映的社会内容等方面论证出布里亚特史诗,特别是《埃黑里特本》几乎完全是用布里亚特的民间题材创作的。达木丁苏伦是这样总结的:"仅仅是主人公格斯尔的名字把这个文本和蒙、藏的《格斯(萨)尔传》联系起来了。如果《埃黑里特本》中的主人公用的是另一个名字的话,那么谁也不会想到这就是《格斯尔传》。这个传说中的格斯尔变成马的故事,很像一个蒙古文本中变驴的故事。在藏文本中是没有类似这样的化身的。此外,正在研究中的《埃黑里特本》和蒙、藏文本之间在情节上毫无相似之处。它自立一说。"①

经过上述对比分析,达木丁苏伦指出蒙古、布里亚特—蒙古及西藏的《格斯(萨)尔传》在内容、形式上的差异,得出:"蒙古、布里亚特—蒙古《格斯尔传》具有独特性"②的结论。

在蒙、藏《格斯(萨)尔传》史诗的关系上,达木丁苏伦没有简单地、草率地下结论,而是采取谨慎的态度,慎重地对待这个问题。他在《〈格斯尔传〉的历史根源》的结论部分综合分析了各种版本的鉴定结果,提出了自己的一些看法。通过对《北京木刻版》和《咱雅本》的鉴别,达木丁苏伦得出"不能根据蒙古文《格斯尔传》的十三章中与西藏《格萨尔》两章相类似就断定全部蒙古文本都是从西藏文本翻译过来的"的结论。同时他指出:"蒙古《格斯尔传》的十三章中只有两章和西藏传说有些相似,这就是有关

---

① Ц. Дамдинсүрэн, *Гэсэрийн туужийн түүхэн үндэс*, орос хэлнээс орчуулсан А. Д. Цендина, УБ, 1998 он, тал 31.

② Өмнөх ном, тал 147.

格斯尔的诞生和与沙赉河人的战争的两章,其余的十一章,很显然是蒙古的独立创作,因为在西藏的《格萨尔传》中没有这些章节。"①通过对《埃黑里特本》的甄别,他推断布里亚特蒙文《格斯尔传》是独立创作。通过对《岭格斯尔》的鉴别,他发现了蒙文的《格斯尔传》版本中确实有从藏文翻译而来的事实。

我们可以把他的结论归结为以下三条:第一、蒙文的《岭格斯尔》是从西藏翻译而来的,蒙文《格斯尔传》中有藏文《格萨尔传》的译作。第二、蒙文《格斯尔传》中有的章节是借用藏文《格萨尔传》的题材。这就是有关格斯尔的诞生和与沙赉河人的战争的两章。第三、蒙文《格斯尔传》中有一些藏文《格萨尔传》中所没有的章节,属于蒙古的独立创作。

至于明确地提出蒙文《格斯尔传》来源于藏文《格萨尔传》的观点,是在《〈格斯尔传〉的历史根源》之后,达木丁苏伦继续进行研究的结果。在《〈格斯尔传〉的历史根源》发表二十四年之后的1981年,在当时的西德召开的第三次中亚史诗会议上,他提交了一篇论文,题目为《关于〈格斯尔〉研究的一些问题》。在这篇论文中,他首先指出:"多年来,研究人员们不能知道关于《格萨尔传》方面的藏文原文资料,由于现在已经出版了藏文版本,这个问题逐渐得到了解决……《格斯尔传》的研究工作正在顺利进行。"②而后,他从词源学的角度,对《格斯尔》的源流,以及蒙、藏两种本子的相互关系作了比较研究。他把《格萨(斯)尔传》中的人物分为三组:第一组属于原来的本名;第二组是绰名;第三组带有母系因素,也就是带上母亲出生的地名,可以是国家,也可以是部族。在论文的最后他说:"从词源的角度分析《格斯尔》史诗中的主人公的名字,可以得到这样的结论,史诗中的人物来自西藏。我认为,今后继续研究《格斯尔传》中的人名,可以进一步证实《格斯尔传》确实属于西藏的这个理论。"从中我们可以体会到达木丁苏伦严谨的治学态度和不懈的探索精神。

我国一些学者对相关命题的深入研究证明达木丁苏伦有关蒙、藏《格斯(萨)尔传》关系方面的看法是符合实际状况的。

在《格萨尔》与《格斯尔》的关系方面,王沂暖曾指出:"蒙古文《格斯尔

---

① Ц. Дамдинсүрэн, *Гэсэрийн туужийн түүхэн үндэс*, орос хэлнээс орчуулсан А. Д. Цендина, УБ, 1998 он, тал 147.
② 达木丁苏伦:《关于〈格斯尔〉研究的一些问题》,《格斯尔集成》,第3卷,兰州:甘肃民族出版社,1990年,第1678页。

传》,有的直接译自藏文《格萨尔王传》,如《岭格斯尔》。有的是依据藏文《格萨尔王传》而有所加工,或者有所发展创作。发展创作的结果,使史诗的蒙古族气息和特点,有的更浓厚一些。但它们都是渊源于藏文《格萨尔王传》,不是一开头就是独立创作的。"①

齐木道尔吉在考证了各种版本的《格斯尔》之后,得出的结论是:"格斯尔的故事,从藏地传入蒙古地区之后,经过了长期的历史。特别是 16 世纪到 17 世纪,随着黄教在蒙古的兴起,蒙古族人民依靠自己的智慧和集体创作的力量,发挥自己固有史诗创作的传统,为适应本民族的社会生活、风俗习惯,通过创造性地改编或移植,使蒙文《格斯尔》不断发展与丰富起来,逐渐演变成为具有自己民族特点的文学形式。"②后来,他又在《关于蒙文〈格斯尔〉的几个问题》一文中进一步指出:"蒙古作者为了适应自己民族的生活特性和习惯,利用这个《格斯尔传奇》的题材,增添修改或进行再创作,使之逐渐发展成为独立的具有自己民族特性的民间创作。在民间歌手们的说唱中,按照自己的形式发展着,其中所涉及的人名、地名很多蒙古化了,也增添了不少新的内容和情节。甚至同一个蒙文《格斯尔》就形成为好几种有文字记录的版(抄)本和很多民间艺人所传唱的《格斯尔传奇故事》,而每一个故事几乎都有自己独特的风格。因此,可以说已经成为一部具有独特性的作品。"③

乌力吉在他的题为《论蒙藏〈格斯(萨)尔传〉的关系》的论文中,把蒙文《格斯尔传》分为蒙文《格斯尔传》中的译文、蒙文《格斯尔传》中的编纂文及蒙文《格斯尔传》的独创文三个部分,分别进行阐述,得出了这样的结论:"蒙藏《格斯(萨)尔传》息息相关。蒙文《格斯尔》取源于藏文《格萨尔》并继续发展。蒙文《格斯尔》中确有从藏文《格萨尔》翻译、编纂的部分外,有它自己独特的部分。不能把蒙文《格斯尔》统统看成蒙古作品或外来作品,也不能笼统地认为它完全是翻译作品,更不能认为蒙藏《格斯(萨)尔传》相互无关。这部英雄史诗中充满着蒙藏两个民族的文明与智慧,格斯尔以及他周围的英雄们是屹立在蒙藏两个民族人民心目中不可磨灭的英

---

① 王沂暖:《蒙文北京本〈格斯尔传〉读后记》,《格萨尔学集成》,第 2 卷,兰州:甘肃民族出版社,1990 年,第 1101 页。

② 齐木道吉:《蒙文〈格斯尔可汗传〉的版本简介》,《格萨尔学集成》,第 2 卷,兰州:甘肃民族出版社,1990 年,第 1111 页。

③ 齐木道吉:《蒙文〈格斯尔传可汗传〉》,《格萨尔学集成》,第 2 卷,兰州:甘肃民族出版社,1990 年,第 1106—1111 页。

雄形象,他们当中有些人和事发生了变化,这是因为这部史诗在两个民族中间,向着不同方向发展过程中所产生的新的因素。总之,《格斯尔传》是蒙藏人民长期交往中结成的果实。"①

至于"同源异流"说,仅是达木丁苏伦在比较对照《北京木刻版》与藏文版之后,提出的一个推测而已。他说:"想必两部史诗——蒙古与西藏的——有一个共同的起源。"②而在结论部分,他也并没有重申或强调这个观点。在藏文《格萨尔传》还未正式出版的情况下,他提出这种假设,是符合情理的。这个假设再次表明达木丁苏伦处理蒙、藏《格斯(萨)尔传》关系的过程是一个不断提升、不断探索和不懈追求的过程。

(三)《格斯尔传》历史性的探讨

据段宝林介绍,史诗的历史研究,包括两个方面。一是关于史诗本身的历史研究,如对于史诗产生时代的考证,对史诗作者及创作过程的研究,对史诗产生的地域与人物形象形成过程的研究。二是对史诗所反映的非常丰富的古代历史、社会生活等情况的分析研究。③ 对《格斯尔传》的历史性的考察是《〈格斯尔传〉的历史根源》的第三条主线。文中达木丁苏伦就《格斯尔传》产生的年代、地理位置、作者及创作过程以及格斯尔原型等问题进行了细致的分析。

"史诗的历史研究方法主要是考据和实地调查,最好把二者结合起来。"④我国格萨尔学界,对格萨尔的历史原型、岭国的地理位置、产生年代等方面有不少研究成果。例如,20 世纪 20 年代,我国学者任乃强先生曾到原西康地区考察,发现《格萨尔》在藏族地区流传广泛,深受人们喜爱,便进一步作了调查研究。在其《"藏三国"的初步介绍》一文中指出"格萨尔确有其人"。他根据一些传说和宋史的记载,提出"格萨尔为林葱土

---

① 乌力吉:《蒙藏〈格斯(萨)尔传〉的关系》,《格萨尔学集成》,第 3 卷,兰州:甘肃民族出版社,1990 年,第 1939 页。
② Ц. Дамдинсүрэн, Гэсэрийн туужийн түүхэн үндэс, орос хэлнээс орчуулсан А. Д. Цендина, УБ, 1998 он, тал 49.
③ 段宝林:《史诗研究方法刍议》,《格萨尔学集成》,第 1 卷,兰州:甘肃民族出版社,1990 年,第 659 页。
④ 同上。

司之先祖,即宋史吐蕃传之唃厮啰也"①,并对格萨尔与唃厮啰的出身、婚姻、信仰等方面进行了对比,以肯定格萨尔即为《宋史·吐蕃传》的唃厮啰。在梳理藏文历史文献中有关格萨尔的记载后,王沂暖先生提出倾向于格萨尔的原型是唃厮啰的看法。法国学者石泰安先生在他的《西藏史诗与说唱艺人的研究》中,运用历史考证与实地调查相结合的研究方法,对《格萨尔王传》的地理范围、岭地历史以及格萨尔的名字做了细致入微的考察。

达木丁苏伦有关《格斯尔传》历史性的探讨也是采用历史考证的研究思路。他说:"史诗本身可构成假设的足够材料,但是应用其他资料及依据,其他历史文献进一步加以考证,"并提出"中国及西藏的历史文献和年鉴都可以作为这种考证的根据。"②

达木丁苏伦有关《格斯尔传》的历史性论证可分为两个步骤。首先,达木丁苏伦列举了他所见到的藏文、蒙古文著作及民间传说中涉及的格斯尔。这部分文献被达木丁苏伦分为两个部分,一是西藏历史文献及蒙古历史文献。《嘛呢丛书》和《莲花生详传》是该部分主要的考察对象。从这两部文献的分析中,达木丁苏伦得出"格斯尔是一位历史人物"的结论。二是蒙古、西藏的一些学者和历史学家们的著作。在这个部分里,达木丁苏伦主要分析了班禅巴尔丹耶什与学者松巴益希班觉的通信,及第四代班禅经师洛桑促尔辰的《印度八大法王传》。由此得出的结论是,格斯尔产生于11世纪,生活在安木多地区。第二步,达木丁苏伦试图在中国史书中找到格斯尔的原型。他所运用的史料主要有:《通鉴纲目》《西藏与呼呼诺尔史》、乌斯平斯基著《库开诺尔国或青海》。经过查找对照,达木丁苏伦认为"在中国编年史上7—13世纪时期的卓越人物中唯一能与格斯尔相比的只有中国编年史中提到的吐蕃王唃厮啰。"③进而,达木丁苏伦从以下六个方面论证了上述观点。1.《格斯尔传》及藏史中关于格斯尔活动地点之记载与宋史所记载的唃厮啰的活动范围一致。2.格斯尔与唃厮啰生活的年代相同,均为公元11世纪。3.格斯尔与唃厮啰的名字在意义和语言上相似。4.唃厮啰的叔父与格斯尔叔父名字相同。5.《格斯尔传》

---

① 任乃强:《"藏三国"的初步介绍》,《边政公论》,1944年,转引自王沂暖著:《〈格萨尔王传〉中的格萨尔》,《格萨尔学集成》,第3卷,兰州:甘肃民族出版社,1990年,第1577页。

② Ц. Дамдинсүрэн, *Гэсэрийн туужийн түүхэн үндэс*, орос хэлнээс орчуулсан А. Д. Цендина, УБ, 1998 он, тал 155.

③ Өмнөх ном, тал 179.

与《宋史·吐蕃传》中遇到的部族名称吻合。6.《唃厮啰传》与《格斯尔传》的主要线索完全一致。①

关于达木丁苏伦的"唃厮啰说"的谬误，我国格萨尔学界曾经进行过广泛的讨论。本章旨在梳理达木丁苏伦在《〈格斯尔传〉的历史根源》中的研究思路，而本节则主要描述达木丁苏伦论证《格斯尔传》历史性的思维路线。因而，对于达木丁苏伦此一论证的过与失不作过多评判，仅提几点拙见。

王沂暖曾说："在格萨尔可能是历史上的人物的问题上，没有足够的材料和极为可靠的根据，还得不到肯定的结论。"②在提出自己之所以怀疑格萨尔可能是唃厮啰的几点根据之后，王沂暖先生慎重地说："还没有充分的、极为准确的材料，来肯定格萨尔就是唃厮啰。所以只能说我有一点倾向性。倾向格萨尔即是唃厮啰的说法。"③藏族人民有着悠久的文化传统，有着丰富的古籍文献。仅从两三部藏文文献分析得出的结论难以使人信服。达木丁苏伦本人也发现西藏史料中没有提到格萨尔，为了说服自己，他提出了两点原因。

对于史诗的历史研究，历史考证与实地考察同样重要。达木丁苏伦本人没有亲身实地考察，只是列举了几位俄国旅行家的有关格斯尔的记载。同时，由于他不懂汉语，所采用的中国史料均为翻译成俄文的翻译材料，这都必然影响他所得出的结论。"历史考证对了解史诗创作的历史背景和创作过程虽有一定帮助，但不能成为史诗研究的主要命题，对史诗的研究当然不能只限于此。"史诗的历史研究是辅助，而不是史诗研究的主要内容。笔者认为，达木丁苏伦有关《格斯尔传》的历史性的探讨与论证，最终目的还是为了进一步阐明《格斯尔传》的人民性。

综上所述，在《〈格斯尔传〉的历史根源》中，达木丁苏伦以三条线索分别论证了《格斯尔》史诗的独特性、人民性以及历史性。他通过对蒙、藏《格斯（萨）尔》的比较研究，不但逐步澄清了《格斯尔》史诗源于西藏《格萨尔》这一事实，还呈现出史诗各自的特色。通过对格斯尔原型的探讨，不仅考证了《格斯尔传》产生的年代、地理位置、作者以及创作过程等，而且

---

① Ц. Дамдинсүрэн, *Гэсэрийн туужийн түүхэн үндэс*, орос хэлнээс орчуулсан А. Д. Цендина, УБ, 1998 он, тал 179—188.

② 王沂暖：《〈格萨尔王传〉中的格萨尔》，《格萨尔学集成》，第3卷，兰州：甘肃民族出版社，1990年，第1577页。

③ 同上书，第1582页。

论证出史诗的人民性。尽管书中的一些观点值得商榷,但是在《格斯尔》研究上,达木丁苏伦开放的研究视域是值得肯定的。从这个意义出发,我们可以说达木丁苏伦的有关格斯尔研究给后来的格萨(斯)尔研究带来了很大的启发,其学术价值是不可抹杀的。

第三章 蒙古文罗摩故事文本的比较研究
——《〈罗摩衍那〉在蒙古的传播》

《〈罗摩衍那〉在蒙古的传播》是达木丁苏伦的另一部比较文学专著。季羡林先生曾说:"《罗摩衍那》与《摩诃婆罗多》,好像是双峰并峙,矗立在印度文学史上,在两千多年的漫长时间内,对印度文学的发展和印度人民的宗教信仰,产生了巨大的影响,对南亚和东南亚各国的文学也有广泛而深入的影响。"① 那么对南亚和东南亚文学产生了广泛而深入影响的《罗摩衍那》,在地处东北亚的蒙古地区是否流传过,对蒙古文学产生过何种影响,蒙古文学又是怎样接受它的呢? 这一系列问题成为达木丁苏伦又一个感兴趣的研究课题。

在蒙古学界中,有关《罗摩衍那》在蒙古地区流传的问题少有学者探讨。仁钦道尔吉在题为《印度文学对蒙古族文学的影响——以〈罗摩衍那〉为例》一文中,介绍了达木丁苏伦有关蒙古罗摩故事文本的研究成果,并且就《罗摩衍那》与蒙古文学的关系问题展开论述。② 季羡林在题为《〈罗摩衍那〉在中国》(1984)一文中,介绍了达木丁苏伦所发掘的四种蒙古文的罗摩故事,就这些故事的思想内容、流传途径以及传播方式等方面进行了简明扼要的分析和说明。③ 陈岗龙在专著《蟒古思故事论》中,论述《罗摩衍那》在蒙古地区的流传及其主题特征,阐明了《罗摩衍那》对蟒古思故事的影响。

达木丁苏伦在《〈罗摩衍那〉在蒙古的传播》一书中,就印度两大史诗之一的《罗摩衍那》在蒙古地区的传入、传播途径、影响以及接受等方面进行了翔实的考证。经过上述对达木丁苏伦的文学研究思路的梳理和发掘,我们认为,《〈罗摩衍那〉在蒙古的传播》是他在甄别与其他民族文学类

---

① 季羡林:《比较文学与民间文学》,北京:北京大学出版社,1991年,第242页。
② 仁钦道尔吉:《印度文学对蒙古族文学的影响——以〈罗摩衍那〉为例》,《印度文学研究集刊》,第2辑,上海:上海译文出版社,1986年,第220—227页。
③ 季羡林:《比较文学与民间文学》,北京:北京大学出版社,1991年,第227—229页。

似题材作品及翻译文学蒙古本土化命题研究中的重要研究成果。本章拟就达木丁苏伦有关《罗摩衍那》蒙古本土化研究及甄别与印度《罗摩衍那》类似题材的蒙古文"罗摩故事"等问题展开论述。

（一）蒙古文罗摩故事文本的发掘与考证

在《〈罗摩衍那〉在蒙古的传播》正式出版以前,蒙古文罗摩①故事文本鲜为人知,据达木丁苏伦介绍,仅有两位学者运用过它们。苏联学者A.波波夫(A. Popov)在编写《卡尔梅克语法》时曾经引用过蒙古文的罗摩故事文本中的一些句子作为例证。俄罗斯的蒙古学学者A. M.波兹德涅耶夫在其编撰的《卡尔梅克语俄语词典》中也曾经使用过蒙古文罗摩故事的手抄本。

俄罗斯学界素有注重东方研究的传统,在苏联科学院东方研究所列宁格勒分部的手稿部收藏有几千部蒙古书籍。为了编著《蒙古文学概要》第二册,达木丁苏伦等人于1968年前往列宁格勒大学和苏联科学院东方研究所列宁格勒分部的手稿部搜集史料。达木丁苏伦等人从中进行了筛选。期间,他们觅得几本用托忒蒙古文字写成的罗摩故事。这一发现引起了达木丁苏伦的格外重视。经过鉴定,他确认,作为一种版本的几个副本的这些手抄本故事,应该是印度著名的民间史诗《罗摩衍那》的蒙古版本。能够证明历史上印度与蒙古之间曾存在密切文化往来的这些故事,激起达木丁苏伦的研究热情。达木丁苏伦确信这些托忒蒙古文的罗摩故事文本具有重要的研究价值和学术意义。在他看来,找到了"蒙古人曾经了解和传播过《罗摩衍那》的证据"。

在回国之后,达木丁苏伦继续在蒙古境内搜求,又找到了三部用蒙古文和三部用藏文写成的罗摩故事。从这些文本中,他得到这样一个信息,即关于罗摩的故事并非在蒙古很少流传。他推测,除了自己收集到的这些文本以外,大概还可以再找到一些这类故事的其他版本。于是,达木丁苏伦决定将这些"证明罗摩故事在蒙古境内曾经广泛流传过的"各种蒙古文罗摩故事进行整理、辨析、考证后公诸于世。这引起苏联科学院的重

---

① 在西藏和蒙古的故事中总是把"罗摩"按照印度的形式译写为"罗摩那",所以达木丁苏伦在文中将西藏、蒙古文故事中的主人公也译写作"罗摩那"。本章节则采用我国惯用的译写法"罗摩"。

视,1972年邀请达木丁苏伦前来,进行考订和翻译工作。达木丁苏伦应邀于1972—1973年在列宁格勒完成了前期准备工作。他整理和考证了搜集到的所有手稿,将这些蒙古版本转写为拉丁文,并将其翻译出俄文译本,单独成书,在莫斯科出版发行。

达木丁苏伦认为有必要将这些反映了蒙古、印度古代文化传统关系和作为蒙古文学的重要文献的各个版本介绍给蒙古读者,于是将用俄语写成的书翻译成蒙古文,于1976年在乌兰巴托出版。当时,适逢第三次国际蒙古学大会召开之际,达木丁苏伦谨以此书献给大会。1979年,《〈罗摩衍那〉在蒙古的传播》也在莫斯科正式出版发行。

(二)罗摩故事研究的特点

我国著名东方学者季羡林精通数国语言,学贯东西。1984年他撰写了《〈罗摩衍那〉在中国》一文,1986年发表在《中国比较文学》上。达木丁苏伦同样是位精通数国语言,学贯东西的学者。他在1976年发表了专著《〈罗摩衍那〉在蒙古的传播》。以上提到的这两篇论文均是从印度文学出发,对印度两大史诗之一的《罗摩衍那》在本民族、本地区的传播情况及其影响等问题所作的考证缜密、材料翔殷、分析透彻的佳作。笔者发现,这两篇论文在研究目的、研究手法、研究视角、研究思路等诸多方面存在着相似之处,但相似之中又略有不同。为了能够清晰地勾勒出达木丁苏伦在《〈罗摩衍那〉在蒙古的传播》中的研究思路,我们不妨分从以下几个方面将这两篇论著做一些简单的比较。

1. 寻求《罗摩衍那》流传的证据

季羡林在其论文开头部分,阐明了印度著名史诗《罗摩衍那》在"印度、亚洲,以及世界其他地区的影响之巨大,之深入。"[①]然而,对于《罗摩衍那》是否对中国产生影响的问题,季羡林指出过去学者的"对中国影响不大"的观点是片面的。他说:"实际上不是这个样子。"于是,"将自己对《罗摩衍那》在中国的传播情况以及它的影响,搜集了一些资料,形成一些看法,介绍给大家。"[②]可以看出,纠正过去一些片面的看法是季羡林撰写这篇论文的出发点。达木丁苏伦撰写《〈罗摩衍那〉在蒙古的传播》一文也

---

① 季羡林:《比较文学与民间文学》,北京:北京大学出版社,1991年,第206页。
② 同上。

是出于同样的目的。如前所述,达木丁苏伦在探索蒙古文学史开放结构的过程中,找到、发掘出不少过去尚未了解过的文学作品,其中就包括罗摩故事。1968年达木丁苏伦等人前往列宁格勒大学和苏联科学院东方研究所列宁格勒分部的手稿部搜集史料。他们觅得几本用托忒蒙古文字写成的罗摩故事。这一发现引起达木丁苏伦的分外重视。经过鉴别,他确定,作为一种版本的几个副本的这些手抄本故事,应该是印度著名的民间史诗《罗摩衍那》的蒙古文版本。达木丁苏伦确信这些托忒蒙古文的罗摩故事文本具有重要的研究价值和学术意义。他在《〈罗摩衍那〉在蒙古的传播》序言中说:"尽管学者们知道印度的《罗摩衍那》在中亚、东南亚广泛流传的情况,但对于《罗摩衍那》究竟是否在蒙古流传过还并不了解。在列宁格勒发现的手抄本罗摩故事就成为了蒙古人曾经了解和传播过《罗摩衍那》的明证"。① 这就是他写作《〈罗摩衍那〉在蒙古的传播》一文的首要目的。

2. 使用多语种的各种文本

研究《罗摩衍那》在不同国家和地区的流传与传播,要求研究者能够读懂原文原著(事实上研究者不可能掌握各种外语阅读原著,不得不依靠一些译本来进行研究)。季羡林和达木丁苏伦都是语言大师,都精通梵文,他们不必通过译本来阅读和了解《罗摩衍那》,自己就可以将梵文原著与本民族的各个异本进行对比,分辨原著与译本之间的差异,体悟《罗摩衍那》对本民族文学、文化的影响。尤其是季羡林在上个世纪八十年代还翻译出版了蚁垤的《罗摩衍那》(全第1—7卷),使这种对比与分析更加深刻。

掌握一门或数门其他国家或民族的语言,对于比较文学研究则是必备的"知识装备"。在《〈罗摩衍那〉在中国》一文中,季羡林按照汉、傣、藏、蒙、新疆的顺序,分别介绍了《罗摩衍那》在中国传播的状况。用来作对比的主要译本有:汉文佛经本三个,傣族文本两个,藏族文本一个,蒙古文本四个,新疆的古和阗语本三个和吐火罗文A(焉耆文)文本一个。文本涉及多达八种语言:梵文、巴利文、汉文、傣文、藏文、蒙古文、古和阗文和吐火罗文(焉耆文)。达木丁苏伦的研究仅围绕《罗摩衍那》在蒙古民族中的

---

① Ц. Дамдинсүрэн, *Рамаяна Монголд дэлгэрсэн нь*, УБ, БНМАУ-ын ШУА, 1976 он, тал 3.

流传状况展开,然而,他涉及的文本语种也有六种之多:梵文、蒙古文、藏文、巴利文、古和阗文、汉文。在论著中他本人整理出版的版本有七种:K版本、L版本、M版本、N版本、O版本、P版本、R版本,其中K,L,N,R版本为蒙古文版本,M,O,P为藏文版本。对比的主要文本包括:F.W.陶玛士(F. W. Thomas)、M.拉鲁(M. Lalou)、J. K.巴比尔(J. K. Balbir)、J. W.狄雍(J. W. de Jong)等英国、法国、澳大利亚、荷兰的学者结集出版的六种藏文版本(A,B,C,D,E,F),以及他自己整理的四种蒙古版本(K,L,N,R),一共十种。

最为难能可贵的是,达木丁苏伦运用语言的优势,在具体对比分析过程中,运用前人搜集整理出版的多种文本旁征博引。"登高博引"是达木丁苏伦罗摩故事研究的一大特色。譬如,在分析K版本的特性时,他利用了巴利文的《十车王本生》。据季羡林介绍,印度本国的罗摩故事分为两种,一种是梵文的《罗摩衍那》,另一种是巴利文的《十车王本生》。达木丁苏伦经过细致的考察,认为"K版本是将《罗摩衍那》加工演绎为佛本生故事的数量众多的故事之一。"①于是,他找到丹麦学者V.福斯倍尔(V. Fausboll)于1871年将巴利文的《藏文大藏经》中的《十车王本生》译为英文并出版的版本②以及后来也被H. T.弗朗西斯(H. T. Francis)和E. J.托马斯(E. J. Thomas)等人翻译成英文出版的这个本生故事③与K版本进行了比较,呈现二者的异同,发现"K版本是篇幅宏大、艺术描写最多的一部作品。"④为了进一步证实自己的看法,他觅得法国学者E.沙畹(E. Chavannes)从中文的大藏经(即《甘珠尔》)翻译成法语并出版的几部《十车王本生》⑤、英国学者H. W.贝列(H. W. Bailey)在新疆地区找到并出版的用古和阗文撰写的《十车王本生》残卷⑥⑦以及印度学者拉祐·维拉(Raghu Vira)和日本学者山本地京(Chikyo Yamamoto)于1955年从汉

---

① Ц. Дамдинсүрэн, *Рамаяна Монголд дэлгэрсэн нь*, УБ, 1976 он, тал 24.
② V. Fausboll, Dasaraha jataka, Being the Buddhist story of king Rama, *The original pali text with a translation and notes*, Kopenhagen-London, 1871。
③ H. T. Francis and E. J. Thomas, *Jataka tales*, Cambridge, 1916, pp. 325—331.
④ Ц. Дамдинсүрэн, *Рамаяна Монголд дэлгэрсэн нь*, УБ, 1976 он, тал 24.
⑤ E. Chavannes, *Cing cents contes et apologues extraits du Tripitaka Chinois*, T. Ⅰ, Paris, pp. 173; T. Ⅳ, Paris, 1934, pp. 197—201.
⑥ H. W. Bailey, The Culture of the Iranian Kingdom of Ancient Khotan in Chinese Turkestan, *Memoirs of the Research department of the Tokyo Bunko*, N 29, Tokyo, 1971, pp. 26.
⑦ H. W. Bailey, Rama Ⅱ, *BSOAS*, vol. X, part. 3, London, 1940, pp. 559—598.

语翻译成英文出版的《十车王本生》的几个部分。① 经过与 K 版本的对比，达木丁苏伦发现，K 版本中和拉祜·维拉与山本地京翻译的文本中都有关于龙王抢走悉多，大鸟救下悉多以及在救回悉多过程中猴子帮了大忙的情节，但在巴利文本的传记中并没有出现。从而得出"拉祜·维拉和山本地京出版的残本与 K 版本是同出一源，密不可分，另一方面，K 版本比起其他的文本内容更为详尽、描写手法更注重技巧性"②的结论。由此达木丁苏伦掌握《罗摩衍那》相关文本的情况可见一斑。我们不妨列举一下季羡林与达木丁苏伦共同使用过的文本：蚁垤的《罗摩衍那》梵文原著、巴利文本、H. W. 贝列的古和阗语残卷、敦煌发掘的藏文本、蒙古文本。其中的蒙古文本是达木丁苏伦提供给季先生的。能够为国际学界对《罗摩衍那》的研究尽一份力，恐怕也是达木丁苏伦出版该论著的一个初衷。

3. 开阔的研究视域

季羡林在印度史诗研究方面成果显著，他先后出版了《〈罗摩衍那〉初探》《〈罗摩衍那〉在中国》和与"罗摩衍那"相关的多篇文艺理论著述以及《罗摩衍那》的中文译著。他的研究涵盖了《罗摩衍那》的性质和特点、成书的时间和地点、语言和诗律、与《摩诃婆罗多》的关系、思想内容、艺术特色以及在印度国内外的影响等方方面面的问题。在考察《罗摩衍那》在中国的传播情况时，他能够结合时代、文化背景、审美心理，从整个影响接受来研究探讨，获得了有关中国罗摩故事的清晰可信的流传变异规律。他不仅考察了罗摩故事对于文学的影响，还考察了其对思想、文化、宗教等方面的渗透。

达木丁苏伦精通梵文，对印度文学有着一定的修养，多年来致力于蒙、藏、印之间文学、文化关系的研究。在探讨《罗摩衍那》在蒙古的传播问题时，他并没有把目光仅仅局限在蒙古地区，还看到了《罗摩衍那》在南亚、东南亚、中亚等亚洲其他地区的传播与影响："印度著名的民间史诗《罗摩衍那》的许许多多的口头和书面的版本很早就跨越了印度的边界，流传到了亚洲的许多国家，并且对这些国家人民的民族文学和艺术的发

---

① Raghu Vira and Chikyo Jamamoto, *Ramayana in China*, "*Sarasvati Vihara series*", 8, 2 ed., Nagpur, 1955.

② Ц. Дамдинсурэн, *Рамаяна Монголд дэлгэрсэн нь*, УБ, БНМАУ-ын ШУА, 1976 он, тал 26—27.

展产生了不小的影响。印度尼西亚、马来西亚、柬埔寨、泰国、斯里兰卡、中国的人民都非常熟悉和欣赏《罗摩衍那》。关于《罗摩衍那》在亚洲各国的传播和影响问题,很多学者一直以来都在进行着富有成果的研究,有关的研究著述也颇为丰富。在印度尼西亚、马来西亚等国家,不仅翻译了印度的《罗摩的史诗》,还产生了这部作品的本国版本。东南亚诸国的文学都受到《罗摩衍那》的巨大影响,就其传播的普及程度而言,也并不比其原产国印度差。柬埔寨和缅甸至今还有从公元 7 世纪遗留下来的《罗摩衍那》中某些英雄的塑像。泰国、缅甸、印度尼西亚等国的平民戏剧、舞剧都有着取材于《罗摩衍那》,然后发展而来的历史。在中亚的和阗城附近找到了大约创作于公元 9 世纪的《罗摩衍那》的东伊朗(索格狄亚那)版本"。① 他甚至还提到了我国的长篇小说《西游记》中的孙悟空是以哈努曼的形象为原型创作的。②

达木丁苏伦开放的视域还表现在有关《罗摩衍那》对蒙古民间文学、宗教信仰以及思想意识和精神生活等方面影响的探讨上。经达木丁苏伦考察,"《罗摩衍那》已经渗入到蒙古的神话传说之中。在西藏和蒙古广泛流传着关于北方天国香巴拉(Shambal)的神话故事。在这个神话中,香巴拉王的参谋(大臣)的名字就叫做哈努曼或哈努曼塔。不仅仅是名字相同,哈努曼将军的事迹也与《罗摩衍那》中的哈努曼猴子的事迹非常地相似。"③罗摩故事在蒙古流传的过程中,它的情节母题逐渐渗透到蒙古民间故事之中。"蒙古英雄史诗和民间故事借用和模仿罗摩故事的情节和母题进行创作。"④例如,"天神下凡为民除害母题;挑动英雄诱拐美女母题;人物化身为各种动物母题和采集仙草母题等等。"⑤罗摩故事还"对蟒古思故事主题和题材形成过程中起了重要影响。"⑥季羡林在分析傣族的

---

① Ц. Дамдинсүрэн, *Рамаяна Монголд дэлгэрсэн нь*, УБ, БНМАУ-ын ШУА, 1976 он, тал 7.
② 季先生也认为,《西游记》中孙悟空至少有一部分有《罗摩衍那》中神猴哈奴曼的影子,《罗摩衍那》在这方面影响了中国文学的创作。季羡林:《比较文学与民间文学》,北京:北京大学出版社,1991 年,217 页。
③ Ц. Дамдинсүрэн, *Рамаяна Монголд дэлгэрсэн нь*, УБ, БНМАУ-ын ШУА, 1976 он, тал 9.
④ 仁钦道尔吉:《印度文学对蒙古族文学的影响——以〈罗摩衍那〉为例》,季羡林主编:《印度文学研究集刊》,第 2 辑,上海:上海译文出版社,1986 年,第 227 页。
⑤ 同上书,第 227—228 页。
⑥ 陈岗龙:《蟒古思故事论》,北京:北京师范大学出版社,2003 年,第 334 页。

罗摩故事时,对云南其他少数民族文学或民间文学中遗留的罗摩故事痕迹进行了研究。

达木丁苏伦不但考察了罗摩故事在蒙古文学史上所产生的影响,他的视线还触及到蒙古人的宗教信仰、精神生活和思想意识等方面。由蒙古寺庙常常见到供奉猴子的画像;蒙古的经书典籍中关于怎样请猴、怎样祭猴以及怎样求猴满足什么愿望的异常丰富的记载以及民间对猴子的崇拜,达木丁苏伦推测出这种崇拜"无疑是受到了印度的影响,而且还是源于《罗摩衍那》的主人公之一的哈努曼猴子的影响。"①同时,达木丁苏伦发现罗摩故事业已渗入蒙古人民的精神思想之中。他说:"《罗摩衍那》在广大人民中普遍流传,给予人们的信念就是相信来世将会是圆满的、幸福的时代这一美好的信念和乐观主义。"②

季羡林总结罗摩故事在中国传播的第二条规律,是"罗摩故事传入中国以后,各族都加以利用,为自己政治服务。"③达木丁苏伦也关注到这个问题。他说:"众所周知,喇嘛们、宗教活动家们一直以来不断地想方设法利用着这个神话故事。为了提高宗教活动家们的声望,他们宣称西藏的班禅喇嘛的来世将成为香巴拉王,喀尔喀蒙古的哲布尊丹巴活佛就是香巴拉战争中的哈努曼达将军,并到处传播写有供奉和颂词的经卷。"④这说明罗摩故事在蒙古地区传播时也曾遵循这条规律。

4. 运用多种学识

季羡林与达木丁苏伦在各自的论著中,充分调动了多种学问,进行了坚实详尽的考证和缜密细致的辨析。下面我们以这两位学者对于罗摩故事传播路线的考察为例进行探讨。

季羡林从在福建泉州寺庙里发现了猴子浮雕这一普通的事情中,开展了有关中印文化交流途径的新探讨。他说:"研究中印文化交流的学者,不管是中国的,还是外国的,大都认为中印文化交流渠道只有西域一条,时间都比较早,也就是说在唐宋以前,现在看来,这种想法必须加以纠正:中印文化交流从时间上来说,宋以后仍然有比较重要的交流。从空间

---

① Ц. Дамдинсүрэн, *Рамаяна Монголд дэлгэрсэн нь*, УБ, БНМАУ-ын ШУА, 1976 он, тал 10.
② Өмнөх ном.
③ 季羡林:《比较文学与民间文学》,北京:北京大学出版社,1991年,第240页。
④ Ц. Дамдинсүрэн, *Рамаяна Монголд дэлгэрсэн нь*, УБ, БНМАУ-ын ШУА, 1976 он, тал 10.

上来说,海路宋代才大为畅通。此外,还有一个川滇缅印道,也往往为学者所忽略。"①

达木丁苏伦在考察罗摩故事流传至蒙古的路径与年代时,则是动用了自己的语言能力、文化知识。他由K版本中存在着相当多的藏文词汇没有被译为蒙文,而是仅仅用蒙古字母拼写出这些词汇的读音,推断出K版本译自藏文。②进而,从K版本中常常会遇到西部蒙古卫拉特的大量词汇,推测出这部传记不是按照形成的常规那样从畏兀儿蒙古文转写成托忒文字的,而应该是按照西部蒙古的方言,用托忒文字从藏文直接翻译而来的文本。③又因所找到的K版本的所有手抄本均是用托忒文写成的,提出:"这部译著是在创制卫拉特托忒文的1648年以后才翻译完成的"的看法。最后,达木丁苏伦得出"K版本应该是在18世纪前后由藏文翻译而来的"结论。

又如,据达木丁苏伦考证,蒙古罗摩故事文本对于研究梵、藏、蒙之间专有名词翻译原则提供了第一手文本。通常,藏文典籍在翻译梵文专有名词时,遵循着意译的原则,而从藏文译为蒙文时,同一专有名词偶尔是意译,大部分是仍由最初的梵文音译而成。因此由藏文译为蒙文时,几乎没有藏文词汇,而梵文却很多。19世纪左右,从藏文译为蒙文的翻译过程中偶尔会遇到按藏文的形式书写的从梵文译为藏文的专有名词。达木丁苏伦试图以察哈尔格西的罗摩故事(L1版本)为例,归纳其中的一些专有名词翻译原则。他归纳的第11条原则是,"许多梵文名词翻译成蒙文时习惯以回鹘文的形式读写。"④由此,达木丁苏伦对罗摩故事传至蒙古的路径提出自己的看法。他说:"自古以来,回鹘文(古畏兀儿文)在蒙古语文明史上起了奠基作用。7世纪,在中部蒙古发现刻有回鹘文字的石碑。令人感兴趣的是碑文中提到了有关佛教的僧侣的内容。因而可以认为,印度的神话故事在很久以前不仅通过西藏传入蒙古,回鹘也是一种途

---

① 季羡林:《比较文学与民间文学》,北京:北京大学出版社,1991年,第218页。
② 例如:карба(藏语为 mkharba),意为"青铜""雪",сэлэ сбарам(藏语为 sale sbram),意为"纯金",дом(藏语为 dom),意为"熊",ладу(藏语为 ladu),意为"油炸点心""烘烤点心",等等。
③ 例如:zangi(medee,意为"消息"),naij nar(ekhner,意为"妻子"),khot(khodood,意为"胃"),zemnel(omog, buleglesen tsereg,意为"保护、护卫军"),tanaa(khamriin ugalz 意为"鼻翼"),等等。
④ Ц. Дамдинсүрэн, *Рамаяна Монголд дэлгэрсэн нь*, УБ, БНМАУ-ын ШУА, 1976 он, тал 71.

径。从那时传入蒙古的印度神话故事中就有罗摩的故事。"①

（三）罗摩故事的比较研究

《〈罗摩衍那〉在中国》与《〈罗摩衍那〉在蒙古的传播》的研究思路是一致的，都是旨在寻找印度史诗《罗摩衍那》在其他民族地区的流传及其影响接受与变异创新的研究。这两部论著的研究手法相同，即通过比较，寻找各文本之间的传承关系。可以说，他们都是典型的影响研究。

季羡林的研究首先根据梵文原作译介了《罗摩衍那》的基本故事情节，接着按照汉、傣、藏、蒙、新疆的顺序，将自己搜罗到的"中国境内的各异本"与之对比，主要针对文本的主题思想(性质)、故事内容、人物形象等方面进行比较，一一辨析它们的异同及其变异原因，最后总结概括《罗摩衍那》在中国传播的规律。在具体操作过程中，季羡林与达木丁苏伦有各有千秋。季羡林不仅将《罗摩衍那》全书的骨干故事与其他文本进行对比分析，而且将《罗摩衍那》中插入的许多零碎的小故事，包括寓言和童话作为底本。譬如，在分析《罗摩衍那》遗留在古代汉译佛经中的痕迹时，他分为两个步骤来阐述，先是在汉译佛典中找到两个同《罗摩衍那》骨干故事相当的故事，与蚁垤的《罗摩衍那》进行比较，加以分析。而后在汉译佛典中选取几个具有典型意义的小故事与《罗摩衍那》穿插的小故事比较对照，分析其异同。而在分析新疆古和阗语文本时，他根据 H. W. 贝列的研究成果，将故事的内容简略地叙述。在叙述的过程中，通过脚注的方式，将考证及对比分析结果附上。最后，综合对《罗摩衍那》在五个民族中流传情形的分析，探寻出《罗摩衍那》在中国传播的情形。

达木丁苏伦根据《罗摩衍那》在蒙古流传的自身特点，采取更加适合于研究蒙古文罗摩故事的方式进行比较研究。鉴于罗摩故事文本在蒙古地区发现较晚，且是达木丁苏伦本人亲自发掘出来的，在对蒙古文罗摩故事展开具体研究和分析工作之前，达木丁苏伦对搜集到的同一文本的不同手抄本，进行初步的比较、分析和鉴定工作。他将考证与辨析的结果一并呈现给大家，共理出七种罗摩故事版本。沿用前人的研究成就，按照国际《罗摩衍那》研究学界的通用的序列编序，他为这些文本编注了一套按

---

① Ц. Дамдинсүрэн, *Рамаяна Монголд дэлгэрсэн нь*, УБ, БНМАУ-ын ШУА, 1976 он, тал 71.

字母排列的索引,分别为 K、L、M、N、O、P、R 版本。[1]

接着将上述七种文本与蚁垤的《罗摩衍那》进行比较,发现它们与蚁垤的《罗摩衍那》,"有着很大的差别"。从而得出"蚁垤所著的《罗摩衍那》好像并没有以专门的书的形式在西藏和蒙古地区流传过。似乎可以说,这些西藏和蒙古罗摩的故事并不是从蚁垤的《罗摩衍那》传承衍生而来,而是在佛教在蒙古地区广泛传播的时期(16 世纪前后),伴随着数目庞大的佛教经典一同经由西藏地区传入蒙古"[2]的结论。

既然它们与西藏有着密不可分的联系,下一步达木丁苏伦就需要将蒙古文文本与藏文文本进行对照分析。在上述七种文本中,M,O,P 三种为藏文本。据达木丁苏伦考察,他们比起其他四部蒙古文版本,就内容而言,没有更多的信息,因此不打算将他们列入比较研究范围之内。在没有获得藏文原文的情形下,达木丁苏伦选取英、法、澳大利亚等国的 F.W.陶玛士、M.拉鲁、J.K.巴比尔、J.W.狄雍等学者在敦煌获得并结集出版的六种版本(A,B,C,D,E,F)为比较对象,将它们与自己整理的四种蒙古版本(K,L,N,R)进行比较研究。

在具体比较蒙藏罗摩故事时,达木丁苏伦沿用了 J.W.狄雍提出的分类体系,即以 J.W.狄雍归纳的藏文本 46 条中的每一条作为比较对象,将 K,L,N,R 版本的内容与其进行比较,在每一条之后指出该条是否在蒙古版本中出现,是否发生变异。

根据达木丁苏伦比较的结果列出如下表格:

蒙文、藏文文本内容比较图表[3]

	A	B	C	D	E	F	K	L	N	R
1	−	+	−	+	+	−	−	−	−	−
2	−	+	−	+	+	−	−	−	−	−
3	−	+	−	+	+	−	−	−	−	−

---

[1] 英、法学者 F.W.陶玛士、M.拉鲁、J.K.巴比尔等人在从东突厥斯坦找到的六部藏语文本的《罗摩的故事》中已经使用了拉丁文排在最前面的六个字母作为文本编号。达木丁苏伦为了不使其他文本与这些文本混淆,故使用这六个字母后面的拉丁字母作为索引字母。这样做,一方面可以使其研究成果与国际接轨,另一方面,"便于使所有文本中的某一种文本与其他某种文本进行比较和相互印证。"同时,也可以惠及后人,为我们查阅提供方便。

[2] Ц. Дамдинсүрэн, *Рамаяна Монголд дэлгэрсэн нь*, УБ, БНМАУ-ын ШУА, 1976 он, тал 22.

[3] Өмнөх ном, тал 62—63.

续表

	A	B	C	D	E	F	K	L	N	R
4	－	＋	－	＋	＋	－	－	－	－	－
5	－	＋	－	＋	＋	－	－	－	－	－
6	＋	＋	－	＋	＋	－	－	－	－	－
7	＋	＋	－	－	＋	－	（＋）	（＋）	（＋）	－
8	－	＋	－	－	＋	－	－	－	－	－
8a	＋	－	＋	－	－	－	－	－	－	－
8b	＋	－	＋	－	－	－	－	－	－	－
8c	＋	－	＋	－	－	－	（＋）	（＋）	－	－
8d	＋	－	＋	－	－	－	（＋）	（＋）	－	－
8e	＋	－	＋	－	－	－	＋	＋	－	－
8f	＋	－	＋	－	－	－	＋	＋	－	－
9	－	＋	－	－	＋	－	（＋）	－	－	－
10	－	＋	－	－	＋	－	－	－	－	－
10a	＋	－	－	－	－	－	（＋）	（＋）	－	－
10b	＋	－	－	－	－	－	＋	－	－	－
11	＋	＋	－	－	＋	－	＋	＋	＋	＋
12	＋	－	－	－	＋	－	－	（＋）	＋	－
13	＋	－	－	－	＋	＋	－	＋	＋	－
14	＋	－	－	－	＋	＋	＋	＋	＋	＋
15	＋	－	－	－	＋	＋	＋	＋	＋	＋
16	＋	－	－	－	＋	＋	＋	＋	＋	＋
17	＋	－	－	－	－	＋	－	－	－	－
18	＋	－	－	－	＋	－	＋	－	－	－
19	＋	－	－	－	＋	－	＋	（＋）	－	－
20	＋	－	－	－	＋	－	＋	＋	＋	＋
21	＋	－	－	－	＋	－	＋	＋	＋	＋
22	＋	－	－	－	＋	＋	＋	＋	＋	＋
23	＋	－	－	－	＋	＋	＋	＋	＋	＋

续表

	A	B	C	D	E	F	K	L	N	R
24	+	−	−	−	+	+	+	+	+	+
25	+	−	−	−	+	+	+	+	+	(+)
26	+	−	−	−	−	+	+	+	+	−
27	+	−	−	−	+	+	+	+	+	−
28	+	−	−	−	+	−	+	−	−	−
29	+	−	−	−	−	−	+	+	+	−
30	+	−	−	−	+	+	+	+	+	−
31	+	−	−	−	−	−	+	+	+	−
32	+	−	−	−	−	+	+	(+)	(+)	−
33	+	−	−	−	+	−	+	+	+	(+)
34	+	−	−	−	−	−	−	−	−	−
35	+	−	−	−	−	−	(+)	+	−	−
36	+	−	−	−	−	+	(+)	−	(+)	−
37	+	−	−	−	−	−	+	(+)	(+)	+
38—46	+	−	−	−	−	−	−	−	−	−

图表中的第一横行从 A 至 R 表示蒙文、藏文各文本,第一竖列是 J. W. 狄雍归纳的敦煌文本的 46 条主要内容的序号。"−"表示该条在 A 至 R 文本中没有出现,"+"表示该条在 A 至 R 文本中曾出现过,"(+)"表示有这条内容,但是发生了很大变异。从图表中我们可以清楚地看到,K 版本中有 31 个情节与藏文文本一致,其中有 6 个情节发生很大变化,藏文文本的 14 个情节在 K 版本中没有出现;L 版本中有 30 个情节与藏文文本一样,其中有 9 个情节发生很大变异,其余 16 个情节没有出现;N 版本中与藏文文本有 21 个情节相同,其中 3 个情节发生很大变动,藏文文本的另 25 个情节则没有出现;R 版本中有 17 个情节与藏文文本相符,其中 3 个情节发生很大变更,另 29 个情节则没有出现。由此,无须达木丁苏伦总结,我们很容易得到两条信息,一是蒙义、藏文文本之间确实存在着密切联系,二是蒙古文文本发生了较大的变异,尤其是 K 版本和 L 版本。图表法清晰地展现了蒙藏罗摩故事之间的异同,清楚地呈现出他们之间的关系。这种研究方式反映出达木丁苏伦以事实为依据进行比较

研究的一贯作风,也正是达木丁苏伦比较研究的特色之一。

达木丁苏伦没有进行《罗摩衍那》中穿插的许多零碎的小故事是否曾在蒙古地区流传的考证工作。而是在探讨罗摩故事随着佛经的传入而传至蒙古地区的同时,还关注到罗摩故事之外的其他一些印度神话和史诗也随着佛经一同传入蒙古地区。以印度著名史诗《摩诃婆罗多》为例进行说明。在仁钦巴拉所著的《萨迦格言的注释》中,达木丁苏伦发现有关《摩诃婆罗多》的一些简要内容,在《丹珠尔》的第二十三卷,或称为《赞词》的第一卷的什拉博高乔创作的《佛教赞词注释宝铨》①中也找到同样的故事。通过对萨迦班第达所作的《萨迦格言》第六章的翻译注释的考证,达木丁苏伦提出"蒙古读者对于《摩诃婆罗多》的简要内容应该是比较熟悉的"的看法。由此,我们可以体会到达木丁苏伦宽广的研究视域。

此外,达木丁苏伦在对各种文本的罗摩故事进行比较分析时,除了在蒙古罗摩故事(K、L、R、N)与蚁垤的《罗摩衍那》之间、蒙古文罗摩故事(K、L、R、N)与藏文罗摩故事(A、B、C、D、E、F)之间进行比较对照之外,还注重在蒙古罗摩故事之间(K、L、M、R、N、O、P)的比较鉴别。这种比较分析有两个目的,一方面,达木丁苏伦试图复原蒙古文罗摩故事的全文,另一方面,通过K、L、R、N版本与M、P版本之间的对比分析,发掘出蒙古文文本中比藏文文本中所蕴含着的更多信息,以此找到对蒙古罗摩故事再创作或再加工的证据。

(四) 罗摩故事的本土化研究

季羡林和达木丁苏伦关于《罗摩衍那》传播的研究,有着一个共同的特点,就是都非常关注《罗摩衍那》或罗摩故事在本民族、本地区发生的变异及其本土化方面的考察。

季羡林在对比《罗摩衍那》与汉译佛经《六度集经》中的睒子的故事时,提出"《罗摩衍那》的故事是一个悲剧,童子死掉,其父发出诅咒。而在《六度集经》中则转化悲剧为喜剧。童子得群神福佑,死而复生,皆大欢喜。这是否为了适应中国读者的心情而改变的,不得而知"②的问题。在

---

① 藏文名为"khyad par 'phag pa'i bstod pa'i rgya cher' grel pa"。
② 季羡林:《比较文学与民间文学》,北京:北京大学出版社,1991年,第216页。

比较梵文《罗摩衍那》与傣族《兰嘎西贺》时,季羡林得出的结论是:"傣族的故事大大地傣族化了,也就是中国化了。"他认为中国化表现在三个层面上:一是"好多印度地名都换成了中国地名,也就是云南本地的地名。比如阿努曼丢下来的仙草山,就落在云南傣族地区";二是"有不少本地民间故事窜入整个故事之中";三是"故事的第五部分,召朗玛与勐哥孙之间爆发战争,故事就发生在傣族地区,这已不仅是中国化了,而是中国创造了。"①在分析敦煌的藏文文本与梵文文本时,季羡林指出藏文文本有些地方本土化了,如"藏本创造了一个大黑天(实际上就是毗湿奴),与大梵天相对立……藏本把一些名字改变为本地的。结尾是大团圆,与梵文本异。西藏人同其他中国各族人一样不喜欢悲剧。"②他指出蒙古文文本的本土色彩浓厚,但例证主要是引用达木丁苏伦的研究,此处不作赘述。最后,他总结出《罗摩衍那》在中国流传的五条规律:一是"《罗摩衍那》的影响完全是在印度教方面。然而罗摩故事传到国外以后,大概是由于都是通过佛教传出来的,所以国外的那许多本子毫无例外地宣传的都是佛教思想。"二是"罗摩故事传入中国以后,各族都加以利用,为自己的政治服务。"三是"汉译本特别被强调伦理道德的一面。"四是同古希腊比,"中国人不大喜欢或欣赏悲剧",因而,罗摩故事在印度是一个悲剧,"但到了中国却多被改成喜剧结尾,以适应中国人的心情和爱好。"五是都被"涂上了地方色彩和民族色彩"。③ 其中后四条都涉及到了《罗摩衍那》的本土化问题。

如前所述,达木丁苏伦在蒙古文学研究过程中,提出了对于蒙古文学具有重要意义的翻译文学蒙古本土化研究的命题,并且指出这个命题是当前蒙古文学研究的重要任务之一。因而,在具体文本的研究过程中,达木丁苏伦身体力行地付诸实践。达木丁苏伦的有关罗摩故事本土化研究主要集中在两个版本——L1 和 K 版本上。我们在下文将分别以这二者为例进行说明。

据达木丁苏伦考证,蒙古文 L1、L2、L3、L4、L5、L6 版本均是藏文 M 版本的译本,其中的大部分是对林钦巴勒的藏文注释(M1)的良莠不齐的译文。经过进一步分析,达木丁苏伦发现,L1 版本并不是逐字逐句的翻译,应该把它称为"自由的译述",或是"蒙古化的译作"。他的理由如下:

---

① 季羡林:《比较文学与民间文学》,北京:北京大学出版社,1991 年,第 221 页。
② 同上书,第 227 页。
③ 同上书,第 239-241 页。

相对于藏文原稿比较而言,察哈尔格西在撰写《萨迦格言》注释的时候对罗摩故事做了相当大的改动,增加了一些内容,删减了一些内容,简写了部分内容,以达到使蒙古读者易于理解的目的。在这个故事中,他将楞迦解释为大海里一座岛屿的名字,并且解释了楞迦岛的主人罗刹为什么叫做"叫吼子"(即罗波那),增加了关于喜马拉雅山的顶峰吉罗婆山为什么叫做蚁垤仙人山的神话故事。

为了达到易于理解的目的,他在有些地方进行了简写,有些地方进行改写,偶尔也有非常过度的改动。比如,他将"用火漆(封蜡)建造的房子"改为"用木头建造的房子"。所谓"用火漆(封蜡)建造的房子",有可能指的是外部涂抹了树脂、松香的木头房子。在史诗《摩诃婆罗多》中有企图将般度族人引入用火漆(封蜡)建造的房子,并放火烧死的内容。在西藏、蒙古的文学作品中会遇到不少"用火漆(封蜡)建造的房子"。但是,"用火漆(封蜡)建造的房子"对于蒙古读者而言,则是非常难以理解的词汇。

又如,察哈尔格西将湿婆神、文艺女神坐在罗刹的舌头上,改变了他所说的要请求长生不死的话的含义,变成了罗刹在他的马头被砍掉之前不会死去,赐予魔法的藏语句子加以简化,写成在罗刹舌头上说话的时候,给了他变得更加聪明的魔法。(但是也有可能在察哈尔格西所使用的西藏的原本上就是这样写的。如果是这样的话,这个改动就跟察哈尔格西没有关系了。我们在这里是依据仁钦巴勒创作的《萨迦格言》的注释进行讨论。给我们的印象好像是楚勒特木巴勒创作的《萨迦格言》的注释中的罗摩故事与察哈尔格西创作的比较相近。但是没有找到将它们对照考察的条件。那么察哈尔格西使用了什么样的藏语注释呢?今后还需要就这一问题进行详细的研究。因为完全没有对《萨迦格言》的各种藏语注释本进行过研究,所以在对它们的蒙语译本进行研究总结时就遇到了相当大的困难。①

再如,察哈尔格西在翻译萨迦班第达创作的《萨迦格言》中的一段有关罗摩故事题材的诗歌时,增补了几处新的思想。《萨迦格言》的第 321 段如下:

---

① Ц. Дамдинсүрэн, *Рамаяна Монголд дэлгэрсэн нь*, УБ, БНМАУ-ын ШУА, 1976 он, тал 31—32.

> chen po rnams kyis rtsed mo dang
> bde dang zas la chags pa spang.
> 'dod la chags (zhen) pa'I le lan gyis
> 'Bod groge Lang ka bsad ces grags.

13 世纪时期的索诺木嘎剌将这段诗翻译出来。译文如下：

> Йэкэ күмүн нагадун идэгэн кигэд
> Жиргаланг-дур хуричаху-йи талбигдахуй,
> Жиргаланг-дур хуричагсан-у силтагабар
> Дас-а гирви Ланшка-дур алагдажухуй гэкү

察哈尔格西将此段翻译如下：

> 比大家都年长的大人，
> 无稽的荒唐游戏与
> 完全安乐地生活，
> 特别不贪求食物饮品。
> 非常渴求收获的愿望，
> 好像原先罗刹的一个汗王，
> 在楞迦被杀掉的神话故事。

将察哈尔格西的译文和藏文原稿及索诺木嘎剌的译文一起比较来看，会发现"完全安乐地生活"这句批评内容的话在原文中是没有的，是作者按照自己的意愿添加的。因为他批评完全安乐的生活，歌颂不完全安乐地生活、进行工作的思想是与佛教的主要教义不相符合的。我们前面看到了，萨迦班第达在作品中对于"贪求幸福"或享受欲望的批评。察哈尔格西曲解了这个思想，改成了禁止"过分地贪求愿望"的词句。因为批评过分地贪求，所以就有允许小量地或适度地贪求的意思。察哈尔格西在翻译禁止世界上的各种幸福、娱乐、吃喝、游玩，宣扬刻苦耐劳和禅的萨迦班第达的诗歌时，将之改变成为禁止过分地贪求无稽的荒唐游戏，完全还可以的生活，食物饮品和收获的愿望的世间生活的普通的说教。这是很有意思的和值得赞扬的事情。[①]

---

① Ц. Дамдинсүрэн, *Рамаяна Монголд дэлгэрсэн нь*, УБ, БНМАУ-ын ШУА, 1976 он, тал 32—33.

我们再以 K 版本为例。据达木丁苏伦对比分析，K 版本也是一部译自藏文的已经蒙古化了的译著。他的理由是：

> 从这部译著中的某些部分可以看出蒙古译者的思维方式。举例来说，此版本中写道：罗摩在追逐金鹿时，翻越了九道山梁，渡过了九条江河，跋涉了九条溪流，穿越了九道峡谷，驰骋了九座平原。这种描写在蒙古民间文学的神话故事中是非常丰富的。又如，描写金翅鸟挡住恶魔罗波那去路的部分则可以让人联想起在蒙古戈壁上旅行的情景。当写到恶魔罗波那劫掠悉多，在天上疾飞时，译者用自己特色的思维方式描写道："（如果挡得时间长了）旅行者如果走的时间长了，所带的粮食，就会消耗净尽，马匹就会疲倦"。这里译者把恶魔罗波那的行为比喻为戈壁旅行者食物耗尽，骑乘的马匹疲倦的样子。①

经过蒙古文罗摩故事本土化方面的探讨，达木丁苏伦得出："蒙古的 K 版本是迄今为止找到的藏文文本的译作。或者说是增加了蒙古化的文本；蒙古 L1、L2 版本是以藏文 M 版本为依据的蒙古地方化的一种版本。"②

可见，两位学者的罗摩故事本土化研究，都是从本国或本民族的审美情趣、价值取向、民族心理、文化背景、生活习俗、思维方式的角度，对作品的思想内容、体裁样式、情节、细节等方面所发生的变异进行的考察。然而，我们发现，两位学者的本土化研究略有不同。他们的出发点存在着一定的差异。季羡林的本土化研究主要是为了阐述《罗摩衍那》在中国流传的过程中，发生了变异，已经中国化了，更加符合中国人的审美需求。达木丁苏伦不仅阐述了罗摩故事蒙古本土化的事实，而且强调对这一事实研究的重要意义。他在论文的第二章"这里出版的蒙文藏文罗摩故事的研究状况"中，在考察分析"最具有蒙古特色的察哈尔格西·鲁布桑楚勒特木的"注释本 L1 版本时，又一次指出："把藏文学作品蒙古化或是改成蒙古式样是蒙古文学研究的一个重要问题。这是把外来事物转化为自己的，把外来文化遗产转化为本民族的文化遗产的至关重要的问题。"③我们可以看出，达木丁苏伦是从蒙古文学整体研究的角度思考蒙古本土化

---

① Ц. Дамдинсүрэн, *Рамаяна Монголд дэлгэрсэн нь*, УБ, БНМАУ-ын ШУА, 1976 он, тал 29—30.

② Өмнөх ном, тал 65.

③ Өмнөх ном, тал 30.

的问题,或者说是从书写蒙古文学史的角度,进行蒙古本土化研究的。因而,他在罗摩故事的研究过程中格外注重对他们进行本土化的考察,并将有关蒙古罗摩故事的研究成果写入《蒙古文学概要》第二卷。

达木丁苏伦始终以蒙古文学研究的视角思考文学现象的结果是,往往能够得出与众不同的看法,发现为别人所忽略的一些问题。如在探讨罗摩故事的佛教性质方面,季羡林归纳道:"《罗摩衍那》宣传的是婆罗门教,以后的印度教。巴利文《十车王本生》宣传的则是佛教思想。佛教在印度后来消失了,只剩下印度教的一统天下。《罗摩衍那》的影响完全是在印度教方面。然而罗摩故事传到国外以后,大概是由于都是通过佛教传出来的,所以国外的那许多本子毫无例外地宣传的都是佛教思想。"① 在具体分析蒙古罗摩故事时,季羡林说:"总体来看,蒙古文罗摩故事,与中国其他地区相同,是宣传佛教的。整个的 Jivaka 故事是一个本生故事,故事中的罗摩就是释迦牟尼本人,而且有两处提到除邪信佛。在前世中,Jivaka 王曾在海岛上遇到除邪信佛。在 Jivaka(等于十车王)故事中,罗摩当了国王以后,又请除邪信佛来传经说法。佛教色彩应说是非常浓的。"②

Jivaka 王的故事(即《十车王传》)就是达木丁苏伦注明的 K 版本。在对于 Jivaka 王故事性质的考察上,两位学者的观点有一定的出入。达木丁苏伦经过与其他文本的比较,提出:"与其他版本的《十车王传》相比较而言,K 版本所受到的佛教影响甚微"的看法。原因如下:

a. 首先,膜拜喇嘛和文殊菩萨。

b. 需要注意的是,古代印度人普遍认为,因为 Jivaka 王在前世抛弃了自己的妻儿,成为比丘僧,令妻儿伤心。于是心生抱怨的妻儿发下"让他来世没有子嗣"的毒咒,所以供养汗今世就没有子嗣。

c. Jivaka 王在大海上(也有可能是在海岛上)遇见了除邪信佛,礼毕听其讲经,并将除邪信佛请回家乡。

d. Jivaka 王遇到了一万名渔夫,讲经布道以示杀生之罪孽,阻止他们捕鱼杀鱼。

---

① 季羡林:《比较文学与民间文学》,北京:北京大学出版社,1991 年,第 239 页。
② 同上书,第 228—229 页。

e. 最后，指出罗摩汗是佛祖的前世。①

达木丁苏伦认为，"K版本中所受宗教的影响就集中在上面这五句译文之中。除了其中两句之外，其他的几处皆与原故事中的事件和情节完全没有关联。"②他进一步指出："在 K 版本中，只是在并不破坏原著结构的基础上，嫁接了几处具有宗教色彩的译文，从而用这种方法限制了宗教的影响。"于是，达木丁苏伦得出："K 版本是篇幅宏大、艺术描写最多的一部作品。在这部传记之中并不是通篇都渗透了佛教的思想，它只是在表面上被涂上了一层佛教色彩或只是在某个地方有些零星的佛教内容而已"③的结论。这也是他从蒙古文学研究角度考察罗摩故事的结果。

总之，经过对照分析，我们得出的结论是，达木丁苏伦以其语言的优势，开放的研究视域，调动了多种学问，对蒙古文罗摩故事进行了坚实详尽的考证与缜密细致的辨析，以事实为依据，为我们找到并展现出罗摩故事在蒙古地区传播的证据，得出蒙古文罗摩故事是通过藏传佛教和佛经翻译的途径，经由西藏流传到蒙古地区的结论。更加具有价值的是，他从接受的角度，深入分析和探讨了罗摩故事的蒙古本土化问题，论证出这些短小精湛的蒙古文罗摩故事不是枯燥地罗列事件，而是表现出蒙古属性的文学作品。

---

① Ц. Дамдинсүрэн, *Рамаяна Монголд дэлгэрсэн нь*, УБ, БНМАУ-ын ШУА, 1976 он, тал 28.

② Өмнөх ном.

③ Өмнөх ном, тал 24—25.

第三编

达木丁苏伦与蒙古文学开放结构

达木丁苏伦一生致力于蒙古文学的研究工作,在书写蒙古文学史方面做出了巨大的贡献。《蒙古文学概要》(三卷本)与《蒙古文学经典百篇》(四卷本)的编撰出版,是达木丁苏伦在蒙古文学史研究上最为突出的成果。这两套著作自问世以来,受到了国际蒙古学界长期的、广泛的关注,学者们普遍认为:"《蒙古文学概要》将蒙古文学自古至今发展历史的概貌,置于一个统一的体系之内,从理论上论证了蒙古文学在亚洲文化关系中所起的作用,明确了蒙古文学在世界文学发展进程中的位置"[1];认为《蒙古文学经典百篇》的出版"打破了蒙古文学研究领域阴翳不明的局面,开辟了蒙古文学研究的广阔道路","推动了蒙古文学成为世界文学的一个组成部分"[2],"为蒙古文学史的研究做出了重大贡献。"[3]

事实上,《蒙古文学概要》与《蒙古文学经典百篇》的出版刊行所具有的学术价值和开创性意义还远不止于此。经过大量的甄别研究和蒙古本土化研究实践,达木丁苏伦逐步对蒙古文学形成了一种客观的把握和清醒的认识,即蒙古文学本身内在结构是一个开放体系,蒙古文学不是孤立发展的,而是与其他民族文学相互作用、相互交往、相互促进、不断发展而来的。同时,他对于蒙古文学如何接受其他民族文学的影响给予格外的关注。达木丁苏伦将这种认知反映在《蒙古文学概要》和《蒙古文学经典百篇》编撰之中,探索和构筑了蒙古文学开放结构框架。这个开放框架建立在包含蒙古文学与其他民族文学关系(包括蒙古文学与蒙古民族各部族之间的文学关系)、翻译文学(从蒙古文学接受角度)以及异族语言的文学创作的多层结构之中。蒙古文学开放结构的确立,标志着蒙古文学研究封闭状态的终结,意味着蒙古文学自觉融入世界文学的开启,意义深远。

---

[1] Х. Сампилдэндэв, *Билгийн чанад хязгаарт хүрсэн эрдэмтэн зохиолч*, УБ, 1993 он, тал 10.

[2] 美国著名汉学家、蒙古学家 F. Plivez 教授在 1961 年致蒙古科学院的信中关于《蒙古古代文学精选百篇》的评价。Д. Цэрэнсодном, Ц. Дамдинсүрэнгийн монголын хуучин уран зохиолын судлалын тухай, *Монгол улсын шинжлэх ухааны академийн мэдээ*, УБ, 1998 он, тал 51.

[3] 1959 年 11 月 15 日瓦尔特·海西希在致达木丁苏伦的信中如此评价。Ц. Дамдинсүрэн, *Бүрэн зохиол* 3, Интерпресс хэвлэлийн газар, 2001 он, тал 489.

第一章 蒙古文学开放结构的理论探索

（一）关于蒙古古代文学史的写作

关于文学史的书写问题历来为中外学者们所关注。在20世纪40、50年代，韦勒克、沃伦在其《文学理论》中曾对英国文学编写历史进行回顾，指出："应当承认，大多数的文学史著作，要么是社会史，要么是文学作品中所阐述的思想史，要么只是写下了对那些多少按编年顺序加以排列的具体文学作品的印象和评价。只是将文学视为图解民族史和社会史的文献，而另外有一派则认为文学首先是艺术，但他们却似乎写不了文学史。他们写了一系列互不连接的讨论个别作家的文章，试图探索这些作家之间的'相互影响'，但是却缺乏任何真正的历史进化的概念。"[①]60年代姚斯在他那篇被称为接受美学的宣言性文章《文学史作为向文学理论的挑战》中对以往的文学史的书写提出质疑，指出："文学史仅仅依据总的趋势、类型以及各种属性来安排材料，搞一个编年史一类的事实堆积；在这个成规之下，研究编年系列中的文学史；作为一种附带的形式，作者及其作品的评价在文学史中一带而过。另一种文学史根据伟大作家的年表，直线型地排列材料，遵照'生平与作品'的模式予以评价。这里，次要的作家被忽略了，而流派的发展也被肢解了。"[②]那么，在蒙古文学史的书写中是否也存在这样的问题呢？我们不妨简要回顾一下蒙古文学史的编写历程。

文学史，顾名思义，就是文学发展的历史。然而，文学史不同于历史，它不是一种简单的大事纪要，而是一种体系、一种结构。由于编撰者自身条件及各种客观因素的限制，不同文学史的编写者往往撰写出体系、结构、叙事中心各异的文学史。真正意义上的蒙古文学史的编写，最早始于19世纪中叶。1833年俄罗斯喀山大学蒙古语教研室著名的蒙古学者奥

---

① 韦勒克、沃伦，《文学理论》，刘象愚等译，北京：三联书店，1984年，第290页。
② H.R.姚斯，R.C.霍拉勃，《接受美学与接受理论》，周宁、金元浦译，沈阳：辽宁人民出版社，1987年，第5页。

什波·科瓦列夫斯基根据自己所教授的文学史讲义编写出了最早的蒙古文学史。遗憾的是,这部蒙古文学史的开山之作焚毁于1863年的华沙大火。在19世纪末20世纪初,俄罗斯学者A.M.波兹德涅耶夫于1896、1897、1907年分别出版了其任教于彼得堡大学的授课讲义——《蒙古文学》(三卷本)。1907年德国的蒙古学家B.罗菲尔(B. Laufer)在布达佩斯用德文撰写出版了《蒙古文学史纲》。这两部文学史的作者都是欧洲人,当时欧洲的文学传统决定了他们的文学史观念,即视文学史为文化史的一部分,把文学史纳入文化史之中,或者说是以文化史取代文学史。在这种观念的作用下,这两部文学史中将文学史、宗教经典的翻译、医学著作等兼收并蓄地纳入其中,因而在很大程度上来说,文化成分更为浓厚,文学内容相对较少。譬如A.M.波兹德涅夫的《蒙古文学讲义》,它的第一卷是论述畏兀儿字蒙古文的起源和发展,第二卷是关于八思巴蒙古字的情况,第三卷的大部分内容是介绍《甘珠尔》和《丹珠尔》的写作。而B.罗菲尔的《蒙古文学史纲》主要是包括如下内容的文献:历史著作、地理著作、萨满教著作、佛教著作、汉文著作、教谕书文、民间文学、法典著作、医学著作、天文著作、佛经翻译,等等。其中对于真正的文学作品涉及不多,仅在大约只有十来页的内容中分别简要介绍了关于《智慧入门》《蒙古秘史》《格斯尔可汗传》,以及民间故事、民歌等内容。

20世纪,苏联、德国、蒙古和中国的学者们相继编写出版了十几部蒙古古代文学史。譬如:苏联学者G.I.米哈伊洛夫与K.N.亚茨科夫卡娅(1969);德国学者瓦尔特·海西希(1972);蒙古的B.索德诺姆(1946)、达木丁苏伦(1957、1968、1977)、D.策伦索德诺姆(1987);中国的满昌(1981)、五校学者(1984)、齐木道吉、梁一儒、赵永铣等人(中文,1981),荣苏赫、赵永铣、梁一儒、扎拉嘎等人(中文,2000)均编写过不同类型的蒙古古代文学史。这些不同版本、不同编者编著的文学史分别以不同的视角、不同的编写原则、不同的编写体例梳理和总结了蒙古文学几百年的发展道路。从编写体例上看,大致可以将它们划分为以下两大类:

第一类是历时式体例。具体地说,就是以时代、作家、作品为发展主线,用时间坐标为主线的编写方法。大部分蒙古文学史都采取了这种编写方法。如1981年内蒙古大学满昌出版的《蒙古文学史》和齐木道吉、梁一儒、赵永铣等人编著的《蒙古族文学简史》均属于典型的历时式体例。这两本文学史通过对不同时代的作家及其作品的论述展现出蒙古文学史发展的进程。如满昌编写的文学史以"8世纪以前的文学""8—14世纪的文学""15—17 世纪的文学""17—20 世纪的文学"等四个部分分别论述各个时期的代表作家、作品。运用这种编写体例编写出来的文学史，从史的发展角度来看，系统性较强，清晰度较高，资料翔实、确切，观点明确、平稳。但是运用这种体例编写出来的文学史，其思维特点多为以历史为坐标的纵向，也就是说编者注重从蒙古文学发展的纵向上全面、系统地勾勒蒙古文学发展的基本脉络。这种文学史的优点在于坚实、厚重，但是，编者毕竟在相对封闭的情形下思索本土文学，在视域上显得不够开阔，难免陷于偏狭。

第二类是历时式与共时式相结合的体例。具体地说，不局限于勾勒出蒙古文学的纵向发展，而且还关注蒙古文学的横向发展，力图勾画出蒙古文学发展的历时与共时的空间。譬如：达木丁苏伦主编的《蒙古文学概要》、D. 策伦索德诺姆编写的《蒙古文学》（13—20 世纪）、苏联学者 G. I. 米哈伊洛夫和 K. N. 亚茨科夫卡娅合著的《蒙古文学史》、德国学者瓦尔特·海西希的《蒙古文学史》（两卷本）、荣苏赫、赵永铣、梁一儒、扎拉嘎等主编的《蒙古族文学史》（四卷本）。

这里不妨疏理一下蒙古文学作品读本的编撰和出版情况。我们可以将《蒙古文学经典百篇》出版之前文学作品读本的编写和出版情况划分为三个阶段。第一个阶段 19 世纪，俄罗斯蒙古学学者为学生们授课时编写了一些早期的蒙古文学作品读本，如：亚历山大·波波夫编写的《蒙古文学读本》（1835，喀山出版），奥什波·科瓦列夫斯基（Osip Novalevskii）的两卷本《蒙古文学精选》（1836—1837，喀山出版），A. M. 波兹德涅耶夫也出版过类似的文学读本。这些读本共同的特点，就是真正意义上的文学作品所占比重相对较小，还涉及蒙古的历史、文化等领域的作品，故可称为"作品选"，而不是"文学读本"。第二个时期为 19 世纪末 20 世纪初期，俄罗斯蒙古学学者们编撰了三本文学读本。第一本是札木察拉诺与鲁德涅夫共同整理，1908 年在彼得堡出版的《蒙古民间文学选编》。这个读本被公认为"一本具有真正蒙古人民作品性质的选集。"值得注意的是，该读本中几乎没有收录书面文学作品，全部是札木察拉诺与鲁德涅夫从蒙古人口中记录下来的民间文学作品。其他的两本分别是 1907 年 A. M. 波兹德涅耶夫在卡尔梅克大学任教期间整理出版的文学读本，由布里亚特学者 B. 巴扎尔（B. Bazar）1910 年在彼得堡出版的《布里亚特美文精选》。第三个时期是指 20 世纪 50 年代前后，蒙古和中国内蒙古学者们相继出版了一些为中学生编写的文学读本。蒙古的额尔德尼巴特（Erdenebat）、伊喜道尔吉（Ishdorj）、登伯日勒

(Demberel)、达勒哈扎布(Dalkhjav)、浩日劳、达木丁苏伦、策伯勒等人均编写了针对各个不同年级学生的、各种不同版本的文学读本。

可见,《蒙古文学概要》是最早运用历时式与共时式相结合的体例编写出来的蒙古文学史。那么在《蒙古文学概要》中,达木丁苏伦是如何将蒙古文学史的历时性和共时性有机地结合起来,融为一体,建构了一个什么样的蒙古文学结构框架呢?下面我们对此进行初步的考察。

(二) 翻译文学纳入蒙古文学史的原则

达木丁苏伦首创性地将翻译文学写入蒙古文学史。然而,在他看来并非是蒙古文学史上所有的翻译作品都可以纳入文学史,还应该遵循一定的原则。在题为《蒙古文学研究的一些问题》一文中,达木丁苏伦专门提出了把翻译作品写入文学史的三条原则。他是这样阐述的:"在文学史中应该探讨翻译文学。之所以这样考虑的主要理由如下:

1. 尽可能地从多角度、多方面探讨这些译作。例如,从藏文翻译而来的《故事海》在蒙古广泛传播,对蒙古人的文化教育产生了不小的影响。这样的作品必定要纳入文学史。又如:近年来从俄文翻译而来的苏联文学作品在蒙古拥有广大的读者群,给整体文化带来影响。

2. 被翻译的作品促进并影响了类似作品的创作,并在文学领域占有一定位置的话,就应该探讨这部原作。这类作品如萨班贡噶坚赞的《萨迦格言》。

3. 探讨译作逐渐变异,反映出蒙古状况,具有蒙古特色等方面。这样的作品譬如《乌善达拉汗传》《尸语故事》,等等。"①

可见,达木丁苏伦不仅将翻译文学看作文学研究的对象,还从翻译对蒙古文学的作用、影响及蒙古读者、作家、社会对翻译作品的接受的角度,论证出翻译文学是蒙古文学史中不可或缺的一个部分。达木丁苏伦并不主张把蒙古文学史上所有的翻译作品都盲目地纳入蒙古文学史,而是要在研究的基础上有选择的纳入,在这一点上与当代一些学者的观点不尽相同。

---

① Ц. Дамдинсүрэн, Монгол уран зохиолын судлалын зарим асуудал, 1959 он, *Монгол уран зохиолын өв уламжлалын асуудалд* Ⅰ, УБ, 1984 он, тал 63—64.

在国内外学术界，不少有远见的专家学者已经注意到了翻译文学在民族文学或国别文学中应该占有的重要地位。早在140年前，俄国著名民主主义作家车尔尼雪夫斯基就曾说过："假使文学史应当谈谈社会的发展，那么它同时应当一视同仁地注意对这个发展有重要意义的事实。不管这些事实的最初表现是属于哪个民族、哪种文学的。"①车尔尼雪夫斯基在这里所说的"事实"指的就是翻译文学。他的观点在达木丁苏伦的上述论述中得到进一步的阐发。达木丁苏伦认为翻译作品不仅对蒙古本土文学，而且对蒙古文化、教育等各个方面都起到了十分重要的作用，提出鉴于译作对于蒙古本土文学、文化、教育所发挥的作用和产生的影响，应该把翻译作品写入文学史。这一主张，源于他对翻译文学在蒙古文学史上所起作用的客观认识，即翻译文学参与了蒙古民族文学的发展，并为蒙古民族文学、文化的发展作出了贡献。国内外一些文学史的书写实践证明了达木丁苏伦这一观点的客观性和可行性。以20世纪70年代几位法国学者编撰的《法国现代文学史》为例，在这部描述1945年至1969年的文学史中，作者在"外国作品的翻译"一章中，把包括德国、英国、美国、意大利、俄国等国在内的外国文学的翻译作为法国现代文学史的有机组成部分，从作品的翻译出版状况、评论界的研究、读者的反响与接受等方面对其一一详加论述，使之处于与法国本国原创文学同等的地位。再如中国现代文学史的书写。20世纪初期，翻译文学的大量涌现，为创造和丰富中国现代文学作出了贡献。有人曾把翻译文学与中国本民族的创作比喻为中国现代文学的"车之两轮、鸟之两翼"。鉴于翻译文学在中国文学史上所起的巨大作用，自"五四"以来，尤其是20世纪二三十年代出版的几本中国现代文学史性质的著作中，都设有翻译文学的专章。如陈子展的《中国近代文学之变迁》(1929)、王哲甫的《中国新文学运动》(1933)、郭箴一的《中国小说史》(1939)、阿英的《晚清文学史》(1935)，等等。尽管建国以来的许多中国现代文学史著作忽视了翻译文学的地位，但是近年来中国一些比较文学学者开始重视对翻译文学在中国现代文学史上所具有的意义与影响方面的研究与探讨，呼吁要重新撰写包括翻译文学在内的中国现代文学史，乃至书写独立的翻译文学史，并且取得了初步的成果。如陈平原的《二十世纪中国小说史》详细考察了域外小说借助什么样的手

---

① 车尔尼雪夫斯基：《车尔尼雪夫斯基论文学》（下卷，一），辛未艾译，上海：上海译文出版社，1982年，第423页。

段,通过何种途径进入中国,如何影响中国作家的创作。他得出的结论是:"域外小说的输入,以及由此引起的中国文学结构的变迁,是20世纪中国小说发展的原动力。……没有从晚清开始的对域外小说的积极介绍和借鉴,中国小说不可能产生如此脱胎换骨的变化。"①

尽管达木丁苏伦是在探讨撰写蒙古古代文学史的问题,但是他对翻译文学的考虑并非停留在蒙古古代文学上,而是进一步将目光投向了蒙古现代文学——"鉴于从俄文翻译来的苏联文学作品在蒙古拥有广大的读者群,对蒙古整体文化所带来的影响,这类作品应该写入蒙古文学史。"这样书写文学史可以更加全面,避免产生片面性和局限性。正如车尔尼雪夫斯基所言:"每一个新的欧洲民族的翻译文学都在民族的自我意识的发展中,或者……在教育以及审美鉴赏力的发展中起过十分重要的作用。因此,只有到了对于翻译文学比现在一般所做的更加注意的时候,文学史著作才能避免十分不利的片面性。"②譬如,在19世纪,有大量的汉文作品,尤其是汉文小说比以往任何时候都多地被译介到蒙古地区,它们在蒙古地区的广为传播为蒙古作家借鉴和学习汉文创作,丰富和提高蒙古本民族的文学创作提供了优越和便利的条件,对蒙古本土文学产生了深远的影响。汉文小说的蒙译及广泛流传,不仅推动蒙古作家文学和民间文学取得长足的发展,而且还促成了19世纪蒙古文学的历史变迁,为尹湛纳希的长篇小说创作,奠定了广泛的基础。如果没有对汉文小说的积极介绍和借鉴,蒙古文学就不可能在这个时期产生如此重大的历史性结构变迁。如果在蒙古文学史上忽略汉文小说的蒙译,那么就无法准确地把握19世纪蒙古文学史发展的客观情况。③

达木丁苏伦提出的第二个原则,实际上涉及了文学关系研究中的影响

---

① 陈平原:《二十世纪中国小说史》,北京:北京大学出版社,1989年,第23页。
② 车尔尼雪夫斯基:《车尔尼雪夫斯基论文学》(下卷,一),辛未艾译,上海:上海译文出版社,1982年,第422页。
③ 扎拉嘎曾在题为《汉族文学影响与蒙古族文学在十九世纪的历史变迁》一文中,对这个问题进行了充分的论证,梳理了汉文小说蒙译活动对19世纪蒙古文学结构变迁的影响轨迹:"十九世纪蒙古文学结构变迁,汉文小说的翻译活动发挥重要的推动作用。汉文小说蒙古文译本的广泛流传,改变了蒙古民族的文学欣赏理念,化解了蒙古文学传统的创作与欣赏之间的循环结构,使书面文学和受到书面文学制约的本子故事,成为文学欣赏活动的主流。文学欣赏习惯和文学欣赏心理的改变,为尹湛纳希的长篇小说创作,奠定了广泛的基础。扎拉嘎:《比较文学:文学平行本质的比较研究——清代蒙汉文学关系论稿》,呼和浩特:内蒙古教育出版社,2002年,第285—293页。

问题。"一位作家和他的艺术作品,如果显示出某种外来的效果,而这种效果又是他的本国文学传统和他本人的发展无法解释的,那么,我们可以说这位作家受到了外国作家的影响。"①例如,在中国魏晋时期,印度佛教大规模传入,印度文学对中国文学产生广而深的影响。这种影响持续发展到唐代,进入了一个新的阶段。唐代文学中产生了两种新的体裁——传奇与变文。它们是与印度影响分不开的。到了宋代,这种影响更加深入、更加细致,许多元杂剧的题材都取材于唐代传奇。这样,印度文学间接影响了元代的戏曲。② 因而,在考察唐代传奇和变文以及元杂剧时,印度文学的影响就成为不可忽视的因素。蒙古文学中也同样存在着其他民族文学或直接或间接的影响。譬如,达木丁苏伦提到的《萨迦格言》。《萨迦格言》是13世纪西藏萨迦教派首领萨班贡噶坚赞所创作的格言诗。该作品在藏族文学史上是一部颇有影响的作品。15世纪,西藏喇嘛仿照萨班贡噶坚赞的《萨迦格言》,创作了《白莲花簇》。《萨迦格言》问世不久即被翻译成蒙古文,在蒙古地区广为流传,影响了蒙古文学中同体裁作品的创作。如《智慧入门》《贤明的教言》《纸鸢》等作品都曾受到《萨迦格言》的影响。故而,达木丁苏伦指出,"《萨迦格言》在蒙古文学史上占有重要地位",把它编入蒙古文学史。"一个作家所受的文学影响,最终将渗透到他的文学作品之中,成为作品的有机组成部分,从而决定他们的作品的基本灵感和艺术表现,如果没有这种影响,这种灵感和艺术表现就不会以这样的形式出现,或者不会在作家的这个发展阶段上出现。"③达木丁苏伦将其他民族文学作品的流传与蒙古文学自身的发展紧密地联系在一起,作为一个不可分割的整体进行考察。他不仅看到其他民族文学作品在蒙古地区的传播,而且还发掘出它们是如何丰富和促进了蒙古本土文学的发展过程,从深入探讨蒙古文学发展状况的角度考虑提出了这条标准。

至于第三条原则,达木丁苏伦是基于这样的认知而提炼出来的,即"对于外国文学的接受,往往可以作为一面镜子,折射出接受者的不同个性"。于是他提倡关注《乌善达拉汗传》《尸语故事》这类译作的逐渐变异的学术价值,因为它们能够折射出蒙古状况和蒙古特色。

---

① 约瑟夫:《文学借鉴与比较文学研究》,盛宁译,《比较文学译文集》,北京:北京大学文学研究丛书,1982年,第38页。
② 季羡林:《比较文学与民间文学》,北京:北京大学出版社,1991年,第105—111页。
③ 约瑟夫:《文学借鉴与比较文学研究》,盛宁译,《比较文学译文集》,北京:北京大学文学研究丛书,1982年,第38页。

（三）甄别课题的提出与实践

1. 甄别课题的提出

俄罗斯比较文学界素有重视文学关系研究的传统，他们认为文学关系研究之所以重要"是因为可以确定在社会制约中文学发展的共同规律，同时确定作为比较对象的各种文学的民族特性。"[①]不可忽略的是俄罗斯学派注重文学关系研究有着其明显的功利性：他们试图通过俄罗斯与境内其他族裔文学之间的关系研究，来确立俄罗斯文化在境内的权威性和作为帝国文化的合法性。试图通过俄、苏文学与斯拉夫各民族国家文学之间的关系研究，明确俄罗斯在斯拉夫文明圈的民族特性，明确自己在其中的地位，以缓解、掩盖因政治和国际关系的原因带来的民族价值观上的对立。试图通过研究俄罗斯与西方文学关系问题来挖掘俄国文化的独特性价值，提升俄国比较文学研究的世界性意义，来抗衡美国平行研究所推行的非民族化扩张策略。[②]诚然达木丁苏伦的文学关系研究并不是出发于如此功利性的目的，但是，他试图通过蒙古文学与其他文学的关系研究，明确蒙古文学与东方各民族文学之间客观存在的联系发掘蒙古文学的民族特性，以此提升蒙古文学在世界文学中的地位的用意是客观存在的。这种以学术实绩表达民族性诉求的传统一方面来自俄罗斯，另一方面，也是出于解决蒙古文学发展中的实际问题，这也是一个非常现实的客观需求，尤其是在"左"风盛行的年代。

如前所述，蒙古文学在保持优秀的民族传统的同时，借鉴和吸收了其他民族文学的优秀传统而逐步走向成熟。蒙古作家主要通过翻译、改写、模仿、再创作等多种方式向其他民族文学进行学习和借鉴。蒙古民族本身就是一个注重翻译的民族，历史上曾经先后涌现出了诸如搠思吉斡节儿、锡喇卜僧格、索诺木嘎刺、席勒图固什、札雅班第达·那木海扎木苏、贡噶斡节儿、噶尔丹席勒图呼图克图、大固什阿旺丹培、察哈尔格西·罗桑楚臣、哈斯宝、尹湛纳希、古拉兰萨等著名的翻译家群体。他们从汉语、藏语、梵语等语

[①] 日尔蒙斯基：《对文学进行历史比较研究的问题》，倪蕊琴译，《比较文学研究译文集》，上海：上海译文出版社，1985年，第285页。

[②] 杨乃乔：《比较文学概论》，北京：北京大学出版社，2002年，第183—195页。

种翻译而来的作品的数量蔚为可观。同时,蒙古的翻译家们还有转述或改写其他民族作品的传统。他们在翻译介绍《萨迦格言》《育民甘露》《米拉日巴传》《杜鹃传》《尸语故事》《大菩提经重要传说》《白莲花簇》《三十二个木头人》《目连救母经》《罗摩衍那》《西游记》和《水浒传》等中国藏族、汉族和印度古典文学作品时不是依据藏文、汉文、梵文逐字逐句地机械翻译,而是采取一种灵活的手法,通过改编和加工等方式来完成。改编后的作品与原著之间存在着一定的出入,已经具有再创作的性质。早期的蒙古文学研究者,尤其是欧洲学者在未曾对这些作品进行细致的分析与详尽的考证的情况下,就武断地将它们完全看作是翻译作品,忽略了这些作品的再创作性质,得出了一些错误的认识。著名蒙古学家罗费尔曾称蒙古文学为"翻译、转述、复述他人的文学"。

随着佛教在蒙古地区的广泛传播,佛教经籍的翻译大规模展开,其中除了数量庞大的佛教典籍被翻译成蒙古文,还有不少世俗文学作品也流传到蒙古地区。尤其是一些佛经故事在蒙古地区的流传过程中逐渐发生变异,逐步转化成为具有蒙古民族特色的作品。喇嘛僧侣们在宣讲或注释佛经故事时,并非原封不动、只字不易的照本宣科,而是结合蒙古地区的生活特点和人们的欣赏趣味作了初步的世俗化的加工工作。如《宝贝修饰》在解释叙述佛经《佛说鳖猕猴经》的故事时,其中就有六处情节为注释者改编添加,是佛经原作中所没有的。[①] 同时,这个时期涌现出了一大批使用蒙文、藏文两种语言进行创作的作家。他们用藏文创作了不少作品。过去,由于一些欧洲学者仅注意到了印度文学、中国藏文学对于蒙古文学的影响,而相对忽视了对文学作品本身的研究,得出一些与实际情况不符的结论。B. Ya. 弗拉基米尔佐夫曾说过:"'佛教时期'的蒙古文学中没有世界闻名的作品,甚至它在某种程度上对本地的游牧生活的反映和对游牧民族的理想的描写,也不足称道。它没有本地的草原的气息。在文学中占重要地位的是'佛教情绪',这种文学经常像是第二流的藏文学。"[②]还有观点认为:"蒙古人把产生于其他人民中的故事穿上自己本民族易于理解的外衣。"[③]

---

① 色道尔基、梁一儒、赵永铣:《蒙古族历代文学作品选》第二卷,呼和浩特:内蒙古人民出版社,1980年,第268页。

② Г. И. Михайлов, *Очерк истории современной монгольской литературы*, издательство академии наук СССР, Москва, 1955, с. 18.

③ Ц. Дамдинсүрэн, Д. Цэнд, *Монголын уран зохиолын тойм* Ⅱ, УБ, 1977 он, тал 522.

随着大量的其他民族文学优秀作品的译介,为蒙古人民提供了阅读和接触到其他民族文学经典的可能。一些作家通过译作或直接通过原著,模仿其他民族的优秀文学作品,创作出与之类似的作品。例如,19世纪著名的作家尹湛纳希创作的《月鹃》《红云泪》《一层楼》《泣红亭》等爱情小说,这些作品在题材上与汉文学的才子佳人小说相类似,在主题上与《红楼梦》的追求民主精神和个性解放思想相符合。如果不加以详细考证和分析,就会很容易将这些小说误认为是汉文小说的译本或者改写本,又或《红楼梦》续书一类的作品。而尹湛纳希在长篇小说《一层楼》的前言中还写道:"蒙译凌河地方奇渥温氏荆山先生作于兹"[1],在另一部长篇小说《泣红亭》的前言中也托称为其父的作品,写道:"荆山先生的作品翻译。"荆山先生是尹湛纳希父亲的汉文名字。这样更易使别人产生误解,因此连著名的蒙古学家 B. Ya. 弗拉基米尔佐夫也都将这两部小说看成是《红楼梦》的译作。[2]

在蒙古文学与其他民族文学的频繁不断的交流中,蒙古文学中出现许多与其他民族文学在题材、主题、体裁等方面相类似的作品。由于早期的研究者未对这些作品进行细致的考察和分析,片面地得出"蒙古没有本民族独立的文学","蒙古文学完全是佛教文学","蒙古文学完全是翻译、复述、转述的文学"等与事实不符的结论。这些错误的认识产生了一些负面影响,在人们头脑中形成了固有的观念。这种观念在极"左"思潮的助力下,自然而然地成为抹杀蒙古文学传统的理论依据。在这种情形下,辨析翻译文学的民族特性,确认蒙古文学在亚洲文学,乃至世界文学中的地位,就比任何时候都显得更为迫切。

针对上述的错误认识,达木丁苏伦在题为《蒙古旧文学概述》一文中,进行了反驳,指出:"许多印度文学作品通过西藏传到蒙古地区。他们被叫做《五卷书》《罗摩衍那》《健日王传》《三十二个木头人的故事》《尸语故事》《故事海》《佛本生故事》等。这都是事实。但在这些事实的背后又有

---

[1] 尹湛纳希:《一层楼》,甲乙木译,呼和浩特:内蒙古人民出版社,1983年,第1页。
[2] 蒙汉文学关系研究专家扎拉嘎对《一层楼》、《泣红亭》与《红楼梦》的关系进行了扎实的考证,一一辨析了这三部作品的异同,得出了尹湛纳希积极吸收汉文小说的创作经验,创作出了《红云泪》、《一层楼》、《泣红亭》等植根于蒙古现实生活的一批小说,开创了蒙古长篇小说的先河的结论。他认为,这些作品在形式上着力模仿内地的才子佳人小说,特别是模仿《红楼梦》,在内容上则取材于忠信府往事,深深植根于作者见闻的漠南蒙古社会生活,是蒙古人民自己创作的作品。可见,与其他民族题材、主题类同的作品经过考证与鉴别,它们的真实属性才能得以显露出来。

许多不是那么真实的东西。佛教文学《故事海》《佛本生故事》从梵文译成蒙古文,从藏文译成蒙古文出版以后没有发生很大的变化,这也是事实。而世俗性质的故事翻译成藏文、蒙古文后发生的变异也很多。不仅如此,西藏、蒙古的作家们在印度作品中自己编写、添加了部分章节或片段。……尽管藏文、蒙古文的一些作品在名称和形式上与印度原作品相似,但在内容上则完全是另一部作品。"①

为撰写蒙古文学史,达木丁苏伦提出"厘清这些作品的属性至关重要",那么应该如何鉴别作品的属性呢?"不比较不能鉴别","衡然后知轻重"。显然,局限于蒙古文学范围之内是无法解决这个问题的。对于这些具有跨民族、跨语言、跨文化特点的作品进行分析和考察,必须突破民族、语言、国家的界限,在比较中发掘和确定这些作品内在的蒙古民族特性。为此,达木丁苏伦首创性地提出了甄别蒙古文学与其他民族文学中题材、主题类似作品的课题。试图通过这个课题的研究,鉴别出这些作品的蒙古文学属性,确认它们的蒙古文学身份,以达到纠正错误观念,提升蒙古文学地位,保护蒙古文化遗产的目的。

达木丁苏伦在题为《〈蒙古文学概要〉之编写的一些经验》一文中,表明要纠正和改变这种片面观念的决心。他强调:"在蒙古的古代文学研究方面,要打破和改变人们头脑中渗透的固有的观念,遇到困难是难以避免的。要使那些认为蒙古根本没有古代文学,或是认为有古代文学,但全部都是宗教文学的人们相信蒙古不但有古代文学,而且世俗文学在其中还占据着重要的地位,这是横在我们面前的一道难关。在这道难关面前,我们不会屈服,不会跌倒,我们一定要努力向前,纵横驰骋。"②

2. 甄别课题的实践

蒙古文学开放结构框架的形成并非是一蹴而就的,而是一个循序渐进、逐步探索的过程,立足于达木丁苏伦大量的文学研究实践基础之上。达木丁苏伦不仅在理论上阐明甄别蒙古文学与其他民族文学中题材类似作品的课题对于蒙古文学研究的重要意义,而且还身体力行从实践层面

---

① Ц. Дамдинсүрэн, Монголын хуучин урач зохиолын товчоо, 1958 он, Монголын уран зохиолын өв уламжлалын асуудлю 1, УБ, 1984 он, тал 195—196.

② Ц. Дамдинсүрэн, "Монгол хуучин уран зохиолын тоймыг зохиосон туршлагаас", "Үнэн" сонин, № 220(17123),1988, IX сарын 13.

进行探索。正是基于这种从理论到实践,再从实践升华为理论的飞跃,达木丁苏伦对蒙古文学与其他民族文学中题材类似作品的甄别工作达到了一定的深度,取得了一定的成果。

达木丁苏伦的甄别研究集中在翻译作品和完全独立创作作品;世俗文学作品和佛教文学作品;翻译作品和具有独创性的改编、改写作品之间展开。这里我们以《恩德固日勒汗的故事》《绿度母传》和《尸语故事》三部作品为例,初步考察达木丁苏伦如何鉴别蒙古文学中与其他民族文学题材相类似的作品。

1)《恩德固日勒汗的故事》的甄别研究[①]

《恩德固日勒汗的故事》《绿度母传》和《娜仁格日勒仙女传》等作品,在其人物形象、故事情节以及主题思想等方面,与蒙古民族传统文学大不相同。它们所塑造的形象是佛陀菩萨、罗刹恶鬼、善男信女、游魂亡灵;所描述的情节是神变幻化、地狱巡游、善恶报应、涅槃仙逝;所表现的主题思想是和传统的萨满教天命观、家族宗法制度不同的佛教转世论、因缘果报的说教。在早期的研究中,一些学者认为这些作品不是蒙古人民创作的,是印度或中国藏文学的译作。达木丁苏伦就此进行了缜密的考证。

《恩德固日勒汗的故事》的主题与从印度、西藏流传而来的《三十二个木头人的故事》中的《摩诃萨摩迪汗与魔鬼王妃》等三个系列故事,与《尸语故事》中的《纳仁格日勒的故事》颇为相似。这些故事都是讲述了一位国王先后娶了两位王妃,分别生有两个子女,续娶的王妃要除掉前王妃的子女,装病说只有服下前王妃子女的心肝才能治愈。前王妃的两个孩子被迫背井离乡,历经千辛万苦,终于功成名就,最后返回家国,除掉国王续娶的王妃的内容。在蒙古文学研究的早期,曾经有观点认为,《恩德固日勒汗的故事》可能只是上述其中某一部作品的译作。

《恩德固日勒汗的故事》是以手抄本的形式流传保存下来的。达木丁苏伦共搜集到了六个抄本。一是收藏在蒙古国国立图书馆的抄本,二是蒙古国作家杜固扎布所找到的竹笔本,其余四个是达木丁苏伦在苏联科学院东方研究所列宁格勒分部图书馆发现的,编号分别为 C223、F68、F543、H444。1957 年达木丁苏伦以杜固扎布的竹笔抄本为底本,参照国

---

① Ц. Дамдинсүрэн, *Монголын уран зохиолын дээж зуун билиг оршив* Ⅲ, УБ, 2002 он, тал 7—27.

立图书馆的抄本和东方研究所列宁格勒分部的两个抄本,整理出一个校勘本,收入其编辑的《蒙古文学经典百篇》第三卷中出版。

达木丁苏伦本人有藏文、梵文的基础,可以直接进行译作与原著、译作与译作之间的比较工作。他将《摩诃萨摩迪汗与魔鬼王妃》《纳仁格日勒的故事》《恩德固日勒汗的故事》进行了比较,发现它们之间确有相似之处,如在《摩诃萨摩迪汗与魔鬼王妃》中国王续娶的王妃与《恩德固日勒汗的故事》中续娶的王妃同样都是魔鬼的化身。《纳仁格日勒的故事》中王妃两个孩子的名字与《恩德固日勒汗的故事》中两个孩子的名字也完全一致,分别叫做纳仁格日勒、萨仁格日勒,两个故事中续娶的王妃都是装病要吃前王妃子女的心肝救治。但是,达木丁苏伦通过对《恩德固日勒汗的故事》的人物形象和语言进行仔细的考察,认为该作品的人物形象、语言风格完全具有蒙古民族的特征。他以为了使恩德固日勒汗从失去王妃的悲痛中摆脱出来,民间逗笑老头所演唱的六段思念故去老伴的歌词为例来进行论证。歌词这样写道:

> 骑着黑灰斑点的座骑,
> 奔向荒僻的人家,
> 将腰子上的油脂装入袋中,
> 马一躬一躬地快速走来;
> 我的老太婆
> 骑着白色的座骑,
> 奔向隐蔽的人家,
> 将羊皮的大衣系在鞍上,
> 马一颠一颠地快速走来;
> 我的老太婆
> 骑着花色斑驳的座骑,
> 在每一户人家里游荡,
> 将酸奶渣和酸奶倒入桶中,
> 马一颠一颠地快速走来;
> 我的老太婆……①

---

① Ц. Дамдинсүрэн, Монголын уран зохиолын учир, *Монголын уран зохиолын дээж Зуун билэг оршив*, УБ, 2000 он, тал 31—32.

达木丁苏伦发现,歌词中所唱到的"腰子上的油脂、羊皮的大衣、酸奶渣、酸奶"等物品均是印度热带地区所罕见,但却是在蒙古人民生产生活中常见的物品,歌词演唱的复沓形式也是蒙古民歌中常用的,而且作品还采用了蒙古文学中常见的韵文表述形式。《恩德固日勒汗的故事》中续娶的王妃是魔鬼变化而来的美女,这种魔鬼变成各种人物的变形术一般来自印度、西藏的佛教故事。像某些高僧著作遵循的惯例那样,该叙事诗的结尾处记述了写作的缘由、作者的姓名以及写作时间:遵照阿巴岱汗之孙、额列克-莫日根汗之子黎(属)民百姓母亲般的都日格克其那颜策布登于辛丑年的指令,曾在五世达赖喇嘛面前受"格隆"戒的扎日里根·额日赫图·达赖阳水虎年创作完毕。达木丁苏伦由上述情况推断出这部作品不是其他民族的翻译作品,而是蒙古人借用了其他民族文学作品的主题之后,自行创作的具有蒙古民族特色的作品。①

在达木丁苏伦的研究基础之上,Ts. 桑达克(Ts. Sandag)在《蒙古文学概要》第二卷中,执笔撰写了有关《恩德固日勒汗的故事》的章节。他从故事的编撰年代;故事的内容;主题和形象的社会历史起源;后母、前夫之子母题与蒙古口头文学;有关编撰的状况;故事的主要思考;故事的结构;主要形象;再创作九个方面进行了详细的考察,进一步证实了达木丁苏伦的观点。

四卷本《蒙古族文学史》的编撰者们通过《恩德固日勒汗的故事》与印度、西藏流传过来的《三十二个木头人的故事》《尸语故事》中类似故事的比较研究,从文体、人物、情节等方面论述了作者哈旺嘉措如何重新创作《恩德固日勒汗的故事》。首先,从文体上看,从印度、西藏流传过来的原故事是散体,哈旺嘉措将原故事的散体叙述再创作为韵体的叙事诗。再创作后的叙事诗比较原来的散文故事增加了抒情的成分。从结构上看,叙事诗《恩德固日勒汗的故事》虽然采用了原故事的基本框架,但作者对原故事中的人物、情节进行了全面的选择、调整和加工。与原故事相比,经哈旺嘉措重新编创的叙事诗中增加了很多宗教的内容,其人物形象、故事情节都被进一步佛教化。此外,编撰者们还指出,哈旺嘉措在改编原故事的过程中,在故事的人物形象塑造、情节结构、语言音韵格律等方面都取得了不小的成就,使得该作品在蒙古文学史上占有重要地位。他的再创作的重要意义在于:一是它采用从印度、西藏流传到蒙古地区的佛教化

---

① Ц. Дамдинсүрэн, Монголын уран зохиолын учир, *Монголын уран зохиолын дээж Зуун билэг оршив*, УБ, 2000 он, тал 31—32.

故事作为创作素材,扩大了明、清之际蒙古文人叙事诗创作的题材领域;二是他在本民族民间诗歌的基础上,借鉴汲取了印度、西藏佛教叙事诗的形式,创造了一种既融叙事、抒情、训谕于一体,又在叙事、抒情、训谕三方面均不同于本民族传统叙事诗的新的叙事诗类型。① 这样,就证实了达木丁苏伦当年关于《恩德固日勒汗的故事》的推断和初步论证的客观性,即《恩德固日勒汗的故事》是蒙古民族创作的少数叙事文学作品之一。

2)《绿度母传》的甄别研究

《绿度母传》是在蒙古地区广泛流传的作品之一,深受人民喜爱。除识字的人以手抄本相互传阅外,不识字的人还以讲故事和说唱文学的形式口口相传。《绿度母传》的作者不详,且宗教性很强。它的基本故事情节是这样的:苦修禅密七十七载的绿度母向佛发愿求得一子。可是那个孩子失踪了。绿度母在三界寻找未果。绿度母修行多年积了功德能够使生灵免受苦难。一天从天界神算白仙处得到答案:"你的儿子被释迦牟尼带走藏起来了。"因而绿度母来到天界千佛处,扮成一仆人拾牛粪。如来佛发现后将其了藏于宝塔金瓯中,命菩萨看守,并下指令:"不能让其母找到。"其子闻母来到,一脚踢碎金瓯,走出宝塔。如来佛藏其子是为了绿度母目睹六道众生的苦难,解救受苦生灵。绿度母的儿子后来娶了天女为妻,来到人世间与生灵幸福地生活着。他们到地狱,将那里变成极乐世界。因此地狱不再有受苦生灵,阎王变得无事可做。从内容上来看,这个故事十分类似于佛经中的本生因缘故事。过去有学者曾经推测它可能是来源于印度或中国西藏佛教文学的翻译作品。

《绿度母传》有多种不同题名的变体手抄本收藏在私人手中。如《白度母传》《巴格迈夫人的故事》《玛格迈夫人的故事》和《仁慈的绿度母的故事》等等。1883 年俄国蒙古学学者 G. N. 波塔宁在其搜集整理出版的蒙古民间文学汇集《西北蒙古编》中收录了这一作品的两种变体。达木丁苏伦在前人的基础上,以《巴格迈夫人的故事》为底本,参照其他变体,进行细致的校勘补充工作,整理出一份《绿度母传》手稿,发表于《蒙古文学经典百篇》第二卷中。

对于《绿度母传》是印度或中国西藏佛教文学的翻译作品的观点,达木

---

① 色道尔基、梁一儒、赵永铣:《蒙古族历代文学作品选》,第二卷,呼和浩特:内蒙古人民出版社,1980 年,第 660—664 页。

丁苏伦持有不同看法。他查阅了大量印度、西藏的佛经故事、佛教故事，没有发现与《绿度母传》类似的底本，仅找到了西藏的达拉那特撰写的一本叫做《度母传》的书。该书中讲述了度母在佛祖的恩惠下，躲过了小偷、盗匪、野兽、野火等灾难的十八个故事。这些故事的篇幅短小，艺术性较弱。达木丁苏伦将它与蒙古的《绿度母传》相比较，发现后者的艺术性相对较强，是真正意义上的文学作品。从形式上看，《绿度母传》所采用的是蒙古民族传统的韵文的表述形式；从内容上分析，是以妇女为题材的作品，几乎没有佛经内容，并且作品中的如来佛和阎王等人都是以被讽刺的形象出现的。由此推断，《绿度母传》是在宗教文学和世俗文学的双重影响下，16—17世纪蒙古人自己创作的作品。达木丁苏伦驳斥了它是从印度、西藏翻译而来的佛教作品的观点，认为它是少许模仿印度和中国汉文学作品的蒙古作品。①

在四卷本《蒙古族文学史》中，编撰者以《蒙古文学经典百篇》收录的作品为研究文本，从作品的体裁样式、人物形象、情节母题及表现形式等方面，与印度、西藏的作品进行比较分析，进一步断定这个故事是由蒙古人自己创作的、蒙古化了的藏传佛教作品。首先，编撰者把《绿度母传》与《法王松赞干布传》进行了比较，从绿度母所生乌尤菩萨的形象及乌尤菩萨迎娶噶尔丹天主的公主为王妃、在布达拉山修建金宫等情节母题方面进行分析，肯定了达木丁苏伦的推断，即《绿度母传》有着藏传佛教故事的渊源。其次，着重分析了《绿度母传》的蒙古民族特色。编撰者认为《绿度母传》中有属于蒙古民族的神，属于蒙古民间文学的某些形象、情节母题以及表现形式。其一，有"查干额布根"——白老仙翁的形象。绿度母祝福天界神算白仙下一世化身而成的白老仙翁，其形象是"手中拄着龙头拐杖"，其职能是"主管花果山"，"消除世间一切人和生灵的灾难"，与蒙古民族的民间神仙白老仙翁完全吻合。其二、有乌鸦的形象。乌鸦在蒙古民间文学中有时是智慧的化身，更多的时候是一个多嘴多舌、爱挑拨是非的反面角色。《绿度母传》中对乌鸦的描写正是如此。当乌鸦告诉绿度母去找天界神算白仙时，绿度母对它进行祝福，并赐予它慧眼，这说明乌鸦与智慧有关。同时作品也有对乌鸦的反面描写。当绿度母向乌鸦询问儿子的下落时，作品写道："乌鸦，它一贯缺少仁慈，有的只是幸灾乐祸；它从来没有怜爱，有的只是铁石心肠；它虽然已经推说不知，却不由得又透露出

---

① Ц. Дамдинсүрэн, Монголын уран зохиолын учир, *Монголын уран зохиолын дээж Зуун билэг оршив*, УБ, 2000 он, тал 30.

一些口风。"这两个方面的描写加在一起,完全准确地勾画出蒙古民间文学中关于乌鸦的传统想象。其三,绿度母变化为一行乞老人潜入天宫寻子的情节母题,接近蒙古英雄史诗中英雄消灭蟒古斯之前变化为穷苦的秃头小儿潜入魔窟的情节母题。其四,虽然佛教故事惯用散韵相间、以韵为主的叙事形式,但是用蒙古语表述、经过蒙古民间说唱艺人反复说唱锤炼的《绿度母传》的表现形式还是与佛教叙事诗有较远的距离,表现出了更多蒙古英雄史诗的风格。如绿度母穿越天上、人间、地狱寻子时反复述说的段落,正是蒙古英雄史诗表现形式上的重要特征。此外,故事中对人物行为情态的描绘,也完全是蒙古英雄史诗式的夸张渲染和精雕细刻。如对绿度母失去儿子后的痛苦的描绘。① 这样,达木丁苏伦关于《绿度母传》的结论得到后来研究者的证实、进一步阐发和深入研究。

3)《尸语故事》的甄别研究

《尸语故事》广泛流传于印度、中国西藏以及蒙古地区。在印度叫做《僵尸鬼故事二十五则》。蒙藏《尸语故事》与印度《僵尸鬼故事二十五则》的框架大体类似,都是用一个大故事贯穿了若干小故事。如印度《僵尸鬼故事二十五则》,据黄宝生等几位学者翻译的《故事海》中所讲,印度的《僵尸鬼故事二十五则》是用一个大故事贯穿了二十四个小故事而成,加上大故事共二十五则。其中大故事的内容是:三勇军王每天收到一个修道人献给他的一枚果子,果子里藏着一颗宝石。为了酬谢这个出家人,他答应夜间到火葬场去,替出家人把一具尸首搬到祭坛上去。当三勇军王搬着尸首往回走时,尸首便给他讲故事。讲完故事,又给他提出一个难以解决的问题。但当国王说话回答时,死尸便回到了火葬场。如此来而复返,一共运了 24 次。最后,国王被难住,没有回答。僵尸鬼便告诉国王,修道人要害国王。国王便回去杀了修道人。② 因蒙藏的《尸语故事》的大故事框架与《僵尸鬼故事二十五则》基本相同。一些学者推断蒙古文《尸语故事》是印度《僵尸鬼故事二十五则》经由西藏传至蒙古地区。R. O. 绍尔(R. O. Shor)在印度《尸语故事》俄罗斯译注序言中写道:"印度《僵尸鬼故事二十五则》穿过国境,完全传到蒙古地区。"③ I. 谢列布里亚科夫(I.

---

① 色道尔基、梁一儒、赵永铣:《蒙古族历代文学作品选》,第二卷,呼和浩特:内蒙古人民出版社,1980 年,第 484—488 页。
② 月天:《故事海》,黄宝生、郭良鋆、蒋忠新译,北京:人民文学出版社,2001 年,第 373—496 页。
③ Ц. Дамдинсүрэн, Д. Цэнд, *Монголын уран зохиолын тойм* II, УБ, 1977 он, тал 522.

Serebryakov)在《尸语故事》俄译文序言中就《尸语故事》写到："蒙古人民把产生于其他民族的故事穿上本民族易于理解的外衣。"①

《尸语故事》引起达木丁苏伦的关注。他指出："研究蒙古、西藏、印度《尸语故事》时，它们之间的传承关系研究就显得格外重要，不能够妄下印度故事完全传到蒙古地区及蒙古人民仅仅将它们穿上本民族的外衣等论断。"②他主张，要解决印度、西藏、蒙古《尸语故事》之间的关系，首先得找到所有的文本，详加研究。他把在乌兰巴托、列宁格勒、乌兰乌德等地搜集到的蒙古、西藏《尸语故事》的多种版本进行了比较研究。分别研究了西藏二十一章《尸语故事》、西藏十三章《尸语故事》、蒙古十三章《尸语故事》的八个版本、蒙古二十六章《尸语故事》、蒙古三十五章《尸语故事》的补充章节之后，将蒙藏《尸语故事》与印度《僵尸鬼故事二十五则》进行了详细的比较研究。

经过细致的考证辨析，他发现尽管印度《僵尸鬼故事二十五则》与蒙藏《尸语故事》的大故事框架相同，但是小故事的内容与篇幅章节之间还存在着很大差距。他是这样论述的：梵语《僵尸鬼故事二十五则》有两个版本，分别翻译成俄文、德文等多种语言出版。藏文《尸语故事》有两种，一种是十三章本，另一种是二十一章本。尽管这两种故事中连接若干个小故事的方法与印度《僵尸鬼故事二十五则》相似，但是内容上完全不一致，是另一本书。因而，不应该将西藏《尸语故事》看成是印度《僵尸鬼故事二十五则》的译作，而是真正的西藏的作品。

除了西藏二十一章本《尸语故事》有蒙古文译本外，西藏十三章本《尸语故事》也被翻译成蒙古文达六、七次之多。这个十三章本《尸语故事》的蒙古文本、藏文本异常丰富，在民间广为流传。需要说明的是，蒙古人在十三章《尸语故事》中又增加了十三章，变成了二十六章。后来又增加了九章变成三十五章。这样除了蒙古文二十一章《尸语故事》外，还有十三章、二十六章、三十五章等多种版本的蒙古文《尸语故事》。这些尸语故事，特别是在后来补充的章节中，完全不包含任何一种印度、西藏《尸语故事》的内容，无疑是属于蒙古人民的作品。

蒙藏《尸语故事》的内容来源于印度，但是在蒙古、西藏地区的百年流

---

① Ц. Дамдинсүрэн, Д. Цэнд, *Монголын уран зохиолын тойм* Ⅱ, УБ, 1977 он, тал 522—523.

② Өмнөх ном, тал 522.

传过程中与蒙古、西藏的口头文学有了密切的联系。关于西藏《尸语故事》是从印度翻译而来的,蒙古《尸语故事》完全是从梵文、藏文翻译过来的猜测与事实不符,是没有根据的。达木丁苏伦将有关《尸语故事》的研究成果列入《蒙古文学概要》第二卷第六章"与西藏有关的作品"中之第三节"蒙、藏、印的《尸语故事》"。

在马学良、恰白·次旦平措、佟锦华主编的《藏族文学史》中,编写者通过对西藏《尸语故事》与印度《僵尸鬼故事二十五则》进行比较研究,得出了这样的结论:"1. 藏族的《尸语故事》与印度的《僵尸鬼故事二十五则》的内容不尽相同;2. 不相同的部分有两种情况:一是原来印度的故事被改造、被藏族化了,二是藏族故事加入了进去。加入的数量起码在 10 个故事以上。3. 现在流传的藏族《尸语故事》中的故事,可能已经大部分换成藏族自己的故事了,只是还保留了印度原来大故事的框架而已。"①这个结论印证了达木丁苏伦当年有关西藏《尸语故事》与印度《僵尸鬼故事二十五则》之间关系的看法。

通过上述的比较对照,一一甄别,达木丁苏伦发现"这些被欧洲学者称为所谓的'翻译、转述或复制'的作品实际上是真正的蒙古作品。"②而后来学者的研究,不但证明了达木丁苏伦的甄别研究思路的前瞻性,也证实了达木丁苏伦的结论是符合蒙古文学发展的实际,即这些作品本身就已经属于蒙古民族的文学传统。

这样,经过一系列审慎的甄别工作,达木丁苏伦确认了一些曾被称为是"翻译、转述或复制"的作品,事实上是蒙古人民在对其他民族文学作品进行改编、加工和模仿的基础上独立创作出来的作品,不但厘清了蒙古文学研究和蒙古传统文化认知上的一些错误观念,妥善解决了一些悬而未决的问题,为深入开展蒙古文学研究拓宽了研究空间,也为全面书写蒙古文学史打开了方便之门,从学理上有效地抵制了压制和否定传统文化的现象。从这个意义上来讲,甄别蒙古文学与其他民族文学题材类似作品命题的提出与探讨,具有特别重要的学术价值和深远的现实意义。

---

① 马学良、恰白·次旦平措、佟锦华.《藏族文学史》,上卷,成都:四川民族出版社,1994 年,第 96 页。

② Ц. Дамдинсүрэн, Монголын уран зохиолын учир, *Монголын уран зохиолын дээж Зуун билэг оршив* Ⅰ, УБ, 2000 он, тал 31.

第二章　蒙古古代文学开放结构的实践探索

（一）《蒙古文学概要》与《蒙古文学经典百篇》的编撰与出版

　　四五十年代，蒙古的教育事业发展迅速，创建了几所高等院校。部分院校设置了蒙古文学史的课程。有关文学史方面的讲义及文学读物都非常匮乏，通常由授课教师自己编写。20世纪50年代，达木丁苏伦在蒙古国立大学蒙古语系任教，讲授蒙古文学史。1955年的下半年，他将所讲授的文学史讲义整理成册，这便是《蒙古文学概要》第一卷的雏形。在国立大学同事们的建议下，1957年付梓出版了囊括13至16世纪蒙古文学的产生和发展状况的《蒙古文学概要》第一卷。

　　第一卷出版之后，达木丁苏伦决定继续编撰出版《蒙古文学概要》的第二、三卷。达木丁苏伦将它们定名为《蒙古文学概要》，而非《蒙古文学史》是有他的理由的。他说："一直到现在我们还不完全具备撰写蒙古古代文学史的真正的历史条件，因此决定只是撰写我们此前撰写的三卷本的蒙古古代文学概要。"①在《蒙古文学概要》第一卷的序言中，达木丁苏伦指出书写文学史有两种方法："一种方法是先把各种文学名著加以精密研究，写成各种专著，然后综合去取，写出系统的文学史。这是最好的方法，但是现在我们却很难采用这种方法，如果用这种方法写蒙古文学史的话，恐怕在近十年内都难以完成。这就需要用另一种方法了。那就是先写出提纲，然后再对每一种文学名著加以分析研究。"②他表示用第二种方法写提纲的人，可能会出现许多错误和一些问题，但是错误可以不断修

---

①　Ц. Дамдинсүрэн, Монгол хуучин уран зохиолын тоймыг зохиосон туршлагаас, "Үнэн" сонин, №220(17123), 1988, IX сарын 13.

②　Ц. Дамдинсүрэн, *Монголын уран зохиолын тойм* I, Улсын хэвлэлийн газар, УБ, 1957 он, тал 3.

正。这就是达木丁苏伦把三卷文学史称为"概要"的缘由。事实上,从后来撰写出版的各种版本蒙古文学史来看,尤其是历时与共时相结合的文学史基本上是以《蒙古文学概要》为纲而书写的。

搜求史料是文学史研究的先导工作和基础准备。蒙古民族自古逐水草而居的游牧生产生活方式不利于文献的保存,大量文献手稿散佚在民间。到了 20 世纪五六十年代蒙古的文化、教育、出版事业得到初步发展,然而还没有保护和重视古代文学遗产的意识。"左"风盛行下的出版审查制度桎梏了古代文学作品的出版,给文学研究和文学史书写带来诸多不便。当时无论是蒙古还是其他国家缺乏一本能够为蒙古文学研究者提供指南的工具书。出版这样一本参考书,是达木丁苏伦编撰《蒙古文学经典百篇》的初衷。他曾这样写道:"(20 世纪 50 年代)在蒙古大学和师范学院虽然讲授文学史这门课,但无论是先生或是学生都感到读物的缺乏,没有参考书。"于是决定编写一本具有指南作用的文学读本以解燃眉之急。另一方面,配合编写《蒙古文学概要》第二、三卷是编撰《蒙古文学经典百篇》的另一个重要原因。除了上述两个原因外,达木丁苏伦还希望《蒙古文学经典百篇》能够具有普及作用。他说:"尽管图书馆里有不少文学著作,可是从哪本开始阅读,怎么阅读,对于年轻人来说可能会搞得手忙脚乱。而且对于每个人来说,读完每一本书也是一件困难的事。"[①]鉴于上述目的,达木丁苏伦对这套文学读本寄予很高的期望,希望这套书对大众而言,能够起到普及的作用;对蒙古文学研究者而言,能够指明蒙古文学研究方向。因此,如何从异彩纷呈的蒙古文学宝库中缀英摘彩、得窥全豹,成为编撰《蒙古文学经典百篇》的关键所在。具体地说,如何搜求和选择最具有代表性的文献和作品决定着《蒙古文学经典百篇》编写的成功或失败。达木丁苏伦试图通过对《蒙古文学经典百篇》中的每一篇作品的选择定位达到界定蒙古文学研究范围和对象的目的,反过来说,每一篇作品的选择往往也都能够体现出达木丁苏伦文学批评的理念。

经过细致甄别与鉴定,达木丁苏伦从蒙古古代文学宝库中撷取精选出 100 篇经典作品,汇编而成集。在收录大部分作品原作之后,还对该作品进行了简单的介绍,标明了作品的出处、现存各种版本的情况、选入原因及初步的研究成果等。1959 年整理出版了《蒙古文学经典百篇》(第一

---

① Ц. Дамдинсүрэн, Монголын уран зохиолын учир, *Монголын уран зохиолын дээж Зуун билэг оршив*, УБ, 2001 он, тал 22—37.

个整理部分)。在掌握了一定材料的基础上,1965年,他着手筹划编写反映19世纪蒙古文学发展状况的《蒙古文学概要》第三卷。这一卷是在达木丁苏伦的主持下,组织他的学生们共同完成的。1968年,该卷按照原定计划顺利出版。

而拟定在1968—1969年间编写出版的,涵盖蒙古文学重要时期——17至18世纪蒙古文学发展状况的《蒙古文学概要》第二卷却迟迟未能出版,直到1977年才得以出版,这比达木丁苏伦的预想晚了近十年。原因是多方面的,首先是史料上的困难。17—18世纪这一时期,蒙古文学与印度文学、中国藏文学交流频繁,文学中涌现出大量的翻译、模仿、借用主题再创作的作品。这些与印度文学及中国藏文学题材类似的作品在该时期的蒙古文学中占有很大比重。如何对待这些作品是撰写本卷文学史首先要解决的问题。以往有关17—18世纪蒙古文学史的写作中,大多对此选择了回避的方式。为了妥善解决这个问题,1968年达木丁苏伦等学者专门前往苏联列宁格勒国立大学和苏联科学院东方研究所列宁格勒分部的图书馆手稿部,从其所收藏的几千部蒙古书籍中进行甄别、筛选。他们在那里搜集到很多重要文献,其中包括用托忒蒙古文字写成的《罗摩那的故事》。其后他缜密地研究了从乌兰巴托、列宁格勒、乌兰乌德等地搜集到的蒙古手稿书籍,特别是仔细研究了蒙古作家使用藏文书写的文献。该时期的许多重要文献就这样在达木丁苏伦等人的努力下得以再现。史实的梳理为该时期文学全景的再现创造了先决条件。

编撰第二卷最大的困难莫过于人为制造的种种阻碍。由于第二卷中"有以前从未被研究过的许多文学作品,同时由于重新研究并纳入了大量的究竟与印度、中国藏文学之间有关系,或是没有关系的文学作品的缘故,除了在撰写本卷的时候非常困难之外,在得到大家认可的时候也是非常的困难。"①1970年,年愈六旬的达木丁苏伦在给学生巴斯特的复信中说:"我一直在阅读书籍,进行古代文学史的研究。某些领导者却认为我在做一些毫无意义的事情。我自认为这是非常有价值的事。我觉得已经掌握了相当多的有关17、18世纪文学史的知识和材料,如果不将这些认识书写出来留给后人就死掉的话,我会觉得非常遗憾。我打算还是把它们写出来。可是能够理解我的人非常少,支持我的人更是没有,所以感到

---

① Ц. Дамдинсурэн, Монгол хуучин уран зохиолын тоймыг зохиосон туршлагаас, "Үнэн" сонин, №220(17123), 1988, IX сарын 13.

有些困难。我现在还能工作，但谁知道我还能坚持多久呢。大概'来日无多'了吧。"①看来，对于不为他人所理解，达木丁苏伦尚且能够忍受，而对于自己尚未完成的蒙古文学史研究的命运和前途倒是令他忧心忡忡。虽然有时也会感到悲观，但不畏险阻是达木丁苏伦的性格，一种乐观的情绪和永不气馁的精神始终左右着达木丁苏伦，他"相信第二卷一定会在1976年年内付梓出版。"在不为他人理解的情形下，达木丁苏伦与 D. 策德布等多位学者，花费了大量的时间和精力搜集、整理和考订该时期的史料。在掌握大量翔实的史料的基础上，完成了《蒙古文学概要》第二卷的编写。而后，经过出版局的多次审查，他们将该卷反复修改了四次，直至1977年才正式出版。

在三卷本《蒙古文学概要》出版之后，1976 年达木丁苏伦出版了《蒙古文学经典百篇》第二个整理部分。该册是由达木丁苏伦的学生 D. 策伦索德诺姆、D. 云登等人共同编写的，随后又陆续出版了第三、四册。达木丁苏伦最初出版的《蒙古文学经典百篇》是用畏兀儿蒙古文书写的。2000、2001 及 2002 年，蒙古国用西里尔蒙古文分别转写并出版了该书的全套四卷本。中国内蒙古人民出版社 1979 年出版了《蒙古文学经典百篇》，1982 年把《蒙古文学概要》转写成畏兀儿蒙古文出版。1999 年，蒙古国再次出版了《蒙古文学概要》第一卷，1957 年，在中国沈阳出版过该卷本。

（二）《蒙古文学概要》与《蒙古文学经典百篇》的结构特点

达木丁苏伦在书写《蒙古文学概要》和编撰《蒙古文学经典百篇》的过程中，探索并建构了包含蒙古文学与其他民族文学关系（包括蒙古文学与蒙古民族各部族之间的文学关系）、翻译文学以及异族语言的文学创作的多重结构的开放结构框架。

---

① Ц. Дамдинсүрэн, *Бурэн зохиол 3*, Интерпресс хэвлэлийн газар, УБ, 2001 он, тал 554—555.

达木丁苏伦把蒙古文学与其他民族文学关系首次写入蒙古文学史。① 在《蒙古文学概要》第二卷,达木丁苏伦本人撰写了第五章"与印度文学有关的文学作品"和第六章"与藏文学有关的文学作品"。在第五章,达木丁苏伦分别就"取材于《五卷书》的蒙古故事集锦""关于《毕格尔米吉德罕》的三本书""《罗摩衍那》的蒙古故事""娜仁格日勒仙女传""蒙古《丹珠尔》《甘珠尔》与蒙古文学的关系""《目连救母经》"等专题进行了论述。在"与藏文学有关的文学作品"一章,达木丁苏伦着重论述了《大菩提经重要传说》《尸语故事》《白莲花簇》以及其他西藏古代文学作品的蒙古文翻译等问题。

将卫拉特蒙古文学、布里亚特蒙古文学都载入文学史是《蒙古文学概要》开放结构的一个特征。在此之前编写的蒙古文学史少有关于卫拉特蒙古文学、布里亚特蒙古文学的部分。达木丁苏伦认为,卫拉特、布里亚特作为蒙古民族的重要组成部分,它们的文学在历史上与整个蒙古民族的文学联系紧密,已成为蒙古文学重要的一支,理所当然地把它们写入蒙古文学史。鉴于卫拉特的大部分文献与 17 至 18 世纪蒙古文学相关,故把有关卫拉特文学的篇章放在《蒙古文学概要》第二卷中,而 19 世纪布里亚特文学与整个蒙古文学联系密切,故从 19 世纪布里亚特地区出版的文学作品中挑选出几部名篇写入《蒙古文学概要》第三卷。这样,达木丁苏伦率先在蒙古文学史中承认并确立了卫拉特蒙古文学、布里亚特蒙古文学在整个蒙古文学史上的价值和地位。把它们纳入蒙古文学史的版图,立足点是呈现蒙古文学全貌,处理上巧妙地、跳跃性地分别选择了它们与蒙古文学整体联系最为密切的时期写入文学史。

将翻译文学纳入文学史,是《蒙古文学概要》开放结构框架的另一个特点。达木丁苏伦开创性地将翻译作品写入了蒙古文学史。在《蒙古文学概要》第一卷中,他用一个章节的篇幅撰写了"13、14 世纪的翻译作品"。这一章概述了 13、14 世纪蒙古人对于外文书籍的翻译情况,介绍了搠思吉斡节儿翻译的《入菩萨行经》(残卷),希日布僧格翻译的《金光明经》等少数的佛经,以及索诺木嘎刺翻译的具有世俗文学性质的《萨迦格言》(残卷)等译作。在《蒙古文学概要》第三卷中编入了与汉文学有关的

---

① 与其他文学史撰写者相比,Ts. 达木丁苏伦是最早从接受角度考察蒙古文学与其他民族文学关系的学者。G. I. 米哈伊洛夫和 K. N. 亚茨科夫卡娅合著的《蒙古文学史》(1969 年),曾就中世纪蒙古文学关系,文学类型的发展等问题进行过阐述。

"《西游记》蒙文译本节选""《水浒传》""汉文作品在蒙古地区的口头传播"等章节。其中前两个章节是达木丁苏伦的学生 E. 图门扎尔格勒（E. Tumenjargal）编写的，后一个章节是他的学生 D. 策伦索德诺姆撰写的。

将异族语言的文学创作写入蒙古文学史也是开放结构上呈现的特点之一。《蒙古文学概要》第二卷第七章专门论述了蒙古人使用藏文创作的总体状况和理论阐释，还介绍了札雅班第达·罗桑赤烈、松巴勘布·益喜班觉、察哈尔格西·鲁布桑楚勒特木、阿拉善的阿格旺丹答尔、杰米扬·嘎拉布等著名僧侣作家的藏文创作活动。这个部分主要由达木丁苏伦的学生 D. 云登和 Ch. 阿拉坦格日勒（Ch. Altangerel）等人共同撰写完成。遗憾的是，由于语言上的局限，达木丁苏伦本人无法对蒙古人的汉文创作进行介绍和研究，《蒙古文学概要》中没有包含有关蒙古人使用汉文创作的内容。

至于《蒙古文学经典百篇》，因为是为了配合编撰《蒙古文学概要》而出版的，所以其作品的选择与评价、定位与《蒙古文学概要》基本是一致的，均反映出达木丁苏伦的文学研究理念。达木丁苏伦在《蒙古文学经典百篇》中收录了不少与其他民族文学有关的文献、作品。据粗略统计，其中与其他民族文学的题材、主题存在着借鉴关系的作品不少于 28 篇，约占全书的 28%。这里包括与印度和中国藏文学主题一致的作品，如《萨迦格言》第一节（第 34 篇）、龙树的《育民甘露》（第 57 篇）、《故事海》的第四十节（第 50 篇）、《目连救母经》（第 44、45 篇）、《尸语故事》（第 56 篇）、《米拉日巴道歌》节选（第 48 篇）、《杜鹃传》（第 60 篇）、《水树格言》（第 76 篇）；还有与汉文学作品主题一致的作品，如《水浒传》第四卷第二十二回（第 78 篇）、琶杰演唱的《水浒传》第二十二回（第 79 篇），等等。其中收入的与其他民族文学有关的 28 篇作品中，包括了 20 篇翻译文学作品，约占全书的 20%。主要有 13、14 世纪的搠思吉斡节儿翻译的《入菩萨行论》第十章的注释（第 28 篇）、希日布僧格翻译的《金光明经》第二十四章（第 32 篇）、丹巴道尔吉翻译的《简明金光明经》（第 33 篇）、索诺姆嘎剌、莫日根葛根、丹巴勒扎勒桑、诺姆图·仁钦翻译的萨班·贡噶坚赞的《萨迦格言》第一节（第 34 篇）；17、18 世纪的《目连救母经》（第 44、45 篇）、席勒图绰尔济固什翻译的《米拉日巴传》节选（第 47 篇）、《米拉日巴道歌》节选（第 48 篇）、《故事海》的第四十节（第 50 篇）、《尸语故事》（前十三章是翻译、第 56 篇）、龙树的《育民甘露》（第 57 篇）、《杜鹃传》（第 60 篇）、《水树格言》（第 76 篇）；19 世纪的汉文译作《水浒传》第四卷第二十二回（第 78

篇)、芭杰演唱的《水浒传》第二十二回(第 79 篇),等等。此外,在《蒙古文学经典百篇》中还收录了三篇蒙古文人的藏文创作,它们都是使用藏文原创的作品,后来才被翻译成蒙古文的。

《蒙古文学概要》在结构上呈现出了跨民族、跨语言、跨文化的开放性特征。概括地说,达木丁苏伦以其他民族文学关系研究(包括蒙古文学与蒙古民族各部族之间的文学关系研究)、翻译文学研究以及异族语言文学创作研究等三个板块共同建构了有别于前人的蒙古文学开放性结构框架。蒙古文学在其产生、发展、演进的历史长河中,与其他民族文学之间有着连绵不断的交流,受到过中国北方少数民族文学、藏文学、汉文学,以及印度文学等其他民族和国家、地区文学的广泛而深刻的影响。在保持自身悠久的文学传统的同时,蒙古文学通过翻译、模仿、效仿、借用等多种方式借鉴和吸收了其他民族文学的优秀传统而逐步走向成熟。在文学交流的这个过程中,蒙古文学中涌现出了许多与其他民族文学在题材、主题、体裁等方面存在着借鉴关系的作品。达木丁苏伦在对这些与其他民族文学中题材、主题等方面存在着借鉴关系的某一作品或某一现象进行考证与阐释时,必然要追溯到对本民族文学产生了影响的其他民族文学。反之,如果仅在蒙古本民族文学范围之内进行孤立的研究的话,就会有许多问题难以解释,而且难以得出令人满意的结论。因此,他打破了蒙古文学与其他民族文学的界限,跨出蒙古本民族文学的范围,在更加广阔的领域中进行跨民族、跨语言、跨文化的探索,适时地提出了甄别蒙古文学与其他民族文学中题材类似作品的命题。同时,为了鉴别这些作品的属性,也鉴于翻译作为蒙古文学与其他民族文学交流中重要的借鉴手段,及其在蒙古文学发展中所起到的不可替代的促进作用,达木丁苏伦提出蒙古文学研究的重要命题——翻译文学蒙古本土化研究。它们的提出倡导与实践对于蒙古文学研究及蒙古文学史的撰写具有重要的学术价值。

如前所述,达木丁苏伦曾阐明书写文学史的两种方法。他认为,前一种方法是撰写文学史的最佳方法,但这个方法比较耗费时间,需要有足够充裕的时间才能做得到,所以采用后一种方法,即先构架出文学史的总体框架,再对作品细加研读和推敲。事实上,经过研究发现,除了第一卷外,其他两卷的书写都采用了第一种撰写文学史的方法。这种被达木丁苏伦称为书写文学史的最佳方法,正是达木丁苏伦建构蒙古文学开放结构过程的真实写照。

韦勒克主张文学史上即便最简单的问题都离不开判断,离不开批评活动。"如何确定每一部作品在文学传统中的确切地位,则需要文学批评来完成。文学史家必须是个批评家,纵使他只想研究历史。"①这是因为文学史编写过程中任何材料的取舍都离不开价值判断,再者文学史的编撰也离不开一定的理论的指导。达木丁苏伦在处理文学史料方面有着同样的看法,他说:"在真正的文学史中,在前期的研究基础之上所做的总结是应该占据重要的地位的,而在《蒙古文学概要》中,前期明确、找出、列举、统计那些将要写入文学史的材料,厘清作品的状态属性的工作是要占据重要的地位的。"②显然,厘清作品的状态属性的目的,是为了确定该作品在文学史上的确切地位。为了达到这个目的,必须要对该作品进行"精密研究"。而甄别蒙古文学与其他民族文学中题材类似作品及翻译文学作品蒙古本土化则是澄清作品状态属性的手段和方式。我们认为,达木丁苏伦经过对已掌握的文献资料(包括不断发掘的新资料)进行厘清作品状态属性的个案研究。在每一部作品复原的基础上,从个案研究走向综合研究,这个宏观的综合研究,其具体的体现,就是《蒙古文学概要》的书写。这也正充分说明了文学史家必须懂得文学理论和文学批评,每个文学史家都是文学批评家这一规律。

蒙古文学开放结构是蒙古文学在其发展进程中自身形成的一种结构体系。而达木丁苏伦以其比较文学家的慧眼,不但能够从客观的事物中发现这种开放结构的存在,而且能够从蒙古文学史本身抽取这一框架体系,在《蒙古文学概要》与《蒙古文学经典百篇》中以其他民族文学关系研究、翻译文学本土化研究以及异族语言文学创作研究最终建构了这一体系。

事实上,达木丁苏伦本人亦将《蒙古文学概要》定位为"在编写出真正的蒙古文学史之前所编写文学史的总体概述。"③将它视为撰写真正的蒙古文学史的一个重要环节。在《〈蒙古文学概要〉之编写的一些经验》一文中,他提出编撰出版《蒙古文学概要》之后蒙古文学研究所面临着的六项任务:

"第一,要对已经完成的三卷本进行批评和讨论,找出它们的成绩和

---

① 勒内·韦勒克、奥斯汀·沃伦:《文学理论》,刘象愚等译:南京:江苏教育出版社,2005年,第39页。
② Ц. Дамдинсүрэн, Монгол хуучин уран зохиолын тоймыг зохиосон туршлагаас, "Үнэн" сонин, №220(17123),1988, IX сарын 13.
③ Ц. Дамдинсүрэн, Бүрэн зохиол 3, Интерпресс хэвлэлийн газар, 2001 он, тал 3.

不足。

第二，要马上开展真正意义上的蒙古古代文学的写作。

第三，要印刷出版《蒙古文学概要》的工具书《蒙古文学经典百篇》第二个整理部份。

第四，对第一、二部《蒙古文学经典百篇》收入的难以理解词汇加以注释并出版。

第五，继续搜求《蒙古文学概要》三卷本中遗漏的、未收入的作品。

第六，逐一研究三卷本《蒙古文学概要》中收入的作品，进一步撰写相关的主题论文及学位论文。

完成了上述这些任务，才具备了编写文学史的条件。①

可见，达木丁苏伦希望后来的学者们能够以《蒙古文学概要》和《蒙古文学经典百篇》为研究框架，通过对框架中的作品逐一细致地研究，最终完成真正意义上的蒙古文学史的编写工作。事实上，《蒙古文学概要》和《蒙古文学经典百篇》起到了引领蒙古文学研究的作用。

（三）蒙古文人的异族语言文学创作

《蒙古文学经典百篇》收入蒙古人的藏文创作；《蒙古文学概要》第二卷中撰写了"蒙古人用藏文创作"章节，这无论是在半个多世纪以前还是当下，都需要一种异乎寻常的勇气，一种勇于开放的精神。

1958年达木丁苏伦在题为《蒙古旧文学概述》一文中，就蒙古人的藏文创作阐述了自己独到的见解：

> "从16世纪开始，黄教在蒙古地区大规模传播，兴建寺庙。很多喇嘛、僧人在寺庙中修习佛经。相当多的寺庙类似于佛学院的状况，学习藏语、梵语、哲学、医学、占卜等多种学科。最初是大量翻译藏文经典，后来是基本上掌握藏文。因而藏文成为蒙古书籍中广泛运用的语言。有些作家用藏文写作，有些用藏、蒙两种文字写作。在蒙古地区不仅使用藏文创作的作家有很多，而且他们之中能够汇编出版各自《文集》的就有200多位。大家知道，这些喇嘛学者们的创作虽

---

① Ц. Дамдинсүрэн, Монгол хуучин уран зохиолын тоймыг зохиосон туршлагаас, "Үнэн" сонин, №220(17123), 1988, IX сарын 13.

然主要是在《文集》中为宗教的教义、礼仪、经文、佛教哲学进行注释工作,但同时,他们在《文集》中还创作了大量的有关政教合一的训谕诗、诗学理论、用文学语言写作的传记、历史、传说、文学术语和评论、短篇故事等作品。因此蒙古文学史中应该把蒙古作家用藏文创作的作品单列为一个专门的章节。"①

在1959年出版的《蒙古文学经典百篇》之"前言·蒙古文学源流"中,达木丁苏伦再次强调了藏文创作的作品应归属于蒙古文学的看法:

> 相当一部分的蒙古知识分子驾驭藏文的能力比驾驭自己母语的能力还要强,他们用藏文创作的作品很多。毫无疑义地应把这些作品纳入蒙古文学史。譬如,19世纪初期著名的诗人拉布杰用藏文、蒙古文写了许多诗……同样,他1825年创作的长诗《纸鸢》,流传也比较广泛,此文也有藏文翻译。大库伦堪布写的《绵羊、山羊和牛的故事》也是同时流传着藏文和蒙文两种文本。阿拉善的阿旺丹达的《人道喜宴》、松巴勘布·益喜班觉和察哈尔格西·鲁布桑楚勒特木的诗,扎瓦·达木丁等人的许多作品均是用藏文创作的。譬如,察哈尔格西·罗桑楚臣仅用藏文创作出版的文集就有10部之多。②

达木丁苏伦不仅在理论上给予阐释,在实践层面上,他还主持翻译出版了《蒙古作家藏文的创作作品集》第一卷(1967)和第二卷(1968)。一般说来,一个民族或一个国家都使用一种语言,然而并非人人处处都能做到如此的壁垒分明。世界上许多国家的文学中都存在着各种复杂的现象。例如,欧洲18世纪的启蒙思想家卢梭是瑞士人,但他却用法语创作了影响深远的小说《爱弥儿》和《新爱洛绮丝》。唐代日本人阿倍仲麻吕用汉文创作出《衔命还国作》一诗。对于这种情况,一般有两种处理方法,"一方面采用文学史上传统的定论,并以作家主要的活动地点及其作用来认定其国界与族界;另一个方面又以其文化底蕴是否具有'两栖性'来作专题处理。"③尽管卢梭是瑞士人,但是他的主要活动中心都在法国,所以传统

---

① Ц. Дамдинсүрэн, Монголын хуучин уран зохиолын товчоо, 1957 он, *Монголын уран зохиолын өв уламжлалын асуудалд* Ⅰ, УБ, 1984 он, тал 208.

② Ц. Дамдинсүрэн, Монголын уран зохиолын учир, *Монголын уран зохиолын дээж Зуун билэг оршив* Ⅰ, УБ, 1959 он, тал 34.

③ 孙景尧:《简明比较文学——"自我"和"他者"的认知之道》,北京:中国青年出版社,2003年,第90页。

上还是习惯把他称为法国的启蒙思想家、哲学家和文学家。阿倍仲麻吕虽是日本人,但他的主要活动地点在中国,传统上也把他列入中国唐代诗人的行列。而公元8、9世纪日本的圆仁,用汉文撰写了堪与马可·波罗的《东方见闻录》(又名《马可·波罗行记》)相媲美的《入唐求法巡礼行记》,但因其主要活动地点及其影响都在日本,故他的创作属于日本文学。

  美国著名比较文学家雷马克在《比较文学的定义和功用》一文中提到:"有些作家属于同一个民族,但却用不同的语言或方言来写作。威尔士文学与英语文学、低地德语文学与德语文学……,它们之间的关系提出了一系列必须逐一加以解答的问题。我们认为一般来说,如果要把这种过渡性质的题目归属于比较文学,就必须提出明确证据,说明是在探讨语言、民族性或传统之间重大的差异。"传统观点主张异族语言的文学创作不列入蒙古文学,是以这些作品的民族性薄弱为根据的。虽然达木丁苏伦本人没有在作品的民族性上作出进一步的探讨,但是几十年之后,蒙古学研究者在他的研究基础上进行了进一步的阐发。2000年荣苏赫、赵永铣、梁一儒、扎拉嘎主编的《蒙古族文学史》对蒙古文人藏文诗歌创作的蒙古民族特点进行了分析和阐释。譬如有关拉布杰的诗歌特色,研究表明拉布杰熟悉民间谚语、格言,又熟读印、藏佛学大师们的格言训谕,常常把民间谚语、格言及训谕中的妙语警句加以改造写入诗中,在诗歌创作中,以己所长对蒙古民族和印度、藏族诗歌中的传统做了大量的、充分的挖掘再创、糅合拓展的工作。这样,他的诗歌符合广大蒙古人民的欣赏趣味,在蒙古民间广泛流传,成为蒙古文学中一份珍贵的遗产。又如丹金旺吉拉的诗歌创作,因他精通蒙藏两种文字,他一方面受蒙古民族固有书面文学的陶冶,比如莫日根葛根的诗歌就对他影响极深;另一方面又借鉴藏文诗歌方法来丰富他的艺术创作,如从西藏大喇嘛贡嘎札拉僧等人的宗教著作中吸取艺术表现手法,所以他的诗歌既富有蒙古民族传统诗歌的韵味,又在博采众长的创作实践上对诗歌传统格局有所突破。[①] 可见,虽说蒙古文人的藏文和汉文创作使用了非本民族的语言文字,与蒙古本土的传统文学相比,作品的内容、形式、表现手法上体现的民族特性也不是那么鲜明,但是它们之所以能够在蒙古人民当中广泛流传,正是因为它们本身符合蒙古民族审美需求的结果。

---

  ① 荣苏赫、赵永铣、梁一儒、扎拉嘎:《蒙古族文学史》,第三卷,呼和浩特:内蒙古人民出版社,2000年,第95、103页。

在蒙古文学史上，蒙古人用藏文、汉文等非本民族的语言进行的创作很多。蒙古文字大约产生于公元11世纪末、12世纪初，它是脱胎于回鹘文的一种拼音文字。在蒙古文字产生之后，由于历史、宗教、政治等原因，蒙古人还曾经借用过其他民族的文字，作为自己的通用文字。譬如元朝时期，官方文字是八思巴蒙文、汉文和回鹘文，同一时期使用的还有古藏文、梵文、西夏文、古波斯文、叙利亚文、契丹文等文字。在文学创作上，蒙古人除了用蒙古文撰写过不朽的文学著作外，还借用汉文、满文、藏文、阿拉伯文、波斯文等异族异域的文字进行过大量的创作。其中，在蒙古文学史上，数量和影响较大的是藏文和汉文创作。

蒙古僧侣作家使用藏文进行创作与藏传佛教的引进、推广和普及有着密切的关系。13、14世纪，从蒙古上层统治者皈依藏传佛教开始，就已经出现了蒙古高僧的藏文创作活动。元代蒙古高僧搠思吉斡节儿用藏文创作了《佛祖释迦牟尼十二行》。16世纪后半叶，俺答汗再度引入藏传佛教，随着藏传佛教在蒙古地区的大力提倡和推广，在长期接受印度、西藏宗教文化的过程中，涌现出了大批的精通梵文、藏文的学者、僧人，尤其是在17至18世纪，这种人才在数量上和素质上都达到了相当高的水准。他们不仅从梵文、藏文翻译了大量的文学作品，而且还能够直接用藏文著书立说。这种情况一直延续到19世纪下半叶至20世纪初期，一些作品同时存在蒙古文本和藏文本，一些作品是蒙古喇嘛直接用藏文书写记录的，且后者这类"藏文"文献数量最多。

据蒙古学者贡布扎布于1960年的不完全统计，当时所知道的留存有藏文著作的蒙古高僧共有208位，而且其中的大部分人都有个人的全集或选集。其中松巴堪布·耶喜班觉、札雅班第达·纳木海扎木苏、阿拉善·阿旺丹达、察哈尔格西·罗桑楚臣、大固什阿旺丹培等人是这个时期最为著名的用藏文创作的僧侣作家。蒙古僧侣作家使用藏文创作的体裁主要是以训谕诗、仪轨文、高僧传记、佛教故事、诗学理论、书信等为主。

蒙古文人的汉文创作主要集中于两个高峰时期。第一个高峰时期是在中国元朝。蒙古统治者入主中原以后，为了巩固统治阶级的利益，有效地统治以汉族为主的各族人民，从统治阶级上层开始学习汉文化，推动了学习汉文的热潮，随后蒙古文人即开始了汉文创作。已有的研究结果表明，元代蒙古文人用汉文创作的文学作品，从体裁上来看，诗歌、散曲、杂剧、散文诸体皆备。从作者成分来看，帝王将相、文人学士、胥吏布衣皆有作品流传，如世祖忽必烈、文宗图贴睦尔、顺帝妥欢贴睦尔、顺帝太子爱识理达腊、梁王巴匝拉瓦尔密等都曾使用汉文进行文学创作,并留有作品;丞相伯颜、状元泰不华、文士聂、公主阿盖的诗歌,都各有特色,具有一定的艺术水平;萨都剌的诗歌更是达到当时一流的水准;散曲家阿鲁威、童童、杨景贤堪称大家,特别是杨景贤的杂剧创作,数量多、成就大,其代表作《西游记》杂剧更是对后世小说《西游记》的成书产生了明显的影响。[1] 蒙古文人使用汉文创作的第二个高峰时期是在近代。这一时期,随着蒙、汉文学交流的频繁,蒙古作家使用汉文的创作取得了不小的成绩。有据可查的作者就有数十人之多,作品更有百余部。该时期的汉文创作的一个突出特点就是有不少作家创作了专门描写蒙古的草原风貌、风土人情的作品,蒙古的民族特色显得更为浓厚。譬如,延清的《奉车臣汗纪程诗》、旺都特那木吉拉的诗集《公馀集》、贡桑诺尔布的诗集《夔庵吟稿》等。

各国的蒙古学学者对蒙古文学史上使用异族语言进行的文学创作持有不同的看法。传统观点认为,蒙古文人的藏文和汉文创作并没有反映出蒙古本地区的生产方式和生活习惯,从语言、形式上来看也没有鲜明的蒙古民族特色,不应视作是蒙古文学的一个组成部分。达木丁苏伦依据蒙古作家的藏文创作在蒙古文学史上所起的作用和影响,最终认定它们应归属于蒙古文学。他还提出,在蒙古文学发展的进程中,蒙古人用藏文创作的一些作品不仅在蒙古本民族内部产生影响,同样也在藏族读者群中产生了反响。同时,蒙古作家的藏文创作活动把印度、西藏佛教文学的一系列表现形式引入了蒙古文学,诸如佛教的四行体训谕诗、佛教的仪轨诗文、散体叙事中的镶嵌诗、佛本生故事嵌入式的结构,等等。可以说,蒙古人的藏文、汉文创作均对蒙古本土文学产生了积极影响。不仅如此,蒙古作家进行藏文创作时,不是照搬印度和西藏的诗歌理论,而是进一步给予发展弘扬。基于这些创作在蒙藏、蒙汉文学交流中所充分发挥的媒介作用,在研究蒙古文学和编写文学史时,不应该忽略它们,而应将它们列入蒙古文学史中。达木丁苏伦把蒙古文人的藏文创作和汉文创作看作是蒙古文学与藏文学、汉文学进行交流的桥梁,把蒙古文人的藏文和汉文创作活动看作是另一种传播方式,从它们对于蒙古文学发展所产生的影响角度考虑把它们写入蒙古文学史。尽管这样做有悖于传统文学史书写,但是却反映出达木丁苏伦从蒙古文学与其他民族文学的交流角度,考察蒙古文学的整体发展状况,书写蒙古文学史的研究思路。

---

[1] 云峰:《蒙汉文学关系史》,乌鲁木齐:新疆人民出版社,1997年,第6页。

在达木丁苏伦看来,蒙古文人的藏文创作和汉文创作以其可观的数量,所达到的一定的思想内涵和艺术成就,以及在蒙古文学与其他民族文学交流中所起到的桥梁作用,使其在蒙古文学史上占有不可或缺的重要地位,成为蒙古民族书面文学的一个有机组成部分。如果把蒙古作家的汉文创作和藏文创作排除在蒙古文学史之外,就不能全面地勾勒蒙古文学史发展的真实面貌。把异族语言文学创作写入文学史,是达木丁苏伦为蒙古文学史研究做出的又一贡献,意义深远。

第三章　蒙古国现代文学开放结构的实践探索

从表面上来看，达木丁苏伦学术研究的成果主要集中在蒙古古代文学研究、比较文学研究、现代文学批评等领域，少有直接与蒙古国现代文学史撰写有关的著述问世。作为现代文学的奠基者、现代文学批评的开拓者以及古代文学史的主编，达木丁苏伦的文学研究所带来的影响是深远的，他的学术视角延伸到蒙古文学研究尽可能广泛的各个方面。就蒙古国现代文学①史写作而言，达木丁苏伦在蒙古古代文学史书写过程中探索和实践的蒙古文学史的开放性结构直接影响到蒙古国现代文学史的编撰。在书写《蒙古文学概要》和编撰《蒙古文学经典百篇》的过程中，他探索并建构了包含蒙古文学与其他民族文学关系、翻译文学以及异族语言文学创作的蒙古文学开放结构框架。自上世纪80年代以来，在蒙古国现代文学史的书写中我们能够看到这个开放框架持续的影响。在探讨这个问题之前，我们有必要了解一下有关蒙古国现代文学史的编撰与出版情况。

（一）蒙古国现代文学史的编撰与出版

在现代文学史的撰写方面，蒙古国步履相对迟缓，最早涉及现代文学的文学史著作是1946年B.索德诺姆撰写的《蒙古文学发展简史》。这部著作以三分之二的篇幅是叙述了古代文学，最后一个章节涉及到现代文学。1959年D.岑德编撰出版了《蒙古文学——中学教师指导手册》第二卷——"新时期文学"（1921—1959）。1968年P.浩尔劳、Sh.鲁布桑旺丹、Ts.孟和、D.岑德等人编撰的《蒙古现代文学简史》（1921—1965)出版。这只是初步的文学史写作，直到80年代，蒙古国开始有意

---

① 蒙古国现代文学是指自1921年至今的蒙古国文学，包括蒙古国现代文学和当代文学。鉴于蒙古国无现代文学和当代文学之分，为了与蒙古国说法一致，便于叙述，这里统一称为蒙古国现代文学。

识、有计划地对新文学的史料和作品给予整理和评价，对新文学各个阶段各类问题成果进行评述。1985 年 Ts. 达木丁苏伦、Kh. 桑皮勒登德布、Ch. 阿力亚苏伦编写的《蒙古现代文学史》第一卷（1921—1940）出版，1989 年出版了 Sh. 鲁布桑旺丹、Ts. 孟和、Kh. 桑皮勒登德布等人主编的第二卷（1940—1960）。而反映 1960—1980 年文学发展状况的第三卷直到 1997 年才得以出版，是由 Kh. 桑皮勒登德布、D. 岑德、Ts. 孟和等主编。25 年之后的 2014 年，S. 白格勒赛汗主编的第四卷出版，时间跨度为 1980—2000 年。这四卷本文学史是蒙古国目前最为权威的现代蒙古文学史著作。

素有蒙古学研究传统的俄罗斯，在蒙古国现代文学研究方面起步早于蒙古和其他国家。1955 年蒙古学学者 G. I. 米哈伊洛夫编著的《蒙古现代文学简史》(1921—1955) 出版。G. I. 米哈伊洛夫对蒙古现代文学的产生和发展作了简明、扼要的叙述。但是作者的身份及其写作年代，决定了这部著述明显地刻有了那个时代的烙印。作者格外重视蒙古人民革命党对蒙古现代文学的诞生和成长所起的决定性的作用及苏维埃文学和它的奠基人高尔基对蒙古文学的巨大贡献。另一位蒙古学家 L. K. 格拉西蒙维奇于 1970 年撰写出版了《蒙古人民共和国文学》(1921—1964)，1991 年发表了《蒙古人民共和国文学》(1965—1985)。

20 世纪五六十年代，中国曾经从俄文、蒙古文翻译介绍了一些蒙古国现代文学作品，出版了诸如《达木丁苏伦诗文集》《曙光》《清澈的塔木尔河》等一批作品，出现译介蒙古现代文学作品的小高潮。60 年代起，内蒙古自治区用回鹘蒙古文出版了《蒙古人民共和国文学简史》《蒙古国现当代文学》等文学史。由于是用旧蒙文编撰出版，读者范围有一定的限制。1985 年蒙古现代文学研究专家史习成在《国外文学》(1985 年第三期)杂志上刊登了《蒙古现代文学介绍》一文，论述了 1965 年以前的蒙古国现代文学发展状况。这篇论文虽然还不能被认为是完整的"史"，但它的结构框架已经具有"史"的含义。1996 年史习成在台湾出版了《外蒙古现代文学简史》一书，系统地介绍了 1920—1980 年蒙古文学的发展状况。2001 年《东方集成》系列丛书出版了史习成的《蒙古国现代文学》，这是中国第一部用中文书写的蒙古国现代文学史专著。倘若从时间跨度来看，《蒙古国现代文学》一书跨度最长，叙述了从现代文学诞生到 90 年代的蒙古文学近 70 年的发展历程。

总体来看，无论是蒙古国还是俄罗斯、中国编撰的蒙古国现代文学史,都有鲜明的进化论文学史特点。所谓进化论文学史,是把社会发展史的分期标准作为文学史的分期依据,再以社会发展的分期来分阶段编撰文学史。进化论文学史坚信文学有类似生物学,即有其产生、发展、成熟、衰落的过程。正如胡适先生所言:"文学者,随时代而变迁者也,一时代有一时代之文学","古人已造古人之文学,今人当造今人之文学"。文学演变的进程受社会、历史发展的影响,这是毋庸置疑的。而社会主义国家的文学与社会政治事件关系更为密切,更为直接。蒙古国现代文学是伴随着1921年的人民革命和蒙古独立而诞生的,是在其特有的历史文化背景和社会现实环境中产生和发展起来的,它更容易比较集中地反映一个时期的社会中心问题。如第二次世界大战时期,蒙古有许多以抗日斗争和声援苏联反对德国法西斯为题材的作品问世。在牧业合作化时期,出现了不少关于牧民"自愿"入社内容的小说,可以说,这种文学现象在20世纪60年代以前的蒙古国现代文学中俯拾皆是。

在G.I.米哈伊洛夫的《蒙古现代文学简史》、L.K.格拉西蒙维奇的《蒙古人民共和国文学》、B.索德诺姆的《蒙古文学发展史》、P.浩尔劳等人编写的《蒙古现代文学简史》、史习成的《外蒙古现代文学简史》等部文学史中这种进化论文学史观渐趋于明显。譬如:G.I.米哈伊洛夫的文学史由五个章节组成,前四个章节分别为:"蒙古现代文学诞生和发展的条件"、"蒙古人民与封建制度作斗争、走上非资本主义发展道路时期的文学(1921—1940)"、"蒙古现代文学的创始人"、"蒙古人民为建设社会主义而斗争时期的文学(1940—1955)"。B.索德诺姆的文学史名字就叫做"发展史",明显带有进化论色彩,这本册子分为三个部分:"蒙古文学的萌芽时期"(1200或1206—1691)、"满清政府统治时期和自治时期的蒙古文学(1691—1921)"、"独立解放后的蒙古文学(1921—1946)"。1968年出版的《蒙古现代文学简史》,共分为三个章节,前两个章节都是以蒙古社会发展阶段来确定,第一章为"反帝反封建的人民革命胜利,进入非资本主义发展阶段",第二章为"为社会主义建设而斗争时期"。《外蒙古现代文学简史》将蒙古现代文学史划分为四个时期:(一)1921—1937年为创新时期、(二)1938—1947年为窒息时期、(三)1948—1970年为恢复与发展时期、(四)1971—1980年为发展与停滞时期。史习成在用两个章节分别论述"蒙古民族的文学传统"和"外蒙古现代文学的发展道路"之后,分八个章节分别论述了"反封建与民主改革时期"(20—30年代)、"大战与建设后期"(40—50年代)、50—80年代的蒙古文学状况,试图通过对不同时代的作家及其作品的论述展现蒙古文学史发展进程。诸如上述这种"创新""恢复与发展""停滞"等术语常常出现于进化论文学史研究中。上述文学史大都先确定大的时间框架,再将文学史信息依照时间顺序重新组合。换言之,就是以时代、作家、作品为发展主线的编写方法,强化了文学发展的横向历史线索。依据这种进化论文学史观编写出来的文学史,从史的发展角度来看,系统性较强,清晰度较高,简洁明快,观点明确、平稳。但是其思维特点多为以历史为坐标的纵向,也就是说编者注重从蒙古文学发展的纵向上全面、系统地勾勒蒙古文学发展的基本脉络,无法摆脱狭隘的线性思维的弊病,不能充分解释复杂的文学史。

与上述文学史不尽相同的是史习成的《蒙古国现代文学史》和蒙古国出版的四卷本《蒙古现代文学史》。前者在文本的解读上下了很深的功夫,对于那些能够体现蒙古民族特性和审美风格的文本进行多维度的开掘和创造性的阐发,然后升华到题材学或主题学的相应美学范畴加以概括,凝练地形成一个个各具思想特色而又互相关联的题材群落或主题群落[①],借以显示了《蒙古国现代文学史》在结构框架上的创新,也借以凸现蒙古现代文学景观中的思想内涵和审美意识。后者从四卷的分期上来看,与蒙古社会历史分期完全一致,也是进化论文学史。与其他文学史所不同的是,每个时期的论述,除了以文学类型为主线,以"诗歌""叙事文学""戏剧"为分类进行论述,还专门设有"文学关系"(包括翻译文学)、"文学批评"等章节,这是其他文学史所没有涉及的。

(二)《蒙古现代文学史》的结构特点

1. 现代文学关系研究

经过比较我们发现,在 20 世纪 80 年代以前,蒙古出版的文学史中并没有专门把"文学关系"纳入其中。B. 索德诺姆撰写的《蒙古文学发展史》用一个段落简要概括了 1921 至 1946 年的文学作品翻译状况,书中写

[①] 本书包括的一些主题,有些是蒙古学者在研究同 题材作品时经常提到的,如人民革命文学、军事、牧业、工业、知识分子、爱情题材等。在文本阐释上有创意、有卓见的第二章启蒙文学——孤儿写孤儿;第九章展示妇女命运的文学——为"家庭的奴隶,男人的仆女"鸣不平;第十一章思索人生的文学。这些提法是作者自己提出来的。

道:"现在蒙古文学发展上有巨大影响的另外的一个方面是翻译作品。从前的翻译主要是由中国、满洲、西藏、印度来的,而现在则是由欧洲翻译来的"①,还列举了当时翻译普希金、莱蒙托夫、屠格涅夫、高尔基等十余位作家的作品,并谈了自己对翻译的看法。P. 浩斯劳等人编撰的《蒙古现代文学简史》没有"文学关系"的章节,但是在前言第四个部分列出了"世界文学和苏联文学的影响"一小节。这两部文学史还局限在其他民族文学对蒙古文学的影响方面,还没有考虑到蒙古作为接受者是如何对待和处理外来文学作品。此外,D. 岑德编撰的《蒙古文学——中学教师指导用书》第二册用两页篇幅介绍了1940—1959年蒙古翻译外国文学作品的情况。

如果说,结构上发生了变化的文学史,还是1980年以后书写的文学史。《蒙古现代文学》第一卷没有列出"文学关系"章节,绪论的第二个部分——"作品的影响、文学的民族与国际主义性质"一节,从1925年蒙古知识分子致高尔基的一封信开始阐述了1925—1940年间,作为先进的社会主义国家的文学代表——苏联文学对蒙古的影响,特别注重思想方面的影响。该书第二卷绪论由"党在发展文学方面实施的政策""文学关系"两个部分组成,在现代文学史中首次使用文学关系的概念。"文学关系"这一章已经突破一方对另一方的单向影响,而是注重了影响的双向性。除了阐述苏联文学的译介及其对蒙古文学发展的滋养,还介绍了蒙古文学作品翻译成俄文和出版的状况。譬如,G. I. 米哈伊洛夫编撰的《D. 纳楚克道尔基全集》在苏联翻译和出版的状况;1940—1950年《Ts. 达木丁苏伦文集》三次翻译成俄文并出版;1950年,达木丁苏伦的《〈格斯尔〉的历史根源》、Ch. 洛岱伊丹巴的《在阿尔泰》、D. 僧格的《在篝火旁》等多部作品和学术著作翻译成俄文出版。至于第三卷,把"文学关系"提到更为显著的位置,在本卷的最后一章单独列出"文学关系",与"诗歌""叙事文学""戏剧""文学批评"等并列。这一章由"蒙古现代文学、文艺的翻译","蒙古文学译介苏联状况及文学作品的交流与经验"两个小节组成。除了注重蒙古文学与苏联文学的双向交流外,特别关注了苏联蒙古学家对于蒙古文学的研究,列举了G. I. 米哈伊洛夫②、L. K. 格拉西莫维奇③、K. N.

---

① B. 索德诺姆:《蒙古文学发展史》,谢再善译,上海:文化生活出版社,1954年,第85页。

② G. I. 米哈伊洛夫在50年代著有《蒙古人民共和国文化》、《蒙古现代文学史随笔》,1969年出版专著《蒙古文学的遗产》,60年代还著有《高尔基与蒙古文学》等著述。

③ L. K. 格拉西莫维奇于1965年出版了专著《蒙古人民共和国文学》、1975年出版了专著《蒙古诗歌创作体系》。

亚茨科夫斯卡娅①、G. S. 马特维耶娃（G. S. Matveeva）等人在这一时期的研究成果。第四卷包含了文学观念骤变的20世纪末期，文学交流更为多样和频繁，文学史观也趋于多元，尽管保留了原有文学史的结构特点，但没有单列出"文学关系"章节。

四卷本《蒙古现代文学》始终由蒙古国科学院语言文学研究所承担编撰出版工作。语言文学研究所是由达木丁苏伦一手组建的，其研究格局也与达木丁苏伦的学术研究密不可分。语言文学研究所的前身是1921年成立的蒙古经书院语言学研究室，在达木丁苏伦的参与与领导下，40—50年代该研究室在创制推广新蒙文、制定和修订正字法，制定名词术语，编撰出版相关工具书和课本等方面做了大量工作，在蒙古新文字改革过程中发挥了重要作用。1961年，蒙古科学院成立时，语言文学研究所成为科学院最重要的研究机构之一。随着达木丁苏伦学术研究范围的扩大，语言文学研究所从60年代开始，研究空间进一步拓宽，从原有的语言学理论及历史、方言学、辞典学、名词术语规范研究等领域逐步扩大到蒙古文学史研究、文学理论研究，蒙藏文学关系研究等方面。以现代眼光来看，达木丁苏伦为促进语言文学研究所学术研究范围的拓展做出了积极贡献，是值得赞誉和肯定的，但是在极"左"思潮盛行的年代，达木丁苏伦受到了蒙古人民革命党中央委员会政治局的严厉批评，被撤销了语言文学研究所所长的职务。

1963年6月21日，蒙古人民革命党中央委员会政治局作出《有关科学院语言文学研究所工作》的决议。决议指出，作为全国文学和语言工作的组织单位和领导单位的科学院语言文学研究所，近些年来未能完成党交给的任务，未能做好文学语言的理论与实践工作。进而，明确该所工作中最大的失误是偏离了现代任务：没有投入主要精力完成诸如现代蒙古语语法研究、俄蒙词典及蒙古语详解词典的编撰工作；中断了革命前及革命后文学史的编撰工作；尚未开展为大中院校编写蒙古文学教材的工作。造成这种局面的主要原因，是该所近些年以古代书面文学和文学遗产的搜集、整理、研究及出版为工作重点，投入大量人力、财力出版这些方面的研究成果。最根本的问题是，在研究古代文学与文学遗产方面，没有依据马克思主义以党性原则作为出发点展开实际工作，在一些出版物中刊印了不少革命前反映统治阶级利益的宗教作品。这些作品不但不利于党的育民工作，而且还带来毒害。语言文学研究所的这些工作失误与所长达

---

① K. N. 亚兹科夫斯卡娅于1974年出版了专著《D. 纳楚克道尔基》。

木丁苏伦的领导有着直接关系。达木丁苏伦在研究古代书面文学(民间文学)与文学遗产、名词术语的制定方面,偏离了党的路线方针;在一些学术会议和文学创作研讨上,他在讲话中散布出反马克思列宁主义的、民族主义思想,表现出思想意识上的摇摆不定。造成这种局面的另一原因是,达木丁苏伦不注重在研究所内开展党性原则批评及自我批评,不注重从其他语言文学研究单位选拔人才,不采纳他人意见,疏于提高研究所学术人员的知识水平和培训工作。显然,达木丁苏伦已不适合从事这项领导工作,应予解除所长职务。具体决议如下:

1) 委任 B. 锡仁德布为科学院院长一职。

2) 明确了语言文学所的任务:研究与建设社会主义事业相关的先进文学,执行党的相关方针政策。

3) 在语言文学领域以马克思列宁主义为原则展开批评与自我批评。

4) 1962年,党中央政治局颁布决议成立修改完善正字法委员会,责成科学院负责这项工作,并于1964年底完成。

5) 成立国家名词术语委员会。若要我们的人民较为便捷地掌握世界上先进的科学文化技术,若要学生们掌握更深的知识,应丰富发展各种语言、遵守原则。对于原来已经通过并使用的名称术语,要广泛征求公众意见,以此为依据进行修改完善。①

这份"左"倾风行时期出台的决议从另一个角度体现出达木丁苏伦在蒙古文学研究方面所做的大量工作,他不但身体力行率领团队完成了古代文学史及文学读本的编写出版工作,还注重新人的培养,有意培养了一批能够从事新文学研究的专门人才。1962年在蒙古作协第三次代表大会上,达木丁苏伦表达了对蒙古现代文学研究状况的担忧,他说:"令人吃惊的是,苏联从事现代蒙古文学史写作的有 G. I. 米哈伊洛夫、布尔杜科娃、L. K. 格拉西莫维奇等学者,而蒙古自己却没有专门从事新文学研究的专业人才。"②他认为有不少青年才俊有志从事新文学研究工作,可是他们往往被一些琐碎的事务性工作缠身,科学院语言文学研究所难以培养能够从事新文学研究的专门人才。达木丁苏伦还批驳了当局在选拔人

---

① *МАХН-аас урлаг-утга зохиолын талаар гаргасан тогтоол шийдвэрүүд* (1921—1966), УБ, 1967 он, тал 164—167.

② Ц. Дамдинсүрэн, *Монголын зохиолчдын Ⅲ их хуралд хэлсэн үг*, бүрэн зохиол 3, Интерпресс хэвлэлийн газар, 2001 он, тал 147.

才上的失误,他说,减少编制期间,上面把一些裁员下来的、能力差的人安排到语言所,这些人拿着高工资却干不了活,导致所内编制爆满,更没有可能去发掘能够研究新文学的人才了。当时,达木丁苏伦正带着 B. 索德诺姆、Sh. 嘎丹巴、D. 查干、D. 乔吉勒苏伦、D. 扎姆巴扎姆茨等专家学者编写《蒙古文学概要》第二卷和《蒙古文学经典百篇》第二个整理部分,无暇顾及蒙古现代文学史的研究与编写工作,他祈望在研究所内建立一支犹如古代文学研究团队那样的一支专业研究队伍,从事新文学的研究工作,在条件成熟时进行现代文学史的编写工作。《蒙古现代文学》第一卷是 77 岁高龄的达木丁苏伦带着学生桑皮勒登德布等人编写的,第二卷的主编 Sh. 鲁布桑旺丹①、第三卷的主编 Kh. 桑皮勒登德布②、第二卷和第三卷的主要编撰者都是达木丁苏伦在语言文学所培养出来的研究新文学的专门人才。另一参编者 Ts. 孟和虽说是在达木丁苏伦去世以后才到语言研究所工作,但该所的学术氛围和研究方向不能不对他产生影响,且 50 年代,他与达木丁苏伦有过在国立大学共事一年的经历。

在达木丁苏伦的直接影响下,文学关系研究成为语言文学研究所的重要的学术研究方向,尤其是蒙古文学与印度文学、中国藏族文学的关系研究。1981 年,在达木丁苏伦的积极努力下,蒙古国学者与苏联学者、匈牙利学者一道,完成了有关蒙古文学与其他民族文学关系的专著《蒙古文学联系》一书。蒙古方面参与该书编撰的有达木丁苏伦、D. 云登、A. 鲁布桑登德布、D. 策伦索德诺姆,外方学者有 P. A. 格林策尔(P. A. Grintser)、S. Yu. 聂克留朵夫(S. Yu. Neklyudov)、N. I. 纽乌林(N. I. Nioulin)、B. L. 里弗廷(B. L. Riftin)。这本著作由苏联科学院高尔基世界文学研究所编撰出版。"该书将从古至今蒙古民族的文学发展过程,置于与其他民族文学、文化所共同形成的丰富联系中加以审视。作者利用详尽的史料,细致分析当时具体历史条件,阐述了蒙古佛教经籍中的具有印度、西藏文化特征的作品在蒙古地区的流传过程中,是如何丰富了人们的思想,并为其美学思想注入了新的形式和内容。"③同样在达木丁苏伦的亲自参与领导下,在蒙古科学院语言文学研究所下设了藏学研究中心,

---

① Sh. 鲁布桑旺丹(1932—1992),1963—1970 年,1978—1989 年在科学院语言文学研究任秘书长,工作人员。

② Kh. 桑皮勒登德布(1945—2006),1971 年蒙古国立大学毕业后一直在科学院语言文学研究所工作,直到去世。

③ "Шинжлэх ухаан амьдрал" сэтгүүл, 1985 он, №4, тал 56—57.

使蒙藏文学关系研究得以稳步、持续进行,并且成果斐然。达木丁苏伦的弟子们(其中大多数人曾参与过《蒙古文学概要》的编撰工作)致力于蒙古文学关系研究,尤其在蒙古文学与印度、西藏文学关系研究方面取得了不小的成果。其中 D. 云登著有《穆林哲日根》《藏蒙词汇解释》(1980)、《西藏蒙古文学典籍中的典型主题》(苏联出版)、L. 呼热勒巴特尔著有《蒙古训谕诗的传统和起源》(1982)、D. 策伦索德诺姆撰写了《13—20 世纪蒙古文学史》(1987)、《蒙古佛教文学》等论著。达木丁苏伦原拟成立的汉学中心,受种种因素的限制而搁置,这成为达木丁苏伦在有生之年未能实现的夙愿。在达木丁苏伦谢世以后,他的学生们沿着他所开辟的学术道路继续从事蒙古文学研究和文学史写作,他们继承且不断发展了达木丁苏伦建构的蒙古文学结构框架,使这一开放结构延伸到蒙古现代文学史,乃至蒙古文化史书写之中。蒙古国于 1999 年出版了由当时众多知名专家学者共同参与编撰的《蒙古文化史》(三卷本),在该书关于《蒙古文学》的一章中,将蒙古文学分为六个部分,即分别从民间口头文学、古代文学、多语种的蒙古文学、古代翻译文学、新时期文学、新时期翻译文学等六个方面来阐述蒙古文学的产生、发展和演进。显然,该书关于蒙古文学部分所采用的这个结构正是由达木丁苏伦探索的蒙古文学开放结构的发展和延续。

2. 翻译文学是蒙古现代文学的主要建构力量

达木丁苏伦是一位优秀的翻译家,同时又是一位著名翻译理论家。他精通藏、梵、满、俄等多种文字,翻译过 40 余篇俄苏文学作品,为蒙古国现代文学的发生和发展做出了杰出的贡献。在大量翻译实践的基础上,他探讨了俄—蒙文翻译过程中的翻译技巧与翻译艺术,运用现代语言学理论,结合蒙古民族与其他民族在语言、社会、文化等方面的差异,对翻译现象做出理论性的阐发。《翻译外文诗歌——贤明的奥列格之歌翻译注疏》《翻译俄文文学作品体会》《我的一些翻译心得》等篇论文从理论上归纳和总结翻译实践,为蒙古国翻译研究做出了贡献。他在翻译研究上的兴趣远远不止于此,结合蒙古文学发生、发展的特点,自 20 世纪 50 年代起,达木丁苏伦立足于翻译与蒙古民族文学发展之间的关系研究,前瞻性地提出对蒙古比较文学学科建设具有重要价值的前沿课题——翻译文学本土化研究。在实践层面上,通晓藏文、梵文、俄文的达木丁苏伦,选择了以 17—18 世纪的文学翻译为主要研究对象。他从蒙古民族的审美情趣、价值取向、民族心理、文化背景、生活习俗、思维方式等方面,尽可能"从多角度、多方位",对蒙古文《萨迦格言》《育民甘露》《米拉日巴传》《杜鹃传》《尸语故事》《大菩提经重要传说》《白莲花簇》《三十二个木头人》《目连救母经》《罗摩衍那》等作品在思想内容、体裁样式、情节、细节等方面所发生的变异进行了细致入微的考察,得出"(蒙古文学)在接受印度文学的过程中,并不是刻意地保持其原有的状态来接受,而是根据自己本民族的生活环境对其进行修改、加工以后才加以接受"①的结论。翻译文学本土化研究是达木丁苏伦对蒙古文学中翻译活动运行模式的考察、总结与实践。翻译文学本土化研究构成"翻译文学为蒙古文学发展的主要建构力量"这一论题的学理基础。

蒙古学者自誉"蒙古是一个翻译的国度"。回顾蒙古文学的发展历程,我们会发现这种提法并不为过。历史上,蒙古地区曾经出现过三次大规模的翻译活动,分别是17—18世纪印藏文学蒙译、19—20世纪中国古典文学作品蒙译,以及20世纪蒙古国以俄苏文学为主体的欧洲文学蒙译。历史上,诸如搠思吉斡节儿、锡喇卜僧格、索诺木嘎剌、席勒图固什、札雅班弟达·那木海扎木苏、贡噶斡节儿、噶尔丹席勒图呼图克图、大固什阿旺丹培、察哈尔格西·罗桑楚臣、哈斯宝、尹湛纳希、古拉兰萨等著名的翻译家群体,他们从汉语、藏语、梵语等语种翻译了大量的作品。到了近代,以俄苏文学为主体的欧洲文学大量进入蒙古国,俄苏、捷克、东德等国文学被翻译为蒙古文。20世纪90年代之后,蒙古国将介绍借鉴的目光投向以欧美为代表的西方文学,西方文艺理论逐步进入蒙古国。

如果说达木丁苏伦试图通过翻译文学本土化研究有效地解决文学翻译与蒙古文学之间的关系的话,那么达木丁苏伦对蒙古国现代文学的启蒙作用则是他对这项研究有目的、有意识的尝试与实践。他将几十年来探索蒙古文学发展模式的多层次思考置于发展蒙古国现代文学实践之中。作为蒙古国现代文学的奠基者之一,他有意识地通过外国文学的输入与影响,刺激乃至推动蒙古新文学的发展,将翻译视为发展蒙古国现代文学的一种重要的文学策略。他翻译了不少世界各国的经典文学作品,尤其是俄罗斯作家普希金的作品,除了翻译《渔夫和金鱼的故事》《贤明的奥列格之歌》《乌云》《每当我在喧哗的市街游荡》《青铜骑士》等作品,还翻

---

① Ц. Дамдинсүрэн, Монгол хуучин уран зохиолын тоймыг зохиосон туршлагаас, "Үнэн" сонин, №220(17123), 1988, Ⅸ сарын 13.

译过莱蒙托夫、屠格涅夫、契科夫、高尔基、马雅可夫斯基等俄罗斯及苏联作家的一些作品。其中《贤明的奥列格之歌》成为蒙古文学翻译史上的典范。通过翻译为蒙古本土文学引进新的文学和创作元素的同时，达木丁苏伦不忘"失去自己的文化土壤，外来借鉴也就无从附丽"的原则，始终强调"蒙古新时代的文学，是在蒙古民间文学、蒙古古典文学以及苏联文学三个支柱的基础上发展起来"①的观点。从他创作的诗歌、小说、戏剧创作中可以看出，借鉴外来资源，追求文学的蒙古特色与风格是达木丁苏伦文学创作的出发点。

由此，我们不难理解达木丁苏伦反复强调的"翻译文学在蒙古文学的发展历程中起着巨大的、不可抹杀的作用"②的深层内涵。他之所以提出文学翻译为蒙古文学发展的主要建构力量这一足资文学史研究者予以深入思考的论题，是要求蒙古文学界要沿着这条事实上的发展主线进行研究和总结。通过上述文学史的分析，我们可以发现达木丁苏伦"翻译为文学的主要建构力量""翻译是一种重要的文学策略"等有关翻译的命题及其主旨内涵为后人继承，并且将这一思想延续到文学史的书写之中。

3. 现代文学批评

蒙古现代文学批评起步晚，现代文学史中有关文学批评活动的阐释也是一个渐进的过程。上面提到的几部现代文学史都或多或少地涉及到文学批评实践活动。我们发现，以 60 年代中期为界，文学批评的视角和方法发生了一些变化，或者说，贯穿于几部文学史中的文学批评实践出现了两条线索，前期以马克思主义批评为主，后期在马克思主义批评的基础上融入学院派文学批评。这种变化与达木丁苏伦的文学批评活动和文学研究有着直接的关联。

蒙古现代文学史最早涉及文学批评的是 B. 索德诺姆的《蒙古文学发展史》，这本文学史仅以这样的一句话概括了这一时期的文学批评："又在蒙古文学上出现了新的一面：那就是文艺批评性的写作也增加了。这对于现代文学发展的方向和方法，以及对之有帮助的文学理论问题也很早

---

① Ц. Дамдинсүрэн, *Бүрэн зохиол* 3, Интерпресс хэвлэлийн газар, 2001 он, тал 327.

② Ц. Дамдинсүрэн, Монголын уран зохиолын учир, *Монголын уран зохиолын дээж Зуун билэг оршив* Ⅰ, УБ, 1959 он, тал 28—31.

就被注意了。"①1955 年 G. I. 米哈伊洛夫编写的《蒙古现代文学简史》对现代文学批评辟有专章论述。他对于马克思主义文艺批评的极"左"理解与具体应用直接影响到蒙古文学批评的走向。无论是 D. 岑德编撰的《蒙古文学——中学教师指导用书》第二册、1968 年编撰出版的《蒙古现代文学简史》，还是《蒙古现代文学》前两卷，都有 G. I. 米哈依诺夫的文学批评痕迹。蒙古是从 20 年代中期开始整理发表马克思列宁主义文艺理论的，对马克思主义批评的理解和阐释主要通过苏联这个途径。苏联出现的"拉普"文学团体给苏联文坛带来的极"左"影响，尤其是对马克思主义批评的"左"倾理解和阐释，使蒙古在接受马克思主义批评过程中，出现把马克思主义批评当作裁定审美、题材、风格等教条的现象。30 年代，苏联提出了社会主义现实主义的口号，蒙古文学并未立即接受这种创作原则。正如温儒敏总结的："社会主义现实主义注重以典型反映社会本质，强调政治教育功能，虽然其理论并不完善，而且当作'官方'的方法强制推行也是一种'左'的表现，但其对马克思主义批评的发挥还是自有特色。"②1957 年蒙古正式把社会主义现实主义创作原则作为蒙古官方认定的创作方法。蒙古文学界在贯彻实施蒙古人民革命党提出的这一文艺政策时，难免陷入"左"倾机械论与庸俗社会学的泥潭。

1954 年时任作家协会主席的达木丁苏伦，在总结蒙古作家协会成立 6 周年以来的成就时，明确了蒙古文学批评的发展方向。在题为《为了文学的新成就》一文中，达木丁苏伦以 Ch. 奥伊德布创作的剧目《说谎大王》为例，指出 50 年代蒙古文学批评的现状及存在的问题。他认为《说谎大王》本身是一部好剧目，但由于批评家们所进行的"文学批评"，既不能折射出当时批评战线的民族主义倾向，也不能纠正一些偏离、歪曲乃至错误的批评现象。可以说，"文学批评既不贴近于当前大众的生活，又落后于文学创作。"③达木丁苏伦提议："文学批评应在党中央的领导下，探寻正确的批评路径与发展方向，开展真正的马克思主义列宁主义的文艺批评。"④达木丁苏伦关于马克思主义批评的蒙古化的呼声，也由于他多次被卷入"反对资产阶级民族主义"运动而未能被听取和采纳，当然，也未能

---

① B. 索德诺姆：《蒙古文学发展史》，谢再善译，上海：文化生活出版社，1954 年，第 89 页。
② 温儒敏：《中国现代文学批评史》，北京：北京大学出版社，1993 年，第 117 页。
③ Ц. Дамдинсүрэн, Уран зохиолын шинэ амжилтын төлөө, 1954 он, *Монгол хэл бичгийн тухай*, 1957 он, УБ, тал 68—69.
④ Өмнөх ном, тал 69.

如其所愿地得以开展。

另一条线索是学院派文学批评。从《蒙古现代文学》第三卷、第四卷来看,俄罗斯学院派文学批评对蒙古文学批评有着不小的影响。这种影响是通过达木丁苏伦及其学生们完成的。第三卷在仍旧保持马克思主义文艺批评的风格外,在实际批评实践中,过去的极"左"倾向已经有所减弱,同时,以蒙古民间文学和古代文学研究、翻译研究为基石增加了文学批评实践的厚重感,社会功利性开始弱化,一改原有文学史缺失审美力的参与的状况,涉足文学作品的美学特征。第四卷由于蒙古社会的转型导致文学观念的变革,文学批评更趋多元化,马克思主义文学批评不再处于主导地位,文学批评被直接划分为文学研究与文学批评两个部分,学院派文学批评趋向明显。几部文学史所采用的"文学批评"这一术语的不同,也可以成为这种变化的佐证。1946、1965 年出版的文学史均采用"утга зохиолын шүүмжлэл"(utga zokhioliin shuumjlel),字面意思为"文学的批评",从 1968 年开始文学史改为采用"утга зохиолын судлал шүүмжлэл"(utga zokhioliin sudlal shuumjlel),字面意义为"文学的研究与批评"。

研究中,我们发现蒙古现代文学批评的发展线路与达木丁苏伦的学术思想路径相吻合,事实上,60 年代之前,达木丁苏伦致力于在蒙古开展马克思主义批评,到了 50 年代"左"倾机械论严重干扰时期,达木丁苏伦仍旧清醒地、执着地反对文学批评阵线中的"左"倾机械论,坚持倡导真正的马克思主义批评,他在这一时期有关文学批评的著述中均采用"утга зохиолын шүүмжлэл"(文学的批评)一词。60 年代以后达木丁苏伦的翻译文学本土化命题和"三个支柱"文学批评理论的理论探求与实践活动、文学史的编撰与书写使蒙古现代文学批评发生了转向,初步形成了学院式的批评格局。

结语:达木丁苏伦文学研究中的人文精神

20至21世纪之交,中国学者乐黛云客观地分析了20世纪人类文明的发展状况,指出20世纪人类文化达到了高度繁荣的同时也充分暴露了人类文明的弱点。从科技发展带来的时空巨变,以及数百年现代化进程所产生的严重问题,到20世纪两次世界大战给人类留下的惨痛记忆以及反犹太法西斯集中营、"古拉格群岛"、"文化大革命"等意识形态灾难的残酷教训,经过深刻的反思,乐黛云倡导以21世纪的新人文精神来应对全球在生态环境、科学发展、文化交流等领域所面临的挑战和危机。在她看来,新人文精神不同于18世纪以来的旧人文精神,也有别于20世纪30年代白璧德所倡导的"新人文主义",它不是固定的、一成不变的"原则";也不是以少数"先觉者"去"启"多数"后觉者"或"不觉者"之愚"蒙"[①]。她强调指出:"如果说18世纪的第一次启蒙以'解放自我',追求世界普遍性为中心,21世纪新人文精神所提倡的,则是尊重他者,尊重差别,提倡多元文化互补,特别是东西文化互补。[②]我们在达木丁苏伦的文学研究中,也发现了这样的人文精神。具体表现在如下几个方面:

(一)达木丁苏伦的文学理论建构与文学研究实践表现出一种抵制殖民化的诉求,也就是说,他试图通过蒙古文学研究这种表述方式来实现非殖民化的意愿。这种表述方式的形成与文化压制有着一定的关联。与二战后新独立的其他民族国家有所不同[③],蒙古在精神文化上有着特殊的发展路径。二战后很多新独立的国家,"在精神上,或者无意识中会依赖过去的殖民文化价值观,而较少发掘自身传统文化的固有价值,并在这

---

① 乐黛云:《比较文学与21世纪人文精神》,《中国比较文学》,1998年,第1期,第8页。
② 乐黛云:《涅槃与再生——在多元重构中复兴》,北京:中央编译出版社,2015年,第86页。
③ 1924年,蒙古人民共和国成立,但未得到当时中国的国民政府的承认。1945年2月,苏美英三国首脑签订《雅尔塔协定》,规定"外蒙古的现状须予维持",以此作为苏联参加对日作战的条件之一。1945年8月,当时中国的国民政府与苏联签订了《中苏友好同盟条约》。1945年12月20日,蒙古举行了有关外蒙古独立的公民投票,根据投票结果,1946年1月5日,当时中国的国民政府按照中苏之间达成的协议,承认外蒙古独立。

个基础上与他种文化对话,使传统文化现代化,以致自身的文化仍然被他人所操纵。"①如何最终从精神上摆脱殖民枷锁,成为后殖民时代亟待关注的问题。而经过政治运动、农业集体化、意识形态教育等方式,蒙古在逐渐消除旧思想影响的同时,也意味着探索资本主义政治经济模式的结束,对苏联整套话语,包括政治社会、意识形态话语,也包括文学话语的全面接受。无论是在价值观、社会生活方式,还是在精神文化建设方面,均以苏俄为师。而"全盘苏化"使这一强制性认同过程在50年代中期发展到极致。从世界范围来看,50年代民族主义和人民主权已经成为强大的意识形态,深入人心。苏联为了稳固自身在蒙古的地位,多次掀起反对民族主义运动,企图通过割裂蒙古文学、蒙古文化与东方文学、东方文化之间的内在联系,达到在蒙古文学、文化领域"去东方化"的目的;觊觎通过扫清蒙古文化中僧俗封建主的"糟粕"和"毒瘤"等政治运动,使得在蒙古民众当中形成"独立前蒙古处于一片文化荒漠"抑或"亚洲愚昧的一隅"等认知,达到蒙古新文化必须倚重俄苏文化才能得以建构和发展的意图。在这种"反对资产阶级的民族主义运动"中,蒙古"左"倾思潮进一步泛滥,出现全盘否定和彻底抹杀本民族文化传统和文学遗产的现象,使很多蒙古文化遗产处于濒临毁灭的境地。

　　达木丁苏伦曾是苏联话语体系的追随者和倡导者,力主借鉴俄苏文化,建设蒙古新文学、新文化,希冀"俄罗斯文化的光辉惠及蒙古"。40年代,出于使蒙古融入斯拉夫文化圈,加快现代化进程方面的考虑,致力于创制并推广西里尔蒙古文。50年代"反对资产阶级的民族主义运动"导致的全盘抹杀和消灭蒙古文化传统等极端现象,使达木丁苏伦开始审慎对待自己提出的"通过苏联引进欧洲文明""俄苏文化为蒙古打开世界文化之门"等主张的可行性,重新思考和探寻发展蒙古新文学、新文化的路径。50年代中期撰写的《让我们保护文化遗产》一文,成为抵制文化压制,保护本民族文化遗产的檄文。难能可贵的是,他从文学研究入手,系统地研究了一批被"与资产阶级民族主义思想斗争"鼓动者们视为封建"糟粕"和宗教"毒瘤"的作品,在研究过程中提出并倡导对于蒙古文学研究乃至蒙古文化发展都弥足珍贵的翻译文学本土化命题。通过大量的翻译本土化实践研究,以无可辩驳的文学研究成果,明确了蒙古文化与东方

---

① 乐黛云:《涅槃与再生——在多元重构中复兴》,北京:中央编译出版社,2015年,第89页。

文化之间的千丝万缕、无法割裂的联系,确定了蒙古文学在世界文学中的位置,并将这一研究成果以《蒙古文学经典百篇》和《蒙古文学概要》的形式展示给世人。单从学科发展而言,翻译文学本土化命题拓宽了蒙古文学研究空间,开辟了蒙古比较文学研究领域。就现实层面来说,达木丁苏伦通过文学研究实践,总结了蒙古文化传统,以学术研究的实证反驳了当时占据主流的——否定传统文化、割裂新文化、新文学与蒙古文化传统之间联系的错误观点,在寻求和探索符合蒙古新文学、新文化的实际发展道路上做出了积极努力。

意大利学者阿尔曼多·尼兹从改变人类精神世界的高度,指出比较文学是一个非殖民化学科。他认为对于摆脱了西方殖民的国家来说,"比较文学代表了一种理解、研究和实现非殖民化的方式"。在他看来"文学是唯一为各种文化共有的,唯一平等对待并译介各种文化的语言关系的形式",而比较文学新的研究方向"也许会导致一种全球的多层次的'新人文主义'公式"。① 事实上,达木丁苏伦通过文学批评实践活动、文学理论建构以及文学史的书写,不仅表达出一种抵制文化压制,抵制殖民化的诉求,而且还明确了蒙古新文学、新文化的发展方向。

(二)达木丁苏伦的文学理论构筑与文学研究实践体现出一种文化自觉。费孝通先生说:"生活在一定文化中的人对其文化要有'自知之明',明白它的来历,形成过程,所具的特色和它发展的趋向……自知之明是为了加强对文化转型的自主能力,取得决定适应新环境、新时代文化选择的自主地位。文化自觉是一个艰巨的过程,首先要认识自己的文化,了解所接触到的多种文化才有条件在这个正在形成中的多元文化的世界里确立自己的位置。经过自主的适应,和其他文化一起,取长补短,共同建立一个有共同认可的基本秩序和一套与各种文化能和平共处,各抒所长,连手发展的共处守则。"②

达木丁苏伦首先热爱本民族文化,对本民族文化有着客观的认知,同时理解和尊重所接触到的其他民族文化。在探讨民族文化交流对本民族文学的影响——积极的和消极的影响时,他能够尊重其他民族文学对蒙古文学的影响,非但"不否认蒙古文学中存在着印度、西藏的影响",而且

---

① 阿尔曼多·尼希:《作为非殖民化科学的比较文学》,罗湉译,《中国比较文学》,1996年,第4期,第113—120页。
② 《费孝通文集》第14卷,北京:群言出版社,1999年,第197页。

还承认"其他民族文学作品给蒙古文学带来了有利的影响"。他能够注意到"翻译文学在蒙古文学的发展历程中所起巨大的、不可抹杀的作用",倡导在蒙古文学研究中开展翻译文学本土化研究;能够发现文学关系研究、翻译文学研究以及蒙古人的异族语言创作在蒙古文学史上的价值及其重要地位;能够看到翻译文学在建构蒙古新文化中的巨大作用,提出"翻译文学是蒙古文学的主要建构力量"论题,把翻译视为"发展蒙古新文学的重要策略"加以推广;确立了蒙古文学在世界文学发展中的位置。

其次,他不主张"全盘苏联化"。日尔蒙斯基在"全苏各民族文学的相互联系和相互影响"会议上的发言中说:"在社会主义革命的时代,苏联文学,先进的社会主义国家的文学,就成了社会主义现实主义的思想、艺术影响的主要策源地,它影响着人民民主国家的文学和资本主义国家的进步文学及革命文学,不仅在欧洲,而且在全世界的范围。"[①]面对着强势的苏联文学的影响,达木丁苏伦提出多样性的文学主张,提出"一种文学对另一种文学的影响,具体地说,就是苏维埃文学对蒙古文学的影响,并不是机械地模仿,而机械的模仿只会消灭任何民族的文学特色。文学的相互影响最主要的还是表现在思想和创作方法方面。"他清醒地自觉地认识到蒙古文化的优势与弱点,扬长避短,倡导开展翻译文学本土化命题,对蒙古文学传统进行了新的现代诠释,在此基础上构筑了"三个支柱"批评理论体系,主张以蒙古民间文学、蒙古古典文学和苏联文学为"三个支柱"来建构蒙古新文学、新文化,三者缺一不可。这种审时度势,了解本民族文化所处的历史语境,以传统文化为根基来构建新文化,并使之融入世界的主张出自于达木丁苏伦的文化自觉。

"三个支柱"文学批评理论体系的构建,出于达木丁苏伦对本民族文化的"自知之明"。在蒙古文学史撰写过程中,他清晰地把握了蒙古文学的形成、发展的轨迹以及所具有的特点,因此,才会有对未来文学、文化发展趋向做出的理性判断。"三个支柱"文学批评理论体系的构筑,表明达木丁苏伦在建构蒙古新文化所秉承的态度,即从当时世界文化发展状况及蒙古文化自身所处的历史语境出发,借鉴其他民族文化优长,经过自主的适应,赋予本民族传统以生命,通过蒙古文化与其他文化的优势互补,达到和谐共处。

---

① 日尔蒙斯基著:《对文学进行历史比较研究的问题》,倪蕊琴译,《比较文学研究译文集》,上海:上海译文出版社,1985年,第289页。

（三）达木丁苏伦的文学研究反映出对差别的承认和尊重，显示出多样性意识。无论是他的文学理论构建、文学史书写，还是文学批评实践，为我们呈现出蒙古文学是通过差异对话而得到发展的主张。这突出反映在《蒙古文学经典百篇》和《蒙古文学概要》中。把蒙古民族的异族语言创作、翻译文学作品，与蒙古本民族语言文学创作一并囊括在蒙古文学经典之中，不仅体现出编撰者一种开放精神，更折射出编撰者的多样性意识。《蒙古文学经典百篇》以蒙古语言文学创作为主体，同时吸纳了其他种类蒙古文学创作——翻译文学、蒙古人的藏文创作、卫拉特和布里亚特蒙古文学创作等部族文学创作，形成蒙古文学纵向与横向发展的多重结构框架。这说明了达木丁苏伦对于多样性的认识不仅反映在不同民族文化之间，也显示在同一民族文化自身之中。这使得《蒙古文学经典百篇》包含当代倡导世界多元共生的基本精神。

撰写《蒙古文学概要》时，就翻译文学纳入文学史的问题，达木丁苏伦提出三条原则："对蒙古人的文化教育产生影响的""促进并影响类似作品创作的""译作逐渐变异，反映出蒙古特色的"作品要写入文学史。这三条原则，表现出达木丁苏伦对差异的尊重和重视以及强烈的对话意识。在达木丁苏伦看来，翻译本身是一种交流与对话，通过翻译这种对话形式，来促进蒙古的文化教育、文学创作得到新的发展，使传统文化能够获得新质和新生，凸显出蒙古民族特色，这样才能达到对话的效果。正如乐黛云所说："对话的目的不是'融为一体'，以致由'不同'变为'同'，而是要在共同的理解下进一步发挥各自的特长，也就是协调各种不同，达到新的和谐统一，使各个不同事物都能获取新质，得到新的发展，形成不同的新事物。"① 这使得《蒙古文学概要》能够包含当代倡导积极对话，共同发展的基本精神。

关于如何解决保持差异和多元共存的问题，达木丁苏伦倡导的翻译文学本土化命题提供了有价值的启示。翻译本土化命题把文学交流中最重要、最富有特征的媒介——翻译提到了非常重要的位置，阐明了事物之间不可能脱离相互关系而孤立存在，避免文化本土主义造成的文化孤立和隔绝引起的文化对抗或是文化衰微；而本土化研究，探讨在异质交流中不同因素在不同关系网络中如何共处，提倡多样性的文化和文学主张，避

---

① 乐黛云：《涅槃与再生——在多元重构中复兴》，北京：中央编译出版社，2015年，第94页。

免遮蔽个性、特殊性和多样性,使文化的多元发展受到威胁。翻译本土化命题反映出如何在异质文化交流之中保持文化的多样性,它所反映的精神既保存人类文化的多样性,又避免本位文化的封闭和孤立,乃至引向战争和衰亡。这正是 21 世纪人文精神的主要内容。

21 世纪人类文化发展面临着两方面的危机与挑战:一方面是文化的多元发展受到威胁,文化的多样性日益削弱,导致世界文化资源无可挽回的流失;另一方面是文化本土主义所造成的文化孤立和隔绝不是引向文化对抗就是引向文化衰微,而人类思维模式的转向又大大加深了社会意识的分崩离析。[①] 21 世纪文化危机和科学的新挑战呼唤着新的人文精神。达木丁苏伦文学研究中体现出的尊重本土文化和尊重民族差异的文化和文学主张,提倡多样性的文化和文学理念,以其独到的方式促进以多元共存为主题的世界文化的当代转型,呼应了当代人文精神,在当代对话中仍旧给予我们以启发和教益,具有广泛的当代意义。

中国国家主席习近平 2014 年在蒙古国议会上发表演讲,就亚洲国家如何正确处理同邻国的关系,妥善解决彼此争议和矛盾时提议:"用东方智慧来解决问题、化解矛盾、促进和谐"。达木丁苏伦在文学研究中提倡的"翻译文学本土化"命题正是东方古代智慧的当代表述,是蒙古文化与其他不同文化共处的"黄金法则",与中国传统文化中重要的精神之一——"和而不同"的内涵一致,都旨在探索如何促进和谐共处的问题,是相互理解和相互沟通的重要基础。它们都证明少数分歧并不会阻碍两国关系的深入发展,在两国交往中自觉不自觉地遵从上述原则,以中蒙两国特有的东方智慧,淡化文化接受过程中的异己感和排他性,摒弃"非此即彼"的思维模式,才能达到宽容与理解,促进和谐与发展。从这个意义上来看,达木丁苏伦研究,在以东方智慧解决中蒙关系中存在的问题,化解矛盾,呼唤相互尊重、开放包容的人文精神方面具有重大的现实意义。

---

① 乐黛云:《我的比较文学之路》,《比较文学与比较文化十讲》,上海:复旦大学出版社,2004 年,第 195 页。

附　录

附录 1：

Ts. 达木丁苏伦年谱

1908 年,9 月 14 日,出生在蒙古旧车臣汗盟马塔特旗(今称东方省马塔特县)
1924 年,加入蒙古人民革命党
1925 年,参加蒙古人民军
1926 年,出任蒙古人民革命党县委书记,当选为青年团中央委员会委员
1927—1929 年,担任蒙古《真理报》负责人之一
1929 年,1 月,当选为蒙古作家小组领导人之一
　　　　创作出蒙古现代文学第一部中篇小说《受歧视的姑娘》
　　　　出任蒙古工会中央理事会主席
1930 年,因被划为"富牧"成分而被解除工会中央理事会主席职务,到戈壁阿尔泰省集体农庄任教导员
1931—1932 年,到苏联布里亚特学术研究所做翻译工作,用拉丁文出版了斯大林的《列宁主义》一书
1932 年,回到乌兰巴托,进入蒙古科学委员会工作
　　　　兼任作家小组秘书长
　　　　创作了第一首诗歌《少先队营地》
1933 年,进入苏联列宁格勒的少数民族学院学习
1934 年,进入苏联列宁格勒科学院东方学研究所学习
1936 年,完成蒙古语班的学业,与苏联蒙古学学者 L. B. 吉维娜结婚
1938 年,被召回蒙古,在蒙古科学委员会工作
1938 年,11 月 4 日,被内务部抓走,关押审讯了 15 个月
1940 年,1 月 27 日,无罪释放
1940 年,在蒙古科学委员会工作,开始创制西里尔蒙古文工作
1942—1945 年,担任《真理报》主编,完成《蒙古秘史》的新蒙文转写工作,创制了新蒙文字母及教科书
1945 年,因创作《乔巴山元帅 50 寿辰》,第一次获得国家奖
1946 年,进入列宁格勒东方学院研究生班学习
1947 年,因《蒙古秘史》转写为新蒙义,第二次获得国家奖
1950 年,因创作《蒙古人民共和国国歌》歌词,第三次获得国家奖
1950 年,10 月 24 日,通过《〈格斯尔传〉的历史根源》的论文答辩,获文学副博士学位

1950—1953年,但任蒙古科学委员会主席
1951年,第一次被选举为蒙古人民共和国人民大呼拉尔代表
1953—1955年,担任蒙古作家协会主席及世界和平委员会委员
1955—1959年,在蒙古国立大学任教
1957年,获得教授职称
《〈格斯尔传〉的历史根源》一书在莫斯科出版
《蒙古文学概要》第1卷的新蒙文版在乌兰巴托出版,回鹘蒙古文版在沈阳出版
1959年,《蒙古文学经典百篇》第一个整理部分在乌兰巴托出版
1959—1963年,担任蒙古科学院语言文学研究所所长
1961年,获得蒙古科学院院士称号
1963年,在蒙古科学院语言文学研究所担任研究员
1967—1969年,与A.鲁布桑登德布合编出版了《俄蒙辞典》
1968年,《蒙古文学概要》第3卷出版
1970年,因《俄蒙辞典》的历史文化纪年表附录,受到蒙古人民革命党中央委员会政治局的批评和记过处分,并缴纳5600图格里克的罚款
1971—1973年,应苏联东方学研究院邀请,前往列宁格勒访学两年,研究《罗摩衍那》及其在蒙古的传播情况
1972年,被蒙古人民共和国部长会议学位委员会授予博士学位
1976年,专著《〈罗摩衍那〉在蒙古的传播》在乌兰巴托出版
1977年,《蒙古文学概要》第2卷出版
1979年,1月9日,获苏联最高苏维埃主席团授予的人民友谊勋章
1979—1981年,在柏林访学,编写《德蒙辞典》①
1981年,《德蒙辞典》在莱比锡出版
1982年,成立蒙古科学院语言文学研究所藏文研究室,并担任研究室主任
1983年,与女儿A.D.岑吉娜合著的《〈五卷书〉的西藏、蒙古故事汇编》(俄文)在乌兰巴托出版
1985年,《蒙古现代文学史》第1卷(1921—1940)出版
1985年,把《伊戈尔远征记》翻译成蒙文
1986年,把《格斯尔史诗》转写成新蒙文,加注释出版
1986年,3月28日,被人民大呼拉尔主席团授予"人民作家"称号
1986年,5月27日,逝世,享年78岁

---

① Хаисепетер Фитце, Гэндэнгийн Лувсан, Габрищ Нагийн хамт.

附录 2：

Ts. 达木丁苏伦著述目录

一、选集与全集：

Цэндийн Дамдинсурэнгийн түүвэр зохиол，УБ，1944 он.
《Ts. 达木丁苏伦作品集》，乌兰巴托，1944 年。

Цэндийн Дамдинсурэнгийн түүвэр зохиол（редактор С. Дашдэндэв，Б. Бааст），УБ，1956 он.
《Ts. 达木丁苏伦作品集》(编辑：S. 达希登德布、B. 巴斯特），乌兰巴托，1956 年。

Цэндийн Дамдинсурэнгийн түүвэр зохиол（эмхтгэсэн Д. Цэдэв），УБ，1969 он.
《Ts. 达木丁苏伦作品集》(汇编：D. 策德布），乌兰巴托，1969 年。

Цэндийн Дамдинсурэнгийн Бүрэн зохиол，1—4 боть，(Оршил, тайлбар сэлт, ном зүй үйлдэж хэвлэлд бэлтгэсэн Д. Цэдэв) интерпресс хэвлэлийн газар，УБ，1998，2001，2008 он.
《Ts. 达木丁苏伦全集》(1—4 卷），(前言、系列注释、书目制作及出版准备工作：D. 策德布），乌兰巴托，1998、2001、2008 年。

二、现代文学批评方面的著述：

Өгүүлэл ба үсэг бичигт сурахад дөхөм болох нь，"Хувьсгалт залуучуудын эвлэл" сэтгүүл，УБ，1927 он，№12.
《学习撰写文章与书写的简捷方法》，《革命青年团》杂志，乌兰巴托，1927 年，第 12 期。

Товч сануулга，"Хувьсгалт залуучуудын эвлэл" сэтгүүл，УБ，1927 он，№12.
《简明提示》，《革命青年团》杂志，乌兰巴托，1927 年，第 12 期。

Бичиг эс мэдэхийн хор，"Залуучуудын долоон жил"，УБ，1928 он.
《不识字的害处》，《青年团 7 周年》，乌兰巴托，1928 年。

Хичээл билгээ гаргаж, хэл бичгээ хөгжүүлье，"МХБСБӨ" сэтгүүл，УБ，1934 он，№1.
《发挥聪明才智，努力提高语文水平》，《改进蒙古文字政策集刊》，乌兰巴托，1934 年，第 1 期。

Уран зохиолч нөхдийн анхааралд，"Үнэн" сонин，1935 он，№40.
《致作家同志们》，《真理报》，1035 年，第 40 期。

Уран сайхны талбай дээр алхам давшилт ба залуу найруулагч，"Үнэн" сонин，1937 он，№2.

《文艺舞台上的进步与青年导演》,《真理报》,1937 年,第 2 期。

Гадаад хэлнээс шүлэг орчуулах тухай, А. С. Пушкиний "Олег цэцний дуулал"-ыг орчуулсан ба тайлбарласан нь, "*Шинэ толь*" *сэтгүүл*, 1938 он, №2.

《关于外文诗歌的翻译》,《А. С. 普希金〈贤明的奥列格之歌〉的翻译及注释》,《新镜》杂志,1938 年,第 2 期。

Хариу бичиг ("Зугаацахаар мордсон нь" гэдэг шүлгийн тухай Но. Данзангийн шүүмжийн хариу), "*Ардын үндэсний эрх*" *сонин*, 1938 он, №37.

《答复》(对 Но. 丹增关于诗歌《远游》批评的回应),《人民权利报》,1938 年,第 37 期。

Өмнөх үг, "*Олег цэцний дуулал*", УБ, 1940 он.

《前言》,《贤明的奥列格之歌》蒙文本,乌兰巴托,1940 年。

Уран зохиолч нарт тусламж, УБ, 1941 он.

《给予作家们的帮助》,乌兰巴托,1941 年。

Монголын нууц товчооны оршил, "*ШУ*" (*Наука*) *сэтгүүл*, УБ, 1941 он, №1.

《〈蒙古秘史〉前言》,《科学》杂志,乌兰巴托,1941 年,第 1 期。

Жүжгийн зохиол бичих тухай хэдэн зүйл (В. В. Борейшогийн хамт), "*Уран зохиолч нарт тусламж*", УБ, 1941 он.

《关于戏剧创作的几点意见》,(与 В. В. 鲍列耶肖格合著),《给予作家们的帮助》,乌兰巴托,1941 年。

Удирдагчийн тухай кино зураг ("Сүхбаатар" киноны тухай), "*Үнэн*" *сонин*, 1942 он, №165.

《领袖的银幕形象》(谈电影《苏赫巴托》),《真理报》,1942 年,第 165 期。

Москвагийн зам тээврийн театрын жүжиглэлүүд, "*Үнэн*" *сонин*, 1942 он, №174.

《莫斯科交通运输剧院上演的剧目》,《真理报》,1942 年,第 174 期。

"Хил дээр гарсан хэрэг" хэмээх уран сайхны киноны тухай, "*Үнэн*" *сонин*, 1942 он, №265.

《论电影故事片〈边境线上发生的事件〉》,《真理报》,1942 年,第 265 期。

Шүлэгч нарт сануулах нь, "*Уран зохиолчдод тусламж*", УБ, 1943 он.

《致诗人们的建议》,《给予作家们的帮助》,乌兰巴托,1943 年。

Манай Горький, "*Үнэн*" *сонин*, 1944 он, №142.

《我们的高尔基》,《真理报》,1944 年,第 142 期。

"Цог" гэдэг сэтгүүлийн зориго, "*Цог*" *сэтгүүл*, 1944 он, №1.

《星火》杂志的目标,《星火》杂志创刊号,1944 年,第 1 期。

Ардын нийтээр өөрийн хэвлэлд оролцоё, "*Үнэн*" *сонин*, 1944 он, №225.

《让人民大众参与出版》,《真理报》,1944 年,第 225 期。

Шинэ цагийн ууган зохиолч, "Д. Нацагдоржийн түүвэр зохиол", УБ, 1945 он.

《新时期文学的开拓者》,《D. 纳楚克道尔基作品集》,乌兰巴托,1945 年。

"Шарай голын гурван хаан" гэдэг жүжгийн Гэсэрийн баатруудын дуу, "*Уран сайханчдад тусламж*", УБ, 1945 он.

《戏剧〈夏莱河的三可汗〉中的格斯尔英雄们之歌》,《给予文艺工作者的帮助》,乌兰巴托,1945 年。

Монголын зохиолчид Катаевтай уулзсан нь, "*Цог*" сэтгүүл, 1947 он, №1.

《蒙古作家与卡达耶夫会面》,《星火》杂志,1947 年,第 1 期。

БНМАУ-ын сүлд дуулал, "*Уран сайханчдад тусламж*", УБ, 1950 он.

《蒙古人民共和国国歌》,《给予文艺工作者的帮助》,乌兰巴托,1950 年。

Ринчен авгайн зохиосон "Туяа" гэдэг романыг уншсан тухай, (Хуучин монгол үсгээр бичсэн хэвлэгдээгүй зохиол), 1950.8.19.

《读林钦先生创作的长篇小说〈曙光〉有感》(用旧蒙文写作未被发表的作品),1950 年 8 月 19 日。

ГО МО-ЖО, 1952 он, "*Цэндийн Дамдинсүрэнгийн Бүрэн зохиол*" 4 боть, УБ, 2008 он.

《郭沫若》(1952 年),《Ts. 达木丁苏伦全集》,第 4 卷,乌兰巴托,2008 年。

Хэвлэгдэх өгүүллийг сайн хянаж байгаасай, "*Цог*" сэтгүүл, 1951 он, №1.

《望认真审查出版的文章》,《星火》杂志,1951 年,第 1 期。

Манай соёлыг цаашид улам хөгжүүлэхийн төлөө, "*Үнэн*" сонин, 1951 он, №90.

《为了进一步繁荣我们的文化》,《真理报》,1951 年,第 90 期。

Монголын зохиолчдын одоогийн зорилгын тухай (Улаанбаатар хотын зохиолчдын зөвлөгөөн дээр тавьсан илтгэл), "*Цог*" сэтгүүл, 1953 он, №4.

《蒙古作家的当前任务》(在乌兰巴托作家会议上的报告),《星火》杂志,1953 年,第 4 期。

Горький бол энх тайвны их тэмцэгч мөн, "*Үнэн*" сонин, 1953 он, №75.

《高尔基是伟大的和平斗士》,《真理报》,1953 年,第 75 期。

Эрдэм шинжилгээний ажлыг улс ардын аж ахуйн зорилготой холбоё! (тэргүүн өгүүлэл), "*Үнэн*" сонин, 1953 он, №93.

《让我们把学术工作与国民经济的目标结合起来!》(社论),《真理报》,1953 年,第 93 期。

Их ард түмний мөнхийн шүлэгч (Цюй Юаний тухай), "*Үнэн*" сонин, 1953 он, №140.

《伟大的人民的不朽诗人》(关于屈原),《真理报》,1953 年,第 140 期。

Уран зохиолын шинэ амжилтын төлөө, "*Үнэн*" сонин, 1954 он, №261.

《为了文学的新成就》,《真理报》,1954 年,第 261 期。

Монголын зохиолчдын эвлэлийн ерөнхий хорооны ажлын тухай, "*Цог*" сэтгүүл, 1955 он, №2.

《关于蒙古作家协会总会的工作》,《星火》杂志,1955 年,第 2 期。

Оршил, "Д. Нацагдоржийн зохиолын түүвэр", УБ, 1955 он.
《前言》,《D. 纳楚克道尔基作品集》,乌兰巴托,1955 年。

Шолоховын зохиолтой танилцсан минь, "Үнэн" сонин, 1955 он, № 120.
《对肖洛霍夫作品之我见》,《真理报》,1955 年,第 120 期。

Д. Нацагдорж (төрсний нь 50 насны ойд), "УЗУ" сонин, 1956 он, №21.
《D. 纳楚克道尔基》(纪念 D. 纳楚克道尔基诞辰 50 周年),《文学与艺术报》,1956 年,第 21 期。

Соёлын өвийг анхаарч үзье, "Үнэн" сонин, 1956 он, № 195.
《让我们关注文化遗产》,《真理报》,1956 年,第 195 期。

"Буурал ээж минь" шүлгийг бичсэн тухай, "УЗ" сонин, 1957 он, №3.
《谈长诗〈我白发苍苍的母亲〉的创作》,《文学报》,1957 年,第 3 期。

Соёлын өвийг судалья, "СУЗ" сонин, 1957 он, №1.
《让我们研究文化遗产》,《文化与文学报》,1957 年,第 1 期。

Монголын зохиолчдын II их хуралд Ц. Дамдинсүрэнгийн хэлсэн үг, "Үнэн" сонин, 1957.4.30.
《Ts. 达木丁苏伦在蒙古作家协会第二次代表大会上的发言》,《真理报》,1957 年 4 月 30 日。

Соёлын довтолгооны жилүүд, "Соёлын довтолгоо", УБ, 1959 он, № 1.
《在文化跃进的年代》,《文化跃进》,乌兰巴托,1959 年,第 1 期。

Өв соёлоо арчлагтун, "Үнэн" сонин, 1959 он, №141.
《珍爱我们的文化遗产》,《真理报》,1959 年,第 141 期。

Оршил, "Д. Нацагдорж зохиолууд" (эрхэлсэн Ц. Дамдинсүрэн, боловсруулсан Б. Содном), УБ, 1961 он.
《序言》,《D. 纳楚克道尔基作品集》(Ts. 达木丁苏伦主持, B. 索德诺姆编辑),乌兰巴托,1961 年。

Дашдоржийн Нацагдоржийн амьдрал, уран бүтээл, "СУЗ" сонин, 1961 он, №44.
《D. 纳楚克道尔基的生平与创作》,《文化与文学报》,1961 年,第 44 期。

Өв соёл, уран зохиол (Монголын зохиолчдын эвлэлийн III их хурал дээр хэлсэн үг), "Үнэн" сонин, 1962 он, №138.
《文化遗产与文学》(Ts. 达木丁苏伦在蒙古作家协会第三次代表大会上的发言),《真理报》,1962 年,第 138 期。

МАХН-ын Төв Хорооны 1962 оны бүгд хуралд хэлэхээр бэлтгэсэн үг (Энэ үгийг хэлэх гэж бэлдсэн боловч үг хэлэх зөвшөөрөл олдсонгүй.), "Цэндийн Дамдинсүрэнгийн Бүрэн зохиол", 3 боть, УБ, 2001 он.
《Ts. 达木丁苏伦拟在蒙古人民革命党中央委员会 1962 年全会上的发言稿》(草拟好

发言稿,但未被准许发言),《Ts.达木丁苏伦全集》,第3卷,乌兰巴托,2001年。

Д. Нацагдоржийн "Миний нутаг"-аа бичсэн оныг тодорхой болгоё, "*УЗУ*" *сонин*, 1966 он, №46.

《辨析 D.纳楚克道尔基诗作〈我的祖国〉的写作年代》,《文学与艺术报》,1966年,第46期。

Горькийн дүрүүд мартагддаггүй, "*УЗУ*" *сонин*, 1968 он 3-р сарын 18.

《难忘高尔基笔下的形象》,《文学与艺术报》,1968年3月18日。

Чухал баримт (С. Буяннэмэхийн амьдралтай холбогдсон баримт), "*Уран үгсийн чуулган*" (1929, 1969), УБ, 1969 он.

《重要史料》(与 S.博音尼姆赫生活相关的材料),《文集》(1929年初版,1969年再版), 乌兰巴托,1969年。

Ц. Дамдинсүрэн: Би Монголын зурагт радиогоор хэлсэн үг (1969.4.13), "*Цэндийн Дамдинсүрэнгийн Бүрэн зохиол*", 4 боть, УБ, 2008 он.

《达木丁苏伦:我在蒙古广播电视上的讲话》,(1969年4月13日),《Ts.达木丁苏伦全集》,第4卷,乌兰巴托,2008年。

Д. Намдагийн уран бүтээлийн тухай (1941), "*Утга зохиолын хөгжлийн асуудлууд*", УБ, 1971 он.

《论 D.纳姆达克的文学创作》(1941),《文学发展问题》,乌兰巴托,1971年。

Зохиолчдын бүлгэмийн үүссэн тухай тэмдэглэл, "*Монголын утга зохиолын судлал шүүмжлэл*" (*Редактор*: Д. Цэдэв, Ц. Мөнх), УБ, 1981 он.

《回忆作家小组的成立》,《蒙古文学研究与批评》(D.策德布、Ts.孟和编辑),乌兰巴托,1981年。

Зохиолчдын ариун зорилго, "*УЗУ*" *сонин*, 1981 он, №29.

《作家的神圣使命》,《文学与艺术报》,1981年,第29期。

Номыг цуглуулах, хадгалах, судлах, "*Үнэн*" *сонин*, 1981 он, №283.

《收集、保存、研究文献》,《真理报》,1981年,第283期。

Зөвлөлтийн зохиолчдын Ⅶ их хурлын тухай тэмдэглэл, "*Уран үгсийн чуулган*", УБ, 1983 он.

《回顾苏联作家第七次代表大会》,《文集》,乌兰巴托,1983年。

Ази-Африкийн зохиолчдын Улаабаатарын уулзалт дээр хэлсэн үг, "*Нийгмийн ухамсар төлөвшин хөгжихөд утга зохиолын гүйцэтгэх үүрэг, ач холбогдол*", УБ, 1983 он.

《在亚非作家乌兰巴托论坛上的讲话》,《文学在社会意识形成和发展中的作用和意义》,乌兰巴托,1983年。

Монголын зохиолчдын Ⅶ их хурал дээр хэлсэн үг, "*УЗУ*" *сонин*, 1984 он, №23.

《Ts.达木丁苏伦在蒙古作家协会第七次代表大会上的讲话》,《文学与艺术报》,1984

年,第 23 期。

Хөрөнгөтний биш хөгжлийн шатны уран зохиолын орчуулгын зарим туршлага, "*Хөрөнгөтний бус хөгжлийн замыг туулсан улс түмний үндэстний утга зохиол бүрэлдэн тогтсон онцлог*", УБ, 1985 он.

《非资本主义发展阶段文学翻译的一些经验》,《走非资本主义发展道路的国家和人民的民族文学确立与形成的特色》,乌兰巴托,1985 年。

"Гологдсон хүүхэн"-ийг яаж бичсэн тухай тэмдэглэл, 1975 он, "*Намтрын хуудсаас*", УБ, 1990 он.

《如何创作〈受歧视的姑娘〉的回忆》(1975 年),《我的自传》,乌兰巴托,1990 年。

Орос хэлнээс уран зохиол орчуулсан туршлага, "*Намтрын хуудсаас*", УБ, 1990 он.

《从俄语翻译文学作品之经验》,《我的自传》,乌兰巴托,1990 年。

Миний орчуулга хийсэн зарим туршлага, "*Намтрын хуудсаас*", УБ, 1990 он.

《本人从事翻译的一些经验》,《我的自传》,乌兰巴托,1990 年。

Чингисийн төрсний 800 жилийн ойн хурал дээр хэлсэн үг (1962 онд), "*Цог*" *сэтгүүл*, 1990 он, №4.

《在纪念成吉思汗诞辰 800 周年会议上的讲话》(1962 年),《星火》杂志,1990 年,第 4 期。

Ш. Гаадамбад бичсэн захидал (1973. XI. 9), "*Цог*" *сэтгүүл*, 1991 он, №3.

《致 Sh. 嘎丹巴的信》(1973 年 11 月 9 日),《星火》杂志,1991 年,第 3 期。

"БНМАУ-ын түүх" нэгэн боть зохиолын шинэ хувилбарт өгсөн сануулга, (хэсэгчлэн хэвлүүлсэн С. Идшинноров), "*Түүхийн хүрд*" *сонин*, 1992 он, №2(3).

《致新编〈蒙古人民共和国通史〉的建议》(S. 伊德兴诺尔布节选出版),《历史之轮报》,1992 年,第 2—3 期。

"Буурал ижий минь" гэдэг шүлгийг бичсэн тухай (1967 он), *Цэндийн Дамдинсүрэнгийн Бүрэн зохиол*, 3 *боть*, Интерпресс хэвлэлийн газар, УБ, 2001 он.

《谈长诗〈我白发苍苍的母亲〉创作》(1967 年),《Ts. 达木丁苏伦全集》,第 3 卷,乌兰巴托,2001 年。

"Орос монгол тольд хавсаргасан хүснэгийн тухай" (1970 он), *Цэндийн Дамдинсүрэнгийн Бүрэн зохиол*, 3 *боть*, Интерпресс хэвлэлийн газар, УБ, 2001 он.

《关于〈俄蒙辞典〉附录》(1970 年),《Ts. 达木丁苏伦全集》,第 3 卷,乌兰巴托:国际传媒出版社,2001 年。

三、文学理论方面的著述:

Ардын үлгэрч, хуурч, ерөөлч нар, "*Үнэн*"*сонин*, 1943 он, №136.

《人民的说唱艺人、胡琴艺人和祝赞辞艺人》,《真理报》,1943 年,第 136 期。

Оршил, Монголын нууц товчоон (хуучин монгол хэлнээс одоогийн монгол хэлэнд орчуулсан), УБ, 1947 он.
《序言》,《蒙古秘史》(从回鹘蒙古文转写成西里尔蒙古文),乌兰巴托,1947 年。

Шинжлэх ухааны Хүрээлэнгийн 30 жилийн ой, "*ШУ*" *сэтгүүл*, 1951 он, №3.
《科学院成立 30 周年》,《科学》杂志,1951 年, 第 3 期。

Хуучин уран зохиолын доторх ардчилсан чиглэл, "*ШУ*" *сэтгүүл*, 1955 он, №1.
《旧文学中的民主方向》,《科学》杂志,1955 年, 第 1 期。

Монголын уран зохиолыг судалсан түүхээс, "*Уран зохиолын цоморлиг*", УБ, 1956 он, №4.
《从蒙古文学研究的历史谈起》,《文学集萃》,乌兰巴托,1956 年, 第 4 期。

Монголын эртний уран зохиолын тухай товч өгүүлэл, УБ, 1958 он.
《蒙古古代文学简述》,乌兰巴托,1958 年。

Монголын уран зохиолын учир, *Монголын уран зохиолын дээж Зуун билэг оршив* (өмнөх үг), УБ, 1959 он.
《蒙古文学源流》,《蒙古文学经典百篇》(前言),乌兰巴托,1959 年。

Монголын уран зохиолын судлалын зарим асуудал, УБ, 1959 он.
《蒙古文学研究的一些问题》,乌兰巴托,1959 年。

Соёлын өвийг хамгаалъя, БНМАУ, Соёлын Яам, УБ, 1959 он.
《让我们保护文化遗产》,蒙古人民共和国文化部,乌兰巴托,1959 年。

Ардын аман зохиол ба бичгийн зохиолын тухай, *Соёлын өвийг хамгаалъя*, УБ, 1959 он.
《民间口头文学与书面文学》,《保护文化遗产》,乌兰巴托,1959 年。

Оршил, "*Монгол ардын аман зохиолын дээж бичиг*" (*Редактор*: Ш. Гаадамба, Д. Цэрэнсодном), УБ, 1978 он.
《序言》,《蒙古民间口头文学精华》(Sh. 嘎丹巴、D. 策伦索德诺姆编辑),乌兰巴托,1978 年。

Оршил, "*Д. Ёндон, Төвд монголын уран зохиолын харилцааны асуудалд*", УБ, 1980 он.
《序言》,《藏蒙文学关系问题》(D. 云登著),乌兰巴托,1980 年。

Монгол хуучин уран зохиолын тоймыг зохиосон туршлагаас, "*Үнэн*" *сонин*, 1988 он, №220.
《〈蒙古旧文学概要〉之编写的一些经验》,《真理报》,1988 年, 第 220 期。

Монголын хуучин уран зохиолын товчоо, "*МС*", XV боть, VII дэвтэр, УБ, 1982 он.
《蒙古旧文学概述》,《蒙古研究》, 第 15 期, 第 7 册,乌兰巴托,1982 年。

"Гэсэрын тууж"-ийг судалж байгаа нь, "*МС*", XVI боть, II дэвтэр, УБ, 1982 он.
《〈格斯尔史诗〉研究》,《蒙古研究》, 第 16 期, 第 2 册,乌兰巴托,1982 年。

四、相关文学理论的实践成果：

Ерөөлч Гэлэгбалсан, "Цог" сэтгүүл, 1944 он, №1.
《颂词家格勒格巴勒桑》,《星火》杂志,1944 年,第 1 期。

Дэндэв өвгөний яриа, "Үнэн" сонин, 1944 он, №138.
《登德布老人的话》,《真理报》,1944 年,第 138 期。

Гэсэрийн туужийн гурван шинж, УБ, 1956 он.
《〈格斯尔史诗〉的三个性质》,乌兰巴托,1956 年。

Убаши хун тайжийн тууж, УБ, 1956 он.
《乌巴什·洪台吉传》,乌兰巴托,1956 年.

Эр хоёр загалын тууж, УБ, 1956 он.
《成吉思汗的两匹骏马》,乌兰巴托,1956 年。

Өнчин хүүгийн шастирын тухай, УБ, 1956 он.
《谈〈孤儿传〉》,乌兰巴托,1956 年。

Чингисийн есөн өрлөгтэй өнчин хөвүүний цэцэлсэн шастир, "Өнчин хүүгийн шастирын тухай" УБ, 1956 он.
《孤儿问难成吉思汗九勋臣传》,《谈〈孤儿传〉》,乌兰巴托,1956 年。

Калидаса, "УЗУ" сонин, 1956 он, №14.
《云使》,《文学与艺术报》,1956 年,第 14 期。

XIV зууны үеийн монголч эрдэмтэн Чойжи-Одсэр, "ШУ-ны хүрээлэнгийн бүтээл, нийгмийн ухааны анги", УБ, 1957 он, №2.
《十四世纪蒙古学学者搠思吉斡节儿》,《科学院成果,社会学部》,乌兰巴托,1957 年,第 2 期。

Ардын дууч Аполлон Тороев, "Цог" сэтгүүл, 1957 он, №5.
《人民歌手阿波龙·图罗耶夫》,《星火》杂志,1957 年,第 5 期。

Санжа Бандидын Эрдэнийн сан субашид түүний тайлбар, УБ, 1958 он.
《萨迦·班第达的〈萨迦格言〉及其注释》,乌兰巴托,1958 年。

Оюун түлхүүрийн тайлбар, "СУЗ" сонин, 1957 он, №37.
《智慧的钥匙的注释》,《文化与文学报》,1957 年,第 37 期。

Ардыг тэжээх рашааны дусал нэрт шашдир ба түүний тайлбар Чандманийн чимэг, УБ, 1961 он.
《古代印度著名学者龙树的〈育民甘露〉及其注释如意宝修饰》,乌兰巴托,1961 年。

"Саран хөхөө" хэмээх дуулалт жүжигийн тухай, "ШУАМ" сэтгүүл, УБ, 1961 он, №2.
《谈歌剧〈杜鹃传〉》,《科学院通讯》,乌兰巴托,1961 年,第 2 期。

Ноён хутагт, "Саран хөхөөний намтар", УБ, 1962 он.
《丹津拉布杰的〈杜鹃传〉》,乌兰巴托,1962 年。

Дандины зохист аялгууны толь ба түүний тайлбаруудын тухай товч мэдээ, "Монголын судлал", Ⅳ боть, УБ, 1962 он.

《檀丁的〈诗镜〉及其注疏的概述》,《蒙古研究》,第 4 卷,乌兰巴托,1962 年。

Төвд монгол шидэт хүүрийн үлгэр, боть Ⅰ, Ⅱ, УБ, 1962, 1963 он.

《西藏、蒙古尸语故事》,第 1、2 卷,乌兰巴托,1962、1963 年。

ⅩⅧ зууны эхний үеийн орчуулагч Алтангэрэл Убашийн тухай зарим мэдээ, "Монголын судлал", боть Ⅴ, УБ, 1966 он.

《18 世纪初期的翻译家阿拉坦格日勒关于乌巴什的一些资料》,《蒙古研究》,第 5 卷,乌兰巴托,1966 年。

Бигармижид хааны тухай гурван ном, "Монголын судлал", Ⅴ боть, УБ, 1965 он.

《关于〈健日王传〉的三本书》,《蒙古研究》,第 5 卷,乌兰巴托,1965 年。

Тод үсгийн Рамаяна, "УЗУ" сонин, 1968 он, № 40.

《托忒文的罗摩衍那》,《文学与艺术报》,1968 年,第 40 期。

Туулайн тухай цадиг, "МС", дэвтэр Ⅵ, УБ, 1970 он.

《月兔本生》,《蒙古研究》,第 6 册,乌兰巴托,1970 年。

Тэнгэрийн дагиныхан үлгэр, "МС", дэвтэр Ⅷ, УБ, 1971 он.

《天鹅处女故事》,《蒙古研究》,第 8 册,乌兰巴托,1971 年。

"Алтан товч"-ийн тухай судалсан туршлагаас, "Түүхийн судлал", боть ⅩⅣ, дэвтэр Ⅴ, УБ, 1979 он.

《〈黄金史纲〉研究之经验》,《历史研究》,第 14 卷,第 5 册,乌兰巴托,1979 年。

Монголын уран зохиолын харилцаа холбооны асуудал (эмхтгэсэн Л. Хүрэлбаатар, редактор Д. Ёндон), УБ, 1987 он.

《蒙古文学关系问题》,(L. 呼日勒巴特尔汇编,D. 云登编辑),乌兰巴托,1987 年。

五、学术专著:

Исторические корни Гесериады, издательство академии наук СССР, Москва, 1957.

《〈格斯尔传〉的历史根源》,苏联科学院出版社,莫斯科,1957 年。

Гэсэрийн туужийн түүхэн үндэс, орос хэлнээс орчуулсан А. Д. Цендина, УБ, 1998 он.

《〈格斯尔传〉的历史根源》(А. Д. 岑吉娜从俄语翻译),乌兰巴托,1998 年。

Рамаяна монголд дэлгэрсэн нь, УБ, 1976 он.

《〈罗摩衍那〉在蒙古的传播》,乌兰巴托,1976 年。

六、主持编写的文学史和文学读本:

Монголын уран зохиолын тойм, Ⅰ боть, УБ, 1957 он.

《蒙古文学概要》,第 1 卷,乌兰巴托,1957 年。

Монголын уран зохиолын тойм, Ⅲ боть (Редактор Ц. Дамдинсүрэн), УБ, 1968 он.

《蒙古文学概要》,第 3 卷(Ts. 达木丁苏伦编辑),乌兰巴托,1968 年。

Монголын уран зохиолын тойм, II боть (Редактор Ц. Дамдинсүрэн, Д. Цэнд), УБ, 1977 он.

《蒙古文学概要》,第 2 卷(Ts. 达木丁苏伦、D. 岑德编辑),乌兰巴托,1977 年。

Монголын орчин үеийн уран зохиолын түүх, тэргүүн боть(1921—1940), (Редактор Ц. Дамдинсүрэн, Х. Сампилдэндэв, Ч. Аръясүрэн), УБ, 1985 он.

《蒙古现代文学史》,第 1 卷(1921—1940)(Ts. 达木丁苏伦、Kh. 桑皮勒登德布、Ch. 阿力亚苏伦编辑),乌兰巴托,1985 年。

Монголын уран зохиолын дээж зуун билиг оршив (Редактор Ц. Дамдинсүрэн), УБ, 1959, 1976 он.

《蒙古文学经典百篇》(回鹘蒙古文)(共 4 个整理部分)(Ts. 达木丁苏伦编辑),乌兰巴托,1959、1976 年。

七、有关文字改革及正字法的著述:

Монгол бичгийн хэл, "ШУ" (Наука) сэтгүүл, УБ, 1941 он, №3.

《蒙古书面语》,《科学》杂志,乌兰巴托,1941 年,第 3 期。

Шинэ үсгийн дүрэм, УБ, 1941 он.

《新正字法》,乌兰巴托,1941 年。

Монгол соёмбо, УБ, 1944.

《蒙古索云布字》,乌兰巴托,1944 年。

Монгол үсэглэл (цагаан толгой), УБ, 1945 он.

《蒙古识字课本》(字母表),乌兰巴托,1945 年。

Үсгийн дүрэмд сурах бичиг (Б. Цэвэгжавын хамт), УБ, 1946 он.

《正字法课本》(与 B. 策伯格扎布合著),乌兰巴托,1946 年。

Монголын шинэ үсгийн товч дүрэм, УБ, 1946 он.

《新蒙文简明正字法》,乌兰巴托,1946 年。

Монгол үсгийг шинэчилсэн нь, "Намын байгууллалт", УБ, 1946 он.

《蒙古文字改革》,《党的建设》,乌兰巴托,1946 年。

Үсгийн дүрмийн зөв бичих толь (Я. Цэвэлийн хамт), УБ, 1951 он.

《正字法辞典》(与 Ya. 策伯勒合著),乌兰巴托,1951 年。

Сталины "Марксизм ба хэлний шинжлэлийн асуудал" хэмээх зохиол ба түүнээс үндэслэж, монгол хэлний асуудал, "ШУ" сэтгүүл, 1952 он.

《斯大林的著作〈马克思主义和语言学问题〉及以此为基础考察蒙古语言问题》,《科学》杂志,1952 年。

Монгол хэл бичгийг сайжруулах тухай, "Өвөр монголын өдрийн сонин", 1956 он, №1347, 1349.

《论完善蒙古文字的问题》,《内蒙古日报》,1956 年,第 1347、1349 期。

Үсгээ өөрчлөлгүй, дүрмээ сайжруулъя, "*Үнэн*" *сонин*, 1957 он, №49.

《字母不变化,修改正字法》,《真理报》,1957 年,第 49 期。

Шинэ үсгийн комиссын 1957 оны 1 дүгээр сарын 29-ний өдөр хуралдсан Ⅱ хурал дээр Ц. Дамдинсүрэнгийн хэлсэн үг, "Академич Ц. Дамдинсүрэнгийн нийтлэгдээгүй эрдэм шинжилгээний бүтээл", *Их эрдэмтэн академич Цэндийн Дамдинсүрэн*", 2008 он.

《1957 年 1 月 29 日 Ts. 达木丁苏伦在新文字委员会第二次会议上的发言》(达木丁苏伦院士未出版的学术著作),《伟大的学者 Ts. 达木丁苏伦院士》,2008 年。

Мишигийн үгүүллийн тухай, *Соёлын өвийг хамгаалъя*, УБ, 1959 он.

《谈米希格的文章》,《保护文化遗产》,乌兰巴托,1959 年。

Шинэ үсгийн дүрмийн тухай ерөнхий зүйл, "*Монгол хэл бичгийн зарим асуудал*", УБ, 1959 он.

《新正字法总则》,《蒙古语言文字的一些问题》,乌兰巴托,1959 年。

Шинэ үсгийн дүрмийн асуудалд, "*Үнэн*"*сонин*, 1964 он, №127.

《关于新正字法的一些问题》,《真理报》,1964 年,第 127 期。

Шинэ үсгийн дүрмийг дэлгэрүүлэн зохиож байгаа нь, "*ШУ*" *сэтгүүл*, 1964 он, №4.

《组织推广新正字法》,《科学》杂志,1964 年,第 4 期。

Монгол үсгийн дүрмийн толь (Б. Осорын хамт), УБ, 1983 он.

《蒙文正字法辞典》(与 B. 奥索尔合著),乌兰巴托,1983 年。

八、俄文著述:

Из выступления на торжественном митинге в селе Михайловском, Журнал "*Звезда*", 1943, №6.

О принципах новой монголькой орфографии, "*Сборник научных статей Комитета наук МНР*", УБ, 1951.

Наука, "*30 лет монгольской народной революции*", УБ, 1951.

Г. Кунгуров. Книга рассказов монгольского писателя, "*Новая сибирь*", Книга 24, Иркутск, 1951.

О принципах новой монгольской орфографии, "*Краткие сообщения института востоковедения*" вып. 2. Москва, 1952.

Об лучшении породы крупного рогатого скота, "*Правда*" *газета*, 1952.8.17.

Второй Всесоюзный съезд советских писателей, "*Правда*" *газета*, 1953.5.24.

Дашдоржийн Нацагдорж, "*Д. Нацагдорж Избранное*" (Обшая редакция: Б. И. Панкратова), Москва, 1956.

Избранное, *перевод с монгольского*, Москва, 1958.

Старая монгольская литература, "*СМ*", УБ, 1958, №1.

Источник входновения, "*Труд*", 1958, №260.

У карты моей родины, "*Известия*", 1958, №282.

Фредерик жолио-кюри, "*Үнэн*" *газета*, 1959. 4. 21.

Древнемонгольские надписи на скале у подножия горы Богдо-Ула, "*Труды бурятского комплексного научно-исследовательского института*" вып. 8. Улан-Удэ, 1962.

О тибетских и монгольских рукописях "Рассказов Веталы" (Доклады монгольской делегации на XXVI конгрессе востоковедов), УБ, 1963.

О монгольских сказках, "*СМ*", УБ, 1963, №1.

Степные рассказы, "*СМ*", УБ, 1963, №12.

Неугасимый светок, "*Новости Монголии*", 1967, 11. 11.

Острее видеть жизнь, "*Вопросы литературы*" сэтгүүлийн 1973 оны 12 дугаарын 18—20 дугаар талд хэвлэгдсэнээр нийтлэв.

Бурятский перусказ Рамаяны, "*Исследования по восточной филологии*" (К 70 летию Г. Д. Санжеева), Москва, 1974.

Исторические достопримечательности трёх урочищ в Керулен Баин-Улане, "*Роль кочевых народов в цивилизации Центральной Азии*", УБ, 1974.

Краткий обзор монгольских и тибетских рассказов из Панчатантры, "*ХЗС*", боть XI, дэвтэр 14, УБ, 1975.

О некоторых особенностях деятельности Чахар-Гэбши, "*МС*", боть X 8, дэвтэр 3, УБ, 1975.

Рамаяна в Монголии, Москва, 1979.

Краткое сообщение о тибетской литературе и её монгольских переводах, "*Олон улсын монголч эрдэмтний* III *их хурал*", боть III, УБ, 1979.

"Обрамленные повести" в Индии и у монгольских народов (С. Д. Серебряный), "*Литературные связи Монголии*", Москва, 1981.

Монгольские версии "Сказания о Раме" (П. А. Гринцер), "*Литературные связи Монголии*", Москва, 1981.

Тибетский сборник рассказов из "Панчатантры" (А. Д. Цендина), УБ, 1982.

Из моего опыта переводческой работы, "*Особенности формирования национальных литератур народов, миновавших стадию капилалистического развития*", Москва, 1982.

Краткий обзор тибетских и монгольских сборников рассказов из Панчатантры, "*Sanskrit and World Culture*", Berlin, 1986.

Заметки о книгах (С. Ю. Неклюдов, Героический эпос монгольских народов), Москва, 1984.

Два колофона монгольской книги "Золотой блеск", "*Монголын уран зохиолын өв уламжлалын асуудалд*", дэвтэр 1, УБ, 1987.

Джатаке о зайце, "Монголын уран зохиолын өв уламжлалын асуудалд", дэвтэр 1, УБ, 1987.

Сказка о волшебнике, "Монголын уран зохиолын өв уламжлалын асуудалд", дэвтэр 1, УБ, 1987.

Сокровишница переводов, "Книга Монголии", /Альманах Бибилиофила. Вып. 24/, Москва, Книга, 1988, стр. 201—206.

九、英文及其他语言著述：

My Creative Search, "*Mongolian Today*", №10, Ub., pp. 9—1.

Gunjiyn sum, the Monastery of Princess (Translated by L. Moses), "*The Mongolia Society Bulletin*", vol. IX:2, Bloomington, pp. 15—30.

On the History of the Development of the Tale about a Hunter and Swan Maiden, "Олон улсын монголч эрдэмтний Ⅱ их хурал", Ⅰ боть, Уб, х. 143—149.

Practical Instructions and Parables Illustrating the various approaches to Buddhist Life Through the Practice of the Lam Rim Precepts by skyura Yons-dzin Byams-pa kun-khyab with a preface by Ts. Damdinsuren, "*The Tibet Journal*", vol. 1:3, New Delhi.

A Short Review on Tibetan Literature and its Mongolian Translations, "*The Tibet Journal*", vol. 2:3, New Delhi, pp. 62—66.

Hare Jatake, "*Studies in Indo-Asian Art and Culture*", vol. 5 [Satapitaka Series, Indo-Asian Literatures, Vol. 238], New Delhi, pp. 29—35.

Several Words of Tantrism, "*Materials of Tibetan Studies*", Budapest.

Dasmarchen vom Zauberer, "*Asienwissenschaftliche Beitrage*" (Veroffenlichungen des Museums fur Volkerkunde zu Leipzig, Heft. 32), Berlin, pp. 13—15.

Two Mongolian Colophons to the Suvarnaprabhasottama Sutra [Два колофона монгольской книги "Золотой блеск"], "*AOH*", tomus XXXIII(1), Budapest, pp. 39—58.

Ramayana in Mongolia, "*The Ramayana Tradition in Asia*", New Delhi, pp. 653—659.

A Commentary on Kalacakra or Wheel of Time, "*The Tibet Journal*", vol. Ⅵ:1, New Delhi, pp. 43—49.

The Sixth Dalai Lama Tsangs-dbyangs rgyam-mtso, "*The Tibet Journal*", vol. Ⅵ:4, New Delhi, pp. 32—36.

Contemporary Mongolian Epic-Singers [Шинэ цагийн монголын туульчид], "*AF*", band 73, Wiesbaden, pp. 49—60.

Einige Bemerkungen zum Studium des Geser-Epos [Некоторые замечания к изучению Гесериады], "*AF*", band 73, Wiesbaden, pp. 225—230.

Corrections of Misprints and Errors in Tibetan Printings of Kanjur Made by Dandar Agramba, *"Documenta Barbarorum"*, band 18 [Veroffentlichungen der Societas Uralo-Altaica], Wiesbaden, pp. 47—54.

On the New Edition of the Mongolian Version "Geseriada", "Fragen der Mongolischen Heldendichtung", teil III, Wiesbaden, pp. 593—599.

A Brief Review of Tibetan and Mongolian Stories from the Pancatantra. "AOH", tom XXXVI, Budapest, pp. 95—98.

Worterbuch Deutcsh-Mongolisch (Х-П. Фийце, Г. Лувсан, Г. Наги нарын хамт) [35000 орчим толгой үгтэй], Leipzig, 437 s.

On the New Edition of the Mongolian Version "Geseriada", *"AF"*, band 91. Wiesbaden, pp. 593—599.

Worterbuch Deutsch-Mongolisch, II хэвлэл (Х-П. Фийце, Г. Лувсан, Г. Наги нарын хамт), Leipzig, 437 s.

Ramayana in Mongolia, "Монгол ба Энэтхэг" (Mongolia and India) [Edited by Academician Sh. Bira], Уб, х. 266—274.

On an Outstanding Tibetan Scholar Dbyangs can dga' ba'I blo gros, *"AOH"*, Tomus XLIII (2—3), Budapest, pp. 243—245.

附录 3：

关于 Ts. 达木丁苏伦学术研究的相关成果

一、蒙古国：（著述者按照字母表顺序排列）

Г. Аким: Орчуулгын санг уудлахад, УХГ, Улаанбаатар, 1984 он.
G. 阿克姆：《打开翻译宝库》,乌兰巴托：国家出版社,1984 年。

Анна Цендина: Аавын үе бол Монгол судлалын томчуудын үе байлаа", "Д. Бадрахтай ярилцсан нь", УБ, 1998 он, №171.
安娜·岑吉娜:《父亲的时代是蒙古学研究的"成年时期"》,《D. 巴德拉赫访谈》,乌兰巴托,1998 年,第 171 期。

Ардын уран зохиолч, "Үнэн" сонин, 1988 он, №220.
《人民的作家》,《真理报》,1988 年,第 220 期。

Я. Арслан: Ардын хүү, "Залуу зохион бүтээгч", 1988 он, №3.
Ya. 阿尔斯楞:《人民的儿子》,《青年创作者》杂志,1988 年,第 3 期。

Т. Бааваа: Гологдсон хүүхэн (киноны тухай), "Хөдөлмөр" сонин, 1962 он, №33.
T. 巴瓦:《关于电影〈受歧视的姑娘〉》,《劳动报》,1962 年,第 33 期。

Я. Баатар: Ц. Дамдинсүрэн Гэсэрийн туужийг судлагч болох нь, "Монгол улсын Шинжлэх ухааны Академийн мэдээ", 1998 он, №3.
Ya. 巴特尔:《Ts. 达木丁苏伦是〈格斯尔史诗〉的研究者》,《蒙古国科学院通讯》,1998 年,第 3 期。

С. Байгалсайхан: Уянгын зохиол дахь хөдөлгөөнт дүр, "Монгол улсын Шинжлэх ухааны Академийн мэдээ", 1998 он, №3.
S. 白格勒赛汗:《抒情作品中动人的形象》,《蒙古国科学院通讯》,1998 年,第 3 期。

Л. Балдан: Монгол хэлний толь бичиг, нэр томъёоны судлалд академич Ц. Дамдинсүрэнгийн оруулсан хувь нэмэр, "Монгол улсын Шинжлэх ухааны Академийн мэдээ", 1998 он, №3.
L. 巴勒丹:《院士达木丁苏伦对蒙古语词典编撰和名词术语研究的贡献》,《蒙古国科学院通讯》,1998 年,第 3 期。

Б. Банзрагч: Уран зохиолчийн шинэ бүтээлийн тухай, "Цог" сэтгүүл, 1954 он, №3.
B. 班兹拉格其:《论作家的新作》,《星火》杂志,1954 年,第 3 期。

Г. Билгүүдэй: Академичийн гар бичмэл хууулга, "Монгол улсын Шинжлэх ухааны Академийн мэдээ", 1998 он, №3.

G. 毕勒古岱:《院士的手稿》,《蒙古国科学院通讯》,1998 年,第 3 期。

Г. Билгүүдэй: Ц. Дамдинсүрэнгийн гэр музейн монгол номын бүртгэл, боть Ⅰ, УБ, 1998 он.

G. 毕勒古岱:《Ts. 达木丁苏伦故居博物馆馆藏蒙古书籍统计》,第 1 卷,乌兰巴托,1988 年。

Ч. Билигсайхан: Монгол эмэгтэйн дүрийн хувьсал, "*Утга зохиол урлаг*" *сонин*, 1974. 3. 1.

Ch. 毕力格赛汗:《蒙古妇女形象的演变》,《文学与艺术报》,1974 年 3 月 1 日。

Ч. Билигсайхан: Монголын уран зохиол дахь соён гэгээрүүлэх чиглэл, шүүмжлэлт реализмын асуудалд, "*Цог*" *сэтгүүл*, 1989 он, №2.

Ch. 毕力格赛汗:《论蒙古文学中的启蒙思想与批评现实主义的问题》,《星火》杂志, 1989 年,第 2 期。

Л. Болд: Л. Мягмар: Орос монгол толь бичиг (шүүмж), "*Үнэн*" *сонин*, 1984 он, № 222.

L. 包勒德、L. 米亚格玛尔:《评〈俄蒙辞典〉》,《真理报》,1984 年,第 222 期。

Л. Болд: Хичээл билгээ гаргаж хэл бичгээ хөгжүүлсэн туршлага, "*Уран зохиол судлал*", боть Ⅰ, дэвтэр Ⅹ, УБ, 1994.

L. 包勒德:《〈发挥聪明才智,努力提高语文水平〉之经验》,《文学研究》,第 1 卷,第 10 册,乌兰巴托,1994 年。

"Бух Гомбо" гэдэг өгүүллэгийн тухай (Но. Данзан, Цэрэндорж, Даваацэрэн, Б. Ламжав, Н. Мягмарсүрэн, Очирхуяг, Д. Наваансүрэн нарын шүүмжлэлийн түүвэр), "*Цог*" *сэтгүүл*, 1955 он, №1.

No. 丹增、策伦道尔基、达瓦策伦、B. 拉木扎布、N. 米亚格玛尔苏伦、奥其尔呼雅格、D. 纳旺苏伦等人:《小说〈公牛贡博〉评论集》,《星火》杂志,1955 年,第 1 期。

Ш. Гаадамба: Академич Ц. Дамдинсүрэн ба "Монголын нууц товчоо"-ны судлал, "*Уран зохиол судлал*", боть Ⅰ, дэвтэр Ⅲ, УБ, 1994 он.

Sh. 嘎丹巴:《院士 Ts. 达木丁苏伦与〈蒙古秘史〉研究》,《文学研究》,第 1 卷,第 3 册,乌兰巴托,1994 年。

Ц. Гайтав: Шүлгийн сайхан нь, "*Соёл утга зохиол*" *сонин*, 1958 он, №37.

Ts. 盖塔布:《诗之美》,《文化与文学报》,1958 年,第 37 期。

Д. Гармаа: Анхны ном ("Гологдсон хүүхэн" туужийн тухай), "*Утга зохиол урлаг*" *сонин*, 1967 он, №37.

D. 嘎尔玛:《第一本书》(关于中篇小说《受歧视的姑娘》),《文学与艺术报》,1967 年, 第 37 期。

Р. Гүрбазар: Ц. Дамдинсүрэн орчуулгын онолч, "*Уран зохиол судлал*", боть Ⅰ, дэвтэр 13, УБ, 1994 он.

R.古尔巴扎尔:《Ts. 达木丁苏伦是翻译理论家》,《文学研究》,第 1 卷,第 13 册,乌兰巴托,1994 年。

Но. Данзан: "Зугаацахаар мордсон нь" гэдэг шүлгийн тухай, "*Ардын үндэсний эрх*", 1938 он, №37.

No. 丹增:《论〈远游〉一诗》,《人民权利报》,1938 年,第 37 期。

Но. Данзан: Буурал ижий минь шүлгийн тухай, Уран зохиолчдод тусламж, УБ, 1943 он.

No. 丹增:《论〈我白发苍苍的母亲〉一诗》,《给予作家的帮助》,乌兰巴托,1943 年。

С. Дашдооров, Да багшийн нэгэн шүлэг, "*Утга зохиол урлаг*" *сонин*, 1987 он, № 24.

S. 达希道尔布:《达老师的一首诗》,《文学与艺术报》,1987 年,第 24 期。

Д. Дашдорж: Да багшийн зуун дээж, "*Туяа*", 1959 он, №6.

D. 达希道尔基:《达老师的百篇精华》,《曙光》,1959 年,第 6 期。

Д. Ёндон: Ц. Дамдинсүрэн бол монгол хэл, уран зохиолыг судлагч гарамгай эрдэмтэн мөн, "*Уран зохиол судлал*" боть Ⅰ, дэвтэр Ⅰ, УБ, 1994 он.

D. 云登:《Ts. 达木丁苏伦是杰出的蒙古语言、文学研究者》,《文学研究》,第 1 卷,第 1 册,1994 年。

Д. Жигжидсүрэн· Цэндийн Дамдинсүрэн (Төрсний нь 50 насны ойд), "*Хөдөлмөр*" *сонин*, 1958.9.18.

D. 吉格吉德苏伦:《Ts. 达木丁苏伦》(纪念诞辰 50 周年),《劳动报》,1958 年 9 月 18 日。

У. Загдсүрэн: Академич Ц. Дамдинсүрэн, "*Шинжлэх ухаан амьдрал*", 1968 он, №5.

U. 扎格德苏伦:《院士 Ts. 达木丁苏伦》,《科学与生活》杂志,1968 年,第 5 期。

С. Лочин: Авьяас билэг төгөлдөр эрдэмтэн, УБ, 1998 он.

S. 洛钦:《天才完美的学者》,乌兰巴托,1998 он.

С. Лувсанвандан: Зохиолч Ц. Дамдинсүрэнгийн бүтээлийн үзэл санаа, уран чадвар, "*Шинжлэх ухааны академийн мэдээ*", 1966 он, №3.

S. 鲁布桑旺丹:《作家 Ts. 达木丁苏伦的创作思想性与艺术性》,《科学院信息》,1966 年,第 3 期。

С. Лувсанвандан: Шинэ монголын яруу найраг, "*Намын амьдрал*", 1967 он, №7.

S. 鲁布桑旺丹:《蒙古新诗歌》,《党的生活》杂志,1967 年,第 7 期。

С. Лувсанвандан: Монгол уран зохиол судлагч, академич Цэндийн Дамдинсүрэн, "*Хэл зохиол судлал*", боть Ⅵ, УБ, 1968 он.

S. 鲁布桑旺丹:《蒙古文学的研究者、院士 Ts. 达木丁苏伦》,《语言文学研究》,第 6 卷,乌兰巴托,1968 年。

С. Лувсанвандан: Социалист соёл урлагийн өрнүүн алхаа, "*Утга зохиол урлаг*" сонин，1969.11.22.

S. 鲁布桑旺丹：《社会主义文化艺术的繁荣进步》，《文学与艺术报》，1969 年 11 月 22 日。

С. Лувсанвандан：Ардын зохиолч，"*Уран зохиол судлал*"，боть Ⅰ，дэвтэр Ⅱ，УБ，1994 он.

S. 鲁布桑旺丹：《人民的作家》，《文学研究》，第 1 卷，第 2 册，乌兰巴托，1994 年。

С. Лувсанвандан：Манай хувьсгалт уран зохиолд Лениний үзэл санааны ач нөлөө，"*Утга зохиол урлаг*" сонин，1970.3.6.

S. 鲁布桑旺丹：《列宁主义思想对我们革命文学的积极影响》，《文学与艺术报》，1970 年 3 月 6 日。

С. Лувсанвандан：Монголын орчин үеийн уран зохиолын онол，түүхийн асуудалд (Ц. Дамдинсүрэнгийн уран бүтээлийн онцлог)，УХГ，УБ，1973 он.

S. 鲁布桑旺丹：《蒙古现代文学理论与历史问题》(Ts. 达木丁苏伦的文学创作的特色)，国家出版社，乌兰巴托，1973 年。

С. Лувсанвандан：Шинэ амьдралын дууч，"*Утга зохиол урлаг*"，1978 он，№37.

S. 鲁布桑旺丹：《新生活的歌咏者》，《文学与艺术报》，1978 年，第 37 期。

С. Лувсанвандан：Зохиолч Ц. Дамдинсүрэнгийн уран бүтээл，түүний өвөрмөц шинж，"*Хэл зохиол судлал*"，боть ⅩⅣ，ШУАХ，УБ，1980 он.

S. 鲁布桑旺丹：《作家 Ts. 达木丁苏伦的文学创作及其特色》，《语言文学研究》，第 14 卷，科学院出版，乌兰巴托，1980 年。

С. Лувсанвандан：Монголын уран зохиолын дэвшил，социалист реализм，тэргүүн дэвтэр，УХГ，УБ，1987 он.

S. 鲁布桑旺丹：《蒙古文学的进步与社会主义现实主义》，第 1 册，国家出版社，乌兰巴托，1987 年。

Ц. Мөнх：Ц. Дамдинсүрэн-шүүмжлэгч，"*Уран зохиол судлал*"，боть Ⅰ，дэвтэр 9，УБ，1994 он.

Ts. 孟和：《Ts. 达木丁苏伦——文学批评家》，《文学研究》第 1 卷，第 9 册，乌兰巴托，1994 年。

С. Мөөмөө：Дэлхийн хэмжээний эрдэмтэн，"*Хүмүүн толь*"，1995 он，№4.

S. 摩沫：《世界级学者》，《人鉴》，1995 年，第 4 期。

О. Мягмаржав，С. Адъяашарав：Чөтгөрийн тухай уншигчийн бодол，"*Соёл утга зохиол*"，1964 он，№17.

О. 米亚格玛尔扎布，S. 阿迪亚沙尔布：《读者对〈鬼〉的感受》，《文化文学报》，1964 年，第 17 期。

Р. Нарантуяа：Ардын зохиолч Ц. Дамдинсүрэнгийн "Толь Гэндэн" зохиолын тухай，"*Уран зохиол судлал*"，боть Ⅰ，дэвтэр 14，УБ，1998 он.

R. 娜仁图雅:《谈人民作家 Ts. 达木丁苏伦的作品〈托里·甘登〉》,《文学研究》,第 1 卷,第 14 册,乌兰巴托,1998 年。

P. Нарантуяа: "Учиртай гурван толгой" дуулалт жүжгийн дуурь болгон шинэчилсэн Ц. Дамдинсүрэнгийн туршлага, "Монгол улсын шинжлэх ухааны академийн мэдээ", 1988 он, №3.

R. 娜仁图雅:《Ts. 达木丁苏伦改编歌剧〈三座山〉的经验》,《蒙古国科学院通讯》,1988 年,第 3 期。

P. Нарантуяа: Халх монголын малчин Хатин овгийн нүүдэлчин харц язгуурт Дамдинсүрэнгийн тухай өгүүлэх нь, "Монгол улсын шинжлэх ухааны академийн мэдээ", 1998 он, №3.

R. 娜仁图雅:《谈喀尔喀蒙古的牧民哈廷宗族的平民达木丁苏伦》,《蒙古国科学院通讯》,1998 年,第 3 期。

М. Өлзий: Ц. Дамдинсүрэн ба Гэсэр судлал, "Уран зохиол судлал", ботъ I, дэвтэр 11, УБ, 1994 он.

M. 额勒吉:《Ts. 达木丁苏伦与格斯尔研究》,《文学研究》,第 1 卷,第 11 册,乌兰巴托,1994 年。

Д. Өлзийбаяр: Да багшийн гурван шавь, "Уран бүтээлчдийн хөрөг", УБ, 1995 он.

D. 额勒吉巴雅尔:《达老师的三个徒弟》,《艺术创作者肖像》,乌兰巴托,1995 年。

Т. Пагва: Ц. Дамдинсүрэн бол монголын соёл, шинжлэх ухааны зүтгэлтэн, "Соёл утга зохиол", 1958.9.13.

T. 帕格瓦:《Ts. 达木丁苏伦是蒙古文化、科学事业活动家》,《文化与文学报》,1958 年 9 月 13 日。

Э. Пүрэвжав: Монгол хэл шинжилэлтэн Ц. Дамдинсүрэн, "Уран зохиол судлал", ботъ I, дэвтэр 18, УБ, 1994 он.

E. 普尔布扎布:《蒙古语言学家 Ts. 达木丁苏伦》,《文学研究》,第 1 卷,第 18 册,乌兰巴托,1994 年。

Х. Сампилдэндэв: Билиг төгөлдөр эрдэмтэн, "Хөдөлмөр" сонин, 1988 он, №102.

Kh. 桑皮勒登德布:《充满智慧的学者》,《劳动报》,1988 年,第 102 期。

Х. Сампилдэндэв: Авъяас билиг төгс эрдэмтэн зохиолч, "Үнэн" сонин, 1993 он, №82.

Kh. 桑皮勒登德布:《才华横溢的学者作家》,《真理报》,1993 年,第 82 期。

Х. Сампилдэндэв: Халагдаж залагдаж явсан түүх, "Ардын эрх" сонин, 1993 он, №145.

Kh. 桑皮勒登德布:《被篡改的历史》,《人民权利报》,1993 年,第 145 期。

Х. Сампилдэндэв: Билгийн чанад хязгаарт хүрсэн эрдэмтэн, зохилч, УБ, 1994 он.

Kh. 桑皮勒登德布:《达到智慧彼岸的学者、作家》,乌兰巴托,1994 年。

X. Сампилдэндэв: Байгалийн уянгын нэгэн гайхамшиг, "Монгол яруу найргийн товчоон", УБ, 1996 он.

Kh. 桑皮勒登德布:《自然抒情诗的一部惊世杰作》,《蒙古诗歌史》,乌兰巴托,1996年。

X. Сампилдэндэв: Ц. Дамдинсүрэнгийн амьдрал, уран бүтээл, "Монголын уран зохиолын түүхийн зарим асуудал", УБ, 1998 он.

Kh. 桑皮勒登德布:《Ts. 达木丁苏伦的生活与文学创作》,《蒙古文学史的某些问题》,乌兰巴托,1998年。

X. Сампилдэндэв: "Толь Гэндэн"-гийн уламжлал, УБ, 1998 он.

Kh. 桑皮勒登德布:《论〈托里·甘登〉的传统》,乌兰巴托,1998年。

X. Сампилдэндэв: Авьяас билиг төгс эрдэмтэн зохиолч, "Монгол улсын шинжлэх ухааны академийн мэдээ", 1998 он, No3.

Kh. 桑皮勒登德布:《才华横溢的学者、作家》,《蒙古科学院通讯》,1998年,第3期。

Ч. Туясайхан: Ц. Дамдинсүрэнгийн нэгэн өгүүллэгийн уламжлал шинэчлэл, "Уран зохиол судлал", боть Ⅰ, дэвтэр 15, УБ, 1994 он.

Ch. 图雅赛汗:《论 Ts. 达木丁苏伦一部短篇小说的传统和创新》,《文学研究》,第1卷,第15册,乌兰巴托,1994年。

Ц. Хасбаатар: "Манай соёлын нэрт зүтгэлтэн", "Үнэн" сонин, 1968.9.14.

Ts. 哈斯巴特尔:《我们著名的文化活动家》,《真理报》,1968年9月14日。

Ц. Хасбаатар: Становление современного монгольского романа, Дис. на соиск. учен. степени канд. филол. наук, Москва, 1968.

[俄文] Ts. 哈斯巴特尔:《现代蒙古长篇小说的形成》,学位论文,语文学科,莫斯科,1968年。

Ц. Хасбаатар: Реализмын тухай, Монголын утга зохиолд реализм хөгжсөн нь, УХГ, УБ, 1979 он.

Ts. 哈斯巴特尔:《论现实主义》,《蒙古文学中现实主义的发展》,国家出版社,乌兰巴托,1979年。

Ц. Хасбаатар: Дуун хөврүүлэгч, орчуулгын түүхч, онолч, "Нийслэлийн сонин бичиг", 1993 он, No37.

Ts. 哈斯巴特尔:《翻译家、翻译史学家及理论家》,《首都新闻报》,1993年,第37期。

Л. Хүрэлбаатар: Ц. Дамдинсүэнгийн дорнын орчуулга, "Уран зохиол судлал", боть Ⅰ, дэвтэр 7, УБ, 1994 он.

L. 呼尔勒巴特尔:《Ts. 达木丁苏伦的东方翻译》,《文学研究》,第1卷,第7册,乌兰巴托,1994年。

Л. Хүрэлбаатар: Их эрдэмтэнд шавилсан арван хоёр жил, "Зохист аялгуу", 1998 он, No1.

L. 呼尔勒巴特尔:《师从伟大的学者12载》,《诗镜》报,1998年,第1期。

Д. Цагаан: Ц. Дамдинсүрэн-эх орны утга зохиолын судлалыг үндэслэгч, "*Уран зохиол судлал*", боть Ⅰ, дэвтэр 5, УБ, 1994 он.

D. 查干:《Ts. 达木丁苏伦是祖国文学研究的奠基者》,《文学研究》,第1卷,第5册,乌兰巴托,1994年。

Д. Цоодол: Оршил, Монголын уран зохиолын дээжис, боть ⅩⅩⅥ, Монгол уран зохиол хэвлэлийн газар, УБ, 1997 он.

D. 曹德勒:《序言》,《蒙古文学精粹》第26卷,蒙古文学出版社,乌兰巴托,1997年。

Д. Цэдэв: Буурал ижий минь найраглалын тухай, "*Утга зохиол урлаг*", 1968 он, №37.

D. 策德布:《论长诗〈我白发苍苍的母亲〉》,《文学报》,1968年,第37期。

Д. Цэдэв: Шинэ амьдрал, уран сайхны сэтгэлгээ (Ц. Дамдинсүрэнгийн уран зохиолын тухай), "*Зохиолчийн урлах эрдэм*", УХГ, УБ, 1978 он.

D. 策德布:《新生活与艺术构思》(关于 Ts. 达木丁苏伦的文学作品),《作家的艺术创作》,国家出版社,乌兰巴托,1978年。

Д. Цэдэв: Ц. Дамдинсүрэнгий уран бүтээлийн өв уламжлал, "*Утга зохиол урлаг*", 1988 он, №40.

D. 策德布:《Ts. 达木丁苏伦的文学创作的遗产与传统》,《文学与艺术报》,1988年,第40期。

Д. Цэдэв: БНМАУ-ын төрийн дуулал зохиогдсон түүх хийгээд түүний үг хэдэнтээ өөрчлөгдсөний учир, Японы монголч эрдэмтний, нийгэмлэгийн мэдээ, 1995 он, №26, 1996 он, № 27.

D. 策德布:《蒙古人民共和国国歌的创作过程及其歌词的几次修改的缘由》,《日本蒙古学家及蒙古协会通讯》,1995年,第26期,1996年,第27期。

Д. Цэдэв: Цэндийн Дамдинсүрэнгийн бүтээлийн өв уламжлал, "*Зохист аялгуу*", 1998 он, №1.

D. 策德布:《Ts. 达木丁苏伦作品的遗产与传承》,《诗镜》报,1998年,第1期。

Ц. Цэдэнжав: Солийг сольсон нь өгүүллэгийн тухай, "*Залуучуудын үнэн*", 1944 он, № 56.

Ts. 策登扎布:《谈短篇小说〈索莉变了〉》,《青年真理报》,1944年,第56期。

Ц. Цэдэнжав: Зохиолч хүний нийгмийн үүрэг, "*Соёл утга зохиол*", 1962 он, №47.

Ts. 策登扎布:《作家的社会责任》,《文化与文学报》,1962年,第47期。

Д. Цэнд: Цэндийн Дамдинсүрэн, *Монголын уран зохиол*, УБ, 1959 он.

D. 岑德:《Ts. 达木丁苏伦》,《蒙古文学》,乌兰巴托,1959年。

Д. Цэнд: Монголын орчин үеийн утга зохиолын судлалын тухай, "*Соёл утга зохиол*", 1962.4.19.

D. 岑德:《论蒙古现代文学研究》,《文化与文学报》,1962 年 4 月 19 日。

Д. Цэнд: Монголын шинэ уран зохиолын дээжис бүтээлийн нэг ("Гологдсон хүүхэн" туужийн хэвлэгдсэний 36 жилийн ойд), *Шинжлэх ухааны академийн мэдээ*, 1965 он, №3.

D. 岑德:《蒙古新文学的精品之一》(纪念中篇小说《受歧视的姑娘》出版 36 周年),《科学院通讯》,1965 年,第 3 期。

Д. Цэнд: Шүлэгчийн уран чадвар, "*Шинжлэх ухаан амьдрал*", 1967 он, №2.

D. 岑德:《诗人的艺术才华》,《科学生活》杂志,1967 年,第 2 期。

Д. Цэнд: Монгол Зөвлөлтийн найрамдыг яруу найрагт дүрсэлсэн нь, "*Цог*" сэтгүүл, 1972 он, №6.

D. 岑德:《论诗歌中关于蒙苏友谊的描写》,《星火》杂志,1972 年,第 6 期。

Д. Цэнд: Шинэ монголын уран зохиолын дээжис бүтээлийн нэг (Ц. Дамдинсүрэнгийн "Гологдсон хүүхэн" туужийн 50 жилийн ойд), *Зохиолчийн уран бүтээлийн тухай*, УХГ, УБ, 1984 он.

D. 岑德:《蒙古新文学的精品之一》(纪念 Ts. 达木丁苏伦的中篇小说《受歧视的姑娘》创作 50 周年),《论作家的文学创作》,国家出版社,乌兰巴托,1984 年。

Д. Цэнд: Цэндийн Дамдинсүрэн (төрсний нь 60 насны ойд), "*Зохиолчийн уран бүтээлийн тухай*", УХГ, УБ, 1984 он.

D. 岑德:《Ts. 达木丁苏伦》(纪念其诞辰 60 周年),《论作家的文学创作》,国家出版社,乌兰巴托,1984 年。

Д. Цэнд: Ц. Дамдинсүрэн бол орчин үеийн монголын уран зохиолыг үндэслэгчийн нэг мөн, "*Уран зохиол судлал*", боть I, дэвтэр 4, 1944 он.

D. 岑德:《Ts. 达木丁苏伦是蒙古现代文学的奠基人之一》,《文学研究》,第 1 卷,第 4 册,1944 年。

Д. Цэнд: Ном жаргаах үгийн оронд, Монголын уран зохиолын дээжис, боть XXVI, Монголын уран зохиолын хэвлэлийн газар, УБ, 1997 он.

D. 岑德:《在书籍文字的幸福天国里》,《蒙古文学作品精品》,第 26 卷,蒙古文学出版社,乌兰巴托,1997 年。

Д. Цэрэнсодном: Буурал ээжийн хүү, *Утга зохиол*, 1993 он, №22—25.

D. 策伦索德诺姆:《白发苍苍母亲的儿子》,《文学》,1993 年,第 22—25 期。

Д. Цэрэнсодном: "Нууц товчоо"-ны орчин цагийн монгол хэлний хэдэн хөрвүүлгийн тухай, "*Уран зохиол судлал*", боть I, дэвтэр 6, УБ, 1994 он.

D. 策伦索德诺姆:《谈〈蒙古秘史〉的几次现代蒙古语转写》,《文学研究》,第 1 卷,第 6 册,乌兰巴托,1994 年。

Б. Чадраа: Академич Ц. Дамдинсүрэнгийн мэндэлсний 90 насны ойд зориулсан эрдэм шинжилгээний бага хурлыг нээж хэлсэн үг, *Монгол улсын Шинжлэх ухааны академийн мэдээ*，1998 он，№3.

B. 恰德拉:《在纪念院士 Ts. 达木丁苏伦诞辰 90 周年学术研讨会开幕式上的发言》，《蒙古国科学院通讯》，1998 年，第 3 期。

Ч. Чимид: 30 жилийн тайлан (Ц. Дамдинсүрэнгийн түүвэр зохиолын тухай шүүмж), "*Үнэн*" *сонин*, 1957.8.4.

Ch. 其米德:《30 年的报告》(《Ts. 达木丁苏伦作品集》评论),《真理报》, 1957 年 8 月 4 日。

Ч. Чимид: Цэндийн Дамдинсүрэн, "*Үнэн*" *сонин*, 1958 он, №215.

Ch. 其米德:《Ts. 达木丁苏伦》,《真理报》, 1958 年, 第 215 期。

С. Эрдэнэ: Цэндийн Дамдинсүрэн, "*Залуучуудын үнэн*", 1961 он, №18.

S. 额尔德尼:《Ts. 达木丁苏伦》,《青年真理报》, 1961 年, 第 18 期。

С. Эрдэнэ: "Уран үгсийн чуулганы" гурван өгүүллэгийн тухай, "*Утга зохиол урлаг*", 1979 он, №13.

S. 额尔德尼:《谈〈文集〉中的三篇短篇小说》,《文学与艺术》报, 1979 年, 第 13 期。

二、苏联、俄罗斯:

Л. К. Герасимович: Творчество современного писателя Ц. Дамдинсурэна, Дис, на соиск, учен, степени канд, филол, наук, Ленинград, 1953.

Л. К. 格拉西莫维奇:《现代作家 Ts. 达木丁苏伦的创作》, 学位论文, 语文学科, 列宁格勒, 1953 年。

Л. К. Герасимович: Из истории современной монгольской литературы, Поэтическое творчество Ц. Дамдинсурэна 30-х годов, "*Вестник Ленинградского университета*", 1956, №20, Серия истории языка и литературы, Вып. 4.

Л. К. 格拉西莫维奇:《Ts. 达木丁苏伦 30 年代的现代诗歌创作》, 选自《蒙古现代文学史》, 列宁格勒大学学报, 1956 年, 第 20 册。

Л. К. Герасимович: Повесть Ц. Дамдинсурэна "Отвергнутая девушка" и её роль в процессе становления современной монгольской литературы, Учен, зап, Ленингр, ун-та 1959 №2, Серия востоковед, наук, Вып. 2, История и филология стран Востока.

Л. К. 格拉西莫维奇:《Ts. 达木丁苏伦的中篇小说〈受歧视的姑娘〉及其在蒙古现代文学形成过程中的作用》, 列宁格勒:《东方学系列文集》, 1959 年, 第 2 期。

Л. К. Герасимович: Ц. Дамдинсүрэнгийн "Гологдсон хүүхэн" гэдэг тууж ба орчин үеийн монголын уран зохиолын хөгжилд түүний ач холбогдол, "*Цог*" *сэтгүүл*, 1960, № 2.

[蒙文] Л. К. 格拉西莫维奇:《Ts. 达木丁苏伦的中篇小说〈受歧视的姑娘〉及其在蒙古现代文学发展中的历史意义》,《星火》杂志, 1960 年, 第 2 期。

Л. К. Герасимович: Художественное творчество Ц. Дамдинсурэна, *Mongolica*, IX,

Санкт-Петербург, 1998.

Л. К. 格拉西莫维奇:《Ts. 达木丁苏伦的艺术创作》,《蒙古》杂志,圣彼得堡,1998 年, 第 9 期。

Л. К. Герасимовч: Роль академика Цэндийн Дамдинсурэна в историко-культурной жизни Монголии XX в.

Л. К. 格拉西莫维奇:《院士 Ts. 达木丁苏伦在 20 世纪蒙古历史文化生活中发挥的作用》,为纪念 Ts. 达木丁苏伦诞辰 100 周年而作。

Л. К. Герасимовч: Ц. Дамдинсурэн, в кн, Л. К. Герасимович: *Литература Монгольской Народной Республики*, 1921—1964 годов, Ленинград, 1965.

Л. К. 格拉西莫维奇:《Ts. 达木丁苏伦》,《蒙古人民共和国文学》(1921—1964 年)(Л. К. 格拉西莫维奇著),列宁格勒,1965 年。

Л. К. Герасимовч: Фольклорные традиции в литературе МНР, *Национальные традиции и генезис в социалистическом реализме*, Москва, 1965.

Л. К. 格拉西莫维奇:《蒙古人民共和国文学中的民间传统》,《社会主义现实主义中的民族传统与产生》,莫斯科,1965 年。

Л. К. Герасимовч: Монгольское стихосложение, Ленинград, 1975.

Л. К. 格拉西莫维奇:《蒙古诗歌》,列宁格勒,1975 年。

Л. К. Герасимовч: Взаимосвязи Монгольской и Советской литератур(1940—1980), *Культурные и научные связи между СССР и МНР*, Изд. Наука, Москва, 1981.

Л. К. 格拉西莫维奇:《俄蒙文学关系》(1940—1980),《苏蒙文化与科学交往》,莫斯科:科学出版社,1981 年。

Л. К. Герасимовч: Современная монгольская повесть, *Повести Монгольских писателей*, Том первый, Библиотека Монгольской литературы, Худ, лит, Москва, 1982.

Л. К. 格拉西莫维奇:《现代蒙古中篇小说》,《蒙古作家的中篇小说创作》,莫斯科, 1982 年。

Г. И. Михайлов, Возникновение и развитие современной монгольской литературы, Автореф, Дис, на соиск, учен, степени канд, филол, наук, Москва,1952.

G. I. 米哈伊洛夫:《蒙古现代文学的发生与发展》,学位论文,语文学科,莫斯科, 1952 年。

Г. И. Михайлов, Современная художественная литература, *Монгольская Народная Республика*, Москва,1952.

G. I. 米哈伊洛夫:《现代艺术的文学》,《蒙古人民共和国》,莫斯科,1952 年。

Г. И. Михайлов: *Очерк истории современной монгольской литературы*, Москва: Издательство академии наук СССР, 1955.

G. I. 米哈伊洛夫:《蒙古现代文学简史》,苏联科学院出版社,莫斯科,1955 年。

Г. И. Михайлов, Рецензия: Ц. Дамдинсурэн, Исторические корни гессериады, "*Проблемы востоковедения*", 1959, №3.
G. I. 米哈伊洛夫:"评 Ts. 达木丁苏伦的《〈格斯尔史诗〉的历史根源》",《东方学问题》,1959 年,第 3 期。

Г. И. Михайлов: Дамдинсурэн Цэндийн, *БСЭ*, Изд. 1972.
G. I. 米哈伊洛夫:《Ts. 达木丁苏伦》,《苏联大百科全书》,1972 年。

К. Н. Яцковская: Цэндийн Дамдинсурэн, Краткая биографическая справка, В кн: К солнцу! Москва, 1969.
К. N. 亚茨科夫斯卡娅:《Ts. 达木丁苏伦(生平简介)》,《朝着太阳》,莫斯科,1969 年。

К. Н. Яцковская: Ц. Дамдинсурэн, В кн: Г. И. Михайлов, К. Н. Яцковская: Монгольская литература, Москва, 1969.
К. N. 亚茨科夫斯卡娅:《Ts. 达木丁苏伦》,G. I. 米哈伊洛夫、К. N. 亚茨科夫斯卡娅:《蒙古文学》,莫斯科,1969 年。

К. Н. Яцковская: Цэндийн Дамдинсурэн——писатель и ученый, Иностранная литература, 1981, №7.
К. N. 亚茨科夫斯卡娅:《Ts. 达木丁苏伦——作家与学者》,《外国文学》,1981 年,第 7 期。

К. Н. Яцковская: Монголч эрдэмтэн Цэндийн Дамдинсүрэн, *Гадаадынхан Монголын уран зохиолын тухай*, УХГ, УБ, 1987 он.
[蒙文] К. N. 亚茨科夫斯卡娅:《蒙古学学者 Ts. 达木丁苏伦》,《外国人的蒙古文学研究》,国家出版社,乌兰巴托,1987 年。

Н. В. Павлов: Монголын түүхийн нэгэн алтан хуудас (Ц. Дамдинсүрэнгийн мэндэлсний 90 насны ойг тэмдэглэх хорооны дарга, Монголын шинжлэх ухааны академийн ерөнхийлөгч, академич Б. Чадраа танаа), "*Зууны мэдээ*", 1998 он, №37.
[蒙文] Н. В. 巴甫洛夫:《蒙古历史上璀璨的一页》(致纪念 Ts. 达木丁苏伦诞辰 90 周年委员会主任、蒙古科学院院长、院士 В. 恰德拉),《世纪消息报》,1998 年,第 37 期。

А. Д. Цендина: Несколько слов о научной деятельности Ц. Дамдинсурэн, *Mongolica* IX, Санкт-Петербург, 1998 он.
A. D. 岑吉娜:《浅谈 Ts. 达木丁苏伦的学术活动》,《蒙古》,圣彼得堡,1998 年,第 9 期。

三、中国:(以著述出版时间先后为序)①
Чэнь Найшюн: Монголын уран зохиолын тухай товч өгүүлэх нь, *Гадаадынхан Монголын уран зохиолын тухай*, УХГ, УБ, 1987 он.
[蒙文]陈乃雄:《简论蒙古文学》,《外国人谈蒙古文学研究》,国家出版社,乌兰巴托,

---

① 此处仅列入用中文和西里尔蒙古文撰写发表的研究成果。

1987年。

史习成:《蒙古现代文学介绍》,《国外文学》,北京,1985年,第3期。

史习成:"曾·达木丁苏伦及其作品",《外蒙古现代文学简史》,台湾蒙藏委员会,1996年,第102—127页。

史习成:"启蒙文学家——曾·达木丁苏伦"《蒙古国现代文学》,《东方文化集成》,昆仑出版社,2001年,第69—80页。

王浩:《蒙古文学开放结构的历史性探索——Ts.达木丁苏伦的比较文学思想研究》,北京大学,博士论文,2005年5月。

王浩:《蒙古文学开放结构的历史性探索——关于文学史的写作原则的回顾与思考》:《面向新世纪的蒙古学:回顾与展望》,民族出版社,2005年10月。

王浩:《Ts.达木丁苏伦与蒙古文学关系研究》:《民族文学研究》,2005年第4期,总第99期。

王浩:《Ts.达木丁苏伦对"欧洲中心主义"的质疑》:《卫拉特研究》,2005年,第4期,总第57期。

王浩:《Ts.达木丁苏伦与〈罗摩衍那〉蒙古本土化研究》:《内蒙古民族大学学报》,2006年,第1期,第32卷,总第113期。

王浩:《罗摩衍那文本比较研究之比较》:《内蒙古大学学报》,2006年,第2期,总第153期。

王浩:《"不仅在求同,也在存其异"——Ts.达木丁苏伦与蒙古文学关系中类似题材作品比较研究》:《东方研究》,经济日报出版社,2006年。

Ван Мандуга: Ц. Дамдинсүрэн ба түүний уран зохиолын тухай үзэл баримтлал, *Монголын орчин үеийн уран зохиолын онол шүүмжлэлийн судлал*, УБ, 2007 он, тал. 145—160.

[蒙文]王满特嘎:《Ts.达木丁苏伦及其文学思想》,《蒙古现代文学理论批评研究》,乌兰巴托,2007年,第145—160页。

王浩:《比较文学与译介学——达木丁苏伦比较文学之路》:北京:《文艺理论与批评》,2008年,第1期,总第129期。

王浩:《东方翻译文学理论之建构——策·达木丁苏伦与翻译文学本土化理论阐释与研究》:《东方文学研究》(集刊4),北岳文艺出版社,2008年。

Ван Мандуга: Ц. Дамдинсүрэнгийн ууган өгүүлэл "Товч сануулгын" тухай, *Академич Цэндийн Дамдинсүрэн дурсгалын түүвэр*, УБ, 2008 он, тал. 216—224.

[蒙文]王满特嘎:《论Ts.达木丁苏伦的首篇著述〈简明提示〉》,《院士Ts.达木丁苏伦纪念文集》,乌兰巴托,2008年,第216—224页。

Дулаан: Ц. Дамдинсүрэн хийгээд монгол, хятад эртний уран зохиолын харьцаа холбооны судлал, *Академич Цэндийн Дамдинсүрэн дурсгалын түүвэр*, УБ, 2008 он, тал. 236—255.

［蒙文］陈岗龙：《Ts. 达木丁苏伦与蒙汉古代文学关系研究》,《院士 Ts. 达木丁苏伦纪念文集》,乌兰巴托,2008 年,第 236—255 页。

Ван Хао: Ц. Дамдинсүрэнгийн үүсгэсэн орчуулгын уран зохиолын нутагшлын судлал, *Академич Цэндийн Дамдинсүрэн дурсгалын түүвэр*, УБ, 2008 он, тал. 207—216.

［蒙文］王浩：《Ts. 达木丁苏伦的翻译文学本土化研究》,《院士 Ts. 达木丁苏伦纪念文集》,乌兰巴托,2008 年,第 207—216 页。

Ван Хао: Ц. Дамдинсүрэн ба XX зууны Монголын утга зохиолын судлал шүүмжлэл, Mongolica, an international journal of Mongol studies, Vol. 46, 2013, pp. 7—13.

［蒙文］王浩：《Ts. 达木丁苏伦与 20 世纪蒙古文学批评》,《蒙古》,乌兰巴托:国际蒙古学协会,2013 年,第 46 期,第 7—13 页。

北京大学蒙古学研究中心：《纪念 Ts. 达木丁苏伦诞辰 100 周年国际研讨会论文集》,2008 年 10 月。

四、美国：

N. Poppe: Reviews: C. Damdinsuren the historic roots of the Geseriade, Harvard journal of asiatics studies, Vol 21, Harvard-Yenching institute, 1958.

N. 鲍培：《Ts. 达木丁苏伦的〈格斯尔史诗的历史根源〉评论》,《哈佛学报——亚洲研究》,第 21 期,哈佛燕京学社,1958 年。

五、日本：

Okada Казуюки: Монголын "Хувьсгалын уран зохиолч нарын бүлгэм"-ийн тухай, "Area and Culture", Tokyo university of Foreign studies, Vol 36, Tokyo, 1986.

冈田和行：《论蒙古革命文学作家小组》,《地区与文化》,第 36 卷,东京外国语大学,东京,1986 年。

Okada Казуюки: Профессор Ц. Дамдинсүрэн агсны эрдэм шинжилгээний бүтээлүүд, "Area and Cultur"e, Tokyo university of Foreign studies, Vol 38, Tokyo, 1988.

冈田和行：《Ts. 达木丁苏伦生前学术著述》,《地区与文化》,第 38 卷,东京外国语大学,东京,1988 年。

附录4：

主要参考书目

一、中文：

复旦大学中文系文艺理论教研室编著:《马克思主义文艺理论发展史》,中国文联出版公司,1995年。

《列宁选集》第1、2、4卷,人民出版社,1995年。

《列宁全集》第39、43卷,人民出版社,1987年。

列维·斯特劳斯著,张祖建译:《结构人类学》(1—2册),中国人民大学出版社,2006年。

雷纳·韦勒克著,杨自伍译:《近代文学批评史》第七卷,上海译文出版社,2009年。

韦勒克、沃伦著,刘象愚等译:《文学理论》,三联书店,1984年。

H.R.姚斯、R.C.霍拉勃著,周宁、金元浦译:《接受美学与接受理论》,辽宁人民出版社,1987年。

张隆溪编:《比较文学译文集》,北京大学文学研究丛书,1982年。

干永昌、廖鸿均、倪蕊琴选编:《比较文学研究译文集》,上海译文出版社,1985年。

梵第根著,戴望舒译:《比较文论》,吉林出版集团有限责任公司,1990年。

马·法·基亚著,颜保译:《比较文学》,北京大学出版社,1983年。

布吕奈尔等著,葛雷等译:《什么是比较文学》,北京大学出版社,1989年。

韦斯坦因著,刘象愚译:《比较文学与文学理论》,辽宁人民出版社,1987年。

A.A.日丹诺夫等著,曹葆华等译:《苏联文学艺术问题》,人民文学出版社,1953年。

高尔基世界文学研究所编撰:《世界文学史》上卷,上海文艺出版社,2014年。

季莫菲耶夫:《苏联文学史》,作家出版社,1956年。

彭克巽主编:《苏联文艺学学派》,北京大学出版社,1999年。

汪介之:《回望与沉思 俄苏文论在20世纪中国文坛》,北京大学出版社,2005年。

温儒敏:《中国文学批评史》,北京大学出版社,2012年。

温儒敏:《新文学现实主义的流变》,北京大学出版社,2007年。

格非:《小说叙事研究》,清华大学出版社,2002年。

锡林迪布等著,向华译:《蒙古人民革命三十年》,人民出版社,1953年。

蒙古人民革命党中央党史研究所编:巴·勒哈木苏伦等编,翟文亮、朱安琪译:《蒙古人民革命党简史》,人民出版社,1990年。

苏联共产党(布)特设委员会:《苏联共产党(布)历史简明教程》,人民出版社,

1951年。

亚历山大·雅科夫列夫:《俄罗斯百年忧思录》,述弢译,社会科学文献出版社,2013年。

郝时远、杜世伟:《列国志:蒙古》,社会科学文献出版社,2007年。

B. Ya. 弗拉基米尔佐夫:《蒙古社会制度史》,中译本,中国社会科学出版社,1980年。

B. Ya. 弗拉基米尔佐夫:《蒙古书面语与喀尔喀方言比较语法》,陈伟、陈鹏译,青海人民出版社,1988年。

巴·索特诺姆著,谢再善译:《蒙古文学发展史》,文化生活出版社,1954年。

色道尔基、梁一儒、赵永铣编译评注:《蒙古族历代文学作品选》,内蒙古人民出版社,1980年。

齐木道吉、梁一儒、赵永铣等人编著:《蒙古族文学简史》,内蒙古人民出版社,1981年。

荣苏赫、赵永铣、梁一儒、扎拉嘎主编:《蒙古族文学史》(1—4卷),内蒙古人民出版社,2000年。

林修澈、黄季平:《蒙古民间文学》,唐山出版社,1996年。

陈岗龙:《蒙古民间文学比较研究》,北京大学出版社,2001年。

史习成:《蒙古国现代文学》,昆仑出版社,2001年。

史习成:《外蒙古现代文学简史》,台湾蒙藏委员会,1996年。

陈岗龙、斯·乌日斯嘎拉主编:《经典解读D.纳楚克道尔基》,民族出版社,2009年。

马学良、恰白·次旦平措、佟锦华主编:《藏族文学史》,四川民族出版社,1994年。

石泰安著,耿昇译:《西藏史诗与说唱艺人的研究》,西藏人民出版,1994年。

仁钦道尔吉:《蒙古英雄史诗源流》,内蒙古大学出版社,2001年。

降边嘉措:《格萨尔论》,内蒙古大学出版社,1999年。

王兴先著:《格萨尔论要》,甘肃民族出版社,1991年。

降边加措等编:《〈格萨尔王传〉研究文集》,四川民族出版社,1986年。

赵秉理编:《格萨尔学集成》(1—4卷),甘肃民族出版社,1990年。

樊保良:《蒙藏关系史研究》,青海人民出版社,1992年。

扎拉嘎:《比较文学:文学平行本质的比较研究——清代蒙汉文学关系论稿》,内蒙古教育出版社,2002年。

季羡林:《〈罗摩衍那〉初探》,外国文学出版社,1979年。

季羡林、刘安武编:《印度两大史诗评论汇编》,中国社会科学院出版社,1984年。

刘安武:《印度两大史诗研究》,北京大学出版社,2001年。

季羡林:《比较文学与民间文学》,北京大学出版社,1991年。

季羡林:《中印文化关系史论文集》,三联书店,1982年。

李羡林:《佛教与中印文化交流》,江西人民出版社,1990年。

季羡林主编:《简明东方文学史》,北京大学出版社,1987年。

季羡林主编:《印度文学研究集刊》第 2 辑,上海译文出版社,1986 年。
乐黛云:《跨文化之桥》,北京大学出版社,2002 年。
乐黛云:《比较文学与比较文化十讲》,复旦大学出版社,2004 年。

二、俄文:

Академия Наук СССР институт востоковедения, *Филология и история Могольских народов-Памяти академика Бориса Яковлевича Владимирцова* "(ответственный редактор: Г. Д. Санжеев, редакционная коллегия: Г. И. Михайлов и Н. П. Шастина), Москва: Изд Восточной литературы, 1958.

Г. И. Михайлов, *Очерк истории современной монгольской литературы*, Москва: Издательство академии наук СССР, 1955.

Л. К. Герасимовч, *Литература Монгольской Народной Руспублики*(1921—1964), Ленинград: Изд Ленинградского университета, 1965.

Л. К. Герасимовч, *Литература Монгольской Народной Руспублики*(1965—1985), Ленинград: Изд Ленинградского университета, 1991.

К. Н. Яцковская, *Поэты Монголии* X X в, Москва: Экслибрис-Пресс, 2002.

П. А. Гринцер, Ц. Дамдинсурэн, Д. Ёндон, А. Б. Куделин …, *Литературные связи Монголии*, Москва: Издательство 《Наука》 главная редакция восточной литературы, 1981.

Цэндийн Дамдинсурэн: К 100-летию со дня рождения, Москва: Издательская фирма 《Восточная литература》 Ран, 2008.

三、蒙文:

Д. Цэнд, *Монголын уран зохиол*(Дунд сургуулийн багш нарт гарын авлага болгов), УБ, 1959 он.

П. Хорлоо, С. Лувсанвандан, Ц. Мѳнх, Д. Цэнд, *Монголын орчин үеийн уран зохиолын товч түүх*(1921—1965), УБ, 1968 он.

Ц. Дамдинсүрэн, Х. Сампилдэндэв, Ч. Аръясүрэн, *Монголын орчин үеийн уран зохиолын түүх*(1921—1940), УБ, 1985 он.

С. Лувсанвандан, Ц. Мѳнх, Х. Сампилдэндэв, *Монголын орчин үеийн уран зохиолын түүх*(1941—1960), УБ, 1989 он.

Х. Сампилдэндэв, Д. Цэнд, Ц. Мѳнх, *Монголын орчин үеийн уран зохиолын түүх*(1960—1980), УБ, 1997 он.

С. Байгалсайхан, *Монголын орчин үеийн уран зохиолын түүх*(1980—2000), УБ, 2014 он.

Ш. Нацагдорж, *БНМАУ-ын соёлын түүх*(1921—1940), тэргүүн боть, УБ, 1981 он.

"Монголын соёлын түүх"-ийн Шинжлэх ухааны зөвлөл, *Монголын соёлын түүх* (1—3-р боть), УБ, 1998—2000 он.

МЗЭ: *Монголын зохиолчдын эвлэлийн түүхийн товчоон*, УБ, 2004.

МЗЭ: *Найман зууныг дагуулсан наян жил*, УБ, 2009 он.

Х. Сампилдэндэв, *Монголын шинэ уран зохиолын туурвилзүйн зарим асуудал*, УБ, 2006 он.

Х. Сампилдэндэв, *Монголын уран зохиолын түүхийн зарим асуудал*, УБ, 1998 он.

Монголын зохиолчдын байгууллагын 70 жилийн ойд: *Монголын орчин үеийн уран зохиолын түүхэн сургамж*, УБ, 1999 он.

Ц. Хасбаатар: *Монголын утга зохиолд реализм хөгжсөн нь*, УХГ, УБ, 1979 он.

Х. Сампилдэндэв, Билгийн чанад хязгаарт хүрсэн эрдэмтэн зохиолч, УБ, 1993 он.

А. Д. Цендина, Д. Цэдэв, *Цэндийн Дамдинсүрэн "Гэсэр судлал"-ын түүхээс*, УБ, 2013 он.

Л. К. Герасимович, *Монгол бол миний хайртай орон. Хоёрдахь Эх орон минь билээ*, УБ, 2013 он.

Д. Цэнд, *Монголын орчин үеийн уран зохиолын судлал шүүмжлэлийн тойм*, УБ, 1968 он.

Ц. Мөнх, *Монголын шинэ үеийн уран зохиолын шүүмжлэлийн түүхэн найруулал* (1921—1940), УБ, 1982 он.

Ш. Лувсанвандан, *Монголын уран зохиолын дэвшил, социалист реализм*, УБ, 1987 он.

БНМАУ Шинжлэх Ухааны Академи, *МАХН-аас урлаг-утга зохиолын талаар гаргасан тогтоол шийдвэрүүд* (1921—1966), УБ, 1967 он.

БНМАУ-ын ШУА, ЗХУ-ын ШУА, *БНМАУ-ын түүх*, УБ, 1955 он.

Монгол Улсын ШУА-ийн Түүхийн Хүрээлэн, *Монгол Улсын түүх*, 5 боть, УБ, 2003 он.

Эмхэтгэж редакторласан Л. Хүрэлбаатар, *Академич Цэндийн Дамдинсүрэн дурсгалын түүвэр*, УБ, 2008 он.

注：参考文献不包括作为第一手研究资料的达木丁苏伦著述,有关这方面的材料详见附录2。